Nikola Vertidi

Unheilvolles Kreta

Nikola Vertidi lebt mehrere Monate im Jahr auf Kreta. So hat sie auch Land und Leute kennengelernt, insbesondere jedoch den kretischen Genuss. Gerne schlemmt sie sich durch Tavernen und Restaurants, trinkt auch mal einen Raki und tanzt Sirtaki.

Nikola Vertidi

Unheilvolles Kreta

Kommissar Galavakis ermittelt

PIPER

Mehr über unsere Autoren und Bücher:
www.piper.de

Wenn Ihnen dieser Krimi gefallen hat, schreiben Sie uns unter Nennung des Titels »Unheilvolles Kreta« an empfehlungen@piper.de, und wir empfehlen Ihnen gerne vergleichbare Bücher.

© Piper Verlag GmbH, Georgenstraße 4, 80799 München
www.piper.de
Für direkten Kontakt und Fragen zum Produkt wenden Sie sich bitte an: *info@piper.de*

ISBN 978-3-492-50541-3

Redaktion: Julia Feldbaum
Satz auf Grundlage eines CSS-Layouts
von digital publishing competence (München)
mit abavo vlow (Buchloe)
Covergestaltung: Traumstoff Buchdesign traumstoff.at
Covermotiv: Bilder unter Lizenzierung von Shutterstock.com genutzt
Printed in the EU

Personenregister

Hyeronimos Galavakis – Kommissar
Stelios Mentakis – Hyeronimos' Chef (aktuell krankgeschrieben)
Maria Chrisaki – Stelios Mentakis' rechte Hand, derzeit Interimschefin
Elonidas Spectros – Leiter der Cyber-Einheit, derzeit Interimschef
Zacharis Zentakis – Hyeronimos' Mitarbeiter
Christos Papadakis – Hyeronimos' Kollege
Kostoula Banaki – Stelios Mentakis' Ex-Frau
Dr. Helena Makri – Hyeronimos' Ex-Freundin, Expertin für Hämatologie

Penelope Demostaki – leitende Pathologin der Insel
Giorgia – Penelopes Sektionsassistentin
Eleni Pentulaki – Influencerin, T-Shirt-Designerin und Penelopes Freundin

Michalis Serpantakis – Mafiaboss aus Zoniana, der Boss
Filomena Serpantakis – seine Schwester, die *Wohltäterin*

Dimitris Stefanakis – Minister in Athen

Ignatios Mavrakakis – Feldarbeiter
Anna-Maria – eine Frau aus den Bergen
Anna-Marias Söhne Kimon und Gavril

Nie wird der Feind zum Freunde, selbst im Tode nicht.

Sophokles

Hoffnung auf Irrtum

1. Kapitel

Der drahtige Mann dehnte seinen Rücken, beugte sich zu den Fußspitzen hinab und berührte leicht den Boden. Dann richtete er sich auf und begann zu laufen. Er hatte sich einen der holprigen Pfade entlang der Steilküste am Meer ausgesucht. Dort musste er sich konzentrieren und konnte gleichzeitig die salzige Luft inhalieren und die Spiegelung der aufgehenden Sonne auf dem azurblauen Wasser auskosten. Das war Leben, so musste es sich anfühlen, lebendig zu sein und frei.

Rasch kam er in den angenehmen Rhythmus eines geübten Läufers, sein Atem ging gleichmäßig, und seine Beine bewegten sich wie von selbst. Trotzdem war er immer aufmerksam, das hatte er gelernt und konnte es nicht ablegen. Hier erwies sich diese Fähigkeit als hilfreich und notwendig, denn der steinige Untergrund war tückisch. Wenn man nicht aufpasste, konnte man stolpern, vielleicht sogar ins Meer hinabstürzen und ertrinken. Er war sich dessen vollkommen bewusst, und sein Körper signalisierte ihm die stets vorhandene Bereitschaft, schnell zu reagieren – wie eine Art zuverlässiges Messgerät.

Er war im Nordwesten der Insel aufgewachsen, hatte sich nun jedoch ganz bewusst dafür entschieden, auf der Südseite zu leben. Sie war dünner besiedelt, rauer und ursprünglicher, und die Menschen stellten weniger Fragen. Die Gefahr, dass ihn hier jemand erkannte, war ebenfalls geringer, denn die Leute hatten mit ihren eigenen Problemen und Sorgen genug zu tun.

Er hatte ein bescheidenes Zimmer gemietet und half auf den Feldern für ein kleines Entgelt aus. Das reichte ihm, denn er hatte sich daran gewöhnt, nichts zu besitzen, und empfand schon den Genuss von frischen Früchten und Gemüse als absolute Bereicherung seiner Lebensqualität. Ebenso wie die Stille um ihn herum, wenn er abends vor dem Zimmer auf dem einfachen Holzstuhl saß und zum Horizont blickte.

Es mangelte ihm an nichts, und er hätte vollkommen zufrieden sein können, wäre da nicht dieses brennende Gefühl in seinem Inneren gewesen. Es ließ sich nur im Zaum halten, indem er rannte, jeden Tag aufs Neue seine Füße über den felsigen Weg befahl und am Ende der Strecke endlich ein wenig Erleichterung empfand.

Wenn ihm eines über die Jahre hinweg klar geworden war, dann dass alles im Leben seine Zeit hatte: das Verzeihen, das Trauern, das Hadern, die Wut, das Bedürfnis nach Vergeltung. Und allen, die behaupteten, dass es verschiedene Phasen gebe, die linear aufeinanderfolgten, konnte er sehr klar entgegnen, dass dem nicht so war. Es gab zwar all diese Phasen, doch sie waren keineswegs eindimensional, und vor allem endeten sie niemals.

Der Stand der Sonne zeigte ihm an, dass es Zeit war, sich auf den Weg zu machen, sollte er heute noch erfolgreich in die Tat umsetzen wollen, was er sich vorgenommen hatte.

2. Kapitel

Er trat hinaus und hielt kurz inne, um seinen Blick schweifen zu lassen, so wie jeden Morgen in den letzten Wochen. Seine Augen erfassten die Berggipfel des Psiloritis, die sich majestätisch in das zartrosa gefärbte Himmelblau reckten. Die Sonne hatte sich gerade erst aus ihrem Schlaf erhoben und strahlte den Gebirgszug wie ein magischer Scheinwerfer an. Seitdem er hier war, wurde sein Tag von der wandernden Sonne bestimmt: Er stand mit ihr auf und ging mit ihr schlafen. Niemals hätte er sich das vorstellen können, doch mittlerweile tat es ihm einfach nur gut. Er war merklich ruhiger geworden, seitdem er wieder gelernt hatte zu schlafen. Hier war es so still, dass er erst hatte begreifen müssen, dass es jede Menge Geräusche gab, die nur aus ihm selbst heraus entstanden: das aufgeregte Rauschen des Blutes in seinen Adern, das fordernde Knurren seines Magens, das laute Pochen seines Herzens in seinem Brustkorb, das knirschende Knacken seiner Gelenke. Das war er. Die Stille um ihn herum ließ all diese Laute deutlicher hervortreten, und was ihm in den ersten Tagen unaushaltbar erschienen war, war nun einer wohlwollenden Haltung all seinen Gefühlen gegenüber gewichen. Nur langsam kam er mit sich in Kontakt und machte sich mit seinen Bedürfnissen wieder vertraut. Oder vielleicht auch zum ersten Mal in seinem Leben, denn er war immerzu beschäftigt gewesen.

Die Hütte, die sein Großvater noch vor dem Zweiten Weltkrieg in dem abgelegenen Winkel des Gebirges erbaut hatte, hatte der Zeit getrotzt und bot alles, was nötig war, wenn man der fordernden, immer schneller werdenden Welt entfliehen wollte.

Er holte erneut tief Luft, ging zurück in den größeren Raum des steinernen Baus, der als Wohn-Esszimmer und Küche diente, fachte die Glut wieder an, legte einige Holzscheite auf und begann, das Wasser für seinen Kaffee zu kochen. Diesen Ellinikó würde er gleich auf der Bank vor dem Haus genießen: ein echter griechischer Kaffee, bei dem man darauf achten musste, dass sich das Pulver am Boden der Tasse absetzte, bevor man zu trinken begann.

Bald durchzog der aromatische Duft jeden Winkel des Zimmers. Sein Herz schlug gleichmäßig, während seine Hände sorgfältig hantierten. In absehbarer Zeit würde er wieder gesund sein. Er würde gewiss nie mehr der Alte werden, dazu hatte er zu viel über sich gelernt, in all den Stunden, die er nur in seiner Gesellschaft und ohne jede Ablenkung verbracht hatte, aber er würde eine bessere Version von sich selbst mit hinab in die Stadt bringen. Davon war er überzeugt.

3. Kapitel

Hyeronimos blickte von seinem Schreibtisch auf und versuchte, sich auf seinen aktuellen Fall zu konzentrieren. Er hasste »häusliche Gewalt mit Todesfolge« und war daher sehr erpicht darauf, alles so zu erledigen, dass der Staatsanwalt eine Verurteilung erreichen konnte. Gleichzeitig war es jedoch eine Form von Routinearbeit, die er zu erledigen hatte, und das ermüdete ihn auf gewisse Weise. Nicht, dass er dauerhaft mit Fällen wie seinem letzten, bei dem es nicht nur um Mord gegangen war, sondern um tief greifende Bösartigkeit, konfrontiert werden wollte, doch für reine Schreibtischarbeit war er einfach nicht geschaffen. Dafür hatte er seinen pedantischen Mitarbeiter Zacharis Zentakis, doch der blasse Sonderling war mit seiner Freundin in den Urlaub entschwunden und damit nicht verfügbar.

Der heiße August hatte alles auf der Insel komplett lahmgelegt, und Hyeronimos hatte genau wie alle anderen begonnen, sich nach kühlen Herbstnächten und Regen zu sehnen, doch bis dahin würden wohl noch einige sonnige Wochen vergehen. Er freute sich auf den Abend, denn dann würde er sich in die samtigen Fluten stürzen und den Schweiß des Tages abspülen. Ganz sicher würde Penelope ihn wieder begleiten. Seine beste Freundin, die leitende Pathologin der Insel, war eine reine Schönwetterschwimmerin, und an herrlichem Sommerwetter mangelte es zurzeit keineswegs.

Es klopfte harsch, und Klopfen und Türaufreißen waren quasi eins. Maria streckte ihren Kopf herein: »Auf ein Wort, Hyeronimo!«

Er nickte ergeben. Seit Stelios Mentakis, der Leiter der Mordkommission, sich vor einigen Monaten hatte krankschreiben lassen, waren dessen rechte Hand, Maria Chrisaki, und der Abteilungsleiter der Cybereinheit, Elonidas Spectros, seine Vorgesetzten. Alles in allem machten beide einen guten Job, und er hatte vor allem Spectros' besonnene Art schätzen gelernt, doch tief in seinem Inneren haderte er noch immer ein wenig mit Stelios' Entscheidung, ihn vollkommen zu übergehen. Gut, er hatte einige Probleme, aber wer hatte die nicht? Rational war ihm vollkommen bewusst, dass Mentakis richtig gehandelt hatte, doch emotional nagte es an ihm. Auch, wenn der Major dadurch nicht nur ihn wie einen unartigen Schuljungen in seine Schranken gewiesen hatte, sondern auch seinen Kollegen und immerwährenden Kontrahenten Christos Papadakis.

Hyeronimos hatte es sich nie so recht erklären können, warum der etwas ältere Ermittler ihn so auf dem Kieker hatte. Irgendwann war ihm der Gedanke gekommen, dass es nichts mit seinen Eigenheiten zu tun hatte, sondern mit seiner Herkunft. Seine Eltern waren Anfang der 1970er-Jahre nach Deutschland ausgewandert, um im Rahmen des Abkommens mit dem Land dort zu arbeiten. Sie waren geblieben und hatten sich hervorragend integriert. Hyeronimos war in einer mittelgroßen schwäbischen Stadt aufgewachsen, sprach Griechisch und Deutsch ohne Akzent und vereinte auch die Gewohnheiten beider Nationen in sich. Er hatte in Deutschland nie verleugnet, ein Kriti zu sein, doch hier auf der Insel ging er mit seiner deutschen Vergangenheit nicht hausieren. Nicht etwa, weil er sich schämte, sondern weil er als Kommissar der örtlichen Mordkommission kein Fremder sein wollte. Und vielleicht war es genau das, was Christos gegen ihn aufbrachte: dass dieser den Fremden in ihm sah und auch noch einen Deutschen!

Fast jede Familie auf Kreta hatte während des Zweiten Weltkriegs herbe Verluste durch die deutsche Wehrmacht erlitten. So auch Christos' Familie. Maria hatte es ihm vor einigen Jahren erzählt: Die kranke Urgroßmutter hatte sich geweigert, ihr Haus zu verlassen, und war im Anschluss bei lebendigem Leib in den Mauern verbrannt. Die Soldaten hatten das Gebäude angezündet, in dem Wissen, dass sie darin umkommen würde.

Hyeronimos dachte an seine Yaya, ihr hundertster Geburtstag rückte immer näher, und er versuchte, sich vorzustellen, was es in ihm anrichten würde, wenn sie auf eine solch furchtbare Art sterben müsste. Ob er dann ebenso hasserfüllt reagieren würde? Wer wusste das schon!

Das machte Christos' Verhalten nicht erträglicher oder entschuldbar, denn schließlich hatte sich Hyeronimos nichts zuschulden kommen lassen. Und auch seine Familie war mit reiner Weste davongekommen. Vor nicht allzu langer Zeit hatte er erfahren, dass sein Großvater anfangs auf der falschen Seite gestanden hatte, im Begriff, seine Landsleute an die Besatzer zu verraten. Er hatte seine Familie beschützen wollen und war bereit gewesen, das Leben anderer Familien dafür zu opfern. Doch dann hatte er gesehen, was der Verrat anrichtete, und sich besonnen. Seine Yaya hatte ihrem Mann verziehen. Hyeronimos' Mutter jedoch hatte mit dem Wissen nicht umgehen können, und das war einer der Gründe gewesen, der Heimat den Rücken zu kehren. Ebenso wie die Gräueltaten der Militärjunta, die bis 1973 überall im Land ihr Unwesen getrieben hatte. Athina und Anatolis waren sich einig gewesen, auf Kreta kein Kind großziehen zu wollen, zudem hatten sie beide von mehr geträumt und sich diese Träume in Süddeutschland erfüllt.

Doch für Hyeronimos war Kreta immer Heimat gewesen, und als er vor der Entscheidung gestanden hatte, was er nach dem Abitur mit seinem Leben anfangen wollte, hatte er die Vitamin-B-Karte gezogen und die Polizeischule in Athen besucht. Er hatte seinen Onkel gebeten, ihm dies zu ermöglichen, und zu dieser Zeit hatte ein einflussreicher Anruf noch jede Menge Gewicht gehabt.

Nun saß er in seinem akribisch aufgeräumten Büro und blickte in die fordernden Augen seiner neuen Chefin.

»Keine Ahnung, wo du gerade bist, aber ich bin immer noch hier«, knurrte sie mit ihrer rauen Stimme und stand zu seinem Erstaunen nun direkt vor seinem Schreibtisch. Er war tatsächlich gedanklich komplett abgeglitten.

»Entschuldige, Maria«, bat er sogleich zerknirscht. »Was kann ich für dich tun?«

»Kennst du eine Maria Xylouri?«, wollte sie wissen.

»Aus Agia Pelagia?«

»Ja.«

»Was ist mit ihr? Ist ihr was passiert?«, fragte er alarmiert.

»Alles ist gut, Hyeronimo«, beruhigte sie ihn, »sie hat einen Post auf Facebook geschrieben, über eine Katze, die mit Säure schwer verletzt wurde. Das arme Tier sieht furchtbar aus. Wer so was tut, gehört genauso hinter Gitter wie jemand, der Menschen verletzt!« Sie machte ihren Standpunkt vehement deutlich, und er wartete geduldig ab, worauf das Ganze hinauslief. »Spectros' Einheit nimmt solche Hinweise sehr ernst, denn Tierschutz ist wichtig, und nach dem Säureattentat im vergangenen Jahr in Athen sind alle noch aufmerksamer geworden. Er wollte eine Streife hinschicken, um mit der Frau zu reden und deutlich zu machen, dass man sich darum kümmert. Ich habe gesagt, dass ich dich frage, ob du sie kennst und beim nächsten Besuch in Agia Pelagia kurz mit ihr reden magst.« Sie schaute ihn appellierend an.

Er nickte.

»Bedeutet das, du kennst sie und redest mit ihr?«

Er nickte wieder. »Ich kenne Maria gut. Sie ist sehr engagiert. Ich rede gern mit ihr. Soll ich einfach nur Interesse zeigen, oder wollen wir auch ihre Mutmaßungen wissen? Das könnte nämlich etwas komplizierter werden ...«

»Ich bin auch von hier«, sagte sie nun leicht belustigt, »und kenne die Leute sehr gut. Gewiss wird sie keine Namen nennen, denn wenn sie eindeutige Beweise hätte, hätte sie Anzeige erstattet. Ich würde so einen Tierquäler liebend gern in Handschellen abführen!«

Jetzt klang sie angriffslustig, und er konnte sich sehr gut vorstellen, wie sie so jemanden an dem metallenen Armschmuck durchs Dorf zerrte. »Ich rede mit ihr und verdeutliche damit, dass die Polizei Hinweise aus der Bevölkerung ernst nimmt«, bestätigte er.

Zufrieden hob sie die Hand wie zum Gruß, deutete dann mit einem ihrer blutrot lackierten Nägel auf ihn und sagte: »Danke,

Hyeronimo!« Sie drehte sich auf dem Absatz um und ging zur Tür, dann besann sie sich anscheinend ihrer Rolle, wandte sich noch einmal um und fragte: »Ist sonst alles in Ordnung? Brauchst du etwas?«

Er dachte kurz nach und schüttelte dann den Kopf. »Ich bin kurz davor, alles für den Staatsanwalt fertig zu haben, und Penelope hat ihre Ergebnisse auch so weit zusammengefasst, dass er den Typ dingfest machen kann.«

4. Kapitel

Sie lächelte angestrengt und hob das Glas prostend: »Stini igia sas!« Mehrfach wiederholte sie in alle Richtungen das »Auf unser Wohl!« und trank dann einen Schluck des prickelnden Champagners.

Michalis hatte keine Kosten gescheut und für die Veranstaltung nur die teuersten Produkte geordert. Früher hatte ihr das auch alles etwas bedeutet, doch nach Achilleas' Tod war nichts mehr wie vorher. In den Tagen nach seiner Ermordung war etwas in ihr abgestorben.

Das Verhalten ihres Bruders hatte zusätzlich dafür gesorgt, dass es auch nie mehr anders werden würde. Er hatte an seinem eigenen Fleisch und Blut ein Exempel statuiert, hatte dafür gesorgt, dass ihr Junge in der Gerichtsmedizin in einem dunklen Sack in der Kälte lag, fern von den Menschen, die ihn liebten und von ihm Abschied nehmen wollten und mussten. Es war nicht nur eine gesellschaftliche oder gar kirchliche Verpflichtung, sondern wichtig für die Seele des Verstorbenen, dass man von ihm Abschied nahm. Der Tote musste ansehnlich hergerichtet im offenen Sarg liegen, der Deckel gehörte vor die Tür, und alle, die Abschied nehmen wollten, sollten an dem Sarg stehen und Zwiesprache mit dem Dahingeschiedenen halten dürfen. Dann brachte man den Sarg unter die Erde, um nach vierzig Tagen den ersten Gedenkgottesdienst abzuhalten. Weitere folgten traditionell nach drei, sechs und neun Monaten.

Sie strich sich über das schwarze Kleid und sah Michalis steinernen Blick auf sich ruhen. Er war ein harter und kalter Mann, doch gemeinsam hatten sie das Imperium zu dem gemacht, was es heute war, und sie beherrschten nicht nur in einem kleinen Radius, sondern in der Welt vieles und viele.

Dass er nicht davor haltmachen würde, sie so sehr zu verletzen, hatte sie niemals kommen sehen. Sie war die *Wohltäterin,* die dafür Sorge trug, dass die Menschen auf der Insel in ausgewogener Weise Ehrfurcht und Furcht vor den Serpantakis' empfanden. Michalis führte eisern, war gnadenlos, und sein langer Arm reichte bis hoch hinauf in die politischen Ebenen vieler Nationen. Er verbreitete Angst und Schrecken unter seinen Feinden, und derer hatte er mittlerweile einige. Ohne seine albanischen Aufpasser ging er noch nicht einmal auf die Toilette.

Fast hätte ein verachtendes Zucken ihres Mundwinkels sie verraten, doch sie schaffte es gerade noch zu lächeln, sodass er sie nicht im Anschluss rügen konnte, dass sie ihren Gefühlen so unverhohlen Ausdruck verlieh. Sie würde jedoch nie wieder anders für ihn empfinden können. Ihr Sohn lag nicht in einem sonnigen Grab mit dem Panorama der sanft geschwungenen Hügelkette des Ida-Gebirges im Hintergrund, sondern sein geschundener Körper befand sich auf einem Armenfriedhof in Heraklion. Michalis hatte ihr alles verweigert, und es war nur der leitenden Pathologin zu verdanken gewesen, dass ihr Junge ein Begräbnis bekommen hatte. Sie war nicht dumm oder naiv, sie wusste, womit ihre Familie ihr Geld verdiente, und Drogen-, Waffen- oder Menschenhandel machten ihr kein schlechtes Gewissen. Jeder und alles hatte seinen Preis, kannte man diesen, war es nicht mehr schwer, sich rein auf den geschäftlichen Part zu fokussieren. Sie hatte nie Probleme damit gehabt, den Unternehmenszweck so zu sehen.

Das schwarze Kleid passte ihr hervorragend, sie hatte es sich extra für diesen Anlass schneidern lassen, und auch zu Hause trug sie nur noch gedeckte Kleidung. Sie würde bis ans Ende ihres Lebens Trauer tragen, denn sie hatte ihr einziges Kind verloren. Das ließ sich nie mehr ändern, und sie würde den Schmerz auch niemals verkraften können.

Die Tage nach seinem Tod hatten sie an den Rand des Wahnsinns getrieben, und sie erinnerte sich noch immer genau daran, wie kurz sie davor gewesen war, über diese schmale Linie hinwegzutreten und sich dem alles verzehrenden Verlustgefühl hinzugeben. Fast zwei Wochen lang hatte sie sich weder gewaschen noch umgezogen. Sie hatte nichts mehr gespürt, und nichts war mehr wichtig gewesen. Achilleas war tot, ihr Achalaki würde sie nie mehr zum Lachen bringen oder sie wegen ihrer bizarren Aufmachung als braves Mitglied der Upperclass necken.

Der Schmerz begann aufs Neue, in ihren Eingeweiden zu rumoren. Sollte sie sich wünschen, dass er endlich nachließ oder auf das genaue Gegenteil hoffen?

5. Kapitel

Penelope fuhr sich durch das Haar, es flatterte ihr offen über den Rücken. Nur selten trug sie die lange dunkle Pracht so, denn im Job war es störend, wenn sich Haare auf den geöffneten Leibern der Toten verirrten. Doch für heute war sie fertig mit dem Zersägen von Brustkörben und Organen. Sie hatten durch die Hitze des Sommers einiges zu tun gehabt, denn die Temperaturen hatten dafür gesorgt, dass die Menschen unleidig wurden, und das führte oftmals zu Auseinandersetzungen. Manche davon endeten tödlich, und wenn es sich um eine Gewalttat handelte, bei der die Polizei antraben musste, dann war auch sie mit im Boot.

Sie hatte die Scheiben ihres Minis heruntergelassen und genoss den warmen Wind auf der Haut. Der August war geradezu unerträglich heiß gewesen. Sowie sie sich ächzend auf den Sitz hatte fallen lassen, hatte sie die Klimaanlage voll aufgedreht und nur ja keinem Hauch Außenluft die Chance gegeben, in das Wageninnere einzudringen. Sie wählte die Playlist, die Eleni ihr zusammengestellt hatte, und der Sound einer schmeichelnden französischen Frauenstimme vermischte sich mit dem Geruch von Sonne und Meer. Eine Zeile in dem Song hatte es ihr besonders angetan: Wir müssen nach Liebe suchen, um uns selbst vor Terror zu schützen. Zudem hatte der spröde Sprechgesang etwas Verzauberndes, und sie fühlte sich der erfolgreichen jungen Bloggerin und Influencerin, die durch die Welt reiste, dadurch irgendwie nah. Eleni hatte sich ihren Traum verwirklicht, von der Insel herunterzukommen, und setzte sich nun mutig und klug für Gleichberechtigung ein. Zudem verkauften sich ihre T-Shirts mit aussagekräftigen Sprüchen ebenfalls sehr gut. »Aber manchmal finden wir die große Liebe«, sang Carla Bruni, und Penelopes Herz öffnete sich bei dieser Zeile ganz besonders, sie konnte das Lächeln auf den Lippen der Sängerin bei diesen Worten geradezu hören.

Sie fuhr die Strecke am Meer entlang, hinaus aus der Stadt Richtung Ammoudara, um noch einen Zwischenstopp in ihrer Wohnung einzulegen, bevor sie sich mit Hyeronimos zum Schwimmen treffen würde. Gott sei Dank waren die Strände nicht mehr ganz so brechend voll wie im Juli und August, und man konnte tatsächlich seine Bahnen in Ruhe ziehen und im Anschluss sogar auf einer der Liegen der *Blue hour* entspannt beim Hereinziehen zuschauen.

Ihre Beziehung zu Eleni war von Höhen und Tiefen geprägt, und sie führten regelmäßig lange Skype-Gespräche, die nicht immer harmonisch endeten, auch wenn sich Penelope im Frühsommer vorgenommen hatte, das, was ihr das Leben darbot, zu genießen. Doch es gab immer wieder Situationen, in denen sie die Realität einholte, und ohne Hyeronimos wäre sie verdammt einsam gewesen. Ihre Freundin war tausende Kilometer entfernt, mehr als zwanzig Jahre jünger als sie und ein aufstrebender Stern in dieser verrückten Social-Media-Blase. Eleni hatte bereits einen Manager engagiert, der sich ganz und gar auf ihre Karriere konzentrierte. Penelope war das hin und wieder einfach zu viel, unter Umständen auch deshalb, weil sie es von ferne und mit aufkeimendem Argwohn betrachtete. Sie liebte die starke Frau, die kein Blatt vor den Mund nahm und vehement für Liebe, eine faire Gesellschaft und Gleichberechtigung eintrat. *Feminism is for everyone,* besagte eines ihrer Shirts, das Penelope besonders gern trug.

Sie hatte den Parkplatz erreicht, stürmte rasch nach oben, schlüpfte in Bikini und Strandkleid, packte ihre Badetasche und den Roman, den sie gerade zu lesen begonnen hatte. Sie würde es sich am Strand bequem machen, einen Frappé trinken und schmökernd auf ihren besten Freund warten, der sicher auch bald kam. Sie hatten ihre Unterlagen für den aktuellen Fall häuslicher Gewalt akribisch überprüft und alles so aufbereitet, dass es dem Staatsanwalt ein Leichtes sein würde, den eifersüchtigen Totschläger einzubuchten. Solche Fälle machten sie rasend, denn Gewalt gegen Frauen, Kinder oder Anderslebende war nicht nur ein unbegreiflicher Akt, sondern häufig auch ein komplexes Unterfangen für die Anklageseite. Emotionen und ihre Auswirkungen, wenn sie dysfunktional wurden, konnten so zerstörerisch wirken, und gleichzeitig musste man sich durch das Dickicht der Täteraussagen lavieren, ohne vom rechten Pfad abzukommen.

Kurze Zeit später saß sie wieder im Auto auf dem Weg zum Strand, an dem sie verabredet waren. Eine Kurznachricht pingte auf, Hyeronimos bat sie, nach Agia Pelagia zu fahren, da er dort noch etwas zu erledigen hatte.

Die Bucht war schön, war noch sonnenbeschienen, und sie mochte die Yaya ihres Freundes sehr, die er gewiss noch besuchen wollte. Er hatte ihr während ihres letzten großen Falles im Frühjahr verraten, dass er menschliche Persönlichkeitspräferenzen als farbige Aura um die Person herum sehen konnte. Seine Großmutter und Penelope einte ein kräftiges Lila, das er als besonders bezeichnete, und sie nahm das als Auszeichnung an.

Sie drehte die Musik lauter, summte die Melodie und dachte kurz an Stelios Mentakis. Der Chef der Mordkommission hatte sich vor einigen Monaten, inmitten eines komplizierten Falles, zurückgezogen, um einem drohenden Burn-out zu entgehen. Er meldete sich regelmäßig bei ihr, denn seit dem vergangenen Jahr waren sie Freunde geworden. Erst hatte sie das Gefühl gehabt, er sei an ihr interessiert, obwohl er gewiss aufgrund ihrer Akte Kenntnis davon gehabt haben musste, dass sie homosexuell war. Doch dann hatte sich herausgestellt, dass er nach seiner schlimmen Scheidung jemanden brauchte, mit dem er reden konnte. Ihre Freundschaft mit Stelios war anders geartet als die mit Hyeronimos. Major Mentakis war manchmal so korrekt und wohlerzogen, dass sie ihn provozieren musste, um den Kokon aufzubrechen, den er als Schutz um sich trug. Seine Frau hatte ihn verlassen, und er hatte dadurch nicht nur die Geliebte verloren, sondern auch seine engste Vertraute. Penelope wollte nicht mit ihm tauschen, und das, obwohl ihre eigene Familiensaga auch mehrere Bände umfasste und sie ihre Mutter mied wie der Teufel das Weihwasser. Sie war froh, dass man sich seine Freunde aussuchen konnte, wenn man schon mit Familie geschlagen war, aber die Lebenspartnerin zu verlieren, mit der man hatte alt werden wollen, war extrem desillusionierend.

Nachdenklich erreichte sie die Abfahrt nach Agia Pelagia. Sie nutzte die offizielle Straße, obwohl Hyeronimos ihr einen Schleichweg hinunter gezeigt hatte, und genoss den Blick auf die Bucht. Ihr Haar strich ihr flatternd über den Rücken, Carla Bruni sang ein Lied von »Keith und Anita«, und sie war wieder einmal vollkommen entzückt von der Weite, die sich vor ihren Augen auftat. Das war eben Kreta. Man konnte diese Insel nur lieben, egal, wie sehr man sie vielleicht manchmal hasste.

6. Kapitel

Christos Papadakis spürte die Wut in sich brodeln. So war es seit Monaten, und egal, was er tat, sie ging nicht weg. Koula, seine Frau, hatte ihm schon geraten, häufiger in die Kirche zu gehen und Gott um Unterstützung zu bitten, doch auch alle Gebete halfen nicht gegen das Gefühlschaos in seinem Inneren. Er konnte nicht anders, als wütend auf Stelios Mentakis zu sein. Er hatte ihm als Chef vertraut und immer sein Bestes gegeben, und dann hatte ihn der Mann quasi entehrt. Nichts gegen Maria, er mochte die gradlinige Frau wirklich gern, doch als seine Vorgesetzte? Das war doch eine Farce! Gegen Elonidas Spectros in dieser Rolle konnte er auch einiges anbringen, doch was Rang und fachliche Befähigung anging, sprach nichts gegen den Kerl, und er war in der Reihe derer, die Aufstiegschancen hatten, immer ein ernst zu nehmender Kollege gewesen.

Aber das machte ihn nicht zum besten Mann für die Leitung der Mordkommission, denn hier hatte Spectros keinerlei Erfahrungen vorzuweisen. Er kannte sich im Internet aus und durchschritt bereits sein ganzes Berufsleben lang nur virtuelle Welten. Doch das hier war die Realität. Das hier waren Tote, die vor ihnen lagen und deren Ableben sie mit aller Härte des Gesetzes zu ahnden hatten. Hier ging es nicht um irgendwelche Schmierereien auf Facebook. *Er* hätte auf Stelios' Platz sitzen müssen – er und sonst niemand.

Christos öffnete die Schreibtischschublade und nahm das gläserne Fläschchen mit den Tabletten heraus, die ihm der Arzt gegen die Magenschmerzen verschrieben hatte. »Übertreiben Sie es nicht, und nehmen Sie die nur, wenn es gar nicht anders geht«, hatte der Arzt mit gewichtiger Miene gesagt. Jetzt ging es nicht anders, denn der zornig-hitzige Schmerz brannte in seinen Eingeweiden wie eine alles vernichtende Flamme. Man hatte ihn noch nie in seinem Leben so erniedrigt, selbst Galavakis als Kollegen an die Seite gestellt zu bekommen, war nicht so demütigend gewesen. Obwohl er noch nach Jahren damit haderte, vor allem weil er zu Stelios' Zeiten das Gefühl gehabt hatte, dass sein Chef den Mann nicht nur regelmäßig gedeckt, sondern auch noch bevorzugt hatte, obwohl vollkommen klar war, dass der Deutsche an einer psychischen Störung litt. Er verstand bis heute noch nicht, wie man so jemanden ermitteln lassen konnte. Galavakis hatte Panikattacken und war an keinem Dreizehnten eines Monats einsatzfähig. Das war doch vollkommen lächerlich. Dass Stelios Galavakis bei seiner Interims-Nachbesetzung ebenso verschmäht hatte, war das Einzige an der ganzen Sache, was Christos guttat. Es zeigte, dass der Chef wohl doch erkannt hatte, dass sein Protegé nicht ganz so tadellos war, wie er nach außen hin tat.

Er spülte die bittere Tablette mit einem Schluck Wasser hinunter und hoffte, dass sie ihm diesmal den Schmerz nehmen würde. Er war noch nicht alt genug, um in Rente zu gehen. Und ein solcher Schritt käme sicher auch einer Art Bestätigung gleich, dass er nicht das Zeug dazu hatte, Karriere zu machen, denn jeder Mensch im gesamten Präsidium wusste genau, was Stelios' Wahl bedeutete: Er, Christos, war nicht gut genug.

Er erhob sich von seinem Stuhl, um in der Küche seine Wasserflasche erneut zu füllen. Dann öffnete er die Tür und stieß beinahe mit Maria zusammen.

»Komm bitte in mein Büro, Christo«, sagte sie, und es hörte sich nicht wie eine Bitte an, sondern wie ein Befehl. Ihre Hände mit den langen roten Nägeln hielten eine Mappe, und Hoffnung stieg in ihm auf. Hatte sie vielleicht einen interessanten Fall für ihn?

»Ich hole mir noch rasch ein Wasser und bin dann sofort bei dir«, erwiderte er und ging schnellen Schrittes in die kleine Küche.

Wenige Minuten später klopfte er an die Tür ihres Büros, und der Anblick von Maria, wie sie hinter Mentakis' großem Schreibtisch thronte, versetzte ihm einen erneuten Stich. Er setzte sich und fragte jovial: »Was kann ich für dich tun?«

»Spectros und ich teilen die Mitarbeitergespräche unter uns auf, und ich wollte dich persönlich darüber in Kenntnis setzen, dass du mit mir vorliebnehmen musst.« Sie beugte sich etwas vor und sah ihn durchdringend an.

Er hatte sie nie so gefürchtet wie viele andere, als sie noch der Zerberus im Vorzimmer gewesen war und ihren Chef vor allem und jedem beschützt hatte. Doch jetzt lief ihm ein kalter Schauer über den Rücken. Nahm denn dieses Elend gar kein Ende? »Was heißt das im Klartext?«, erkundigte er sich.

»Rückschau, Vorschau, Ziele, Feedback«, ratterte sie herunter, und ihre raue Stimme gab dem Ganzen einen beinahe bedrohlichen Anstrich.

»Rückschau, Vorschau«, wiederholte er perplex.

»Ja, wir schauen uns deine Arbeit in den vergangenen Monaten an, dein soziales Interagieren, deine Teamfähigkeit und so weiter, und dann sprechen wir über deine Vorstellungen für die kommenden Monate.«

Der Ärger kroch wie glühende Lava durch seine Eingeweide und seine Speiseröhre hinauf. Er hatte Bedenken, gleich einen Strahl auf ihren Tisch zu erbrechen, so sehr regte ihn das kurze Gespräch auf. Vorsichtig holte er Luft, um sich zu vergewissern, dass er würde sprechen können. »Ist das dein Ernst, Maria, oder machst du Scherze mit mir?«

»Krieg dich wieder ein, Christo! Ich mache hier meinen Job, und solange Stelios nicht wieder zurück ist, gehört eben auch das dazu.«

Er erhob sich so ruckartig von seinem Stuhl, dass dieser umfiel. »Nein!« Dann drehte er sich um und verließ den Raum. Er schloss noch nicht einmal die Tür, aber Maria rief ihm nichts hinterher. Hatte er sie überrumpelt und ihr deutlich gemacht, dass er das alles nicht mit sich machen ließ? Hatte er gewonnen, oder war ihr Schweigen nur die Ruhe vor dem Sturm?

Er ließ die Tür zu seinem Büro so hart ins Schloss fallen, dass man es sicher im ganzen Gebäude hören konnte.

7. Kapitel

Eleni tupfte sich den Schweiß von der Stirn. Seitdem sie berühmt geworden war, hatte sie ein straffes Programm zu absolvieren. Dazu gehörte auch der Sport mit einem Personal Trainer. Sie stand schließlich regelmäßig vor der Kamera und war selbst das Model für ihre T-Shirt-Kollektion, daher musste sie gewisse Ansprüche erfüllen.

Manchmal war ihr das alles zu viel. Sie hatte versucht, es Penelope zu sagen, doch sie hatten sich wieder einmal in den Fallstricken ihrer komplizierten Beziehung verloren, und deshalb hatte sie dann vergessen, darüber zu sprechen. Dabei war es ihr mehr als wichtig, denn in der Welt des Scheins, in der sie sich nun bewegte, waren echte Beziehungen rar. Alles war auf Hochglanz poliert, und manchmal fragte sie sich, wie lange sie diesen ganzen Hokuspokus noch mitmachen konnte. Gleichzeitig brachte ihr steigender Bekanntheitsgrad genau jene Aufmerksamkeit mit sich, die sie für ihre weiterhin kritische Meinung benötigte. Wer würde schon Eleni aus einem Randbezirk von Chania zuhören? Es war die Menge an Followern, die dafür sorgte, dass ihre Stimme Gewicht hatte, und das konnte sie nicht leichtfertig wegwerfen. Doch sie spürte auch die aufkeimende Sorge davor, sich selbst zu verlieren, immer mehr zu einer Kunstfigur zu werden, die die Agentur aus ihr formte. So wie jetzt gerade, nach dem fünften Kilometer auf dem Laufband.

»Auf zum Endspurt«, feuerte der drahtige Trainer sie an und klatschte dabei in die Hände wie ein Dompteur.

Sie erhöhte die Geschwindigkeit und gab sich dem Gefühl hin, sich auszupowern. Vielleicht würde das helfen, die trüben Gedanken zu verscheuchen. Doch der ganze Zinnober hier ging ihr schon nach weniger als zwei Jahren unfassbar auf die Nerven. Dabei hatte sie sich das damals in ihrem Kinderzimmer toll vorgestellt. Es war nicht nur Heimweh, so wie sie es kurz vor dem letzten Weihnachtsfest empfunden hatte. Es war mehr und gleichzeitig weniger, denn sie fühlte sich irgendwie leer. So, als würden ihre Ansprüche an sich selbst, an die Botschaft, die sie transportieren wollte, durch den professionellen Aufbau ihrer Marke dazu führen, dass sie ausgehöhlt wurde und als schöne Hülle agierte. Gott, was war sie undankbar!

»So, jetzt machen wir mit dem Krafttraining weiter«, holte sie der Trainer aus ihren Gedanken.

Sie schaltete das Laufband ab, trabte langsam aus und wischte sich den Schweiß mit dem bereitliegenden Handtuch ab. Er reichte ihr die Flasche mit dem isotonischen Drink und triezte sie dann weiter mit den Gewichten. Sie hatte grundsätzlich nichts gegen Sport. Aber sie wollte nicht gleichzeitig ein Vorbild für Gleichberechtigung, Frauen- und Queerrechte sein und parallel mit einem unrealistischen Körperideal Druck auf junge Mädchen ausüben. Es war, als würde sie sich in einem Netz verfangen und mit jeder Bewegung weniger Freiraum haben. Sie musste mit Penelope darüber sprechen und sich nicht wieder auf Diskussionen über Themen wie »Du bist jung, und ich bin zu alt, du eroberst die Welt, und ich schnipple auf einer Mittelmeerinsel an Toten herum« einlassen, die einfach zu nichts führten. Sie wusste genau, dass sie eine tiefe Liebe für Penelope empfand, und trotzdem wollte sie ... Ja, was wollte sie eigentlich? Sie musste sich langsam darüber klar werden, das wurde ihr immer deutlicher bewusst. Ungestüm presste sie das Gewicht nach oben, ließ die Stangen einrasten und sagte: »Nein!«

Dann stand sie auf und verließ unter dem verblüfften Blick des Mannes den schicken Trainingsraum.

8. Kapitel

Hyeronimos fuhr die Straße zum Dorf hinunter und war guter Dinge. Er freute sich auf das Meer und einen netten Abend mit Penelope. Er hatte Manolis schon länger versprochen, mal wieder zum Essen zu kommen, und heute schien es zu passen, denn seine Yaya war bei einer Nachbarin zum Geburtstag eingeladen, und somit würde sie nichts kochen. Manchmal saß er einfach gern bei seinem Freund, mit dem Blick auf das Meer, das sich mit der aufkommenden Dunkelheit in ein geheimnisvolles Glitzern hüllte.

Er lenkte den Wagen an die Schranke, die das Dorf vor wahnwitzigen Parkern schützte, und winkte dem Wärter zu, der gemütlich zu ihm kam.

»Hyeronimo, wie geht es dir?«, fragte er.

Man kannte ihn hier einfach, er hatte schon als Kind alle Ferien bei seiner Yaya verbracht und war daher kein Fremder für die Dorfbewohner.

»Gut, gut«, antwortete er und schickte die gleiche Frage zurück an sein Gegenüber. »Und wie geht es dir, Gianni?«

Der Befragte bestätigte, dass es ihm ebenfalls gut gehe, und öffnete die Schranke für ihn, winkte ihm freundlich zu und wandte sich dann harsch an das Auto hinter ihm. Hyeronimos konnte noch hören, dass er den Fahrer anwies, auf dem wenige Meter entfernten großen Parkplatz zu parken. Er lächelte kurz und stellte seinen Wagen vor dem Aura Shop ab.

Maria Xylouri erkannte ihn sofort und kam lächelnd aus ihrem Laden. Ein großer heller Hund folgte ihr, und mehrere Katzen rekelten sich vor den Schaufenstern, eine sogar darin. Sie wirkte wie eine kunstvolle Dekoration inmitten der hübsch gekleideten Schaufensterpuppen.

»Hallo, Maria!«, grüßte er und beugte sich hinab zu dem Hund, der vertrauensvoll zu ihm kam. »Hallo, Nefeli!«

»Hyeronimo, wie schön, dich zu sehen. Willst du schwimmen gehen?«

»Ja, ich will gleich ins Wasser, aber vorher möchte ich noch mit dir über die arme Katze sprechen.«

Ihr Gesicht verzerrte sich. Er erkannte eine Mischung aus Schmerz und Ärger in ihren Zügen. Sie zog ihn in den Laden, verschwand hinter einer Tür und kam kurz darauf mit einer Box zurück, die sie sodann vorsichtig öffnete, um ihm das von Menschenhand verstümmelte winzige Tier zu zeigen.

»So etwas macht nur ein Monster, Hyeronimo«, sagte sie aufgebracht.

Er konnte nur nicken. Er war kein Tierliebhaber, doch das, was er hier sah, berührte sein Herz zutiefst. »Wir nehmen deinen Hinweis sehr ernst, Maria«, erklärte er. Er sah ihr zu, wie sie das verletzte Tier, das über und über in eine dicke Schicht Salbe eingehüllt war, mit säuselnder Stimme beruhigte.

Hyeronimos und Maria unterhielten sich noch eine Zeit lang über das Thema Tierschutz und ihre Vermutungen, dass es sich nicht um ein Versehen gehandelt habe, sondern um einen gezielten Akt der Gewalt gegen ein hilfloses Katzenkind. Dann verabschiedete er sich von ihr.

»Wir bleiben in Kontakt über alles, was dir noch ein- und auffällt. Du kannst mich gern jederzeit anrufen und ich leite es dann weiter.« Er war stolz auf sich, denn er klang nicht nur einfühlsam, sondern er fühlte sich auch so. Er war kein grober Klotz, es fiel ihm aber oft sehr schwer, empathisch zu sein. Marias Aura begann, grün zu leuchten, und zeigte ihm, wie wichtig ihr Harmonie und Geborgenheit waren – Herzlichkeit und Mitgefühl waren ganz normale Teile ihrer Persönlichkeit. Seine Fähigkeit, Auren zu sehen, half ihm dabei, den Menschen ein wenig passgenauer zu begegnen, nahm ihm aber nicht ab, sich auch verbal ausdrücken zu müssen.

Er holte seine Tasche vom Rücksitz, ließ den Wagen vor dem Laden stehen und schlenderte zum Strand. Er genoss den Blick auf die Insel Dia, die der Sage nach ein von Zeus versteinertes

Meeresungeheuer darstellte. Etwas näher zur Bucht formierte sich ein Felsen im Wasser, der wie ein schlafender Drache aussah. Er liebte diesen Ort sehr. Der Strand war noch belebt, aber nicht überfüllt. Dann sah er Penelope auf einer der gemütlichen neuen Holzliegen nahe dem *Sokrates*. Sie war in ein Buch vertieft, und er war gespannt, was sie da wohl las. Seine Leidenschaft für seichte Liebesromane mit Happy End behielt er noch immer für sich. Nicht, dass er sich dafür schämte, aber er hatte sich schon so sehr geöffnet, dass es ihm vollkommen in Ordnung schien, ein oder zwei kleine Geheimnisse zu verschweigen. Schließlich wusste Penelope seit dem Frühsommer von seiner Beziehung mit der verheirateten Politikergattin Kassia, die in Athen lebte. Das hatte er ihr nicht ganz freiwillig erzählt, doch er wollte nicht wieder über die hässliche Geschichte nachdenken, die ihn in diese Art von Zugzwang gebracht hatte. Er schlüpfte rasch aus den weichen beigen Mokassins und trat auf den warmen Sand hinaus. Seine Zehen sanken ein, und er fühlte sich blitzschnell wieder wie der kleine Junge, der seine Sommer an diesem Strand verlebt hatte.

»Da bist du ja.« Penelope freute sich und lächelte zu ihm hoch. »Ich habe uns die Plätze gesichert, damit Manolis uns schon hier versorgen kann. Passt das für dich?«

»Sehr weise vorausgedacht«, lobte er, »so können wir nach dem Schwimmen ein Glas Wein trinken.« Er streifte seine Hose ab, faltete sie ordentlich und hielt es mit seinem Hemd genauso, dann wickelte er sich in sein Handtuch, um die Boxershorts gegen die Badehose zu tauschen. Im Anschluss verstaute er Handy und Brieftasche in dem Strandtresor, den er aus seiner Tasche zog. »Gibst du mir deine Sachen?«, forderte er seine Freundin auf. Dann packte er ihr Handy und einen kleinen Geldbeutel mit in den Tresor hinein, kettete das mit einem Zahlenschloss gesicherte Teil an den Sonnenschirm und ging die wenigen Schritte zum Wasser.

Sie folgte ihm, und gemeinsam schwammen sie durch die Bucht an den schaukelnden Booten vorbei hinaus bis zur Begrenzungsboje. Solange die Touristen mit den gemieteten Motorbooten herumschipperten, war es gesünder, nicht zu weit hinauszuschwimmen, denn die Sorge, von einem solchen Boot übersehen zu werden, war tatsächlich nicht unberechtigt.

Anfangs schwiegen sie und gaben sich der belebenden Wirkung des klaren und angenehm temperierten Wassers hin, dann ergriff Penelope das Wort. »Ich weiß, dass du nicht so gern über Stelios sprichst, aber ich mache mir gerade so meine Gedanken und vielleicht auch ein paar Sorgen.«

Er schwamm in regelmäßigen Zügen weiter und antwortete gelassen: »Ich habe das mittlerweile verarbeitet, Pen. Im Unterschied zu anderen Leuten ...!«

»Ja, ich höre so einiges, Christos steckt das nicht so beherrscht weg.«

»Stelios hat seine Entscheidung getroffen, und es ist eine Entscheidung gegen mich, die ich rational auch nachvollziehen kann. Es ist auch eine Entscheidung für Maria und Spectros, und die beiden machen ihre Arbeit wirklich gut. Spectros ist ein professioneller Mann.« Er meinte, was er sagte. Er hatte seinen Frieden mit der Sache geschlossen, Kassia hatte ihm zugehört, als er noch betroffen und frustriert gewesen war, hatte aber auch die richtigen Fragen gestellt und die passenden Worte gefunden, um sein verwundetes Ego zu besänftigen.

»Christos meutert, und ich mache mir Sorgen um ihn!« Sie hatte nie einen Hehl daraus gemacht, dass sie sich mit seinem Kollegen verstand.

»Was befürchtest du?« Er verlangsamte seine Armbewegungen und schaute sie an.

»Keine Ahnung. Es ist nur so ein Gefühl. Da ist so viel Wut in ihm, und ich finde, er sieht auch nicht mehr gesund aus. Eben irgendwie, als würde ihn etwas von innen heraus verzehren.«

Er konnte die Sorge in ihrer Stimme nun deutlich hören. Er wollte das Ganze mit einem Scherz entkräften, denn er war doch hier, um sich zu entspannen, und nicht, um die Probleme seines ungeliebten Kollegen zu lösen, doch ihm fiel partout nichts Passendes ein. Und so blieb er stumm.

»Vielleicht täuscht mich meine Intuition auch«, fuhr sie fort, »und ich sehe Dinge, die nicht da sind, oder übertreibe, aber irgendwas ist nicht in Ordnung.«

»Ich verstehe dich gut«, sagte er entgegenkommend, »aber Christos ist stur, unnachsichtig mit anderen Menschen, und er ist häufig unbeherrscht.«

»Menschen können sich doch ändern«, sagte sie leise, »wenn ich daran nicht mehr glauben kann, dann fühle ich mich auf diesem Planeten nicht mehr wohl. Ebenso wie ich daran glauben möchte, dass in jedem Menschen ein guter Kern steckt!«

»Das möchte ich doch auch, aber unser Job zeigt uns immer wieder, wie schnell das Pendel in die andere Richtung ausschlagen kann. Bitte sei mir nicht böse, Penelope, aber das hier ...« Er drehte den Kopf und zeigte mit einer Hand auf die Weite, die vor ihnen lag. »... machen wir doch, um uns zu entspannen, die Sorgen und alles, was uns belastet, quasi abzuwaschen. Können wir daher bitte, bitte das Thema wechseln?« Sie wurde ein wenig langsamer. Er hatte Bedenken, sie mit seinem Wunsch enttäuscht zu haben, doch dann schlug ihre Stimmung um.

»Ganz wie du willst, Galavaki«, sagte sie, tauchte unter ihm hindurch und bespritzte ihn mit dem salzigen Nass.

»Wenn das so ist.« Er grinste und startete eine Wasserschlacht. »Das kann ich auch!«

Sie waren weit genug draußen, um sich frei und albern zu benehmen, den Ermittler und die Pathologin abzustreifen und einfach nur zwei Freunde zu sein, die sich amüsierten. Doch tief in seinem Inneren spürte er den Widerhall ihrer Worte und wusste, dass das Thema noch nicht beendet war.

9. Kapitel

Er ging zu Bett, sowie die Sonne unterging, nicht jeden Abend, aber doch häufig. Manchmal saß er noch auf der Bank und betrachtete die unendlichen Lichter im Himmel, fragte sich, wie weit sie fort waren, ob sie noch lebten oder ob er lediglich ihr letztes Strahlen wahrnehmen konnte.

So hatte er sich zu Beginn gefühlt – als wäre er schon erloschen und das, was ihn aufrecht hielt, würde das letzte Flackern seines Lebenslichtes sein. Doch dann war er sich langsam wieder nähergekommen, hatte gelernt, seinen Herzschlag zu spüren und auf seinen Atem zu achten. Erstaunt war ihm bewusst geworden, dass die Luft beim Einatmen etwas kühler war als beim Ausatmen. Es hatte einige Wochen gedauert, bis er sich in seinem Spiegelbild wiedergefunden hatte, und die Kargheit seines momentanen Lebens hatte ihm dabei geholfen. Er lenkte sich nicht mehr dauernd ab, auch das war anfangs ungewohnt gewesen. Das Bett war ihm erst zu weich und dann zu hart erschienen. Das Essen zu einfach und manchmal dann doch zu üppig. Er war sich selbst unbequem gewesen. Nun konnte er mit Fug und Recht sagen, dass er sich mit sich selbst angefreundet hatte – vielleicht zum ersten Mal in seinem Leben. Er hatte vollkommen vergessen, wie er in seinen jungen Jahren empfunden hatte und ob er je wirklich glücklich gewesen war oder einfach nur äußeren Bedingungen und Ansprüchen genügt hatte. Er hatte sich für einen Beruf entschieden und sich seinen Aufgaben gewidmet, hatte sich für eine Frau entschieden und sich seinen Aufgaben gewidmet. So, als wäre er einer Programmierung gefolgt und nicht seinem Herzen. Dabei hatte man ihm genau das sehr oft nachgesagt: dass er das Herz am rechten Fleck habe! Doch er hatte es nicht mehr fühlen können, oder es war tatsächlich nie dort gewesen, und er hatte nach etwas gesucht, was ihm verdeutlichte, dass er lebte. Er wusste, dass er darüber hätte reden müssen. Doch er hatte diese

Erkenntnis immer zur Seite geschoben, alles heruntergespielt und sich befohlen, sich selbst nicht so wichtig zu nehmen, sondern sich zu konzentrieren.

Nun lag er hier. Allein. Es war, als wäre er in die Stille der herannahenden Nacht eingehüllt wie in eine Decke. Anfangs war sie kratzig gewesen, und er hatte sie abstreifen wollen, doch dann, eines Abends, hatte sie sich plötzlich anschmiegsam und so samtig angefühlt, dass er sich nicht vorstellen konnte, je wieder ohne sie einzuschlafen und vor allem durchzuschlafen. Denn auch das gelang ihm nun. Es war ihm, als hätte er zuvor nie im Leben auch nur eine Nacht geschlafen, ohne durch grausame Träume geweckt worden zu sein und dann ruminierend wach zu liegen.

Seine Lider wurden schwer, und er glitt in den tiefen, erholsamen Schlaf, den er hier schätzen gelernt hatte.

10. Kapitel

Maria legte ihr Kinn auf ihre gefalteten Hände und starrte in den Raum. Sie hatte sich den Job auf dieser Seite des Schreibtischs komplex und herausfordernd vorgestellt, aber auf Dinge wie Mitarbeiterjahresgespräche hätte sie wirklich gern verzichtet.

»Ich habe ja nur ein kleines Team, und meine Jungs sind etwas anders als die anderen Kinder«, setzte Elonidas Spectros erklärend an, der ihr schräg gegenübersaß. Er hatte nie infrage gestellt, dass sie hinter dem Schreibtisch saß und er davor. Er war einer von den Guten, und sie arbeiteten auf Augenhöhe miteinander.

»Daher laufen die Gespräche meist recht unkompliziert ab«, fuhr er fort, »aber ...«

»Aber hier ist es etwas anders«, griff Maria den Gesprächsfaden auf, »und deshalb habe ich diesen kratzbürstigen Christos an der Backe und du Hyeronimos.« Sie zog die Flasche mit dem selbst gebrannten Tsikoudia ihres Onkels über den Tisch und goss sich zwei Finger breit der klaren Flüssigkeit ein. Spectros nickte ihr zu und bekam auch einen Schluck. Man konnte das Zeug nur als Medizin ansehen, denn es war so beißend und ruppig, dass es wie Sandpapier die Kehle aufraute. Oft benutzte sie den Trank als Mutprobe für ihr Gegenüber oder um in herausfordernden Situationen den Kopf wieder klar zu bekommen. Man schüttete es in einem Schluck hinunter, die Mundschleimhaut fing leicht an zu brennen, die Kehle etwas stärker, dann schüttelte man sich und war wieder wach. Sie tranken in stillem Einvernehmen.

»Wann kommt er wieder?«, erkundigte sich Elonidas. »Ich war nie scharf auf diese Position und würde gern in meinen beschaulichen Alltag zurückkehren!«

»Mir geht es ähnlich, aber ein paar Lorbeeren möchte ich schon noch einsacken, nach dem Desaster, mit dem wir beide hier unseren Einstieg hatten.« Sie spielte auf den Fall im Frühsommer an.

Er nickte bestätigend, sagte dann aber: »Dafür können wir uns auch nichts kaufen.«

»Aber eine positive Bilanz wirft ein gutes Bild auf unsere Abteilungen, und ich möchte gern weiterhin erhobenen Hauptes durch die Vordertür kommen und gehen und nicht wie ein Feigling durch den Seiteneingang hereinschleichen müssen.«

Er nickte wieder. »Das wird schon nicht passieren. Unsere bisherige Bilanz ist doch ganz in Ordnung. Hat Hyeronimos ein gutes Gefühl bei seinem aktuellen Fall?«

»Zumindest hat er mir diesen Eindruck vermittelt. Penelope hat alte Brüche und Prellungen am Körper der Frau gefunden, die auf eine Serie an Misshandlungen schließen lassen. Er hat die Tatwaffe gefunden, und ganz offensichtlich hat sie sich damit nicht selbst den Schädel eingeschlagen. Die Fingerabdrücke des Täters sind drauf, und auch wenn der meint, dass er in seinem Haus doch anfassen dürfe, was er wolle, so befinden sich eben nur seine und die des Opfers darauf. Diese an den Haaren herbeigezogene Geschichte vom Einbrecher mit Handschuhen ist lächerlich ... Dr. Demostaki sagt deutlich, dass das zu Verwischungen auf dem Objekt hätte führen müssen, die aber nicht vorhanden sind. Unsere Leute haben gute Arbeit geleistet, und wenn der Staatsanwalt keinen Mist baut, dann landet der Typ für die nächsten fünfzehn Jahre hinter Gittern!« Sie klopfte bestätigend mit ihren knalligen Nägeln auf den Tisch.

»Hört sich gut an.«

»Ja. Jetzt müssen wir nur noch die Gespräche meistern. Ich dachte, Christos springt mir mit dem nackten Hintern ins Gesicht, als ich ihm sagte, was ich besprechen möchte.«

»Wann kommt Stelios wieder?«, wiederholte Elonidas seine Frage.

»Ich weiß es nicht. Er meldet sich nicht bei mir, und wir sind nach wie vor *Bis auf Weiteres*-Interimschefs. Bereust du es?«, hakte sie nach.

Er zuckte mit den Schultern, schob das Glas zu ihr hinüber und sagte dann: »Ich bereue es nicht. Mein Respekt für Stelios wächst nur noch mehr, und wenn er morgen vor der Tür steht, freue ich mich von Herzen und trete zufrieden wieder zurück.«

»So geht es mir auch!« Sie goss die Gläser erneut voll und spielte gedankenverloren mit dem Flaschendeckel, bevor sie die Flasche wieder zuschraubte. »Wollen wir tauschen?«, feuerte sie die Frage ab, die ihr schon die ganze Zeit auf der Zunge lag, obwohl sie genau wusste, wie die Antwort lautete.

»So betrunken bin ich noch nicht, Maria, und werde ich auch nicht sein. Daher lautet die Antwort: Nein!«

»Einen Versuch war's wert«, sagte sie, und sie grinsten einander verstehend an.

»Wir werden das Kind schon schaukeln!« Spectros schaute zu ihr, und dann begannen sie beide aus vollem Hals zu lachen.

Und das Lachen hatte eine befreiende Wirkung.

11. Kapitel

Er hatte die kleine Siedlung erreicht und musste sich nun dringend ausruhen. Obwohl er wirklich gut zu Fuß war, war es anstrengend gewesen, so weit zu laufen. Doch es gab eben Situationen, die dafür sorgten, dass man mehr leisten konnte als gedacht oder erwartet.

Er hatte stets viel von sich gefordert, und als ihm dann alles entglitten war, hatte er begonnen zu hassen. Er hatte schon immer vieles verabscheut, aber eben nach seinen eigenen Regeln und Wahrnehmungen, und diese waren nicht zwingend mit den gesellschaftlichen Erwartungen kompatibel. Das hatte er verstanden, aber letztlich war es nicht er gewesen, der dafür gesorgt hatte, dass sein Leben zu einem Trümmerhaufen geworden war. Ausnahmsweise war es nicht seine eigene Schuld gewesen. Kein Argument, keine Beweise hatten ausgereicht – wer auch immer diese anführte oder herbeibrachte – oder genügend Kraft, um seine Schuld zu belegen. Er konnte vor Gott knien und schwören, denn nicht er war der Böse in dieser Beziehung gewesen.

Er hatte sie geliebt. Auf seine Weise und wahrscheinlich viel zu sehr, um dann all das zu ertragen, was sie ihm angetan hatte. Das Ende hatte er so nicht gewollt, und deshalb war es nicht seine Schuld. Doch man hatte ihn verurteilt, mit dem Finger auf ihn gezeigt und ihm damit letztlich sogar seine Würde geraubt.

Er konzentrierte sich darauf zu atmen. Er musste sich ausruhen, musste schlafen. Denn war er müde, würde er Fehler machen, und er konnte sich keine Fehler mehr erlauben. Heute noch weniger als früher. Er hatte sich alles zurechtgelegt und jeden Schritt genau durchdacht, nachdem er die Information durch die Nachrichten erhalten hatte. Er hatte in vielen schlaflosen Nächten darüber nachgegrübelt, was zu tun war, und dabei unterschiedlichste Szenarien ins Auge gefasst.

Doch wer zu viele Pläne machte, über den lachten sich die Götter schlicht ins Fäustchen. Irgendwann war ihm das aufgegangen, und er hatte aufgehört etwas auszutüfteln. Seine Tage und Nächte waren in ödem Gleichklang vergangen, und nur das Lesen hatte ihn letztlich am Leben erhalten, hatte seine Seele genährt und vielleicht sogar dafür gesorgt, dass er ein anderer Mensch geworden war. Er wagte nicht zu sagen, ob besser oder schlechter, denn er hatte sich den größten Teil seines Lebens nicht für schlecht gehalten.

Die Nacht war still, und nur das Zirpen einiger Zikaden war zu hören, die die Dunkelheit mit ihrem Gesang füllten. Morgen früh würde er seinen Weg fortsetzen, doch jetzt verlangte sein müder Körper nach Ruhe. Obwohl er körperliche Anstrengungen gewohnt war, hatte ihn der Tag Kraft gekostet. Er ruckelte auf der harten Unterlage ein wenig hin und her, um eine einigermaßen bequeme Position zu finden.

Die Müdigkeit legte sich über ihn, seine Lider schlossen sich.

Dann glitt sein Unterbewusstsein ab in die Welt der Träume, und er sah das Gesicht, nach dem er suchte, klar und deutlich vor sich.

12. Kapitel

Penelope drehte ihr Weinglas gedankenverloren in der Hand. Das Essen war wirklich lecker gewesen. Sie hatten sich verschiedene Gerichte bestellt und sie ganz klassisch geteilt, indem die Platten und Teller in der Mitte des Tisches gestanden und sich jeder genommen hatte, was er mochte: frittierten Käse, cremige Fava mit ein paar karamellisierten Zwiebeln darauf, gegrillten Oktopus, der so zart gewesen war, das er auf der Zunge zerschmolz; eine Schüssel mit kretischem Salat, in der sich Tomaten und Gurken in großen Stücken befunden hatten, dazu feine Oliven, etwas Dakosbrot, Feta und alles gekrönt mit leckerem Olivenöl. Frittierte Tintenfischringe, außen köstlich knusprig und innen butterweich, kross gebratene Leberstücke mit Rosmarin verfeinert und eine Portion Pites mit Gemüsefüllung. Manolis hatte ihnen, wie in den meisten Tavernen üblich, einen Nachtisch und Obst gebracht, ohne dass sie es bestellt gehabt hätten. Es war ein Geschenk des Hauses an die Gäste. Gekochte Sahne mit Schokoladensoße, Eis, ein saftiger Schokokuchen und frische Trauben standen nun zwischen ihnen sowie ein Fläschchen mit Limoncello und eines mit Tsikoudia. Der Inhaber hatte eine Zeit lang bei ihnen am Tisch gesessen und über dies und das geplaudert. Hyeronimos und er hatten sich über Bekannte und Neuigkeiten aus dem Dorfleben ausgetauscht.

Nun waren sie wieder allein. Sie hatten nach dem Schwimmen das Thema Stelios nicht erneut aufgegriffen, doch nun würde sie ihn nicht so einfach davonkommen lassen.

»Stelios«, sagte sie daher mit hochgezogenen Augenbrauen.

Hyeronimos seufzte kellertief. »Wenn es unbedingt sein muss. Ich hatte das gerade effektiv verdrängt.«

»Ich habe lange nichts von ihm gehört und weiß nicht, ob das gut oder schlecht ist.« Sie nahm einen Schluck aus dem Glas in ihren Händen. Der Wein war fruchtig und kühl.

»Warum ist es gerade jetzt ein so wichtiges Thema für dich?«, fragte er. »Du redest doch sonst nur sehr selten und äußerst zurückhaltend über das, wovon du Kenntnis hast, und du weißt auch, dass ich das wirklich respektiere.«

»Ich kann dir nicht genau erklären, warum es so ist. Ich mache mir oft Sorgen um ihn. Er war immer eine Art Fels in der Brandung. Hat die Geschicke des Dezernats umsichtig geleitet und immer die richtigen Worte gefunden. Dann haut es ihn plötzlich so aus der Bahn.«

»Die Scheidung hat ihm zugesetzt, und ich glaube, die Reaktion darauf in seinem Freundeskreis auch«, wandte er ein.

»Ich habe auch keinen Spaß mit meinem Umfeld – also speziell mit meiner Familie.« Sie spielte auf die Situation mit ihrer Mutter an, die sie für den Tod der Großmutter verantwortlich machte, weil sie lieber Tote »massakrierte«, anstatt in einer schicken Privatpraxis zu residieren. Mal ganz abgesehen von der Tatsache, dass eine lesbische Tochter nichts war, womit ihre Mutter sich schmücken würde.

»Die Vergangenheit meiner Familie ist auch nichts, womit ich gerne in der Welt hausieren gehe«, erwiderte er.

»Ist das jetzt gemein, wenn wir sein ganz persönliches Befinden und seine Lebenssituation nach unseren Parametern bewerten?« Sie nahm grüblerisch noch einen Schluck Wein und schaute Hyeronimos direkt in die Augen. Diese strahlend blauen Augen, die so gar nicht in sein griechisches Gesicht passten und die viele Menschen wirklich irritierten. Er war ein attraktiver Endvierziger mit dunklem vollem Haar und einem gepflegten Vollbart. Mittlerweile hatte er auch seinen kleinen Bauchansatz wieder in den Griff bekommen. Seine Augen konnten einen durchbohren und gaben einem das Gefühl, bis tief in die Seele durchschaut zu werden. Seitdem sie wusste, dass er Auren sehen konnte, schien ihr dieser Gedanke vollkommen schlüssig, denn sie setzte die Fähigkeit mit dem In-die-Seele-Blicken gleich.

»Puh, was ist gemein? Es ist wahrscheinlich nicht fair, denn jeder Mensch hat seine Grenzen. Ich persönlich weiß zu wenig über Stelios' Privatleben und seinen Weg vom einfachen Polizisten zum Leiter der Mordkommission.« Er hob entschuldigend die Schultern.

»Er hat eine ganze Menge erlebt, und da waren auch harte Fälle dabei, die ihn bis heute nicht loslassen.«

»Er hat das Recht dazu, sich eine Auszeit zu nehmen«, sagte Hyeronimos in einem Ton, als wollte er das Thema abschließen.

Doch sie war noch nicht bereit dazu. »Ich kann das irgendwie gerade nicht wegdrücken. Vielleicht bin ich durch all die unfruchtbaren Gespräche mit Eleni überempfindlich geworden, aber die Gesamtsituation bekümmert mich: Christos mit seiner brodelnden Aggression, von der er glaubt, er würde sie gut verbergen, die Funkstille bei Stelios ... Ich weiß nicht, Hyeronimo.« Sie hob erneut den Blick.

»Was willst du damit andeuten?« Er hörte sich ein wenig alarmiert an.

»Ich glaube nicht, dass Christos ausflippt, aber wir haben schon sonderbare Dinge erlebt«, meinte sie.

Hyeronimos schüttelte sich leicht, als wollte er den Gedanken an diese Erlebnisse loswerden. »Ich kann den Kerl nicht ausstehen, Pen, das weißt du ganz genau, aber das? Das ist so weit von allem entfernt, was für mich vorstellbar ist. Mal eine ganz blöde Frage: Wenn du dich so sorgst, warum rufst du Stelios nicht an?«

»Er macht das Handy nur an, wenn er telefonieren *will*. Sonst ist es immer aus. Also ist es sinnlos, ihn anzurufen. Wahrscheinlich hat er einfach nichts zu erzählen oder will nicht reden«, beruhigte sie sich selbst. Sie nahm die kleine Flasche mit dem Tsikoudia und schenkte ihnen etwas ein.

Prostend erhoben sie die Gläser und tranken schweigend.

13. Kapitel

Er schaute auf die dunkle Silhouette der Berge. Sein Büro hatte eine gläserne Front in diese Richtung, und er musste sich nur an seinem Schreibtisch umdrehen, um in den Genuss dieser Aussicht zu kommen. Wenn man sein Büro als Besucher betrat, wirkte genau dieses Panorama noch zusätzlich überwältigend. Er wusste das und hatte es ganz gezielt so gestaltet. An sich hatte er es nicht nötig, Menschen zu beeindrucken, denn schon der Name *Michalis Serpantakis* sprach für sich, und niemand, der zu ihm kam, betrat sein Refugium entspannt.

Er hatte hart gearbeitet für seine Position an der Spitze. Nichts davon war ihm einfach so in den Schoß gefallen. Er wählte heute mehr denn je ganz bewusst aus, wer in seinem Dunstkreis verweilen durfte und wer nicht. Er vertat sich dabei nur sehr selten, denn die Leute fürchteten ihn und zeigten ihm dadurch rasch ihr wahres Gesicht und ihre wahren Beweggründe. Das machte die Selektion leicht. Nur einmal hatte er vollkommen danebengelegen, und dieser Fehler hätte ihn beinahe ins Gefängnis gebracht, doch er hatte die »lecke Stelle« in letzter Minute stopfen können.

Gedankenverloren hielt er sein Glas in der Hand. Der Whisky roch wundervoll malzig und nach feuchten schottischen Wäldern. Er hatte die Gegend bereist und sich die besten Sorten vor Ort herausgesucht. Er kannte die Welt, die Menschen und ihre Bedürfnisse. Sein Dasein als Unternehmer und Boss war keinem Zufall geschuldet. Er hatte an seinen Plänen festgehalten und handfeste Probleme gemeistert, ohne sich zu zieren. Er vertraute grundsätzlich nur sich selbst. Filomena hatte ihm immer am nächsten gestanden und war in viele der Prozesse und Entscheidungen involviert, doch sie war längst nicht so wichtig, wie sie zu glauben schien. In den vergangenen Monaten hatte sie seine Geduld mehr als auf die Probe gestellt. Sein Handeln war richtig gewesen. Er war nicht verantwortlich für ihren Verlust, hatte aber seinen Standpunkt deutlich machen müssen, um die Weichen für die Zukunft richtig zu stellen. Sie müsste ihn eigentlich verstehen und nicht kindisch und trotzig auf ihrem Standpunkt beharren. Nun versuchte sie, ihn zu bestrafen, indem sie sich wie ein altes Weib in schwarze Kleidung hüllte und bei wichtigen Veranstaltungen wie der Benefizgala mehr als das vereinbarte Glas trank. Sie durften sich nicht vor aller Welt betrinken. Ihre Rollen und das Bild, das die Allgemeinheit von ihnen hatte, waren sorgsam überlegt und musste immer wieder entsprechend gepflegt werden. Er war es, der die Aufmerksamkeit der Öffentlichkeit auf seine Familie lenkte und nicht umgekehrt.

Der Vorfall im Frühsommer hatte einen Nerv getroffen, und er hasste es, sich quasi verteidigen zu müssen. Wenn seine Schwester nicht begreifen konnte, dass das ein massives Fehlverhalten gewesen war, dann musste er ihr eben die Flügel stutzen. Sie glaubte wahrhaftig, sie könnte fliegen, wohin sie wollte. Weit gefehlt! Er bestimmte den Radius, in dem sie sich bewegen durfte.

Doch er würde keinesfalls unbedacht handeln, denn die Menschen liebten ihre *Wohltäterin,* und sollte sie sich zurückziehen oder gar nicht mehr zur Verfügung stehen, so konnte das ein ungewollt negatives Bild von ihm erzeugen. Er war auf die Kooperation vieler Leute angewiesen. Natürlich konnte er diese auch erzwingen, doch alles funktionierte reibungsloser, wenn die Dinge freiwillig ins Rollen kamen.

Er nahm einen kleinen Schluck des bernsteinfarbenen Getränks und konzentrierte sich auf die Vielfalt der Aromen, während er die im Mondlicht schimmernden Bergkuppen mit den Augen liebkoste. Das hier war seine Heimat, sein Reich, und er würde sich nicht durch Filomenas Albernheiten irgendetwas davon streitig machen lassen.

Die rasch voranschreitenden Zeiger der Uhr machten ihm deutlich, dass er dringend schlafen sollte, doch er war noch zu sehr in Gedanken versunken. Er griff zum Telefon, wählte, und wie nicht anders zu erwarten, wurde das Gespräch nach dem zweiten Läuten angenommen.

Das Telefonat war so schnell beendet, wie es begonnen hatte. Gelassen trank er weiter und spürte endlich die nötige Ruhe in seinem Inneren, um zu schlafen.

14. Kapitel

Stelios trat hinaus in den Morgen und begrüßte ihn zufrieden. Heute fühlte er sich wirklich gut, auch gut genug, um wieder einmal ein Telefonat zu führen. Das tat er gezielt und nur sehr selten. Er hatte das Mobilgerät fast immer ausgeschaltet. Nicht einfach nur stumm, sondern komplett aus. So lag es in einer Schublade seines Nachttischs neben der Pistole seines Großvaters, und er kam erst gar nicht in die Versuchung, im Internet zu surfen oder gar Mails zu verfassen. Er war nur mit wenigen ausgewählten Menschen ganz sporadisch im Kontakt, und das war als Teil des Heilungsprozesses mehr als nötig, denn es ging für ihn um Abgrenzung und innere Klarheit. Die konnte man nicht erlangen, wenn man sich ständig ablenkte oder zu viele gute Tipps hörte.

Er ging zurück in die Hütte, um sich seinen Kaffee zuzubereiten, und holte, während das Wasser kochte, sein Handy aus dem Schlafzimmer. Er schaltete es ein und schob es in seine Gesäßtasche. Er würde sich mit seinem Kaffee auf die Bank vor der Hütte setzen und dann in aller Ruhe mit Penelope reden. Sie war kein so früher Vogel wie er es in den letzten Wochen geworden war, ging aber zeitig am Morgen in die Pathologie, daher wusste er, dass er sie bald schon erreichen konnte, ohne unverschämt zu wirken. Es gab einiges zu erzählen, denn er hatte sich entschieden, seine Zeit hier oben in der kommenden Woche zu beenden und zurück in die Stadt zu kommen. Noch war er nicht bereit, seinen Stuhl in der Mordkommission wieder zu besetzen, aber auch davon war er nicht mehr weit entfernt. Gute Nachrichten also. Penelope würde sich darüber freuen, dessen war er sich vollkommen sicher.

Als er zurück in die Küche kam, erstarrte er erschrocken.

Er hatte niemanden kommen hören. Stelios blieb wie angewurzelt stehen, und in seinem Kopf begannen sämtliche Protokolle für Ausnahmesituationen abzulaufen. Er hob die Hände, um einerseits zu demonstrieren, dass er vollkommen unbewaffnet war, und andererseits beruhigend auf den Gegner einzuwirken.

Die Frage nach dem Warum

15. Kapitel

Penelope belegte sich einen Toast dick mit Käse und schob ihn rasch unter den heißen Grill, um ihn zu überbacken. Sosehr sie Süßigkeiten mochte, ihr Frühstück musste salzig und fettig sein. Vor allem nach einem Abend mit einigen Gläsern Wein.

Der Kaffee lief duftend aus dem Vollautomaten, und sie hatte Stuhl und Tisch auf dem Balkon bereits gemütlich hergerichtet, um sich für den Tag zu stärken. Die langweiligen Tage waren viel herausfordernder als die prall gefüllten, aber so war es nun einmal auf Kreta. Sie hatte nicht jeden Tag Tote auf ihrem Tisch. Ein Kollege vom Festland hatte sie vor einigen Wochen gebeten, eine Abhandlung zu ihrer Gesichtsrekonstruktion des Schädels aus der Samaria-Schlucht vor einigen Jahren zu verfassen. Das hatte sie sich nun endlich vorgenommen. Sie saß zwar nicht gern am Schreibtisch, doch es würde ihrer Reputation dienlich sein, und das war durchaus ein wichtiger Aspekt.

Der Toast roch verführerisch, sie zog ihn vorsichtig heraus, bugsierte ihn unfallfrei auf einen Teller, zerteilte ihn in vier kleine Dreiecke, strich mit dem Finger den geschmolzenen Käse vom Messer und leckte ihn genüsslich ab. Kurz darauf saß sie draußen, mit dem Blick auf die herrliche Bucht von Ammoudara und die Insel Dia, und kaute zufrieden. Sie liebte es, wenn Tage so entspannt anfingen.

Ihr Handy klingelte, und sie sah Elenis Nummer auf dem Display, holte tief Luft und nahm das Gespräch an. »Du bist noch wach?«, begrüßte sie die junge Frau erstaunt, denn sie wusste, dass es in Washington gerade Nacht war.

»Die Amis sind aktuell total verrückt auf alles Griechische«, stöhnte Eleni, »und ich hetze von einem Termin zum nächsten.

Mal ganz abgesehen von all dem, was man zwischendurch von mir erwartet.«

Penelope dachte kurz nach, ob sie erneut in die gewohnte Diskussion einsteigen wollte, sagen sollte, dass Eleni gerade ihren Traum lebe und auf hohem Niveau jammere. Doch sie entschied sich bewusst dagegen, nahm einen Schluck Kaffee, blickte auf den klaren Horizont, an dem sich Meer und Himmel trafen und zu einer Einheit verschmolzen. »Ich kann verstehen, dass dich das alles wach hält«, sagte sie dann.

»Ich fühle mich so ...« Eleni machte eine lange Pause.

Penelope nahm das Handy kurz vom Ohr, um zu überprüfen, ob die Verbindung noch bestand. »Was ist los mit dir, Liebes?«, fragte sie vorsichtig in die Stille hinein.

»Das entwickelt sich alles völlig falsch hier. Ich renne auf einem Laufband und stemme Gewichte, damit ich mich in meinen eigenen Shirts fotografieren lassen kann. Das bin doch nicht ich, und es ist gegen meine innere Haltung. Das Essen hier ist nicht so lecker wie zu Hause, aber ich achte auf mich, und dann bin ich doch ich ...« Sie verstummte.

Penelope wusste nicht genau, wie sie darauf reagieren sollte. Jeder Traum hatte eben einen Preis. Hatte sie bereits resigniert? Hatte sie bereits zu viel Mist erlebt, um noch unbedarft zu reagieren? Eleni war Teil einer Maschinerie geworden, die unaufhaltsam gewissen Marktbedürfnissen folgte. »Denkst du, du verlierst zu viele Follower, wenn du dich wieder auf deinen Blog konzentrierst und die Shirt-Sache hinten anstellst?«

»Einerseits schon, und andererseits frage ich mich dauernd, ob das der Sache mehr schadet als guttut.«

»Vielleicht macht es Sinn, darüber nachzudenken, ob deine T-Shirts jetzt – also so ähnlich wie bei einem kleinen Kind – groß genug sind, um allein zu laufen. Du musst sie nicht mehr so fest an der Hand halten, damit sie nicht hinfallen. Anfangs muss man auf so ein Baby gut aufpassen, und dann kann man irgendwann loslassen. Kann es sein, dass dein Gefühl dich genau darauf hinweisen möchte?«

»Ich weiß nicht Pen, es ist irgendwie noch mehr … Ich liebe dich!«

Sie hatten einander diese drei Worte noch nie so deutlich gesagt. Penelope war wie vom Donner gerührt, dass ausgerechnet Eleni sie zuerst aussprach. Es war, als hätte das eine Art Damm bei ihr gebrochen.

»Ich liebe dich von ganzem Herzen, Penelope, und du bist immerzu in mir. Ich trage dich in mir und liebe dich wirklich. Gott, es tut so gut, es dir zu sagen. Ich liebe dich, und diese räumliche Distanz zwischen uns ist einfach fürchterlich, denn irgendwie bist du meine erste richtige Liebe, und ich will einfach … Ich will so viel!«

»Eleni!«

»Ich weiß, das kommt komisch rüber, als hätte ich einfach nur eine Krise, aber das ist es nicht.«

Penelope dachte darüber nach, wie sie nun reagieren sollte, warf dann ihren Schutzpanzer ab und entschied sich dafür, ebenfalls ihrem Herzen zu folgen. »Ich liebe dich auch«, sagte sie schlicht, und ein einvernehmliches Schweigen entstand, während sie beide ganz offensichtlich die neue Stufe, die ihre Beziehung gerade erreicht hatte, zu verdauen versuchten.

16. Kapitel

Christos hatte Herzrasen, es galoppierte in seiner Brust, und er wusste nicht, was er tun konnte, um es zu beruhigen. Er hatte sich entschieden, einen Weg einzuschlagen, auf dem es nun kein Zurück mehr gab. Er hatte alle seine Grenzen überschritten, all seine Werte so weit über Bord geworfen, dass es von nun an keinerlei Möglichkeit für ihn geben würde, etwas anders zu machen.

In den vielen Nächten, in denen ihn der Groll geplagt hatte, hatte er sich wie ein Tier in einem Käfig gefühlt, wie einer von den Hunden, die viele hier auf der Insel an Ketten hielten. Ein Tier eben, das keinen Ausweg sah, das mit einem Stock zum Gehorsam gebracht wurde. Egal, wo er versucht hatte, sich einen Platz zu suchen, an dem er sicher war und sich zu seiner vollen Größe und Stärke entfalten konnte, er hatte ihn nicht finden können. Und irgendwann konnte man eben einfach nicht mehr anders. Man fletschte die Zähne und biss zu, ganz egal, welche Folgen das mit sich brachte. Man dachte nicht mehr klar, wenn man an diesem Punkt angelangt war.

Seine Füße taten ihm weh. Früher war er wirklich sehr sportlich gewesen. Auf der Polizeischule war er den anderen davongerannt und hatte so viele Liegestütze hinbekommen, dass die Kollegen in einer Traube klatschend um ihn herumgestanden hatten. Heute war er ein alternder Mann, dem die Jungen den Job wegnahmen. Elonidas Spectros gehörte aus seiner Sicht schon zu dieser Generation, und er hatte ihm den Platz oben auf der Karriereleiter ohne jede Anstrengung streitig gemacht. Als Nächstes würde man ihn aus dem Ermittlungsbereich kicken, und er musste am Schreibtisch die Tage bis zu seiner Rente versauern, während so ein Frischling seinen Job übernahm.

Diese Gedanken hatten ihn schier in den Wahnsinn getrieben, und die rot schlierige Wut hatte die Kontrolle übernommen und ihn quasi ferngesteuert. Wann hatte er begonnen, auch die anderen Menschen im Präsidium zu verabscheuen? Maria hatte er doch früher sehr geschätzt, aber auf dem Stuhl von Stelios Mentakis – seine innere Stimme spuckte den Namen nur noch aus – war sie unerträglich für ihn geworden, mit ihren lächerlichen roten Fingernägeln und der Tsikoudia-Sauferei im Dienst. All das wurde toleriert, ohne mit der Wimper zu zucken, und ihn ließ man einfach hinten runterfallen, weil er ein Problem mit einem Deutschen hatte, als wäre er da der einzige Mensch auf ganz Kreta. Seine Vorbehalte gegen Galavakis waren mehr als angemessen, und der Mann bestätigte dies jeden Monat aufs Neue. Ganz egal, was auch geschah, der Kommissar legte sich an jedem Dreizehnten einfach ins Bett. So ein Ermittler war aus seiner Sicht für eine ernst zu nehmende Behörde untragbar.

Christos war müde. Die lodernde Wut war einer Taubheit gewichen und hatte Platz für etwas gemacht, was sich anfühlte, als würden Tausende von Bienen in seinen Organen umherschwirren, bereit hineinzustechen. Er erwartete den Schmerz, unter dem er sich krümmen würde. Doch gerade war er zu erschöpft. Als hätte das weichende Adrenalin jede Energie aus ihm herausgesogen. Je weiter der zornige Nebel von ihm wich, umso mehr wurde ihm bewusst, dass er etwas getan hatte, was er nicht mehr ändern konnte. Und es würde am Ende ihn selbst zerstören. Auch seine Familie würde davon betroffen sein. Wie hatte er nur aus reiner Raserei handeln können? Er wusste doch aus so vielen Jahren der Erfahrung als Polizist, dass genau das zu entsetzlichen Verbrechen führte. Menschen, die sich nicht mehr unter Kontrolle hatten, traten aus dem Rahmen ihrer Wertekonstruktionen heraus und verletzten andere, fügten ihnen Schaden zu, zerstörten Leben und waren dabei vollkommen gnadenlos. Bis die Wut verrauchte und der Blick wieder klarer wurde. Nicht jeder Täter war dann sofort geläutert, doch viele. Wie oft hatte er Menschen festgenommen, die tiefe Reue zeigten und nicht dazu in der Lage waren, sich selbst zu vergeben. Weil sie wussten, dass die Konsequenzen einer Tat nicht mehr umkehrbar waren oder gar zurückgenommen werden konnten.

Was hatte er sich gedacht? Hatte er überhaupt gedacht, oder war er, einem Zombie gleich, losgelaufen, einzig mit dem Ziel zu zerstören?

Er fuhr sich mit zittriger Hand durch das Gesicht, spürte den Schweiß, der ihm aus dem lockigen Haaransatz über die Stirn lief. Was er kurzzeitig für einen Neubeginn gehalten hatte, entwickelte sich nun wahrscheinlich zu seinem Ende.

Sein Herz raste pochend in seiner Brust, und er bekam kaum noch Luft. Am Ende war er nicht besser als dieser irre Galavakis.

17. Kapitel

Er rannte, denn das konnte er eben sehr gut. Seine Beine trugen ihn über Stock und Stein, während er den steinigen Pfad mit gleichmäßigen Bewegungen hinablief. Er war schneller als sonst unterwegs, denn er wollte rasch wieder zu Hause ankommen, und dazu musste er einen ganz bestimmten Bus erwischen. Adrenalin ließ sein Blut sprudelnd durch seine Adern stürmen.

Er hatte alles so gut und genau geplant gehabt, doch wie so oft in seinem Leben war es anders gekommen. Für ihn gab es nur *Entweder-oder.* Nie ein *Und.* Hatte er sich für eine Richtung entschieden, konnte er nicht mehr anders, als dieser zu folgen, egal, was sie für ihn bereithielt. Er hatte sein kleines dummes Telefon zu Hause liegen, hatte keine Spuren hinterlassen wollen. So schlau war er zumindest gewesen. Im Bus und auf den holprigen Wegen war er nur ein Mann, mehr nicht. Einer von vielen. Er sah nicht anders aus als seine Landsleute, war knochig, braun gebrannt, hatte dunkles Haar. Ein paar Zähne fehlten, denn einen Zahnarzt zu bezahlen war für jemanden wie ihn heutzutage kaum möglich. Einen Schneidezahn hatte er schon in jungen Jahren bei einer Schlägerei verloren, und es war ihm damals immer wie eine Art Auszeichnung erschienen. Als der abgebrochene Rest dunkel zu werden begann, hatte er ihn schwarz färben lassen, denn das wirkte aus seiner Sicht männlich und gefährlich. Damals hatte er diese Wirkung erzielen wollen.

Damals … Das war so lange her, und doch trug man seine Vergangenheit immer mit sich herum. Das war ihm heute Morgen ganz besonders bewusst geworden. Wieder einmal hatte er an einer bestimmten Stelle seines Lebens eine falsche Abzweigung genommen, und das würde ihm nun erneut zum Verhängnis werden.

Als er von seiner Schlafstatt aufgebrochen war, war das Morgenrot noch nicht zu erahnen gewesen, doch es war jener Augenblick zwischen hell und dunkel gewesen, bei dem man nicht genau sagen konnte, ob der Tag kam oder die Nacht ging. Verrückterweise hatte er den Weg genossen und beinahe vergessen, warum er ihn auf sich nahm. War er langsam nur ein alternder Narr? Hielt er an etwas fest, was es gar nicht mehr gab oder was gar nicht mehr wichtig war? Diese Fragen waren ihm immer wieder durch den Kopf gegangen, während er einen Fuß vor den anderen gesetzt hatte.

Die Jahre hatten ihm die Glut genommen. Er brannte nicht mehr heiß und lichterloh, das kleine Flämmchen reichte nur noch eben aus, um ihn nicht innerlich komplett einfrieren zu lassen. Doch diese eine Aufgabe, dieses eine Ziel, hatte ihn noch angetrieben. Er hatte sich erklären wollen, hatte wichtige Dinge aufdecken wollen, nein, sogar müssen.

Aber erneut war ihm alles entglitten, erneut war er der Dumme. Diesmal vielleicht sogar noch dümmer als je zuvor. Er musste sich beruhigen, also begann er seine Atemzüge zu zählen, angepasst an seinen Laufrhythmus. Nachher würde er seine Hände in die Erde tauchen, ihre Kraft spüren und das Leben, das aus ihr erwuchs, pflücken und pflegen. Er würde nichts anderes tun.

War diese Entscheidung ein Fehler gewesen? Wollte er mit dieser Schuld leben? Endlich eine wirkliche Schuld! Vielleicht war ihm genau das vorbestimmt.

Er hatte nun die flachere Talregion fast erreicht, und die Hauptstraße war nicht mehr weit. Der anfängliche hormonelle Adrenalinschub war der gewohnten Laufkraft gewichen, und seine Beine arbeiteten vollkommen selbstständig, während er der Bushaltestelle immer näher kam.

Doch dann war er für einen Moment so sehr mit seinen Gedanken beschäftigt, dass er nicht auf den Untergrund achtete. Er stolperte über einen Stein, der eigentlich viel zu klein dafür war. Stoßweise atmend blieb er stehen, um zu prüfen, ob er sich etwas gezerrt hatte, doch alles schien in Ordnung. Verärgert trat er gegen den Störenfried, der sich purzelnd umdrehte. Zu seinem Erstaunen stellte er fest, dass es sich um einen jener bemalten

Steine handelte, die mittlerweile häufig am Rande von Wegen und in kleinen Einbuchtungen am Meer zu finden waren. Das *Mati* prangte leuchtend darauf: das blaue Auge, das vor dem *bösen Blick* schützte. Vielleicht würde doch noch alles gut werden. Er bückte sich, hob den mittelgroßen Kiesel auf und fing wieder an, gleichmäßig zu traben.

18. Kapitel

Hyeronimos saß auf seiner Dachterrasse, genoss den ersten Kaffee und blickte auf das heute tiefblaue Meer. Er mochte den Blick zu jeder Jahreszeit und bei jeder Witterung. Morgens war es noch still in der geschäftigen Hauptstadt, und zur Saison strömten die Touristen in Scharen durch das Zentrum und die kleinen Gassen der Innenstadt. Abends konnte er hier oben das Lachen, die Musik und das vielfältige Gemurmel aus den umliegenden Restaurants hören. Es war wie das sanfte Rauschen des Meeres und untermalte das sommerliche Leben auf der Insel wie eine Art Soundtrack.

Er war schon oft gefragt worden, wieso gerade er, der doch das Meer so liebte und ein verrückter Schwimmer war, nicht genau dort lebte, wo er täglichen Zugang zu der geliebten Pracht hatte. Die Frage hatte ihn tatsächlich auch intensiv beschäftigt. Er fühlte sich wohl hier oben, es war sein Turm, hier war er sicher vor übergriffigem Verhalten von Nachbarn oder Ähnlichem. In den Dörfern gab es im Winter kaum etwas zu tun, und so stürzten sich die Menschen oft aufeinander, um einen Kaffee zusammen zu trinken und jene alltäglichen Gespräche über alles und jeden zu führen, die er tunlichst vermeiden wollte. Er mochte das Geschwätz nicht, verabscheute Gerüchte und ließ sich nicht über die Polizeiarbeit ausquetschen. Das Dorfleben war nichts für ihn. In Agia Pelagia blieben nach der Saison rund zweihundertfünfzig bis dreihundert feste Einwohnende übrig, man kannte einander, und er war eben nicht der Typ für solche Beziehungen. Natürlich gab es auch in diesem Haus hier Menschen, doch man grüßte sich kurz, und damit war es getan. Deshalb blieb er in dem bunt verzierten Gebäude wohnen, in dessen Erdgeschoss ein hübsches Café seine Pforten ganzjährig geöffnet hatte. Doch er war nur selten dort anzutreffen, trank nur hin und wieder rasch einen Kaffee an einem der Stehtische und ging dann wieder seiner Wege, denn auch hier wollte er keine Beziehungen knüpfen, die zu eng wurden. Er wollte in seinem Refugium seine Ruhe haben, draußen sitzend den Blick genießen, auf dem Sofa ungestört in seine Romane eintauchen, liebevolle Gespräche mit Kassia führen oder seine Panikattacken überleben.

Wobei er das Gefühl hatte, dass es ein winziges bisschen leichter geworden war. Er hatte sich an den Tagen davor besser im Griff, und den letzten Dreizehnten, der knapp drei Wochen hinter ihm lag, hatte er als weniger bedrohlich empfunden. Die Todesangst war nach wie vor da gewesen, doch er hatte es so empfunden, als wäre ein Grundrauschen vorhanden, das ihm die Zuversicht gab, dass er nicht sterben würde. Er konnte es nicht so recht in Worte fassen und wollte auch noch nicht zu viel Hoffnung in diesen veränderten Zustand packen, doch es war beinahe so, als hätte ein winziges Licht am Horizont der alles verschlingenden Dunkelheit aufgeleuchtet.

Er nahm einen Schluck Kaffee und spürte die belebende Wirkung des Koffeins, in den letzten Wochen hatte er damit begonnen, sich etwas bewusster zu ernähren. Das bedeutete nicht, dass er auf die Dinge verzichtete, die er so mochte. Er war weiterhin Stammkunde in der Emmanouil Patisserie und schlemmte mit Penelope die süßen Köstlichkeiten, aber eben nicht mehr jeden Tag in rauen Mengen. Das hatte prompt dazu geführt, dass der kleine Bauchansatz, der ihn so gestört hatte, geschrumpft war. Damit fühlte er sich besser und hatte beschlossen, weiterhin achtsam mit sich umzugehen. Da sich diese Entscheidung und die minimale Verbesserung am Dreizehnten ein wenig überlappt hatten, hatte er schon die verrückte Idee in Erwägung gezogen, dass es nicht nur die Epigenetik, die die traumatischen Erlebnisse seiner Vorfahren in seine DNA gepflanzt hatte, als Ursache geben könnte, sondern auch zu viel Zucker. Sicher war das wissenschaftlich nicht besonders haltbar, denn er hatte bei all den Recherchen, die er seit Jahren betrieb, um aus diesem Irrsinn entfliehen zu können, niemals einen Hinweis auf einen solchen Zusammenhang gefunden. Gleichzeitig war es ihm aber aufgefallen, und er hatte beschlossen, die Korrelation im Auge zu behalten.

Seufzend ging er durch die große, weit geöffnete Glastür in seinen geschmackvoll eingerichteten Wohnbereich. Er ließ sich einen frischen Kaffee aus der chromglänzenden Maschine ein, die ratternd die Bohnen frisch mahlte und das duftende Gebräu zischend in die Tasse presste. Den ersten Schluck nahm er noch an die Küchentheke gelehnt. Obwohl er so gern aß und Essen für ihn viel mehr als nur reine Nahrungsaufnahme war, kochte er nicht gern. Er konnte es, keine Frage. Titika hatte ihn gelehrt, die klassischen Speisen zuzubereiten, aber es machte ihm keine Freude, vielleicht auch, weil im Prozess des Kochens immer eine Form von Unordnung entstand und er es einfach nicht ausstehen konnte, wenn die klare Struktur in seinem Umfeld gestört wurde. Selbst beim Denken kam es ihm sonderbar vor, aber so war er eben nun einmal: ein Sonderling!

Er hatte in mühevoller Arbeit gelernt, alles, was die Außenwelt über ihn dachte, und die ausgestreckten Finger, die auf ihn deuteten, auszublenden. Seine Eltern hatten ihn zu jeder nur möglichen Therapie geschleift, vor allem seine Mutter. Die charakterfeste Professorin hatte nichts unversucht gelassen, um ihren Sohn zu stärken. Selbst als einer der vielen Ärzte, die sie mit ihm konsultierte, das Asperger-Syndrom in den Raum geworfen hatte, war sie unerschütterlich geblieben. Ihrem Sohn sollten alle Möglichkeiten offenstehen. Darauf hatte sie mit ihrer beharrlichen Art bestanden, und sie hatte recht behalten. Er hatte seinen Weg gemacht und war auf seine Art ebenso beharrlich wie sie, konnte aber doch auch loslassen. Er war zielstrebig, leistungsbewusst und konnte dennoch das Leben genießen. Er bestand auf Recht und Gesetz, konnte aber trotzdem entspannt in den Bergen sitzen und einen Schwarzgebrannten trinken.

Langsam ging er mit der Tasse nach draußen und erschrak beinahe, als sein Handy fordernd zu läuten begann.

19. Kapitel

»Eleni, ich muss kurz auflegen, rufe dich aber sofort zurück.« Penelope hörte das Anklopfen eines weiteren Anrufs und sah Stelios Mentakis' Nummer im Display aufleuchten.

»In Ordnung, ich bin sicher noch eine halbe Stunde wach, dann sollte ich aber wirklich schlafen«, sagte die junge Frau und gähnte herzhaft.

Penelope beendete das Telefonat und nahm den neuen Anruf fröhlich an, sie war erleichtert, dass er sich endlich meldete. »Stelio, du hast mich diesmal ja echt ganz schön lange auf die Folter gespannt. Wie geht's dir?« Angestrengt lauschte sie, denn anstatt der Stimme des Freundes hörte sie nichts außer einem sonderbaren Blubbern. Konnte es sein, dass seine Hosentasche sie anrief? Normalerweise schaltete er dort oben das Handy doch nur ganz gezielt an, wenn er einen Anruf tätigen *wollte.*

»Stelio«, rief sie erneut und nun etwas lauter, dabei fiel ihr auf, dass die gesamte Nachbarschaft das Gespräch mitbekommen würde, wenn sie hier auf dem Balkon so brüllte, also ging sie rasch nach drinnen. Wieder nur das Blubbern. Jetzt machte sie sich doch ein wenig Sorgen und rief noch einmal: »Stelio, ist alles in Ordnung bei dir?«

Wie von weiter Ferne kam seine Stimme unter dem Blubbern hervor: »Ich ... ster...be.«

Ein eisiger Schreck durchfuhr sie, und sofort ordnete ihr Gehirn das Blubbern ein: Blut ... Da war Blut in seinem Mund oder in seiner Lunge. »Halt durch und leg nicht auf«, brüllte sie und baute eine zweite Leitung auf. Elonidas Spectros nahm nach dem zweiten Läuten ab. »Stelios ist verletzt, er blutet, er sagt, er stirbt. Ortet sofort seine Nummer, das Telefon ist an, und ich habe ihn in der Leitung. Schickt einen Hubschrauber. Ich muss wissen, wo er genau ist.« Sie ließ Spectros keine Chance, etwas zu sagen, und achtete akribisch darauf, ihn aus der Leitung zu werfen, und nicht versehentlich Stelios. »Stelio, Hilfe ist unterwegs. Bitte halte durch und unterbrich auf keinen Fall die Verbindung. Bitte, Stelio, halte durch«, flehte sie und tippte Marias Kontakt an.

»Ja«, schnauzte die raubeinige Frau genervt, kaum dass sie dran war, es war einfach noch sehr früh am Tag.

»Hier ist Penelope. Weißt du, wo die Hütte von Stelios' Großvater ist? Er ist verletzt, ich habe ihn in der Leitung. Er sagt …« Sie musste schlucken. »Er sagt, er stirbt, und ich glaube, er blutet stark, denn sein Atem blubbert. Ich habe Spectros schon informiert. Sie sollen das Handy orten, aber ich will … Ich will, dass er überlebt, und jede Information hilft!«

»Ja!«

Maria hatte aufgelegt, und Penelope nahm es ihr nicht übel. Sie mussten handeln. Erneut sprach sie mit Stelios, bat ihn, ihr zu zeigen, dass er noch lebe, und beschwor ihn durchzuhalten. Er musste die Verbindung aufrecht halten, damit sie ihn finden konnten, und jede Sekunde zählte.

Sie tippte Hyeronimos' Kontakt an, und auch er war sofort dran. »Hyeronimo, es ist etwas Schlimmes passiert …« Jetzt bahnten sich die Tränen endlich den Weg nach draußen, der Schock hatte sie unter Strom gesetzt, doch nun wurde ihr bewusst, dass sie einen Sterbenden in der Leitung hatte. Rasch erklärte sie ihrem Freund, was geschehen war, und drückte dann auf Konferenzschaltung, in der Hoffnung, Stelios nicht zu verlieren und Hyeronimos in das Gespräch zu integrieren. Sie bekam es hin, obwohl ihre Finger fürchterlich zitterten.

»Stelio«, hörte sie Hyeronimos mit ruhiger Stimme sagen und bewunderte ihn für seine Beherrschtheit, »Hilfe ist unterwegs. Bleib bei uns! Wir brauchen dich.«

Mentakis stieß ein blubberndes Stöhnen aus, was so schmerzhaft klang, dass sich alles in Penelope zusammenzog. Sie hielt nichts von der Kirche und Mächten, die man anbeten konnte, doch in diesem Augenblick flehte sie Gott um Nachsicht an. Denn anscheinend hatte er Stelios aus den Augen verloren, und der integre Major war daher nun dabei, sein Leben zu verlieren. Also musste dieser Gott jetzt seinen Job machen und ihn so lange atmen lassen, bis der Hubschrauber kam, um ihn zu retten.

Was war nur geschehen, und warum war Stelios so schwer verletzt? Sie konnte es einfach nicht glauben. Eben noch hatte sie ihren Start in den Tag genossen, ein liebevolles Gespräch mit Eleni geführt ... Oje ... Eleni, was würde die junge Frau nun denken? Sie hatte ihr zum ersten Mal richtig ihre Liebe gestanden, und Penelope hatte das Telefonat beendet und meldete sich nun nicht mehr. Wenn sie an Elenis Stelle wäre, würde sie ganz sicher glauben, dass sie ihre Freundin komplett überfordert und verjagt hätte. Sie musste unbedingt dafür sorgen, dass das nicht die vorherrschenden Gedanken in Elenis Kopf waren. Konnte sie es wagen, eine Nachricht zu tippen, oder würde das die Verbindung zu Stelios gefährden?

Noch immer hörte sie Hyeronimos mit gefasster Stimme tröstliche Phrasen sagen, er war da und nahm ihr für einen Augenblick diese Last ein wenig ab. Sie tippte eine kurze Nachricht: *Stelios schwer verletzt, melde mich asap,* und drückte beherzt auf *Senden.* Es würde schon gut gehen. Erleichtert nahm sie wahr, dass ihr Handy unkompliziert den Konferenzanruf und die Kurznachricht verarbeitete, und atmete auf.

Ständig leuchtete in ihrem Kopf die Frage nach dem Warum auf. Hatte Hyeronimos' Chef versucht, sich das Leben zu nehmen, und es dann doch mit der Angst zu tun bekommen? Sie hatte eigentlich das Gefühl gehabt, dass es ihm langsam besser ging, doch ein Burn-out ging oft Hand in Hand mit einer Depression.

War ihm alles zu viel geworden? Manchmal überforderte einen das, was um einen herum geschah, kolossal, und dann schien es nicht selten am einfachsten, dem ganzen Mist für immer den Rücken zu kehren. Es passte jedoch so gar nicht zu dem Stelios, den sie zu kennen glaubte. Oder war es verrückt, wenn sie davon ausging, dass sie ihn gut genug kannte, um das einzuschätzen?

Doch erst einmal musste sie Ruhe bewahren. Sowie der Hubschrauber die Hütte gefunden hatte, würde sie losrasen, um im Krankenhaus vor Ort zu sein. Erneut betete sie in Gedanken zu jenem Gott, an den sie nicht glaubte, dass ihr Freund nicht auf ihrem Tisch landen würde.

Reiß dich am Riemen, Penelope, schalt sie sich innerlich selbst und kehrte zurück in die grauenvolle Situation im Hier und Jetzt.

20. Kapitel

Maria war nicht so leicht aus dem Konzept zu bringen, doch Penelopes Anruf hatte sie vollkommen aus der Spur geworfen. Ihr Kopf hatte sich anfangs geweigert, auch nur einen klaren Gedanken zu fassen und dem Rest ihres Körpers nachvollziehbare Befehle zu erteilen. Ihr Hände hatten unkontrollierbar gezittert, sodass es ihr unmöglich gewesen war, auch nur eine Taste auf dem hochempfindlichen Touchscreen dieser modernen Mistdinger zu treffen.

Sie war heute schon früh im Präsidium gewesen, um ihr Gespräch mit Christos Papadakis vorzubereiten, daher raste sie nun auf den Flur und begann zu brüllen. Sie war froh, eine tiefe, raue Stimme zu haben und nun nicht wie ein hysterisches Mädchen zu klingen und den Kerlen dadurch etwas zum Lästern zu geben. Normalerweise war ihr das vollkommen egal, doch heute gewann dieser Gedanke sonderbarerweise an Wichtigkeit. Außergewöhnliche Situationen veränderten den Fokus. Sie wollte nicht kopflos erscheinen. Sie wollte die Gesamtlage im Griff haben, die richtigen Befehle erteilen und dafür Sorge tragen, dass Stelios gerettet wurde. Er durfte nicht sterben! So viele Jahre hatte sie an seiner Seite gearbeitet und war mit ihm durch all die unsicheren Gewässer navigiert, die Gewaltverbrechen mit sich brachten. Und nun? War er etwa selbst Opfer einer solchen Tat geworden? Sie wollte nichts anderes denken, denn sie kannte ihn doch besser als viele andere. Er war nicht der Typ für Selbstmord. Oder vielleicht doch? Konnte man das wirklich kategorisch ausschließen? Sie hatte es auch nicht für möglich gehalten, dass er ausbrennen konnte. Er war ihr immer unerschütterlich erschienen.

Menschen begannen auf dem Flur aufzutauchen, angetrieben von ihren rauen Rufen. Sie konnte Erstaunen, Neugier und Irritation in den Gesichtern erkennen. Sollten sie doch denken, was sie wollten.

»Stelios Mentakis ringt in seiner Berghütte um sein Leben. Er hat Dr. Demostaki angerufen, und sie hat mich informiert, gleichzeitig hat sie einen Notruf für einen Hubschrauber abgesetzt und hält Stelios nun am Apparat für die GPS-Ortung.«

Auf dem Flur war es plötzlich so still, dass man eine Stecknadel hätte fallen hören. Die Mienen zeigten Erschütterung und Betroffenheit. Einige hatten sogar vor Entsetzen die Hand auf den Mund gepresst. Er war immer ein beliebter Chef gewesen, fair und mit einem offenen Ohr für jeden.

Sie atmete tief durch. »Wir werden eine Einheit losschicken, die den Tatort …« Sie schluckte schwer und hoffte, dass es auch wirklich ein Tatort war. »… also den Ort des Geschehens unter die Lupe nimmt. Eine weitere Einheit wird in wenigen Minuten mit einem Hubschrauber unterwegs sein. Die Kriminaltechnik und Kommissar Galavakis werden sich umsehen, Christos Papadakis …« Sie ließ ihren Blick schweifen und stellte fest, dass der Ermittler noch nicht vor Ort war. Sie hatte keine Zeit, sich darum zu kümmern, und deutete dann auf zwei Polizisten in Uniform. »Michali und Astrinomo, ihr beiden setzt euch ins Auto und fahrt Richtung Agia Galini, damit wir nicht zu viel Zeit verlieren.

Nehmt alles mit, was ihr für eine Umgebungssuche benötigt, den Rest hat die Kriminaltechnik dabei.« Sie hielt inne und spürte plötzlich Elonidas Spectros' Präsenz in ihrem Rücken. Es tat ihr gut, ihn in ihrer Nähe zu wissen.

»Darf ich kurz?«, fragte er, und sie nickte ihm zu. Ihre Hände begannen wieder zu zittern.

»Ich gehe davon aus, dass unser Chef verletzt wurde. Deshalb habe ich bereits eine Hundestaffel in Alarmbereitschaft versetzt. Es ist wichtig, dass ihr«, er deutete auf die beiden Beamten, »das Areal weitläufig absperrt und darauf achtet, dass alles nicht nur hundertprozentig nach Vorschrift abläuft, sondern zweihundertprozentig! Es geht hier um einen von uns, und wir brauchen jeden Hinweis gesichert und rechtlich einwandfrei. Wer das getan hat, muss hinter Gittern landen, und das geht nur, wenn wir eine schlüssige Beweiskette haben, die niemand infrage stellen kann. Ich will Fotos von jedem umgeknickten Grashalm.« Er nickte bedeutungsvoll in die Runde.

Maria ergriff wieder das Wort. »Wir brauchen besetzte Telefone, denn die Öffentlichkeit wird in Kürze Bescheid wissen. Die Hütte ist zwar abgelegen, aber wenn mehrere Hubschrauber in den Bergen landen und die Polizei dort auftaucht, versetzt das jeden Schäfer in Alarmbereitschaft. Es werden also eine Menge Anrufe eingehen. Die Presse wird uns ebenfalls belagern. Es geht nichts raus, was nicht von Elonidas oder mir freigegeben wurde.« Sie machte eine bedeutungsvolle Pause und schaute jeden Einzelnen an. »Das hier ist kein normaler Fall, denn wenn es um einen von uns geht, nehmen wir das persönlich. Ich will nichts über Stelios in der Presse lesen, was ein schlechtes Bild auf ihn und unsere Dienststelle werfen könnte. Verstanden?« Die Leute nickten.

Eine Hand erhob sich, und ein Kollege fragte mit konzentrierter Miene, was ihnen allen durch den Kopf ging: »Kommt er durch?«

Würde er durchkommen? Sie wusste es nicht, denn niemand wusste, was genau geschehen und wie schwer er verletzt war. Penelope hatte nicht gut geklungen. Vielleicht war er schon tot. Ein kalter Schauer lief ihr über den Rücken. Sie spürte die erwartungsvollen Blicke der Menschen auf sich und richtete sich auf. Sie würde nicht lügen, aber es war auch sinnlos, nun zu übertreiben und alle in noch größere Panik zu versetzen. »Ich weiß es nicht. Um ehrlich zu sein: Er hat zu Dr. Demostaki gesagt, dass er stirbt!« Sie drehte sich um und ging in ihr Büro. Es war alles gesagt. Sie hörte noch, wie Spectros alle darum bat, ihre Arbeit zu machen und Ruhe zu bewahren, dann schloss sie die Tür hinter sich und begann haltlos zu weinen.

21. Kapitel

Sie fühlte sich nicht gut. Alles in ihr war angespannt und ihr gesamtes System in Alarmbereitschaft. Ihr Plan würde fruchten, dessen war sie sich vollkommen sicher, doch sie war eben auch auf Hilfe von außen angewiesen, und das war immer ein Risikofaktor. Vor allem in ihrer Position.

Dort draußen schwammen die Haie und umkreisten sie. Das wusste sie. Michalis erwähnte es ungern, und doch gab es die Konkurrenz, die nur darauf wartete, einen Blutstropfen zu wittern, um dann zuzuschlagen, sie zu vernichten und das Imperium an sich zu reißen. Auch deshalb führte er mit eiserner Hand. Machte sie einen Fehler? War es vermessen von ihr, ihm klarmachen zu wollen, dass er zu weit gegangen war? Machte sie das nicht zu einem ebenso schlechten Menschen, wie er einer war?

Unsicher erhob sie sich von ihrem Bett, ihr Körper schmerzte so stark, dass sie glaubte, es nicht bis zum Fenster zu schaffen. Die Qual war dunkel, eisig und bohrte sich bis in das Mark eines jeden Knochens, als würde ein kalter Nagel hineingeschlagen. Sie fror, obwohl der Morgen angenehm warm war. Langsam ging sie zu der verglasten Front und trat hinaus auf den Balkon. Die

Schönheit der Natur berührte sie wie immer, und die Landschaft war eigentümlich still und urig. Die Bergkette war umgeben von zarten weißen Wölkchen, die aussahen, als hätte ein Maler sie mit einem Pinsel am azurblauen Himmel platziert. Das Gestein changierte von mattem Grau bis hin zu kräftigem Rotbraun, und das flache, stachlige Buschwerk blieb auch im Sommer grün. Es war vollkommen absurd, dass die Hitze es nicht verbrannte und die kugelförmigen Pflanzen die komplette Umgegend prägten. Der Psiloritis thronte majestätisch vor ihr, und heute kam sie sich klein vor in seinem Angesicht.

Was war nur mit ihr los? Sie hatte sich verloren am Grab ihres Sohnes. An jenem kalten steinigen Ort, weit fort von zu Hause. Dort, wo er begraben war, weil sein Onkel – der für ihn so etwas wie ein Vater gewesen war – ihn im Tod verstoßen hatte. Nichts Schlimmeres konnte in einer Familie geschehen, und in einer wie der ihren war es mehr als furchtbar. Ja, das war das richtige Wort: Furcht. Darum ging es ihm. Er säte sie, wo immer es ging. Das war die einzige Pflanze, die er hegte und pflegte. Er war ein Psychopath.

Sie stützte sich auf dem Geländer auf und sog vorsichtig die Morgenluft ein, fast glaubte sie, den nahenden Herbst riechen zu können. Er war nicht mehr weit. Sie bekam nur bei ihren Fahrten zu den Veranstaltungen mit, was auf der Insel los war, und die vielen Touristen störten sie immer wieder. Die Winterzeit gab die Insel den Menschen zurück, denen sie gehörte.

Es klopfte fordernd an ihre Tür, und sie erschrak bei dem lauten Geräusch, das von den Bergen widerzuhallen schien. »Ja«, rief sie mit kratziger Stimme, sie wollte nicht reden, und es fiel ihr schwer, Töne zu artikulieren.

»Filomena!«

Michalis stand in ihrem Schlafzimmer. Sie konnte sich nicht erinnern, wann dies das letzte Mal der Fall gewesen war, und ein eisiger Schrecken durchfuhr sie: Er wusste es! Nur das konnte der Grund sein, warum er am Morgen hier auftauchte, bereits geschniegelt und gestriegelt, mit dieser hässlichen Hornbrille, deren

Gläser aus Fensterglas gefertigt waren. Er trug sie nur, weil sie ihm einen strengen Ausdruck verlieh. Zudem war er davon überzeugt, dass eine Brille Intelligenz ausstrahlte. Er war ein Narr! Aber ein gefährlicher.

Sie musste vorsichtig sein und durfte keine Angst zeigen. Sie richtete sich auf, drehte sich vollends zu ihm um und sagte: »Was soll das, Michali? Warum dringst du um diese Zeit in meine Privatsphäre ein?«

Er hob eine Augenbraue und zeigte damit deutlich, wie wenig ihn ihre Fragen scherten. »Du kannst dir sicher sein, dass ich nicht herkomme, um dein Schlafgewand zu bestaunen! Die Polizei ist mal wieder im Anmarsch in unsere Berge!« So, wie er es betonte, war er wirklich davon überzeugt, dass die Berge ihm gehörten. Obwohl die Regierung sehr klar verdeutlicht hatte, welche Areale Griechenland gehörten und nicht von einem Schäfer oder jemandem wie Michalis Serpantakis als sein Eigentum ausgegeben werden konnten.

»Warum?«, fragte sie schlicht, denn jedes weitere Wort war zu viel.

»Sie suchen ... Stelios Mentakis.«

Verständnislos blickte sie ihn an, und er verdrehte die Augen. »Tu nicht so, als wüsstest du nicht genau, von wem ich spreche. Er scheint in Lebensgefahr zu schweben. Hubschrauber sind unterwegs, Einsatzfahrzeuge und Hunde. Wir müssen unsere Angelegenheiten schützen, also komm in die Gänge, Filo!«

Er benutzte ihren Kosenamen, aber es klang wie eine Beleidigung. Sollte sie sein Spiel weiter mitspielen oder ihm einfach klarmachen, dass sie hier stehen bleiben würde? Es war, als spürte er ihre Gedanken, und er machte zwei drohende Schritte auf sie zu. Sie wollte nicht nachgeben, nicht schwach erscheinen und tat es ihm gleich. Er würde sie nicht anfassen, an ihr würde er sich gewiss nicht die Finger schmutzig machen. Er brauchte sie. Sie war seine Sonnenseite, die *Wohltäterin.* Sie lenkte die Leute ab von ihm, dem *Boss.* Doch in Wahrheit war er der Teufel.

22. Kapitel

Hyeronimos hatte Marias Nachricht gelesen und Penelope informiert, dass er in Richtung Agia Galina aufbrechen würde. Maria wusste, dass sich die Berghütte irgendwo in der Nähe von Vorizia befand.

Wir hoffen, dass sie nicht zu tief im Kamares-Wald liegt, sodass der Rettungshubschrauber gut landen kann, hatte er Penelope geschrieben und noch einmal versucht, Stelios etwas zu entlocken. Doch das grauenvolle Stöhnen des Mannes machte es schier unmöglich, etwas zu interpretieren.

Der Hubschrauber würde ihn finden. Die GPS-Ortung machte es möglich, den Standort eines Objektes bis auf wenige Meter genau zu bestimmen. Sein Chef hatte die Hütte wohl immer nur am Rande erwähnt und sie selten genutzt. Seine Ex-Frau war nicht erreichbar, und die Zeit lief ihnen davon, sie konnten nicht ewig herumtelefonieren, sie mussten handeln. Er hatte seine Tasche und sein Sakko geschnappt und war zum Parkplatz aufgebrochen. Das Gespräch mit seiner Freundin und dem kaum noch zu hörenden blubberigen Atem des Sterbenden hatte er nicht unterbrochen. Penelope brauchte ihn, das wusste er. Zudem konnte er sich nicht aus der Situation lösen und so tun, als gäbe es das alles nicht, als würde er einen Ausflug in den blau-silbrig schimmernden Tag unternehmen.

Er lenkte den Wagen über den noch recht leeren Eleftheria-Platz an der Statue des kretischen Politikers Eleftherios Venizelos vorbei, die auf ihrem hellen Sockel vor dem hellblauen Himmel thronte. Unter seiner Ägide hatte sich Kreta im Jahr 1923 mit Griechenland vereint. Er stammte aus einfachen kretischen Verhältnissen und war zu einem Politiker geworden, den man überall in Griechenland verehrte: Man hatte den Flughafen in Athen nach ihm benannt, und die griechischen Fünfzig-Cent-Münzen zierte sein Antlitz. Er war während des Zweiten Weltkriegs in

Frankreich gestorben und sein Leichnam mit dem Zug nach Italien und von dort mit dem Schiff in die kretische Heimat überführt worden. Kreta war ihm wichtig gewesen, und er hatte sich seinem Herkunftsort immer verbunden gefühlt. So war das mit der Insel. Man konnte sich nicht so einfach von ihr lösen, vor allem dann nicht, wenn man ihr in vielerlei Hinsicht verbunden war. Stelios war ein Kriti durch und durch, auch wenn er oft nicht so wirkte, denn er war weltoffen und immer daran interessiert, sich zu entwickeln.

Für einen kurzen Augenblick schoss ihm das Wort »gewesen« in diesem Kontext durch den Kopf, doch er schob es beiseite. Noch atmete er, auch wenn es kaum zu vernehmen war. Penelope hatte in ihrer Verzweiflung angefangen, eine Melodie zu summen, und ging nun dazu über, mit brüchiger Stimme zu singen, immer wieder unterbrochen von flehenden Bitten. Sein Herz schmerzte, und er sehnte sich nach der Ruhe des Morgens zurück, als er seinen Kaffee auf dem Balkon getrunken hatte. Sehnte sich nach dem gestrigen Abend zurück, als sie mit dem Blick auf Dia und den großen Felsen vor der Bucht von Agia Pelagia geschaut hatten. Gestern Abend war die Welt noch in Ordnung gewesen.

Er schrak hoch aus seinen Gedanken und verriss beinahe vor Schreck das Lenkrad, denn Stelios stöhnte entsetzlich auf, und es schien so, als würde er den letzten Atemzug aushauchen. Gemeinsam mit Penelope schrie er: »Stelio!« Dann entstand eine furchtbare Stille. »Ist er tot?«, rief er fassungslos und fühlte sich wie gelähmt. Sein Blick begann sich zu einem Tunnel zu formen, und er wusste, dass er etwas tun musste, um nicht mitten auf der kurvigen und holprigen Straße in Panik zu verfallen. Niemandem war damit geholfen, wenn er nun durchdrehte.

Seine Hand zuckte, löste sich jedoch nicht vom Lenkrad. Der Schock war stärker als sein Tick, sich durchs Haar zu streifen. Die Knöchel seiner Finger traten weiß hervor, sein Atem ging zu schnell, und er würde gewiss gleich hyperventilieren, alles vor seinen Augen verschwamm. Er versuchte anzuhalten, aber seine Gliedmaßen verweigerten ihm den Gehorsam. Er sah die Kurve nicht, die sich nun in einem scharfen Winkel den Berg hinaufschraubte. Dann knirschte es furchtbar, als der raue Stein der auf die Straße herausragenden Felsnase gegen das Blech des Wagens stieß. Das Geräusch des Aufpralls und der durchdringende Schrei seiner Freundin holten ihn zurück aus dem dunklen Loch, in das er gerade im Begriff war eingesaugt zu werden.

»Hyeroniiiimoooo«, kreischte Penelope außer sich und konnte nicht damit aufhören, seinen Namen zu skandieren. »Hyeronimo! Hyeronimo! Hyeronimo ...!!!«

»Es ... es geht ... mir ... gut«, stieß er erschüttert aus und schaltete den Motor ab. Zitternd saß er auf seinem Sitz und versuchte, die verkrampften Hände vom Lenkrad zu lösen. »Es geht mir gut. Hörst du, Penelope, es ... Mir ist nichts passiert. Es ist nur ein Blechschaden. Ist er tot, Pen?«

»Ich weiß es nicht, o mein Gott, Hyeronimo! Ich dachte ... Ich weiß nicht, was ich dachte. Ich ...« Sie begann zu schluchzen. »Kannst du weiterfahren? Jemand muss herausfinden, was geschehen ist.«

Während sie versuchte, sich zu beruhigen, schnallte er sich ab und stieg mit wackeligen Beinen aus dem Auto. Er trat vor den Wagen und betrachtete den Schaden. Die Nase hatte sich in den rechten Kotflügel gebohrt und ihn nach innen gedrückt. Während er das Fahrzeug umrundete, um zu sehen, ob sich das Blech irgendwie in den Radkasten gedrückt hatte und das Rad dadurch beeinträchtigt werden würde, hörte er Penelope in seinem Wagen blechern schreien: »Sie sind da, Hyeronimo, sie sind da!«

23. Kapitel

Die Landschaft zog an ihm vorüber. Er hatte einen Bus erwischt, der sich nun die kurvenreiche Straße entlangschlängelte, vorbei an vollkommen kargen Landstrichen, die so vegetationslos waren, dass der bräunlich rote Boden das Gesamtbild beherrschte. Die frei umherlaufenden Ziegen hatten alles kahl gefressen, und hier schienen noch nicht einmal jene Stachelbüsche zu wachsen, die sie verschmähten, sodass kein Grün den ernüchternden Anblick auflockerte. Erst nachdem sie Vorizia passiert hatten, wurde es wieder bewaldet. Er hatte kurz nach der Abfahrt eine Taverne gesehen, am Ortsrand des kleinen Dorfes, von dem aus er gestartet war, und hatte einen Augenblick lang so etwas wie Sehnsucht verspürt. Zumindest glaubte er, dass es dieses Gefühl war, denn er sah einige Männer trotz der frühen Stunde dort an den Tischen sitzen, ins Gespräch vertieft mit einem Kaffee vor sich. So würde der Tag für sie vergehen, wie viele davor und viele danach, im Gleichklang des bescheidenen Lebens hoch oben in den Bergen. Die Natur gerbte die Menschen hier geradezu, und es war normal, dass Falten die Jahre zeigten, die man auf dem Feld in der sengenden Sonne verbracht hatte, während man Gemüse anbaute oder sein Vieh zusammentrieb, um es zu melken.

Er wollte seine Stirn an die Scheibe lehnen, um so lange wie möglich Teil eines normalen Lebens sein zu können. Er hatte tatsächlich geglaubt, dass es ihm nach all den Jahren wirklich zugestanden hätte, so beschaulich zu leben. Er hatte nichts gegen harte Arbeit, das war nicht sein Problem, sein Problem war der Mix aus Vergangenheit, Gegenwart und Zukunft und dass all seine Pläne schon immer zum Scheitern verurteilt gewesen waren. Wie hatte er also daran glauben können, dass es diesmal anders sein würde? Sprach das für seine Dummheit?

Er spürte plötzlich einen Blick auf sich und fragte sich erschrocken, ob er etwas laut gedacht oder ob ihn gar jemand erkannt hatte, was aus seiner Sicht zwar wenig realistisch, aber doch nicht vollkommen unmöglich gewesen wäre. Vorsichtig drehte er den Kopf und begegnete den Augen einer Frau. Sie musterte ihn mit unverhohlenem Interesse, doch er war sich sicher, dass das nicht dem Mann in ihm galt, denn er war weder attraktiv noch sonst irgendwie anders als viele seiner Landsleute. Kurz trafen sich ihre Augenpaare, dann wandte sie den Kopf ab.

Erleichtert atmete er auf, beobachtete sie jedoch unauffällig weiter. Sie hatte ihr Haar streng am Hinterkopf zusammengefasst, und es schlang sich zu einem dicken dunklen Knoten in ihrem Nacken. Ihre Gesichtszüge waren klassisch geschnitten, eine scharfe gebogene Nase prägte sie, aber diese war nicht störend oder hässlich, sondern eher ... Er suchte in Gedanken nach dem richtigen Begriff. Ja, aristokratisch ... das war es. Die Zeit hatte ihr tiefe Falten in die Mundwinkel geprägt, und auch ihre Stirn war zerfurcht, trotzdem gefiel sie ihm irgendwie. Sie trug die schwarze Kleidung einer Witwe oder Mutter, die ein Kind verloren hatte. Obwohl es heutzutage ja auch modern war, sich so anzuziehen. Man konnte nicht gleich darauf schließen, schalt er sich in Gedanken, doch er hatte gelernt, Menschen schnell zu kategorisieren. Das hatte ihm geholfen zu überleben. Heute jedoch hatte er dumm gehandelt, und es war nun mehr als fraglich, ob er auch dieses Mal mit dem Leben davonkommen würde. Er hatte sich oft gefragt, warum Menschen so an ihrem Leben hingen. Warum es Leute gab, die sich nach dem ewigen Leben sehnten. Er hatte so viel gelesen, und kein Buch hatte ihm diese Frage endgültig beantworten können.

Er spürte ihren Blick erneut und erinnerte sich daran, dass dieses Hinschauen, Wegschauen und Wieder-Hinschauen Teil des Flirtens war. Tat sie das wirklich? Flirtete sie mit ihm? An diesem Morgen? Hier im Bus? Er spürte, dass er ungläubig den Kopf schüttelte, und sie drehte sich abrupt, wie erschrocken, weg. Er war ein Idiot. Nun würde sie sich gewiss immer an ihn erinnern: an den Mann, der sie im Bus ganz offen abgelehnt hatte. Sollte er etwas tun, oder würde es dann nur noch schlimmer werden? Er hatte unauffällig bleiben wollen, doch heute war der Tag, an dem sich ein Desaster an das andere reihte. Murphys Gesetz! Er hatte darüber gelesen. Der Ingenieur hatte an einer Versuchsreihe mitgewirkt, die herausfinden sollte, welchen Beschleunigungen der menschliche Körper gewachsen war: *Alles, was schiefgehen kann, wird auch schiefgehen.* Genau das geschah heute.

Der Bus holperte um die nächste Kurve und musste so ruckartig bremsen, dass sie auf ihren Sitzen nach vorn geschleudert wurden, gerade in jenem Augenblick, in dem er über das Experiment nachgedacht hatte. Er hielt sich an der Lehne des Sessels vor ihm fest und schaute rasch zu der Frau, die es ihm gleichtat, dann richtete er sein Augenmerk auf die Straße, obwohl ihm der Grund für die Bremsung vollkommen klar war. Es war absolut normal, dass die Ziegen hier über die Straßen pilgerten, als gehörten sie ihnen, sich am Rand wohlig ausstreckten oder ihre kleinen Rangordnungskämpfe ausführten. Der Busfahrer scheuchte sie rufend davon und fuhr wieder an.

Dann geschah das Unglaubliche: Sie saß plötzlich neben ihm, lächelte ihn an, und er konnte sehen, dass ihr einige Zähne fehlten, aber sie war trotzdem schön. Er war stumm vor Schreck, als sie ihn ansprach.

»Ich hoffe, es macht dir nichts aus, dich ein bisschen mit mir zu unterhalten.«

Er wollte laut *Doch!* schreien, aber sein Mund gehorchte ihm nicht, und er sagte stattdessen: »Sehr gern.« Am liebsten hätte er sich selbst dafür geschlagen oder seinen Kopf gegen die Scheibe gehauen. Einzig die Hoffnung, dass sie in Grigoria aussteigen würde, gab ihm etwas Gelassenheit, und er lauschte ihrer angenehmen Stimme.

24. Kapitel

Sie war so unfassbar begriffsstutzig! Hatte sich das erst in den vergangenen Monaten entwickelt, oder war das schon immer der Fall gewesen, und er hatte es nur nicht bemerkt? Wie sie dastand – in ihrem Nachthemd – mit diesem Blick, den er sonst vor allem von den geprügelten Kettenhunden kannte, derer es viele in der

Umgegend gab. Es war eine Mischung aus Furcht, Resignation und unbändiger Angriffslust.

Wollte sie sich wirklich mit ihm anlegen? So dumm konnte sie doch nicht sein. Sie stand noch immer an der Brüstung und bewegte sich nicht, als spräche er eine für sie unverständliche Sprache. Er hatte sich noch nie gefragt, ob er im Falle seines Neffen auch anders hätte handeln können, doch mittlerweile ging ihm ihr Märtyrergetue so unbändig auf die Nerven, dass ihm der Gedanke hin und wieder durch den Kopf glitt, dass es doch einfacher gewesen wäre, ihr ihre Wünsche zu gewähren. Aber es war zu spät, und solche Dinge ließen sich eben nicht rückgängig machen.

»Villa oder Hütte?«, wollte er barsch von ihr wissen, und wieder schaute sie ihn an, als käme er von einem anderen Planeten.

Verständnislos zuckte sie mit den Schultern und wollte sich abwenden. Mit wenigen ausgreifenden Schritten war er bei ihr und packte sie hart an der Schulter.

»FASS! MICH! NICHT! AN! MICHALI!«, schrie sie in einem Tonfall, der sich wie knirschendes Eis anhörte, und sonderbarerweise durchdrang er ihn.

Ihm wurde trotz der sommerlichen Wärme kalt. Doch er ließ sich nichts anmerken und drehte sie grob zu sich herum. »Falls du deine hübsche Villa nicht gegen eine schmutzige Hütte tauschen willst, bewegst du dich nun. Wir müssen uns absichern, und wenn die Bullen hier wieder auftauchen – und das werden sie –, dann haben wir alles im Griff und reden wie aus einem Schnabel!«

Sie schüttelte den Kopf, und er spürte, wie der Zorn in ihm aufstieg. Er wollte sie stoßen und ihren Körper auf den Steinen dort unten zerschellen sehen. Er würde von ihrer zunehmenden Depression berichten und dass sie den Lebensmut verloren hatte. Jeder würde ihm glauben.

Er trat noch einen Schritt näher, umfasste mit eisernem Griff ihre Taille. Nun kam endlich Leben in sie, doch er war viel stärker als dieses dumme Weibsbild. Verblüfft nahm er zur Kenntnis, dass sie zu lachen begann. Was stimmte mit ihr nicht? Sie waren so viele Jahre ein unschlagbares Team gewesen. Lachte sie ihn etwa aus?

»Ich habe es gewusst ... du bist zu allem fähig!« Sie hörte sich halb belustigt, halb hysterisch an. »Aber ich bin nicht so dämlich, wie du denkst, Michali. Ich habe vorgesorgt, und sollte ich jetzt hier ganz zufällig vom Balkon stürzen, weil ich ja *so lebensmüde* bin, dann kommst du diesmal nicht so einfach davon. Diesmal nicht. Mach mir also die Freude und verrotte in einem dunklen Loch mit einem Haufen Menschen um dich herum, die dich nicht einfach nur tot sehen wollen.« Ihre Stimme wurde lauter, und das gackernde Lachen nahm ihr fast den Atem. »Nein, nein ... sie wollen dich leiden sehen, und sie werden sogar Geld dafür bekommen!«

Konnte das wirklich sein, oder bluffte sie nur, und die Angst in ihr ließ sie überdreht agieren? Er schloss seine Arme fester um sie. Warum wehrte sie sich nicht? Stimmte es vielleicht doch, und sie wusste wirklich über alles Bescheid?

Ihr Lachen endete unvermittelt, und erneut sprach sie mit dieser klirrend kalten Stimme: »Tu mir den Gefallen, Bruder! Ich werde mit dem Gedanken sterben, dass dein Imperium am Ende ist und du – im Gegensatz zu mir – keinen schnellen Tod erleiden, sondern an den schwärenden Wunden krepieren wirst, die entstehen, wenn man dir regelmäßig Streifen deiner Haut abzieht und Salz hineintreibt. Das wird wunderbar! TU ES ENDLICH!«, geiferte sie, und er ließ sie los.

»Du bist krank, Filomena, und das weißt du! Du brauchst deinen Luxus, deine Cremetöpfchen, die feine Seide und Cashmere, die Dienerschaft. Du bist unfähig, anders zu existieren, also gib acht, was du sagst und tust, und zieh dir endlich was an. Beweg dich, sonst landest du vielleicht hinter Gittern ...!«

Er drehte sich um und ging. Er hatte genug von ihrem Theater, von ihrer Leidensmiene und nun auch von ihren Drohungen.

25. Kapitel

Penelope war zu ihrem Wagen gerannt, das Handy noch immer am Ohr. Die Sanitäter hatten Stelios gefunden. Es sah nicht gut aus, aber immerhin – er lebte. Doch erst nach einer Wiederbelebung. Sie hatten ihn geschockt und sein Herz mit Herzmassage dazu gebracht, wieder selbstständig einen Rhythmus aufzunehmen. Sie hatte die erschrockenen Rufe der gestandenen Männer des Rettungsdienstes gehört, als sie den Chef der Mordkommission in seinem Blut liegend vorgefunden hatten. Es musste viel gewesen sein. Da es über den Mann jedoch eine umfassende Personalakte gab, die auch seine Blutgruppe beinhaltete, war ein Fall eingetreten, mit dem auch eine furchtbare Entwicklung verbunden war: Stelios Mentakis hatte goldenes Blut. Er gehörte zu den wenigen Menschen auf der Erde mit der Blutgruppe Rh null. Für ihn kam als Blutspende nur dieses Blut infrage und kein anderes. Jede andere Infusion hätte sein Sterben beschleunigt. Auf der gesamten Erde gab es lediglich rund fünfzig Menschen mit dieser Kombination. Doch was Penelope nicht gewusst hatte: Stelios hatte regelmäßig Blut für sich selbst gespendet und es einfrieren lassen. Maria hatte es gewusst und dafür gesorgt, dass der Hubschrauber die Eigenspende an Bord hatte. Doch auch das war kritisch, denn man musste den Lebenssaft sorgfältig auftauen und erwärmen. Einem Sterbenden konnte man es nicht eiskalt verabreichen, obwohl es mittlerweile genügend Studien zum Thema Hypothermie gab, die belegten, dass das bewusste Abkühlen eines Körpers für lebensrettende Operationen durchaus hilfreich sein konnte.

War es weitsichtig von Stelios gewesen vorzusorgen, oder blieb Menschen wie ihm gar nichts anderes übrig? Vermutlich nicht. Jeder würde wohl so handeln, wenn offensichtlich war, dass es für den Fall der Fälle wahrscheinlich niemanden gab, der Blut spenden konnte oder auch würde. Eigenblut war für den Körper immer besser als Spenderblut. Die Antikörper in jedem Organismus waren darauf programmiert, sich gegen Eindringlinge zur Wehr zu setzen, und fremdes Blut war und blieb einer, denn schließlich kamen mit jedem Blutkörperchen auch die entsprechenden Antigene in das System.

Sie konzentrierte sich so gut es ging auf die Straße. Hier unten in der Stadt war es noch wichtiger als oben in den Bergen, und Hyeronimos' Kollision mit dem Steinbrocken hatte sie zusätzlich in Panik versetzt. Er war die ganze Zeit so ruhig geblieben wie ein Fels in der Brandung, doch in ihm hatte es offensichtlich ebenso gebrodelt wie in ihr. Er war vielleicht in vielem nicht so feinfühlig, aber er war auch keine Maschine. Zudem hing er an Stelios. Wer tat das nicht?

Christos vielleicht, schoss es ihr durch den Kopf. Doch war das auch gleichbedeutend damit, Mentakis den Tod zu wünschen oder gar …? Nein! Sie schüttelte den Kopf und brauste am Stadion vorbei in Richtung Innenstadt. Sie hörte die Rufe der Sanitäter, die zur Eile antrieben. Stelios musste in den Heli, aber er war so schwach, sein Herzschlag so fragil, dass sie trotz aller Eile vorsichtig und bedächtig agieren mussten.

Sie hatte Medizin studiert, und auch wenn sie heute Tote sezierte, so hatte sie doch gelernt, Menschen zu retten, und kramte in ihrem Gedächtnis, um etwas Sinnvolles beitragen zu können. Doch wenn man sich einmal für eine Fachrichtung entschieden hatte, dann blieb im Arbeitsalltag zu wenig Zeit, um den Fortschritt all der anderen Disziplinen mit im Auge zu behalten. Ihre Kenntnisse hier waren einfach veraltet, und sie musste dem Arzt und den Rettern vor Ort vertrauen, auch wenn das alles andere als leicht war.

Hyeronimos hatte sich wieder gefasst, einmal fest gegen den Kotflügel gedonnert und war dann weitergefahren. Er kannte nun den genauen GPS-Standort und würde in einer knappen Stunde dort ankommen. Die Kollegen der Kriminaltechnik würden etwas früher vor Ort sein, und Uniformierte des Postens in Agia Galini waren ebenfalls auf dem Weg, um den Tatort zu sichern.

Plötzlich war es still. »Haben wir die Verbindung verloren, Hyeronimo?«, rief sie aufgeregt.

»Vielleicht ist der Akku leer, oder die Leute vor Ort haben es … Nein, warte, ich sehe es noch in der Konferenzschaltung, sie haben wahrscheinlich die Hütte mit ihm verlassen. Das ist doch gut, oder?«

»Ich weiß nicht mehr, was gut ist. Ich bin wirklich komplett durch den Wind. Hat er je erwähnt, dass er eine so seltene Blutgruppe hat und dass er Blut einfrieren ließ, falls ihm mal was passiert?« Sie war noch immer fassungslos darüber. »Goldenes Blut! Das ist so unfassbar selten. Ungefähr acht Milliarden Menschen leben auf diesem Planeten, und davon haben vielleicht vier Dutzend diese Blutgruppe. Ein hoher Gewinn im Lotto ist wahrscheinlicher, als damit geboren zu werden.«

»Darüber hat er nicht gesprochen, aber wer geht schon mit seiner Blutgruppe hausieren? Ich war nie mit ihm im Einsatz, und daher brauchte ich es ja auch nicht zu wissen. Fragt man so was normalerweise?« Er klang irritiert.

»Nein, nein«, wiegelte sie rasch ab, »das ist nichts, was wir andere Leute normalerweise fragen, aber es hätte ja sein können. Obwohl ich es dann wohl auch gewusst hätte«, beantwortete sie sich selbst die Frage.

»Bist du bald da, Pen?«

»Ich passiere gerade den Fährhafen«, sagte sie. »Wahrscheinlich komme ich ungefähr an, wenn der Heli landet. Also falls sie jetzt los sind.«

»Lass uns bitte die Zeit nutzen und noch einmal über die Möglichkeiten sprechen«, bat er.

»Ich … also … ich schließe es inzwischen tatsächlich aus, dass er sich etwas angetan und dann einfach aus nicht erwarteter Todesangst bei mir angerufen hat«, erklärte sie ihre Gedanken.

»Ich kann es mir auch nicht vorstellen, aber wen kennen wir schon so gut, dass wir so etwas wissen könnten? Was also dann?«

»Ich weiß, es klingt dumm, aber könnte es ein Unfall gewesen sein? In einer Hütte allein in den Bergen, da hat man doch gewiss irgendwo eine Waffe rumliegen. Was wäre, wenn er sie gereinigt hat?«

Sie stellte die *Was wäre, wenn*-Frage, die Teil eines etablierten Spiels zwischen ihnen war und viele Möglichkeiten, Motive und Perspektiven abklopfte.

»Das ist tatsächlich nicht komplett auszuschließen. Das Risiko, dass sich eine Kugel im Lauf befindet, ist vorhanden, aber andererseits ist Stelios ein Profi, und ich kann mir nicht vorstellen, dass ihm so etwas passiert.« Er klang nicht kategorisch ablehnend, aber doch kritisch.

»Also ein Mordanschlag?«

»So unwahrscheinlich es auch klingen mag: Ja!«

»Warum klingt es für dich unwahrscheinlich?«, hakte sie nach.

»Wir wissen nicht, wo diese verdammte Hütte ist, also bis eben wussten wir es nicht. Wie genau muss ein Mörder ihn kennen, um über den Standort im Bilde zu sein? Das müsste ja jemand aus seinem engeren Umfeld sein, und ich denke nicht, dass Stelios solche Feinde hat. Wir haben alle Leute um uns, mit denen wir Probleme haben, aber Mord, Penelope, Mord ist eine andere Nummer.«

»Da bin ich vollkommen bei dir. Hier fahre ich, Malaka!« Ein Fahrzeug drängte sich auf ihre Spur, und sie brüllte ihren ganzen Frust raus.

»Gott sei Dank habe ich das Telefon nicht am Ohr«, hörte sie ihren Freund sagen, »denn dann wäre ich jetzt wohl taub!«

»Entschuldige, aber ich bin echt an meiner ganz persönlichen Grenze angelangt, und so ein Volltrottel kommt mir da gerade recht.« Sie spürte den Ärger noch immer in sich. »O Gott, Hyeronimo! Er darf nicht sterben!«

»Ich würde jetzt zu gern etwas sagen, was einfühlsam klingt, aber ich möchte dich nicht belügen, Penelope. Sein Leben hängt an einem seidenen Faden. Du hast mir beschrieben, dass sein Zustand sehr schlecht ist, zudem hat er sehr viel Blut verloren und kann nur durch seine eigenen Spenden am Leben erhalten werden. Hoffentlich ist es genug. Aber gut klingt das alles nicht. Es tut mir wirklich leid, dass ich dir nicht mehr geben kann«, zählte er nüchtern auf, und sie wusste, dass er recht hatte.

»Wir müssen hoffen, und ich habe auch schon gebetet«, sagte sie nun leise, denn es war noch immer sonderbar für sie, in einen Zustand zu geraten, in dem sie Gott um Hilfe bat.

26. Kapitel

»Weißt du, woran er gearbeitet hat, bevor er sich beurlauben ließ?« Elonidas Spectros hatte sich in einem der speckigen Ledersessel in Stelios' Büro niedergelassen. Er konnte sehen, dass Maria außer sich war. Er schätzte Mentakis ebenfalls sehr, jedoch war ihre Beziehung zu dem Chef außer Dienst eine andere, sie hatte Jahre Seite an Seite mit ihm gearbeitet, schwierige Situationen mit ihm durchgestanden und ihn bei kniffligen Aufgaben unterstützt. Sie hatten einander vertraut und kannten sich sehr gut.

»Wir hatten den Fall mit den zwei Toten im Helikopter an der Backe, und er musste sich nicht nur mit Presse und Geheimdienst herumschlagen, sondern auch mit dem Minister, Dimitris Stefanakis. Aber das weißt du ja alles. Schließlich haben wir beide das Ganze bis zum Ende begleitet. Stelios hat seinen Schreibtisch aufgeräumt, bevor er ihn mir überlassen hat. Ich habe keinen Zugang zu seinen persönlichen Dingen und damit auch nicht zu eventuellen Recherchen oder Akten, die er inoffiziell oder auch ohne mein Wissen bearbeitet hat. Er ist ja schließlich mein Vorgesetzter, und auch wenn er mir, also uns beiden, seinen Posten für eine gewisse Zeit überlassen hat, so hat sich an meiner Haltung nichts geändert: Stelios ist mein Chef, und anders will ich es auch nicht haben. Ich fand es gut, mal zu beweisen, was ich draufhabe …« Sie zeigte auf den effizient organisierten Arbeitsplatz. »… aber ich säge nicht an seinem Stuhl und will diese Position auch nicht dauerhaft bekleiden.« Sie endete unvermittelt und schaute ihn auffordernd an.

Er zuckte kurz mit den Schultern. »Ich will hier auch nicht mit dir über ein Fell diskutieren und es unter uns aufteilen. Stelios lebt, und er wird überleben.« Er machte eine Pause, und das Schweigen füllte den ganzen Raum. Aber er hatte doch recht. Mentakis lebte, warum sollten sie über ihn und seine Aufgaben reden, als wäre er bereits gestorben? Er hatte nur wissen wollen, ob es vielleicht etwas gab, woran er gearbeitet hatte und was ihm eventuell zum Verhängnis geworden war. Die Stimmen auf den Fluren raunten viel und sparten nicht mit Gerüchten um das psychische Wohl des Mannes, der ihnen allen so lange souverän vorgestanden hatte. Niemand musste es dann noch offen aussprechen, doch am Ende des Tages unterstellten ihm diese Schwätzer einen missglückten Selbstmordversuch. Spectros wollte sich dem nicht anschließen, denn Stelios war ihm zwar labil erschienen, aber dennoch nicht lebensmüde.

»Du weißt, worauf ich hinauswill«, vergewisserte er sich.

»Ja«, sie nickte, »das ist mir schon klar. Es würde aber bedeuten, dass du oder jemand aus deiner Abteilung in seine Privatsphäre eindringen muss.« Er konnte sehen, wie unbehaglich ihr das war.

»Alles, was er hier im Büro macht, Maria, ist nicht seine Privatsphäre«, stellte er klar, »denn das ist nicht sein Computer, sondern der gehört der Behörde, für die er arbeitet. Und wenn er da etwas speichert, dann ist ihm auch klar, dass das unter Umständen gefunden wird. Genauso wie wir auf den Computern im Browserverlauf feststellen können, auf welchen Seiten sich die Menschen während ihrer Arbeitszeit herumtreiben. Und da sind auch Dinge dabei …«

Sie nickte wissend. »Na ja, wahrscheinlich können die Jungs zu Hause nicht so ungestört surfen«, gab sie lapidar von sich, doch in ihrem Blick konnte er lesen, dass es sie nicht nur störte, sondern auch abstieß.

»Wir müssen herausfinden, was da passiert ist, Maria«, sagte er ernst, »denn ich glaube nicht daran, dass Stelios versucht hat, sich zu töten, oder dass es ein Unfall war.«

»Das glaube ich auch nicht«, gab sie ihm mit Nachdruck recht, »aber wir brauchen zuerst die Informationen von der Kriminaltechnik und müssen abwarten, was Hyeronimos dort oben feststellt.«

»Was hält uns davon ab, Stelios' Zugang zum System zu durchsuchen, Maria? Ich möchte das nicht ohne deine Zustimmung machen, aber du weißt auch, dass ich es in meiner Funktion als Leiter der Cyberabteilung anordnen kann, wenn Gefahr im Verzug ist.« Er sah, wie sie sich aufrichtete, und kam ihr zuvor. »Ich will das nicht ohne dich entscheiden!«

»Es scheint mir falsch zu sein, doch ich verstehe deinen Standpunkt und die Dringlichkeit. Mein Herz sagt Nein.« Sie drückte sich die Hand auf die Brust und fuhr dann fort: »Aber mein Kopf sagt, dass wir es machen sollten. Ich bestehe aber darauf, dass wir zwei das durchführen und deine Abteilung da rausbleibt, ganz egal, was wir finden.«

»Mir geht es nur um Ermittlungsrelevantes. Ich will Stelios persönlichen Kram nicht durchschauen, aber wenn wir auf etwas stoßen ...« Er räusperte sich kurz und vernehmlich. »... was irgendwie ... Also ich weiß nicht, wie ich das sagen soll ...«

»Klartext, Elonida!«, fuhr sie dazwischen.

»Wenn wir etwas Anstößiges oder Ungesetzliches finden, kann ich nicht anders, als es polizeilich zu behandeln. Das ist dir schon klar, oder?«

»Was denkst du eigentlich über Stelios«, brauste sie auf. »So einer ist er nicht!«

»Maria! Wir können jedem nur bis vor die Stirn gucken und niemals weiter. Das ist etwas, was ich in meinen Jahren in den Untiefen des Internets gelernt habe. Du glaubst, jemanden zu kennen, und bist dir sicher, dass die Person keiner Fliege etwas zuleide tun kann, und dann findest du bei einer Recherche heraus, dass genau diese Person ein Vergewaltiger ist. Es gibt wirklich nichts, was es nicht gibt.« Er fühlte die Resignation in sich hochsteigen, denn Ungesetzlichkeit war etwas, was er tatsächlich nicht so einfach wegstecken könnte, und wenn ihm eine Entdeckung dieser Art, den allseits geschätzten Major Mentakis betreffend, passieren würde, dann würde er noch mehr von seinem Glauben an das Gute auf der Welt verlieren.

Maria starrte ihn an, und ihr Blick war so messerscharf, dass er hart schlucken musste. Er hatte eine Grenze überschritten und musste aufpassen, dass sie sich über diese Diskussion nicht entzweiten. Gleichzeitig wollte er aber auch nicht zurückrudern, denn er wusste sehr gut, wovon er sprach.

»Ich bin nach wie vor dabei«, sagte sie mit ihrer rauen Stimme, die nun dunkel und bedrohlich klang, »aber versuche nie mehr, Stelios als Verbrecher oder als Perversen hinzustellen. NIE! WIEDER!«

Er nickte stumm, denn er spürte, dass es besser war, sie nun nicht erneut zu provozieren.

27. Kapitel

Minister Dimitris Stefanakis fuhr sich mit der Hand durch das Haar. Es stand bereits in alle Himmelsrichtungen ab, so oft hatte er es gerauft. Er war nicht mehr besonders belastbar, seitdem sein Sohn krank war. Bestimmt würde er in Kürze eine Glatze bekommen, wenn er weiterhin so sehr an den Haaren herumzerrte. Die aktuelle Entwicklung auf seiner Heimatinsel Kreta hatte ihn natürlich sofort erreicht. Er pflegte engen Kontakt mit dem EYP, dem Nachrichtendienst, der natürlich auch oder sogar besonders auf Kreta tätig war und seine Augen und Ohren überall hatte. Doch diesmal war die Polizei den Agenten zuvorgekommen. Elonidas Spectros hatte ihn persönlich informiert. Es war ein kurzes, hektisches Gespräch gewesen, aber alles Nötige war zu ihm durchgedrungen, und er hatte es sogar für das darauf folgende Gespräch mit dem EYP nutzen können. Die Agenten gingen irgendwie davon aus, der Nabel der Welt zu sein, und duldeten daher keine anderen Helden neben sich. Er wusste, wie herausfordernd die Zusammenarbeit mit dem Nachrichtendienst für die örtlichen Behörden war, denn selbst für ihn war es nicht immer leicht, seine Integrität zu wahren und die Rolle seines Ministeramtes nicht in diesem Sumpf zu gefährden. Der EYP hatte Einfluss, für seinen Geschmack zu viel davon, aber es lag außerhalb seiner Kompetenz, daran etwas zu ändern, denn das Ministerium für Bürgerschutz war hier die maßgebliche Dienststelle. Zudem würde sich kein Land von der Wahrung seiner nationalen Sicherheit trennen, für die der Nachrichtendienst nun einmal hauptsächlich verantwortlich war. Auch, wenn es zu oft etwas anderes war, was solche Organisationen aus ihren Aufgabenbereichen machten. Sie alle neigten im Laufe der Zeit dazu, ihre Macht zu missbrauchen. Er kam mit ihnen zurecht, denn sein Ressort für internationale Beziehungen brauchte immer wieder die Einschätzung nachrichtendienstlicher Fachleute, aber er mochte diese Abteilung nicht besonders. Unter anderen Umständen hätte ihn der Wissensvorsprung erfreut, und er hätte damit kokettiert. Doch heute lagen die Dinge einfach anders. Stelios Mentakis war eine Institution auf Kreta. Er hatte einen guten Ruf und stand bei seinen Mitarbeitern hoch im Kurs.

Unter normalen Umständen wäre die Information für ihn weder relevant noch wichtig gewesen, denn dem beurlaubten Leiter der Mordkommission kam auf dem interstaatlichen Parkett keine besondere Relevanz zu. Doch er war immer im Dialog mit der Behörde geblieben, weil er Mentakis kannte und ihn schätzte. Die Nachricht über dessen schwere Verletzung traf ihn wie ein Schwertstoß mitten ins Herz.

Dimitris versuchte, seine Gedanken zu sortieren, denn er musste Ruhe bewahren. Sollte der Polizist durch diesen Anschlag ums

Leben kommen, so würde das für Unruhen sorgen, denn wenn einer von ihnen angegriffen wurde, dann besannen sich alle Gesetzeshüter in allen Präfekturen darauf, dass sie letztlich Teil einer gemeinsamen Organisation waren, und legten ihre Querelen rascher beiseite, als man »Piep« sagen konnte. Die Gefahr lag jedoch vor allem darin, dass alle sich auf den Kriegspfad begaben und versuchten, den oder die Täter dingfest zu machen. Nicht, dass das ein falsches Vorgehen war oder zu unnötigen Verhaftungen führte, das war nicht das Problem, sondern die Tatsache, dass eine Insel, auf der ein Haufen Polizisten alles mit Argusaugen durchforsteten, bei einigen besonders einflussreichen Bewohnern nicht gerade auf Zustimmung stoßen würde. Im Gegenteil. Sein Telefon würde dauernd läuten, und jeder würde sich bei ihm beklagen: die Amis, weil ihnen nervige Polizisten im Weg herumstanden und vielleicht sogar der ein oder andere Soldat auf Freiersfüßen oder Drogensuche im Knast landete, schließlich waren die Streitkräfte der USA zu Gast auf Kreta und keine Besatzer, vor denen man kuschen musste. Die reichen »Unternehmer« in den Bergen, die ihr Geld mit illegalen Waren und Dienstleistungen so vermehrt hatten, dass man ihnen mit so gut wie gar nichts entgegentreten konnte, und die nur zu gern ihre Waffen auf die Polizei richteten und sogar ohne Scheu den Abzug betätigten. Und natürlich die hundert anderen politisch wichtigen »Kleinunternehmer« wie Milliardäre, die ihre Ölgeschäfte auf der Südseite abzuwickeln versuchten, oder multinationale Konzerne, die so taten, als könnte man das Meer besitzen. Alle würden sich gestört fühlen durch die emotional aufgeladene Stimmung, die entstand, wenn Polizisten einen der Ihren durch einen Angriff verloren.

Er hoffte von ganzem Herzen, dass Mentakis überlebte. Und er wusste, dass mit Hyeronimos Galavakis ein Ermittler vor Ort war, der die Wahrheit herausfinden würde. Das war nicht nur dessen Job, sondern dessen Passion. Er und diese Pathologin. Hoffentlich würden sie nichts ans Tageslicht zerren, was lieber im Dunkeln bleiben sollte, denn schon im Frühsommer hatten die beiden so einiges ausgegraben. Und sie hatten sich mit dem *Boss* angelegt. Der einflussreiche Mafioso Michalis Serpantakis war keineswegs davon begeistert gewesen, und zweifellos trug er es den beiden Ermittelnden nach. Einer wie er vergaß einfach nicht. Vor allem dann nicht, wenn er davon ausging, dass man ihm Schaden zufügen wollte. Das war das Problem. Und Serpantakis konnte ihnen allen gefährlich werden.

Er ließ seinen Blick aus den bodentiefen Fenstern schweifen und schaute auf die Stadt. Sie war ihm heute einfach zu viel. Erneut griff er sich mit beiden Händen in die Haare und wühlte darin herum. Es war, als bräuchte er die Berührung und auch ein wenig den Schmerz, der damit einherging. Es zeigte ihm, dass er lebte, machte aber auch gleichzeitig klar, dass er noch nicht dazu in der Lage war, seine Emotionen zu zügeln. Er musste sich beruhigen, nachdenken, klar abwägen und strategisch planen. All das war jedoch unmöglich, solange er sich im Sturm seiner Gefühle verlor. War das wieder etwas, das auf seinem Karmakonto schwarze Flecken hinterließ, obwohl er doch versuchte, es mit guten Taten zu füllen? Wie viel davon musste er sich zum Vorwurf machen? Und ganz zuletzt geisterte beständig die nicht ganz unwichtige Frage durch seinen Kopf, ob er es nicht sogar hätte verhindern können ...

28. Kapitel

Hyeronimos hatte das Ziel dann doch noch relativ unbeschadet erreicht. Die Beule im Kotflügel war nicht so schlimm, und das Auto hatte sich unproblematisch steuern lassen. Er selbst war auf den ersten Kilometern nach dem Zusammenstoß mit der Felsnase das Problem gewesen, denn seine Nerven hatten so sehr geflattert, dass er keinen seiner Ticks unter Kontrolle gehabt hatte. Seine Hand war immer wieder unkontrolliert nach oben geschnellt, und dadurch hatte er nicht sicher lenken und schalten können. Also war er in Schrittgeschwindigkeit die gewundene Straße entlanggefahren, und selbst die Ziegen hätten ihn fast überholt. Musste er sich wirklich beeilen? Er konnte ja schlecht davon ausgehen, dass die Kollegen vor Ort Beweise manipulieren oder gar zerstören würden? Er hatte geatmet wie eine Dampfwalze, um sich wieder in den Griff zu bekommen, und unter Zuhilfenahme weiterer Mentaltechniken war es ihm letztlich gelungen, sich zu regulieren.

Er blieb noch einen Augenblick sitzen, schaute sich um und machte sich mit der Umgebung vertraut. Kreta war viel größer, als die meisten Menschen glaubten, und viele der Dorfbewohner in den Bergen sahen in ihrem Leben nie mehr als den Ausschnitt ihres Lebensraumes vor ihrer Haustür. Er war zwar schon nach Agia Galini oder Matala gefahren, aber nicht in den bewaldeten Gebirgsteil Kamares. Die hohen und alten Eichen erinnerten ihn ein wenig an die Wälder auf der Schwäbischen Alb, durch die er als Kind oft an den Wochenenden mit seinen Eltern gewandert war. Es war immer wieder beeindruckend, wie vielfältig die Natur auf Kreta war. Doch nichts erschien ihm hier reizend, denn in dem kleinen Häuschen, das er nach wenigen Metern auf dem holprigen Pfad schon hinter dem Flatterband, das einen Tatort markierte, sehen konnte, war ein Mensch zu Schaden gekommen. Ein Mensch, der ihm noch dazu wichtig war. Er hatte die Entscheidung des Majors gewiss leichter verkraftet als sein Kollege Christos, und der Respekt für Stelios war ihm geblieben, eventuell sogar noch ein wenig gewachsen. Denn Mentakis hatte auf jeden Fall nicht leichtfertig gehandelt und war sich auch der Konsequenzen bewusst gewesen.

Während er ausstieg, schwirrte ihm noch einmal Penelopes warnende Stimme vom Vorabend durch den Kopf. Hätte er auf sie hören müssen? Hätte er etwas verhindern können? Wollte er wirklich so weit gehen, einem Mordermittler, mit dem er beinahe täglich zu tun hatte, zuzutrauen, dass er der Wut eine verheerende Tat folgen ließ?

Er hob das Band hoch und bemerkte nun erst die vielen Kollegen, die ihm angespannt entgegensahen. Dies war der Ansporn, den er gebraucht hatte, denn er spürte, dass er sich nicht in sich zurückzog, sondern in ihm der Ehrgeiz aufstieg, aufzuklären, was geschehen war. Mit diesem Gefühl kam auch die vollkommene Überzeugung, dass es hier nicht um versuchten Suizid ging.

Die Kollegen nickten ihm zu, ganz offensichtlich waren sie froh, ihn zu sehen, und nicht verärgert, dass sie ausgerechnet den skurrilen Galavakis nun vor sich hatten. Einige hoben sogar grüßend die Hand. Dann trat ein untersetzter Mann mit vollem Haar und einem stark gezwirbelten Schnauzer auf ihn zu. »Kommissar Galavaki, gut, dass Sie da sind. Ich heiße Giorgos Athanakis.«

Er verzichtete glücklicherweise darauf, Hyeronimos die Hand hinzustrecken. Wahrscheinlich war Athanakis darüber informiert, dass er das nicht besonders mochte. Er begrüßte den Mann höflich: »Guten Tag, Herr Athanaki. Können Sie mir bitte kurz Bericht erstatten, was Sie bisher unternommen haben und wie die Situation hier war und nun aktuell ist?«

Der Polizist nickte geschäftig. Hyeronimos entspannte sich ein winziges bisschen. Er war psychisch nicht immer stabil, und eine so grauenvolle Situation triggerte anscheinend seine Ängste, was er daran festmachen konnte, dass ihn die taube Kühle, die er aus seinen schlimmen Nächten am Dreizehnten kannte, an den Waden ziepte.

Athanakis stand inmitten einer dunkelrot schimmernden Aura und ließ keinen Zweifel an seiner Autorität aufkommen, als er mit befehlsgewohnter Stimme zu berichten begann: »Wir sind ungefähr zeitgleich mit der Einheit der Kriminaltechnik hier angekommen. Ich habe die Absperrung übernommen und die restlichen Polizisten koordiniert. Die Hunde erreichten uns kurz darauf, und ich habe den Radius bestimmt, in dem gesucht wird.« Er zückte sein Handy, wischte über das Display, trat näher und zeigte ihm auf der Karte den Kreis, in dem die Staffel nun was auch immer aufspüren sollte.

»Sehr gut!«, bediente er das Bedürfnis des Mannes nach Anerkennung und fuhr fort: »Wo sind die Kollegen von der KT?«

»Im Haus. Ich bringe Sie hin.«

Athanakis marschierte vor ihm her, und er folgte ihm schulterzuckend. Dann stoppte er den Mann, der in seinem roten Aktivitätsfeld die Leitung vollkommen an sich riss. Er musste ihm verdeutlichen, dass dies nun sein Arbeitsbereich war, ohne ihn zu vergrätzen, denn das brauchte er gerade nicht. Ein Nebenkriegsschauplatz mit Querelen unter den einzelnen Einheiten würde nur dafür sorgen, dass sie Fehler machten, und das wollte er gleich von Beginn an unterbinden.

»Kollege Athanaki, ich finde den Weg zur Hütte. Bitte lassen Sie sich von mir nicht unterbrechen. Wir brauchen wirklich jeden Hinweis. Gibt es Anzeichen dafür, dass der Täter oder die Täterin«, er sah, wie der Polizist bei der Äußerung, eine Frau könnte Major Mentakis lebensgefährlich verletzt haben, die Augenbraue irritiert anhob, »mit dem Auto oder einem anderen Fahrzeug hierhergekommen ist?«

»Noch nicht, Kapetan Galavaki«, sagte der Uniformierte, und Hyeronimos nahm mit Anerkennung wahr, dass er trotz seines dominanten Auftretens akzeptierte, dass der Ranghöhere die Befehlsgewalt übernahm.

»Bitte lassen Sie danach suchen«, wies Hyeronimos ihn an, ohne dabei den Chef heraushängen zu lassen. »Ich schaue mich zuerst im Haus um. Wurde das Mobiltelefon des Majors bereits sichergestellt?«

»Jawohl«, Athanakis salutierte beinahe, »die Techniker haben es auf dem Boden gefunden, dort, wo der Major gelegen hatte.« Jetzt verlor er ein wenig seiner zackigen Art. »Das war verdammt viel Blut, Galavaki! Es ist ein Wunder, wenn Mentakis das überlebt. Ich habe mitbekommen, dass es Probleme mit seinem Blut gibt. Wir wissen es hier nun alle. Die Sanis haben echt die Fassung verloren, als sie gesehen haben, wie viel er verloren hat. Es wäre wirklich ein Wunder«, sagte er noch einmal, aber nun mehr zu sich selbst. Dann drehte er sich zu den Polizisten, die auf dem

Plateau vor der Hütte standen, und bellte: »Steht nicht herum und haltet Maulaffen feil! Sucht! Sucht nach Spuren von Fahrzeugen, Fußspuren oder von mir aus auch nach denen eines Schiffs. Findet heraus, wer hier war und wie diese Person hergekommen ist!«

Hyeronimos nickte ihm zu und stapfte in Richtung Eingang davon. Eine Holzbank, wahrscheinlich aus dem Stamm einer Eiche geschnitten, stand neben der Tür, und ganz bestimmt hatte man von dort aus einen wundervollen Blick in die stille Natur. Er konnte sehr gut nachvollziehen, dass Stelios hier Ruhe gesucht und gefunden hatte, und er begriff nur zu gut, wie heilend dieses abgelegene Umfeld sein konnte, wenn man innerlich erschüttert war. Denn er selbst fand sich immer mal wieder am Andartis ein, oben auf der Nida-Hochebene, um seine eigenen Probleme zu durchdringen und eines Tages zu lösen.

Die Tür öffnete sich, und ein Mann in einem weißen Schutzanzug kam heraus. »Galavaki! Gut, dass du da bist.« Dann winkte er ihn zu sich, reichte ihm weiße Überzieher aus knisterndem Plastik für die Schuhe und Gummihandschuhe.

Hyeronimos zog sie an, blieb aber noch einen Moment vor der Tür stehen. Die Hütte wirkte ordentlich und gepflegt. Stelios hatte sie nicht verkommen lassen und wohl auch in den Monaten seines selbst gewählten Exils an dem Häuschen Renovierungsarbeiten vorgenommen, denn die Tür und das Fenster über der Bank wirkten frisch gestrichen, genau wie die überstehenden Sparren des Dachs. Zudem entdeckte er eine Leiter, die an der anderen Seite lehnte. Sein Chef war aktiv gewesen, das sprach für Gesundung, denn Menschen mit Depressionen konnten sich häufig nicht motivieren.

Er verzichtete darauf, sich während der Bestandsaufnahme oder Verhören Notizen zu machen, sondern immer erst im Nachgang, damit er sich voll und ganz auf seine Wahrnehmung konzentrieren konnte und auf seinen siebten Sinn – denn so kam ihm die Fähigkeit, Auren und damit bestimmte Energien wahrzunehmen, oft vor. Vorsichtig trat er durch die Tür in den kleinen

Raum und begriff blitzschnell, wovor ihn Athanakis gewarnt hatte: Der Blutfleck auf dem Boden war riesig. Das konnte Mentakis eigentlich nicht überleben.

29. Kapitel

Sie plauderte mit ihm. Er konnte es nicht fassen! Vermittelte er tatsächlich den Eindruck, dass er ein Mann für lockere, entspannte Gespräche mit einer Fremden war? Er war irritiert und musste sich nun auch noch mit diesem Gefühl auseinandersetzen.

Er hatte viele Jahre trainiert, Menschen einzuschätzen, Gefahr zu riechen und sich dann entweder in Sicherheit zu bringen oder eben zum Angriff überzugehen. Je ausgereifter seine Fähigkeiten mit der Zeit geworden waren, umso eher hatte er sich abgeschirmt und so gelernt, beinahe unsichtbar zu werden. Das hatte ihm auf Dauer viel Ärger erspart und auch viel Schmerz, doch es war nicht leicht für ihn gewesen, sich so zu verändern. Er war kein Feigling, denn darauf zu achten, dass man nicht umkam, hatte wenig mit Feigheit zu tun.

Er sah sie lächeln, und die Falten in ihrem Gesicht hatten etwas Einprägsames und Besonderes. Er spürte, dass das Lächeln auch ihn erreichte, obwohl er nicht genau zugehört hatte. Warum in Gottes Namen grinste er nur? Es war, als ließe sie eine Saite in ihm anklingen, die nun leise zu schwingen begann. Und obwohl er sich dauernd fragte, wie er aus dieser Situation entfliehen konnte, wollte ein anderer Teil von ihm einfach weiterhin hier sitzen und mit ihr sprechen, den Moment genießen, so tun, als wäre alles für ihn möglich. Doch er wusste nur zu genau, dass nichts für ihn möglich war. Heute noch weniger als gestern.

»Wie heißt du eigentlich?« Sie hatte ihm ihr Gesicht zugewandt und schaute ihn neugierig an. Der Bus holperte über die buckelige Straße und schüttelte sie beide durch, sodass sie einander manchmal ganz unerwartet näher kamen.

Was sollte er nur tun? Rasch entschied er sich, ihr einen Namen zu nennen. Irgendeinen, den ersten, der ihm in den Sinn kam, und natürlich einen von denen, die es tausendfach auf der Insel gab. Also sagte er stotternd: »Gi...giorgos und du?«

Wieder dieses einnehmende Lächeln. »Anna-Maria. Schön, dich kennenzulernen, Giorgo.«

War es klug von ihm gewesen, ihr einen falschen Namen zu nennen? Hatte er nicht oft genug erfahren, dass auch kleine Lügen dazu führen konnten, dass man aufflog? Man kam immer in Schwierigkeiten, wenn man eine Erklärung für die Lüge finden musste. Jetzt hatte er jedoch begonnen, eine Identität für sich zu erfinden, und er konnte ihr wohl kaum die Wahrheit über sich erzählen. Doch warum dachte er überhaupt darüber nach, irgendetwas von sich preiszugeben? Er war durcheinander, so viel war klar, und dann geriet auch das Denken in Unordnung. Wenn er lief, wurden die Stränge klarer und strukturierter, nicht nur deshalb war die Bewegung für ihn so wichtig, sondern auch, weil er dann immer wieder begriff, was nötig war und was nicht. Er konnte unterscheiden und Prioritäten setzen, sobald sich seine Füße in jene gleichförmige Bewegung begaben und sein Atem sich anpasste.

»Ich fahre regelmäßig diese Strecke, denn ich besuche meine Tante in Zaros, um ihr zu helfen. Sie ist schon sehr alt und sieht nicht mehr so gut. Ihr Sohn ist nach Amerika ausgewandert. Sie sollte mitkommen, aber das wollte sie nicht, und nun ist sie eben allein, aber sie hat ja mich ...«

Er lauschte dem Strom ihrer Worte und versuchte weiterhin, einen klaren Gedanken zu fassen über seine Rolle in diesem Gespräch. Es hatte schon sehr lange keine Frau mehr in seinem Leben gegeben, daher war er unsicher im Umgang mit dem weiblichen Geschlecht. Also nicht grundsätzlich, sondern eben dann, wenn es um Situationen wie diese ging: wenn eine Frau sich für den Mann in ihm zu interessieren schien. War das wirklich so, oder bildete er sich das ein, weil seine Wahrnehmung durch die Ereignisse des Morgens mehr als getrübt war? Vielleicht war ihr die regelmäßige Busfahrt einfach zu vertraut und daher langweilig, und sie suchte Zerstreuung und einen Zeitvertreib bis zum Ziel – mehr nicht. Er war unfähig im Umgang mit solchen Menschen, und gleichzeitig sehnte er sich danach, einfach alles hinter sich zu lassen, mit Leichtigkeit einen kleinen Flirt zu genießen und dann ohne Verbindlichkeiten auseinanderzugehen.

»Dich habe ich hier noch nie gesehen«, sagte sie und legte den Finger an die Nase, »wo kommst du her?«

Jetzt war es also so weit. Jetzt musste er entscheiden, ob er sie vor den Kopf stoßen wollte, etwas Wahres über sich preisgab oder eine vollkommen erfundene Geschichte erzählen sollte.

Wie eine Rettung aus dem Himmel bremste der Bus ab. Mitten hier im Nirgendwo an der kurvigen Straße zwischen steinigen Hügeln, knorrigen Bäumen und Ziegenunterständen war plötzlich eine Bushaltestelle zu erkennen.

»Hier muss ich aussteigen«, meinte er laut, und seine Stimme klang so fremd und überkippend, dass er sich schämte. Der Busfahrer lenkte das Gefährt an den Straßenrand, und die Türen öffneten sich pfeifend. »Danke für das Gespräch«, stammelte er und drückte sich an ihr vorbei aus der Sitzreihe. Er spürte den Blick des Busfahrers im Rückspiegel auf sich. Also noch mehr Aufmerksamkeit auf seine Person. Auch diese Entscheidung erwies sich als Dummheit, als Fehler.

Die Frau schien verdutzt. »Mach's gut Giorgo«, rief sie ihm hinterher, »es war schön, dich kennenzulernen. Auf bald!«

Er kam sich vollkommen unzulänglich vor. Sie war einfach eine nette Person, und er zog durch seine unüberlegte Flucht so viel ungewollte Aufmerksamkeit auf sich. Er hätte einfach sitzen bleiben und ein paar Worte mit ihr wechseln können. Er wandte sich an der Tür kurz um und winkte ihr leicht zu, dann sprang er hinaus, und der Bus zockelte an ihm vorüber. Ihr Blick hielt ihn durch das staubige Fenster fest, und ihm war vollkommen bewusst, dass sie ihn hervorragend würde beschreiben können.

Heute war einfach ein Tag, an dem alles schiefging.

30. Kapitel

Die Kollegen hatten sie nach draußen geschickt. Man respektierte sie im Krankenhaus zwar, doch sie war eben diejenige, die an Toten herumschnippelte und nicht die Hände in blutigen Organen hatte, um so das Leben der Sterbenden zu retten. Sie hatte auch sonst im OP nichts zu suchen. Sie war zu nah dran. Doch sie war aktuell die einzige Person, die hier in diesem erschreckenden Ambiente des lieblosen Wartebereichs saß und um ihn bangte.

Die Schwingtür zu dem lang gezogenen Flur öffnete sich knarzend, und Penelope hob furchtsam den Blick. Wenn die Ärzte jetzt schon zu ihr kamen, war klar, dass er nicht mehr zu retten sein würde. Dann erkannte sie Maria und einige andere Gesichter aus dem Präsidium. Sie war nicht allein. Eine Welle der Erleichterung überrollte sie, und sie spürte die Tränen in sich aufsteigen. Die Gruppe umringte sie mit angespannten, fragenden Gesichtern.

»Es sieht nicht gut aus«, berichtete sie stockend und erklärte kurz seine seltene Blutgruppe und die Schwere der Verletzung. »Die Kugel ist aus kurzer Entfernung in seinen Brustkorb eingedrungen, hat die Lunge verletzt und steckt so nah am Herzen, dass jeder Schlag dafür sorgen kann, dass es verletzt wird. Die Menge an Blut, die er verloren hat, kann durch seine vorhandenen Eigenblutspenden ersetzt werden, aber Komplikationen während der Operation, die häufig auftreten bei Schussverletzungen, können nicht mehr damit abgedeckt werden. Das Krankenhaus versucht, Spender zu finden, doch das ist ... schwer.« Sie verstummte.

Maria setzte sich neben sie und ergriff ihre Hand. Die Polizisten und Mitarbeiter des Präsidiums scharten sich um sie. Manche blieben stehen, andere wiederum setzten sich. Schweigen füllte den Raum, und doch fühlte es sich gut an, dass sie mit ihr wachten. Als sie allein gewartet hatte, war es ihr vorgekommen, als würden ihre Lebensgeister in Schockstarre verharren, doch nun überkam sie das Bedürfnis, etwas zu tun.

Sie sprang unvermittelt auf. »Ich hole Kaffee und Wasser.«

»Ich begleite dich«, bot Maria an und warf ihr einen Blick zu, der nicht bittend, sondern fordernd war, und Penelope nickte.

Sie gingen über den Flur, auf dem heute wenig los war. Normalerweise standen sonst überall besorgte Familienmitglieder, denn auf der Insel gehörte es dazu, dass das soziale Umfeld eines Kranken die Pflege unterstützend übernahm.

Nachdem sie außer Hörweite der Kollegen waren, sagte Maria leise knurrend: »Da ist etwas, das du wissen solltest. Können wir kurz irgendwo in Ruhe reden?«

»In meinem Büro, aber das ist mir eigentlich zu weit weg. Ich will da sein, wenn einer der Ärzte kommt.« Sie war unschlüssig, was sie machen sollte, schaute sich kurz um und entdeckte einen der Materialräume. »Vielleicht kann ich den mit meiner Karte öffnen.« Rasch nestelte sie ihre Mitarbeiterkarte aus der Jackentasche und hielt sie vor den Türöffner. Ein leises Klacken ertönte. Sie schob die Tür auf, ließ Maria eintreten und folgte ihr. Drinnen lehnte sie sich von innen gegen die Tür und fragte: »Was ist los?«

»Spectros und ich haben angefangen zu überprüfen, womit Stelios sich beschäftigt hat, bevor er gegangen ist. Er hat einige Routinefälle am Laufen, aber auch ein paar sonderbare Sachen.« Sie räusperte sich.

»Was meinst du mit *sonderbar?* Er hat bestimmt nichts Illegales gemacht. Ich kenne ihn«, begehrte Penelope auf.

Marias Blick verdunkelte sich. »Ich dachte auch, dass ich ihn kenne, Penelope. Ich dachte sogar, ich kenne ihn sehr gut.«

»Du machst mir Angst, Maria!«

Maria schwieg einen Moment lang, dann legte sie die Hände zusammen, und ihre langen roten Nägel stachen in dem Halbdunkel des Raumes beinahe bedrohlich hervor. Penelope spürte, wie ihre Nerven zu flattern begannen. Sie war unter normalen Umständen außerordentlich belastbar, doch heute waren zu viele Dinge geschehen, die ihre Gelassenheit erschüttert hatten, und nun wurde es allmählich zu viel. Sie dachte darüber nach, einfach davonzurennen, wollte nichts mehr hören, was ihr Weltbild noch mehr ins Wanken bringen würde.

»Er war an etwas sehr Gefährlichem dran, und ich weiß nicht, ob er sich nicht einfach mit den falschen Leuten angelegt oder eingelassen hat«, erklärte Maria nun und knetete ihre Hände dabei so, dass ihre Fingerknöchel knackten. »Es geht um einen alten Fall. Er wollte ihn neu aufrollen. Wir glauben, dass da nicht nur Serpantakis, also der *Boss,* mit drinhängt, sondern auch der EYP und eine Abteilung, die es offiziell gar nicht zu geben scheint. Spectros klemmt sich dahinter, aber ...« Sie zuckte mit den Schultern.

»Aber wenn es sie nicht gibt und sie eventuell zum Geheimdienst gehört, dann wird er nichts finden ... Das willst du sagen, oder?« Penelope kannte das Spiel, denn sie war lange genug Teil der Ermittlungsbehörde.

»Stelios hat eine Datei auf seinem Computer verschlüsselt, und ...« Maria hielt sich die Hand auf die Brust, als müsste sie ihr Herz daran hindern herauszuspringen. »... und die Fragmente weisen auf Kinderpornografie hin.«

Penelope sog scharf den Atem ein, und das »Nein!« kam so unvermittelt und harsch aus ihrem Mund, dass sie selbst darüber erschrak. Sie fasste sich rasch. »Das hat nichts mit ihm zu tun, sondern kann nur eine Sache sein, der er auf der Spur war ... ist«, verbesserte sie sich selbst rasch, denn er war nicht tot.

»Das hoffe ich auch. Aber tatsächlich kennen wir niemanden wirklich. Wir müssen weitersuchen. Tiefer graben.« Maria klang nun vollkommen desillusioniert.

»So was würde er nicht tun.« Penelopes Stimme kam nur krächzend aus ihrer Kehle. So war Stelios nicht. Er war kein perverser Verbrecher, er trug nicht dazu bei, dass Tausenden, wahrscheinlich sogar Millionen von Kindern unsägliches Leid zugefügt wurde, damit andere sich daran ergötzen konnten. Nicht Stelios Mentakis. Nicht er.

»Ich kann sehen, was du denkst«, sagte Maria, »denn mir ging es genauso. Aber ich habe angefangen nachzudenken, jeden Satz, den er je gesagt hat, jede Verhaltensweise, jede seiner Handlungen zu hinterfragen und ihm zu misstrauen. Obwohl ich es gar nicht will. Spectros nimmt den Computer mit nach Hause, obwohl das Ding ja nun ein Beweisstück in einem Mordanschlag ist. Er hat es schon aus dem Büro geschafft, und ich habe einen Teil in meinem Auto davongekarrt. Wenn das rauskommt, sind wir wahrscheinlich beide unsere Jobs los.«

»Das passt nicht zu ihm. So einer ist er nicht!« Penelope verteidigte ihn, aber sie merkte, dass eine Stimme in ihrem Kopf zu insistieren begann. Man erkannte solche Männer nicht auf der Straße. Sie trugen kein Mal auf der Stirn. Konnte man sich wirklich so sehr in einer Person täuschen? Ja, das war möglich. Sie hatte es während ihrer Laufbahn schon erlebt.

»Ich will es auch nicht glauben. Und doch ist es am Ende des Tages möglich.« Maria stieß sich von der Tür ab und strich ihre dunkle Stoffhose glatt.

Penelope hatte genug gehört und brauchte nun wirklich einen Kaffee und dringend auch etwas Süßes. Doch hier im Krankenhaus gab es nichts Ordentliches, und Hyeronimos würde gewiss nicht so rasch zurück sein.

»Schokolade«, sagte sie unvermittelt und so zusammenhanglos, dass Maria sie entgeistert anschaute. »Ich brauche jetzt Zucker, sonst drehe ich komplett durch. Ich weiß, dass dich das auch alles extrem mitnimmt, aber ich ...« Sie stockte und musste schlucken. »... ich hatte ihn am Telefon, Maria. Es ... es war einfach furchtbar. Meine Toten sind mir da viel, viel lieber!«

»Ich schließe mich dir an, obwohl ich jetzt gern eine Flasche Tsikoudia ex trinken würde, um dann besoffen in ein tiefes Vergessen abzugleiten, aber das kann ich wohl gerade knicken. Also Zucker. Wo finden wir welchen?«

»Die Schwestern haben immer was, und sie mögen mich. Sie bekommen regelmäßig von den Familien der Patienten Geschenke. Das ist mein Manko. Die Familien derer, die ich aufschneide, kommen selten mit Süßigkeiten.« Penelope versuchte sich an einem schiefen Grinsen. An sich war hier gar nichts lustig, doch sie brauchte ihren Humor, sonst konnte sie gleich aufgeben und sich in einer Ecke verkriechen.

Sie öffnete die Tür, ließ Maria vorausgehen und lenkte sie zu einem Schwesternstützpunkt. Eine Frau mittleren Alters mit müdem Gesicht saß über eine Akte gebeugt am Schreibtisch. Ihr Kopf fuhr hoch, und Penelope sah Erkennen, gefolgt von Mitleid in ihren Augen aufblitzen. Alle im Krankenhaus wussten Bescheid: Es hatte sich wie ein Lauffeuer herumgesprochen, dass Stelios Mentakis eingeliefert worden war und sein Leben an einem seidenen Faden hing.

»Dr. Demostaki«, sagte sie und ihre Stimme klang so erschöpft, wie sie aussah, »es tut mir so leid. Kann ich irgendwie helfen?«

»Wir wollten für die Wartenden Kaffee besorgen, und ein paar Süßigkeiten würden uns wahrscheinlich auch helfen, die Stimmung aufzuhellen ...« Sie ließ den Satz im Raum stehen, und die Schwester verstand sogleich.

Sie stand auf, öffnete einen Schrank und ergriff mehrere Tüten mit Pralinen, eine große Packung Nüsse mit Honig-Sesam-Kruste, und zum Schluss zauberte sie noch eine riesige Plastikverpackung aus dem Kühlschrank. »Da ist Baklava drin. Den hat die Großmutter eines Patienten aus Krousonas gemacht. Sensationell, kann ich nur sagen. Bitte nehmen Sie das mit, und wenn wir noch etwas tun können – außer zu beten –, dann lassen Sie es uns wissen!«

Maria trat gerührt vor, nahm die Leckereien entgegen und sagte mit wackliger Stimme: »Danke, dass Sie mit uns teilen.«

Penelope verstand, dass sich hinter diesem Satz mehr verbarg, und die Schwester gewiss auch, denn sie legte der sichtlich erschütterten raubeinigen Frau die Hand auf den Arm und nickte ihr zu. »Wir beten wirklich alle für ihn. Er ist einer von den Guten!«

Penelope musste schlucken, denn was heute früh noch wahr und unverrückbar erschienen war, stand nun auf dem Prüfstand, und alles schien vom Zusammenbruch bedroht. Auch sie bedankte sich. Die Schwester zauberte noch ein Tablett hervor und reichte es ihr. »Das macht das Kaffeeholen leichter.«

Schweigend gingen sie auf den Automaten zu, konzentrierten sich auf die Aufgabe, Geldstücke in den Schlitz zu werfen und Plastikbecher auf dem Tablett aufzureihen. Für den Moment war alles gesagt, und alles andere, was man hätte diskutieren können, war zu belastend und bedrückend.

31. Kapitel

Sie hatten den Leiter der Mordkommission lebend gefunden und nach Heraklion in die Klinik geflogen. Davon berichteten alle Nachrichtensender. Es gab wohl auch noch eine weitere Herausforderung, aber das erwähnten die Medien nur in geheimnisvoll andeutender Art. Sie wussten also nichts Genaues, doch es war etwas im Busch.

Sie hatte sich angezogen, und zwar, weil sie es wollte. Nicht, weil Michalis es ihr befohlen hatte. Sie hatte sich trotz der Kälte in ihrem Körper besonders viel Mühe gegeben, sich zurechtzumachen, und das Kleid aus feinster Seide kleidete sie vorzüglich. Der teure Stoff umspielte ihre Figur, und das Schwarz schimmerte edel. Die kurze Jacke, die zu dem Ensemble gehörte, endete zwischen Rücken und Po. Das betonte ihre weiblichen Rundungen, ohne vulgär zu wirken. Ein weiches schwarzes Tuch, unter dem eine teure Kette aus glatten Perlen hervorblitzte, bedeckte das Dekolleté. Sie trug zudem einen Ring aus derselben Kollektion und ein locker sitzendes Armband.

Sie war nicht irgendwer. Auch wenn ihr Bruder es gern so darstellen wollte, als existierte sie nur aus seiner Gnade. Sie war die *Wohltäterin,* und die Menschen liebten sie, vor allem jene, die nicht hinter die Kulissen schauen wollten oder geistig dazu nicht in der Lage waren.

Es gab Momente, in denen ihr durchaus bewusst wurde, dass sie überreagierte. Doch er hatte sie nicht nur gedemütigt, sondern auch deutlich gemacht, dass auch sie ihm nichts bedeutete und nur eine Schachfigur in seinem strategischen Spiel darstellte, die er sofort opfern würde, sollte es zum Siegen nötig sein. Wie er sie angeschaut hatte, als sie ihn gewarnt hatte. Sie hatte ihn damit wirklich erschüttert! Welch ein Gewinn. Sie hatte nicht geblufft.

Sie war Filomena Serpantaki! Nicht irgendein dummes Flittchen, das er in sein Bett holte, schwängerte und dem er dann einen Ring an den Finger steckte. Einen Ring, um sie zu knechten, wohlgemerkt. Egal, wie exquisit das Schmuckstück war! Sagte man Ja zu ihrem Bruder, gehörte man ihm. Das galt für alle Vasallen. Daran ließ Michalis niemals einen Zweifel. Wahrscheinlich hatte er auch genau deshalb all seine Wut auf ihren Sohn übertragen, denn der wahre Schuldige war ihm durch die Lappen gegangen.

Wenn das Schule macht, herrscht hier Anarchie, und das werde ich verhindern, hatte er mit gewittriger Miene gesagt und sich dann gegen sie gerichtet. Gegen die Frau, die jeden Weg mit ihm gegangen war und maßgeblich dazu beigetragen hatte, dass er war, wer er war. Das war das ultimative Zeichen gewesen, dass niemand vor ihm sicher war. Doch er war einfach viel zu überzeugt davon, dass alle Menschen ebenso an ihrem Leben hingen wie er. Bisher war das für sie auch so gewesen, doch manche Erlebnisse änderten einfach alles. Sie hatte sich entschieden, und ab diesem Augenblick hatte sie ihren eigenen Untergang billigend in Kauf genommen.

Sie verließ ihre Gemächer mit hoch erhobenem Haupt. Sollte er doch glauben, dass er einen Sieg über sie errungen hatte. Er würde sich schon noch umschauen, und dann würde er sich vor jedem Schatten hinter jeder Ecke zu fürchten beginnen. Sogar vor seinem eigenen. So würde es geschehen.

Ein grausames Lächeln umspielte ihre Lippen, und sie betrat den großen Salon. Sie war gewappnet, und auch wenn er gern so tat, als wäre er der einzige Mensch auf dieser Insel, ach was, auf dem Planeten, der vorausschauend und taktisch planend handeln konnte, so würde er doch begreifen müssen, dass sie vom selben Blut stammte wie er. Sie war ebenso listig und raffiniert, nur hatte sie diese Fähigkeiten noch nie gegen die eigene Familie gerichtet, ganz im Gegensatz zu ihm. Nun jedoch war sie so weit, und was das bedeutete, war ihr vollkommen bewusst: Sie waren alle verloren!

32. Kapitel

Hyeronimos war an der Tür stehen geblieben. Der Raum war einfach eingerichtet und sehr aufgeräumt. Auf der Küchenanrichte stand nichts herum, lediglich eine Maschine, um einen Frappé zuzubereiten. Auf dem schmalen Herd war ein Briki zu sehen, das langstielige Kännchen, in dem der klassische *Ellinikós Kafés* zubereitet wurde. Der Duft schwebte im Raum, offensichtlich hatte Stelios noch am Morgen einen gekocht. Auf dem Tisch, der alt aussah, dessen Platte aber frisch geschrubbt zu sein schien, lag ein kleines Heftchen, an dem ein Kugelschreiber klemmte. Mehr nicht. Darunter war ein Teppich zu sehen, der aus vielen bunten Fäden bestand und Farbe in das Zimmer brachte, das in seiner Einfachheit gewiss einladend gewirkt hätte, wenn nicht der riesige Blutfleck gewesen wäre. Er konnte sehen, dass eine Tür in ein Schlafzimmer führte, und erkannte noch eine weitere, die ebenfalls von dem Wohn-Esszimmer abging. Er mutmaßte, dass sich hinter dieser ein einfaches Bad verbarg. Es waren zu viele Leute hier, um sich einen Eindruck davon zu machen, wie es wohl war, hier zu wohnen, denn Stelios hatte ja nicht einfach ein paar Tage Urlaub gemacht, sondern war hier oben in den vergangenen Monaten zu Hause gewesen. Es hätte irgendwie persönlicher aussehen müssen, aber es machte mehr den Eindruck, als würde hier niemand leben. Nicht, dass das Häuschen unbewohnt wirkte, es war etwas anderes. Es machte einen unpersönlichen Eindruck. Doch vielleicht war es auch genau das gewesen, was der Mann gebraucht hatte, um sich auf sich und seine Gesundung zu konzentrieren.

Er wollte sich gern einfühlen, doch die Auren der Mitarbeitenden der Kriminaltechnik füllten alles aus. Er musste warten, bis sie fertig waren, um sich sein ganz eigenes Bild der Situation zu machen.

»Was habt ihr, Costa?«, fragte er den Mann, der ihn hereingebeten hatte, und eine kurze Aufgeregtheit durchzog ihn, denn er fürchtete, dass sie vielleicht eine Waffe neben dem halb toten Mentakis gefunden hatten. Er kannte Costas schon lange, und die klare blaue Aura, die ihn umgab, ließ ihn für Hyeronimos beinahe sympathisch wirken.

»Nicht viel. Die Verletzung lässt darauf schließen, dass der Täter ungefähr da stand, wo du jetzt stehst. Es hat kein Kampf stattgefunden. Zumindest weist hier im Raum nichts darauf hin. Vielmehr scheint es so, dass der Täter gezielt vorgegangen ist. Der Verletzte« – Hyeronimos nahm wahr, dass der Kollege es vermied, Stelios beim Namen zu nennen, wahrscheinlich um das Geschehen so etwas auf Distanz zu halten – »lag auf dem Rücken, wir konnten keine Hinweise darauf finden, dass er durchsucht wurde, auch das Haus macht nicht den Eindruck, als hätte jemand hier herumgewühlt.«

»Das schließt einen Überfall mit Raubabsichten also höchstwahrscheinlich aus«, erwiderte Hyeronimos.

»Wir haben den Geldbeutel des Majors gefunden. Alle Karten sind vorhanden, und es befinden sich rund zweihundert Euro Bargeld darin. Daher stimme ich dir zu.«

»Wenn ein Verbrecher hier oben darauf aus ist, jemanden auszurauben, dann würde er doch gewiss alles mitnehmen, denn unter Umständen könnte es Tage dauern, bis die Person vermisst wird und es auffällt, dass jemand mit der Karte eines ...« Costas räusperte sich vernehmlich. »... Toten umherläuft und einkauft.«

»Das muss schon geplant gewesen sein, denn man vermutet doch nicht, dass hier jemand lebt. Es sei denn, man weiß, dass das Haus seit einigen Monaten bewohnt ist. Das wissen vor allem die Leute in den umliegenden Dörfern, und die wissen eben auch, wer er ist. Die Hütte gehört seiner Familie seit ewigen Zeiten, und er scheint sie instand gehalten zu haben.« Hyeronimos wies mit der Hand erst auf den Raum und dann auf das gesamte Gebäude.

»Hier ist alles in Schuss«, bestätigte der andere.

»Wie lange habt ihr noch zu tun?«, erkundigte er sich nun, noch immer an der Tür stehend.

»Wir sind gleich weg, dann bist du allein, aber erwarte nicht zu viel. Uns ist nichts in die Hände gefallen.« Costas zeigte auf die wenigen Beweismitteltüten und die Nummern im Raum, die die Fundstellen markierten.

Hyeronimos schlängelte sich an ihm vorbei und warf einen Blick auf die Fundstücke: Stelios' Geldbeutel, das blutverschmierte Handy, eine kleine Kaffeetasse und ein Schlüssel an einem länglichen Anhänger.

»Ist das ein USB-Stick?«, fragte er aufmerksam, und Costas nickte. »Gibt es auch einen PC dazu?«, fragte Hyeronimos.

»Wir haben nichts gefunden, aber viele Menschen tragen heute einen Stick mit sich herum.« Costas griff mit seiner behandschuhten Hand in seine Hosentasche und zog zur Bestätigung einen kleinen silbernen Stick hervor, den er dort anscheinend lose aufbewahrte.

Hyeronimos stellte fest, dass ihn das irritiere, denn er spürte sofort ein Gefühl von Sorge in sich aufsteigen, darüber, wie leicht es doch war, so etwas unbemerkt zu verlieren. Das würde ihn wirklich schier verrückt machen. Wahrscheinlich würde er sich dann nicht mit der Hand immer wieder das Haar glätten, sondern dauernd an der Hosentasche herumpfriemeln. »Es wäre gut, wenn Zacharis Zentakis den Stick zeitnah bekommt, dann kann er prüfen, ob sich darauf etwas Fallrelevantes befindet. Wie macht ihr das mit dem Handy?«

»Das ist noch an und nicht zugangsgeschützt, hat aber nur noch sehr wenig Akku. Wir haben das Ladegerät im Schlafzimmer in einer Schublade gefunden und werden es zeitnah aufladen. Wir schauen, was sich darauf befindet, und dann könnt ihr es haben. Das ist ja gewiss sein privates Telefon, oder?«

»Davon gehe ich aus«, antwortete Hyeronimos schulterzuckend, denn er wusste es nicht genau, konnte sich aber kaum vorstellen, dass sein Chef die SIM-Karte aus dem modernen Smartphone genommen und in das altmodische Gerät gesteckt hatte. »Sonst habt ihr tatsächlich nichts gefunden? Keine Kugel, keine Hülse, nichts?«

»Nein. Ich kann dir nicht sagen, ob es ein Durchschuss war, wir haben ihn aufgrund der … der Schwere seiner Verletzung nicht bewegt, aber hier haben wir nichts dergleichen gefunden. Der Täter hat wahrscheinlich alles mitgenommen, also gesetzt den Fall, die Kugel steckt nicht noch im Opfer.« Costas vermied es noch immer, Stelios beim Namen zu nennen. Blaue Typen waren häufiger objektbezogen als auf Personen fixiert.

Auch er selbst trug starke blaue Anteile in sich, und manchmal glaubte er sogar, den blauen Schimmer um sich herum zu sehen, doch es war meist eine optische Täuschung, hervorgerufen durch den Wunsch oder sogar das Bedürfnis, sich selbst so sehen zu können, wie er andere Menschen sah. Er war nicht dazu in der Lage, seine eigene Aura wahrzunehmen. Eben nur die von anderen Menschen.

Hyeronimos hatte durch viel Erfahrung gelernt, dass es wichtig war, den Namen eines Opfers auszusprechen. So, wie man aussprechen musste, dass jemand tot war. Auch das hatte er lernen müssen. Betroffene verstanden es nicht, wenn man um den heißen Brei herumredete oder gar Euphemismen benutzte, dann starrten sie einen weiterhin erwartungsvoll an, in der Hoffnung, dass die Nachricht doch noch positiv ausfiel. Man musste sagen: Er oder sie ist tot und wurde ermordet oder kam bei einem Unfall ums Leben. Was eben auch immer geschehen war.

»Es ist Major Mentakis. Stelios Mentakis«, sagte er deshalb auch mit konzentrierter Stimme und sah, wie sein Gesprächspartner zusammenzuckte.

»Ich weiß das, Galavaki! Das wissen wir alle hier. Wir alle haben ihn in dieser Blutpfütze liegen sehen, seine Haut schon so blass, dass sie seltsam durchscheinend wurde. Sein Atem so flach, dass er tot aussah …« Er schwieg und räusperte sich hart.

»Ich wollte nicht anmaßend sein«, entschuldigte sich Hyeronimos und fragte sich, ob er es anders formuliert hätte, wäre Penelope mit ihm hier. Erschrocken fiel ihm auf, dass er in den letzten Minuten nicht mehr an sie und den schwer verletzten Mann im Krankenhaus gedacht hatte.

Costas winkte ab. Er schien zu verstehen, warum Hyeronimos es angesprochen hatte. Es geschah nicht sehr häufig, dass einer von ihnen zum Opfer wurde. Sie waren ungeübt darin, Kollegen zu betrauern, und stürzten sich lieber ins Tun. Das war einfacher.

Plötzlich kam Hyeronimos ein Gedanke. »Ist sein Ausweis im Geldbeutel oder irgendwo hier?«

»Den haben wir nicht gefunden.« Costas wirkte verdutzt.

»Durchsucht jemand parallel seine Wohnung?«

Der Kriminaltechniker nickte. »Sogar mit ganz offiziellem Beschluss. Maria hat den Richter sofort angerufen, und binnen Minuten hatten wir ihn vorliegen.«

Hyeronimos nickte ebenfalls. Es war gut, dass sie auch dort sorgfältig suchten. Er hatte im Augenblick keine Idee, was man mit dem Personalausweis des Majors anfangen konnte, doch sein Gefühl hatte ihn darauf aufmerksam gemacht, und das bedeutete immer etwas. Das hier war kein zufälliger Überfall, dessen war er sich vollkommen sicher, und da in den Beuteln keine Waffe war, handelte es sich eben auch nicht um einen missglückten Selbstmord oder gar einen Unfall beim Waffenreinigen.

»Was ist mit Fingerabdrücken auf der Tür?«, hakte er nach.

»Wir haben einige sichergestellt und überprüfen sie alle sorgfältig. Auch die Teilabdrücke und die leicht verwischten«, beeilte sich Costas zu versichern.

»Ich weiß, dass ihr sorgfältig arbeitet«, entschuldigte sich Hyeronimos erneut. Er kam mit Menschen einfach nicht so gut zurecht. Penelope fehlte ihm. Sie hatte einen guten Einfluss auf ihn, und in ihrer Gegenwart fiel es ihm leichter, sich in andere einzufühlen. »Ich schaue mich im Schlafzimmer um«, sagte er und machte sich auf den Weg an den Arbeitenden vorbei.

Im Raum angekommen, zückte er sein Handy und rief Penelope an. Ihre Stimme klang sonderbar, und er kannte sie so gut, dass er sofort spürte, dass etwas Einschneidendes geschehen war. Er rechnete mit dem Schlimmsten.

33. Kapitel

Er hatte sich sofort umgewandt und war zielstrebig einen holprigen Pfad entlanggegangen, ganz so, als würde er sich hier auskennen und dies sei seine Haltstelle gewesen. In seinem Kopf herrschte Chaos. Schon zum zweiten Mal am heutigen Vormittag. So war das alles nicht geplant gewesen. Nichts davon, und seine bühnenreife Flucht aus dem Bus war wie der Tropfen Sirup zu viel gewesen, der den Kuchen von einer Köstlichkeit in klebriges Zeug verwandelte.

Er fühlte den glatten Stein in seiner Hosentasche, dieses besondere Fundstück. Das musste doch etwas bedeuten, wenn man einfach so ein Mati am Wegesrand fand. Wachte vielleicht doch eine größere Macht über ihn? Nein, wahrscheinlich nicht, denn sonst hätte er sich nicht so zum Narren gemacht.

Eine Ziege hob den Kopf und schaute ihm anklagend entgegen, als wollte sie fragen, was er hier zu suchen hatte, und genau diese

Frage stellte er sich gerade auch. Er musste wieder umkehren, schauen, wann der nächste Bus fuhr, um von hier fortzukommen, bevor allgemein auffiel, dass der drahtige Klippenrenner heute nicht seiner täglichen Tour nachging. Einerseits glaubte er zwar nicht, dass man ihm tatsächlich so viel Aufmerksamkeit schenkte, doch andererseits gab es bestimmte Gewohnheiten, und wenn diese nicht eingehalten wurden, fiel es eben doch auf.

Sein Körper wollte rennen, sich verausgaben und den Stress abbauen, der sich in ihm angesammelt hatte, doch es war wirklich sinnlos, hier ohne Ziel zu laufen, und an der Straße wollte er nicht entlang, denn das würde auch wieder nur ungewollte Aufmerksamkeit auf sich ziehen. Er drehte sich um und ging zurück in Richtung Straße, bewusst darauf achtend, nicht sofort gesehen zu werden. War das paranoid? Nein, gewiss nicht. Man würde ihn, ohne zu zögern, als Bauernopfer über die Klinge springen lassen, das war so sicher wie das Amen in der Kirche. Er hatte einfach zu viel erlebt und war zu oft genau in dieser Position gewesen, und auf der anderen Seite hatte er mit einem Daumenzeichen darüber bestimmt, wessen Leben von einer Minute auf die andere wertlos wurde. Er kannte das Spiel und passte hervorragend in jedes Täterprofil.

Unwirsch fuhr er sich mit der Hand durch das Gesicht, erreichte das Haltestellenschild und stellte zu seinem Entsetzen fest, dass es mehr als drei Stunden dauern würde, bevor der nächste und auch für heute letzte Bus hier anhielt. Warum hatte er nicht nachgedacht? Das war in manchen Situationen sein größtes Manko: dass er erst handelte und dann dachte. Schlussendlich hatte auch das sein Leben zerstört. Diese Impulsivität brachte ihn immer wieder in Schwierigkeiten, obwohl er gedacht hatte, sie auf seine alten Tage endlich im Griff zu haben. Weit gefehlt, hier stand er, mitten im Nirgendwo, umgeben von Ziegen und einem müden Hund, der noch nicht einmal den Kopf hob, um den Eindringling zu betrachten. Seine Mutter hatte ihn immer nur mit Prügel, Missachtung und Psychoterror bedacht. Wie dumm konnte man nur sein? Ja, sie war dumm gewesen, anders war es doch nicht zu erklären, dass sie durch ihr Tun aus einem temperamentvollen Jungen einen gefährlichen Mann geformt hatte. Er hatte viel gelesen, nachdem die Positionierungskämpfe beendet gewesen waren. Anfangs einfach Dinge wie Unterhaltungsromane, später war er zu den Philosophen übergegangen, vor allem zu Platon, denn auch Sokrates hatte es ihm besonders angetan. Über die Jahre war er zu einem gebildeten Mann geworden. Auch wenn es ihm keine Vorteile beschert hatte, so hatte er diesen inneren Wandel doch genossen. Er hatte niemandem mehr etwas angetan, nachdem er sich entschieden hatte, seinen Verstand zu schulen. Doch das Schicksal hatte wohl immer einen Plan für ihn gehabt. Unverrückbar und nicht zu beeinflussen, egal, wie er sich drehte und wendete.

Er spürte, wie die Verzweiflung in ihm hochkroch und ihn lähmen wollte, doch das durfte er nicht zulassen. Er begann sich zu orientieren. Wenn er eine Melkstation finden würde, dann bestand die Chance, dass er vielleicht ungesehen eine Mitfahrgelegenheit ergattern konnte. Er musste ab jetzt unbedingt unsichtbar bleiben, denn egal, wie er es drehte und wendete: An seinen Händen klebte Blut!

34. Kapitel

Christos wollte fort. Er spürte den unbändigen Drang in sich, loszurennen und alles hinter sich zu lassen, was je wichtig für ihn gewesen war. Verurteilte Gott nicht genau das bei seinen Schäfchen – wenn man anderen Böses wollte?

Er hatte sich gegen all seine Ideale gerichtet und niemals damit gerechnet, sich so weit davon zu entfernen, oder waren seine Ideale gar eine Farce? Hatte er sich nur über viele Jahre hinweg eingeredet, ein guter Mensch zu sein? Schon im letzten Winter hatte er Fehler gemacht und damit seine Integrität auf den Prüfstand gestellt. Stelios hatte ihn gerügt, war dann aber zur Tagesordnung übergegangen, und er hatte sich große Mühe gegeben, nicht aufzufallen. Vor allem hatte er versucht, sich von Galavakis fernzuhalten, nachdem Mentakis im Frühsommer – kurz vor seinem Weggang – angedroht hatte, sie beide mit einem Mediator irgendwo in die Einöde zu schicken. Diese Schmach hatte er unbedingt umgehen wollen, nicht damit rechnend, dass es etwas geben konnte, was ihn noch viel mehr beschämen würde.

Koula hatte es natürlich bemerkt, denn sie kannte ihn durch und durch. »Christo«, hatte sie gesagt, »sieh auch das Gute darin. Ein Job, bei dem man so viel Politik machen muss, kostet Kraft und Zeit, und du wolltest doch mit den Kindern zusammen sein. Sie lieben dich sehr. So wie ich.« Sie hatte ihn verständnisvoll angelächelt und dann allein gelassen, damit er in Ruhe nachdenken und abwägen konnte. Er hatte mehr als einmal angekündigt, mehr Zeit für die Enkel haben zu wollen, und er hatte sie auch wirklich beim Aufwachsen begleiten wollen. Bei seinen Kindern hatte er zu viel verpasst, denn Polizeischule, Weiterbildungen und alles, was auf die Karriere bei der Mordkommission vorbereitete, hatte immer wieder die Reise aufs Festland gefordert.

Egal, wie er es gedreht und gewendet hatte, egal, wie oft er mit Gott über seinen Zorn gesprochen und um Vergebung gebeten hatte: Nichts hatte sich geändert! Was stattdessen erschwerend hinzugekommen war: Er hatte all die Ablehnung und die Wut, die er für Galavakis empfand, auf Stelios übertragen. Nicht, dass er Hyeronimos nicht mehr verabscheut hätte, nein, daran änderte sich bestimmt nie etwas. Doch seine Gefühle für Mentakis waren zu einem brodelnden Kessel voller Verachtung, Ekel und Ärger geworden. Daraus hatte sich eine Dynamik entwickelt, derer er kaum noch Herr geworden war.

In den vergangenen Wochen hatte er den sorgenvollen Blick seiner Frau immer öfter auf sich gespürt. Je mehr sich alles in ihm zugespitzt hatte, umso weniger hatte er darüber reden können, auch nicht mit Gott, obwohl dieser doch alles sah. Christos hatte es auch vor dem Herrn verbergen wollen, denn er hatte begonnen, diesen Teil in sich zu fürchten. Täglich hatte er mit sich gerungen, seine Arbeit an seinen Mitarbeiter delegiert. Gut, viel hatte es sowieso nicht zu tun gegeben, und wenn Galavakis nicht gerade seinem lächerlichen Problem mit dem Dreizehnten nachgegangen war, hatte er sich um jeden Einsatz gerissen. So hatte er dem Kollegen dann auch fast alles überlassen und sich mit seiner eigenen Erlebenswelt auseinandergesetzt. Retrospektiv gesehen war das ein Fehler gewesen. Denn selbst die dümmste kleine Straftat hätte ihn wahrscheinlich aus dem gefährlichen Kreislauf, in den er immer mehr abgedriftet war, herauskatapultiert. Doch nun war es zu spät. Einfach zu spät.

Es war wie ein Erwachen aus einem bösen Traum. Als wäre der Teufel in ihn gefahren und hätte ihn fremdgesteuert. Das kam vor! In den Sonntagspredigten in der kleinen Kapelle, in die sie so gern gingen, war das oft Thema gewesen, und er hatte mit Bedauern an die armen Seelen gedacht, denen das geschehen war. Er hatte sich überlegen gefühlt. Er war sich vollkommen sicher gewesen, dass einem treuen Gläubigen wie ihm so etwas nie widerfahren konnte.

Doch am Ende war man immer schlauer. War das das Ende? Was hatte er nur getan? Vielleicht wäre es doch besser wegzulaufen, auch um seiner Familie die Schmach zu ersparen. Doch würde es etwas daran ändern, was sie empfinden würden, nur weil er nicht greifbar war? Oder würde es dann nicht sogar nur noch schlimmer werden, wenn er sich wie ein Feigling irgendwo verkroch? Er war nie feige gewesen, hatte immer für seine Überzeugungen geradegestanden und auch den Angriff nicht gescheut. Er hatte aus seinem Herzen keine Mördergrube gemacht.

Koula war so lange an seiner Seite, dass es ihm nie in den Sinn gekommen war, sie zu belügen, und auch bei der Beichte hatte er über alles gesprochen, was ihn bewegte oder gar belastete. Doch dann war alles anders geworden, und daran war eben nur Stelios schuld.

Christos ballte erneut die Fäuste, doch diese Regung verging so schnell, wie sie gekommen war, und machte wieder der allumfassenden Reue Platz, die ihn erneut niederrang und es ihm unmöglich machte, aufrecht das Präsidium zu betreten oder sich den Blicken seiner Familie zu stellen.

Er trat das Gaspedal durch und fuhr einfach weiter. Die Natur war karg, und er konnte das Meer nicht sehen, hatte den Bezug zu der Weite des Horizonts verloren und damit auch irgendwie die Hoffnung auf einen erträglichen Ausgang der Geschichte. Er hatte kein Ziel mehr, doch er würde früher oder später irgendwo ankommen, und dann musste er seine Entscheidung treffen. Wer wollte er sein: Täter oder Opfer? Vorbild oder Feigling? Heros oder Schurke? Er stand an einem Scheideweg, so viel war klar.

Er lenkte das Auto um eine scharfe Kurve und ließ einen Bus von einer Haltestelle mitten im Nirgendwo einscheren. Im Rückspiegel sah er eine einsame hagere Gestalt im Gegenlicht auf dem staubigen Weg. So war das Leben. Man war ganz allein und auf sich gestellt, und letzten Endes traf man auch all seine Entscheidungen völlig allein.

35. Kapitel

Sie hatte die Tage genießen wollen und sich deshalb in die Berge zurückgezogen. Die wunderschöne Anlage in der Nähe des Örtchens Milia hatte sich schon lange auf ihre Wunschliste gesellt, und sie hatte es besonders anziehend gefunden, dass die Fahrt dorthin beschwerlich war. Die letzten Kilometer folgte man einer unbefestigten, holprigen Piste, die an vielen Stellen zu schmal war, als dass zwei Autos aneinander vorbeigepasst hätten. Die kleine Siedlung war im 17. Jahrhundert verlassen worden, und erst in den 1990ern hatten sich zwei Familien darangemacht, die Gebäude zu restaurieren und zu erneuern. Sie hatten eine einzigartige Anlage inmitten eines riesigen Naturschutzgebiets erschaffen, in der man Ruhe und Erholung finden konnte. Der Strom wurde aus Solarenergie gewonnen, das Wasser kam aus einer Quelle, und die Lebensmittel wurden fast alle im eigenen Garten angebaut. Die Zimmer in den alten Steinhäusern waren liebevoll eingerichtet und luden zum gemütlichen Verweilen ein. Die Anlage lag auf fünfhundert Metern Höhe, und da man die Beleuchtungsquellen gering hielt, fühlte man sich dem sternenklaren Himmel so nah, wie es unten in der belebten Stadt nicht möglich war. Ihr Zimmer verfügte über eine einzige Steckdose, und sie hatte sich bewusst dafür entschieden, diese nicht zu benutzen. Das Handy blieb in der Handtasche, und ihr Haar ließ sie von der frischen Bergluft trocknen.

Nach dem köstlichen Frühstück mit frischem, duftendem Brot, Käse, Honig und herrlich süßem Orangensaft zog sie feste Schuhe an und durchwanderte die bergige Landschaft. Das Gebiet war vollkommen eingezäunt und hielt so die frei laufenden Ziegen fern. Daher war es üppig bewachsen und bezaubernd grün. Sie wanderte so weit, bis sie einen Blick auf das Meer erhaschen konnte, genoss die Stille und Abgeschiedenheit und machte sich dann auf den Rückweg, um auf der Liege vor ihrem Zimmer zu lesen. Sie hatte einige Bücher eingepackt, die schon viel zu lange darauf warteten, sie in ihren Bann zu ziehen. Früher hatte sie so viel gelesen. Bücher waren ihr Elixier gewesen, und nie hatte man sie ohne eines irgendwo angetroffen. Dann hatte sie geheiratet und eine Familie gegründet, doch ihr erster Mann war nicht ihre große Liebe gewesen. Diese hatte sie erst in ihrer zweiten Ehe gefunden, und doch war alles anders gekommen als erträumt.

Jetzt mit dem entsprechenden Abstand musste sie sich eingestehen, dass sie ihm die Zeit bis zur Scheidung wie seine ganz persönliche Hölle gestaltet hatte, aber er hatte es sich trotz allem ganz allein zuzuschreiben. Sie hatte erkennen müssen, dass der Mann, den sie einst so sehr geliebt hatte und für den sie, ohne zu zögern, durchs Feuer gegangen wäre, jemand war, den sie gar nicht kannte. Sie hatte Seiten an ihm entdeckt, die ihren Glauben an die Welt erschütterten, und sein beharrliches Schweigen hatte alles nur noch schlimmer gemacht. Am Ende waren nur noch Abscheu und Hass geblieben. Sie hatte sich also noch mehr in ihre Arbeit gestürzt, denn ihre Kanzlei lief gut. Immer mehr Touristen wollten Eigentum auf der Insel erwerben, und sie hatte sich darauf spezialisiert, die Kaufwilligen dabei zu unterstützen. Umso mehr brauchte sie die Ruhe dieser Tage, denn die hatte sie sich redlich verdient.

Sie hatte es sich auf der Liege bequem gemacht und war nach wenigen Seiten im Halbschatten der Bäume eingenickt. Doch dort, wo sanft wogende Träume hätten sein sollen, war plötzlich nur bedrohliche Dunkelheit gewesen, und erschrocken war sie erwacht.

Das Ziffernblatt zeigte ihr an, dass sie beinahe eine Stunde geschlafen hatte, und nachdem sie sich umgesehen und beruhigt hatte, hörten ihre Hände auf zu zittern. Sie war verwundert über ihre Reaktion, denn normalerweise war sie dazu in der Lage, rasch abzuschalten, wenn sie sich irgendwo wohlfühlte, und hier war es so. Sie hörte Schritte, und kurz darauf kam eine der Frauen, die sie im Restaurantbereich so freundlich begrüßt hatten, auf sie zu.

»Kostoula«, sagte sie, denn man sprach sich hier mit Vornamen an, »entschuldigen Sie die Störung, aber man hat mehrfach versucht, Sie zu erreichen. Die zahllosen Anrufe sind wohl alle auf ihrer Mailbox eingegangen, doch es scheint wichtig zu sein, daher kam das Telefonat nun zu uns in die Rezeption.«

Kostoula war irritiert, da die junge Frau sich irgendwie kompliziert ausdrückte, vielleicht war sie aber auch noch zu schläfrig und verstand die Botschaft deshalb nicht so recht. »Aber ich bin doch hier, um Ruhe zu haben«, begehrte sie auf.

»Es war die Polizei.« Die Frau machte eine bedeutungsschwangere Pause und fuhr dann fort: »Sie sollen bitte umgehend Maria in Irakleio anrufen. Man hat mir gesagt, Sie wüssten dann schon Bescheid.«

Kostoula glättete fahrig ihr Haar. Was hatte das zu bedeuten? Gewiss nichts Gutes, so viel war klar. Langsam erhob sie sich, klappte das Buch demonstrativ genervt zu und wusste, dass diese Reaktion albern war. Die Frau konnte schließlich nichts dafür, sie überbrachte nur eine Nachricht. Rasch besann sie sich ihrer Manieren. »Danke schön, das ist sehr freundlich von Ihnen. Ich kümmere mich sofort darum. Und wo Sie gerade schon hier sind, ich würde heute Abend gern draußen sitzen und Ihre köstlichen Speisen genießen. Ich habe schon so viel Gutes über die Küche gehört und freue mich sehr darauf.«

»Sehr gern«, antwortete die Frau, »und entschuldigen Sie die Störung, bitte. Bis später!« Sie entfernte sich mit schnellen Schritten.

Kostoula öffnete die zweigeteilte Tür zu ihrem Zimmer, das früher einmal eine Stallung gewesen war. Sie goss sich ein Glas Wasser ein und stürzte die klare Flüssigkeit durstig hinab, dann kramte sie ihr Handy aus den Tiefen ihrer Handtasche und schaltete es genervt ein. »Vierundzwanzig Anrufe«, rief sie erstaunt in die Stille des Raums und tippte die Mailbox an.

Marias raue Stimme ließ ihr einen kalten Schauer über den Rücken laufen. »Ruf mich dringend an, Kostoula, meine Handynummer hast du ja. Es ist wirklich dringend!«

Sie war unsicher. Sollte sie zeigen, dass sie selbstbestimmt war, oder doch besser zurückrufen? Marias Tonfall klang dringlich. Seufzend gab sie nach und wählte die Handynummer der Frau, die so viele Jahre die Assistentin und Vertraute ihres Ex-Mannes gewesen war.

36. Kapitel

Hyeronimos lehnte sich Halt suchend gegen die steinige Wand in dem kargen Schlafraum. Anfangs hatte er damit gerechnet, in Panik zu geraten, doch dann hatte sein Verstand das Regiment übernommen, und seine Atmung hatte sich beruhigt. Er war unfassbar dankbar, dass er nicht hier vor den Kollegen der Kriminaltechnik zusammenbrach und sich wie ein japsendes Häufchen Elend der Lächerlichkeit preisgab. Er wusste, dass es noch ein weiter Weg war, bis psychisch Labile wie er nicht als vollkommen plemplem angesehen wurden und man ihnen unkompliziert zu Hilfe eilte. So wie man jemandem mit einem Hustenanfall ein Glas Wasser oder ein Bonbon anbot und nicht sofort den Notarzt alarmierte. Versagte die Psyche unter Stress kurz den Dienst, dann vergaß man das nicht so rasch und tuschelte hinter vorgehaltener Hand über die Unfähigkeit der Person, ihren Beruf auszuüben. Niemand diskutierte so abfällig über physische Aussetzer, wie es bei psychischen der Fall war.

Er hatte gelernt zu akzeptieren, wer er war und was ihn plagte. Was jedoch nicht gleichbedeutend damit war, dass er es guthieß. Er wollte diese Angst nicht in seinem Leben haben, wollte sie auflösen und frei sein. Er hatte genug davon, der Freak zu sein, und doch war ihm auch klar, dass seine Seele ihm damit zeigte, dass er noch nicht heil war. Etwas in ihm war kaputt, und vielleicht würde es ihm nie gelingen, es vollkommen zu reparieren. Die Epigenetik und die damit verbundene Suche nach Traumata in der Familienhistorie, die sich vererbten, waren das eine. Das andere war vielleicht der Umzug mit ihm als Kleinkind von der Insel Kreta in das kalte Süddeutschland. Auch wenn man oft davon ausging, dass Anpassung in so jungen Jahren leicht vonstattenging – vielleicht gab es Ausnahmen und er war eine davon, auch weil er so besonders war.

Penelope war der Ansicht, dass dieses *Besondere* etwas Positives war, für ihn war es mit der griechischen Redewendung *etsi kai etsi* gut in Worte gefasst: So und so! Mal war es eine Gabe und mal ein Fluch.

Die steinerne Kühle half ihm, sich zu beruhigen. Er spürte den Druck der unebenen Oberflächen auf seinem Rücken, und es war gut, sich zu spüren.

Er bemerkte, dass er ungläubig den Kopf schüttelte und nicht damit aufhören konnte. Was er von Penelope gehört hatte, war unmöglich. Das passte nicht zu Stelios. So war der Mann nicht, den er wirklich bewunderte und als Vorbild ansah. Mentakis' Aura hatte niemals etwas Böses oder Verdorbenes ausgestrahlt. Es musste eine andere Erklärung geben, doch rein logisch gesehen war das Verhalten seines Vorgesetzten nicht zu begründen. Natürlich wussten sie alle, dass die Mafia und alles, was mit der Organisierten Kriminalität einherging, vor nichts haltmachte. Sie waren sich im Klaren darüber, dass Menschenhandel stattfand, Prostitution daraus resultierte und dass damit auch Kinder der Gefahr ausgesetzt waren, für diese Machenschaften ihr Leben zu lassen. Am Ende ging es immer nur um Macht, Geld und Sex.

Er stieß sich von der Wand ab, ließ es zu, dass seine nervöse Hand sein Haar einmal mehr glättete, und strich sich dann die Kleidung glatt, obwohl sie noch immer makellos saß. Das Stimmengewirr in seinem Kopf begann sich zu lichten, je mehr er sich auf das, was er wusste, und seine Umgebung fokussierte. Er würde sich nicht darauf einlassen, zu glauben, dass der Mensch Stelios Mentakis etwas mit Kinderpornografie zu tun hatte, auch wenn laut Penelope einiges dafürsprach. Ihr Tonfall hatte ihn irritiert, denn sie hatte geklungen, als wäre sie plötzlich unsicher in Bezug auf ihre Einschätzung geworden. Sie hatte sich im vergangenen Dreivierteljahr mit Stelios angefreundet, hatte sich mit ihm über persönliche Themen ausgetauscht, und nun schien das Bild, das sie von ihm hatte, Risse bekommen zu haben. War das wirklich so schnell möglich? Waren Menschen so rasch zu beeinflussen, ohne dass sie die Faktenlage komplett geprüft hatten? Auch diejenigen, die es besser wissen sollten? Penelope hatte angedeutet, dass Maria ähnlich verwirrt reagiert hatte wie sie. Spectros ging das Ganze wohl analytisch an, und doch zweifelten sie alle drei plötzlich an der Integrität des Mannes, der bisher untadelig gewesen war.

»Wir wären jetzt so weit, Galavaki«, hörte er Costas rufen.

Er sammelte sich noch ein weiteres Mal und trat in den Türrahmen. »In Ordnung«, sagte er und nahm zufrieden wahr, dass seine Stimme gelassen klang. »Ich schaue mich dann in Ruhe um. Sollte ich noch etwas finden, markiere und fotografiere ich es entsprechend.«

»Wir haben dir ein paar Beutel hiergelassen.« Costas deutete auf den Esstisch, auf dem Hyeronimos die kleinen Schildchen und die durchsichtigen Plastiktütchen liegen sah.

»Danke!« Hyeronimos nickte in die Runde und hoffte, dass man seine Ungeduld nicht bemerkte. Er wollte, dass sie gingen, wollte allein sein und auf seine Art herausfinden, was hier passiert war.

»Alles andere machen wir wie eben besprochen«, verabschiedete sich Costas und verließ das Häuschen mit seinem Team.

Die Tür fiel klappend ins Schloss, und Hyeronimos atmete erleichtert auf. Er schüttelte sich kurz, ging zum Fenster und sah den Männern beim Einladen zu. Er wollte ganz sicher sein, dass man ihn hier drin erst einmal in Ruhe ließ. Er blieb erneut an der Eingangstür stehen, drehte sich dann um, ging nach draußen und schloss sie von außen wieder. Hier stand er nun, so wie eine andere Person vor ihm ebenfalls. War Stelios im Haus gewesen, oder hatte er den Besucher vielleicht sogar auf der Bank sitzend kommen sehen und hereingebeten, ohne zu ahnen, was geschehen würde? Oder hatte der Täter ihn bereits mit der Waffe im Anschlag gezwungen, nach drinnen zu gehen?

Hyeronimos schloss die Augen und ging die verschiedenen Szenarien in Gedanken durch. Mentakis war ein gestandener Polizist und durchaus kampferprobt. Hätte er sich gewehrt oder sich mehr auf sein diplomatisches Geschick verlassen? Wahrscheinlich eher Zweiteres. Gleichwohl er immer im Training geblieben war, hatte er sich in seiner Position als Dezernatsleiter nicht mehr in Situationen begeben müssen, die solche Gefahren bargen. Es waren andere Schlachten gewesen, die er zu schlagen gehabt hatte, und bei diesen war es mehr um die verbale Schlagfertigkeit gegangen denn um Muskelkraft.

Er setzte sich auf die Bank und ließ seinen Blick schweifen. Man hatte einen guten Blick auf das umliegende Terrain und konnte eine herannahende Person schon aus der leichten Bewaldung heraustreten sehen, von der aus es noch rund zweihundertfünfzig Meter bis zu dem kleinen Steinhaus waren. Während er sich auf das Gedankenspiel einließ, wurde er quasi zu Stelios, saß hier, atmete die klare Morgenluft ein und sah dem Tag beim Erwachen zu. Penelope hatte ihm nicht viel erzählt, nur, dass Mentakis ein Frühaufsteher war und seine Tage mehr und mehr ritualisiert hatte. Er erhob sich und ging hinein, noch wollte er sein eigenes Bild gestalten, bevor er Pen anrief, um mehr zu erfragen. Er bewegte sich, ohne etwas Böses zu ahnen, denn in diesem Setting hatte sein Chef sicher niemanden kommen sehen. Er begab sich zum Herd, tat so, als würde er das Briki mit Kaffeepulver und Wasser füllen, um sich einen Kaffee zu kochen. Dann ging er rasch hinaus und rief: »Costa, habt ihr die Kaffeetasse auf dem Boden gefunden?«

Der Angesprochene drehte sich zu ihm um und schüttelte den Kopf. »Sie stand neben dem Spülbecken.«

Hyeronimos ging wieder hinein. Also hatte Stelios sich wahrscheinlich nicht am Herd zu schaffen gemacht, sondern vielleicht seine Tasse gespült und abgestellt. Er öffnete die Schränke, sah eine weitere Tasse, verschiedene Gläser und zwei Teller je Sorte: klein, mittelgroß, groß und tief. Alles war je nur zweimal vorhanden, man rechnete hier oben wohl nicht mit viel Besuch. Er konnte sich gut vorstellen, Zeit in der Abgeschiedenheit dieses Wäldchen zu verbringen, um mit sich selbst ins Reine zu kommen, da brauchte man niemanden um sich herum. Man war sich selbst genug, vielleicht auch hin und wieder zu viel. Eine fiese Stimme flüsterte Hyeronimos zu: »Und wenn er wirklich ein perverser Verbrecher ist? Vielleicht war er deshalb hier, wollte hier ...« Er brachte die Stimme mit einer unwirschen Handbewegung zum Schweigen und knallte den Schrank wütend zu. Man hatte keinen Computer gefunden, und das Handy war so alt, dass es keine Filme abspielen konnte. Es war einfach nur ein Telefon, ein altes

Nokia-Gerät. Hatte der Täter den Computer vielleicht mitgenommen oder befand sich alles in Stelios' Wohnung?

Er musste wohl oder übel auf das Ergebnis des Teams vor Ort warten, bevor er sich hier in irgendwelche Theorien oder irreführenden Gedankengänge verbohrte. Vor allem auch, weil er ein großer Freund des Unschuldsprinzips war: Ein Mensch galt so lange als unschuldig, bis seine Schuld zweifelsfrei bewiesen war, und das galt ganz besonders in diesem Zusammenhang. Er verstand nun, was Penelope und Maria bewegte, es hing vor allem mit der Schwere dessen zusammen, was wie ein Damoklesschwert im Raum schwebte. Das war kein einfaches Kavaliersdelikt, über das man hinwegschauen konnte. Er wollte keine Skala aufmachen, welches Verbrechen schlimmer war als das andere, doch Delikte mit Kindern rangierten bei allen ganz weit oben. Hier ließ man keine Milde walten, hatte kein Verständnis und war auch nicht daran interessiert, irgendwelche Erklärungen zu hören. Wer sich an Kindern verging, hatte für immer sein Ansehen in der Gesellschaft verwirkt, war gebrandmarkt und blieb es auch. Das würde erst recht für den Leiter der Mordkommission gelten.

Er schüttelte den Gedanken ab, denn nichts deutete darauf hin, dass Stelios sich eines Verbrechens schuldig gemacht hatte. Die Dateien auf seinem Computer im Präsidium konnten aufgrund einer Ermittlung dort abgelegt worden sein, und Mentakis war wahrscheinlich nicht dazu verpflichtet, seine Tätigkeit vollumfänglich vor seinen Mitarbeitenden offenzulegen.

Das Haus wirkte massiv, so wie man früher auf Kreta gebaut hatte: Stein auf Stein. Er fuhr mit den Händen an den Wänden entlang, sie waren teils uneben und rau und fühlten sich kühl an. Er steckte einen Finger zwischen die Steine und bemerkte, dass sich kleine Putzstücke lösten. Gut, das war normal, aber es barg auch die Möglichkeit, dass man einen Stein aus seiner Umrandung lösen und dahinter etwas verbergen konnte. Was sollte er nun machen? An allen Steinen des Hauses zerren oder darauf herumklopfen, ob sich etwas irgendwie hohl anhörte?

Er fuhr damit fort, die Wand abzutasten, und fragte sich gleichzeitig, wonach er denn suchte und ob sich mit diesem Gedanken nicht immer mehr das Konstrukt in ihm manifestierte, dass an der Sache doch etwas dran sein könnte. War es wirklich so leicht möglich, die eigene Meinung über eine andere Person komplett zu verändern? Er machte trotzdem weiter, rüttelte an Steinen, die etwas tiefer versenkt waren als andere, versuchte solche, deren Fugen aufgeraut erschienen, herauszuziehen, doch zu seiner Erleichterung blieben alle dort, wo sie waren. Er ging ins Schlafzimmer und tastete zwei weitere Wände ab, zog sein Sakko aus und legte es ordentlich gefaltet ab, schob dann das Bett beiseite, kroch über den Boden und fand nichts.

Aufatmend klopfte er sich den Staub von der blauen Hose, rückte alles wieder an seinen Platz und machte sich daran, das Bad zu inspizieren. Sicher hatten die Kriminaltechniker alles sorgfältig durchsucht und dokumentiert, trotzdem öffnete er das kleine braune Apothekenfläschchen mit dem Aufdruck eines ihm bekannten Antidepressivums und der handgeschriebenen Empfehlung darauf. Er schüttete die Tabletten in seine Hand und begann sie zu zählen. Auch ihn hatte man mit Psychopharmaka zu heilen versucht. Doch er litt eben nicht an einer Depression. Er hatte eine Angststörung, die in Panikattacken mündete, und einige Ticks, die das Krankheitsbild befeuerten. Das Bad war einfach eingerichtet, und in dem kleinen Spiegelschrank befanden sich nur die nötigsten Pflegemittel: Zahnbürste, Zahnpasta, Rasierzeug, eine Tube Gesichtspflege mit Sonnenschutzfaktor, ein Rasierwasser und eine Bürste. Dazu ein Fläschchen mit Nasentropfen, eine Packung *Depon* und ebenjenes Pillenglas. Er hatte keine Waschmaschine in dem Haus gesehen und fragte sich, wie Stelios wohl seine Wäsche gereinigt hatte? Ob er sie per Hand gewaschen und dann draußen zum Trocknen aufgehängt hatte? Er konnte sich den Mann nicht bei einer solchen Tätigkeit vorstellen, aber das war wohl gerade wirklich nicht relevant.

Er betrat erneut den Wohnraum und blieb aufgewühlt vor dem inzwischen rostig-braun angetrockneten Blut stehen. Stelios war wundersamerweise nicht gestorben, daher gab es auch keine Umrisszeichnung an der Stelle, an der der Körper gelegen hatte. Das Blut hatte sich überall verteilt und wirkte bei genauerem Hinschauen irgendwie verschmiert. Er griff erneut zu seinem Handy, dachte einen Augenblick nach, tippte dann auf das Kontaktsymbol und fand rasch den gesuchten Namen.

Einige Sekunden später hörte er eine atemlos klingende Stimme rufen: »Hyeronimos Galavakis steht hier auf meinem Display! Bist du es wirklich?«

37. Kapitel

Wer zuletzt lacht, lacht am besten. So hieß der Spruch, mit dem man verdeutlichte, dass nur die Person, die überlebte, noch lachen konnte. Tote lachten nämlich nicht.

Sie hatte sich schließlich doch zusammengerissen und war mit hoch erhobenem Haupt in seinem Büro erschienen. Er musste zugeben, dass sie sehr gut aussah. Vor allem, wenn er daran dachte, wie er sie noch am Morgen auf ihrem Balkon vorgefunden hatte. Ihre scharfkantige Kälte hatte ihn unendlich wütend gemacht. Sie hatte diese besondere Macht über ihn, schon seit Kindertagen. Sie konnte ihn trösten, wenn alles verloren schien, konnte ihn aber auch so aus der Reserve locken, dass er schier rasend vor Zorn wurde. Doch er hatte sie früher immer zu sehr geliebt, um diese Gefühle an ihr auszuleben. Dafür hatten andere herhalten müssen.

Ihr Vater hatte sich aus dem Staub gemacht, als er sechs und Filomena vier gewesen war. An das Baby erinnerte er sich kaum, denn es hatte eines Morgens auf dem Küchentisch gelegen, weiß und starr. Die Mutter hatte auf einem Stuhl danebengesessen und gestrickt, die Augen weit aufgerissen und gläsern. Sie hatte auf keinerlei Ansprache reagiert, und Filo hatte ihn irgendwann an der Hand aus dem Zimmer gezerrt. Sie waren in ihren dünnen Nachthemden aus dem Haus geschlüpft und hatten Zuflucht bei den Nachbarn gesucht. Die Häuser im Dorf waren hellhörig, und so war ihnen nicht entgangen, dass die Mutter furchtbare Flüche ausgestoßen hatte, als man versuchte, das tote Geschwisterchen von ihr wegzuholen. Auch ihre beiden älteren Kinder hatte sie verflucht und immer wieder gebrüllt: »Sie sollten auch tot sein. Sie müssen sterben. Sie sollten tot sein, tot sein, tot, tot, tot …«

Sie hatten versucht, sich die Ohren zuzuhalten, um das Leid nicht zu hören, und gleichzeitig hatten die Rufe der Mutter ihr eigenes Leid bis ins Unendliche gesteigert. Auf jeden Fall hatte die Dorfgemeinschaft sie nicht wieder zurückgelassen zu der Frau, die den Tod ihrer Kinder gefordert hatte. Man war sich auch, so die geflüsterten Gespräche, nicht sicher, ob das Baby tatsächlich von selbst gestorben war oder ob die verlassene Frau nicht vielleicht sogar nachgeholfen hatte. Man hatte die beiden also zu einer Tante nach Axos geschickt, und dort hatten sie ihre Kindheit verbracht. Sie war nicht besonders nett oder böse gewesen, sie war normal mit den verwirrten Kindern umgegangen und hatte ihnen ein Dach über dem Kopf, Kleidung und Nahrung geboten. Dafür hatten sie ihr bei der Landwirtschaft geholfen und waren so zu jungen Heranwachsenden geworden. Er hatte sich, wie alle Jungs in den Dörfern, schon früh damit beschäftigt, schießen zu lernen, war mit dem klapprigen Auto des Onkels durch den kleinen Ort gefahren, kaum dass er über das Lenkrad schauen konnte, und hatte bereits mit zwölf seinen ersten Joint geraucht, denn Cannabis wuchs einfach überall. Das Gefühl, das sich nach dem Genuss bei ihm eingestellt hatte, machte ihn nachdenklich, und auf dem Weg zum Erwachsenwerden war der Plan in seinem Kopf gediehen, mit dieser Empfindung eine Menge Geld verdienen zu können.

Der Weg zu dem Imperium, über das er heute herrschte, war steinig, hart und von vielen Rückschlägen geprägt gewesen. Doch er hatte es geschafft und sie war immer an seiner Seite gewesen. Filomena und er waren eine untrennbare Einheit. So kannte man sie beide. Sie hatten ihre Herzen als Kinder verschlossen, waren nur sich selbst nah gewesen, und das hatte die Skrupel, bestimmte Normen zu brechen, in ihnen immer kleiner werden lassen. Sie war immer der Teil seines Wesens gewesen, der für das Gute stand.

Er schaute seine Schwester an, wie sie dort in ihrem teuren schwarzen Outfit und den ausgesuchten Schmuckstücken verharrte, und suchte nach irgendetwas, was heute noch für sie sprach. Doch er fand nichts mehr. Hatte er sich all die Jahre eingebildet, dass sie ihm wichtig war? Alles im Leben hatte seine Zeit, und die Fäden lagen nun alle in seiner Hand, er konnte die Strippen ziehen, wie und wann er wollte, und er würde es gewiss nicht mehr zulassen, dass sich innerfamiliäre Fehlentscheidungen auf seinen Ruf auswirkten und ihn der Lächerlichkeit preisgaben.

»Wollen wir?«, hörte er sie sagen und nahm erstaunt wahr, dass ihre Stimme Wärme transportierte.

Er trat hinter seinem Schreibtisch hervor, kontrollierte seine Miene und antwortete: »Wir sind schon spät.«

Sie verließen das Büro, gingen schweigend über den langen Flur und dann die lang gezogene Treppe hinab. Wenn sie Empfänge hier auf dem Anwesen gaben, hatte das immer eine besondere Wirkung, denn wenn sich alle Augen auf sie legten, dann spürte er die Macht in sich, über jeden dort unten richten zu können, wie es ihm beliebte. Nur selten gebührte der Platz an seiner Seite seiner zweiten Frau, denn sie war ein hübsches Dummchen und für wichtige Auftritte nicht zu gebrauchen. Filomenas scharfer Verstand hingegen glich dem seinen, und genau das machte sie aus heutiger Sicht für ihn so gefährlich.

Sie gingen durch die Halle, traten hinaus auf den Vorplatz und kletterten in die wartende Limousine. An diesem Tag waren sie zu dem Empfang eines Vereins geladen, der sich dem Wiederaufbau der bei den letzten Erdbeben stark zerstörten Häuser eines kleinen Dorfes oberhalb von Heraklion verschrieben hatte, und sie beabsichtigten, eine nicht unerhebliche Spende öffentlichkeitswirksam zu übergeben.

»Ich tue das nicht für dich«, sagte sie freundlich, nachdem sie sich mit so viel Abstand zu ihm wie möglich gesetzt hatte.

»Nichts von dem, was du tust, ist allein für mich«, antwortete er, und die Wut kroch erneut in ihm hoch. Sollte er auf der Fahrt nach Irakleio einfach die Tür öffnen und sie an einer steilen Stelle aus dem Wagen stoßen? »Es ist immer für uns!«

Sie schwieg provokativ und drehte ihr Gesicht weg. Als er bereits glaubte, bis zum Ziel seine Ruhe zu haben, sagte sie: »Es gibt kein uns mehr, Michali.«

38. Kapitel

»Kannst du in Ruhe irgendwo reden?« Spectros' Stimme klang angespannt, und Maria spürte, wie ihr das Herz in den Magen rutschte und dort ein Gefühl auslöste, als hätte sie etwas ausgefressen und müsste nun dafür geradestehen.

»Warte kurz.« Sie nickte Penelope zu, die zwischen den Wartenden saß und an ihrem Kaffee nippte. Die Süßigkeiten waren bereits verputzt, als hätten sie alle gehofft, im Zucker ihr Heil zu finden.

Sie ging den Flur hinab und stellte sich in eine der Fensternischen.

»Was gibt's?«

»Wir haben Pfade gefunden, die zu weit mehr Dateien führen als zu denen, die auf dem Desktop verborgen waren.«

»Was bedeutet das?«, erkundigte sie sich und merkte, dass ihr Verstand die Erklärung gar nicht vernehmen wollte.

»Zudem haben die Kriminaltechniker einen USB-Stick bei Stelios sichergestellt, der verschlüsselt ist«, fuhr er ohne vertiefende Erklärung fort, »und bevor du fragst: Es befinden sich nur seine Fingerabdrücke darauf.«

»Was willst du damit sagen, Elonida?«

»Keine Ahnung, Maria, aber das macht alles keinen guten Eindruck!«

»Keinen guten Eindruck? Spinnst du«, ereiferte sie sich und reduzierte dann ihre Lautstärke wieder, »das sind Anschuldigungen, die Stelios für immer zerstören würden, und wenn da wirklich was dran ist, dann ... dann wäre es besser ...« Sie ließ den Satz unbeendet und wünschte sich weit fort.

»Ja«, sagte er schlicht. »Die KT sind noch in seiner Wohnung, keine Ahnung, was den Richter bewogen hat, diesen Beschluss so schnell auszustellen, denn schließlich gehen wir ja momentan davon aus, dass Mentakis das Opfer ist. Und die Durchsuchung seiner Privaträume ist da irgendwie ... übergriffig.«

Maria räusperte sich vernehmlich. »Stelios ist doch nicht dumm! Warum sollte all das so leicht auffindbar sein, wenn er wirklich Dreck am Stecken hätte?«

»Weil er sich sicher gefühlt hat«, antwortete Spectros wie aus der Pistole geschossen. »Warum sollten wir nach irgendetwas suchen? Was sollte uns dazu bringen, so in seine Privatsphäre einzudringen?«

»Unter normalen Umständen nichts«, musste sie zugeben und bekam ein mulmiges Gefühl. »Was, wenn das alles irgendwie zusammenhängt«, sprach sie aus, was ihr durch den Kopf schoss.

»Wie meinst du das?«

»Jemand will Stelios nicht nur mundtot machen, sondern auch seinen Ruf und damit irgendwie auch unseren so stark beschädigen, dass nichts von dem, was er getan hat, mehr gültig ist. Wenn man ihn als Verbrecher entlarvt, was passiert dann mit den Fällen, an denen er gearbeitet hat, oder mit den Entscheidungen, die er getroffen hat? Wird dann nicht alles neu bewertet?«

»Ich denke nicht, wobei es natürlich sein kann, dass übergeordnete Behörden das ganz anders sehen und man uns als Abteilung in die Zange nimmt.« Er hörte sich erschüttert an.

»Hinter so was stecken doch im Regelfall gut organisierte Ringe, bei denen es dann auch um Menschenhandel geht.« Maria senkte ihre Stimme nun so weit, dass sie nur noch ein leises Flüstern war. »Und damit ist die Mafia im Boot.« Sie drehte sich erschrocken um, als sie im Augenwinkel eine Bewegung wahrnahm, und stellte aufatmend fest, dass es nur Penelope war, die mit bedeutungsschwangerer Miene auf sie zukam.

»Alles in Ordnung bei dir?«, hörte sie ihren aufmerksamen Kollegen fragen.

»Ich bin mir nicht sicher«, antwortete sie wahrheitsgemäß, denn sie konnte den Gesichtsausdruck der Pathologin nicht so recht deuten.

»Er hat die Operation überstanden, aber sie können noch keinerlei Prognosen von sich geben, wie es wirklich um ihn steht, und sollte es noch Komplikationen geben, dann gibt es kein Blut mehr für ihn. Was im Klartext bedeutet, dass er dann sterben wird. Es sei denn, ein Wunder geschieht.« Penelope beschrieb die Situation mit versteinerter Mimik, und ihre Stimme war wie die eines Roboters, der Informationen ohne Gefühle transportierte. Wahrscheinlich war das eine gute Herangehensweise, um unter diesen Umständen nicht vollkommen durchzudrehen.

Maria hörte Spectros aufstöhnen. Ganz egal, was ihnen zurzeit durch den Kopf ging und ihr Weltbild erschütterte, Stelios blieb ein Mensch, den sie gut kannten. »Ich melde mich wieder, Elonida«, beendete sie das Gespräch und zog Penelope mit sich.

»Er liegt jetzt auf der Intensivstation, und sie werden ihn im künstlichen Koma lassen, damit sein Körper Zeit hat, sich zu erholen. Der Arzt meinte, dass sie auch noch keine Prognose wagen, ob sich der hohe Blutverlust und die damit einhergehende Sauerstoffunterversorgung der Zellen auch auf das Gehirn ausgewirkt hat.« Penelope sprach weiterhin beherrscht.

»Vielleicht ist es besser, wenn er stirbt!« Maria richtete sich kerzengerade auf und erwartete Penelopes Entrüstung. Als diese jedoch ausblieb, wagte sie einen Seitenblick und sah in dem schockierten Gesicht auch etwas, das sie als Zustimmung interpretierte.

»Er würde gewiss nicht behindert sein wollen, um am Ende in einem Heim zu landen«, bestätigte die Medizinerin.

»Ich meinte nicht nur das«, gab Maria schuldbewusst zu und berichtete, was Spectros herausgefunden hatte.

Penelope presste sich erschrocken die Hand auf den Mund, drehte sich dann wortlos um und ging einfach davon. Maria wollte ihr nachlaufen, entschied schließlich aber anders. Sie konnte hier nichts mehr tun und würde stattdessen ins Präsidium fahren, um zu versuchen, den Sturm, der auf sie alle zukam, in einen aushaltbaren Wind zu verwandeln.

Wunsch nach Aufschub

39. Kapitel

Er hatte einen Sammelplatz gefunden, an dem die Hirten die Tiere meist zweimal täglich zusammentrieben, um sie zu melken. Es war eine Schnapsidee, das war ihm vollkommen klar. Und doch hatte er sich darauf versteift und blieb etwas weiter entfernt in einem dichten grünen Gebüsch an dem Stamm einer Eiche sitzen. Wie hatte alles nur so schiefgehen können? Er war doch verflucht. Vielleicht sollte er dies endlich akzeptieren und nicht weiter darauf beharren, ein Recht auf ein ruhiges Leben zu haben. Vielleicht war dies der Wink des Schicksals, endlich aufzugeben, doch sein Überlebenswille war eben einfach nicht totzukriegen. Er musste bitter lächeln bei diesem Gedankenspiel. Was das Sterben anging, war er ein Feigling, auch wenn er vom Leben wahrlich nicht mehr viel erwartete und nun, nach diesem Vormittag, sogar noch weniger. Der Schrecken hatte sich in seine Glieder gefressen, das wurde ihm nun bewusst, denn winzige Erinnerungsfetzen flirrten durch seinen Kopf. Er hatte in seinem Leben Übles getan und erlebt, hatte oft Blut an seinen Händen gehabt und gespürt, wie Knochen unter seinen Schlägen zerbarsten. Er hatte auch selbst oft genug geblutet und schmerzende Brüche stoisch ertragen, so war das Leben eben, wenn man sein Geld außerhalb des gesetzlichen Rahmens verdiente. Doch die Zeit auf dem Feld hatte ihn entwöhnt, hatte ihn gelehrt, Dinge am Leben zu erhalten.

Doch diesmal war es zu viel Blut gewesen. Zu viel. Und anstatt wirklich Mut zu beweisen, war er geflüchtet. Hatte sich erst nach einigen hektischen langen Schritten besonnen, sich in die Büsche zu schlagen, denn ganz offensichtlich war ja jemand dort gewesen, der kaltblütig zu töten bereit war.

Im Bus war er durch die Frau zu abgelenkt gewesen, und auf der Flucht von der Hütte hatte ihn das Weglaufen beschäftigt. Jetzt saß er hier, den flachen Stein mit dem Mati darauf in der Hand, der ihm auf so wundersame Weise begegnet war, und nun ließen sich die Gedanken nicht mehr aufhalten. Sie prasselten auf ihn ein und begruben ihn beinahe unter sich. Er wusste, dass er dem nur entfliehen konnte, wenn er rannte, doch es war sinnlos zu rennen. Oder sollte er es doch lieber versuchen? Nein. Das hatte er doch alles schon durchdacht.

Je mehr er das Erlebte noch einmal auf sich wirken ließ, an umso mehr Details erinnerte er sich. Sie würden ihn finden und zur Rechenschaft ziehen. Er hatte die Tür mit dem Arm geöffnet, als auf sein Klopfen niemand geantwortet und ihn das sonderbare Röcheln irritiert hatte. Warum war er nicht da schon umgekehrt? Warum hatte er so darauf beharrt, mit dem Mann zu sprechen und ihn von seiner Unschuld zu überzeugen. Was änderte das noch an der Geschichte seines Lebens? Warum war ihm ausgerechnet die Absolution des Mannes, der ihn damals vor Gericht gebracht hatte, so wichtig? Vielleicht weil er damals schon das Gefühl gehabt hatte, dass der Polizist ihm mehr Glauben hatte schenken wollen als den erdrückenden Indizien? Er hatte die Frau nicht getötet, und Stelios Mentakis war ebenfalls nicht von seiner Schuld überzeugt gewesen. Trotzdem hatte er fünfzehn furchtbare Jahre hinter Gittern verbracht. Er hatte sich nicht rächen wollen, sondern alles, was er wusste, ehrlich mit dem Mann teilen wollen, aber es war zu spät gewesen. Mentakis war ganz sicher tot, und er war irgendwie mit daran schuld.

Dann sah er die schemenhaften Umrisse in seinen Gedanken aufblitzen: Hatte er etwa den Mörder gesehen?

40. Kapitel

»Du liest richtig.« Hyeronimos versuchte, seinem Tonfall eine leichte Note zu geben, obwohl ihm wirklich nicht danach war.

Er war ein Sonderling, nicht erst seit gestern, doch er war auch ein Mensch und ein Mann. Heute war ihm die tiefe innere Liebe, die er zu Kassia empfand, wichtiger als fleischliche Bedürfnisse. Doch als junger Kadett an der Polizeischule hatte er sich auch ausprobiert, und nach ein paar erhebenden sexuellen Erfahrungen war er an die einige Jahre ältere Assistenzärztin Helena geraten. Sie hatten eine recht unbeschwerte Zeit miteinander verbracht. Dann war der Tag gekommen, an dem sie sich mehr als eine lockere Bettgeschichte gewünscht hatte, und er war nicht dazu bereit gewesen und hatte die Beziehung, die ihr offensichtlich mehr bedeutet hatte als ihm, ohne weitere Erklärungen beendet. Sie hatte ihn einige Zeit gestalkt, obwohl es diesen Begriff damals noch nicht gegeben hatte, und ein paar unschöne Dinge in seiner Wohnung hinterlassen, bis er endlich das Schloss ausgewechselt hatte. Ihre Wege hatten sich getrennt, und kurz bevor er nach Kreta gegangen war, hatte er sie in einem Prozess als Sachverständige wiedergetroffen. Sie waren beide erwachsener geworden, hatten sich am Riemen gerissen und ohne Eskalation die Situation gemeistert. Sie war mittlerweile Spezialistin für Hämatologie und kannte sich hervorragend mit allem aus, was das Thema Blut anging. Sicher hätte er auch jemand anders fragen können, doch trotz allem, was zwischen ihnen vorgefallen war, vertraute er ihr, und bei den Medizinern auf der Insel war er sich dessen nicht so sicher, Pen ausgenommen. Was, wenn sich seine Vermutung bestätigte? Würde das tatsächlich ein Geheimnis bleiben? Er hätte sich gern mit Penelope abgestimmt, doch es war nicht sinnvoll, sie in die Berge zu bestellen, nur um mit ihr auf eine angetrocknete Blutlache zu starren. Er hatte Fotos aus verschiedenen Perspektiven angefertigt und würde Helena alles per Videocall zeigen.

»Was verschafft mir die Ehre, Hyeronimo? Hast du Sehnsucht nach mir?« Sie lachte heiter, und es klang echt.

»Ich brauche deine Unterstützung. Es handelt sich um eine sehr ernste Angelegenheit, und ich vertraue dir«, erklärte er ohne Umschweife.

»Das klingt überraschend …«

»Unsere Zusammenarbeit in dem Fall Epanomos damals hat mich darin bestärkt, alles andere hinter uns lassen zu können«, machte er seinen Standpunkt klar.

»Du hast recht, wir waren jung und dumm, also du jung und ich recht dumm. Was brauchst du von mir, mein Lieber?«

Sie war kooperativ, und er war froh, sie richtig eingeschätzt zu haben. »Eine wichtige Person wurde angeschossen, und daher bitte ich dich um absolute Diskretion. Es handelt sich um den Leiter der Mordkommission, der gerade auf eigenen Wunsch hin beurlaubt ist. Er hat sich in einer einsam liegenden Berghütte in den Wäldern aufgehalten, ich gehe daher von einer geplanten Tat aus, aber das ist noch nicht bestätigt.«

»In Ordnung, ich höre.«

»Kann ich dich per Videokonferenz zuschalten, ich möchte, dass du dir etwas anschaust.«

»Klar. Lass mich kurz aus dem Labor in mein Büro gehen, dort bin ich ungestört«, sagte sie, und er konnte eine Tür klappen hören, während sie jemandem erklärte, dass sie gleich zurück sei.

Er wartete und klickte dann auf ihr Zeichen hin auf das FaceTime-Symbol.

»Du siehst gut aus, Galavaki. Der Bart steht dir.«

Er überlegte kurz, ob es ein Fehler war, ihr nicht ebenfalls ein Kompliment zu machen, doch dann war der Moment auch schon vorbei. Sie kannte ihn und wusste, dass er kein Süßholzraspler war.

»Also los«, forderte sie ihn auf, »wobei benötigst du meine Expertise?«

Er ging in die Hocke, drehte die Kamera herum, sodass sie die Lache gut sehen konnte.

»Und der Mann lebt noch? Respekt! Der hämorrhagische Schock muss ihm bereits ganz schön zugesetzt haben.«

»Das kann ich nicht beurteilen. Ich bin erst angekommen, nachdem er im Heli unterwegs ins Krankenhaus war, aber es gestaltet sich wohl insgesamt kompliziert, weil er goldenes Blut hat und …«

»Wahnsinn«, fiel sie ihm ins Wort, »das ist so selten, aber es ändert nichts daran, dass es Blut ist und aus weißen und roten Zellen besteht. Doch sein Überleben gleicht nun noch mehr einem Wunder.«

»Er hat Eigenblutspenden erhalten, und es ist nicht sicher, ob er es schaffen wird. Doch ich will wissen, was hier passiert ist.« Er zoomte ein wenig auf die Stelle, die ihm aufgefallen war. »Kannst du mir sagen, ob sich Blut so verhält, wenn es aus einer Wunde fließt? Also kommt es tatsächlich kontinuierlich heraus oder, je nachdem, wie nah am Herzen eine Verletzung ist, auch stoßweise?«

»Worauf willst du hinaus, Hyeronimo?«, fragte sie nun neugierig.

»Klar haben die Rettungskräfte nicht darauf geachtet, besonders vorsichtig zu sein, aber sie waren so ziemlich gleichzeitig mit der KT hier, also mutmaße ich, dass die ein Auge darauf hatten, dass die Sanis und der Notarzt nicht alles niedertrampeln, damit im Anschluss noch etwas für die Blutspuren-Musteranalyse übrig bleibt. So sieht es nämlich hier aus. Es sind so gut wie keine Trittspuren oder große Verwischungen in der Lache. Sie müssen ihn also äußerst achtsam herausgehoben haben«, beschrieb er den Tatort.

»Ich folge dir langsam und unauffällig.« Sie wusste ganz offensichtlich noch immer nicht, worauf er hinauswollte.

»Der Einsatzleiter der Kriminaltechnik hat keine Theorie aufgestellt, die von etwas anderem ausgeht als einer gezielten Schussverletzung. Daher haben sie einfach alles nach Schema F abgearbeitet. Ich will das nicht kritisieren, nicht, dass du mich da falsch verstehst, aber meine Kollegin und ich haben das Opfer sehr lange in der Leitung gehabt. Er hat uns angerufen, nachdem er verletzt wurde. Er war bei Sinnen, auch wenn seine Kräfte immer mehr nachgelassen haben, je länger es gedauert hat.«

»Er hat viel Blut verloren, und wenn es nicht mit hoher Geschwindigkeit aus ihm herausgeflossen ist … Das Verteilungsmuster auf dem Boden sieht eher nach einem langsamen, kontinuierlichen Abfluss aus, wobei es natürlich auch nach innen geblutet haben kann, je nach Verletzung. Also das, was ich sehen kann, sieht nach langsamem Austritt aus, denn es scheint unterschiedliche Trocknungszustände des Blutes an den Rändern zu geben. Damit erfolgt ein Schritt-für-Schritt-Verlust des Bewusstseins, also von der Bewusstseinstrübung bis hin zur Ohnmacht vergeht eine gewisse Zeit. Erst wenn man ungefähr einen Liter Blut verloren hat, wird es langsam lebensgefährlich, man bekommt Durst, ist verwirrt, und je nach Konstitution wird man ab anderthalb Litern dann irgendwann ohnmächtig.« Sie war vollkommen in ihrem Element.

»Schau mal da, bitte«, unterbrach er sie, erbat ihre Aufmerksamkeit und zoomte noch ein bisschen näher an die zähe rostbraune Masse heran, in die sich die Blutschichten nach der Gerinnung verwandelt hatten.

»Oh«, hörte er sie erstaunt ausrufen und hoffte nun noch mehr, dass sie ihm helfen konnte.

41. Kapitel

Kostoula hatte die Nummer lange nicht gewählt und eigentlich auch nicht vorgehabt, sie je wieder anzurufen, denn sie hatte sich von allem, was ihr vorheriges Leben anging, vollkommen distanziert. Das hatte sie jede Menge Energie gekostet und unendlich viele Gespräche. Immer wieder musste sie erklären, warum sie einen so klaren Schnitt gemacht hatte, und sich abgrenzte. Dabei wollte sie nichts erklären. Es waren Dinge vorgefallen, über die sie nicht sprechen wollte. Mit niemandem, und all das belastete ihr Gewissen schon genug. Warum sollte sie nun mit Maria reden? War der Jüngerin ihres Ex-Mannes nun auch endlich aufgefallen, wer er wirklich war?

Nein, damit konnte sie nicht rechnen. Er wusste, wie man Menschen manipulierte und für sich einnahm. Sie wollte mit alldem nichts mehr zu tun haben.

Sie hatte das Handy schon fast am Ohr gehabt, um den dringlichen Aufforderungen auf ihrer Mailbox Folge zu leisten, doch nun senkte sie es langsam wieder. Sie war doch genau deshalb hier oben in der Abgeschiedenheit der Berge. Weit und breit war nichts außer der Anlage, in der sie sich gerade befand. Diesen Frieden hatte sie gesucht, und nun sollte er ihr geraubt werden.

Sie löschte die Nachrichten und stopfte das Handy zurück in die Tasche. Sie würde sich eine Dusche gönnen und den Schmutz des Tages und der negativen Energien, die sie nun umschwirrten, abwaschen. Sie war keine Befehlsempfängerin, und es gab nichts, was sie noch mit Maria oder gar Stelios zu tun hatte.

Sie ging in die gemauerte Dusche, stellte das Wasser an und ließ es einen Augenblick laufen, bis es warm war, denn es wurde über die Solarpanele auf dem Dach in einem schwarzen Wasserbehälter erhitzt. Rasch stand der Raum unter Wasserdampf, und sie entspannte sich in der schwülen Feuchte, wusch ihr Haar mit der Olivenölseife und versuchte, sich bewusst nur mit den schönen Dingen des Lebens zu befassen.

Sie hatte die Speisekarte schon studiert, und der fleischige Eintopf mit Carob hörte sich besonders verführerisch an: Das Lamm-Stifado wurde in einer Pastete, die aus Carobmehl gebacken war, gereicht – welch köstliche Idee! Vorweg gab es einen leichten kretischen Salat mit Portulak sowie Ziegenkäse aus eigener Produktion. Garniert mit frischen Eiern der Hühner, die hier oben besonders saftiges Futter fanden. Was den Nachtisch anging, war sie noch unschlüssig, aber sie hatte ja mehr als einen Abend, um alle Köstlichkeiten zu probieren, daher würde sie heute vielleicht den saftigen Schokoladenkuchen mit dem Kaffee-Eis wählen.

Sie fühlte sich besser, als sie sich in das große Handtuch hüllte und sich das Haar frottierte, dann erstarrte sie, denn sie hörte ihr Handy in den Tiefen ihrer Handtasche fordernd läuten. Warum hatte sie es nicht ausgeschaltet? Das war zu dumm gewesen. Entschlossen, dieser Tyrannei nun ein Ende zu setzen, eilte sie zu dem alten Holztisch neben dem Eingang, auf dem sie die Tasche abgestellt hatte, und angelte es heraus. Wie erwartet sah sie Marias Nummer im Display aufleuchten, und beinahe hätte sie auf *Anruf ablehnen* gedrückt, doch dann würde es immer so weitergehen und sie nie zur Ruhe kommen. Zudem hatte sie keine Lust, noch mehrere Male über die Rezeption angesprochen zu werden.

»Was soll dieser Telefonterror!«, schnauzte sie Maria an, ohne Begrüßung oder sonstige Nettigkeiten. Sie musste nicht nett sein – zu niemandem!

»Kostoula! Endlich.« Maria hörte sich erleichtert an.

»Endlich«, äffte sie die Frau nach und wusste, dass es albern war. »Was denkst du, warum ich in ein Mountain Retreat fahre? Vielleicht weil ich in Ruhe gelassen werden möchte?! Was willst du von mir?«

Maria schluckte vernehmlich und sagte dann mit ihrer kratzigen Stimme: »Stelios wurde angeschossen, und es geht ihm nicht gut.«

Kostoula zögerte keinen Augenblick: »Das geht mich nichts mehr an und interessiert mich nicht die Bohne!« Das nun folgende Schweigen in der Verbindung wurde ohrenbetäubend, und sie atmete genervt. »Warum, denkst du, sollte das wichtig für mich sein? Wir sind geschieden. Wir haben nichts mehr miteinander zu tun.«

»Ich hatte gehofft, du weißt etwas über eventuelle Vorkehrungen, die er getroffen hat, für solch einen Fall. Sein Blut ist aufgebraucht und …« Marias Stimme erstarb.

Widerwillig dachte Kostoula kurz an die Gespräche, die sie mit ihrem Ex-Mann geführt hatte, die sich auf die kritische Komponente seines Jobs und seine seltene Blutgruppe bezogen hatten. Er war sich des Risikos durchaus bewusst gewesen, und damals – als sie ihn noch vorbehaltlos und blind geliebt hatte – hatte sie ihn gebeten, sich aus dem aktiven Dienst zurückzuziehen. Doch er hatte seine Karriere nicht einer Laune des Schicksals opfern wollen, so oft kam es schließlich doch nicht vor, dass ein Polizist schwer verletzt wurde. Schweren Herzens hatte sie es akzeptiert und ihn regelmäßig daran erinnert, Blut zu spenden, sodass es für den Fall der Fälle parat lag. Die Erinnerungen flammten vor ihrem inneren Auge auf, und genau das hatte sie zu vermeiden versucht.

Sie schüttelte sich vehement, um die Bilder zu vertreiben. Natürlich war sie früher einmal in Stelios verliebt gewesen, sonst hätte sie ihn wohl kaum geheiratet. Doch das war vorbei. Aus und vorbei. Die Liebe war erst in Hass umgeschlagen, dann war Verachtung daraus geworden und heute vollkommene Gleichgültigkeit. Genau diese Gedanken fasste sie sodann auch in Worte: »Er ist ein Fremder und geht mich nichts an. Sprichst du auch Leute im Bus an, ob sie dir bei euren Problemen helfen können?«

»Kostoula«, begehrte Maria auf, »hier geht es nicht um euren Streit oder was in eurer Ehe schiefgelaufen ist, sondern um das Leben eines Menschen!«

»Da draußen sterben jeden Tag Menschen«, warf sie mit kalter Stimme ein und war bereit, das Gespräch nun endlich zu beenden.

»Ist es wirklich wahr?«, hörte sie Maria nun flüstern. »Willst du deshalb nichts mehr mit ihm zu tun haben und ihn einfach sterben lassen?«

Kostoula war in diesem Augenblick so schockiert, dass es ihr vollkommen die Sprache verschlug. Sie schaltete das Telefon sofort komplett aus und warf es in die Tasche, als wäre es gefährlich. Was wusste Maria und vor allem woher?

42. Kapitel

Minister Dimitris Stefanakis hatte zwei kurze Telefonate geführt und sich dann auf den Weg zum Flughafen gemacht. Dort wartete ein kleiner Privatflieger auf ihn, der ihn unkompliziert nach Kreta bringen würde. Es war wichtig, nun vor Ort zu sein und die Geschicke zu leiten, ohne jedoch zu viel Aufmerksamkeit auf sich zu ziehen.

Er hatte immer schon so seine Schwierigkeiten damit gehabt, sich anderen unterzuordnen und nach deren Pfeife zu tanzen. Natürlich war das politisch regelmäßig notwendig, keine Frage, doch es bestand ein Unterschied darin, dem Präsidenten zu folgen oder angstgebeutelt vor Bösewichten zu kuschen. Die begegneten ihm häufig, und nicht selten waren sie wie der Wolf im Schafspelz, lächelten freundlich und klopften ihm jovial auf die Schulter, während sie das gewetzte Messer bereits hinter dem Rücken bereithielten. Bereit, jederzeit einfach zuzustechen. Gut, er hatte sich an diese Spielweise angepasst und befehligte einige nicht minder gefährliche Personen, doch trotz allem war er stolz darauf, es bisher geschafft zu haben, dass an seinen eigenen Händen kein Blut klebte. Wenn er seiner Ex-Frau Glauben schenkte, war es zwar komplett anders, doch auch wenn er sich durch die furchtbare Geschichte, die seinem Sohn Konstantinos im Frühsommer zugestoßen war, in gewisser Weise gebrochen fühlte, so lebte der Junge schließlich noch, und sein Körper war unversehrt. Was man über seine Seele leider nicht sagen konnte. Doch auch das hatte er nicht in Auftrag gegeben. Es war einfach geschehen. So, wie Dinge eben manchmal geschahen, wenn sie aus dem Ruder liefen. Das Leben war nicht planbar. Es gab immer einen kleinen Teil Unsicherheit, etwas, was in jeder Risikobewertung Ausdruck fand.

Iota widersprach ihm heftig, wenn sie denn überhaupt etwas in seine Richtung verlauten ließ. Häufig hörte er das alles von seinem älteren Sohn Nicholas, mit dem er sich bisher recht gut verstanden hatte. Doch Konstantinos' Zustand belastete die gesamte Familie, und das hatte das Verhältnis zwischen ihnen getrübt.

Er hatte keine Begleitung für den Flug angefordert, denn fünfundvierzig Minuten in der Luft hielt er unproblematisch aus, ohne dass man ihm Häppchen und Getränke reichte. Je weniger Aufsehen er erregte, umso besser.

Mentakis' Mannschaft war verunsichert. Die beiden, die der Mann kurz vor seinem Abgang als Interimschefs auf seinen Posten gesetzt hatte, hatten einen ganz guten Job gemacht, doch prinzipiell war es in den letzten Monaten auch um nichts Bahnbrechendes gegangen. Somit hatten sie nicht gelernt, sich sicher auf dem glatten Parkett der Bühne zu bewegen, die nun ihr Zuhause sein sollte. Maria Chrisaki war eine resolute Frau, keine Frage, und Elonidas Spectros ein guter Mann, wenn es um die Cyberwelt ging, doch es brauchte eben mehr als etwas Berufserfahrung und einen kämpferischen Geist, wenn man sich in dieser Welt behaupten wollte. Jetzt waren sie am Ende der Fahnenstange angelangt, und obwohl es beileibe nicht sein Ressort war, so würde er vor Ort sein, wenn das Chaos ausbrach, und konnte einiges lenken. Er brauchte keinen Eklat mit den Amerikanern auf Kreta, und er wollte auch nicht, dass sich die feinen Herren, deren große Jachten in den Häfen von Agia Galini oder rund um Gavdos lagen, auf den Schlips getreten fühlten, weil die Polizisten der Insel in heillosen Aufruhr gerieten. Zudem hatte er etwas gehört, was er dringend überprüfen musste, und auch das war vor Ort besser, als wenn er es von Athen aus zu regeln versuchte. Es war immer schlauer, präsent in einem Raum zu stehen und den Finger in eine Wunde zu legen, als es am Telefon zu versuchen. So, wie es aktuell schien, war die Wunde sogar bereits schwelend, und das war mehr als übel.

Er würde wohl auch nicht umhinkommen, sich mit dem *Boss* und der *Wohltäterin* zu befassen. Das hatte er schon seit dem Frühsommer vor sich hergeschoben. Doch er musste hier klarmachen, wo die Grenzen verliefen, auch wenn Michalis Serpantakis dies ganz bestimmt nicht ohne Gegenwehr akzeptierte. Doch er selbst, schließlich Minister dieses Landes, war nicht dumm und hatte genügend Munition, um den Mann zumindest etwas in die Schranken zu weisen. Mehr war nicht möglich, das war ihm auch klar, denn der *Boss* hielt zu viele Fäden in der Hand. Und an diesen hingen einfach eine Menge einflussreicher Leute und zappelten in seinem Takt.

Er ließ seinen Blick über das durch die Wolken schimmernde Meer gleiten, und seine Gedanken flogen voraus. Bald würden sie in Irakleio landen, und dort wartete bereits ein Wagen auf ihn, der ihn zum Polizeipräsidium brachte. Er hatte sein Kommen nicht angekündigt und war gespannt, auf welche Reaktionen er treffen würde. Mentakis und er waren auf Augenhöhe, und ihr Kontakt bestand schon viele Jahre, auch wenn sie dies nie an die große Glocke gehängt hatten. Sie hatten etwas, was sie verband. Etwas, was ihn jetzt dazu brachte, sich aus der Komfortzone herauszubewegen. Stelios war vielleicht so gut wie tot, doch er war ein Profi in allen Bereichen und verlässlich. Auf keinen Fall hatte er fahrlässig gehandelt, daher war es umso wichtiger herauszufinden, wer ihn aus dem Weg schaffen wollte, und vor allem, warum die Tat so dilettantisch ausgeführt worden war. Oder *sollte* er nicht sofort tot sein, *sollte* sich quälen, langsam dahinsiechen? Wie eine Art Warnung? Doch andererseits war dann das Risiko viel zu groß, dass er überlebte und reden konnte.

Es ergab keinen Sinn, und das Grübeln zermürbte ihn immer mehr. Dimitris fand keine vernünftige, logische Erklärung für das ganze Geschehen. Er nahm langsam einen Schluck aus dem Glas, das vor ihm stand. Er hatte es sich selbst eingeschenkt, um etwas Ordnung in sein Gedankenwirrwarr zu bringen, aber es half nichts. Es blieben zu viele offene Fragen, und am Ende würde nur Mentakis sie beantworten können – oder der Täter.

Der Pilot kündigte den Landeanflug an, und Dimitris zog den Gurt fest um seine Körpermitte. Er musste besonnen bleiben, um Sorge dafür zu tragen, dass die Dinge, die geheim bleiben sollten, auch geheim bleiben würden.

43. Kapitel

Er hatte sich zusammengerissen und sich seiner Rolle besonnen. Er war einer von den Guten! Er war kein Verbrecher, und selbstverständlich hatte er auch kein Verbrechen begehen wollen. Dies wurde ihm klarer, je länger er die steilen Kurven entlangfuhr und seinen Blick über die beeindruckende Natur gleiten ließ. War sie nicht das, worauf es ankam? Das, was Gott geschaffen hatte, als er herabgestiegen war, um die Insel zu küssen? Wie konnte man die Schönheit Kretas sonst anders erklären? Man befand sich von einer Sekunde zur nächsten in einer vollkommen anderen Welt. Der Blick wurde weit, und damit veränderte sich auch das Denken.

Er war unfassbar froh, dass sich dieser Teil in ihm nun lautstark zu Wort meldete. Er war gottesfürchtig, und er hätte niemals über seinen Glauben und die Grundsätze seiner Werte hinaustreten wollen. Er war wütend gewesen, keine Frage, und der in ihm wuchernde Zorn, gepaart mit der Enttäuschung über die Ablehnung seiner Person und die Erniedrigung, die er in diesem Zusammenhang empfunden hatte, hatte sich zu einem unschönen Gefühlscocktail vermengt. Doch am Ende des Tages hätte er nie diese Grenze überschritten, dessen war er sich bewusst geworden, je mehr er an Flucht oder andere schreckliche Auswege gedacht hatte. Wie konnte es sein, dass er so sehr an Gott und auch an sich zu zweifeln bereit war?

Er hatte angehalten und war ein paar Meter in einen kleinen Pfad hineingegangen. Dieser endete auf einem schmalen Felsplateau, und sein Herz zog sich erst schmerzhaft zusammen und weitete sich dann wieder. Dort breiteten sich Ebenen und Hügel aus, und so weit sein Auge reichte, sah er die unterschiedlichsten Schattierungen von Grün bis hin zu jenem Rand, an dem der Bewuchs immer weniger wurde und nur das karge, steinige Erdreich übrig blieb.

Wie ein Zeichen Gottes blitzte ein Turm mit einem Kreuz zwischen einigen Baumwipfeln hervor. Er hatte an einer Abzweigung den Hinweis auf das Kloster Agios Antonios wahrgenommen. Bestimmt handelte es sich um dieses kleine Gotteshaus. Das alles, die Schönheit seiner Insel, seinen tiefen Glauben an Gott, hatte er wegwerfen wollen? Wofür? Für einen dummen Titel – den er sowieso nicht bekommen konnte und schon mal überhaupt gar nicht, wenn er Stelios auch noch in irgendeiner Form bedroht hätte. Denn er musste ehrlich zu sich sein. Er hatte mit ihm reden, ihm unmissverständlich seine Meinung sagen wollen, um ihm zu zeigen, wie er sich fühlte: dass es sich für ihn wie Verrat anfühlte.

Die Natur, die Stille und die stark aufwallende Nähe zu Gott wirkten wie eine Läuterung auf ihn. Als erwachte er plötzlich aus einem bösen Traum. Nun tat sich alles vollkommen klar vor ihm auf, und er konnte kaum fassen, dass er bereit gewesen war, nicht nur sein Leben und Streben, sondern auch das seiner Familie zu opfern, um ... Ja, um was zu tun? Sich zu rächen? Wie dumm sich dies auf einmal anhörte. Er musste wiedergutmachen, was er bereit gewesen war, in Gedanken zu tun. Musste Abbitte vor dem Herrn leisten und sich auch im Stillen bei seinen Liebsten entschuldigen, bei Koula wahrscheinlich sogar direkt, denn er hatte sie in den letzten Wochen nicht wie ein guter Mann behandelt. Er hatte sich gar nicht wie der Ehrenmann benommen, der er sein wollte und war. Alles war er bereit gewesen, auf einem Altar der Eitelkeiten zu opfern.

Er atmete tief durch, nahm die Schöpfung des Allmächtigen in all ihrer Farbenpracht, ihrem unglaublichen Duft nach Erde, Kräutern und frischer Höhenluft wahr und versenkte sich in ein Gebet. Er bat Gott in stummer Demut um Verzeihung und fühlte sich zum ersten Mal seit langer Zeit wieder eins mit sich und ihm. Dann fuhr er sich mit den Händen über das karierte Hemd, prüfte, ob es überall sauber im Hosenbund saß, zog seinen Gürtel gerade und strich sich über den Schnauzer.

Er war so weit. Er würde umkehren und versuchen, den Kollegen am Tatort behilflich zu sein. Ganz bestimmt hatten Spectros und Maria Hyeronimos beauftragt, sich der Sache anzunehmen, und Christos schwor sich, alles, was er im Zusammenhang mit diesem Mann empfand, beiseitezuschieben, um das Verbrechen an Stelios Mentakis aufzuklären. Vielleicht hätte er es verhindern können, wenn er seinen Plan einfach durchgezogen hätte und dort oben in den Wäldern von Rouvas aufgetaucht wäre. Aber vielleicht würde er dann nun neben Stelios liegen und genauso um sein Leben kämpfen oder wäre gar tot. Wer konnte das schon wissen? Er hatte gehadert, war mehrfach umgekehrt und dann doch wieder in Richtung Vrontisi gefahren, um die Abzweigung zu dem kleinen Häuschen zu finden, was nun keine Herausforderung mehr barg, denn jetzt würden die Polizeiautos und auch die Schaulustigen ihm den Weg weisen. Menschen wurden oft von einer perfiden Neugier angetrieben und scheuten sich nicht davor, viele Kilometer zu den abgelegensten Orten zu fahren, um dort einen Blick auf den Tatort zu erhaschen, damit sie es dann auf Facebook kundtun oder sich vor Freunden damit brüsten konnten: *Schaut her – hier sind das Blut und ich!* Er hatte nicht nur einmal erlebt, dass sich hemmungslose Journalisten an ihnen vorbeidrängten, um das Bild des Grauens mit der Kamera einzufangen. Und auch normale Bürger kannten oftmals keine Schüchternheit, wenn sie hofften, etwas erhaschen zu können, was dieses zwielichtige Bedürfnis nach Schaurigem befriedigte.

Er schloss die Augen, atmete tief durch, öffnete sie dann wieder, richtete den Blick erneut auf den weich gezeichneten Horizont und machte sich dann auf den Weg zum Auto. Er würde keine Lüge erfinden, warum er plötzlich am Ort des Verbrechens auftauchte. Er würde bei der Wahrheit bleiben, denn in den vergangenen Wochen hatten es ihm viele angemerkt, dass etwas in ihm brodelte. Penelope Demostaki hatte ihn sogar darauf angesprochen, denn sie war einfühlsam und spürte es, wenn Menschen sich veränderten.

Für einen winzigen Moment fühlte er den Groll wieder in sich aufflammen, denn Maria und Spectros hatten natürlich nichts bemerkt. Er konzentrierte sich, griff dann rasch in die Hosentasche, zog sein Komboloi hervor und ließ es geübt durch seine Hand gleiten. Die kühlen Steine fühlten sich geschmeidig an, und das gleichmäßige Geräusch, mit dem sie aneinanderklackerten, tat das Seine dazu. Er ließ die Ruhe erneut Einzug halten. Ja, er brauchte ganz sicher noch etwas Zeit, um alles zu verarbeiten. Doch er hatte aktuell keine. Mit erschreckender Klarheit wurde ihm plötzlich bewusst, was es für Kreta bedeutete, dass ein Polizist wie Stelios Opfer eines Attentats geworden war. Die Kollegen würden rücksichtslos ermitteln, und jeder würde sich dazu berufen fühlen herauszufinden, wer als Täter infrage kam. Das würde dazu führen, dass sich die heimlichen Herrscher der Insel in Kampfbereitschaft begaben – und am Ende stünde womöglich ein Gefecht, das niemand gewinnen konnte und das nur weitere sinnlose Opfer fordern würde.

Er beeilte sich, zu seinem Wagen zu kommen, rannte fast, stolperte, strauchelte und konnte sich gerade noch mit der rechten Hand an einem dichten Gebüsch festhalten, um nicht zu fallen oder gar den hügeligen Abhang herunterzurollen. Adrenalin durchschoss ihn, und er atmete erneut ganz konzentriert. Hektik brachte ihn nicht weiter.

Er löste die Hand von dem Busch und stellte fluchend fest, dass sich die langen, harten Stacheln einer Distel in seine Handinnenfläche gebohrt hatten und nun Blut aus der Wunde floss. Das Gewächs hatte sich in dem Busch ausgebreitet. Es tat weh, und als er die Wunde genauer betrachtete, erkannte er, dass es nicht nur einfach Verletzungen sein würden, die ein wenig schmerzten, sondern dass sie sich entzünden konnten, wenn er nicht schnell dafür sorgte, dass die Stellen richtig gereinigt würden. So zeigte ihm Gott, dass er sich schuldig gemacht hatte, und er wusste, dass er alles tun musste, um Abbitte zu leisten und den Herrn wieder stolz auf seinen Sohn Christos zu machen.

Obwohl der Schmerz ihn antrieb, ging er bewusst vorsichtig zum Auto, zog den Verbandskasten hervor und umwickelte die Hand provisorisch. Natürlich befand sich darin nichts, was der Heilung diente, es ging nur um die Erstversorgung. Oben angekommen, konnten ihm die Kollegen helfen.

Er musste jetzt los.

Er verstaute den Kasten wieder im Kofferraum, ließ den Wagen an, wendete ihn behutsam und machte sich zügig auf den Weg.

44. Kapitel

»Leichter wäre es natürlich, wenn ich es vor Ort betrachten könnte.« Helenas Stimme transportierte ihr Interesse. »Aber ich kann hier gerade nicht weg. Wir sind mitten in einer ... Ach egal, das ist noch nicht offiziell. Also, wo war ich?«

»Bei den Rändern und dem Trocknungsgrad«, brachte Hyeronimos sie wieder auf die Spur.

»An manchen Stellen ist es etwas eingesackt, und das, was du siehst, also das, was dich aufmerksam gemacht hat, könnte eine Bedeutung haben.«

»Es macht mir den Eindruck, als wären es ein paar Zahlen, aber vielleicht interpretiere ich etwas hinein, weil ich unbedingt etwas finden will«, erklärte er angespannt.

»Du musst versuchen, die gesamte Fläche, in der du etwas vermutest, an einem Stück abzuheben, wenn das Blut wirklich komplett angetrocknet ist. Wann das so weit ist, hängt von der Zeitspanne nach dem Austritt ab, von der Raumtemperatur und der Luftfeuchtigkeit«, versuchte sie, ihn anzuleiten.

»Wie soll ich das machen? Wenn ich es nicht richtig mache, zerstöre ich vielleicht wichtige Spuren.« Verzweiflung stieg in ihm auf und verunsicherte ihn.

»Ein großer, flacher Spatel könnte helfen«, schlug sie ihm vor, »oder du brauchst jemanden, der mit einem tragbaren Durchleuchtungsgerät zu dir kommt und vor Ort eine Analyse startet. Ein Röntgengerät? Ein MRT oder CT tun es auch.«

»Tragbar? Ich bezweifle, dass wir so was hier auf der Insel haben«, sagte er resigniert.

»Mittlerweile sind einige Krankenwagen damit ausgestattet. Vielleicht fragst du mal bei den privaten Unternehmen nach, die haben oft schon die neuesten Geräte an Bord.«

»Ich rufe Dr. Demostaki an, sie wird wissen, was da zu machen ist.«

»Dr. Demostaki?«, fragte sie. »Gibt es eine neue Ärztin in deinem Leben?«

»Sie ist die leitende Pathologin der Insel«, erklärte er sachlich. Es ging sie nichts an, wie er zu Penelope stand.

»Ah, ist das die Kollegin, mit der der Verletzte telefoniert hat?«

Frauen hatten irgendwie einen siebten Sinn für Beziehungen. Er bejahte freundlich, denn wenn er jetzt weiter auf professionell schaltete, dann würde sie ihm vielleicht ihre Hilfe wieder entziehen. »Sie unterstützt mich regelmäßig bei den Ermittlungen. Du weißt ja, dass ich manchmal …« Er suchte nach den passenden Worten. »… etwas weniger gut ankomme. Das gleicht sie aus.«

»Klingt spannend und auch vertraut.« Er glaubte, etwas in ihrer Stimme zu hören, das wie Eifersucht klang. Doch alles war so viele Jahre her, dass es vielleicht nur zu dem Spiel zwischen zwei Menschen gehörte, die sich einst nahegestanden hätten.

»In der Ermittlungsarbeit ist es unumgänglich, einander zu vertrauen«, erklärte er und ärgerte sich sofort über sich selbst. Warum ließ er sich von ihr dazu anstacheln, sich zu rechtfertigen?

»Ist schon gut, Galavaki, entspann dich. Ich ziehe dich doch nur ein wenig auf.« Sie grinste verschmitzt in die Kamera. »Doch nun zurück zu deinem Fund und deinem Problem. Beim Ablösen besteht immer das Risiko, Spuren zu zerstören. Du versuchst wirklich besser, es vor Ort zu entschlüsseln. Ein Röntgengerät wäre klasse. Der Flughafen hat portable.«

»Der Flughafen?« Er war kurz über diesen Gedankensprung irritiert.

»Ich denke eben pragmatisch. Du willst sicher nicht den gesamten Tag auf dem Hügel hocken und herumtelefonieren«, erklärte sie.

»Da hast du wohl recht«, bestätigte er nachdenklich. »Ich lasse übrigens telefonieren«, fügte er hinzu und befürchtete im selben Moment, dass es zu angeberisch klang.

»Ui, du bist also wichtig geworden«, meinte sie auch sofort bissig.

»Es blieb mir nichts anderes übrig, ich habe den Assistenten einfach zugeordnet bekommen, ich bin da nicht gefragt worden«, versuchte er, seine flapsige Aussage zu entschärfen.

»Zeig mir noch mal die Stelle, bitte«, lenkte sie ein, und er zoomte erneut auf die sonderbar eingefallenen Punkte, die leichte Ränder gebildet hatten.

Sie schwieg eine ganze Zeit und das machte ihn nervös. Würde sie ihm gleich mitteilen, dass er sich das alles nur einbildete? Schließlich hatten die auf Spurensuche getrimmten Kollegen der Kriminaltechnik nichts dergleichen wahrgenommen.

»Mach bitte aus verschiedenen Winkeln und mit unterschiedlichen Abständen Fotos und schick sie mir zu. Ich habe nachher Zeit und schaue sie mir genauer an. Dann versuchst du, jedes Gerät zu bekommen, das du kriegen kannst, und wir starten eine professionelle Schichtenanalyse«, wies sie ihn an, und er atmete erleichtert aus.

Erst jetzt bemerkte er, dass er vor Anspannung die Luft angehalten hatte.

»Geht es dir wirklich gut, Hyeronimo?« Ihre Stimme klang nun sanft und einfühlsam.

»Nein, Helena, es geht mir nicht gut! Wie sollte es auch? Mein hochgeschätzter Chef kämpft um sein Leben, und irgendwas ist hier im Busch, das richtig furchtbar werden kann …« Er verstummte, denn er wollte nicht mit ihr über die Vorwürfe, die Maria und Spectros gegen Stelios erhoben hatten, sprechen.

»Verschweigst du mir etwas?«, wollte sie hellhörig wissen.

»Es ist nichts«, wiegelte er ab und merkte selbst, wie hektisch und unglaubwürdig er klang. »Nichts, was ich gerade erzählen kann. Es tut mir leid«, fügte er daher erklärend hinzu.

»In Ordnung. Ich muss auch nicht alles wissen, was die Polizeiarbeit betrifft.« Sie reagierte überraschend verständnisvoll. Sie waren eben beide erwachsen geworden und hatten sich ihre eigenen Leben aufgebaut.

Sie verabschiedeten sich voneinander, er machte die gewünschten Fotos mit großer Sorgfalt und war sich immer sicherer, etwas entdeckt zu haben. Dann rief er Zacharis Zentakis an, um ihn auf die Suche nach einem tragbaren MRT anzusetzen, er würde sich selbst um den Flughafen kümmern und Penelope im Krankenhaus auf die Suche schicken.

Sein Assistent ging sofort dran: »Ch'f?«

»Zachari, ich brauche deine Unterstützung. Außerdem wollte ich mich bei dir bedanken, dass du sofort zurückgekommen bist, als wir dich brauchten. Das ist nicht selbstverständlich!«

»Stelios 'st wi...wicht'g«, antwortete Zacharis, der seinen Urlaub sofort unterbrochen hatte, um vor Ort zu helfen. Man konnte hören, wie betroffen ihn die Situation machte.

»Ja, das ist er«, bestätigte Hyeronimos und spürte einen Knoten im Hals. Wie Zacharis wohl reagieren würde, wenn er ihm von den Vorwürfen gegen Mentakis erzählte? Er würde es erst einmal unterlassen. Sie konnten sich nicht sicher sein, denn viele andere Erklärungen waren ebenfalls möglich. Also würde er der Letzte sein, der irgendwelche Gerüchte verbreitete, auch wenn er seinem Assistenten vollkommen vertraute. »Ich brauche einen tragbaren Magnetresonanztomografen oder einen Computertomografen, der sich leicht transportieren lässt, und ich brauche das Gerät so schnell wie möglich am Tatort. Es könnte sein, dass die Rettungsstellen so etwas haben, vor allem die teuren, privaten!«

»Ich kümm'r m'ch dr'm«, bestätigte Zentakis zackig.

»Gib mir bitte laufend Rückmeldung per Kurznachricht«, wies Hyeronimos den Mann an.

Zacharis verabschiedete sich knapp, und das Telefonat war binnen weniger Sekunden beendet. Das nun folgende Telefonat mit Penelope würde länger dauern, das war ihm vollkommen bewusst.

Gott, er würde für einen Kaffee und etwas Kuchen alles geben, aber das musste wohl noch warten.

45. Kapitel

»Du tust mir weh!« Filomena stieß einen unterdrückten Schrei aus. Michalis hatte ihr Gelenk schraubstockartig mit seiner Pranke umfasst, und sein dicker Siegelring bohrte sich schmerzhaft in ihre Haut.

»Ich weiß nicht, was du vorhast, aber es wird dir nicht gelingen.« Seine Stimme war so voller Wut, dass ihr kurz ein Schauer über den Rücken floss. Ihr wurde bewusst, dass er wirklich vor nichts haltmachte, vielleicht vor seinen Kindern, aber sicher konnte man sich nicht sein, wenn sie nicht nach seiner Pfeife tanzten. Gewiss würde er sie nicht töten und neben den Gebeinen seiner Feinde verscharren, aber er würde sie irgendwohin schicken, wo man sie brach, und dann würden sie als brave Soldaten zurückkehren. Seine Tochter aus erster Ehe hatte er gewinnbringend an einen einflussreichen Politikersohn verschachert, und daraus zog er jeden nur möglichen Vorteil. Das Mädchen war nach dem *Verschwinden* seiner Mutter zu Wachs in seinen Händen geworden.

Er liebte niemanden, und sie war sich sicher, dass er, obwohl er immer so tat, als wäre er ganz besonders von sich überzeugt, auch keine Liebe für sich selbst empfand. Ihre Kindheit hatte ihn zu dem werden lassen, was er war, und er war stolz darauf. Daraus machte er nie einen Hehl. Ganz im Gegenteil. Macht war sein Elixier, und dieses war gebraut aus dem Schmerz anderer. Und er brauchte jede Menge von diesem Trank.

Sie versuchte, ihn abzuschütteln, aber er nutzte ihre Energie gegen sie, und die Gegenwehr machte die Pein nur schlimmer. Also erschlaffte sie und ignorierte seinen Klammergriff. Sie wusste, dass ihn das in kürzester Zeit von einem absolut rasenden Zustand zu vollkommener Hilflosigkeit beförderte. Er brauchte es, dass Menschen jammerten und bettelten. Je mehr sie sich vor ihm erniedrigten, desto mehr erhöhte es ihn.

»Wann bist du zu diesem miesen Arschloch geworden, Michali?«, fragte sie und sah ihm direkt in die Augen, denn früher hatte er sich nie gegen sie gewandt. Filomena und Michalis gemeinsam gegen den Rest der Welt – das war ihre Devise gewesen. Er verstärkte den Druck, und sie gab jede offene Gegenwehr auf, was nichts daran änderte, dass sie auf Augenhöhe mit ihm blieb. Die Hilflosigkeit in seinem Blick nahm plötzlich überhand, und sie wusste, dass das seine Aggression gegen sie in diesem Moment nur verstärkte. Es brachte ihn nicht dazu, aufzuhören oder gar Schuld zu empfinden.

Sie stockte für einen Augenblick in ihren Gedankengängen. Empfand sie denn Schuld, oder war das genau das, was sie beide einte – dass sie ohne Reue ihre Ziele verfolgten? Er überschritt jede Grenze, ob sichtbar durch das Gesetz vorgegeben oder unsichtbar durch die Gesellschaft, und sie übergoss alles mit Sirup, denn der überdeckte jede bittere Note. Sie hatte sich zur Seite gedreht, wenn er andere am Arm packte, wie er es gerade bei ihr tat, hatte ignoriert, dass das nur der Auftakt zu einem Tanz war, der nicht selten mit vollkommener Zerstörung endete. Er verdrehte ihr Handgelenk auf geschickte Weise, und der so entstehende stechende Schmerz holte sie zurück in die Gegenwart.

Hasste sie ihn? Verwundert stellte sie fest, dass da zwar Abscheu war, aber auch Mitleid. Er war leer, und weder Geld noch Macht würden diese Leere je füllen können, auch nicht jenes kurzfristige Gefühl der Befriedigung, das aufkam, wenn er jemanden unterwarf und brach. Sie hatte es zu oft gesehen, denn ihren

Aufstieg hatten sie gemeinsam gestaltet, und je mehr sie sich dem sozialen Engagement gewidmet hatte, um von seinem Tun abzulenken, umso öfter hatte sie den Raum verlassen – metaphorisch gesehen –, in dem er wütete.

»Was willst du tun?« Sie sagte die Worte vollkommen ruhig. »Willst du mir den Arm brechen, und ich halte den Champagner beim Empfang einfach mit der gesunden Hand, während die andere geschwollen und schlaff herabhängt?«

»Du. Musst. Damit. Aufhören!« Er akzentuierte jedes Wort. »Sonst werde ich genau das tun, und du darfst selbst wählen, wie du es erklärst.« Er rückte näher an sie heran, und beinahe war sie versucht, ihm einen ihrer perfekt manikürten Nägel in die Augen zu stechen. So, wie sie es getan hatte, als sie den ersten Transport für den damaligen Paten der größten Cannabisproduktion auf der Insel übernommen hatten und man ihnen auf einer schmalen Straße hinab zum Meer aufgelauert hatte. Sie hatten beide gekämpft und waren mit einigen Blessuren und – was noch viel wichtiger war – der wertvollen Ware als Sieger aus dem Kampf herausgegangen. Männer neigten dazu, eine Frau zu unterschätzen und ein dürres Mädchen noch viel mehr. Doch sie hatte es ihnen gezeigt, und es war wirklich interessant gewesen, was so ein Nagel mit einem Auge anrichten konnte.

»Ich werde es mit der Wahrheit erklären, Michali! Und weil ich ich bin, wird mir jeder glauben. Vielleicht solltest du also besser schlau wählen, was du tust.« Noch hatte sie gezögert, unsicher, ob sie bereit war, den letzten Schritt über den Graben zu gehen, der sie von allem, was ihr früher einmal etwas bedeutet hatte, abtrennen würde – denn danach gab es keine Möglichkeit mehr zurückzukehren. Sie war an dem Punkt, an dem die Welle nicht mehr aufzuhalten war und mit der unzerstörbaren Kraft und Macht des Wassers alles unter sich begraben würde.

»Ich spiele nicht, Filomena. Du kennst mich. Das hier ist kein Spiel. Nimm wieder deinen Platz ein und beende diese dumme Scharade ...«

»Sonst?«, unterbrach sie ihn rüde. »Was tust du sonst?« Sie hielt alle Trümpfe in der Hand, und wenn sie ihn in die Arena jagen würde, in der er um sein so heiß geliebtes Leben als *Boss* kämpfen musste, dann war er verloren. Sie hatte alles schon vorbereitet, und als sie sich entschieden hatte, Gott zu spielen und über Leben und Tod zu entscheiden, hatte auch sie alle Grenzen hinter sich gelassen. Es zählte nicht mehr, dass sie sich all die Nächte im Haus der Tante aneinandergeklammert hatten – als die Kinder, die niemand brauchen konnte, die selbst die eigene Mutter tot sehen wollte. Eine Mutter, die, als man sie unter Aufsicht der gesamten Nachbarschaft zum Lebewohlsagen in ihr einstiges Zuhause gebracht hatte, sich geifernd auf ihre Kinder gestürzt hätte, wäre sie nicht festgehalten worden. Speichel war aus ihrem Mund gesprüht, und ihre Augen waren dunkel bedrohliche Höhlen gewesen, die die Vierjährige und den Sechsjährigen so sehr geängstigt hatten, dass sie sich verstört aneinander festgehalten hatten, während die Mutter schrie: »Ihr dürft nicht leben! Ihr müsstet tot sein!«

Heute verstand sie den Schmerz, der dieser Frau den Verstand geraubt hatte. Heute verstand sie alles. Manche Verluste konnte man nicht verkraften, man konnte sich nicht mal eben so *zusammenreißen* und zum Tagesgeschäft zurückkehren.

Reiß dich zusammen und hör damit auf, Filomena, klang es in ihren Ohren. Ganz bestimmt hatten auch die Familienmitglieder und Freunde, die man damals gerufen hatte, um die Mutter wieder in die Spur zu bringen, Ähnliches zu ihr gesagt. Was bedeutete das denn unterm Strich? Dass man die einzelnen Teile, in die man nach dem Verlust zersprungen war, irgendwie wieder an sich zerrte und versuchte, so wieder ganz und heil zu werden? Wie weit war sie heute von dem Verhalten ihrer Mutter entfernt? Ihr Innerstes brüllte jetzt fast genau die gleichen Sätze: *Du sollst tot sein. Du darfst nicht leben.*

Wenn sie bisher noch gezögert hatte, warum auch immer, dann hatte seine Hand um ihr Gelenk sie nun überzeugt.

»Sonst vernichte ich dich, Filo, und zwar ohne dass deine dämliche Verfügung irgendwie greift, denn ich bin immer der strahlende Sieger! Immer!«

Er machte ihr keine Angst mehr, denn Verfügung hin oder her. Ein Anruf von ihr würde dafür sorgen, dass sie nicht darauf angewiesen war.

Mögen die Spiele beginnen, dachte sie und schaute einfach desinteressiert aus dem Fenster.

46. Kapitel

Wo war er? Und was waren das für Geräusche? Dieses Summen und Piepsen? Es war dunkel um ihn herum, und was er hörte, machte ihm Angst. Zudem schien er keinen Körper mehr zu haben, denn er konnte ihn nicht spüren, es war, als schwebte er, aber ohne zu wissen, wo und warum. Sein Kopf war matt und müde, und die Gedanken ließen sich nicht formen oder gar steuern. Wusste er noch, wer er war? Eine dumpfe Erinnerung überkam ihn, doch er konnte sie nicht greifen, sie nicht verstehen und einordnen. Da war nichts. Ein dunkles Nichts mit bedrohlichen Geräuschen, zwischen denen Stimmen surrten wie das Flügelschlagen eines Bienenschwarms an sonnigen Tagen.

Halt! Sonnige Tage? Das schien doch ein sinnvoller Einfall zu sein, genau wie der Gedanke an Bienen. Er versuchte, ihn zu greifen, um herauszufinden, was Bienen waren, doch dann entglitt ihm das Konstrukt wieder. Was war geschehen, und warum fühlte er sich so leicht an? Wie konnte er herausfinden, wer er war, wenn er nicht wusste, was er hier tat, und zudem nichts sehen konnte. War es normal, dass man nur Dunkelheit um sich empfand und körperlos war? Es kam ihm vor, als würde er sich lauschend zur Seite neigen, um herauszufinden, was das Wort Körper beinhaltete und wofür es stand. Und ohne dass er bemerkte, was da kam, überrollte ihn eine Welle von Furcht, und er wusste auch sofort, dass es Angst war. Warum auch immer.

Die schrillen Piepser wurden lauter und fordernder, und mit einem Mal kamen die Stimmen näher, wurden verständlich, brüllten Befehle, und er versuchte zu verstehen, auf was alles sich das bezog, was er vernahm.

»Er stirbt! Zwei Milligramm Epi! Sofort! Laden auf zweihundert! Alle weg!«

Was wohl mit dem Sterben gemeint war? Ein plötzlicher Ruck durchfuhr ihn, und der Schmerz, der damit verbunden war, suchte keine Erklärung. Er war so sengend, bohrte sich so tief in die Existenz, dass es war, als würde er auf einer harten Fläche aufschlagen. Er hatte keine Kontrolle, über nichts.

»Wir haben einen Sinusrhythmus«, rief eine heisere Stimme, »er ist wieder da!«

Wer wohl wieder da war? Und vor allem, wo? Das Nichts war wie dichter Nebel, Worte ohne Inhalt kamen in seinen Kopf, klangen aber irgendwie bedeutsam und passend. Dann glitten sie davon, und er spürte die bleierne Leere und wie sie ihn immer mehr einnahm. *Er stirbt,* schallte es in ihm.

Was das wohl war – dieses Sterben?

»Stelios«, drang eine Stimme zu ihm durch.

Stelios? Name, Person, Mensch, Mann – ich! Er wollte es sagen: *Das bin ich!* Wusste es unvermittelt, und während der Name sich mit ihm verband, kam der Schmerz, umfasste ihn und zog ihn mit sich in eine noch tiefere Dunkelheit. Ein dröhnendes Geräusch voller unendlicher Urangst und so furchtbar, dass er wusste, dass er so etwas noch nie zuvor vernommen hatte, riss ihn mit sich fort, und dann war da nichts mehr. Die Leere war noch leerer als zuvor und die einsame Dunkelheit so kalt, dass er sie nicht abstreifen konnte. Dann hörte alles einfach auf zu sein.

47. Kapitel

Zacharis Zentakis hatte begonnen zu recherchieren und war rasch fündig geworden. Eine der schicken Privatkliniken nahe Elounda hatte ein portables Gerät und stellte es ihnen, ohne zu murren, zur Verfügung. Sie sorgten sogar für den Wagen, der es zu seinem Chef in die Hütte oben in den Wäldern von Rouvas transportierte. Was immer Galavakis auch damit vorhatte. Zacharis wusste es nicht. Er hatte den Auftrag angenommen, die Dringlichkeit in Hyeronimos' Aufforderung gespürt und sich dann einfach an die Arbeit gemacht. Sein Chef konnte ihn später noch informieren, was er dort auf jede nur mögliche Art durchleuchten wollte. Zacharis war – wenn er ganz ehrlich zu sich selbst war – etwas erstaunt über die Hilfsbereitschaft des Unternehmens und plante schon ein, sich gegen eine etwaige unangekündigte Kostennote zur Wehr zu setzen.

Er hatte Hyeronimos kaum die gute Nachricht geschickt, als sein Telefon erneut klingelte. Er sah die Nummer von Dr. Demostaki – Penelope, wie er sie nennen durfte, seit sie in einigen Fällen erfolgreich zusammengearbeitet hatten.

»Grüß dich, Zachari«, hörte er sie mit belegter Stimme sagen, und er war nicht irritiert oder befremdet. Sie war mit Major Mentakis befreundet, und wenn ihm die Sache schon naheging, wie musste es dann erst für sie sein?

»Morg'n, P'nelope.« Er hatte ihren Namen oft geübt, denn obwohl sie immer wertschätzend mit ihm umging und ihm nie einen abschätzigen Blick von der Seite zuwarf, wenn er hilflos vor sich hin stammelte, so wollte er sich gerade vor ihr besondere Mühe geben. Sie machte ihn auch nicht so nervös wie zum Beispiel Christos, der ihn immer nachäffte und bloßstellte, oder Maria, die er insgeheim ein wenig fürchtete. Mit Penelope war es leicht, und je weniger Stress er verspürte, umso eher gelang es ihm, sich verständlich auszudrücken.

»Wir müssen reden, Zachari. Hast du noch den Rauschgenerator, den Hyeronimos dir im Frühsommer gegeben hat, oder musstest du ihn so wie ich zurückgeben?«

»Hab ich n'ch«, antwortete er und öffnete eine Schublade des Schreibtischs, um ihn herauszunehmen und einzuschalten.

Das Gerät machte es unmöglich, Gespräche abzuhören, und wurde unter anderem von Militärdiensten eingesetzt, um Geheimnisse zu bewahren. Er hatte sich in den endlosen langweiligen Sommermonaten eingelesen, über die Funktion und die Einsatzgebiete. Im Regelfall steuerten die Behörden und Organisationen, die so etwas nutzten, den Einsatz sehr genau und kühl kalkuliert, denn gab es gar nichts Spannendes zu erfahren, war ja sofort klar, warum. Also konnte man nie so genau wissen, wann man wem auf den Leim ging. Er hatte sich abgewöhnt, private Telefonate am Arbeitsplatz zu führen, denn schließlich ging es niemanden etwas an, was seine Freundin und er sich zu sagen hatten. Sie hatte sogar besonders rigoros reagiert und vorgeschlagen, gar nichts Persönliches mehr über dieses anfällige Medium zu kommunizieren, damit fuhren sie ganz gut.

»Okay, läuft«, sagte er und wartete gespannt auf das, was sie zu erzählen hatte.

»Meine Kollegen von der Kriminaltechnik haben sich gerade bei mir gemeldet und von einem USB-Stick berichtet, den sie am Tatort bei Stelios gefunden haben. Hyeronimos hat wohl darauf bestanden, dass du ihn bekommst, wenn sie ihn erkennungsdienstlich bearbeitet haben. Die Fingerabdrücke darauf sind eindeutig von Stelios und von sonst niemandem.« Sie machte eine lange Pause, und er war kurz verunsichert, ob die Verbindung vielleicht unterbrochen worden war, doch dann redete sie weiter, und er hörte, wie viel Mühe sie sich gab, ruhig zu bleiben. »Obwohl klar war, dass sie sich nicht um den Inhalt kümmern sollen, haben sie ihn in einen PC gesteckt, und ... er ist gesichert. Vielleicht brauchst du also Spectros dazu.«

»In Ordn'ng.«

»Da … also Zachari … da ist etwas, was du wissen musst. Ich … also eigentlich ist das nicht meine Sache, es dir zu sagen … Es … also … Maria oder Spectros sollten das eigentlich tun oder zumindest Hyeronimos, aber es ist wichtig, Zachari!«

Ihre Stimme klang so eindringlich, dass ihm langsam mulmig wurde. Zudem war er es nicht gewohnt, dass sie so um den heißen Brei herumredete und nicht wie sonst immer Tacheles sprach.

»Du m'chst mir Angst«, gab er daher unumwunden zu.

»Ja«, bestätigte sie, »ich habe auch Angst. Das hier ist kein Spaß und kein Spiel. Es geht nicht nur um viel, sondern um alles!« Dann erklärte sie ihm, welchen Verdacht Maria und Spectros in Bezug auf Mentakis geäußert hatten, und er spürte, wie ihm ein kalter Schauer über den ganzen Körper fuhr.

Konnte das wirklich sein? Nein! Er war vielleicht ein stotternder, wenig attraktiver Kerl, aber er war nicht dumm, und gewiss hatte er sich nicht so sehr in einem Menschen getäuscht! Er bewunderte Stelios Mentakis von ganzem Herzen, verehrte ihn sogar, und das konnte man ihm nicht einfach so austreiben. Er spürte Verärgerung in sich aufsteigen: Wie konnte es sein, dass Maria so etwas zu glauben bereit war? Sie war so viele Jahre die Vertraute des beliebten Majors gewesen. Wie konnte sie ihm etwas so Schändliches zutrauen? »Nein«, rief er laut und erzürnt und versuchte, sich innerlich zu sammeln, um verständliche Aussagen formulieren zu können. »Es g'bt ganz b'st'mmt eine a… and're Erkl'rung!« Er war stolz auf sich, denn der Satz war nachvollziehbar.

»Zachari, ich will das auch nicht glauben«, Penelopes Stimme transportierte nun etwas, was sich wie Beruhigung anhörte, »denn ich bin mit Stelios seit dem letzten Fall wirklich befreundet, und doch ist es wie ein Stachel in meinem Fleisch.« Er hörte ein schrilles Klingeln, und sie sagte: »Warte …«

Dann war da nur Gemurmel, und er glaubte, ein entsetztes Aufstöhnen ausmachen zu können. Seine Hände verkrampften sich, und ein sonderbar dumpfes Gefühl machte sich in ihm breit.

Als sie sich ihm wieder zuwandte, hörte sie sich aufgelöst an. »Das war die Intensivstation. Stelios war für einige Sekunden tot. Sein Herz ist einfach stehen geblieben, aber sie haben es geschafft, ihn zurückzuholen. Doch sollte dies öfter geschehen, werden seine Chancen zu überleben immer geringer, dann übersäuert er irgendwann, und seine Organe beginnen zu versagen. Dann wird er sterben, Zachari, und etwas Furchtbares wird an ihm haften, ohne dass er die Chance bekommt, das klarzustellen oder sich gar zu verteidigen ...!«

»W'nn b'komm ich den St'ck?«

»Ein Kollege bringt ihn dir gleich vorbei. Ich weiß, dass ich dich nicht um Diskretion bitten muss, aber vielleicht kannst du zuerst Hyeronimos als deinen direkten Vorgesetzten über deine Ergebnisse informieren und dann mich, also bevor es zu Maria und Elonidas Spectros gelangt«, bat sie nun.

Er nickte und sagte dann: »In Ordn'ng.« Was auch immer sich auf diesem verdammten USB-Stick befinden würde, er würde es diskret behandeln, aber auch vollkommen ehrlich damit umgehen. Er war sich absolut sicher, dass er nichts finden würde, was bestätigte, dass Stelios ein ... Verbrecher war.

Er legte auf, ohne sich großartig zu verabschieden. Penelope kannte ihn, und auch wenn er sie sehr schätzte und mochte, so hatte ihn ihr Anruf doch aus der Bahn geworfen. Für einen Augenblick verfluchte er seine Bereitschaft, den Urlaub zu unterbrechen und zurückzukehren. Wäre er doch nur mit seiner Freundin in Frangokastello geblieben. Sie hatten ein kleines Apartment in einer hübschen Anlage gemietet, die direkt am libyschen Meer lag und ihnen wie das Paradies erschienen war. Direkt am Wasser gab es kleine Tavernen, in denen das Essen in seiner traditionellen Einfachheit so unglaublich köstlich war, und man konnte zusehen, wie das Meer am Abend in der untergehenden Sonne die Farben wechselte. Er ging niemals hinein, aber er schaute es durchaus gern an. Er trank Tee und las, während seine Freundin das kühlende Nass ganz offensichtlich genoss. Warum war er nicht mehr dort? Warum hatte er auf den Anruf reagiert und sich ins Auto geschwungen? Sie war dortgeblieben, schließlich hatten sie das Zimmer bereits bezahlt. Er würde sie am Wochenende abholen, doch mit seiner Erholung war es dahin.

Er seufzte schwer und war sehr froh, dass Maria ihm, nachdem sie ihn im Frühsommer mehrfach für Recherchen angefordert hatte, ein eigenes Büro zugewiesen hatte. Bis dahin hatte er sich einen Raum mit Christos' Assistenten geteilt und sich somit immer der Gefahr ausgesetzt, von ihm angegriffen zu werden. Das war nun Gott sei Dank, er bekreuzigte sich spontan dreimal, vorbei. Das Zimmerchen war winzig, aber alle anderen Vorteile machten diesen Nachteil mehrfach wett.

Er stand auf, um sich in der gemeinsam genutzten Küche einen Bergtee aufzubrühen, denn er musste sich beruhigen, so war er zu gar nichts nutze. Warum hatte Hyeronimos ihn nicht ins Bild gesetzt? Gut, vielleicht konnte er dort oben, umgeben von jeder Menge Menschen, nicht so frei reden – oder glaubte er etwa, was da behauptet wurde?

In der Küche angekommen, wunderte er sich über die Stille in der Abteilung und die fehlende Unordnung in der Spüle. Sonst herrschte hier um diese Uhrzeit bereits heilloses Durcheinander, und nicht selten war er es, der sich genötigt fühlte aufzuräumen. Wo waren denn die Kollegen, allen voran Christos?

Irritiert kochte er Wasser, gab die Kräuter in das Säckchen und eilte zurück in sein Büro. Die übliche Hektik würde gewiss noch früh genug entstehen, und bis dahin würde er versuchen, seine Zeit sinnvoll zu nutzen.

Er hatte sich kaum gesetzt, als er Schritte auf dem Flur hörte und eine atemlose Männerstimme seinen Namen rief.

»Hier«, antwortete er, und dann kam der Überbringer des Übels herein, reichte ihm einen Umschlag, ließ sich den Empfang quittieren und war auch schon wieder fort.

Zachari öffnete die versiegelte Klebeleiste und starrte das Ding an wie eine tödliche Waffe. Dann riss er sich zusammen und begann mit der Arbeit.

48. Kapitel

Die Stiche schmerzten. Er war keine Memme, doch sein Körper reagierte empfindlich auf Verletzungen an den Extremitäten. Er hatte Probleme, das Lenkrad richtig zu umfassen und den Schaltknüppel zu bedienen. Reflexartig hatte er natürlich mit der rechten Hand zugegriffen, um Halt zu suchen. Jeder Mensch auf der Insel wusste, dass es dumm war, so in eine Distel zu greifen, doch er hatte es ja nicht bewusst getan. Rasche Hilfe bot in solchen Fällen Diptam, doch sollte er sich jetzt danach auf die Suche machen oder einfach weiterfahren und die Zähne zusammenbeißen? Er hatte in den vergangenen Wochen bereits so oft genau das getan, auch wenn der Schmerz, der ihn durchflutet hatte, nicht durch eine äußerliche Verletzung entstanden war, sondern die Stacheln sich in seine Seele gebohrt hatten und dort stecken geblieben waren. Er wusste nun sehr genau, wozu es führte, wenn man sich so sehr in etwas verbiss.

Er musste schalten und stöhnte kurz auf, denn es tat wirklich weh. Koula sagte oft, dass er bei einem Schnitt in den Finger schlimmer reagiere als die Kinder, dann nahm sie sich seiner jedes Mal liebevoll und geduldig an, und er liebte und bewunderte sie dafür nur umso mehr. Was hatte er sich nur dabei gedacht, seine Frau in all das hier mit hineinzuziehen? Egal, ob sie etwas von seinen wütenden Gedanken wusste oder sie nur erahnte, jeder Schritt, den er tat, wirkte sich auch auf sie und seine Lieben aus.

Er steuerte den Wagen langsam durch die steile Kurve, und sein Blick fiel auf einen der steinernen Ringe, die von den Schäfern zum Melken genutzt wurden. Eine Herde drängte sich drum herum, und er sah zwei parkende Pick-ups. Rasch entschied er sich und bog scharf links ab in den holprigen Weg. Es war keine Schande, um Hilfe zu bitten.

Er stieg aus, rief ein paarmal »Hallo«, und dann tauchte ein Kopf zwischen den Schafen auf. Ein wettergegerbter Mann blickte ihn aus dunklen Knopfaugen an und lächelte dann herzlich. Christos winkte mit der gesunden Hand, deutete auf die verletzte und ging näher heran. »Ich habe mich verletzt und dachte, ihr könnt bestimmt helfen«, erklärte er sein Ansinnen, ohne um den heißen Brei herumzureden.

Ein weiterer Schopf wurde sichtbar, der jüngere Mann musterte ihn kurz und arbeitete sich dann zwischen den Tieren hindurch. »Zeig mal«, sagte er und griff forsch die Hand, ohne darauf zu warten, dass Christos sie ihm reichte oder mehr erzählte. Er zog den provisorischen Verband ab, warf einen fachmännischen Blick darauf. »Distel! Wahrscheinlich giftig. Ging ganz schön tief rein. Da steckt auch noch ein Stück drin!« Bestätigend drückte er auf die Stelle.

Christos hätte beinahe einen hektischen Sprung rückwärts gemacht, beherrschte sich aber gerade noch. »Ich habe versehentlich hineingegriffen.« Während er das sagte, schalt er sich selbst einen Narren, denn wer fasste schon mit Absicht in eine Distel …

»Das passiert öfter.« Der junge Schäfer lächelte wieder offen und freundlich. »Wir machen etwas Diptam darauf, aber vorher muss der Stachel raus.« Er drückte den Handballen und sagte dann verständnisvoll: »Das ist unangenehm. Setz dich.« Er geleitete ihn zu der Ladefläche des Pick-ups und zerrte unter einer Plane einen verschrammten Erste-Hilfe-Kasten hervor. »Vater«, brüllte er dann, um die blökenden Tiere zu übertönen, »du musst kurz helfen.«

Der Alte kam mit leisem Murren herbei, er roch nach Hammel, und seine Hände waren verschmiert, doch Christos wusste, dass die Männer sich auskannten. Während der Sohn eine riesige Pinzette, wahrscheinlich war der Kasten eher dafür ausgestattet, Schafe zu verarzten, hervorzog, drückte der Vater mitleidlos auf Christos' Handballen.

Er zog zischend den Atem ein, dann hielt der Jüngere triumphierend den Rest des tückischen Stachels in die Luft. Mit einer weiteren schnellen Bewegung hatte er ein Fläschchen mit klarer Flüssigkeit hervorgezogen, und Christos roch den Tsikoudia, noch bevor der hochprozentige Schnaps die Verletzungen reinigte. Der Vater zockelte los, nahm ein Messer aus der Hosentasche, verschwand im Gebüsch und kam einige Minuten später zurück. Er war nicht mehr allein, ein sehniger Mann mit Rucksack ging neben ihm und machte den Eindruck, dass er nicht gern mitgekommen war. In seiner Hand trug der alte Schäfer ein Büschel Diptam.

Christos atmete erleichtert auf, denn die antiseptische Wirkung des Krauts würde entzündungshemmend wirken und die Heilung beschleunigen. Nun, da er sich wieder konzentrieren konnte – der Schmerz hatte nach dem Entfernen des Stachelstücks schlagartig etwas nachgelassen –, erinnerte er sich, den Mann mit dem Rucksack vorhin im Rückspiegel schon einmal gesehen zu haben. Was wohl seine Geschichte war? Sie hatten alle eine Geschichte, und er war von Berufs wegen neugierig. Man konnte es auch als interessiert bezeichnen. Zumindest war er fähig, gut zuzuhören, und dadurch in der Lage, sehr oft die wahren Begebenheiten herauszufiltern. Das war eine Gabe, derer er sich wirklich rühmen konnte. Doch gerade jetzt war er zu sehr mit seinen eigenen Herausforderungen beschäftigt und durfte sich nicht noch auf die Geschichten anderer Leute stürzen.

»Hier ist wohl noch jemand, der unsere Hilfe braucht«, erklärte der Vater und wies mit dem Grünzeug auf den unglücklich dreinschauenden Dürren. Dann wandte er sich Christos zu, presste den leicht milchigen Saft aus den dicklichen, leicht pelzigen Blättern, und der Sohn verrieb ihn mit einer frischen Kompresse aus dem Kasten auf den rot geränderten Stellen der Handinnenfläche. Dann nahm er das Verbandmaterial, das Christos provisorisch um die Hand geschlungen hatte, und wickelte es fachmännisch herum. »Fertig«, sagte er mit einem aufmunternden Lächeln, »du solltest zu Hause einen Arzt draufschauen lassen, aber nimm auf jeden Fall das Diptam mit, denn das wird schnell helfen.«

Christos krümmte die Hand vorsichtig und stellte erstaunt fest, wie wenig es noch wehtat. Das versteckte Stachelstück hatte ihn doch ganz schön gequält. »Danke schön!« Er war wirklich froh, hier angehalten und um Hilfe gebeten zu haben.

»Er muss Richtung Meer, Agia Galini«, warf der Vater nun ein und nickte dem schweigsamen Mann mit dem Rucksack zu, »fährst du vielleicht zufällig in die Richtung?«

»Nicht ganz«, Christos schüttelte den Kopf, »aber bis zur Abzweigung nach Vrontisi kann ich dich mitnehmen, wenn dir das hilft!« Er konnte sehen, dass es dem Wanderer unangenehm war, und schob nach: »Aber hier fahren ja auch Busse.«

»Der letzte für heute in die Richtung ist durch«, berichtigte ihn der Jüngere.

Christos nickte erneut, er war nicht zwingend auf Gesellschaft erpicht, aber für ein paar Kilometer konnte er schon behilflich sein. Er nahm die Unentschlossenheit in der Körpersprache des Mannes wahr, rutschte von der Kante des Pick-ups herab und bedankte sich vielmals bei den Schäfern. Er wusste es sehr zu schätzen, dass sie ihn, ohne großartig Fragen zu stellen, versorgt hatten. Sie boten die Flasche mit dem Schnaps an, und jeder nahm, ohne zu zögern, einen Schluck daraus. Man wischte den Flaschenhals einfach kurz am Ärmel ab und trank. Wer zu viel Aufhebens darum machte, war etepetete, und das wäre in dieser Situation kein gutes Zeichen. Also nahm auch er einen tiefen Schluck und hatte kurz das Gefühl einer brennenden Mundhöhle, bevor das Zeug auch die Speiseröhre zu versengen schien.

Er konzentrierte sich, um keine feuchten Augen zu bekommen, und nickte noch mal freundlich in die Runde. »Danke, ihr habt mir wirklich sehr geholfen. Willst du nun mit?«

Fragend schaute er den Fremden mit dem Rucksack an, und dann gab sich der Mann ganz plötzlich einen Ruck: »Ein paar Kilometer bringen mich schon weiter.«

Er hatte eine interessante Stimme mit kräftigem Unterton, die bestimmt hervorragend zum Singen geeignet war, aber sie klang auch eigenartig ernst. Wieder fragte sich Christos, was wohl die

Geschichte des Mannes war. Vielleicht würde er im Wagen etwas darüber erfahren.

Die Schäfer nickten ihnen zu und marschierten wieder zurück zu den unruhig blökenden Tieren, deren dicke Euter darauf warteten, gemolken zu werden. Der Dürre hob die Hand leicht zum Gruß und trabte dann hinter ihm her und stieg auf der Beifahrerseite ein. Den Rucksack stellte er zwischen seine Beine, schnallte sich dann an und ließ seinen Blick aus der Seitenscheibe gleiten, während Christos das Auto zurück auf die Straße lenkte.

»Ich bin Christos, und wer bist du?«

Nur langsam drehte der Mann mit der ledrigen Haut den Kopf zu ihm und sagte dann seufzend: »Was für ein Zufall! So heiße ich auch!«

Der Name war keine Seltenheit auf der Insel, doch es war wirklich ein sonderbarer Umstand, nun so unvermittelt mit einem fremden Christos hier durch die Berge zu kurven.

49. Kapitel

Sie schaute aus dem Fenster und sah den Schulbus passieren. Das Essen stand bereits auf dem Herd, und die Kartoffeln in der Pfanne brutzelten munter vor sich hin. Sie hatte das Haus ihrer Tante gelüftet und alle Teppiche herausgehängt. Gleich würde sie Schlafzimmer und Bad putzen und nach dem Essen die Küche und das kleine Wohnzimmer reinigen.

Sie mochte das Leben in Zaros sehr. Es war eine Stadt im Vergleich zu Vorizia, das um die Jahrtausendwende zum Märtyrerort geworden war. Denn während des Zweiten Weltkriegs hatten die Partisanen rund um ihren Anführer Giorgos Petrakis sich in der Nähe aufgehalten. Die Deutschen hatten Vorizia sowohl 1943 als auch 1944 zerstört und unzählige Tote hinterlassen. In Vorizia war sie zu Hause, bewohnte dort das kleine Häuschen ihrer Eltern und zog ihre Buben groß.

Doch inmitten der Zerstörung blüht die Freiheit, stand auf einer der Gedenktafeln im Dorf. So war es irgendwie immer. Ihr Mann war vor ein paar Jahren bei einem unglückseligen Unfall gestorben, und sie hatte sich in all der Zeit geweigert, sich mit seinem Tod auseinanderzusetzen. Sie wollte nicht wissen, was warum geschehen war, um am Ende mit dem Finger auf den Schuldigen zeigen zu können. Er war tot und basta!

Heute hatte sie sich zum ersten Mal seit langer Zeit wieder lebendig gefühlt. Der kleine Flirt im Bus hatte ihr gutgetan, auch wenn der Mann unsicher gewesen war. Doch das war besser als all die übertrieben selbstbewussten Machos in ihrem Umfeld. Auch die Jungs gaben sich mittlerweile so, obwohl sie ihnen immer wieder Demut beibrachte und sie an zwei Tagen in der Woche ebenfalls nach Zaros kommen ließ, um mit der Tante zu essen und anschließend Botengänge für sie zu übernehmen und die Straße zu fegen. Jeden Monat befand sich ein anständiges Salär auf ihrem Konto, das ihr der *Boss* überwies. Auch hier fragte sie nicht nach, sie hatte lange genug jede Nacht vor Kummer in ihr Kissen gebissen, und die Sorge um zwei Söhne, die vaterlos in dieser Welt aufwuchsen, hatte ihr tiefe Kerben in die Mundwinkel gegraben.

Rasch schüttelte sie die dunklen Gedanken ab, wendete die Kartoffeln vorsichtig in dem heißen Fett und sog den Duft des Ziegenfleischs ein, das sie langsam mit Gemüse in einer Kasserolle im Ofen garte. Sie schaute erwartungsvoll auf die Uhr, denn ihre Jungs würden jeden Augenblick hereingestürmt kommen. Sie waren in jenem Alter, in dem sie glaubten, bereits Männer zu sein, doch sie waren nur ungestüme Kinder mit zu langen Gliedmaßen und spärlichem Bartwuchs. Der Ältere hatte bereits eine dunkle Stimme, während der Jüngere noch kiekste und sie mit seinen überkippenden Lauten oft zum Schmunzeln brachte, auch wenn er es keineswegs als lustig empfand. »Mama«, knurrte er dann, »ich bin ein Mann, auch wenn du es nicht glauben willst!«

Sie wusste, dass trotz all ihrer Warnungen und Sorgen der Weg der Jungs irgendwie vorbestimmt war. Sie würden in die Fußstapfen ihres Vaters treten und ihr immer mehr entgleiten, es sei denn, sie würde sie dazu bringen können, sich in der Schule mehr anzustrengen und dann vielleicht zum Studium aufs Festland zu gehen. Dort boten sich heutzutage so viele Möglichkeiten, und mit einem gut bezahlten Beruf könnten sie sie dann sogar zu sich holen, vielleicht nach Athen … Doch in ihrem tiefsten Inneren wusste sie, dass das der Traum einer liebenden Mutter war … mehr nicht.

»Anna-Maria«, hörte sie die zittrige Stimme der Tante, »hilfst du mir kurz auf, bitte.«

Ihr war klar, dass die alte Frau nicht mehr lang allein hier wohnen konnte, denn an manchen Tagen schaffte sie es kaum noch aus dem Sessel. Wie sollte sie so zur Toilette gelangen, die sich vier Stufen höher befand? Sie drehte die letzten Kartoffeln um, reduzierte die Hitze ein wenig, wischte sich die Hände am Küchentuch ab und rief: »Ich komme.« Rasch ging sie die wenigen Schritte in den Wohnraum, sah die kleine Frau, die vergeblich versuchte, sich aus dem Sessel zu hieven, und half ihr liebevoll.

»Es riecht wirklich köstlich«, gestand die Tante, die sich nun etwas wackelig in Richtung Küche aufmachte.

»Es ist alles so weit fertig«, sagte Anna-Maria und warf erneut einen Blick auf die Uhr, »und Gavril und Kimon sollten auch gleich da sein. Komm, ich begleite dich zum Platz und reiche dir schon ein paar Kartoffeln gegen den ersten Hunger. Sie sind heute besonders knusprig geworden.« Ihre Stimme transportierte ihren Stolz. Sie kochte gern und sehr gut, und es war ihr eine große Freude, der Tante jedes Mal eine andere Köstlichkeit zuzubereiten. Die Rente der alten Dame reichte für die wöchentlichen Einkäufe, für Strom und Wasser. Nicht selten brachte Anna-Maria frische Kräuter oder Gemüsesorten mit, die sie selbst angebaut oder gesammelt hatte, und buk daraus Pitas, die die Jungen mit solchem Appetit verschlangen, als hätten sie seit Tagen hungern müssen. Sie waren eben in der Pubertät, für ihr Alter groß gewachsen und entsprechend hungrig.

Ein Lächeln glitt ihr über die Lippen. Heute hatte sie für einen kurzen Augenblick dem Traum nachgehangen, sich zu verlieben und sich wieder wie eine begehrenswerte Frau zu fühlen und nicht wie eine alte Witwe.

Sie hörte Stimmen durch das offene Fenster. Ein Rudel Heranwachsender näherte sich ganz offensichtlich, und die johlenden Stimmen der Jungs wurden von hellen Mädchenstimmen begleitet. Bald würden sie flügge werden, sich Freundinnen suchen und eigene Familien gründen. Ob sie dann doch noch eine Chance auf ein eigenes Leben bekommen würde, oder erging es ihr am Ende so wie der Tante? Ihre Söhne würden sich um sie kümmern, so wie es Tradition war, keine Frage. Doch die Fantasie von dem, was möglich sein konnte, ließ sie Hoffnung spüren, nur einen winzigen Funken. Sie hatte sogar schon einmal im Geheimen darüber nachgedacht, in das Haus der Tante zu ziehen, sollte diese einmal nicht mehr sein, denn die alte Frau hatte es ihr versprochen, und der Gedanke, in Zaros zu wohnen, fühlte sich gut an. Das Städtchen war durch seine Wasserquelle bekannt, und das klare Nass war mehrfach mit Medaillen ausgezeichnet worden. Daher kamen viele Touristen her, um an dem hübschen See zu sitzen und frische Forellen zu verspeisen. Vielleicht konnte sie in einer Küche arbeiten, begabt genug war sie.

Sie strich sich eine Strähne ihres kräftigen schwarzen Haars, die sich vorwitzig aus dem festen Knoten gelöst hatte, hinter das Ohr und legte einige Kartoffeln auf einen kleinen Teller. »Lass es dir schmecken.« Sie reichte der Tante den Teller, als die Tür aufflog und die hochgewachsenen Kerle hereinstürmten, ein lautes »Hallo« in den Raum warfen und trampelnd im Bad verschwanden. Seufzend wandte sie sich der kauenden Frau zu. »Manchmal sind sie wirklich unhöflich und ungestüm! Entschuldige, bitte.«

»Sie sind jung«, nuschelte diese zwischen zwei Bissen und winkte mit der Gabel in der Hand ab. Sie hatte recht, die Buben würden noch früh genug lernen, was es hieß, sich im Griff zu haben und nicht jeder Regung sofort gedankenlos nachzugeben. Manchmal hatte sie das Gefühl, dass sie ihren Einfluss auf die zwei bereits an die Pubertät verloren hatte und sie in ihrer Gegenwart nur so taten, als wären sie brav und gehorsam.

Unwirsch schob sie die Sorge beiseite, dass sie mehr und mehr ihren eigenen Weg gehen würden. Sie war ihre Mutter, und sie würde immer die wichtigste Frau in ihrem Leben bleiben. Die Mutter ehrte man.

Sie hörte die beiden oben flüstern, dann kamen sie die wenigen steinernen Stufen herab, baten manierlich um etwas zu essen und schaufelten sodann schweigsam Gemüse und Fleisch in ihre hungrigen Mäuler, während ihre Augen dunkel schimmerten. Sie tat sich selbst ebenfalls eine Portion auf und aß mit Genuss, derweil ihre Gedanken wieder zurück in den Bus glitten, zu jenem Augenblick, in dem sich ihre und Giorgos' Schultern kurz berührt hatten. Am Tisch herrschte indes eine seltene Stille.

50. Kapitel

Penelope wusste, dass sie im Institut nichts mehr bewegen konnte. Sie hatte in die Wege geleitet, was möglich war und ein portables CT für Hyeronimos aufgetrieben. Für Stelios selbst konnte sie nichts weiter tun, als zu beten und zu hoffen, dass Kostoula wusste, was zu tun war.

Er hatte sich nie schlecht über seine Ex-Frau geäußert, auch wenn die Scheidung wohl sehr unschön gewesen war und es danach keinen Kontakt mehr zwischen den ehemaligen Lebenspartnern gegeben hatte. So viel hatte er erzählt. Ihre Freundschaft hatte sich in den Monaten nach dem Ariakis-Fall gefestigt, doch immer wieder schoss ihr die Frage durch den Sinn, ob es wirklich möglich war, einen Menschen richtig zu kennen … Oder gab es nicht in jeder Seele Geheimverstecke, in denen sich Heimlichkeiten befanden, die verborgen bleiben sollten? Was gab es bei ihr, was sie nicht preisgeben wollte? Belog sie sich selbst, wenn sie glaubte, wirklich offen zu sein und vor allem bei Hyeronimos und Eleni nichts zu kaschieren? Wofür schämte sie sich so, dass sie nicht darüber sprechen wollte? Denn oft war es doch genau dieses Gefühl, das dafür sorgte, dass man aus seinem Herzen eine Mördergrube machte. Was für ein sonderbares Sinnbild: das Herz als Mördergrube. Ein Ort, an dem man das Böse versteckte, anstatt Liebe zu verbreiten.

Eleni war gerade so offenporig und voller Sehnsucht, dass sie kurz davor zu sein schien, ihre Karriere hinzuschmeißen. Doch vielleicht war es das ja gar nicht. Vielleicht entwickelte sich in der Welt von Glanz und Glamour tatsächlich alles entgegen ihren Werten, und sie begann, sich für den Ruhm zu verbiegen und vielleicht sogar zu verlieren. Die junge Frau hatte sie um ihren Rat gebeten, den Rat der älteren und lebenserfahrenen Person, doch sie fühlte sich überfordert damit. Sie hatte es mehr als einmal in Beziehungen erlebt, dass ein solcher Ratschlag eben ein Schlag blieb und, wenn es nicht klappte, zum Stein des Anstoßes wurde. Sie wollte Eleni zudem nicht belügen, und das würde ihr umso schwerer fallen, wenn die Geliebte vor ihr stand. Sie war clever und hatte der Polizei mehr als einmal mit ihrer Reichweite und ihrem Mut geholfen, wichtige Spuren zu finden. Doch ihr zu erzählen, dass sie nun bereit war, an der Integrität eines Freundes zu zweifeln, weil sich ein Splitter des Misstrauens in ihr eingenistet hatte – das würde ihr schwerfallen. Solange ihre Freundin in Amerika war, wäre es leichter, diese Information noch nicht weiterzugeben. Tja, und da war das Geheimnis, das sie zu verbergen versuchte. Was Eleni ihr wohl alles verschwieg?

Hyeronimos hatte ihr erst vor ein paar Monaten einige sehr wichtige Dinge von sich erzählt. Bis dahin hatte er diese aus unterschiedlichen, aber absolut nachvollziehbaren Gründen für sich behalten.

»Versuchst du etwa gerade, dir ein Verbrechen schönzureden«, schalt sie sich wütend selbst. Gott, sie musste hier raus, sonst würde sie wahrscheinlich lauter bekloppte Dinge machen. Rasch nahm sie ihr Handy zur Hand und tippte auf den vertrauten Kontakt. »Hyeronimo, ich bringe dir unser CT höchstpersönlich«, rief sie entschlossen und war erstaunt, als er nicht widersprach.

»Ich werde mich auch wohler fühlen, wenn du hier bist. Vor allem mit jeder Menge Kaffee, Kuchen und Souvlaki im Gepäck«, erklärte er. »Die Kollegen eines privaten Krankentransports bringen mir ein MRT, und Zacharis hat ein portables Röntgengerät am Flughafen aufgetan. Glaubst du, dass euer CT andere oder vielleicht sogar bessere Informationen ans Tageslicht bringen kann?«

»Na ja, selbst wenn nicht, so schadet es doch nicht, und vor allem …« Sie machte eine kleine Pause. »… kannst du besser denken, wenn du keinen Hunger hast, und vier Augen sehen mehr als zwei. Zudem sind meine in der Interpretation von Schnittbildern deutlich geschulter als deine!«

»Sorry«, sie hörte ihn tief durchatmen, »ich hatte noch keine Zeit dir zu erzählen, dass ich Dr. Helena Makri ins Boot geholt habe. Sie ist Expertin, wenn es um Blut geht und … eine … Ex-Freundin.«

»In Ordnung. Heißt das, du brauchst mich bei diesem Fall nicht?« Sie wusste, dass sich ihre Stimme pikiert anhörte.

»So ein Quatsch, Pen«, widersprach er sofort, ohne auch nur nachzudenken, »du und ich sind ein Team. Allerdings ist das eine Scheißstrecke hierherauf, und du brauchst gewiss fünfundsiebzig Minuten.«

»Ich mache mich sofort auf den Weg. Die Kollegen haben mir das Ding schon auf einen kleinen Rollwagen gestellt, und Giorgia hilft mir, es in den Wagen zu heben.« Sie schaute auf die Uhr. »Ich bin spätestens um vier da …«

»Warte kurz«, unterbrach er sie, und sie hörte ihn einen Augenblick später wieder über die Freisprechfunktion, »Zacharis hat gerade geschrieben, dass er es geschafft hat, einen Hubschrauber genehmigt zu bekommen, der das Röntgengerät bringt. Da kannst du mitfliegen. Ich organisiere das. Ich melde mich gleich wieder.«

Schon hatte er das Telefonat beendet, und sie schnappte sich ihre Handtasche und den Koffer für die Erstuntersuchungen von Toten, vielleicht brauchten sie nachher etwas daraus. Man konnte ja nie wissen, und es war besser, gut ausgerüstet zu sein.

»Giorgia«, rief sie im Gehen, öffnete die Tür zum Sektionssaal ein wenig, um die Aufmerksamkeit ihrer Sektionsassistentin auf sich zu ziehen, und sah die junge Frau gerade konzentriert einige Tische reinigen. »Giorgia«, rief sie noch einmal lauter, und die Angesprochene fuhr erschrocken herum, sah ihre Chefin in der Tür stehen und zog sich entschuldigend Kopfhörer aus den Ohren. »Kannst du mir bitte kurz mit dem CT helfen, ich fliege mit einem Hubschrauber vom Flughafen aus hinauf zum Tatort«, erklärte Penelope ihr rasch.

Giorgia folgte ihr nickend. »Na klar, was soll ich tun?«

»Kannst du bitte prüfen, dass ich alles habe, damit das Ding auch funktioniert, und dann muss es in mein Auto. Es ist schwer und kann wahrscheinlich nur auf dem Rücksitz stehen.« Penelope zuckte entschuldigend mit den Schultern, denn sie wusste, dass ihre Leidenschaft für ihren Mini manchmal auch Herausforderungen barg und ein Jeep wesentlich praktischer wäre. So ein Fahrzeug bot mehr Platz, und man kam auch leichter zu manch unwegsamem Tatort.

Kurze Zeit später wuchteten sie den portablen Computertomografen in ihr Auto. Sie klappte den Transportwagen zusammen, verstaute ihn im Kofferraum und machte sich flüchtig winkend auf den Weg. Sie konnte nicht den Umweg über Hyeronimos' und ihre gemeinsame Lieblingspatisserie *Emmanouil* in Kauf nehmen, denn das würde sie unter Umständen zu viel Zeit kosten und den Abflug des Helis unnötig verzögern. Also würde sie einen Stopp bei *Kritikos Fournos* einlegen. Auch hier gab es viele Köstlichkeiten, und sie würde zudem auch etwas Herzhaftes mitnehmen können. Hyeronimos hatte gewiss Hunger, auch wenn er nach Koffein und Zucker lechzte, so waren ein Salat und Dakosbrot bestimmt nichts, was er verschmähen würde.

Sie flitzte die Straßen entlang, parkte vor der Bäckerei und war nach wenigen Minuten schwer beladen wieder draußen. Sie hatte den Kaffee für ihren Freund in einen Thermobecher füllen lassen, damit er vielleicht noch warm in den Bergen ankam. Sie war neugierig auf die Behausung, die Stelios für so viele Wochen als Zuhause ausgereicht hatte. Gleichzeitig fürchtete sie bei jedem Schritt, den sie nun machten, dass etwas ans Licht kommen würde, das sie alle bis ins Mark schockierte. Ob es Zacharis gelingen würde, den Stick zu entschlüsseln, ohne dass er sofort auf die Hilfe aus Spectros' Abteilung zurückgreifen musste, in der sich definitiv die Profis befanden? Sie wusste, dass ihre Entscheidung kontrovers ausgelegt werden konnte, rechnete aber damit, dass ihre Integrität nicht infrage gestellt wurde, nur weil sie die Vorgaben ein wenig gedehnt hatte. Andererseits war es auch im Sinne der gesamten Führungsebene, dass nur ausgewählte Menschen mit den gegen Mentakis im Raum schwebenden Vorwürfen konfrontiert wurden. In den falschen Händen würde rasch ein Desaster daraus werden und sie alle in diesem Strudel mit ins Verderben reißen. Sie selbst als eine der Ersten, denn schließlich hatte sie keinen Hehl daraus gemacht, mit ihm befreundet zu sein.

Noch immer nagte der Gedanke an ihr, dass sie sich illoyal verhielt, denn ihr Verstand machte ihr deutlich, dass es nichts gab, was es nicht gab, und es sich somit auch um eine krankhafte Neigung handeln konnte. Im antiken Griechenland hatte Päderastie eine lange Geschichte. Knabenliebe hatte nicht nur eine sexuelle Komponente gehabt, sondern auch eine pädagogische, denn ältere Männer hatten sich der Knaben angenommen, ihnen soziale Absicherung und Bildung ermöglicht. Doch egal, wie man es drehte und wendete, heute waren Päderastie und Pädophilie Synonyme, und niemand würde auch nur auf die Idee kommen, sexuelle Handlungen mit Kindern zu beschönigen. Sie war sich jedoch sicher, dass alte Riten und Bräuche in verschiedenen Kreisen als Argumentationskette herangezogen wurden.

Jedes Mal, wenn sie in Athen ein Kind auf dem Tisch gehabt hatte, dem so furchtbar Böses widerfahren war, hatte sie Abscheu und Verachtung gespürt, ja sogar Hass auf jene Systeme, die es zuließen, dass diese widerwärtigen Verbrechen mit Geld ermöglicht wurden und eine Einnahmequelle im mehrstelligen Millionenbereich bedeuteten. Es waren eben nicht nur Perverse, die in gruseligen Kellerwohnungen hausten, sondern jede Menge normal erscheinender Männer – und nicht selten solche, die zur Elite der jeweiligen Gesellschaft zählten. Vielleicht war alles irgendwann so leicht zu haben, wenn man reich und mächtig war, dass der Kick erhöht werden musste, und dann fielen alle Grenzen der Menschlichkeit. Denn eigentlich war es doch die Aufgabe einer jeden Spezies, ihren Nachwuchs zu beschützen! Es war nicht oft vorgekommen, dass man die wirklichen Drahtzieher dieser Taten vor Gericht gebracht hatte, und wenn, dann zumeist unter Ausschluss der Öffentlichkeit, sodass der zerstörerische Zustand einer ganzen Gesellschaftsschicht weiter im Verborgenen gären konnte. Die politischen und machtbedingten Seilschaften sorgten meist dafür, dass am Ende sogar alles eine ganz harmlos klingende Erklärung bekam.

Sie gab sich immer Mühe, keinen Männerhass daraus zu generieren, aber es war nun einmal bestehende Realität, dass es sich bei Sexualverbrechen zu einem sehr hohen Prozentsatz um Männer als Täter handelte.

Penelope versuchte die Kälte, die ihr über den Rücken kroch, abzuschütteln, doch es gelang ihr nicht. Vergewaltigte, verstümmelte, getötete Kinder ließen sich niemals ganz aus dem Kopf eliminieren. Das gehörte zu den schlimmsten Seiten ihres Jobs.

Sie nahm die Abfahrt von der Nationalstraße zum Flughafen, drosselte die Geschwindigkeit in der lang gezogenen Kurve und warf einen Blick auf die Radarstation, deren Kuppel einem überdimensionierten Golfball glich. Man konnte sie schon aus der Ferne hervorragen sehen und sich daher gut an ihr orientieren. Sie bog an der Ampel links ab, nahm im Kreisverkehr die zweite Ausfahrt und fuhr auf den großen Parkplatz neben der Hertz-Autovermietung. Hier konnte man von wenigen Stunden bis zu einigen Wochen parken und war sehr schnell zu Fuß am Flughafengebäude. Sie holte den Rollwagen aus dem Kofferraum und schaute sich suchend um, fand den Parkwächter und winkte ihn zu sich. Sie brauchte Unterstützung, um das wuchtige Gerät vom Rücksitz zu hieven.

Der Mann kam lässig auf sie zu. »Wie kann ich Ihnen helfen, schöne Frau?«

Es war keine Anmache, sondern einfach nur Freundlichkeit, das konnte sie an seinem Ton hören. Rasch erklärte sie ihm, was zu tun war, und wusste sofort, dass er kein Trinkgeld von ihr annehmen würde. Also zog sie nach getaner Arbeit ein Tütchen mit einem mit glänzender dunkler Schokolade überzogenen Kaffeecreme-Riegel aus der Bäckertasche und reichte sie ihm mit einem verschmitzten Lächeln. »Das ist für Ihre Hilfe, es ist ganz frisch und duftet herrlich. Etwas Süßes geht doch immer …«

Er warf einen Blick in die Tüte, schnalzte erfreut mit der Zunge und bedankte sich überschwänglich. Kurz darauf zockelte sie mit dem CT, ihrem Utensilienkoffer, mit ihrer Handtasche und einer Tüte voller Köstlichkeiten in Richtung Eingang. Hyeronimos hatte sie informiert, dass man sie dort bereits erwartete und sie an den Schlangen vor den Check-in-Schaltern vorbeilotsen würde.

Als der Computertomograf kurze Zeit später neben dem Röntgengerät gesichert war, setzte sie aufatmend die Kopfhörer auf, hob den Daumen in die Höhe und freute sich trotz der an Wahnsinn grenzenden Situation auf den Flug mit dem Heli hinauf in das wunderschöne Bergpanorama der Insel.

51. Kapitel

Sie rieb sich über die Arme, auf denen ständig Gänsehaut war. Nach dem Telefonat mit Maria und ihrem dunklen Flüstern hatte sich ihr gesamter Körper in ein zitterndes Etwas verwandelt.

Wann würde das jemals enden? Würde es überhaupt enden? Sie hatte sich immer glücklich gefühlt, selbst nachdem ihre erste Ehe gescheitert war, denn es war kein Rosenkrieg daraus geworden, sie hatten sich in beiderseitigem Einvernehmen getrennt. Die Kinder waren bereits junge Erwachsene gewesen und hatten es akzeptiert, dass Mutter und Vater nicht mehr glücklich miteinander waren. Dann hatte Kostoula Stelios wiedergetroffen. Er hatte mittlerweile Karriere gemacht, das war ihr selbstverständlich nicht entgangen, doch sie waren sich tatsächlich in all den Jahren nicht mehr begegnet, weder im Gerichtssaal noch bei irgendwelchen anderen juristisch motivierten Anlässen. So waren sie einander als freie Menschen, beide gestanden und gereift, nun endlich wirklich nahegekommen.

Sie waren nicht mehr jung gewesen, als sie sich das Jawort gegeben hatten, daher war es vollkommen selbstverständlich für sie beide gewesen, sich über gegenseitige Absicherung Gedanken zu machen und auch über die schlimmsten Szenarien offen zu sprechen. Sie persönlich hatte danach alles gelöscht und ihn gänzlich aus ihrem Leben gestrichen, doch er hatte nichts dergleichen getan. Sie hatte sein Leben also jetzt in der Hand und konnte darüber entscheiden, wie es mit ihm weiterging. Seine außergewöhnliche Blutgruppe spielte natürlich bei allem eine große Rolle. Er war sich bewusst gewesen, dass eine Verletzung oder Erkrankung mit hohem Blutverlust ihn dem Tod eher in die Arme treiben würde, als es bei anderen Menschen der Fall war. Daher war es ihm wichtig gewesen, sie genau zu instruieren.

Maria lag also richtig mit ihrer Vermutung, und nun stand sie hier, mitten in den Bergen, fernab aller alltäglichen Hektik, und grübelte, was zu tun war. Sie wollte das alles nicht, wollte nicht an ihn denken, nicht mit ihm in einem Raum sein, und am allerwenigsten wollte sie darüber entscheiden, ob er leben sollte oder nicht. Wer war sie? Gott? Alles hatte sich geändert, sie stand ihm nicht mehr nahe. Warum hatte sie nicht dafür gesorgt, dass auch seine Vorsorgevollmacht und seine Patientenverfügung gelöscht wurden? Warum hatte sie es einfach beiseitegeschoben, als würde sich der gesamte Kontext in Luft auflösen, wenn sie nicht mehr daran dachte? Vielleicht hatte sie nie in Erwägung gezogen, dass es so weit kommen konnte.

Was sollte sie nur tun? Sie fuhr sich über die Arme, auf denen ihr die Haare förmlich zu Berge standen, und versuchte, eine Entscheidung zu treffen. Einst war es so normal erschienen, sich einander wirklich anzuvertrauen. Das Leben in die Hand des Geliebten zu legen. Doch wenn die Liebe sich verabschiedete, was fing man dann mit diesem nun fremden Leben an? Wenn der Respekt blieb, war es auch noch möglich, vernünftig zu handeln, doch wenn kalter Zynismus alles war, was am Ende noch vorhanden war, dann sollte man diese Papiere besser verbrennen. Dumm war nur, dass sie wichtige Papiere einer notariellen Beurkundung unterzogen und im Anschluss dort im Tresor hinterlegt hatten – für den Fall der Fälle. Sie konnte sie also nicht einfach holen und im Kamin in Flammen aufgehen lassen. Auch die Möglichkeit, so zu tun, als ginge sie das alles nichts an, hatte ihr Maria durch ihren Anruf genommen. Sie war gefangen, in eine Falle getappt, die sie selbst einst aufgestellt und wegzuräumen vergessen hatte. Jetzt hatte sie die Möglichkeit, sich selbst das Bein abzubeißen, um dann auf dem verbliebenen davonzurennen, oder sich der Situation zu stellen.

Sie ging zu dem massiven Holzschrank und holte Hose und Bluse heraus. Sie würde ins Krankenhaus fahren und vor Ort entscheiden, wie es mit Stelios Mentakis – dem Mann, den sie einst so sehr geliebt hatte – weitergehen würde.

Leben oder Tod? Von hier oben betrachtet war es ganz leicht!

52. Kapitel

Die Maschine war im Privatbereich des Flughafens gelandet, und der Pilot hatte sie in den kleinen Hangar gesteuert, sodass Dimitris Stefanakis ungesehen in den wartenden Jeep mit getönten Scheiben einsteigen konnte. Der Fahrer lenkte den Wagen sicher über die Nationalstraße in die Stadt hinein, und Dimitris hatte das Gefühl, viel mehr Polizeiautos auf den Straßen zu sehen als bei seinen früheren Besuchen auf der Insel.

Seine Beunruhigung stieg, aber vielleicht deutete er das alles auch falsch. Vielleicht lag seine Aufmerksamkeit heute mehr auf seinen Emotionen, und damit wurde seine Wahrnehmung entsprechend gesteuert. Ein Polizist in Uniform brauste auf einem Motorrad zwischen den Autos hindurch, ein zweiter folgte ihm. Er seufzte, denn es war keine übertriebene Auslegung einzelner Auffälligkeiten. Es war ganz klar eine Häufung. Die Jungs machten sich bereit, jeden Stein umzudrehen, um irgendjemanden für die Tat an Mentakis bezahlen zu lassen. Jeder Drogenhändler und jeder Zuhälter auf der Insel würde nun langsam in Panik geraten, und damit zog sich die Schlinge um jeden einzelnen Hals Stück für Stück enger.

Männer wie Serpantakis verstanden keinen Spaß und ließen sich ihr Geschäft nicht so einfach kaputtmachen. Dimitris würde also nicht nur mit den aktuellen Interimschefs der Mordkommission reden müssen, sondern auch das Gespräch mit dem *Boss* suchen. Es war nicht so, dass er den Mann hasste. Er hatte mit so vielen Psychopathen zu tun, dass das selbst einen Serpantakis aufwog. Auf internationalem Parkett spielten sich nicht nur Oligarchen wie die Könige der Welt auf, auch Politiker unterschiedlichster Nationen hatten oft mehr Wahnsinn in den Augen, als gut für ein Land war. In seiner eigenen Regierung gab es ebenfalls ausreichend Stoff für hollywoodreife Filme, und hier versteckten sich jede Menge Probleme, denn natürlich war man versucht, sich in alle Richtungen zu vernetzen und damit ein eigenständiges Rückversicherungssystem zu schaffen. Serpantakis hatte vorgesorgt und die Ehe seiner Tochter entsprechend eingefädelt, sodass sein langer Arm auch auf diesem Weg bis in die höchsten politischen Kreise reichte. Mal ganz abgesehen von all den Substanzen, die durch das Business dieses Mannes in den

Adern, Lungen und Nasen jener Leute landeten, hatte der *Boss* ganz bestimmt über jeden, mit dem er zu tun hatte und den er für bemerkenswert hielt, ein umfangreiches Dossier in der Schublade.

Dimitris war sich bewusst, dass das auch für seine Person galt. An manchen Tagen verspürte er Neugier und wollte nur zu gern wissen, was der Mafioso über ihn wusste und für so wertvoll erachtete, dass er es notierte. Die Dossiers von Serpantakis hatten einen legendären Ruf, und man sprach darüber, genauso wie man darüber redete, dass die Amerikaner in der Area 51 Aliens gefangen hielten, um sie zu erforschen. Jeder glaubte etwas zu wissen, was diese Annahmen bestätigte, aber niemand hatte je ein Foto mit nach Hause gebracht, um die Existenz zu beweisen.

Doch Dimitris hatte seit einigen Monaten einen Trumpf in der Hand, und das gab ihm einen wichtigen Wissensvorsprung. Niemand würde je ein Virus in das System von Serpantakis einschleusen können, um die Dossiers zu knacken und die gesammelten Werke selbst als Druckmittel nutzen zu können. Ihr Inhalt war ganz sicher so explosiv, dass man damit ganze Regierungen stürzen konnte. Doch sie waren hackersicher! Michalis Serpantakis führte handschriftlich Buch über Freunde und Feinde. Diese Bücher waren fast genauso gut geschützt wie Fort Knox, denn er hatte einen mehrfach gesicherten Tresorraum in seinem Anwesen errichten lassen, in dem er sie aufbewahrte und zu dem nur er allein Zugang hatte. Modernste Technik machte dies möglich: ein Retina-Scanner. Man kam also nur hinein, wenn man Michalis Serpantakis persönlich war oder ihm das Auge entwendete! Sicher hatten schon einige Menschen darüber nachgedacht, doch der *Boss* gehörte zu den bestgeschützten Menschen des Kontinents.

Der Jeep erreichte das Polizeigebäude, und Dimitris wies den Fahrer an, es von der Rückseite anzufahren. Dort gab es einen schmalen Eingang, durch den hin und wieder besondere Verdächtige hinein- oder hinausgebracht wurden. Da dies nur selten geschah, lauerte hier so gut wie nie die Presse – es sei denn, sie erwarteten ebenso jemanden wie ihn. Doch heute sammelte sich die Traube der Neugierigen vor dem Haupteingang.

Er wählte Elonidas Spectros' Nummer. »Ich würde gern mit Ihnen und Maria sprechen, und dazu müssten Sie mich am Tunnel abholen«, ließ er den überraschten Mann wissen und benannte die hintere Tür mit ihrem Spitznamen.

»Daraus schließe ich, dass Sie bereits hier sind, Herr Minister«, antwortete Spectros und hörte sich ein wenig an wie ein salutierender Soldat.

»In der Tat«, bestätigte er.

»Ich hole Sie persönlich ab, und Maria erwartet uns dann im Büro.«

Dimitris hörte den Mann losgehen und griff nach seiner Tasche, steckte sich ein Bonbon in den Mund und hauchte testend in seine Handfläche. Man roch den Alkohol aus dem Flugzeug bereits nicht mehr. Er musste gut mit seinen Kräften haushalten, denn ein langer und anstrengender Tag lag vor ihm.

53. Kapitel

Eleni war wach und versuchte zu verstehen, was da gerade auf Kreta vor sich ging. Sie hatte Stelios Mentakis kennengelernt und wusste, dass er ein gradliniger Mann und bei seinen Mitarbeitern beliebt war. Hyeronimos hatte sich immer respektvoll und auf seine besondere Art begeistert über seinen Chef geäußert, und Penelope mochte ihn auch als Mensch wirklich gern. Anfangs hatte sie zwar das Gefühl gehabt, er mache ihr den Hof, doch er war eben einfach nur ein netter Kerl, der eine echte Freundin brauchte. Zumindest empfand Pen es so, und Eleni hatte keinen Grund, daran zu zweifeln, auch wenn sie ewig weit weg war.

Washington war interessant. Amerika war interessant, aber auf eine gewisse Weise auch abstoßend. Ihr Management hatte darauf bestanden, sich auf diesem Markt zu etablieren, denn die Kaufkraft war immens. Sie hatte sich viele Gedanken über ihre innere Unsicherheit gemacht. Natürlich war es wirtschaftlich absolut nachvollziehbar, eine große Stückzahl an T-Shirts zu verkaufen, und sie hatte viele Social-Media-Fans hinzugewonnen. Auch ihr Blog erfreute sich einer immer größeren Aufmerksamkeit. Sie hatte Penelope noch von dem Angebot erzählen wollen, bei Oprah Winfreys *Apple-TV-Talkshow* dabei sein zu dürfen, doch der furchtbare Anschlag auf Mentakis hatte alles überschattet. Sollte sie die Nummer hier einfach sausen lassen und nach Hause fahren? Sie hatte begonnen, ihren Eltern Geld zu senden, nachdem sich ihre Geschäfte immer besser entwickelt hatten, und der Vater hatte sich neue Werkzeuge für seine Werkstatt und den Garten leisten können und ihre Mutter Besuche im Nagelstudio, bei der Massage und dem Friseur. Es bereitete ihr Freude, den beiden etwas zurückzugeben, und sie hatte sogar für die Kinder ihres Bruders ein Sparkonto eingerichtet, auf das ihre Schwägerin ebenfalls zugreifen konnte, wenn sie etwas benötigte.

Doch sollte sie sich nicht mit all dem, was ihr möglich war, ausgefüllt und zufrieden fühlen und nicht so verloren? Vielleicht konnte sie auf Kreta irgendwie helfen? Penelope hatte sonderbar geklungen, erschüttert und aufgewühlt, und Eleni fühlte sich hilflos. Man hatte ihr den Abbruch des Trainings am Vortag mit mildem Lächeln nachgesehen, so als würde sie eben einfach Starallüren entwickeln. War das so? Waren das schon Marotten? Wo war die idealistische Eleni geblieben, die vor gar nicht allzu langer Zeit von Kreta aufgebrochen war, um die Welt zu erobern? Musste man tatsächlich immer etwas opfern, um etwas anderes zu bekommen? Sie wollte glauben, dass das Leben so war, wollte den Spruch ihrer Mutter »Man kann nicht alles haben!« nicht unterschreiben. Wieso sollte es nicht möglich sein, sich selbst treu zu bleiben, für etwas einzustehen und gleichzeitig einen gewissen Bekanntheitsgrad zu entwickeln?

Sie kletterte aus dem Bett, erschöpft und gleichzeitig vollkommen wach. So, als würde jede Nervenzelle ihres Körpers vibrieren. Man hatte auf jemanden, den sie kannte, geschossen. Stand sie vielleicht unter Schock, oder war das unmöglich, wenn man am anderen Ende der Welt in die Kamera lächelte? Sie schlüpfte in ein türkisfarbenes Shirt aus ihrer Kollektion, denn in den Statements und der Umsetzung mit einer gezeichneten Figur von sich selbst und ihrem Logo im Frontprint konnte sie sich wiederfinden. *No means No* stand heute darauf. Rasch hatte sie eine kurze Trainingshose aus dem Schrank gezogen und nach Socken und Schuhen gegriffen.

Der Fitnessraum war 24/7 geöffnet, und auch wenn sie gestern bockig gewesen war, so hatte sie nun das Bedürfnis, die aufsteigende Sorge wegzulaufen. Die Flucht nach Hause war eine Schnapsidee. Diesen Begriff hatte sie in Berlin gelernt, und er gefiel ihr gut. Sie war nur sehr selten in ihrem jungen Leben alkoholisiert gewesen, konnte sich aber gut vorstellen, dass die meisten Ideen, die man in diesem Zustand hatte, bei klarem Verstand nicht mehr besonders klug erschienen. Sich in das nächste Flugzeug nach Europa zu setzen, war eine solch dumme Idee gewesen, denn die Talkshow war wichtig. Oprah hatte etwas zu sagen und war schon immer eine mutige Frau, die sich gegen Rassismus und Ungleichbehandlung einsetzte. Nun ging diese Frau auf die siebzig zu und war noch immer engagiert. Dem zollte Eleni Respekt, und dass diese Ikone ausgerechnet die aufmüpfige Eleni zu sich einlud, war eine Auszeichnung.

Sie öffnete die Tür zu dem schicken Trainingscenter und nahm erstaunt wahr, dass sie nicht allein war. Auf einem Stepper stand eine attraktive junge Frau und wischte sich den Schweiß von der Stirn. Ihr langer goldblonder Pferdeschwanz wippte im Takt ihrer flinken Bewegungen hin und her, und Eleni konnte sofort sehen, dass ihre Sportbekleidung von einer irre teuren Marke war. Sie hatte gedacht, New York sei die Stadt, die niemals schlief, doch wahrscheinlich war es überall in Amerika normal, jede Stunde zu nutzen.

Sie schenkte der gut aussehenden Frau ein Nicken und sah, wie diese sich die Kopfhörer aus den Ohren riss und sie mit einem strahlend weißen Lächeln begrüßte.

»Du bist doch Eleni P., die coole Designerin. Ich liiiiiiebe deine Shirts!«

Eleni war vollkommen perplex und spürte zwei unterschiedliche Gefühle in sich aufsteigen: Stolz und ein wenig peinliche Berührtheit. Sie haderte kurz, welchem sie nachgeben sollte. Dieses wunderhübsche Wesen hatte sie sofort erkannt und ... Kurz schoss ihr Penelope durch den Sinn, doch dann machte sie sich klar, dass eine Unterhaltung in der Nacht und das Bedürfnis nach Bewegung in einer so herausfordernden Situation nichts Schlimmes waren. Zudem war das Einzige, wonach sie sich gerade sehnte, etwas Leichtigkeit, also lächelte sie breit zurück und sagte: »Die bin ich, und was machst du mitten in der Nacht hier oben?«

Die Blonde nahm ihr Handtuch, wischte sich erneut über das Gesicht, stoppte den Stepper und glitt anmutig herunter. »Ich bin Serenity«, sagte sie, beugte sich vor und küsste Eleni auf die Wangen, »mein Tag gestern war turbulent, und ich konnte nicht schlafen. Da hilft nur Bewegung. Ich schätze, es geht dir ähnlich, Darling?«

Eleni fühlte sich plötzlich sonderbar wohl, alle Sorgen waren nicht mehr so präsent, dass sie ihr den Atem zu rauben schienen, und die offenherzige Begeisterung, die Serenity über ihre Begegnung zu empfinden schien, sprang ein wenig auf sie über. »Mein Trainer hatte es heute nicht leicht mit mir, ich war kratzbürstig und hab eine schlechte Nachricht von zu Hause bekommen. Jemand ist ...« Sie stockte kurz. »... krank, und jetzt brauche ich einfach Sport.«

»Du kommst aus Griechenland, nicht wahr.« Serenity sagte es wissend, nicht fragend.

Eleni nickte. »Genauer gesagt von der griechischen Insel Kreta.«

»Das klingt toll. Ist es schön dort? Europa ist so entzückend. Alles hat so viel Geschichte und ist so bunt und lebendig.«

Eleni nickte erneut, nun erstaunt. So hatte sie es selten gesehen, für sie war Kreta oft zu engstirnig und zu wenig modern gewesen. Deshalb hatte sie fortgewollt.

Rasch standen sie nebeneinander auf den Laufbändern, starteten mit einer gemächlichen Geschwindigkeit von 8 km/h und konnten sich prima unterhalten. Serenity war lustig und auf diese typisch amerikanische Art liebenswert. Noch dazu war sie ein echter Fan, und das, obwohl sie selbst einiges vorzuweisen hatte: Sie hatte eine Gesangstalentshow gewonnen und war ein aufstrebender Stern am Pophimmel. Sie wünschte sich tiefgründigere Texte. »Solche Themen eben, wie du sie in deinem Blog aufgreifst«, sagte sie mit dieser angenehmen Bewunderung in der Stimme, »aber das Management des Labels will nichts davon wissen.« Serenity seufzte schwer.

Sie unterhielten sich ohne Scheu, und Eleni fühlte sich zum ersten Mal, seitdem sie in den USA war, wirklich angekommen. Alles, was sie bewegte, sprudelte nur so aus ihr heraus, und als die Sängerin begeistert »Oprah« hauchte, wusste Eleni, dass sie nicht nach Hause zurückkehren würde, ohne diese einmalige Chance ergriffen zu haben.

54. Kapitel

Hyeronimos hatte begonnen, den Freisitz des Häuschens zu untersuchen, und klopfte auch an der Außenseite die Steine mit dem Finger ab, um herauszufinden, ob sich irgendwo der Mörtel löste und vielleicht ein Versteck verbarg. Hatte er es übertrieben mit den drei Geräten, die nun im Anmarsch waren, nur weil er glaubte, einen sonderbaren Rand in der Blutlache zu sehen? Helena hatte bestätigt, dass da unterschiedliche Trocknungsgrade vorlagen, doch schließlich hatte sich ein Mensch im Todeskampf in dieser Flüssigkeitsansammlung befunden. Es konnten auch ganz einfach Zuckungen der Hände und Arme gewesen sein, die sich einstellten, wenn man dabei war, das Bewusstsein zu verlieren. Doch er hatte dieses Gefühl, das seinem Instinkt entsprang, und sein Bauchgefühl war gut geschult und verlässlich.

Während seine Finger an den rauen Kanten der Steine entlangstrichen, dachte er an Stelios' Aura. Brachte ihn das alles nun aus dem Konzept und würde es ihn, so sich die Annahmen auch nur in irgendeiner Form bestätigten, an der Wirksamkeit seiner Wahrnehmungen zweifeln lassen? Jemand mit so hohem grünem Anteil konnte doch nicht so viel Böses im Sinn haben, oder war es nur eine simple Frage der Interpretation? Konnte man das Bedürfnis nach Hingabe, Nähe und Wärme eben auch ganz anders auslegen?

Er hörte die Stimmen der Polizisten, die die Umgebung absuchten und sich dabei ihre Standorte und die Bewegungsrichtung zuriefen. Frustriert ließ er seine Hände sinken, nachdem er die Wände ohne Erfolg abgetastet hatte. Er setzte sich auf die Bank und atmete tief durch. Vielleicht war es Teil seiner Persönlichkeit, akribisch zu sein und denselben Stein auch dreimal umzudrehen. Oder es war seiner Erziehung in Deutschland geschuldet, die ihm Sorgfalt und Gründlichkeit eingetrichtert hatte. Das brachte viele seiner Kollegen um den Verstand, genau wie sein Spleen, alle Akten an der Tischkante auszurichten, sodass es auf seinem Schreibtisch keine wirren Stapel gab, sondern nur wenige wie gezirkelt abgelegte Unterlagen.

Er erhob sich, und wieder glitten seine Finger über die Kanten besonders tief liegender oder herausstehender Steine, aber auch beim zweiten Versuch löste sich nichts. Er würde hier kein Versteck solcher Art finden.

Erneut seufzte er laut und sagte dann mit leiser Stimme: »Ich will dir helfen, Stelio, aber du musst auch mir irgendwie helfen!« Er drehte sich um und hoffte, dass ihn niemand belauschte, aber die Männer waren zu weit fort, um ihn zu hören. Er ging zu dem gemauerten kleinen Grill, an dessen Rückseite sich eine Art Holzschuppen befand. Gewiss hatten die Kriminaltechniker auch hier bereits gesucht, doch er konnte keinerlei Kennzeichnung sehen, sodass davon auszugehen war, dass sich auch hier kein Geheimnis versteckte. Er begann trotzdem, die groben Holzscheite anzuheben und umzustapeln. Einerseits hatte er, während er wartete, nichts anderes zu tun, und andererseits war da nach wie vor dieses bohrende intuitive Gefühl, dass es etwas zu finden gab, wenn er eben nur genau suchte. Doch auch nachdem er alle Scheite von links nach rechts geräumt hatte, blieb ein positives Ergebnis aus.

Er klopfte sich den Holzstaub von den Händen und schaute den herabfallenden Spänen zu, dabei fiel sein Blick auf den Bereich, in dem der Unterstand in der Erde befestigt war. Der Boden war uneben und steinig, doch eine kleine Aufwerfung zog seinen Blick auf sich. Die Erde sah dort irgendwie dunkler und frischer aus als an den anderen Stellen. Hatte vielleicht ein Tier dort gescharrt? Hier oben in den Bergen sollten noch vereinzelt einige Wildkatzen, die Fourogatos, leben. Sie konnten inklusive Schwanz bis zu achtzig Zentimeter lang werden. Manche glaubten, die Tiere seien vollkommen ausgestorben, doch ein Hirte hatte vor einigen Jahren hier im Wald von Rouvas eine kleine Höhle mit fünf Babys gefunden. Es konnte also durchaus möglich sein, dass sich die Tiere in der Einsamkeit der Hügel, Bäume und Büsche versteckt hielten.

Er bückte sich und grub die Finger in das aufgewühlte Erdreich. Es war locker und wirkte, nun, da er es fühlte, noch mehr wie angehäuft. Dann stießen seine Finger auf etwas Hartes und Kühles. Obwohl er nicht sehen konnte, was er dort ertastet hatte, wusste er sofort, dass es sich um eine Waffe handelte.

»Kollegen«, rief er lauthals, »ich brauche hier jemanden von euch.«

Nur wenige Augenblicke später standen zwei uniformierte Männer neben ihm. Einer hielt ein Schild mit einer Markierungsnummer in der Hand, der andere einige Beweismitteltüten. »Wir haben schon jede Menge Zeug markiert, Kommissar Galavaki, Kippen, Wasserflaschen und sogar eine gebrauchte Damenbinde.« Der Sprecher schüttelte sich ein wenig.

»Keine Ahnung, was uns hier erwartet, aber ich möchte, dass einer von Ihnen ein Video aufnimmt«, befahl Hyeronimos, denn er wollte auf Nummer sicher gehen. Als die Kamera lief, begann er mit der zweiten Hand, die Erde zu entfernen.

55. Kapitel

Wie hatte sich alles nur so vollkommen verrückt entwickeln können? Warum war er nicht einfach im Bus sitzen geblieben und hatte ein unverfängliches Gespräch mit der netten Frau führen können. Warum hatte er sich wie ein Wahnsinniger aufgeführt und war einfach irgendwo aus dem Fahrzeug ausgestiegen, um nun mit einem wildfremden Mann den Weg zurückzufahren, den er zu Fuß und mit dem Bus gekommen war? Seine Hand glitt in die Hosentasche, um den glatten Stein zu umfassen, auf dem das Mati prangte, in der Hoffnung, dass ihm das etwas Gelassenheit spenden würde. Doch die erhoffte Ruhe stellte sich nicht ein. Der Mann mit der verbundenen Hand schien einerseits neugierig zu sein und dann doch auch wieder so abwesend, dass es fast den Eindruck machte, als wäre er viele Kilometer weit weg und sie säßen nicht nur wenige Zentimeter auseinander. Es war ihm nicht unrecht, dass in dem Gespräch zwischen ihnen dadurch lange Pausen entstanden. Er wollte nichts über sich erzählen, wollte nichts über den Mann neben sich wissen. Er wollte nur weg, nach Hause zurück und am Meer entlangrennen, bis seine Lunge zu brennen anfing und sein Kopf leer werden würde. Morgen wollte er dann die Kraft der Erde spüren, während er seiner Arbeit nachging – so wie jeden Tag. Sein einfaches Mahl genießen und zufrieden mit dem sein, was ihm übrig geblieben war.

Er würde nicht mehr darüber nachdenken, warum es ihm so unfassbar wichtig gewesen war, diesem Mann zu beweisen, dass man ihn geblendet hatte und dass er, obwohl er jede Menge Unrecht in seinem Leben verübt hatte, diesmal wirklich unschuldig gewesen war. Es war wie eine Sucht geworden, und er wusste sehr genau, was es bedeutete, etwas so sehr zu wollen und zu brauchen, dass man an nichts anderes mehr denken konnte. Er hatte dieses Gefühl an Bedürftige verkauft und selbst Jahre gebraucht, um frei von der Sucht zu werden. Doch der Körper und der Geist suchten sich andere Pfade. Er rannte und kam ohne diese Art der Bewegung nicht mehr klar im Alltag, doch das Laufen erschien ihm als etwas Gutes. Es half ihm, sich zu beherrschen und sich frei zu fühlen, nach all den Jahren der Gefangenschaft. Die Begierde, sich zu erklären, dem anderen seine Fehler aufzuzeigen, war jedoch etwas Zerstörerisches und hatte ihn dazu gebracht, sich unsinnig zu verhalten, erneut alles in die Waagschale des Schicksals zu werfen und bei seinem miesen Karma abermals der Verlierer zu sein.

Er unterdrückte ein tiefes Seufzen voller Qual, das sich aus seiner Kehle den Weg nach oben bahnte, und tat so, als müsste er rülpsen, denn das würde kein Mann sonderbar finden oder gar kommentieren.

Doch das Geräusch holte den Mann auf dem Fahrersitz aus seinem brütenden Schweigen. »Wieso hat der Schäfer dich im Gebüsch aufgegabelt? Ich glaube, ich habe dich heute schon an der Straße entlanglaufen sehen.«

Er schluckte einmal hart, denn natürlich hatte er mit der ersten Frage gerechnet, die zweite Bemerkung kam jedoch unerwartet. »Ich bin ein geübter Läufer und Wanderer und interessiere mich für die Pflanzenwelt. Ich arbeite bei einem Bauern und bin sehr vertraut mit allem, was in der Erde wächst. Es ist wunderbar, das zu sehen, und ich bin oft unterwegs, um alles zu entdecken, was unsere Natur hergibt.« Er hoffte, dass sich das nicht zu geschwollen anhörte, doch andererseits war es auch nicht so weit hergeholt und keine Lüge, denn er war wirklich zufrieden mit dem, was er tat, und wenn ihm jemand etwas über Kräuter oder anderes Grünzeug erzählte, war seine Aufmerksamkeit gleich geweckt.

Dann zog er einem Impuls folgend den Stein aus der Hosentasche. »Man kann auch viele andere wunderbare Dinge finden. Das habe ich im Gebüsch entdeckt und mich gesetzt, um nachzudenken, warum ich es gefunden habe. In diesem Moment stieß einer der Schäfer auf mich, und wir haben über Diptam gesprochen, und ich habe ihn gefragt, ob er mich vielleicht bis zum nächsten Ort mitnehmen könne. Dann kamst du ins Spiel.«

»Ah«, sagte der echte Christos, »wo musst du denn hin?«

»Ich wollte eine Kleinigkeit essen, ein Dakos vielleicht und dann noch ein wenig umherwandern.«

»Wohnst du hier in der Nähe?« Der Mann auf dem Fahrersitz warf ihm einen fragenden Blick zu.

»Ich wohne unten am Meer«, antwortete er und hoffte, dass es damit gut war, doch Christos setzte zu einer weiteren Frage an.

»Ein Cousin von mir hat in der Nähe von Agia Galini an einer tollen Ferienhausanlage mitgebaut. *Palazzo el Greco.* Kennst du …?« Weiter kam er nicht, denn sein Handy begann auffordernd zu läuten.

Er konnte die Beunruhigung in Christos' Gesicht erkennen, und es läutete immer weiter. »Willst du nicht drangehen?«, fragte er irritiert.

Der Mann griff entnervt nach dem Handy und klemmte es sich unter das Ohr. Seine Reaktionen waren einsilbig und beinahe unhöflich, als wollte er jetzt nicht reden. »Ich bin bereits unterwegs«, sagte er dann und umklammerte das Lenkrad. »Warum? Weil es eben so ist. Galavakis ist doch auch dort, und ich werde ihn unterstützen! Wir ziehen alle am selben Strang.« Christos' Stimme war kalt und abwehrend.

Er hörte den Namen Galavakis, und etwas in seinem Kopf begann zu klingeln. Er kannte den Namen, hatte ihn mehr als einmal gehört. Laut und leise, geraunt und gebrüllt. Doch es war kein außergewöhnlicher Nachname für die Insel. Er überlegte krampfhaft, wen er noch kannte, der so hieß. Dann rauschte ein eisiger Schauer des Erkennens über seinen Körper. Er wusste plötzlich, mit wem er im Auto saß. Konnte das sein? Konnten der

Zufall, das Schicksal oder wer auch immer so komplett verdorben sein, ihn in eine solche Situation zu bringen? Das neben ihm war ein Polizist. Er war im Auto von Christos Papadakis gelandet. Er lebte ja nicht hinterm Mond und las auch manchmal Zeitung oder sah Nachrichten in einer der Tavernen, in denen der Fernseher rund um die Uhr lief. Gott, er musste aus diesem Auto raus. Neben ihm saß ein Bulle aus dem Team von Stelios Mentakis, dem Mann, der von einer Kugel getroffen worden war. Die Mordkommission ermittelte, also war er tot. Er musste aus dem Auto raus. Sofort! Doch würde er mitten auf der Strecke aussteigen wollen, würde er den Polizisten sicher regelrecht dazu auffordern, sich für ihn zu interessieren. Dann würde der Bluthund herauskommen und sich an seine Fährte kleben. Er musste klug handeln und Gelassenheit ausstrahlen, auch wenn innerlich alles vibrierte und der Fluchtinstinkt ihn sogar dazu bringen wollte, sich aus dem fahrenden Wagen zu werfen. Er hatte gelernt, sich zuerst aus der Schusslinie zu bringen. Das war das Erste, was man auf der Straße lernte. Wollte man überleben, musste man sich selbst der Nächste sein.

Er hielt noch immer den Stein in der Hand und ließ ihn nun beruhigend zwischen den Fingern hin- und hergleiten. Christos schwieg, nachdem er das Handy wieder weggelegt hatte, und starrte düster vor sich hin. Dann passierten sie endlich ein Ortsschild. Er griff nach seinem Rucksack, schob den Stein nachlässig in die Hosentasche und sagte: »Du kannst mich hier rauslassen, ich finde bestimmt ganz in der Nähe etwas zu essen.«

Christos drehte den Kopf zu ihm und blickte ihn an, wie jemand, der gerade aus einem schlimmen Traum erwacht war und sich zu orientieren versuchte, dann nickte er verstehend. Das Auto kam holpernd am Straßenrand zum Stehen.

»Danke, Christo«, sagte er und stieg rasch aus.

Der Polizist winkte ab. »Nicht der Rede wert. Mach's gut!«

Dann war der Wagen auch schon weg, und er atmete so ruckartig aus, dass sein Zwerchfell sich verkrampfte. Er musste mehrfach langsam ein- und ausatmen, bis er sich wieder normal bewegen konnte. Dann lief er los, um die nächste Bushaltestelle zu finden. Er würde den ersten Bus nehmen, der kam, egal, in welche Richtung dieser fuhr, um sich so weit wie möglich von hier zu entfernen.

Er hatte tatsächlich endlich etwas Glück, und wenige Minuten später zockelte einer an ihm vorbei. Er legte einen Sprint hin und sprang an der Station atemlos hinein. Ganz gewiss würde er dieses Mal nicht mehr irgendwo unterwegs aussteigen.

Vorsichtig schaute er sich um und war erleichtert, dass sich nur Jugendliche darin befanden, deren Blicke starr auf ihre Handys gerichtet waren. Er war nur ein normaler Kerl mit Rucksack, an den sich niemand erinnern würde.

56. Kapitel

Zacharis hatte alle möglichen Kniffe angewendet, um dieses winzige USB-Teil zum Reden zu bewegen, doch es blieb stumm. Er spürte, wie sich die Verzweiflung seiner bemächtigte, und hätte das Ding am liebsten aus dem Fenster geworfen. Was, wenn es einfach verschwand? Was würde dann mit ihm passieren? Würde er seinen Job verlieren und für immer von dem Minimum an Arbeitslosengeld dahinvegetieren müssen oder irgendwann die Straße kehren, um zu überleben?

Er war kein Schwarzseher, doch Katastrophenszenarien hatten für einen Kriti durchaus ihren Reiz. Denn sowohl in der nahen als auch fernen Vergangenheit waren viele Geschichten für die Bewohner Kretas nicht gut ausgegangen. Denn auch wenn man die Heldentaten der mutigen Freiheitskämpfer in Gedichten und Liedern hörte, so war doch jeder Kampf, jedes Aufbegehren mit vielen Toten einhergegangen. Alles forderte seinen Tribut, und man kam nicht über den Styx, ohne dem Fährmann Charon einen Obolus zu zahlen.

Er wollte Penelope nicht enttäuschen, denn sie setzte so viel Vertrauen in ihn und hatte auch ihre Kompetenzen faktisch überschritten, als sie ihm das Ding anvertraut hatte. Er wollte Stelios von dem Makel befreien, der schon jetzt an ihm haftete und, sollte etwas davon publik werden, nie mehr ganz weggehen würde. Denn so etwas blieb wie ein leises Raunen, ein Flüstern, das immer vorwegeilte und einen bitteren Geschmack auf allen Zungen hinterließ. Vielleicht würde man ihm vorwerfen, etwas vertuscht zu haben und selbst Teil dieser schlimmen Verbrechen zu sein. Seine Freundin würde ihn verlassen, seine Eltern ihn verstoßen und ... Doch wie gesagt, er war kein Schwarzseher. Er musste sich zusammenreißen und nachdenken.

Vor vielen Monaten hatte er im Zusammenhang mit einem Verbrechen, das eine junge Frau aus Achlada getroffen hatte, mit der Polizei in Stuttgart zu tun gehabt: Ein deutscher Tourist hatte die junge Frau verschleppt, vergewaltigt und dann einfach aus dem Mietauto an den Straßenrand geworfen ... wie Müll. Der Mann hatte sich als Mehrfachtäter herausgestellt, diese Überführung war jedoch erst gelungen, nachdem ein junger Hacker, der für die deutsche Mordkommission arbeitete, spezielle Chats im Internet gefunden hatte. In einschlägigen Portalen über jede Form der sexuellen Gewalt hatte sich der Mörder fröhlich und prahlerisch über seine Taten ausgelassen. Matze König, besagter Hacker, hatte das recht schnell entdeckt, und so hatten sie gemeinsam mit der deutschen Polizei alles tun können, um den Täter dingfest zu machen. Hyeronimos hatte sehr oft mit Deutschland telefoniert und sehr zugetan über den Kollegen Frank Kaiser bei der dortigen Mordkommission berichtet. Ob er wohl diesen Hacker irgendwie um Unterstützung bitten konnte? Er hatte damals zweimal mit König telefoniert, und da er akribisch darauf bedacht war, alles lückenlos zu dokumentieren, hatte er gewiss auch dessen Handynummer notiert und ebenso die von Kaiser. Er würde es versuchen, mehr als Nein sagen konnten die Männer nicht. Damals waren sie ihm korrekt erschienen, aber auch nicht zu sehr darauf bedacht, alles mit absoluter deutscher Gründlichkeit zu behandeln.

Er warf den Stick ordnungsgemäß aus, hängte ihn an seinen Schlüsselbund und machte sich daran, die Nummern zu suchen. Er würde sich nicht aufhalten lassen auf seinem Gefechtszug für die Gerechtigkeit! Alle um ihn herum waren anscheinend verrückt geworden und bereit, jedem Menschen alles zuzutrauen. Er war kein Dummkopf, er wusste, dass er auf viele sonderbar oder sogar abstoßend wirkte, und sicher würde man ihm eben deshalb sofort jede Missetat unterstellen. Doch nicht Stelios! Der war ein Ehrenmann und hatte sich immer für seine Aufgabe aufgeopfert.

Zacharis schüttelte wild entschlossen den Kopf, um nicht wieder in diesen immer gleichen Gedankenkreislauf zu geraten. Er musste herausfinden, was hier los war, und die Vorsicht, die sowieso Teil seiner auf Sicherheit und Ordnung ausgerichteten Persönlichkeit war, noch stärker in den Vordergrund holen. Galavakis und er hatten eine Zeit lang Schwierigkeiten miteinander gehabt, doch mittlerweile arbeiteten sie wirklich kooperativ zusammen und waren stets auf Augenhöhe. Sein Chef gab ihm Stück für Stück Aufträge, die einen wichtigen Beitrag zur Lösung der oft grauenvollen Taten leisteten. Zacharis arbeitete präzise und hatte sich durch das erweiterte Aufgabengebiet entwickelt. Das wurde ihm immer deutlicher, da er viele Recherchen rasch und penibel erledigte. Seine Freundin sagte ihm auch regelmäßig, dass er langsam an den Punkt seiner Karriere kam, an dem alle erkennen würden, wie gut er war. Sie zweifelte nicht an ihm, forderte ihn gleichzeitig aber vehement dazu auf, sein Licht nicht ständig unter den Scheffel zu stellen.

Welches Lob würde ihm wohl gebühren, wenn er bewies, dass Mentakis kein Bösewicht war? Er wollte nicht befördert werden, wollte keinen Ermittlungsauftrag draußen haben, denn Menschen erschreckten sich vor ihm und gleichzeitig erschreckten sie auch ihn häufig. Solange er hier hinter seinem Schreibtisch alles Nötige erledigen konnte oder auch im Verhörzimmer, war für ihn alles gut. Er wollte nur den Respekt, der ihm zustand.

Seinen größten Wunsch jedoch würde ihm niemand erfüllen können. Gott hatte es bisher nicht getan und allen Gebeten zum Trotz die Last nicht von ihm genommen, die es bedeutete, ein nuschelnder Stotterer zu sein, daher würde er wohl weiter damit leben müssen. Das war das Schlimmste: Wenn sie anfingen, seine Sätze für ihn zu beenden, und ihn so auch noch zum Deppen degradierten. Das war schlimmer als die Blicke, die sie ihm zuwarfen, in denen sich Mitleid, Geringschätzung und Ablehnung zusammenfügten. Hier und heute konnte er nun beweisen, wie clever und engagiert er war. Doch nun musste er erst einmal mit dem Internetgenie telefonieren.

Er hatte seine Notizen gefunden und tippte die Nummer in sein Handy, nicht ohne vorher den Rauschgenerator zu aktivieren. Niemand sollte hören, dass er sich illegale Tipps holte, wie man einen gesicherten USB-Stick knackte.

Nur wenige Male schallte der Rufton in sein Ohr, und er spürte, wie sehr sich seine Hand verkrampfte und damit natürlich auch der Rest seines Körpers, allem vornweg seine Kehle, in der die Worte jetzt schon klebrig wie gestockter Sirup feststeckten.

»Matze König«, meldete sich eine leicht gestresst klingende Stimme.

Zacharis konzentrierte sich, denn er konnte ja kein Deutsch sprechen wie Galavakis, und englische Wörter zu stottern würde eine zielführende Kommunikation keinesfalls erleichtern. Es gelang ihm wider Erwarten, sich verständlich vorzustellen, und der Mann erinnerte sich sofort an ihn.

»Ich habe nicht richtig auf mein Handy geschaut, sonst hätte ich die 0030 gesehen, so habe ich irgendwie nur die 003 im Blick gehabt und es mit 0033 assoziiert. Ich lebe ja in Frankreich.« Die Worte kamen rasch, als wollte er Tempo im Gespräch vorlegen.

Dann hörte Zacharis ein schrilles Quieken und stockte erschrocken: »W's war d's?«

»Meine Tochter. Sie hat eine wirklich kräftige Stimme, nicht wahr? Meine Frau ist gerade im Garten, warten Sie bitte kurz, ich muss die Kleine hochnehmen.« Dann schien ihm richtig bewusst zu werden, dass er einen griechischen Polizisten in der Leitung hatte. »Zacharis Zentakis? Wir hatten doch damals bei der schlimmen Vergewaltigungsserie Kontakt, nicht wahr? Pssst, mein Schatz, pssst. Dein Papa muss kurz telefonieren. Wie kann ich der griechischen Polizei helfen? Oder genauer gesagt der Polizei auf Kreta?«

Zacharis musste sich konzentrieren, denn der Mann in Frankreich machte einen verwirrten Eindruck. War es eine dumme Idee von ihm gewesen, ihn zu kontaktieren?

»Zacharis, sind Sie noch dran?«

Natürlich konnte der Deutsche nicht wissen, dass man das S am Ende des Namens in der persönlichen Ansprache wegließ, doch es war sonderbar, so angeredet zu werden. »'ch bin n'ch da.« Er sammelte und erklärte sich. Es gelang ihm besser als gedacht, und er musste nur wenige Worte wiederholen, sodass sein Zacharis-Kauderwelsch wohl gerade tatsächlich verständlich klang.

»Ich mache so was eigentlich nicht mehr, denn mein Schwiegervater killt mich und verscharrt mich in einem tiefen Loch irgendwo in der Camargue, wenn ich meinen Job hier riskiere. Auch wenn ich immer wieder als Berater für die Polizei in Deutschland arbeiten darf«, nun hörte König sich stolz an, »so bin ich halt am Ende doch nur ein Zivilist!«

»V'rstehe.« Zacharis verstand ihn wirklich, doch er brauchte einfach Hilfe, und der Hacker sollte ja selbst gar nichts machen, sondern ihm nur erklären, was zu tun war. Das beschrieb er ihm nun erneut und hoffte, dass König verstand.

Dann kapierte der junge Mann es und schnatterte los: »Sie können es mit Brut-Force probieren, allerdings sollten Sie da gewisse Parameter kennen – also so was wie die ungefähre Länge des Passworts und ob es aus Ziffern, Sonderzeichen, Großbuchstaben und Kleinbuchstaben besteht oder was eben nicht oder auf jeden Fall drin sein könnte. Je stärker die Verschlüsselung, umso länger braucht so ein System für seine Rechenleistung, denn es probiert dann jede mögliche Kombination aus. Ich mutmaße, Sie haben keine hundert bis zweihundert Jahre Zeit ...« Er machte eine Pause, denn das Baby begann wieder, Geräusche zu machen wie eine kleine Katze.

Zweihundert Jahre? Zacharis war vollkommen verunsichert, wollte aber auch nicht sofort aufgeben und verzweifeln. Also machte er einen grunzenden Ton und signalisierte damit Interesse und dass er weiter zuhörte.

»Gehen Sie also vorher auf Hashcat, und generieren Sie dort einen sogenannten Header. Ich kann Ihnen den aber auch auf Ihr Handy schicken, und dann starten Sie eine Brut-Force-Attacke auf den Stick. Ohne dass Sie aber eine ungefähre Eingrenzung der Passwortlänge und der bereits genannten Parameter haben, kann es unter Umständen eine Ewigkeit dauern oder einfach unmöglich sein, das Passwort zu knacken.« König beendete seine Erklärung und schwieg.

»Danke! 'ch n...nehme, w's ich krieg'n kann«, antwortete Zacharis ernüchtert. Er hatte es sich kompliziert vorgestellt, aber das war dann doch schlimmer als erwartet. Seufzend beendete er das Telefonat, nicht ohne dass König ihm versichert hatte, ihm bei weiteren Fragen zur Verfügung zu stehen.

Kurze Zeit später ploppte eine Nachricht auf dem Display seines Handys auf: *So sieht der Hashcat-Header für ein mehr als elfstelliges Passwort aus: ?u?l?d,?1?1?1?1abcdefg.*

Zacharis textete ein *Danke, dass Sie mir helfen* und machte sich an die Arbeit. Hoffentlich ertappte ihn niemand dabei, wie er einen Hackerangriff gegen sich selbst, also den vermaledeiten Stick startete ... Das war wirklich das Verrückteste und wahrscheinlich auch Mutigste, was er je getan hatte – aber auch das Illegalste!

57. Kapitel

Hyeronimos hatte noch kurz gestoppt und sich Einmalhandschuhe übergestreift, dann hatte er den Kollegen erneut angewiesen, jeden Schritt per Video zu dokumentieren. Er entfernte die lockere Erde vorsichtig und langsam, obwohl er sich vom ersten Ertasten an bereits sicher gewesen war, dass es sich um eine Waffe handelte. Nichts fühlte sich so an wie das Metall einer Schusswaffe. Er konzentrierte sich darauf, bedächtig zu handeln und nicht aus Versehen etwas zu übersehen und dabei zu zerstören.

»Bitte noch etwas näher heranzoomen«, bat er den Mann mit der Handykamera. Es war wirklich wichtig, in diesem Fall sauber zu dokumentieren. Selbstverständlich tat er dies bei der Beweisaufnahme immer, doch heute war alles anders. Der Druck, keinen Fehler zu machen, lastete auf ihm. Er ließ sich einen Pinsel reichen und schob die restliche rotbraune Erde beiseite, um den Griff der Pistole freizulegen.

Er hörte das Flappen von Rotorblättern und registrierte den herannahenden Hubschrauber. Penelope kam. Er konnte das erleichterte Aufseufzen, das sich einen Weg aus ihm bahnen wollte, gerade noch unterdrücken.

Sorgfältig arbeitete er weiter, und dann lag die matt glänzende Waffe gut sichtbar vor ihm. Es war ein kleines Kaliber, und er wusste, dass es ganz bestimmt nicht möglich sein würde, sie einem Besitzer zuzuordnen. Zu viele Waffen auf der Insel waren illegal. Unabhängig von dem regen Handel, der mit den nicht registrierten Pistolen und Gewehren betrieben wurde, hatte auch fast jeder eine im Schrank, unter dem Bett, unter einer losen Diele oder hinter einem Stein in der Wand versteckt. Besonders gern wurde an Feiertagen Unfug damit getrieben oder an Hochzeiten. Dann ballerte man in der Luft herum, und nicht selten passierten dabei grausame Unglücke. Unter anderem war vor einigen Jahren ein sechsjähriges Kind tödlich getroffen worden. Doch allen gesetzlichen Verschärfungen zum Trotz wurden weiter Löcher in Straßenschilder, die Luft oder eben auch in Menschen geschossen.

Er beugte sich weiter hinab und pinselte den Rest der Erde vom Lauf, dann hob er sie vorsichtig heraus, indem er den Pinselstiel in den Abzugsbügel steckte, ohne dem Abzug dabei zu nahe zu kommen. Man konnte nie wissen, ob ein solcher Fund nicht geladen war und sich eine Kugel im Lauf befand, daher agierte er mit äußerster Vorsicht, denn gleichzeitig durfte er eben auch keine Spuren zerstören. Er ließ sie in den dafür vorgesehenen Beutel sinken und brachte die Beretta – die Marke konnte er schon erkennen – zu dem schmalen hölzernen Regalbrett, das an der Grillstelle wahrscheinlich dazu diente, das Fleisch abzustellen, und legte sie dort ab. Es war eine halb-automatische Waffe, nach seiner ersten Einschätzung eine 9 mm. Damit gerieten die Chancen, sie jemanden zuordnen zu können, immer mehr ins Hintertreffen, denn sie war üblich und oft vorhanden, vor allem, nachdem die Rebellen sie damals den deutschen Wehrmachtssoldaten abgenommen hatten. Die in Tarnfarbe gekleideten jungen Männer waren gewiss mehr als beschämt gewesen über die Entwaffnung, doch auch noch viele Jahrzehnte nach Beendigung des Krieges richteten ihre Pistolen Unheil auf der Insel an.

Er selbst musste von Berufs wegen eine tragen, weigerte sich jedoch oft und »vergaß« sie daher regelmäßig im Auto. Dort lag sie verschlossen in einem gesonderten Bereich des Handschuhfachs und blieb eben auch häufig dort liegen, wenn er im Einsatz war. Das hatte ihn tatsächlich schon das ein oder andere Mal in brenzlige Situationen gebracht.

Er neigte sich zu der Beretta und schnüffelte mit geschlossenen Augen. Er war auf der Suche nach Pulvergeruch, denn einer Waffe, die vor wenigen Stunden ihren Dienst erfüllt hatte, würde dieser typische leicht beißende Geruch anhaften. Wenn er auf dem Schießstand war, war es genau das, was ihn mindestens ebenso störte wie der Krach: der taube Geschmack, der sich im Mund einstellte.

Enttäuscht musste er feststellen, dass seine feine Nase in erster Linie Erde roch.

»Denken Sie, dass das die Tatwaffe ist, Kapetan Galavaki?«, fragte einer der Uniformierten, und Hyeronimos neigte seinen Kopf abwägend hin und her. Etwas anderes schien sinnfrei zu sein, jedoch wollte er auch keine voreiligen Schlüsse ziehen und somit dazu beitragen, dass sich Gerüchte verbreiteten und der Täter quasi schon als gefasst galt.

Der Heli landete, und die Baumwipfel in der Umgebung bogen sich im Wind der Rotorblätter. Dann hörte er Penelopes klare Stimme, die jemandem gebot, vorsichtig zu sein.

»Ich nehme mein Handy jetzt wieder, vielen Dank, Herr Kollege. Den Rest wird Dr. Demostaki machen«, wies er den Polizisten freundlich an. Seine Aufgeregtheit flammte wieder auf, und seine Hand wollte unter allen Umständen durch sein Haar fahren, doch er kontrollierte sie, und obwohl es ihn Energie kostete, spürte er ein wenig Stolz. Was noch vor einem Jahr schier unmöglich erschienen war, bekam er nun immer besser hin, sogar in außergewöhnlichen Situationen. Das machte ihm Hoffnung, eines Tages an einem Dreizehnten entspannt auf dem Balkon sitzen zu können – ohne die allumfassende Angst vor dem Sterben, die ihn in diesem Zeitraum sonst im Klammergriff hielt.

»Hier herüber – und bitte langsam über den unebenen Boden fahren. Sie wollen nicht wissen, was so ein Ding kostet …« Penelopes Stimme kam näher und mit ihr ein klapperndes Holpern.

»Ich bin hier drüben, Penelope, bitte komm kurz zu mir«, rief er, »die Geräte brauchen wir aber im Haus.«

Sie begleitete die hochwertigen Apparaturen bis zum Eingang, bedankte sich dann bei den Helfern und stand kurz darauf neben ihm. In ihren Händen sah er eine Tüte von *Kritikos Fournos* und einen Pappträger mit zwei Thermobechern darin. Penelope war in vielerlei Hinsicht seine Rettung. Sofort erfasste sie die Situation, stellte die Lebensmittel sorgfältig ab und kam zu ihm.

»Was hast du da? Ah, eine Beretta 925.« Sie zog ihr Telefon aus der Tasche und hatte kurze Zeit später den Kriminaltechniker

Costas in der Leitung. »Habt ihr die Kugel schon identifiziert? Okay ... interessant.« Sie wandte sich ihm zu und hob den Daumen. »Dann haben wir vielleicht die Tatwaffe. Galavakis hat eine 9-Millimeter-Beretta gefunden. Sie lag in der Erde.« Sie lauschte, nickte, verzog das Gesicht ein wenig abschätzig und sagte dann: »Selbstverständlich wurde die Pistole ordnungsgemäß sichergestellt, Costa. Ja, ich weiß, dass das ein besonderer Fall ist, trotzdem sind wir alle keine Anfänger. Nein, ich bin nicht sauer. Vielleicht ein wenig genervt, aber nicht sauer. Ihr bekommt sie so schnell wie möglich.« Sie atmete noch einmal tief ein und beendete dann das Telefonat.

»Dieser Fall legt bei uns allen die Nerven blank«, versuchte Hyeronimos, die Situation ein wenig zu deeskalieren, denn er sah ihre Aura flackern, und das sonst so leuchtende Lila wurde gerade deutlich von ihrem Rotanteil dominiert.

»Zucker und Ergebnisse werden mir helfen, wieder auf Normalnull zu kommen«, gab sie offen zu. »Ich hole meinen Koffer, und dann schauen wir, was wir an der Beretta finden können, was uns weiterbringt. Oder möchtest du erst ins Haus?« Es war einfach großartig, wie sie ihn verstand und sein Ansinnen nur vage verpackte, um nicht gleich jedermann zu verdeutlichen, dass er glaubte, etwas in einem Blutfleck gefunden zu haben, was er nun röntgen und durchleuchten wollte.

»Kapetan Galavaki«, Giorgos Athanakis, der leitende Uniformierte, kam auf ihn zu, »wir haben ja die Zufahrt gesperrt. Dort stehen gerade zwei Fahrzeuge und bitten um Erlaubnis, herauffahren zu dürfen: ein Krankenwagen und ein Kommissar in Zivil. Ihr Kollege Christos Papadakis.«

Hyeronimos atmete kurz scharf ein. Was zum Teufel machte Christos hier? Wer hatte ihn beauftragt, hier aufzutauchen, und vergessen, *ihm* das mitzuteilen? Maria war es zuzutrauen, denn sie hatte deutlich klargemacht, dass sie keine Lust auf das »Bubengezänk« zwischen ihnen hatte. Sie hatte genau dieses Wort gewählt und damit an das angedockt, was Stelios ihm und Christos im Frühsommer gesagt hatte, als er sie zu der Mediation in die

Berge schicken wollte. Doch dann hatte ihn Mentakis' Weggang davor bewahrt, dieses Szenario tatsächlich erleben zu müssen, und Christos und er hatten sich hart am Riemen gerissen und Streitereien so weit möglich vermieden. Doch Christos war, was Stelios anging, eine Art Nestbeschmutzer. Er hatte offensiv klargemacht, dass er einen ausgebrannten Chef für untragbar hielt, und stattdessen sich selbst zum König ausgerufen. Und von Penelope wusste Hyeronimos auch von Christos' unsäglicher Wut. Warum war er also hier?

Er dachte kurz nach, spürte Penelopes mahnenden Blick auf sich und nickte dann angestrengt. Sie hatte ja recht. Sie mussten nun Einigkeit demonstrieren, doch was wusste Christos? Hatte Maria ihn auch eingeweiht? Er konnte es sich nicht vorstellen, aber wenn sie keinen ihrer Ermittler bevorzugen wollte, dann musste er auch im Bilde sein. Der Weg, der zu der Hütte führte, war gewunden und buckelig, daher würden die Fahrzeuge einige Minuten brauchen, um hier oben anzukommen. Diese Zeit würde er nutzen, um sich bei Maria zu melden und sich alle nötigen Informationen zu holen.

»Lassen Sie die Fahrzeuge bitte durch«, wies er den Mann mit fester, aber beherrschter Stimme an, und Penelope lächelte leicht.

»Ich bin gleich zurück.« Er schnappte sich sein Handy und ging einige Meter von der Fundstelle und allen Menschen weg.

»Hyeronimo«, schnarrte Marias Stimme rau und müde, »habt ihr was?«

»Wir haben Christos am Rand der Straßensperre! Wann wolltest du mir sagen, dass er kommt?« Er wusste, dass es empört klang, und es war ihm mit einem Mal egal. Er war der leitende Ermittler, und ganz egal, ob sie seine Chefin war oder nicht, es war nicht in Ordnung, ihm einen gleichgestellten Kollegen zu schicken, ohne dies offiziell anzukündigen.

»Christos?«, echote sie.

»Christos Papadakis«, wiederholte er indigniert.

»Er war den gesamten Vormittag nicht erreichbar, und ich habe ihn nicht geschickt«, brauste Maria nun auf, und ihre tiefe Stimme bekam einen knurrenden Unterton.

»Dann weiß er nichts?«, vergewisserte sich Hyeronimos.

Maria bestätigte es einsilbig. »Du sagst ihm bitte auch nichts«, wies sie ihn an.

Er spürte Erleichterung, nicht etwa, weil er einen Wissensvorsprung vor dem ungeliebten Mitstreiter hatte, sondern weil er nicht wollte, dass Christos etwas Sensibles in die Hände bekam, was er unter Umständen gegen Stelios benutzen konnte. Misstrauen war eine Pflanze, die auch ohne üppige Pflege hervorragend gedieh. Er spürte gerade am eigenen Leib, wie es sich anfühlte. »Was will er hier, Maria?«

»Helfen, Hyeronimo! Noch will das jeder.« Dann senkte sie ihre Stimme: »Ich habe Kostoula angerufen, und sie ist jetzt tatsächlich bei ihm im Krankenhaus. Der uniformierte Kollege, den ich zu seinem Schutz vor der Intensiv postiert habe, hat mich informiert.«

»Ich melde mich nachher noch einmal.« Er beendete das Gespräch und ging zurück zu Penelope. Er musste etwas essen und Kaffee trinken, bevor er sich dieser zusätzlichen Herausforderung stellte.

58. Kapitel

Kostoula stand an seinem Bett und betrachtete ihn distanziert. Das war es also, was am Ende von jemandem übrig blieb. Fleisch, das bleich um Knochen lag, Gewebe, das so schlaff war, dass es das Gesicht eingefallen und totenkopfgleich erscheinen ließ, und Schläuche. Jede Menge Schläuche, Kabel, piepsende Geräte, zackige bunte Kurven, die Auskunft darüber gaben, wie lebendig man noch war. Genau das hatte er nicht gewollt, er hatte nicht an Maschinen angeschlossen werden wollen, die ihn am Leben erhielten.

In Milia war es ihr noch so einfach erschienen, seinen Willen zu vollstrecken, sollte sie genau dieses Bild vorfinden, das sich ihr hier nun bot. Sie hatte es sich einfach vorgestellt, den Stecker zu ziehen, doch dort lag Stelios – der Mann, den sie einst so sehr geliebt hatte. Er hatte sie immer gut behandelt und ihr genau jene Seite präsentiert, die auch die Öffentlichkeit von ihm kannte. Doch sie wusste es besser. Es wäre eine weise Entscheidung, ihn sterben zu lassen – einerseits. Andererseits war sie eben auch Anwältin und kannte sich durch die Strafrechtsfälle, die sie begleitet hatte, gut mit der hiesigen Polizei aus. Wäre er tot, würden sie ihn zum Märtyrer hochstilisieren. Und wer wusste, wozu aufgebrachte Polizisten fähig waren? Solange er lebte, waren sie auch wütend und würden versuchen, den oder die Täter zu stellen, doch natürlich bestand dann eben auch die Hoffnung, dass er sie nach seinem Aufwachen identifizieren würde. Es war also viel mehr als nur eine private Entscheidung einer Frau, die nun vor einem Fremden stand, der einst ihr Vertrauter gewesen war. Sie hatte ihm wirklich vertraut, und umso schlimmer war das Erwachen für sie gewesen. Die Zweifel nagten noch immer an ihr.

»Sie sind seine Frau?« Ein Arzt kam herein, sein Gesicht grau gezeichnet von Müdigkeit.

»Ich *war* seine Frau«, korrigierte sie ihn, »aber er hat mir sein Leben schriftlich anvertraut.« Mehr wollte sie zum aktuellen Zeitpunkt nicht preisgeben, denn Krankenhäuser mussten Patientenverfügungen und das, was in Vorsorgevollmachten ausgeschrieben stand, einhalten, sobald sie den Inhalt kannten. Kannten sie den Wortlaut nicht, so handelten sie im Sinne des hippokratischen Eides: Sie würden alles tun, um ihn am Leben zu erhalten.

»Wir haben alle Eigenblutspenden aufgebraucht und können nichts mehr tun. Sein Körper muss sich von selbst regenerieren, dazu braucht er die Ruhe des künstlichen Komas. Sein Gehirn war eine Zeit lang sauerstoffunterversorgt. Wir können nicht sagen, ob er – falls er aufwacht – bleibende Schäden davontragen wird. Die Messungen der Gehirnströme sind aktuell okay, aber eben auch nicht mehr.« Er nickte ihr zu und schwieg.

Sie wusste nicht, was sie sagen sollte, und schwieg daher ebenfalls. Es war jedoch keine einvernehmliche Stille, so wie sie manchmal zwischen Menschen herrschte, die einer Meinung waren, sondern eine Stille, die der Wortlosigkeit entsprang. Verzweifelt rieb sie sich mit beiden Handflächen über ihre Stirn. Bald würde sie hämmernde Kopfschmerzen haben, so viel war klar.

Der Arzt beobachtete ihre Geste. »Wenn wir etwas für Sie tun können ... auch wenn er nur noch Ihr Ex-Mann ist, so ist es gewiss nicht leicht für Sie ... Sagen Sie es einfach. Die Schwester kann Ihnen etwas gegen Ihre Kopfschmerzen bringen.«

Trotz seines müden Blicks war er ein geschulter Beobachter, und er meinte es gut mit ihr, das nahm sie wohlwollend zur Kenntnis. »Danke, ein *Depon* ist sicher eine gute Idee, bevor die Schmerzen größer werden.«

Er rief nach der Schwester und erteilte ihr den Auftrag, ihr eine Schmerztablette und eine Flasche Wasser zu bringen.

Sie stand unschlüssig an dem Intensivbett und wollte eigentlich nur fort von hier, doch sie hatte sich der Verantwortung gestellt und würde es durchziehen. Sie straffte sich und versuchte den Film zu stoppen, der vor ihrem inneren Auge zu laufen anfing. Die glücklichen Tage, Hand in Hand am Strand von Ammoudara und Chersonissos, ihre Hand in seiner, seine in ihrer. Es war wie eine Sucht gewesen, sich immerzu zu spüren. So viele Jahre hatten sie aufeinander gewartet, das war immer wieder Thema in vielen ihrer Gespräche gewesen. All jene Jahre, in denen sie schon ein Paar hätten sein können und es nicht gewesen waren, weil das Schicksal ihnen andere Wege bestimmt hatte.

Jetzt stand sie hier und war bereit, ihn, ohne mit der Wimper zu zucken, in den Tod zu schicken, denn was sie abhielt, war nicht der Gedanke, ohne ihn leben zu müssen, sondern auf einem Planeten leben zu müssen, auf dem es Leute wie ihn gab.

Die Schwester kam und reichte ihr eine Wasserflasche und einen kleinen Plastikbecher mit einer einzelnen Tablette darin. Sie bedankte sich förmlich und sah das Mitleid in den Augen der Frau. Sie wollte kein Mitleid, sie wollte nur ihre Ruhe und verfluchte Maria mehrfach, dass diese ihr die Last auferlegt hatte. Sie wäre ohne deren Aufforderung ganz gewiss nicht hier aufgetaucht. Sie hätte oben in den Bergen in Milia gar nichts von dem Irrsinn hier unten mitbekommen. Und bestenfalls wäre am Ende ihres Urlaubs alles bereits vorbei gewesen.

Sie drehte sich wieder zum Fenster und überlegte, wie sie nun weiterverfahren sollte. Ein neues Bild flackerte vor ihr auf. Sie sah sich selbst, spürte ihr Entsetzen, sah seine Hände abwehrend erhoben, als erwartete er einen Schlag … sah sein Gesicht. Das geliebte Gesicht, das wie eine steinerne Statue langsam vor ihren Augen zu Sand zerbröselte. Bis nichts mehr von dem übrig blieb, was einst gewesen war.

59. Kapitel

Zacharis hatte Stunden gebraucht, um sich in die Nutzung von Brut-Force und Hashcat einzulesen und zu verstehen, wie er ein Maskfile erstellen konnte, um dann das Passwort zu knacken. Noch immer hatte er keine Idee über Länge und Zusammensetzung, was laut dem Hacker absolut notwendig war, um in absehbarer Frist eine Lösung zu erhalten. Hätte er zweihundert Jahre Zeit, sei es kein Problem, hatte König gescherzt, aber das war in Zacharis' Situation nicht besonders lustig. Schließlich ging es ja in gewisser Weise um Leben und Tod.

War das wirklich der Fall? Würden die Inhalte des Sticks darüber bestimmen, was Mentakis geschah? Zacharis schüttelte erneut vehement den Kopf, er wollte nicht einen einzigen Gedankenblitz zulassen, der in diese Richtung wies, denn es würde bedeuten, dass er sich von diesem Virus des schleichenden Misstrauens ebenfalls infizieren ließ. Doch sollte er auf etwas stoßen, was erklärte, warum der Stick hochverschlüsselt gesichert war …

Er arbeitete konzentriert weiter und schob alles, was ihn irritieren konnte, beiseite. Er hatte gesehen, wie Elonidas Spectros den Minister für internationale Beziehungen vorsichtig durch den Flur geschleust hatte, und wusste, dass auch das am Ende nichts Gutes bedeutete. Da er die Struktur des Passwortes noch immer nicht benennen konnte, überlegte er krampfhaft, ob der Major eine bestimmte Durchgängigkeit bei der Passwortwahl gehabt oder vielleicht sogar eine App wie VeraCrypt benutzt hatte, die ihm diese generiert hatte. Dann würde es umso schwerer werden, denn so erzeugte Passwörter waren schließlich genau darauf ausgerichtet, Codes zu erschaffen, die eben nicht so leicht für jedermann zu knacken waren.

Ich bin nicht jedermann, klang es in seinem Kopf, und dort hörten sich alle Sätze immer vollkommen normal an. Sie hingen nicht in seinem Gehirn stotternd und stolpernd fest, sondern in seiner Kehle oder auf seiner Zunge.

Wenn Stelios etwas dergleichen nutzte, hatte er vielleicht eine App auf dem Handy oder seinem Computer. Doch auch da war natürlich damit zu rechnen, dass diese durch ein komplexes Passwort geschützt waren. Aber er hatte herausgefunden, dass man für den Fall der Fälle einen Wiederherstellungscode bekam, wenn man eine solche Secure-App benutzte. Wenn sie richtig viel Glück hatten, dann hatte Mentakis' Face-ID auf seinem Handy eingerichtet oder Fingerprint, und solange er noch lebte … Zacharis schluckte trocken. Solange Stelios noch lebte, war man dazu in der Lage, die App zu öffnen. Auch ohne dass er das aktiv von sich aus tat. Man musste nur das Handy ins Krankenhaus bringen. Er wollte seinen Chef und Penelope zu dem Smartphone des verletzten Mannes befragen.

Er überlegte kurz und entschied sich dann für den korrekten Weg, stand auf, vergewisserte sich, dass der Flur leer war, und schloss leise seine Bürotür. Der Ultraschall-Rauschgenerator hatte heute wirklich einiges zu tun.

»Zachari«, hörte er seinen Vorgesetzten, als er den Anruf annahm, »gibt es etwas Neues?«

»Warte kurz«, meldete sich Dr. Demostaki klar zu Wort und erklärte Galavakis den Auftrag, den sie Zacharis gegeben hatte. Er erwartete, dass sein Vorgesetzter ablehnend oder verschnupft reagieren würde, doch zu seinem Erstaunen sagte dieser: »Eine hervorragende Idee. Konntest du etwas herausfinden?«

Zacharis erläuterte ihm kurz seine Vorgehensweise, und obwohl er anfänglich nichts von dem Hacker aus Deutschland hatte sagen wollen, erzählte er es nun doch freimütig. Er wollte kein kompliziertes Lügenkonstrukt aufbauen, sich dann darin verirren und schlimmstenfalls sogar umkommen. Hyeronimos schwieg kurz, und Zacharis war sich nicht sicher, ob es überraschte Stille war oder verärgerte.

»Das ist ein wirklich ehrenhafter Einsatz, Zachari.« Galavakis räusperte sich kurz und sagte dann etwas lockerer: »Klasse Idee. Echt klasse. Ich wäre nicht darauf gekommen. Es ist wirklich clever, so weit außerhalb Unterstützung zu suchen, denn der Deutsche hat ja kein Interesse, deine Anfrage hinauszuposaunen. Schließlich hat er dir«, Hyeronimos senkte die Stimme, »einen nicht ganz legalen Tipp gegeben.«

Zacharis nickte heftig. So war es. Das war ihm dann auch aufgefallen. Ihm wurde bewusst, dass sein Chef seine Körpersprache nicht sehen konnte, und daher antwortete er: »G'nau. Ich hab mich eing'arbeitet, und n…nun brauche 'ch Zugang zu Stelios' H'ndy. F'r Passwortvorschl'ge.« Zufrieden bemerkte er, dass er viele Wörter klar und verständlich ausgesprochen hatte, sodass den beiden Menschen dort oben in den Bergen rasch klar sein würde, wie sie ihm helfen konnten, schneller zum Ziel zu kommen. »St'lios ist unschuld'g«, fügte er noch an, um zu verdeutlichen, auf wessen Seite er stand.

»Er hatte leider kein Smartphone hier oben«, bemerkte Hyeronimos nun zu seiner Enttäuschung, »es wurde nur ein einfaches Handy gefunden, und das ist nicht appfähig.«

»Ab'r er h't doch ei's?« Zacharis merkte, wie ihn die Frustration übermannte und Stress in ihm aufkommen ließ, und schon gab er wieder unverständliches Kauderwelsch von sich. Er hätte sich am liebsten auf die Zunge gebissen, aber auch das würde nichts ändern.

»Ja, bestimmt hat er wie wir alle auch ein Smartphone, aber wenn es in seiner Wohnung war, dann ist es nun wahrscheinlich auch bei der Kriminaltechnik. Und sollte es hier gewesen sein, dann hat er es entweder wirklich gut versteckt – ich habe nämlich wortwörtlich jeden Stein umgedreht –, oder der Täter hat es mitgehen lassen.«

»Er hat mir mehrfach gesagt, dass er es mit Absicht nicht mit hergenommen hat, denn er wollte diese Ablenkung nicht«, hörte er nun Penelope sagen. »Aber eigentlich darf die KT da doch nur mit Sonderbeschluss reinschauen – denn Stelios lebt –, und den Beschluss haben sie hoffentlich nicht. Er wollte keine Ablenkung ...«, wiederholte sie tonlos.

Es machte sich eine greifbare Stille breit, denn begann man nun, jedes Wort auf die Goldwaage zu legen, dann war man rasch an der Stelle angelangt, an der sich alles gegen den Verletzten wenden ließ.

»Du könnt'st es hol'n«, stieß er hervor und vergaß vollkommen, dass er ja mit Hyeronimos telefonierte und nicht mit der Pathologin.

»Am besten, ihr besprecht das miteinander.«

Galavakis reichte das Telefon offensichtlich an die Frau weiter, die nun hibbelig rief: »Möglich ist alles, aber machbar? Wenn die versuchen, an die Handydaten zu kommen, habe ich erst mal keine Chance, es auf offiziellem Weg zu erhalten. Und noch was am vorgeschriebenen Weg vorbeizuschmuggeln, bringt uns dem Auffliegen zu nah. Wenn uns eine plausible Erklärung einfällt, warum wir es jetzt brauchen, dann ist das was anderes. Also strengt eure klugen Köpfe an, meine Herren.«

Sie machte eine Pause, und Zacharis merkte, dass sie das Telefon nicht mehr am Ohr hatte, denn ihre Stimme hörte sich plötzlich weit entfernt an.

»Was wäre, wenn«, sagte sie, »wir einfach die Wahrheit sagen? Also wir brauchen es, weil wir auf einer App … Nein, das ist dumm, da kommen sie selbst drauf, dass sie auch die Apps öffnen müssen.«

»Was wäre, wenn wir erklären, dass Stelios relevante Daten zu dem Fall im Frühsommer dort gespeichert hat, die so sensibel sind, dass sie von der Kriminaltechnik nicht dokumentiert werden dürfen?«, beteiligte sich der Kommissar an den Vorschlägen.

»W'rum woll'n wir es dann und n'cht Maria?«

»Auch ein Einwand, aber es war unser Fall, und mich hatte sogar der Minister persönlich darauf angesetzt!«

Zacharis schlug sich so gegen den Kopf, dass man das Klatschen sicher auch ohne das Telefon im Wald gehört hätte: »Er 'st hier!«

»Wer ist hier?«, wollte Penelope nun leicht verwirrt klingend wissen.

»Stefanak's!« Zacharis sprach leise, als fürchtete er, dass der Minister gerade in diesem Moment an seiner Tür lauschte.

»Stefanakis ist im Präsidium? Bei Maria und Spectros?« Hyeronimos klang entgeistert, und Penelope fügte hinzu: »Das verspricht nichts Gutes.«

»Selbstverständlich erregt ein Attentat auf einen so hochgeschätzten und hochrangigen Polizeibeamten wie Stelios Aufsehen«, erklärte Hyeronimos verstehend, »doch das Ministerium für internationale Beziehungen ist da keinesfalls der richtige Adressat. Eher ganz im Gegenteil müsste sich ja der Heimatschutz bemüßigt fühlen herauszufinden, wer hier im eigenen Land einen einflussreichen Mann anschießt.«

»Bestimmt scharrt der EYP auch schon mit den Hufen«, nannte Penelope Ross und Reiter beim Namen, denn sie waren alle nicht gut auf den Nachrichtendienst zu sprechen. Zu viel war geschehen und hatte sie in Panik versetzt, um jetzt so zu tun, als wäre alles in Ordnung.

Zacharis fühlte sich zwar, als hätte man ihn gerade im Schleudergang ausgewrungen, aber er vergaß trotzdem nicht, warum er seinen Vorgesetzten angerufen hatte. »W's mach'n wir nun mit d'm H'ndy?«

»Penelope und ich spinnen den Gedanken noch etwas weiter und melden uns, sobald wir ein glaubhaftes Szenario entwickelt haben«, versprach Galavakis. »Und du versuchst es weiter mit den dir zur Verfügung stehenden Mitteln. Vielleicht klappt es ja irgendwie.«

»W're ei...ein Wund'r«, nuschelte Zacharis in den Apparat und verabschiedete sich entmutigt. Eben war er noch motiviert und angestachelt gewesen, das Problem zu lösen und eine Art geheimer Held zu werden, doch nun stand er wieder an dem Punkt, an dem er nicht weiterwusste.

Vielleicht hatte Matze König noch eine Idee. Er würde ihn noch einmal anrufen.

60. Kapitel

Filomena lächelte ihr oft geübtes Lächeln und hielt den großen Scheck in ihren gepflegten Händen. Michalis stand auch mit im Blitzlichtgewitter, aber zumindest hielt er sich hier an ihr internes Protokoll und drängte sich nicht in den Vordergrund. Sie war die *Wohltäterin.* Sie hatten sich auf dieses Prozedere vor langer Zeit geeinigt und so nicht nur ihren Ruf als einflussreiches Geschwisterpaar gefestigt, sondern auch alle Stimmen, die es wagten, gegen sie aufzubegehren, im Keim erstickt. Niemand wandte sich offiziell gegen Personen, die so viel Gutes bewirkten wie Filomena Serpantaki und damit natürlich auch ihr Bruder. Und diejenigen, die hinter die Kulissen blickten und wussten, womit das Imperium, das der *Boss* leitete, wirklich Geld machte, wurden zum Schweigen gebracht. Was nicht in jedem Fall bedeutete, dass ihre Gebeine irgendwo verrotteten oder gar zu Fischfutter wurden, nein – er kaufte diese Leute einfach, machte sie zu Mitwissern, honorierte es großzügig, wenn sie ein Auge oder auch mal zwei zukniffen, oder er kannte ihre geheimen Wünsche und Bedürfnisse. Das machte sie dann zu willfährigen Lakaien. Michalis scheute sich nicht zu erpressen, es machte ihm vielmehr Spaß zu sehen, wie die Menschen zerbrachen.

So, wie er sie hatte zerbrechen wollen, indem er ihr Achilleas' Beerdigung vorenthalten hatte. All seine Erklärungen von wegen »ein Exempel statuieren« und »für Fehler bezahlen müssen« waren vollkommener Humbug gewesen. Sie wusste genau, dass es ihm darum gegangen war, ihr zu zeigen, dass er es war, bei dem alle Fäden zusammenliefen, und sie – egal, wie intensiv sie an allem beteiligt war – auch nur eine Handlangerin war, derer er sich nach Belieben bedienen konnte. So, wie er es mit allen anderen eben auch tat. Blut war ihm nicht mehr wichtig, vielleicht sogar nie wichtig gewesen, nachdem die Mutter auch sie beide hatte tot sehen wollen. Filomena traute ihm sogar zu, dass er den Spieß umgedreht hatte und für den Tod der Mutter verantwortlich war. Das Ableben der psychisch kranken Frau hatte zwar wie ein gruseliger Selbstmord gewirkt, aber Michalis war danach verändert gewesen. Als ihren Bruder hatte sie ihn trotz aller Herausforderungen in ihrem gemeinsamen Leben zärtlich geliebt. Auch als er zum Teenager geworden war, der sich immer mehr zum Kriminellen entwickelt und sie mit in diese Welt gezogen hatte. Unaufhaltsam waren sie in die mafiösen Strukturen geglitten, hatten sich durch das Papa-Prinzip einlullen lassen, und dann hatte es irgendwann keinen Weg zurück mehr gegeben. Wohin auch? Auf das Feld der Tante? Da war das leicht verdiente Geld mit illegalen Waren doch verlockender. Nachdem die Mutter tot war, hatte Michalis keine Grenzen mehr gekannt und immer kaltblütiger agiert. Sein Blick hatte sie oft erschreckt, denn die starre Kälte war mörderisch gewesen.

Er führte den Betrieb heute teilweise genau nach demselben Prinzip weiter, wie der Kopf der Organisation es damals getan hatte. Als »Papa« zog man sich hoffnungsvolle, meist vaterlose Kinder heran. Man bot ihnen Jobs, anfangs legale Kleinigkeiten, um sich ein paar Euro hinzuzuverdienen für das Überleben der Familie und einer oft vollkommen überforderten Mutter oder Großmutter. Man lobte die Kids überschwänglich, machte ihnen hier und da kleine Geschenke. Nichts Besonderes: mal ein cooles T-Shirt oder einen schicken Lippenstift. Eben etwas, was signalisierte, dass er wusste, was die Person mochte. Es war ein Zeichen, das laut schrie: Ich kenne dich und beschäftige mich mit deinen Wünschen. Danach verfielen die Kinder ihm rasch, und er konnte die härteren Bandagen auffahren. Dann kamen die ersten illegalen Aufgaben, und die Zöglinge fuhren zum Beispiel mit einem knatternden Mofa Drogentütchen von einem Dorf zum anderen. Da die Jungs oft mehr im Fokus von Polizeikontrollen standen, war er dazu übergegangen, vorwiegend sehr hübsche Mädchen für diese Aufgaben abzurichten. Er konditionierte sie auf sein Wohlwollen und den damit verbundenen relativen Reichtum für ihre Familien. Wer sonst von einem Tagesgehalt zwischen zwanzig und dreißig Euro leben musste, der war unglaublich dankbar für jeden zusätzlichen Cent im Geldbeutel. Und irgendwann spielte es auch keine Rolle mehr, dass die Kinder zu Verbrechern wurden.

Filomena wunderte sich über sich selbst und ihre despektierlichen Gedanken, denn schließlich war sie ein nicht unerheblicher Teil dieses Systems. Sie wusch das Geld und ihren Ruf rein und weiß.

Unter tosendem Applaus hatte sie den Scheck überreicht, für die Presse posiert und ein Interview gegeben. Nun stand sie lächelnd mit einem Glas Amalia Brut da. Heute gab es keinen französischen Champagner, das wäre im Angesicht der Situation, ein von einem Erdbeben zerstörtes Bergdorf zu unterstützen, nicht angemessen gewesen. So trank man einen griechischen Schaumwein, der sich durchaus sehen lassen konnte.

Michalis stand ihr schräg gegenüber und dominierte eine Gruppe Politiker unterschiedlichsten Alters mit seinem selbstbewussten Auftreten. Er wusste genau, wie man die richtigen Fäden zog, und seitdem er sich diese lächerliche dunkle Hornbrille aufgesetzt hatte, wirkte er wie ein verirrter Seelöwe. Genau diesen Eindruck wollte er erwecken, um seine Gesprächspartner in Sicherheit zu wiegen. Wenn er dann das Monster, das hinter dieser Kulisse schlief, aufweckte, war es bereits zu spät, und man entkam ihm nicht mehr.

Ihr Bruder warf ihr einen raschen Blick zu, als hätte er ihren gespürt. Sie kannte ihn, wusste, wie er funktionierte. Das half ihr, das Loch auszuheben, in das er fallen und aus dem er nicht mehr herauskommen würde. Egal, wie sein Plan auch lautete, sie war ihm einen Schritt voraus. Endlich!

61. Kapitel

»Sie sind höher in der Nahrungskette angesiedelt.« Maria nahm kein Blatt vor den Mund. Sie hatte heute keine Kraft mehr für diplomatische Spielchen. »Doch ich sehe keine Veranlassung, Sie in die Ermittlungen einzubinden, solange Sie mit verdeckten Karten spielen, Herr Minister.« Ihre Hände lagen flach auf dem Schreibtisch, und ihre blutroten Nägel schimmerten bedrohlich. Stefanakis kam ihr wirklich gerade recht. Der Tag war der beschissenste ihres Lebens, und nun saß dieser Mann vor ihr und verlangte, über alles – und er betonte das Wort »alles« auf eine so sonderbare Art und Weise, dass es in ihrem Magen zu kribbeln begann – umfassend informiert zu werden. Er hatte Spectros und sie überrumpelt, war unangemeldet bei ihnen aufgetaucht, und seine gesamte selbstgefällige Art provozierte sie ungemein.

»Maria«, er beugte sich vertraulich vor, »im Angesicht dieser Katastrophe erwarte ich Kooperation von Ihnen allen!«

Sie war kurz versucht, ihn darauf hinzuweisen, dass er sie doch bitte mit ihrem Nachnamen ansprechen möge, doch dann besann sie sich eines Besseren, denn es würde einfach kindisch und trotzig wirken. Auch Spectros hatte er hier in ihrer Dreierrunde mit seinem Vornamen angesprochen. Sie schätzte ihren Kollegen sehr, doch hin und wieder wünschte sie sich etwas mehr Rebellentum bei ihm. Aber vielleicht rebellierte er, indem er, statt »Dimitri« zu kontern, immer »Herr Minister Stefanaki« sagte. Spectros war beherrschter als sie, und das machte ihre Zusammenarbeit so effektiv und angenehm. Sie glichen einander quasi aus. Sosehr sie es auch in den letzten Monaten genossen hatte, hier auf diesem Stuhl zu sitzen und zu beweisen, dass eine Frau in diesem System Hervorragendes leistete, so wenig wollte sie den Job jetzt gerade haben.

»Kooperation«, knurrte sie durch zusammengebissene Zähne, »Kooperation! Das ist doch ein dicker, fetter Scheißhaufen, Dimitri! Sie wissen etwas und gucken mich deshalb mit diesem Blick an wie ein hungriger wilder Hund, der einem anderen die Beute aus dem Maul zerren will!« Sie sah, wie Spectros kurz erstaunt ob ihrer rüden Wortwahl die Augenbrauen hob, dann aber interessiert zu Stefanakis blickte, um dessen Reaktion zu beobachten.

Der Minister blieb gelassen, lächelte fast ein wenig süffisant und antwortete: »Es geht wirklich um jede Menge stinkenden Dreck. Da haben Sie vollkommen recht. Was ich Ihnen beiden nun sage, muss absolut vertraulich behandelt werden. Wir haben seit vielen Jahren – gemeinsam mit dem Ministerium für innere Sicherheit und dem Nachrichtendienst – einen verdeckten Ermittler in den Reihen von Serpantakis sitzen und wissen daher so einiges.«

»Wie halten Sie Kontakt zu ihm?«, fragte Spectros interessiert, und Maria spürte einerseits ebenfalls Neugier und andererseits aber auch wild aufkeimende Wut.

»Das ist eine komplizierte Geschichte, die nichts zur Sache tut. Unsere Vertrauensperson hat uns vor einigen Wochen darüber unterrichtet, dass sich das Verhältnis zwischen dem *Boss* und der *Wohltäterin* in einem Stadium befindet, das er gelinde ausgedrückt für absolut bedenklich hält. Nach außen demonstrieren sie weiterhin Einigkeit, und ansonsten ist, um bei Ihrem hübschen Beispiel zu bleiben, Maria, die Kacke mächtig am Dampfen. Er war der Ansicht, dass die beiden bereit sind, sich gegenseitig an die Gurgel zu gehen, also im übertragenen Sinne.«

»Und was wollen Sie daran ändern?« Maria merkte, dass sie die Geduld zu verlieren begann. »Wollen Sie hinauffahren, Tee kochen, Kekse mitnehmen und die zwei dazu bringen, sich wieder zu vertragen?«

»So hatte ich es mir vorgestellt, ja«, antwortete Stefanakis mit Sarkasmus in der Stimme, und sie beschloss, ihm vielleicht doch gleich ins Gesicht zu springen. Elonidas warf ihr einen warnenden Blick zu, aber sie hatte einfach nicht mehr die Nerven für Ränkespiele. Das war es gewesen, was Stelios am meisten gehasst hatte, und nun war sie mittendrin und musste sich mit diesem Mist befassen.

»Ich bin eine Frau der klaren Worte, Herr Minister, daher frage ich Sie: Was wollen Sie hier?«

Stefanakis zog die Augenbrauen zusammen und wirkte plötzlich unheilvoll. »Ich kann Ihnen leider nicht alles sagen.« Seine Stimme hörte sich nun etwas sanfter an, aber er war eben ein Politiker und hatte wahrscheinlich morgens Rhetorikpulver in der Tasse anstatt Kaffee. »Ich hoffe, dass wir gemeinsam eruieren, was mit dem V-Mann geschehen ist, denn wir haben seit achtundvierzig Stunden keinerlei Interaktion mehr, obwohl eine Kontaktaufnahme terminiert war. Und dass wir denjenigen an den Eiern packen, der Mentakis auf dem Gewissen hat.«

»Was meinen Sie mit ›keine Interaktion‹? Sind Sie aufgeflogen? Ist Ihr Mittelsmann tot?« Spectros fasste seine Annahme klar in Worte.

Stefanakis wiegte den Kopf unschlüssig hin und her: »Manchmal ist es auch einfach nicht möglich, sich zu melden, aber es war eben eine insgesamt prekäre Situation, und sollte Serpantakis etwas wissen, dann gnade uns allen Gott!«

»Und was erwarten Sie nun von uns? Sollen wir nach Zoniana stürmen und mal wieder alles auf den Kopf stellen? Macht ja nichts, wenn ein paar Polizisten auf der Insel draufgehen …« Maria war nicht mehr gewillt, auf diesen ganzen Blödsinn gelassen zu reagieren. »Ich weiß nicht, wie du dazu stehst, Elonida, aber das ist heute nicht unser Kampf. Wir haben gerade jede Menge anderer Probleme zu lösen!«

Ihr Kollege nickte so leicht, dass sie es beinahe übersehen hätte, und sie wollte trotz seiner Zustimmung einfach nur weg hier. Sie legte erneut die Hände flach auf den Schreibtisch, Stelios' Arbeitsplatz für so viele Jahre. Alles war ihr in Ordnung erschienen, und nun zerbrach diese schöne Illusion scheibchenweise.

Sie richtete sich auf, denn sie konnte es nicht zulassen, dass man sie ausgerechnet jetzt auf ihr Frausein reduzierte und sie als emotional und daher als nicht geeignet für diesen Fall abstempeln würde. So war es doch immer, wenn eine Frau sich unter lauter Männern zu behaupten hatte. Sie war nicht dumm und hatte das Geschwätz, das Bouroubourou, hinter den verschlossenen Türen und den vorgehaltenen Händen mitbekommen. Die ganz bösen Zungen unterstellten ihr sogar ein Verhältnis mit Mentakis und dass sie nur deshalb auf seinem Stuhl saß. Wann würde das endlich enden, dass Frauen nicht gleichwertig behandelt wurden? Dass man sie darauf reduzierte, die Farbe des Autos auszuwählen oder zu entscheiden, wer zum Essen eingeladen wurde, um dann zu behaupten, sie seien die heimlichen Oberhäupter der Familie. Das war nicht nur hier so. Sie schaute ja schließlich auch Nachrichten und bekam mit, was sich auf der Welt tat. Frauen verdienten selbst in aufgeklärteren Ländern in derselben Position bis zu 25 Prozent weniger als Männer und bekleideten seltener gehobene Positionen mit Einfluss. Man sprach ihnen die Intelligenz ab, und natürlich mussten sie Kinder bekommen und aufziehen, allein das machte sie schon unfähig, wirklich wichtige Entscheidungen zu treffen. Und schließlich war frau ja immer hormonbelastet. Sie war das alles so furchtbar leid und kurz davor, dem überheblichen Minister all das entgegenzuschleudern. Doch letztlich war ihr klar, dass genau dieses Verhalten die Vorurteile befeuern würde, anstatt sie zu entkräften. Sie musste sich also zusammenreißen und eine mehr oder minder gute Miene zu diesem unheilvollen Spiel machen.

»Ich weiß, dass das Attentat auf Mentakis eine Abfolge komplexer Reaktionsketten nach sich zieht, und deshalb müssen wir eine Einheit bilden.« Sein Handy begann auffordernd zu klingeln, er warf einen Blick auf das Display, zog die Augenbrauen hoch und sagte: »Wenn man vom Teufel spricht!«

»Serpantakis ruft Sie an?« Maria war fassungslos.

»Nein, es ist der ranghöchste General der amerikanischen Streitkräfte aus Souda Bay. Ich schätze, er will mich darauf hinweisen, dass unsere Leute seine Leute in Frieden lassen sollen, da sie keinerlei Interesse daran haben, jede Menge Soldaten aus unserem Gewahrsam holen zu müssen …!« Seufzend nahm er das Gespräch an, stellte es auf laut und gebot Spectros und ihr mit einer Handbewegung zu schweigen und zuzuhören.

62. Kapitel

»Wir denken zu kompliziert«, sagte Penelope, und ihr Blick glitt in die Ferne. Ihre Yaya hatte sie früher immer geneckt, dass sie Löcher in die Luft starrte, doch meist hatte sie dann versucht, irgendwelche Rätsel zu lösen. Sachen wie, warum das Wasser im Meer blau und türkisfarben schimmerte, obwohl es doch durchsichtig war, oder warum die weit entfernte Sonne die Möglichkeit hatte, die Haut von Menschen zu verbrennen. Es waren keine einfachen Fragen und die Antworten nie leicht zu finden gewesen, daher hatte sie ihren Geist wandern und ihre Augen in die weite Welt schauen lassen.

»Das ist unlogisch.« Sie wandte sich an Hyeronimos, der still neben ihr stand und ihr Zeit und Raum ließ. Er kannte diese Augenblicke und wartete auf ihre zu Ende gedachten Gedanken. »Wir müssen uns sein Privathandy nicht bei der KTU erschleichen. Sie haben kein Recht, es an sich zu nehmen, denn Stelios ist nicht tot. Er ist verletzt, aber nicht tot, und damit sind seine Privatsachen geschützt. Sein Diensthandy dürfen sie untersuchen, keine Frage. Wir holen uns das private aus seiner Wohnung ... als seine Freunde, verstehst du?«

Er zog kritisch eine Augenbraue hoch. »Und in seine Wohnung brechen wir auch als Freunde ein – oder wie hast du dir das gedacht?«

»Nein. Ich hole ihm ein paar persönliche Dinge. Er braucht doch Sachen, denn man wird leichter gesund, wenn man sich wohlfühlt.«

»Hast du einen Schlüssel für seine Wohnung?« Jetzt klang er ehrlich erstaunt.

»Ich habe in den letzten Monaten den Briefkasten geleert und die Post auf ein Sideboard im Flur gelegt, mehr nicht. Wir sind mittlerweile gut befreundet, und er hat mir oft erzählt, dass er nach seiner Scheidung ziemlich allein dastand. Dadurch, dass er sich mit seiner Ex wirklich schlimm gezofft hat, hat er viele gemeinsame Freunde an sie verloren und zum Schluss ... Na ja, du kannst dir vielleicht ausmalen, wie das ist. Zum Schluss hat er sich immer mehr in die Arbeit vergraben und ... Ich weiß, das klingt bei allem, was wir nun wissen oder zu wissen glauben, irgendwie ziemlich scheiße.« Sie schwieg betroffen.

»Wir wissen gar nichts! Wir vermuten nur Dinge, und zwar aufgrund der Tatsache, dass es Dateien auf seinem Computer gibt, höchstwahrscheinlich jede Menge unterschiedlicher Fallakten. Er ist schließlich schon sehr lange Polizist. Wir neigen nur dazu, schnell zu urteilen, wenn etwas unserer Wertewelt komplett widerspricht. Und das ist hier der Fall. Aber wir *wissen* wirklich gar nichts!« Hyeronimos schaute ihr in die Augen, und sie konnte wahrnehmen, dass er meinte, was er sagte, aber trotzdem war dort eine gewisse Zerrissenheit zu sehen. Das strahlende Blau schien leicht getrübt zu sein, und er wirkte unglaublich verletzlich. Die Situation machte sie alle dünnhäutig.

»Wir sollten uns jetzt unbedingt mit den Geräten und deiner Vermutung bezüglich des Blutes befassen. Die Waffe ist gesichert, und vor allem haben wir in wenigen Sekunden das Vergnügen mit deinem geschätzten Kollegen, der hier einfach so auftaucht, und das wird uns zusätzliche Probleme bereiten.«

»Den hatte ich fast vergessen. Es ist doch immer wieder spannend, wie gut das Gehirn Unangenehmes verdrängen kann«, spottete er und grinste ein wenig gekünstelt.

»Ich wünsche mir auch gerade eine Amnesie«, scherzte sie und fand die Idee des Vergessens wirklich anziehend. »Es wäre wunderbar, ich könnte mich auf meinen Balkon zurückbeamen, heute früh mit dem Kaffee in der Hand und Eleni am Ohr.« Sie musste kurz an das Telefonat zurückdenken, und es schien ihr hundert Jahre her zu sein. »Wir haben uns die verhängnisvollen drei Worte gesagt«, stieß sie hervor, denn die Erinnerung pulste auf, und Sehnsucht und Liebe für die junge Frau in Amerika fluteten ihr Herz.

»Das ist doch großartig. Ich hoffe nur, du verknüpfst die Liebeserklärung nicht mit dem Schock, der durch Stelios' Anruf erfolgt ist. Ich bin nämlich Experte für jede Form von Trauma, wie du weißt«, erklärte er und legte ganz kurz seine Hand auf ihren Arm. Er hatte wirklich viel von ihr gelernt, denn zu Beginn ihrer Freundschaft hatte er sehr darauf geachtet, dass körperliche Berührungen nicht stattfanden.

»So habe ich noch gar nicht darüber nachgedacht, dafür war heute wirklich schon zu viel los, und Stelios dort zu sehen ... Das war schlimm, Hyeronimo, grauenvoll ...«

Das Knirschen von Rädern auf dem Schotterweg riss sie aus der Starre, in der sie sich beide bei dem Gedanken an den halb toten Mann im Hospital plötzlich befunden hatten. Der Krankenwagen des privaten Rettungsdienstes kam zuerst in Sicht, und Christos' Privatauto folgte ihm mit wenigen Metern Abstand. Was der Transport des Tomografen die Polizeikasse wohl kosten würde? Hoffentlich hatte Hyeronimos' Spürsinn ihn nicht getäuscht, und sie standen nicht mit drei hochkomplexen Durchleuchtungsgeräten mitten in den Bergen für die Analyse eines nicht vorhandenen Indizes.

Die Türen des Fahrzeuges öffneten sich schwungvoll, und zwei Männer sprangen heraus. »Wo soll das Ding denn hin, Lady?«, fragte der Jüngere keck. Er hatte wohl zu viele amerikanische Filme angeschaut.

Hyeronimos erwachte wieder zum Leben. »Bitte hier entlang. Ich zeige euch den Weg.«

Das war schlau. Natürlich hatte er bereits eine Vorstellung im Kopf und hatte sich mit den Gegebenheiten sehr vertraut gemacht, aber indem er nun beschäftigt war, überließ er ihr die Begrüßung seines Kollegen. Penelope hatte keine Probleme mit Christos, sie arbeitete professionell mit ihm an seinen Fällen und unterstützte ihn, wo sie nur konnte. Sie kam gut mit ihm zurecht und wusste, dass er sie ebenso schätzte.

Trotzdem war er für sie nun ein Eindringling. Er hatte hier nichts zu suchen, hatte keinen offiziellen Auftrag bekommen, und das kam einer übergriffigen Störung gleich. Sie wusste, dass auch er wusste, dass sein Auftritt nur Unruhe bringen würde.

Erwartungsvoll blickte sie in seine Richtung. Was wollte er hier?

Trauer um vergebene Chancen

63. Kapitel

Ignatios hielt seinen Blick gesenkt. Ganz bestimmt war er paranoid und brauchte sein Gesicht nicht zu verbergen, denn er war ein normaler Mann und sah aus wie viele andere. Niemand würde sich explizit an ihn erinnern, und er würde versuchen, diesen Tag zu vergessen – mit allem, was geschehen war. Er wusste, dass es unmöglich sein würde, aber er nahm es sich trotzdem vor.

Wenn er die Augen schloss, rannte er. Sein Körper wollte diese Bewegung, und er gab sie ihm: ein Fuß vor den anderen, gleichmäßig. Er konzentrierte sich beim Laufen immer auf den Weg, zu uneben waren die Strecken, auf denen er lief. Und doch war er ja nicht blind und taub, wenn er das tat. Seine Augen konnten Bewegungen wahrnehmen, die in seinem Umfeld stattfanden. Manchmal war diese Fähigkeit aus seinen lasterhaften Jahren sehr wichtig: Wenn ihm zum Beispiel einer der Hunde begegnete, von denen so viele wild auf der Insel lebten. Man rannte nicht vor einem Hund weg, sondern musste dann Ruhe bewahren, sodass das Laufen gleichmäßig und ohne Hast blieb. Hin und wieder musste man auch langsamer werden, um die Tiere nicht zu verschrecken, die sonst vielleicht aus der Angst heraus Dummheiten machen würden. Er hatte früh gelernt, auf alles zu achten, was um ihn herum geschah, denn schließlich wollte er, dass seine Geschäfte unbehelligt über die Bühne gingen. Also musste man quasi Augen am Hinterkopf haben. Auch hinter Gittern waren diese unerlässlich, wollte man nicht diverse Gegenstände im Rücken oder gar in anderen Öffnungen des Körpers haben.

Jetzt, wo er die abgeschiedene Ruhe der Felder genoss, sein einfaches Leben lebte, da erlaubte er diesem Sinn manchmal ein paar Ruhepausen, denn im Regelfall drohte ihm keine Gefahr mehr. *Hatte* ihm keine Gefahr mehr gedroht! Seit heute was alles anders, und wieder war er selbst schuld. Wie immer, wenn sich etwas in seinem Leben vollkommen falsch entwickelte, trug er die Verantwortung für den Schlamassel. Wäre er zu Hause geblieben, hätte er nicht klarstellen wollen, dass er kein Frauenmörder war ... Warum zur Hölle war er so weit von zu Hause weg und bewegte sich nun quasi im Kreis, anstatt seiner Wohnung näher zu kommen. Er zog damit die Schlinge, die er sich selbst um den Hals gelegt hatte, immer enger.

Die Frau hatte mit ihm gesprochen und würde sich genauso an ihn erinnern wie die Schäfer und Christos, der POLIZIST! Wie viel Pech konnte ein Mensch in einem Leben haben? Er befand sich mitten in dem von Murphy beschriebenen Zustand: Egal, was er auch tat, es war falsch und zog den nächsten Fehler nach sich.

Er bezweifelte, dass er es schaffen würde, heute noch nach Hause zu kommen, denn von Agia Galini gab es keine Querverbindung. Es war also vollkommen schwachsinnig, was er hier tat. Er sollte lieber versuchen, nach Irakleio zu kommen, und von dort den Heimweg anzutreten, denn nur von dort aus kam man in Richtung Ierapetra. Ansonsten müsste er ein Taxi nehmen oder mit jemandem mitfahren.

War jetzt nicht sowieso alles egal? Ein Polizist hatte ihn gesehen. Was sollte Schlimmeres geschehen? Denn würde Christos Papadakis auf die Idee kommen, den einsamen Wanderer zu suchen, dann würde er ihn auch finden. Die Polizei auf der Insel würde jeden Stein umdrehen. Doch warum sollte der Mann auf die Idee kommen, dass sein unfreiwilliger Mitfahrer in das, was so viele Kilometer von ihrem Zusammentreffen entfernt geschehen war, verwickelt war? Er wurde langsam irr und musste etwas tun, wenn er nicht vorhatte, von Agia Galini aus nach Hause zu schwimmen.

Der kleine Bus zockelte die gewundene Straße entlang, und Ignatios war kurz davor, schon wieder mitten in der Pampa aus dem Gefährt zu steigen. Ganz offensichtlich würde es heute nicht mehr besser werden. Ob alle Begegnungen, die er im Laufe des

Tages gehabt hatte, eine Bedeutung hatten? Oder waren und blieben es belanglose Zufälle?

Er hatte in seinem Leben eine ganze Menge Menschen kennengelernt, die die Fähigkeit besaßen, sich alles schönzureden, er jedoch war nie so gewesen. Er hatte sich für realistisch gehalten, für jemanden, der Gefahren erkennen und einschätzen konnte. Doch dann hatten ihm die Moiren gezeigt, wie sie seinen Schicksalsfaden zu spinnen gedachten, und das hatte nichts mit dem zu tun, wie *er* seine Existenz geplant hatte. Damals war er Mentakis das erste Mal begegnet, und auch wenn er den Mann gehasst hatte und wahrscheinlich auf eine gewisse Weise auch noch immer hasste, so war da auch noch ein anderes Gefühl gewesen. Dieser Polizist war nicht wie die anderen Bullen gewesen – nicht herablassend oder verächtlich. Er hatte den vermeintlich grausamen Mörder wie einen Menschen behandelt. Vielleicht war der Grundstein für das, was er heute getan hatte, schon damals gelegt worden, denn Ignatios war schon zu jener Zeit ein gnadenloser Egoist gewesen. Er musste ehrlich zu sich sein, sonst blieb ihm kein bisschen Würde mehr übrig. Er war schon immer vor allem auf seinen Vorteil und sein Überleben fokussiert gewesen, deshalb war es auch so glaubhaft erschienen, dass er die Frau auf dem Gewissen hatte – und deshalb hatte er sich heute seinem Grundmuster entsprechend verhalten. Die ganze Rennerei, die Erde, die Pflanzen, das Wachsen, die Zurückgezogenheit, die Askese – alles war nur eine Maske gewesen, und darunter hatte immer nur er selbst gesteckt. Seine Persönlichkeit hatte sich nicht auf wundersame Weise gewandelt, auch wenn er sich das die ganze Zeit zu gern eingeredet hatte. Er war und blieb ein Krimineller – mehr nicht. Kein Superheld, dessen Gesicht am Ende der Geschichte auf den Titelseiten der Zeitungen zu sehen war.

Er musste in Ruhe nachdenken, und das ging nun mal am besten mit Bewegung. Er musste raus aus diesem Bus. Er sah das Ortsschild von Moires und empfand es als Wink des Schicksals, stand auf, nickte dem Fahrer im Spiegel zu. Dieser hielt an, und Ignatios stieg zum zweiten Mal an diesem hundsmiserablen Tag aus einem Bus aus, ohne auch nur in der Nähe seines Ziels zu sein.

64. Kapitel

Kostoula hatte den beklemmenden Raum verlassen. Sie hatte Stelios im wachen und gesunden Zustand schon nichts mehr zu sagen gehabt und diesem wächsernen Halbtoten schon zweimal nicht. In ihrem Kopf flüsterten Stimmen auf sie ein, daher half das Schmerzmittel nur bedingt und der Schmerz klemmte sich hinter ihre Augen wie stechende Splitter. In ihrer Kehle hing ein Kloß, der ihr das Schlucken erschwerte und der aufkommenden Übelkeit einer Migräne bereits den Weg ebnete. Sie widerstand dem Bedürfnis, sich die Augäpfel mit den Fingern tiefer in den Kopf zu pressen, um der destruktiven Pein Gegendruck zu bieten.

Nichts von alledem war richtig. Was hatte sie sich nur dabei gedacht, hier aufzukreuzen? Hatte sie den Stecker ziehen wollen, um damit alles für immer zu beenden und das letzte Band auch noch zu kappen: seinen Entschluss, sie über sein Überleben entscheiden zu lassen, dem sie nichts entgegengesetzt hatte, obwohl es an ihr gewesen wäre, sich komplett abzugrenzen.

Wahnsinn. Das alles war Wahnsinn, so wie der Tag, an dem ihre Ehe zerbrochen war, blankem Irrsinn geglichen hatte. Sie versuchte, die Kälte abzuschütteln, die erneut über ihre Arme kroch und ihr alle Haare zu Berge stehen ließ.

Niemand konnte von ihr erwarten, dass sie ein Urteil vollstreckte. Sie war keine Richterin und auch keine Henkerin. Sie war Anwältin, jemand, der sorgfältig abwog und Informationen zusammentrug. Es war ein Fehler gewesen, sich von Maria angetriggert zu fühlen und jenem Teil ihrer Persönlichkeit nachzugeben, der sich dafür verantwortlich zu fühlen schien, wie es mit Stelios ausgehen würde.

Sie ging den kahlen Flur entlang, den Blick starr geradeaus, den Kopf hoch erhoben. Sie hatte diese Haltung im Gericht perfektioniert, und niemand sprach sie im Regelfall an, wenn ihr Körper sich in diese Position begab. Es war wie ein Schutzschild und wirkte heute auch hier. Die vorbeieilenden Pflegerinnen ließen sie ungehindert gehen, und auch der nette Arzt sprach sie nicht an, obwohl sie im Augenwinkel sehen konnte, dass er kurz zögerte, sich dann aber dafür entschied weiterzulaufen. Kurz bevor sie das Treppenhaus in Richtung Ausgang erreicht hatte, läutete ihr Telefon schrill und bedrohlich. Sie dachte einen Augenblick darüber nach, es zu ignorieren, nahm dann aber seufzend den Anruf einer ihr unbekannten Nummer an.

»Entschuldigen Sie, spreche ich mit Kostoula Banaki? Mein Name ist Dr. Penelope Demostaki. Ich bin die ...« Kostoula unterbrach die Frau und führte den Satz zu Ende: »... leitende Pathologin des rechtsmedizinischen Instituts hier.« Selbstverständlich kannte sie die Frau von Pressekonferenzen und aus Zeitungsberichten.

»Gut«, sagte Demostaki, und obwohl sie eine toughe Person war, klang ihre Stimme vorsichtig. »Ich weiß, dass Maria Sie informiert hat, und ich möchte Sie um etwas bitten.«

Kostoula spürte, wie die Kopfschmerzen trotz der Tablette mit voller Wucht zurückkehrten. Was wollten all diese Menschen von ihr? Waren sie alle verrückt geworden? »Ich kann Ihnen nicht helfen«, stieß sie harsch hervor und ging weiter in Richtung Ausgang.

»Bitte hören Sie mich kurz an. Ich weiß, dass Sie das alles nichts mehr angeht, gleichzeitig suchen wir nach Antworten, denn auf einen so hochrangigen Beamten zu schießen, bringt Komplikationen mit sich und kann unter Umständen für massive Unruhen sorgen.« Demostaki hörte sich nun an wie sie selbst, wenn sie einem Richter etwas Offensichtliches erklärte, was dieser jedoch nicht sehen konnte oder wollte.

»Dessen bin ich mir vollkommen bewusst, und nur deshalb bin ich aus meinem Urlaub überhaupt in die Stadt gefahren«, erwiderte Kostoula und fügte in Gedanken hinzu: *Und weil ich dachte, es wäre ein Leichtes für mich, ihn tot zu sehen. Die Stopptaste für alles zu drücken, was kein Ende haben würde, solange …* Sie unterbrach sich selbst, denn auf der langen Strecke von Milia nach Irakleio hatte sie genügend Zeit gehabt, sich Gedanken zu machen, wer sie sein wollte. Der Anruf hatte Wunden aufgerissen, die sie als geheilt empfunden hatte. Doch heute war der Tag, an dem sie wohl begreifen musste, dass nichts dergleichen geschehen war. Raue Ränder waren erschienen, und sie hatte die schorfigen Kanten nicht sanft abgerieben, sondern brutal entfernt. Es war, als würde man erneut in dieselbe Stelle schneiden, nur diesmal tiefer und heftiger. Der Schmerz war unerträglich, und sollte die Wunde je wieder verheilen, so würden die Narben zu Wülsten werden und für immer vordergründig sichtbar sein.

Sie wollte der Frau nicht zuhören und hatte schon den Finger auf das rote Telefon geschoben, um den Anruf zu beenden, als diese rief: »Bitte, legen Sie nicht auf! Bitte! Ich weiß nicht, was zwischen Ihnen vorgefallen ist, aber ich möchte Sie um nichts Persönliches bitten. Kommissar Galavakis und ich benötigen das private Smartphone von Mentakis für weitere Recherchen.«

»Warum fordern Sie es dann nicht offiziell an?« Die Anwältin in ihr kam zum Vorschein.

»Er ist nicht … tot.« Demostaki räusperte sich. »Wir haben offiziell, also ohne seine Zustimmung oder einen richterlichen Spezialbeschluss, kein Recht, seine Privatsachen an uns zu nehmen, die sich nicht hier am Tatort befinden.«

»Und wie kommen Sie zu der Annahme, dass ich erstens diesen Zugriff habe und Ihnen zweitens das Gewünschte einfach so aushändigen werde?«

»Er hat Ihnen sein Leben anvertraut«, sagte die Pathologin.

Kostoula fiel ihr ins Wort: »Woher wissen Sie das? Hat Maria es erzählt?«

»Er hat mir gegenüber einmal etwas in der Richtung erwähnt.«

Kostoula spürte, wie sie zu fluchen beginnen wollte, von *Re* über *Malaka* bis hin zu Schlimmerem. Er hatte es nicht vergessen, er hatte es bewusst so gelassen, wohl wissend, dass sie nichts mehr mit ihm zu tun haben wollte. Nie mehr. Wahrscheinlich hatte er am Ende sogar auf sich selbst geschossen, nur um sie in diese Situation zu bringen. Doch hatte er sich wirklich sicher sein können, dass sie kommen würde? Wahrscheinlich kannte er sie eben zu gut. Eine höchst einseitige Geschichte. »Was glauben Sie, dort zu finden?«

»Antworten«, kam es wie aus der Pistole geschossen von Penelope Demostaki.

Es lag etwas in der Luft, das spürte Kostoula, sie konnte es nicht ganz greifen, aber da war etwas, und diese Ahnung ließ eine Gänsehaut über ihren Rücken kriechen und sie erschauern. Sie wollte zurück in die einsame Stille und das Nichtwissen. Wollte zurück zu diesem Morgen. Doch dadurch, dass sie mit Maria gesprochen hatte, hatte sie einen bestimmten Punkt überschritten, und man konnte nicht einfach *nicht* wissen, was man wusste. Da ließ sich das Gehirn nicht austricksen – vielleicht mit einem harten Schlag auf den Kopf, doch so weit war sie noch nicht.

Sollte sie Fragen stellen – so, wie sie es in ihrem Beruf täglich machte? Oder einfach erlauben, dass sie das Ding nahmen, und sich dann jede weitere Kontaktaufnahme verbitten. Sie konnte auch zu dem Notar fahren, in dessen Tresor die Verfügungen lagen, und ihn offiziell informieren, dass sie nichts dergleichen tun oder entscheiden würde. Ende!

Ja, so würde sie es machen.

»Ich habe einen Schlüssel zu seiner Wohnung«, sagte Demostaki nun, und Kostoula fühlte sich mit einem Mal vorgeführt. Seine Neue also ... Doch dann fiel ihr ein, dass man munkelte, die Pathologin sei vom anderen Ufer. Aber Gerüchte konnten ohne jeden Wahrheitsgehalt sein, während die Wahrheit ohne jedes Gerücht existenzfähig war.

»Nehmen Sie das Ding und was Sie sonst noch brauchen, ich schreibe Ihnen das offiziell und rechtssicher, aber rufen Sie mich nie wieder an. Verstehen Sie: NIE WIEDER!«

Penelope schluckte hörbar und sagte schlicht: »Danke!«

»Ich brauche eine E-Mail-Adresse, an die ich die Gestattung senden kann.« Sie schaltete nun auf den geschäftsmäßigen Modus um und formulierte in Gedanken bereits den kurzen Text, während die Frau ihr die Daten diktierte. Nur noch ein paar Minuten, und dann war sie frei. Genau das erklärte sie der Pathologin nun: »Ich ziehe meine Bereitschaft, diese Verfügung und Vollmacht umzusetzen, noch heute beim Notar zurück. Ich will von niemandem mehr etwas hören. Das können Sie auch, nein, *vor allem* Maria ausrichten.«

»Was ist geschehen, dass Sie sich so entzweit haben?«, traute sich Penelope Demostaki nun allen Ernstes zu fragen.

Kostoula sog den Atem so scharf ein, dass er in ihrer Kehle schmerzte, und tausend Hämmer schlugen auf ihre Schädeldecke ein. »Sie werden unverschämt, Demostaki. Fragen Sie das Ihren Freund!« Sie hatte das Gefühl, die Worte ausspucken zu müssen, denn sie klebten wie saurer Gallensaft an ihrem Gaumensegel. Dann beendete sie ohne ein weiteres Wort die Verbindung.

Rasch verließ sie das Gebäude, und die frische Luft vor der Tür schlug ihr mit solcher Wucht ins Gesicht, dass sie kurz stehen bleiben musste, um sie bewusst einzusaugen und wieder auszustoßen.

Dann sah sie die Geier. Die hatte sie komplett vergessen. Als die Reporter und Fotografen zum Sprint ansetzten, in jenem albernen Wettbewerb, wer ihr wohl zuerst das Mikrofon ins Gesicht drücken durfte, straffte sie sich, ließ ihre Züge zu Stein erstarren. Das hatte sie sich während vieler Prozesse bis zur Perfektion antrainiert. Sie marschierte an den gierigen Menschen vorbei, ohne sie eines Blickes zu würdigen. Das funktionierte meist recht gut. So auch heute. Sie erreichte die Sicherheit ihres Wagens, ohne etwas sagen zu müssen, und fuhr davon.

65. Kapitel

Anna-Maria hatte die ungewohnte Ruhe während des Essens genossen. Das langsam gegarte Fleisch war zart und köstlich, die Kartoffeln hatten sich mit dem beim Kochen entstehenden Sud vollgesogen, und sie hatte sich innerlich mehrfach selbst für das gute Gericht gelobt. Auch die Tante hatte mit zittriger Stimme erwähnt, wie gut es ihr schmecke. Nur ihre Buben hatten gemampft, ohne etwas von sich zu geben.

Erst nach dem Essen, während sie an der Spüle stand und das Geschirr säuberte, hörte sie die fragende Stimme der Tante: »Ist alles in Ordnung, Anna mou?« Sie benutzte eine Liebkosung in der Ansprache und war wie immer einfühlsam. Ihr Leben war nie leicht gewesen, deshalb war sie in vielen Situationen eine wirklich bereichernde Gesprächspartnerin, auch wenn ihre Sätze hin und wieder von langen Pausen unterbrochen waren. Sie war Ende der Zwanzigerjahre geboren und als junge Frau von den Nazis mehrfach vergewaltigt worden. Doch sie hatte den Zweiten Weltkrieg überlebt.

Anna-Maria hatte sich gefragt, ob ein Leben mit einer solchen Erfahrung lebenswert war, doch sie hatte die Frage nicht laut gestellt. Niemals. Es wäre Blasphemie. Letztlich hatten alle schlimmen Erlebnisse die alte Frau zu der gemacht, die sie heute war, und auch nach dem Tod ihres Mannes hatte Anna-Maria Trost bei der Tante gesucht und gefunden. »Ich weiß es nicht«, sagte sie wahrheitsgemäß und erzählte kurz von der Begegnung im Bus und ihrem Gefühl der Lebendigkeit dabei.

»Irgendwann sieht dich wieder jemand.« Sie sagte es so überzeugt, dass Anna-Maria bereit war, es auch ein wenig zu glauben, und fügte dann hinzu: »Und mit den Buben?«

»Sie sind so still heute und wirklich brav. Aber normal ist das nicht, gewiss haben sie den Lehrer heute wieder geärgert.« Sie grinste ein wenig, denn wenn ihre Jungs etwas nicht waren, dann brav. Sie gehorchten, wenn sie ihnen etwas auftrug oder befahl, aber sie waren Teenager, und da musste man frech sein. Sie wusste auch, dass die Tante wusste, welchen Weg Kimon und Gavril einschlagen würden. Der einzige Ausweg über eine gute Ausbildung und den Weg in die Fremde war eine Illusion, und das war ihr bewusst, aber man durfte ja schließlich noch träumen. So wie im Bus heute. Das durfte sie doch, nicht wahr?

»Ich … ich würde so gern etwas anderes machen und nicht mehr alles so hinnehmen, als wäre es vorbestimmt und … und damit mein unausweichliches Schicksal.« Sie versuchte sich wieder an einem Lächeln, denn sie wollte die alte Dame nicht mit ihren Gedanken und Gefühlen belasten. Doch sonst gab es niemanden, mit dem sie so offen reden konnte.

»Das verstehe ich, und doch sind wir in genau dieses Leben hineingeboren, und es fordert von uns, das Beste daraus zu machen. Diejenigen von uns, die damals entfliehen wollten, wurden für immer zu Ausgestoßenen.« Der Blick der Tante glitt in die Ferne, und Anna-Maria konnte den Schmerz darin sehen.

»Es tut mir leid, das wollte ich nicht.« Sie legte ihr die Hand auf den Arm und bedauerte die Wendung des Gesprächs. Sie war ein Kind der Berge und kannte alle furchtbaren Geschichten der Kriege, des Hungers, des Mutes zu rebellieren, aber auch die der Furcht und Resignation.

»Es ist in Ordnung, mein Mädchen. Ich will nur sagen, dass du das, was du hast, schätzen sollst. Ein Heim, genügend zu essen und zwei gesunde Söhne. Denke stets daran, dass sich der, der zu hoch fliegt, die Flügel verbrennt und dann abstürzt. Das heißt nicht, dass du nicht träumen darfst. Es heißt nur, dass du immer darauf achten musst, nicht zu viel zu wollen.« Sie faltete die Hände auf dem dunklen Rock, und ihr Gesicht sah so müde aus, dass Anna-Maria sich selbst gern geohrfeigt hätte, doch sie musste noch etwas sagen. Es war wichtig. »Sollte ich nicht gerade wegen der Jungen etwas ändern, denn ich … ich will sie nicht auch noch sterben sehen. Das Herz einer Mutter zerbricht daran.« Die ganze romantische Stimmung des Flirts hatte sich in Luft aufgelöst, nichts war geblieben. Die Sorge und der Kummer rollten wie eine Welle über sie hinweg und begruben die Leichtigkeit unter sich.

Die Tür öffnete sich, und Kimon und Gavril kamen herein, jeder einen Besen in der Hand. »Wir sind fertig, Mutter. Was sollen wir noch tun?«

Ihre Alarmglocken begannen so laut zu schrillen, dass sie das Gefühl hatte, taub zu werden, und auch die Tante öffnete die Augen weit und starrte die beiden an, als würde sie sie zum ersten Mal sehen. Es war nicht so, dass sie sich gegen die Aufgaben wehrten, denn auch sie liebten die alte Frau sehr, doch sie machten lieber draußen Botengänge, als aufzuräumen oder gar zu putzen. Anna-Maria beschloss, ihrem mütterlichen Warnsystem zu vertrauen, und sagte: »Das Bad muss geputzt werden, und im Schlafzimmer liegt Staub auf den Regalen.«

Die beiden warfen sich einen Blick zu, brachten die Besen weg, griffen sich das Putzzeug aus der Kammer und trampelten die Treppe hinauf. Sie würde wohl in der Schule anrufen müssen, denn hier war auf jeden Fall mehr im Busch, als etwas zu vorlaut zu sein oder wiederholt die Hausaufgaben nicht zu erledigen. Der Lehrer würde sie dafür verantwortlich machen – so wie immer. Doch was sollte sie tun? Die Jungs an den Tisch binden und mit ihnen rechnen, so wie damals, als sie noch sechs Jahre alt gewesen waren?

»Hoffentlich haben sie sich nicht geprügelt, sondern nur die Aufgaben verhauen«, sagte sie und musste trotz der unangenehmen Situation über ihr Wortspiel lächeln.

»Sie sind wie zwei ungestüme Ziegenböcke, die sich unbedingt beweisen möchten und sich dabei dauernd ihre Hörner verkeilen«, bestätigte die Tante.

»Ja, und dann muss ich kommen und die Hörner lösen, damit sie sich nicht ernsthaft verletzen!« Anna-Maria dachte an den jungen Ziegenbock, der mit seinen Hörnern in einem Zaunstück hängen geblieben und dort gestorben war. Sie musste ihre Söhne beschützen. »Ich bringe dich zum Sofa, dann mache ich die Küche fertig und schicke die beiden Putzteufel zum Kartoffeln-Holen.

Während sie weg sind, rufe ich den Lehrer an.« Sie ergab sich ihrem Schicksal, denn der Lehrer war kein netter Mann und mochte sie auch ganz offensichtlich nicht. Vielleicht war das auch der Grund, weshalb er Kimon und Gavril besonders auf dem Kieker hatte. Die Schule war klein, und er war für beide Klassen zuständig.

66. Kapitel

Penelope spürte seinen angespannten und erwartungsvollen Blick – Christos schaute zu Hyeronimos und zu ihr. Ganz offensichtlich schien er sich nicht gut zu fühlen, sie erkannte Schmerz in seinen Zügen, und er hatte eine bandagierte Hand. So sah ein Mensch aus, dem etwas auf die Seele drückte. Es schien so, als läge er mit sich selbst im Widerstreit und wollte zwar vorwärtsgehen, aber ein unsichtbares Gummiband würde ihn kraftvoll zurückziehen.

»Hyeronimo, Penelope«, grüßte er mit neutraler Stimme. »Kann ich helfen?«

Er kam auf sie beide zu und streckte bewusst zuerst Hyeronimos die Hand hin. Das war ganz offensichtlich sein Friedensangebot. Sie vermutete zwar, dass es nur ein Interimsangebot war – denn es galt sicher nur für diesen Fall. Doch er zeigte damit an, dass er sich beherrschen würde.

Hyeronimos zögerte einen winzigen Augenblick, doch dann ergriff er die ausgestreckte Hand und nahm damit das Angebot an. »Christo«, sagte er und hielt seinen Blick fest, »wir können jede Hilfe brauchen.«

Penelope spürte Stolz in sich aufwallen. So musste sich eine Mutter fühlen, deren Kind eine Prüfung mit Bravour bestanden hatte. »Wir setzen dich rasch ins Bild, und dann müssen wir mit all diesen Gerätschaften im Haus ein Rätsel lösen.« Sie zeigte auf drei technische Apparaturen, die vor dem kleinen Steinhaus aufgereiht standen.

Es dauerte dann doch ein paar Minuten länger als geplant, ihn auf den aktuellen Stand zu bringen, und sie spürte, wie trotz aller Neugier die Müdigkeit in ihr aufflammte. Der Tag hatte schon viel Kraft gekostet, und noch sah es nicht nach einem Ende aus. Sie würde zwar mit dem Heli zurückfliegen und daher jede Menge Zeit einsparen, doch gleichzeitig hing der weitere Verlauf von den Ergebnissen, die sie nun erzielen würden, ab und von Stelios' Zustand. Zudem wollte sie nicht allein in dessen Wohnung gehen und sich im Nachgang vorwerfen lassen, etwas manipuliert zu haben, um ihn zu schützen. Am liebsten war ihr natürlich Hyeronimos als Begleitung, doch der musste mit dem Auto hinabfahren und würde rund eine Stunde dafür benötigen.

Sie hatten gegessen, ohne sich richtig Zeit dafür zu nehmen, und sie wusste, dass er auf jeden Fall noch an einem Tisch sitzen musste, um bewusst zu genießen, den Magen zu füllen und Kraft zu schöpfen. Und ganz sicher würde er auch noch ins Meer gehen, um die miese Energie dieses furchtbaren Tages abzuspülen, und sie würde ihn begleiten. Er gab die Dunkelheit der bösen Taten an das Wasser ab, reinigte so Körper und Seele, und auch sie spürte die Macht des Ozeans. Doch nun fühlte sie die Blicke der Männer auf sich und konzentrierte sich auf das Hier und Jetzt.

»Hast du noch Fragen, Christo?«

Der Kommissar schüttelte den Kopf und wollte losstapfen, doch sie hielt ihn am Ärmel seines karierten Hemdes fest. »Auf ein Wort, Christo. Du entschuldigst uns kurz, Hyeronimo?« Sie schaute zu ihrem Freund, der fragend die Augenbrauen hochzog, dann aber mit den Schultern zuckte, zum Haus ging und sich davor auf der Bank niederließ. Sie drehte sich um und gebot Christos, ihr zu folgen, dann machte sie ein paar Schritte in Richtung Wald. Die Kollegen hatten die gesicherte Waffe bereits im Hubschrauber deponiert, sodass sie diese den Kriminaltechnikern zeitnah zur Verfügung stellen konnte.

»Was tust du wirklich hier, Christo? Du und ich wissen, dass du nicht hier bist, weil du helfen willst!«

Er räusperte sich empört. »Du weißt, dass ich Stelios nicht hasse, ich war nur wütend auf ihn …«

»Sehr, sehr wütend«, unterbrach sie ihn.

»Es tut mir leid.« Er wirkte ehrlich betroffen, und sie war beinahe geneigt, schon nachzugeben. Doch ganz so einfach ließ sie sich dann auch nicht zufriedenstellen. »Das reicht mir nicht als Erklärung. Hyeronimos ist der leitende Ermittler, und du machst im Regelfall einen riesengroßen Bogen um ihn und die Tatorte, die ihn angehen. Also frage ich dich noch einmal: Was machst du hier, Christo?«

Er hob seine Hände leicht an, und das lenkte ihre Aufmerksamkeit auf den Verband, doch sie verkniff sich eine Frage, denn er sollte beim Thema bleiben. Die unverwundete Hand glitt zu der goldenen Kette mit dem Kreuz, die er um den Hals trug, und nestelte an dem Bekenntnis zu Gott und der Kirche herum.

Sie wartete ab, obwohl sie Ungeduld verspürte und rasch ins Haus gehen wollte, um sich dem hinzugeben, was sie am meisten liebte und dem sie am meisten vertraute: der Wissenschaft. In den Gesprächen und Verhören mit Hyeronimos hatte sie gelernt, dass es eine wichtige Fähigkeit war, abwarten zu können, bis die Schale der Befragten einen Riss bekam, durch den man in sie dringen konnte. Sie sah, dass es bei ihrem Gegenüber – obwohl er ein Profi und ein hartgesottener Brocken war – bald so weit sein würde. Er hatte etwas auf dem Herzen, und er suchte nach einem Weg, sich zu offenbaren. Davon war sie fest überzeugt.

Während sie sich vom Haus wegbewegten, fiel ihr zum ersten Mal, seitdem sie gelandet war, auf, wie schön es hier oben war. Sie hatte zwar nicht die Muße, sich darauf einzulassen, doch sie konnte verstehen, warum Stelios es an diesem Ort so lange ausgehalten hatte und es ihm Stück für Stück besser gegangen war. *Ich setze mich wieder zusammen, Penelope,* hatte er gesagt, *und füge jedes einzelne Puzzlestück nach genauer Betrachtung an den richtigen Platz. Das ist Resilienz: wenn man sich wieder zusammensetzen kann, nachdem alles irgendwie durcheinandergekommen ist.*

Sie hatte geglaubt, ihn zu verstehen, doch nun wurde es irgendwie deutlicher. Hier konnte man die einzelnen Teile wirklich in aller Ruhe betrachten, denn die beeindruckende Natur gab den Raum dafür und die nötige Dankbarkeit, die bei der Heilung vieler seelischer Verwundungen half. Die Bäume unterschiedlichster Art streckten Blätter und Nadeln gen Himmel, zwischen den Stämmen lugten verschieden große Felsen hervor – manche wirkten wie von Menschenhand platziert. Wenn man vom Haus aus die Aussicht genoss, so konnte man bis zum Horizont kein Meer sehen und damit beinahe vergessen, dass man auf einer Insel lebte. Sanft geschwungene Hügelketten wechselten sich mit schroffen Spitzen ab, mal grünlich bewachsen, mal von jenem kargen Felsengrau, das entstand, weil die Schafe und Ziegen alles fraßen und die Pflanzen sich selten bis kaum davon erholten. Dazwischen Täler, in denen das Grün von Weinreben und das silbrig schillernde Oliv der knorrigen Bäume vorherrschte. Eine ländliche Idylle, die hie und da durch kleine Ansammlungen von Bauwerken und rundkuppeligen Kapellen durchbrochen wurde.

»Ich hätte es verhindern können«, stieß Christos plötzlich hervor und riss sie aus ihrer gedankenverlorenen Betrachtung der Natur.

»Nein, das hätte niemand von uns voraussehen und damit verhindern können«, widersprach sie ihm erstaunt.

»Doch, Penelope! Bitte verurteile mich nicht und lass mich euch helfen. Ich habe Schuld auf mich geladen. Ich meine es vollkommen ernst, wenn ich sage, dass ich es hätte verhindern können.«

Sie konnte deutlich fühlen, dass da etwas Ungutes aufkam, wie ein Unwetter, das sich plötzlich blitzend und donnernd über den Hügeln auftürmte. »Ich finde, dass sich das nun in eine Richtung entwickelt, bei der ich Hyeronimos gern dabeihätte.«

Christos' Reaktion machte es noch schlimmer, denn er nickte, senkte den Kopf und trottete in Richtung Haus. Das war nicht gut. Was hatte er nur getan?

Sie folgte ihm auf dem Fuß und überholte ihn rasch. An der kleinen Steinbehausung angekommen, ergriff sie das Wort, noch bevor ihr Freund aufspringen und hineingehen konnte, um endlich das Rätsel im Blut zu lösen. »Wir müssen reden, Hyeronimo. Christos hat uns etwas zu sagen, und ich möchte – nein, Quatsch! –, ich verlange von euch beiden, dass ihr das hinbekommt, egal, was er sagt. Wir können hier keine kindische Reibung brauchen, die uns unnötig Energie klaut, denn andere Dinge haben Priorität!« Wieder kam sie sich wie eine Mutter vor, doch diesmal eine, die ihre Halbwüchsigen zusammenstauchte und gleichzeitig an deren Vernunft appellierte.

Hyeronimos erhob sich und nickte halbherzig. Sein blauer Blick war auf Christos gerichtet, und Penelope wusste, dass der andere das nicht mochte.

Viele Kriti waren sehr offen und begrüßten die Besucher aus Deutschland herzlich, was jedoch nicht bedeutete, dass damit jeder Groll ausgemerzt war. Die deutsche Regierung verweigerte Griechenland für das erlittene Unrecht im Zweiten Weltkrieg Reparationszahlungen, und das Land war in den vergangenen Jahren immer weiter in den finanziellen Ruin und die Krise getrudelt. Darunter litten die Bewohner überall und auf den Inseln eben teilweise noch mehr als auf dem Festland, denn die Möglichkeiten Geld zu verdienen waren dort mehr als überschaubar. Zudem waren in diesem Jahr die Energiekosten noch in astronomische Höhen geschossen, und das machte die Not immer größer. Natürlich vertrieb man dann die Touristen nicht.

Christos' Gesichtsausdruck sprach Bände, und als er zu sprechen begann, transportierte auch seine Stimme seine Schuld: »Ich war auf dem Weg zu ihm. Ich ... ich ... wollte ihm meine Wut über seine Entscheidung um die Ohren hauen und wie sehr er mich menschlich enttäuscht hatte. Ich wollte ihm aber nichts anhaben, wirklich! Ich wollte ihm nichts tun.«

Er schwieg betreten, und Penelope sah, wie Hyeronimos' Brustkorb sich schnell hob und senkte, als wäre er gerannt. Sie hoffte, er würde sich zurückhalten.

»Anfangs habe ich vielleicht davon geträumt, ihm einen richtigen Kinnhaken zu verpassen«, gestand Christos und wurde immer kleiner. »Ich wollte mich mit ihm prügeln, und ... und er sollte am Boden liegen und sich entschuldigen für das Unrecht, das er mir angetan hat.«

»Ist das dein Ernst?«, wollte sie vollkommen verdattert wissen.

»Ja«, gab er ehrlich zu, »doch auf dem Weg hierher kam es mir plötzlich idiotisch vor, denn ... Ach, ich weiß nicht. Ich habe auf jeden Fall kurz vor der Abfahrt zum Kloster Agios Antonios eine Kehrtwende gemacht und bin nicht hier hinaufgekommen. Aber wenn ... wenn ich es getan hätte ...«

Er war kaum noch zu verstehen, und Hyeronimos, dessen Atmung noch immer rasch ging, stieß durch zusammengebissene Zähne hervor: »Was stimmt eigentlich nicht mit dir, Christo? Du hasst mich – okay. Aber warum willst du deinen Chef auf dem Boden liegen sehen, niedergestreckt durch deine Faust? Was kommt dann? Trittst du ihm in den Bauch und gegen den Kopf ...«

»Hyeronimo!« Penelope hob die Hand gebieterisch und hoffte, dass die uniformierten Kollegen, der Hubschrauberpilot und die Krankenwagenfahrer diese Auseinandersetzung hier nicht mitbekamen. »Hört auf damit«, zischte sie, »und zwar sofort. Es sei denn, ihr wollt den Scheiß im Fernsehen und in der Zeitung sehen. Die Typen aus dem Krankenwagen sind keine von uns. Die verkaufen alles an die Presse, darauf könnt ihr euch verlassen. Aber wenn euch das scheißegal ist, dann einfach weiter so, meine Herren. Das ist wirklich eine publikumsreife Vorstellung!«

Sie sah das Erstaunen in den Gesichtern der Männer, das dann betretenen Mienen Platz machte. So harsch hatte sie noch nie mit Hyeronimos gesprochen, doch das war ihr in diesem Augenblick vollkommen egal.

Sie erwartete einen erneuten Schlagabtausch, aber zu ihrer Verblüffung blieben die beiden stumm.

Hyeronimos fasste sich als Erster. »Penelope hat recht. Wir müssen uns zusammenreißen und die Aufklärung des Attentats in den Vordergrund stellen. Vielleicht hättest du es verhindern können, vielleicht wärst du aber auch zu spät dran gewesen«, sagte er versöhnlich in Richtung seines Widersachers, und das Wunder geschah.

Christos reichte ihm die Hand. »Ich fühle mich trotzdem schuldig, Hyeronimo. Danke, dass du so nachsichtig reagierst. Ich werde alles tun, um euch zu unterstützen. Bitte schickt mich nicht weg. Ich will es wiedergutmachen.«

Penelope nickte und schaute zu Hyeronimos. Er nickte ebenfalls, ging ins Haus und forderte sie mit einer Handbewegung auf, ihm zu folgen. Im Wohnraum angekommen, musste sie tief durchatmen, denn die große, angetrocknete Blutlache machte ihr erneut deutlich, an welch seidenem Faden Stelios' Leben hing.

67. Kapitel

Die Veranstaltung war gut gelaufen, und er hatte sämtliche Register gezogen, um allen klarzumachen, wer hier die Geschicke der Menschen lenkte. Natürlich stand Filomena im Vordergrund, wenn es um das ganze Tamtam mit Spende hier und Scheck da ging, trotzdem war jedem bewusst, wer der *Boss* war.

Gleichzeitig hatte er die Insel im Blick, denn seine Beobachter waren überall und wussten, was geschah. Der Minister für internationale Beziehungen hatte wohl geglaubt, sich an ihm vorbeischleichen zu können, doch sein Pilot hatte die Maschine noch nicht einmal auf kretischem Boden gelandet, als man ihn bereits darüber informiert hatte. Dimitris Stefanakis bildete sich ein, einflussreich zu sein. Gut, das war er auch, aber eben nicht einflussreicher als Michalis Serpantakis. Das war ein Trugschluss. Man hatte ihm mitgeteilt, dass sich der Mann sofort zur Mordkommission begeben hatte und dort mehr als eine Stunde geblieben war, doch er wusste besser, warum der Kerl hier aufkreuzte. Er selbst, der *Boss,* hatte den »kleinen Vogel« in der Hand gehalten und dann zugeschaut, wie man ihm die Federn ausriss, die Flügel und Beine brach. Doch zu seiner Erzürnung hatte er nicht gesungen. Egal, was man ihm angetan hatte, sie hatten ihn nicht aufbrechen können. Und in einem winzigen und unachtsamen Augenblick hatte er sich selbst gerichtet, ohne dass Michalis' freundliche Helfer die Wahrheit aus ihm hatten herausquetschen können.

Doch Michalis hatte eine Vermutung, und sie schürte den eisigen Hass in ihm. Dieser Kerl, das Vögelchen, war ein verdeckter Ermittler gewesen, dessen war er sich nun sicherer denn je. Er war schon lange in seinem Team gesessen, hatte sich nicht besonders hervorgetan, sich aber kontinuierlich hochgearbeitet. Es war das zweite faule Ei in seinem Nest innerhalb der letzten Monate gewesen, und das hatte ihn besonders zornig gemacht. Daher hatte er das gesamte »Wellnessprogramm« angeordnet: Nägel machen, Gesichtspeeling, Fett absaugen, Zahnpflege ... Vor allem dabei ließen sich die meisten erweichen. Aber dieser Mann nicht, er hatte immer dieselben sinnlosen Sätze wiederholt, und aus denen hatten sie weder schließen können, wer er wirklich war, noch, wer ihn geschickt hatte. Sich jahrelang in eine Organisation wie die seine einzuschleichen, bedurfte großer Geduld und eines langen Atems.

Obwohl Michalis nicht häufig in Erscheinung trat, wenn es darum ging, neue Mitarbeitende zu rekrutieren, so wusste doch jeder, wer die Organisation leitete. Man kam in den Bergen nicht an ihm vorbei. Niemand! Und so viele waren überglücklich, für ihn arbeiten zu dürfen, um so Geld nach Hause zu bringen für die hungrigen Mäuler, den Hausbau oder die Pflege der kranken Eltern. Es gab immer jemanden, der für ein paar Euro bereit war, alles zu tun – und er zahlte gut.

Während unten am Meer die Menschen in der Gastronomie oder anderen Jobs mit fünfundzwanzig bis dreißig Euro am Ende eines sehr langen Tages nach Hause kamen, so verdienten sie bei ihm teilweise bis zu sechzig am Tag. Das hielt sie bei der Stange und nicht nur das. Er sorgte auch dafür, dass der Arzt zu einem kranken Vater kam oder die schwangere Frau untersuchte. Er gab auf seine Leute acht. Wenn sie ihm aber in den Rücken fielen, dann zeigte er sehr deutlich, wo die Grenze war.

Der Kerl war tot, seine Knochen gammelten bereits unter der Erde vor sich hin, und Michalis war überzeugt, dass das der Grund für Stefanakis' Besuch auf Kreta war. Und nicht etwa, dass er wie sonst immer seinen Sohn besuchen wollte, denn das hatte die heimliche Landeaktion mehr als deutlich gezeigt.

Stefanakis würde seinen V-Mann nicht finden, konnte sich jedoch nicht vollkommen sicher sein, dass kein wortreicher Gesang unter der »Sonderbehandlung« entstanden war. Die Ministerien taten zwar immer so heilig, aber auch sie hatten ihre Handlanger, die die Drecksarbeit für sie erledigten, und der EYP war gewiss nicht für seinen zimperlichen Umgang mit Staatsfeinden bekannt. Zu ärgerlich, dass sie nichts aus dem Mann herausbekommen hatten, aber das hatte umso mehr verdeutlicht, dass dieser Typ bestens ausgebildet worden war, nicht zu zerbrechen. Denn wenn man jemandem Holzspreißel unter die Fingernägel trieb, dann die Fußnägel einen nach dem anderen ausriss, Fingerknöchel brach, feine Hautstreifen aus dem Gesicht schälte und dann Stromstöße in die so entstandenen Risse jagte – dann brach er, sofern es sich um einen einfachen Burschen handelte. Es waren auch noch zwei weitere Köpfe gerollt, denn er hatte erneut deutlich machen müssen, dass er es nicht duldete, wenn schlampig gearbeitet wurde, und irgendwo in der Überprüfung des Mannes hatte es eine Lücke gegeben, eine, die seine Leute hätten sehen müssen.

Er hatte zu viel Energie verschwendet, um seine Schwester zu bestrafen und ihr zu verdeutlichen, wo ihr Platz war. Das hatte seine Aufmerksamkeit von den wirklich wichtigen Dingen abgezogen, und nun konnte er sich nicht sicher sein, dass nicht bereits jede Menge an Informationen durchgesickert waren. Dimitris Stefanakis war deshalb hier, daran glaubte er fest. Vielleicht noch, weil er irgendwie Flagge zeigen wollte in Bezug auf den im Sterben liegenden Mentakis.

Das war auch so eine Sache. Warum war der Major nicht tot? Wie hatte er eine solche Schussverletzung und den hohen Blutverlust überleben können, vor allem mit seiner Blutgruppe? Es war ihm wirklich ein Rätsel, auch wenn er natürlich genau informiert worden war, wie die Rettung sich zugetragen hatte. Manchmal schien wirklich alles schiefzugehen, und man konnte dann auch nichts mehr ändern, um es in geregelte Bahnen zu lenken. Doch wenigstens zeichneten die Informationen aus dem Krankenhaus keine großartigen Überlebenschancen für Mentakis.

Michalis spürte für einen winzigen Moment Unsicherheit in sich aufsteigen, und das erschreckte ihn so sehr, dass er aufsprang und sein Büro in langen Schritten durchmaß, um sich einen Whiskey einzugießen. War mit Mentakis in den letzten Jahren nicht alles relativ ruhig verlaufen? Wäre dessen Tod vielleicht sogar eine Erschwernis für seinen Geschäftsbetrieb?

Der erste Schluck des bernsteinfarbenen Getränks rollte über seine Zunge und beruhigte ihn sofort. Er würde sich um alles kümmern und dafür Sorge tragen, dass ihm niemand mehr auf der Nase herumtanzte. Er war der *Boss,* man fürchtete ihn, und das zu Recht!

68. Kapitel

Sie hatten die Antworten des Ministers gehört und sich daraus resultierend die Fragen des Amerikaners zusammenreimen können. Es war allgemein bekannt, dass die auf der Insel stationierten Soldaten sich gern mal eine Auszeit mit Prostituierten nebst illegalen Substanzen gönnten. Dabei gerieten sie nicht selten mit der Polizei in Konflikt. Aus Marias Sicht war es auch vollkommen nachvollziehbar, dass die Behörden es nicht hinnehmen wollten, dass sich Besucher so benahmen; denn das waren sie schließlich. Sie waren keine Besatzer, die sich einfach nehmen konnten, was sie wollten, sondern zu Gast auf Kreta. Geduldet. Je angespannter die Polizisten waren, umso weniger zimperlich würden sie mit Verstößen umgehen, nicht etwa weil sie einem betrunkenen Ami zutrauten, auf Mentakis geschossen zu haben, sondern einfach, weil es darum ging, Grenzen aufzuzeigen. Stefanakis hatte die Situation mit dem General souverän gehandhabt, das musste sie ihm zugestehen, auch wenn sie es gewiss nicht laut aussprechen würde.

Spectros und sie mussten sich jetzt jedoch unbedingt darauf konzentrieren herauszufinden, was dort oben im Rouvas-Wald geschehen war. Sie waren zu abgelenkt gewesen durch ihre Entdeckung und Stelios' Zustand – und nun auch noch die politischen Ränkespiele ... Das alles kostete Zeit. Zudem warteten sie dringlichst auf Informationen ihrer Ermittler vor Ort. Nachdem Christos nun einfach ohne Order dort aufgetaucht war, hoffte sie, dass alles gut gehen würde.

Die uniformierten Einheiten durchkämmten die Gegend auf der Suche nach Spuren des Täters, aber sie hatte, was das anging, wenig Hoffnung. Ihre Landsleute hatten die Unart, wirklich überall alles in die Pampa zu feuern, und damit sammelten sich Unmengen an Müll an. Vor allem da, wo man es ganz lässig aus dem Autofenster werfen konnte, aber auch dort, wo man entlanglief. Nicht jede Wasserflasche oder Sandwichverpackung würde daher eine Spur tragen. Gott sei Dank hatte die einsame Lage hierbei den Vorteil, dass nicht Hunderte dort vorbeitrabten, aber genauso gab es einen eklatanten Nachteil, denn wenn nicht gerade jemand dort seine Wanderlust auslebte, war es fast unmöglich, Zeugen zu finden.

»An die Touristen kommen wir wohl in erster Linie über die sozialen Medien«, sagte sie in die Stille im Raum und spürte die

Blicke der Männer, die natürlich nicht wussten, wie sie zu diesem Schluss gekommen war.

Spectros nickte. »Die meisten schauen wahrscheinlich kein Fernsehen, während sie auf der Insel sind, Radio hören sie vielleicht im Auto, aber auf Facebook und Instagram erreichen wir eher eine größere Anzahl, und im Unterschied zu einer Radioansage kann man Posts dort teilen oder weiterleiten, sodass sie sich rasend schnell verbreiten. Das lief doch in Zusammenarbeit mit Galavakis und der jungen Influencerin schon recht gut bei einigen Fällen. Wir haben natürlich ebenfalls unsere Möglichkeiten, aber je höher die Reichweite, umso schneller gibt es Ergebnisse.«

»Ich bin da immer sehr ambivalent«, schaltete sich Stefanakis ein, und Maria war sich nicht sicher, ob es nicht besser wäre, wenn er seinen Job – und das, was auch immer er zu tun hatte auf Kreta – woanders als in ihrem Büro erledigte. »Einerseits sind die sozialen Medien eine wirkliche Ergänzung bei Ermittlungen, und andererseits bringen sie auch jede Menge Spinner ans Tageslicht, die wiederum Ressourcen fressen, denn nachgehen muss man dadurch sehr vielen Hinweisen«, fuhr er fort.

»Außer denen mit Aliens, Zombies und Göttern«, warf Spectros ein.

Obwohl ihr gar nicht zum Scherzen zumute war, musste sie bei dem Gedanken an die abenteuerlichen Geschichten, die manche von sich gaben, ein wenig lächeln. Der bittere Ernst der Situation kam jedoch sofort zurück, und sie erhob sich. Sie konnte nicht mehr sitzen und reden, es waren schon zu viele Stunden vergangen, und jede heiße Spur würde bis zum Abend erkaltet sein. Zudem würde es spätestens um acht dunkel sein. Was bis dahin nicht gefunden worden war, brachte wahrscheinlich auch nichts. Es war sowieso komplett unmöglich, den gesamten Wald abzusuchen.

»Sie machen Ihren Job und ich meinen.« Stefanakis erhob sich ebenfalls, und sie unterdrückte ihr Aufseufzen nicht. Er konnte ruhig wissen, dass sie Erleichterung empfand, wenn er ging. Sie schuldete ihm nichts. Er nickte ihnen zu, legte eine Visitenkarte auf den Tisch, und Maria sah, wie Spectros herablassend eine Augenbraue hob. Sie würde die Karte später inspizieren, jetzt wollte sie ihn nur gehen sehen. Er war schon fast an der Tür, als er mit dunkler Stimme sagte: »Es gibt Dinge, die nicht für die Öffentlichkeit sind. Das sollten Sie bei keiner Ermittlung vergessen!« Dann war er fort.

»Was sollte das jetzt?«, brauste sie auf. »Will er uns unterstellen, dass wir unseren Job nicht beherrschen und nicht wissen, was korrekt ist? Malaka!« Sie fluchte ohne Rücksichtnahme und so laut, dass sie sich sicher war, dass der Mann auf dem Flur es noch hören konnte.

»Du musst Dampf ablassen«, sagte Elonidas verständnisvoll, und auch das ging ihr gerade gewaltig auf die Nerven. Einfühlungsvermögen hin oder her, manchmal war es einfach besser, entweder zu schweigen oder mitzumachen. Sie drehte sich zum Fenster und rollte mit den Augen.

»Ich kann *hören*, wie du die Augen verdrehst.« Er blieb noch immer gelassen. »Ich empfinde genauso Frustration wie du, Maria, aber ich bin der, der Ruhe ausstrahlt und du diejenige, die auf den Tisch haut. Deshalb ergänzen wir uns so gut. Ich glaube aber, dass er damit weit mehr sagen wollte.« Sie drehte sich rasch um und sah ihn auffordernd an. »Ich glaube, wir sollen bewusst Dinge für uns behalten und die Öffentlichkeit nur mit halben Informationen versorgen. Vielleicht verrät sich jemand dann schneller.«

»Oder«, sagte sie düster, »er weiß etwas, was wir auch wissen, aber er kann sich dazu nicht äußern, weil es so brisant ist ... Und wir sollen es unter Verschluss halten.«

»Du meinst er weiß ... DAS?«

»Vielleicht, und das würde alles noch viel komplizierter machen, als es bereits ist. Mist! Wir hätten ihn so nicht davonkommen lassen dürfen.« Sie nahm die Karte hoch und betrachtete sie. Es stand kein Name darauf, nur eine Handynummer. »Und ich glaube, er will, dass wir ihn fragen, denn das hier sieht mir aus wie eine *ganz besondere* Handynummer.«

Spectros kam zu ihr, sie reichte ihm die Karte, und er zog anerkennend die Mundwinkel nach unten und legte den Kopf dabei ein klein wenig in den Nacken. »Das sieht so aus, als würden wir in etwas hineingezogen, womit wir nichts zu tun haben wollen und auch nicht sollten!«

»Dazu ist es wohl zu spät.« Sie nahm die Karte wieder an sich, machte ein Foto davon, schickte es ihm sofort und riss das kleine Stück Papier dann in winzige Fetzen. »Jetzt jagen wir einen Mörder, Elonida, und dazu sollten wir auch Eleni Pentulaki wieder ins Boot holen, denn allein schaffen wir es wahrscheinlich nicht so rasch wie mit ihrer Unterstützung. Penelope muss den Kontakt herstellen, und wir sollten einen Schlachtplan aushecken. Womit ist eigentlich Zacharis Zentakis beschäftigt? Der wäre auf jeden Fall eine wichtige Unterstützung.« Sie rauschte an ihm vorbei und stoppte kurz vor der verschlossenen Bürotür des Mannes. Sie war gespannt, was er dort machte.

69. Kapitel

Sie schoben gemeinsam ein Gerät nach dem anderen von draußen in den kleinen Wohnraum und dann als Erstes das MRT über den großen Blutfleck, der mittlerweile einer rötlich braunen Masse glich. An der von ihm markierten Stelle waren deutliche Ränder zu sehen, jetzt mehr als vorher. Die Bilder erschienen auf dem Display, und Hyeronimos wählte Helenas Nummer.

»Mensch, Galavaki ... endlich«, rief sie und verbarg ihren Unmut nicht vor ihm, »ich kann doch hier nicht bis in die Nacht hocken und warten, dass das Telefon klingelt!«

»Entschuldige, Helena, aber das ein oder andere Gerät kam nicht angeflogen. Ich bin hier mit Dr. Penelope Demostaki und meinem Kollegen Christos Papadakis.« Er stellte ihr die Anwesenden vor und hielt das Handy so, dass sie einander auch dabei sehen konnten.

»Kommen wir zur Sache«, forderte die dominante Expertin nun, und Penelope übernahm das Reden.

»Hallo, Helena! Darf ich Helena sagen?« Die Frau auf dem Festland nickte, und Penelope fuhr fort: »Noch scheint der Wassergehalt im Blut hoch genug zu sein, sodass wir mit dem MRT begonnen haben. Das Blut gleicht noch weichem Gewebe, obwohl es immer mehr angetrocknet ist und wir an der von Hyeronimos markierten Stelle auch mit bloßem Auge leichte Ränder entdecken können. Wir haben auf dem Schichtenbild Veränderungen in der Lachenbildung festgestellt. Das lässt darauf schließen, dass Hyeronimos mit seiner feinen Beobachtung richtigliegt und Stelios etwas in das Blut geschrieben oder gezeichnet hat.«

Hyeronimos hielt die Kamera nun auf das mehrschichtige Schwarz-Weiß-Bild, und Helena gab nachdenkliche Geräusche von sich. »Ihr bekommt das jetzt von dort oben nicht an mich gesendet? Oder?«

»Keine Ahnung, ob man da mit dem Handy einen Hotspot machen kann. Ich kann die Jungs draußen mal fragen. Oder Christos fragt schnell.« Hyeronimos warf dem Kollegen einen auffordernden Blick zu. Papadakis musste verstehen, wer hier den Hut aufhatte, und sich entsprechend verhalten. Tatsächlich tat er wie geheißen und eilte los. Hyeronimos warf Penelope einen Blick zu, denn er hatte nicht so recht erwartet, dass Christos schweigend Aufträge annehmen würde.

»Nun gut, der Kollege klärt es. Doch bitte, Helena, was siehst du? Wir bilden uns das doch nicht ein? Da ist etwas!«

»Da ist etwas, ja. Wenn ich das nicht glauben würde, wäre ich nicht am Telefon, sondern säße mit einem Drink in der Hand im Restaurant! Aber ich werde mich nicht festlegen und dir sagen können, dass es das oder das ist. Du willst deine Beweise niet- und nagelfest, also brauche ich alle Bilder hier bei mir, auch die 3-D-Ansichten. Nur dann kann ich verfahrenstaugliche Aussagen treffen.«

»Als Wissenschaftlerin verstehe ich Ihren Standpunkt vollkommen, Helena«, schaltete sich Penelope nun wieder ein, »wenn Sie jedoch eine Vermutung zu äußern hätten, was wäre Ihre spontane Meinung?«

»Das ist eine Zahl, es sieht aus wie eine Zwei, und dann sind da noch Zeichen: ein Kreis vielleicht? Und ein Pfeil? Es sind wirklich nur Mutmaßungen, und ich möchte nicht, dass etwaige Aktionen auf dem basieren, was ich aufgrund einer krisseligen FaceTime-Verbindung von mir gebe.«

Helena hatte recht. Ohne eine vernünftige Analyse und ein entsprechendes Gutachten würde nichts von dem, was sie gesagt hatte, bei einem Gerichtsverfahren von Bedeutung sein.

Den Mörder wirklich überführen zu können und ihn seiner gerechten Strafe zuzuführen hatte oberste Priorität. Doch was würde geschehen, wenn der Anschlag auf Stelios etwas mit den Dateien auf seinem Computer zu tun hatte: Würde sie das alle in den Dreck zerren und Verderben über sie bringen? Wer würde alles aus dunklen Löchern gekrochen kommen und aufgrund berechtigter Zweifel an der Integrität der Polizei seine eigene Verurteilung anzweifeln lassen? Genügend findige Anwälte stünden dafür schnellstens parat und würden Bekanntheit und Geld wittern.

»Ich werde schon keinen Rundruf über den Polizeifunk senden und damit Tür und Tor für die Verrückten öffnen. Ich beherrsche meinen Job so, wie du deinen beherrschst!«, fuhr er auf.

»Komm wieder runter, Hyeronimo.«

Helena lachte, und er war froh, dass Christos gerade nicht im Raum war, um Zeuge dieser Art des Umgangs zwischen ihnen zu werden. Vor Penelope machte es ihm nichts mehr aus, seitdem sie von seiner vergangenen Beziehung zu Helena wusste.

Die Tür öffnete sich, und Papadakis stürzte etwas atemlos herein. »Das MRT ist WLAN-fähig, also sollte das mit dem Hotspot funktionieren. Ich habe mich auch gleich um das CT und das Röntgengerät gekümmert. Bei dem Computertomografen könnte es klappen, wenn das Signal stark genug ist. Das Röntgengerät kann nichts davon bieten.« Stolz schaute er in die Runde, als erwartete er Lob dafür, dass er mitgedacht hatte.

Hyeronimos schaffte es nicht, sich dazu durchzuringen, und sagte nur: »Danke, Christo!« Dann wandte er sich wieder Helena und dem MRT zu.

»Wir machen so schnell wie möglich alle Aufnahmen und senden sie dir per Mail. Hast du noch Anweisungen für uns, was genau du brauchst, um rasch eine verlässliche Bewertung abzugeben?«

Sie erklärte mit knappen Sätzen, was sie benötigte, und Penelope nickte, fragte nach und kommentierte. Zwei Expertinnen im Austausch. Das passte für ihn. Er musste sich nicht in den Vordergrund drängen und war froh, dass sich so Helenas Aufmerksamkeit von ihm löste. Auch wenn er ihr Glauben schenkte, so wollte er doch nichts in ihr anheizen, was sie wieder auf seine Spur bringen konnte. Er schüttelte sich kurz, und vor seinem inneren Auge tauchte die massive blutrote Aura auf, die sie damals umgeben und bereits von ferne »Gefahr« gebrüllt hatte. Durch ein Medium wie ein Smartphone oder eine Computerkamera konnte er keine Auren sehen. Er benötigte die feinstoffliche Nähe zu der jeweiligen Person.

»Ich liefere euch die Ergebnisse, so schnell ich kann, denn ich weiß ja, dass es aus verschiedenen Gründen eilt ...«

Sie hatte es sich doch nicht verkneifen können, deutlich zu machen, wie gut sie ihn kannte und dass ihm eine knappe Woche bis zum nächsten Dreizehnten blieb, um konzentriert an der Sache dranzubleiben.

Christos' fragender Blick glitt über ihn, und Penelope verdrehte nur für ihn sichtbar kurz die Augen.

»Ja, Helena. Der Frieden auf unserer Insel hängt davon maßgeblich ab. Da hast du vollkommen recht.« Er ging nicht auf ihre Spitze ein, denn das würde sie an dieser Stelle keinen Millimeter voranbringen.

Sie grinste ein wenig süffisant, sagte aber nichts weiter, was ihn aufatmen ließ. Sie verabschiedeten sich alle artig voneinander, und die drei ermittelnden Personen machten sich schweigend daran, die geforderten Aufnahmen zu produzieren.

70. Kapitel

Zacharis fuhr erschrocken hoch, als Maria quasi gleichzeitig mit dem Anklopfen in sein kleines Büro polterte und schneller vor seinem Schreibtisch stand, als ihm lieb war. Er schaffte es nicht mehr, den Stick in Sicherheit zu bringen, und fuhrwerkte stattdessen in einer Art Übersprunghandlung so unbeholfen mit der Maus herum, als bügelte er eine Tischdecke. Er wusste, wie das ging, denn seine Freundin und er teilten sich die Hausarbeit, und es kam nicht selten vor, dass er beim Musikhören ihre Blusen glättete. Doch in dieser Situation hier lenkte es Marias Aufmerksamkeit sofort auf sein Tun, und ihre Augen durchbohrten ihn wissend.

»So haben sich meine Kinder früher benommen, wenn sie etwas ausgefressen hatten. Was ist los, Zachari? Was willst du gerade vor mir verbergen?«

Er seufzte, und es kam so weit aus seinem Inneren, dass es kellertief klang und ihn beinahe selbst ein wenig erschreckte, denn es schwang so vieles darin mit: Anstrengung, Enttäuschung, Anspannung, Sorge und auch jede Menge Frustration. Er hatte es noch immer nicht geschafft, den Code zu knacken, und die Zeit lief ihm einfach davon. Sollte er Maria jetzt anlügen? Er war der schlechteste Lügner auf dem Planeten. Das wusste er nur zu gut, denn sein nuschelndes Stottern verschlimmerte sich, sowie er unter Anspannung stand. Je schlimmer die nervliche Belastung, umso weniger brachte er auch nur eine verständliche Silbe heraus. Zu lügen bedeutete in jedem Fall, eine kognitive Anstrengung zu vollbringen, und damit erhöhte sich sein Stresspegel, und er wurde zu einem Wesen, das unverständliche Töne von sich gab und sich innerlich und äußerlich vor Pein wand. Daher vermied er es im Regelfall, von der Wahrheit abzuweichen. Maria kannte ihn auch einfach zu gut. Sie wusste, welche Knöpfe sie bei ihm drücken musste, um ihn dazu zu bringen, sofort alles preiszugeben.

»M'ria, bi…bitte.« Er riss sich, so gut es ging, zusammen, hob abwehrend die Hände und schüttelte auch noch den Kopf. Es war zu viel des Guten, das bemerkte er sofort, und auch seine kunstvolle Frisur hielt dem Herumgezappel nicht stand. Eine Strähne rutschte ihm vorwitzig vom Schädel in die Stirn, und nun kam er sich wie ein vollkommener Idiot vor. Vielleicht war es besser, ihr reinen Wein einzuschenken, doch er wusste, dass sie – ausgerechnet sie – es in Erwägung zog, dass Stelios schuldig sein konnte, und das konnte er ihr nicht nachsehen. Daher verschloss er trotzig seinen Mund und schob sich das Haar mit einer geübten Bewegung wieder auf den Platz.

»Sind hier eigentlich alle verrückt geworden«, polterte sie mit ihrer rauen Stimme, und es hörte sich an, als würde sie über ein rostiges Rohr reiben.

Er spürte, wie sich die Härchen auf seinen Armen aufstellten und sein Herz schneller zu schlagen begann, doch er wollte keine Memme sein. Er wollte für das, was ihm wichtig war und woran er glaubte, einstehen. »Erst taucht Minister Stefanakis unangekündigt hier auf und wirft uns irgendwelche Brocken hin, und dann brauche ich deine Hilfe und du verheimlichst irgendwas vor mir. Christos ist den ganzen Tag nicht erreichbar, taucht dann aber plötzlich am Tatort auf, und Stelios' Ex-Frau verschwindet ohne weitere Handlungen aus dem Krankenhaus, obwohl sie die Bevollmächtigte ist. Spectros will mit mir guter Bulle, böser Bulle spielen, und ich darf natürlich der böse Bulle sein … Du siehst also, mein Tag war bisher echt klasse. Ganz unabhängig davon, dass ich gesehen habe, dass Stelios mehr tot als lebendig ist.« Sie ließ sich schwer auf den einfachen Holzstuhl fallen, der neben seinem Schreibtisch stand, und schwieg.

Was sollte er bloß antworten? Oder wollte sie sich nur Luft machen, bevor sie weiter in ihn dringen würde, um herauszufinden, womit er sich beschäftigte?

Sein Telefon begann, in die unheilschwangere Stille hinein schrill zu läuten, und er sah die Nummer von Matze König im Display. Verdammt! Er brauchte den Mann, und gleichzeitig wollte er nicht in Marias Gegenwart mit ihm sprechen. Was, wenn der junge Vater im Anschluss nicht mehr für ihn erreichbar war? Er musste eine Entscheidung treffen und das Risiko eingehen, dass Maria ihm den Kopf abreißen und auch Penelope mit Verachtung strafen würde. Er sehnte sich nach der Idylle der Taverne am Meer, einem guten Buch und dem glücklichen braun gebrannten Gesicht seiner Freundin, die vom Strand aus zu ihm hochlächelte.

Er fällte seine Entscheidung, unterschrieb damit sein Todesurteil, denn er war sicher, dass Marias Zorn ihn vollumfänglich treffen würde, bevor sie diesen auf die Pathologin und vielleicht sogar Hyeronimos ausweiten würde.

»Hi, M'tze«, sagte er und nahm erleichtert wahr, dass verständliche Worte aus seinem Mund kamen. Wie kam es, dass er in einer fremden Sprache verständlicher kommunizieren konnte als in seiner Muttersprache? Das machte ihn zu einem noch größeren Freak, dessen war er sich vollkommen bewusst.

»Zacharis«, sagte der Mann, »mir ist da ein zusätzlicher Trick eingefallen. Brauchen Sie den noch, oder haben Sie es schon geschafft, das Ding zu knacken?«

Zacharis spürte Marias Blick auf sich, nein, *in* sich, denn er durchbohrte ihn geradezu. Aus dieser Nummer kam er nicht mehr heraus. Er beschloss, dass es vorrangig wichtig war, den USB-Stick zu entsperren, um die darauf befindlichen Daten sichten zu können. Penelope und Hyeronimos verließen sich auf ihn, und er würde dieses Vertrauen nicht enttäuschen. Aber wer wusste schon, was sich darauf befand? Nur weil Stelios ihn bei sich getragen hatte, war das noch nicht gleichbedeutend mit geheim oder wichtig. Es konnten auch nur jede Menge Katzenfotos sein. Er konzentrierte sich wieder auf das Telefonat: »Ich kann j'de Hilfe brauch'n.«

Der Hacker begann, komplizierte Sachverhalte zu beschreiben, und Zachari machte sich Notizen. Er blendete die Frau auf dem Stuhl aus, um vollkommen fokussiert zu sein auf die Programmierkürzel aus Python, eine der »Sprachen«, die zum Erstellen wirksamer Programmiercodes verwendet wurden. Er benutzte sie nicht oft und musste daher höllisch aufpassen. Er kannte sich besser mit C++ aus und hatte gute SQL-Kenntnisse, benötigte dieses Wissen aber nicht so häufig, denn dafür gab es schließlich Elonidas Spectros' Einheit. Es war eine Art Hobby für ihn gewesen, sich mit seinem disziplinierten logischen Verstand mit solchen Herausforderungen zu befassen. Es war keine Frage der Kreativität oder des Ausprobierens, sondern der Kontinuität und der nachvollziehbaren Strukturen. »Okay«, sagte er, »Mom'nt. Ich g'b das mal ein.« Zufrieden tippte er nach diesem artikulierten Satz die Formeln und Buchstabenfolgen in seinen PC ein und war erleichtert, als sich das von König angekündigte *black window* öffnete.

»Und jetzt geben Sie n=1 und k=m ein und bei m=int:1000 #randrange«, diktierte der Hacker nachdrücklich, »ziehen Sie dann den Stick einfach heraus, auf keinen Fall ordnungsgemäß auswerfen! Und nun atmen Sie zweimal tief ein und wieder aus, dann stecken Sie das Ding wieder in dieselbe USB-Schnittstelle und drücken auf *Enter.*«

Zacharis konnte den Mann atmen hören und tat es ihm gleich, er hielt den Stick in der Hand wie eine geladene Waffe, stopfte ihn auf Königs Kommando wieder in den Computer und presste hastig die Enter-Taste. Obwohl er Maria ausgeblendet hatte, konnte er hören, dass sie mitgeatmet hatte und nun genau wie er den Atem anhielt.

Das Wunder geschah, und er schrie so laut »Ja!«, dass sie regelrecht zusammenzuckte.

»Sie sind klasse, Zacharis«, lobte der Deutsche, »ich hoffe, Sie finden alles, was Sie brauchen.«

»D'nke, danke!«, rief Zacharis noch immer begeistert darüber, dass es nach all den misslungenen Versuchen nun endlich geklappt hatte und er auf die Ordnerstruktur des Speichermediums blicken konnte. »Ohne Sie hätte ich 's n'cht geschafft.« Während er sprach, ließ er den Mauszeiger auf einen Ordner gleiten und klickte darauf, doch nichts geschah. »N'cht das auch noch«, stöhnte er verzweifelt.

Matze, ganz in seinem Element, wusste sofort, worum es ging. »Das scheint mir doch etwas zu gut gesichert für Katzenbilder. Die Ordner sind auch nicht zugänglich – habe ich recht?«

»Ja«, bestätigte Zacharis frustriert und wusste, dass das Spiel nun von vorn begann.

»Sie versuchen es einfach weiter mit *Hashcat* und dann mit dieser Formel in *Python,* damit sollten Sie auch bei der weiteren Struktur des Sticks erfolgreich sein. Wenn es nicht klappt, senden Sie mir bitte eine Kurznachricht, denn ich schalte das Handy nun auf lautlos. Die Kleine braucht ihr Schläfchen.«

Zacharis bedankte sich für die Unterstützung und hoffte, den Mann nun in Ruhe lassen zu können. Einerseits, weil es ihm unhöflich erschien, ihn dauernd mit seiner eigenen Hilflosigkeit zu belästigen, und andererseits, weil es ihn massiv störte, so hilflos zu sein. Sein Ehrgeiz, das Rätsel mit dem Wissen, das er nun zur Verfügung hatte, selbsttätig zu lösen, war angestachelt.

Maria wartete, bis er das Telefonat beendet hatte. Sie blieb sitzen und sagte vollkommen ruhig: »Du schuldest mir eine Erklärung, und zwar hurtig!«

Er beschloss, ihr reinen Wein einzuschenken, denn ganz egal, was er nun herausfinden würde, sie musste es sowieso erfahren, und sie *würde* es auch erfahren. Dafür waren sowohl Hyeronimos als auch Penelope zu professionell und aufrichtig. Sie würden Maria nicht bewusst etwas verheimlichen oder sie gar belügen. Also konnte er genauso gut gleich mit der Sprache herausrücken. Zudem war auch nicht zu erwarten, dass sich der Erdboden plötzlich auftun würde und er mitsamt Schreibtisch verschwinden konnte oder sich ein Wurmloch auftat, durch das er in eine andere Dimension entfliehen durfte. Er konnte Maria also nicht entrinnen, daher brachte er sie mit knappen Sätzen auf den aktuellen Stand der Dinge.

Sie verkniff sich jeden Kommentar zu Penelopes nicht ganz legalem Handeln und forderte ihn auf, weiter konzentriert daran zu arbeiten, die Ordner zu öffnen.

71. Kapitel

Ignatios hoffte von ganzem Herzen, dass dieser furchtbare Tag bald sein Ende finden würde und mit dem neuen Morgen alles irgendwie reingewaschen war. Es war eine kindliche Hoffnung, das war ihm vollkommen klar, und er nahm diese Regung mit Verwunderung wahr. Schon sehr lange hatte er nichts mehr von dem verängstigten Kind, das er einst gewesen war, in sich gespürt. Es hatte Situationen im Gefängnis gegeben, in denen er sich so hilflos gefühlt hatte wie mit sieben, als sein Vater gegangen war und ihn mit der Mutter zurückgelassen hatte, die ihn hasste – vor allem, weil er dem Vater glich.

Sie hatte immer mehr getrunken, als gut für sie gewesen war, und mit jedem weiteren Glas war sie mehr zu einem Monster geworden. Sie strafte ihn mit Kälte und Ignoranz, manchmal auch mit Schmerzen, und er fing wieder an, sich einzunässen. Das zog die Spirale aus qualvoller Angst immer enger. Sie wusch seine Kleidung nicht, jagte ihn nass und nach beißendem Urin riechend vor die Tür. Damals begann er zu stehlen, schlich durch die Häuser, wenn die Menschen zum Einkaufen gingen, und bekam so etwas Geld in die Finger, um sich Wechselkleidung zu kaufen, die er an verschieden Orten deponierte. Es war der Beginn seiner kriminellen Karriere: Ein achtjähriger Junge, der klaute wie ein Rabe, damit er ein Minimum an Sicherheit verspüren konnte. Seine Mutter holte unterschiedliche Liebhaber ins Haus und praktizierte hemmungslos Sex mit ihnen, ganz egal, ob das Kind sich davor ängstigte oder nicht, wenn sie schrie, dass sie härter rangenommen werden wollte. Einer der Kerle stand dann eines Tages vor ihm, mit seinem hoch aufgerichteten Glied, und fragte ihn, ob er auch einen Steifen habe und ihm diesen zeigen wolle. Als ihm der Urin vor lähmender Furcht warm am Bein hinablief, knallte der Typ ihm eine, und er rannte davon. Irgendwann kehrte er nicht mehr nach Hause zurück. Nur einmal, um ein paar Sachen zu holen.

Er schlief in leer stehenden Häusern und stahl weiter, dann kamen irgendwann die Drogen. Sie ließen ihn aus seinem eiskalten Inneren schlüpfen und wärmten ihn mit bunten Träumen. Der Junge, der ihm das Zeug geschenkt hatte, brachte ihn dann mit recht einfachen Mitteln dazu, es selbst an andere Kids zu verhökern. Mit zwölf war er ein Dealer, der kaum lesen und schreiben konnte. Er hatte nicht gelernt zu lieben oder wie es sich anfühlte, geliebt zu werden, also vögelte er die Mädchen, die ihn wollten, und zog dann weiter. Seine »Aufträge« wurden größer und gewinnbringender. Er hatte sich einen Pick-up gekauft, und dann kam *sie.* Sie wollte ihn als Freund, und er spürte zum ersten Mal in seinem Leben etwas, wenn er den Arm um sie legte oder sich ihre Lippen berührten.

Sein Gebiet wuchs und damit der Neid der anderen Typen. Auch, weil er *sie* hatte. Sie war hübsch, hatte etwas animalisch Anziehendes, und gleichzeitig konnte sie kämpfen wie ein Kerl. Das machte ihr wahrscheinlich am Ende auch den Garaus. Sie hatten sie übel zugerichtet, und als er sie aus dem Müll klaubte, einer zerbrochenen Puppe gleich, kam das Polizeiauto um die Ecke. Mentakis verhaftete ihn, und am Ende drehten ihre wahren Mörder alles so hin, dass er dafür verknackt wurde. Egal, wie sehr er beteuerte, dass er es nicht gewesen sei, niemand glaubte ihm. Er war ein kaltblütiger Dealer, und seine Fäuste zeigten genügend Spuren, die bezeugten, dass er zuschlagen konnte. Sein Gebiet teilten diese Jungs unter sich auf, und er zog in die Parallelwelt des Gefängnisses. Er hatte weder den Dreck gefürchtet noch den beschissenen Fraß – er hatte nur Angst davor gehabt, dass man ihn missbrauchen würde. Also tötete er den Ersten, der ihm zu nahe kam. Nie vorher hatte er das getan, weder bei Tier noch Mensch, und es war furchtbar. Egal, wie empfindungslos seine Seele war, zu töten war nichts, was ihn anzog oder auch nur kaltließ. Es verfolgte ihn Tag und Nacht: Wie der Blick des Mannes starr geworden war, seine Gliedmaßen sonderbar verrenkt zerbrochen auf dem steinigen Boden gelegen hatten – er sah es in jedem seiner Träume. Danach ließen sie ihn in Ruhe, und er brachte sich das Lesen bei. Am Schreiben haperte es noch immer, aber das, was er konnte, reichte für seine Zwecke aus. Das Kind in ihm gab es nicht mehr. Nach den Nächten, die er wachend in seiner Zelle gelegen hatte – panisch auf jedes Geräusch lauschend –, hatte er es ein für alle Mal verjagt. Angst war kein Begleiter für den Trakt, in dem die Mörder und Gewaltverbrecher einsaßen.

Er hatte nie vergewaltigt. Das war ihm immer zuwider gewesen, aber er trug trotzdem diesen Schmutz an seinen Händen, denn er war teilnahmsloser Zeuge bei Vergewaltigungen gewesen und hatte im Verlauf seiner Karriere auch Käfige mit Menschen darin transportiert oder Autos gefahren, die extra Stauräume hatten, in die Kinder gepfercht wurden. Er hatte nicht gefragt, sondern erledigt, wofür man ihn bezahlte. Obwohl er für etwas saß, was er nicht getan hatte, verstand er im Laufe der Jahre, dass er so die Strafe für all das, was er getan oder auch unterlassen hatte, verbüßte. Er hatte viel Übel über die Menschheit gebracht, und trotzdem hatte er seine Freundin nicht getötet. Er hatte sich nie dazu durchringen können, von Liebe zu sprechen, denn er wusste nicht, was das war. Doch er hatte ihr nicht wehgetan, und falls die biblische Theorie von *Auge um Auge und Zahn um Zahn* etwas Wahres beinhaltete, so hatte er zur Genüge Buße getan. Das war es, was er Mentakis hatte erzählen wollen. Er hatte seine Strafe abgesessen und war ein besserer Mensch geworden.

Zumindest hatte er das geglaubt – bis zu jenem Augenblick, als er den Mann dort hatte liegen sehen. Danach war er wieder zu einem herzenskalten, egoistischen Monster geworden. Anscheinend konnte man sich nicht ändern, man blieb, was man war. So lange hatte ihn der Wunsch umgetrieben, sich zu erklären. Er hatte es nicht begründen können, warum, aber Stelios Mentakis war ein Ehrenmann! Auch wenn ihn dieser Ehrenmann hinter Schloss und Riegel gebracht hatte. Er hatte nie wie die anderen Bullen agiert und ihn einfach verurteilt, weil er ein Stück Dreck ohne Lebensberechtigung war. Nein, der Polizist hatte alle Fakten neutral abgewägt, hatte ihm zugehört und versucht, Beweise zu finden, die seine Unschuld bestätigen konnten, doch alle Indizien hatten nun einmal zu ihm geführt.

Ignatios konnte nicht sagen, ob Mentakis ihn gesehen hatte, denn aus den Augen des Mannes war das Leben schneller entwichen, als das Blut aus der Wunde geflossen war. Er hatte die Chance gehabt, wirklich zu beweisen, dass er geläutert war. Doch er hatte sie vertan. Er war geflohen, hatte seinen dürren Arsch in Sicherheit gebracht, um nur ja nicht erneut als Unschuldiger für eine Tat ins Gefängnis zu gehen, die er nicht vollbracht hatte. Für Polizistenmord gab es keine Gnade.

Er stand nun mehr denn je vor einer der wichtigsten Entscheidungen seines Lebens und war sich keineswegs darüber im Klaren, wie er sich entscheiden würde. Der innere Kampf, sich zu rehabilitieren, hatte Jahre in ihm gegärt, und er hatte es immer und immer wieder aufgeschoben, Argumente gefunden, die dagegensprachen, oder eben auch welche, die ihn überzeugten, es zu tun, und schließlich hatten diese dann gewonnen. Er konnte allzu deutlich sehen, wohin ihn das geführt hatte. Er stand vor einem Abgrund, und vielleicht war es leichter, sich freiwillig in die Tiefe zu stürzen.

Das ist keine Metapher, ging es ihm durch den Kopf, als er der Sehnsucht nach Ruhe und Frieden in seiner beschaulichen kleinen Welt aus Erde, Pflanzen und der Laufstrecke kurz nachgab. Wenn er sich von einer hohen Klippe in die Tiefe stürzte, würde sein Körper bestenfalls erst auf scharfkantigen Felsen zerschellen, und den Rest besorgte dann das Wasser. Er müsste nicht mehr grübeln, was richtig und falsch war, müsste sich nicht an das

Knacken der Äste erinnern, das deutlich die Flucht eines Menschen anzeigte. Da war jener angstschweißige Geruch in der Luft gewesen, den Menschen trugen, wenn sie flohen, und sein Körper hatte mit Gänsehaut und zittrigem Erschauern auf die Begegnung mit diesen Schatten reagiert, obwohl er zu diesem Zeitpunkt noch nicht gewusst hatte, was am Zielpunkt seiner Mission geschehen war. Sein durch die Jahrzehnte der Vorsicht geprägter Radar hatte angeschlagen, und erst viel später hatte sein Verstand begonnen, die Puzzleteile zusammenzusetzen. Kurz bevor der Schäfer ihn aufgegabelt hatte, hatten sich dann alle losen Teile nahtlos ineinandergefügt.

Doch er blieb vorsichtig, denn vielleicht gaukelten ihm seine Sinne auch nur etwas vor, und die Gefahr, die sich in der gesamten Situation verbarg, war gar nicht real. Es konnte auch möglich sein, dass er, nach einer Entschuldigung suchend, alles falsch interpretiert hatte, denn sein Gewissen war in den Jahren der Freiheit zu einer Instanz in ihm geworden, die durchaus Einfluss hatte. Er war nicht als skrupelloser Gangster geboren. Die Umstände seines Lebens hatten ihn dazu gemacht, und dann war es in Ordnung gewesen, so zu leben – mal hier, mal dort zuzuschlagen und sich so Respekt zu erarbeiten, der auf Angst basierte. Es war ihm immer bewusst gewesen, dass Furcht der Motivator war, ihm ehrerbietig entgegenzutreten, und nicht etwa sein charismatischer Charakter. Letztlich hatte man genau das als Waffe gegen ihn genutzt und ihn so außer Gefecht gesetzt.

Für jemanden wie ihn hatte es nach dem Knast kein Andocken mehr ans alte System gegeben, und wenn er ehrlich zu sich selbst war, dann hatte er es auch nicht mehr gewollt. Er hatte seinen Frieden mit Gott gemacht, ihn auch teilweise mit sich selbst gefunden, und das letzte Teilchen, das zum Ganzen gefehlt hatte, war Mentakis' Segen gewesen. In diesen Irrsinn hatte er sich in den langen Nächten hinter Gittern verbissen und es sich Jahr um Jahr erneut vorgenommen. Die Vasilopita, der köstliche Silvesterkuchen, war sein Omen gewesen. Das hatte er sich als Zeichen vorgenommen: Sollte er die Münze in seinem Stück haben, dann würde er das Jahr nutzen, um diesen Gang anzutreten. In der ersten Stunde dieses Jahres war es dann so weit gewesen, und er hatte sogar auf das in Aluminiumfolie gewickelte Kupfergeld gebissen – ein doppeltes Vorzeichen!

Dann hatte er in der Zeitung gelesen, dass es einen Führungswechsel an der Spitze der Mordkommission in Irakleio gegeben hatte und Mentakis auf unbestimmte Zeit beurlaubt worden war. Also hatte er überall nachgeforscht und die Ohren gespitzt, um herauszufinden, wo genau sich der für ihn so wichtige Mann befand. Vor wenigen Tagen war es ihm dann gelungen, den Ort in Erfahrung zu bringen, und er war in eine Falle gelaufen, die ihm nur eine höhere Macht gestellt haben konnte. Er wäre wirklich besser tot, denn seine Geschichte würde ihm niemand glauben, sondern man würde den Ex-Knacki sehen, den Mentakis hinter Gitter gebracht hatte, und seine Beobachtungen würde man als Lügen abtun, die er von sich gab, um seinen Kopf aus der Schlinge zu ziehen.

Alles sprach gegen ihn, und die Frau im Bus würde die Schlinge, die bereits um seinen Hals lag, zuziehen, denn er war zu der Zeit unweit vom Tatort gewesen, während das Leben wohl aus Stelios Mentakis herausgeflossen war.

Sollte er zurückkehren und versuchen, sie zu finden? Doch, um was zu tun? Sollte er diesmal wirklich eine Frau töten? Nein! Er war kein wirklicher Mörder – zumindest keiner, der andere Menschen kaltblütig vom Leben zum Tode beförderte. Die Tat im Gefängnis war als Akt der Notwehr zu werten. Was nicht hieß, dass er nicht bereit war, jemanden ins Jenseits zu befördern: sich selbst zum Beispiel!

72. Kapitel

Dimitris Stefanakis spürte, wie sich der Ärger in seiner Magengegend verdichtete. Der amerikanische General hatte sich aufgespielt, als hätte er tatsächlich die Macht, über ihn zu bestimmen oder über die Weise, wie die griechische Polizei mit einer herausfordernden Situation dieser Art umgehen sollte. Er war ein überhebliches Arschloch und konnte sich seine ganzen Ansagen gern sonst wohin stecken. Doch das durfte Dimitris selbstverständlich nicht so ungefiltert von sich geben, denn schließlich war es seine Aufgabe, die internationalen Wogen zu glätten und keinen Sturm heraufzubeschwören. Er hatte das Polizeipräsidium verlassen und eigentlich vorgehabt, auf direktem Wege nach Souda zu fahren, um dem Kerl anständig die Meinung zu geigen, doch während sein Fahrer den Wagen aus Irakleio herausgesteuert hatte, war ihm das alles so sinnlos und albern erschienen. Die Polizisten würden ihre Arbeit machen, und sollte sich ein amerikanischer Soldat bei einer Straftat erwischen lassen, dann war das dessen Problem und nicht etwa das der Behörden. Er würde dem obersten Befehlshaber der amerikanischen Gäste klarmachen, dass er seine Leute an die Kandare nehmen sollte und dass das Ganze nicht umgekehrt geschehen würde, denn schließlich hatte die Polizei derzeit ein schlimmes Verbrechen aufzuklären.

Diese Ansage konnte er auch am Telefon treffen, dafür musste er nicht so weit über die Insel kurven, obwohl er die Ecke um Chania herum sehr mochte und auf dem Rückweg auch einen Stopp in Rethymno einlegen konnte, um im *Prima Plora* zu essen. Man saß einfach wunderbar dort unten am Meer, und die Küche wurde nicht nur durch einen Sushimeister bereichert, sondern auch durch die innovative Abwandlung klassischer Gerichte. Er hatte in Athen viele Möglichkeiten, hervorragend zu essen, doch er genoss es, die gute Küche seiner Heimatinsel mit neuen Erfahrungen anzureichern.

Er schaute aufseufzend auf die Uhr, bald würde die Sonne untergehen, und sein Magen zeigte ihm deutlich, dass er Nahrung brauchte. Einem Impuls folgend befahl er dem Fahrer, eine ganz andere Richtung einzuschlagen, und kurz darauf verließ dieser die Nationalstraße. Der Mann am Steuer bog nach Gazi ab. Es würde nur eine gute halbe Stunde in Anspruch nehmen, nach Anogia zu fahren und bei den Xylouris' im Restaurant zu sitzen, und er würde noch nicht einmal die Vorspeise auf dem Tisch haben, dann wusste der *Boss* bereits, dass er in den Bergen war. Er musste sich dem Mann stellen und durfte nicht den Schwanz einkneifen. Auch wenn Michalis Serpantakis in seinen Dossiers unfassbar viel Macht über so viele Menschen eingefangen hatte, so würde er ihm den Triumph nicht gönnen, auch ihn am Gängelband umherzuführen. Er war schließlich kein Ziegenbock mit Glocke am Hals, den man nach Belieben laufen ließ oder einsperrte – oder vielleicht doch? Nicht selten überkam ihn dieses dumpfe Gefühl, zu nah am Abgrund zu klettern. Er hatte sich über den Rand gelehnt, ohne zu wissen, was passieren würde, und obwohl er damit gerechnet hatte, auch abstürzen zu können, so hatte er nicht im Traum daran gedacht, dass es komplett aus dem Ruder laufen würde. Er handelte im Regelfall wohlüberlegt, und nur im Umgang mit Konstantinos hatte er sich von Gefühlen leiten lassen, die er heute nicht mehr nachvollziehen konnte. Er hatte all seine Frustration über seine gescheiterte Ehe und jedes wahre Wort, das Iota ihm entgegengeschleudert hatte, auf sein jüngstes Kind übertragen und den Jungen auf Abstand gehalten und abgelehnt. Er hatte den guten Kern nicht gesehen oder nicht sehen wollen. Erst als es zu spät gewesen war, waren all die Gedanken und Erkenntnisse auf ihn eingeprasselt und hatten ihn verändert. Er würde seinen Sohn besuchen, doch erst musste er herausfinden, ob auch das, was Stelios Mentakis widerfahren war, seinen Ursprung bei ihm hatte. Egal, wie sehr er von sich überzeugt war – und nur dieses Selbstbewusstsein hatte ihn als einfachen kretischen Buben auf den Ministerposten gebracht –, er hatte auf die harte Tour lernen müssen, dass er auch falsche Entscheidungen traf … mit weitreichenden Konsequenzen. Manche wirkten im ersten Augenblick wohl durchdacht und von allen Seiten gut beleuchtet, doch bei näherem Hinsehen taten sich dunkle Krater auf, in denen Gefahren lauerten, die so bedrohlich waren, dass ihre Auswirkungen eine unaufhaltsame Dynamik annahmen. War er zu überheblich? Hatte Iota recht? Er wollte ihr diese Genugtuung nicht zugestehen, und doch überkamen ihn in diesem verdammten Jahr immer mehr Zweifel. Vielleicht häuften sich die Zeichen, er überlegte, seinen Hut zu nehmen und sich einen beschaulichen Lebensabend zu gönnen, doch er war noch zu verstrickt in zu viele Prozesse. Ein großes inneres Ziel war es, Serpantakis das Wasser abzugraben, auch wenn er mittlerweile nicht mehr wusste, wie er dies schaffen sollte. Er hatte von vielen Seiten begonnen zu buddeln, und nun wurde das Konstrukt, das sich der *Boss* gebaut hatte, zwar schon etwas poröser, aber in die falsche Richtung. Michalis würde auf ihn zukommen, das war so sicher wie das Amen in der Kirche.

Der Fahrer lenkte den Wagen über die kurvige Straße, und Dimitris genoss den Blick auf die mal sanft geschwungenen und dann wieder kantig schroffen Hügel, auf denen an den verrücktesten Stellen Ziegen umherspazierten. Vielleicht waren sie doch das Sinnbild für die kretische Form der Freiheit: Sie stolzierten herum, futterten die guten Kräuter ganz nach Belieben an den Stellen, die ihnen gefielen. Legten sich dort zum Schlafen oder Ruhen ab, wo es gemütlich war, und erhoben sich nur, wenn man ihnen auf die Pelle rückte. Gleichzeitig rannten sie los wie Verrückte, wenn ihr Schäfer kam und nach ihnen rief. War das auch so mit den einfachen Menschen auf der Insel? Brauchten sie den Hirten, dem sie folgten? Waren in den abgelegenen Bergdörfern die Serpantakis die Personen, denen die Menschen hinterhersprangen?

Auch Filomena war eine schillernde Figur, und ihr rechtschaffenes Leuchten überstrahlte Michalis' bösen Schein. Sie waren wie die zwei Seiten einer Medaille. Doch er wusste genau, dass sie ebenso verantwortlich war für all das, was hinter der öffentlich sichtbaren Fassade geschah: Sie war eine Verbrecherin, genau wie ihr Bruder.

Sie erreichten Anogia, fuhren durch die schmalen Gassen, und er beobachtete durch die verdunkelten Fenster die Menschen auf den Straßen und in den Läden. Das Dorf war gut besucht. Viele strömten herbei, um das Museum zu sehen, das dem verstorbenen Sänger Nikos Xylouris gewidmet war. Manche verirrten sich auch in die kleine Ausstellung, die sich mit den Gräueltaten des Zweiten Weltkriegs befasste, denn Anogia war mehrfach zerstört worden, niedergebrannt und hatte viele Tote zu beklagen. Es war ein geschichtsträchtiger Ort, in dem das Rebellentum immer ganz besonders besungen werden würde. Er mochte Anogia sehr und war als junger Mann oft hier gewesen.

Der Fahrer quetschte den Wagen in eine Lücke, sodass die Stoßstangen sowohl vorn als auch hinten nur wenige Zentimeter Abstand zu den anderen parkenden Fahrzeugen hatte. Sie stiegen aus, und er schickte den Mann in die Pause. Er wollte nicht gemeinsam mit ihm essen, nicht etwa, weil er ein Snob war, sondern weil er allein sein wollte. Nur dann würde jemand aus den Kreisen des *Bosses* Kontakt zu ihm aufnehmen, und genau das war sein Ziel. Diesen Entschluss hatte er in dem Moment gefasst, als ihn Maria im Kommissariat dafür angegangen war, dass sie und Spectros diese Aufgabe übernehmen sollten, beziehungsweise Galavakis. Sicher würde sich der Kommissar nicht davon abhalten lassen, sollte es Spuren geben, die zu Serpantakis führten. Doch es war an ihm, Dimitris Stefanakis, Farbe zu bekennen und Serpantakis entgegenzutreten.

Er setzte sich an einen freien Tisch und hoffte auch heute auf die Diskretion der Inhaberfamilie Xylouris. Sie durften ihn begrüßen, wie man einen alten Bekannten willkommen hieß, aber nicht herausposaunen, wer er war. Er wollte kein Getuschel hinter vorgehaltener Hand, und er wollte auch nicht mit einem Beschützer im Nacken hier sitzen. Das Essen war hier sehr ursprünglich und lecker, und *Antichristo* gehörte zu den klassischen Gerichten auf der Karte. Der Grill stand rechts vom Eingang, und man konnte den großen Fleischstücken beim Garen zuschauen. Sie wurden dann mit Salaten, Kartoffeln und anderen Köstlichkeiten serviert. Er mochte diese Küche, die ihn immer an seine Kindheit erinnerte. Schon allein der Geruch ließ ihn sentimental werden, und er erinnerte sich an die Zeit, in der er vom Jungen zum Mann geworden war. Er hatte Michalis schon damals gekannt und sich ihm auf sonderbare Weise verbunden gefühlt. Der Waise hatte eine Kombination von Zerbrechlichkeit und Härte ausgestrahlt, die Dimitris mehr als spannend gefunden hatte. Sie waren keine Freunde gewesen, nur Kumpels, und ihre Wege hatten sich auch rasch wieder getrennt, denn Serpantakis hatte nach der dunklen Macht gestrebt, hatte sie schon immer ausgestrahlt, und er hatte zwar auch Macht und Ruhm im Sinn gehabt, aber eben auf der hellen Seite. Zumindest war er in seinem jugendlichen Optimismus noch davon ausgegangen, dass ein politisches Amt eine gute Sache war.

Nun ja, die Jahre hatten ihn etwas anderes gelehrt, und heute war er wahrscheinlich ebenso dunkel wie sein Kumpel aus Jugendtagen. Es war alles immer nur eine Frage der Perspektive. Irgendwann war man gezwungen, seine Seele zu verkaufen, und tat man dies einmal, war es für immer zu spät, denn dann fand man für jede Tat und jede Entscheidung eine Rechtfertigung. Sogar die Beauftragung von illegalen Geschäften oder Tötungen – natürlich alles nur für die gute Sache – wurde zu etwas, wovor man nicht zurückschreckte. Dimitris hatte dafür gesorgt, dass ein gesuchter Mörder untertauchen konnte, um diesen rekrutieren zu können, wann immer dreckige Geschäfte nötig waren.

Am Ende des Tages waren Michalis und er aus dem gleichen Holz geschnitzt: Sie folgten einem Ziel und waren bereit, alles dafür zu tun. Er hatte in so vielen Streitsituationen mit seiner Ex-Frau Iota genau diese Sätze um die Ohren gehauen bekommen und sich immer mit tiefer Inbrunst dagegen verwahrt, aber sie kannte ihn, und die Ehe war letztlich aus gutem Grund gescheitert. Er fühlte die Irritation in sich aufsteigen, denn Gedanken dieser Art entsprachen ihm nicht. Er tat auch sehr viel Gutes, und das war eben nicht möglich, ohne sich auch manchmal die Hände schmutzig zu machen.

Langsam glitt ein großer Jeep mit verdunkelten Scheiben durch die schmale Straße. Er konnte einen Blick auf den Fahrer erhaschen, der beinahe noch ein Kind war. Das war ganz der Stil von Michalis Serpantakis, und gewiss würde es nun nicht mehr lange dauern, bis eine Botschaft des Mafiaoberhauptes auf seinen Tisch flatterte. Irgendjemand hatte wie selbstverständlich zum Telefonhörer gegriffen und gemeldet, dass ein Minister gemütlich in der Taverne saß. Alles funktionierte so zuverlässig und reibungslos wie immer. Michalis würde den Wink mit dem Zaunpfahl sofort verstehen, denn Dimitris machte im Regelfall einen Bogen um Anogia, Livadia und Zoniana. Bisher hatte er sich nicht im Visier der Organisation gefühlt, doch das Verschwinden des verdeckten Ermittlers hatte alles auf eine wesentlich kompliziertere Ebene gehoben, und er hatte das ungute Gefühl, dass der *Boss* genau wusste, woher der Wind wehte. Er hatte sich einen Plan zurechtgelegt, denn schließlich war er kein Anfänger und konnte ebenso gut wie Serpantakis unter der Gürtellinie aus der Hosentasche herausschießen.

Er hatte trotz allem mit Vergnügen sein Essen bestellt.

»Es freut uns immer, wenn Sie uns beehren«, sagte einer der Xylouris-Brüder und stellte ihm eine kleine Kupferkaraffe auf den Tisch, die von außen beschlagen war. »Der Wein geht aufs Haus. Er ist von unseren eigenen Reben, sehr süffig und trotzdem seelenvoll.«

Der Mann sah äußerst stolz dabei aus, schaffte es aber, so authentisch zu wirken, dass Dimitris sich schon auf den ersten Schluck des kühlen Weißen freute. Er nickte dem Wirt freundlich zu, goss sich einen Schluck ein und betrachtete das Gelb, in das sich ein ganz leichter Grünstich mischte. Der Wein roch köstlich und hielt, was der fruchtig-frische Geruch versprach. Für einen kurzen, gefährlichen Augenblick ließ er es zu, dass sich alles in ihm entspannte, doch dann riss er sich sofort wieder zusammen. Er war nicht hier, um Urlaub zu machen, sondern um mit sehr hoher Wahrscheinlichkeit akzeptieren zu müssen, dass sie mehrfach aufgeflogen waren und Serpantakis sich nun auf dem Kriegspfad befand. So wie eigentlich immer, denn ein Mensch wie Michalis ertrug keinen gleichmütigen Frieden. Aber wenn er sich vorgeführt fühlte, dann ließ er sein Monster von der Kette – und dass in ihm ein brutales Scheusal lebte, wusste Dimitris nur zu gut.

Auch Filomena war zu sehr auf den Ruhm und die Anerkennung aus, die man ihr entgegenbrachte, und huldigte ganz ähnlich wie ihr Bruder dem Motto: Der Zweck heiligt die Mittel. Da gaben sich die beiden nichts. Wenn er aber den letzten Informationen seines Mittelsmannes Glauben schenken durfte, dann hatte sich etwas in der Beziehung zwischen den Geschwistern verändert. Er hatte nie verstanden, was die zwei aneinanderband. Wenn es Liebe war, dann eine extrem kranke Form, die mit sehr viel Abhängigkeit gepaart war. Lange Jahre hatte er geglaubt, es sei vor allem Filomena, die von Michalis abhing, doch bei genauer Betrachtung brauchte er sie wahrscheinlich mehr als sie ihn. Und wenn dann noch dem eigenen Nachwuchs Böses zustieß, veränderte sich die Beschaffenheit der Welt binnen kürzester Zeit vollständig. Er wusste nur zu gut, wie sich das anfühlte.

Eine Platte mit ausgelösten Fleischstücken wurde aufgetragen. Kartoffeln umgaben die knusprigen Teile und waren von Bratensud durchzogen. In einer Schale wurde Gemüse gereicht, die Chorta, die er so mochte, war mit Essig und Öl fein abgeschmeckt. In einer bunten Keramikschüssel gesellte sich der typische kretische Salat zu der verführerischen Auswahl. Und als wäre das nicht alles bereits genug des Guten, stapelten sich auf einem länglichen Teller glänzende Dolmadakia. Er griff hungrig zu, denn er hatte heute tatsächlich so gut wie nichts gegessen.

Zufrieden kaute er die Ziegenfleischstücke, die überraschend saftig und zart waren, als sich ein Mann durch die Tischreihen auf ihn zubewegte. Beinahe blieb ihm der Brocken im Hals stecken, so überrascht war er, denn der *Boss* tauchte tatsächlich persönlich auf. Hier war ganz offensichtlich etwas im Busch. Er griff mit einer gelassenen Geste zur Serviette, wischte sich den Mund ab und lächelte Michalis die Zähne zeigend an. Auch wenn er allein auf den Tisch zukam, so waren doch ganz bestimmt ein Dutzend Männer irgendwo in Habtachtposition und warteten auf einen Fingerzeig ihres Chefs. Wobei Dimitris vollkommen klar war, dass Serpantakis hier kein Blutbad anrichten würde, denn überall wuselten Touristen umher und fotografierten jeden Ast und jedes Blatt. Der *Boss* wäre ganz bestimmt nicht amüsiert, sein Konterfei auf einem Titelblatt prangen zu sehen und sich des Blutrausches bezichtigen zu lassen.

Andererseits wäre es ein Leichtes für Serpantakis, Dimitris' Wagen von der Straße drängen zu lassen, und an mancher Stelle ging es so gebirgig steil hinab, dass der Tod oder zumindest schwere Verletzungen drohten. Er konnte ja schließlich nicht ewig hier sitzen bleiben, und vor allem musste er strategisch klug agieren, um zu erfahren, was er unbedingt wissen musste, und gleichzeitig so gut wie nichts preiszugeben. Das war ein Drahtseilakt. Dessen war er sich vollkommen bewusst, denn sein Gesprächspartner kannte genau wie er alle Psychotricks – solche die offensichtlich waren, aber auch massive unterschwellige Manipulation. Und wenn alles nicht zum gewünschten Ziel führte, dann kam die Gewalt ins Spiel. Er wusste, dass Michalis in manchen Fällen sogar selbst Hand anlegte und sich nicht davor scheute, sich die Finger schmutzig zu machen. Sollte er je in der Gewalt der Mafia landen, so war er sich sicher, dass er dem Mann, der sich nun ganz selbstverständlich zu ihm setzte, Auge in Auge gegenüberstehen würde.

»Dimitri! Das ist ja eine Überraschung. Welch seltener Glanz auf unseren kargen Hügeln. Ich nehme auch ein Glas von deinem köstlichen Hauswein, Niko«, rief Serpantakis über seine Schulter hinweg dem Wirt zu, der ergeben losrannte, obwohl er gerade an einem anderen Tisch die Bestellungen aufnahm. Das Hierarchiegefälle wurde dadurch sofort klar. Man diente dem *Boss* umgehend, denn niemand wollte dessen Zorn auf sich ziehen.

»Michali, Michali«, sagte Dimitris Stefanakis und gab seiner Stimme einen singenden Klang. Er wollte locker und entspannt rüberkommen, obwohl ihm klar war, dass sein Gegenüber genau wusste, warum er hier saß. Er würde das Spiel professionell spielen.

»Ja, das Essen hier ist einfach großartig, und wo bekommt man sonst so köstliches Antichristo? Lass uns anstoßen, wir haben uns wirklich lange nicht gesehen.« Er hob sein Glas, und Michalis tat es ihm gleich. Nikos Xylouris hatte behände eine weitere Karaffe und ein Glas gebracht. Mit einer unwirschen Handbewegung hatte Serpantakis verdeutlicht, dass er nichts essen wollte, und der Wirt hatte sich rasch entfernt.

Dimitris ließ den Wein genüsslich über seine Zunge rinnen. Er musste dafür sorgen, dass es ihm gut ging, nur dann konnte er so aufmerksam sein, wie es die Situation erforderte.

»Bist du meinetwegen hierhergekommen?«, wollte Serpantakis nun sehr direkt wissen.

Dimitris straffte sich unmerklich. Nun ging es also los.

73. Kapitel

Kostoula hatte die Strecke in Rekordzeit zurückgelegt. Weder nervige Mietwagen mit langsam zockelnden Touristen am Steuer noch lebensmüde Ziegen hatten sich ihr in den Weg gestellt. Sie hatte den Notar bereits aus dem Auto informiert, und so war es unkompliziert möglich gewesen, die Papiere in die Hände zu bekommen, die sie frei von der ungewollten Verantwortung machen würde. Sie hatte sich in einen kleinen Nebenraum gesetzt, und der Mann hatte die Tür hinter sich zugezogen, um ihr die nötige Ruhe zu gönnen.

Mittlerweile wusste jeder auf der Insel Bescheid. Sein fragender Blick hatte auch etwas Prüfendes gehabt, und sie war sich sicher, dass eine Spur Unverständnis in seinem Gesichtsausdruck lag, als sie ihm die Vordrucke abgenommen hatte. Sie überflog den Text rasch, setzte den Stift auf und musste zu ihrem ganz persönlichen Erstaunen feststellen, dass er nicht über das Papier glitt. Nicht etwa, weil er nicht funktionierte, sondern weil ihre Hand stocksteif wurde und sich nicht mehr führen ließ.

Eine Welle unterschiedlichster Gefühle überrollte sie, und der Kugelschreiber entglitt ihren Fingern, rollte über die schmale Kante des Stapels hinweg und fiel zu Boden. Ihr Blick folgte dem Schreibgerät, doch ihr Körper beugte sich nicht hinab, um ihn aufzuheben, obwohl ihr Kopf diesen Gedanken formulierte. Angst versteifte sie, Trauer machte sie bewegungsunfähig, und Scham ließ Röte in ihrem Gesicht aufsteigen. Was war nur los mit ihr? Sie wusste doch genau, was zu tun war. Stelios war nicht mehr ihre Sache, und das war nicht ihre Schuld. Er ganz allein hatte diese Last zu schultern! Sie hatte ihn aufrichtig geliebt, und ihr Plan war immer gewesen, mit ihm alt zu werden. Gemeinsam auf dem Balkon zu sitzen, die faltigen Hände ineinander verschlungen, und in tiefem innerem Verständnis füreinander hin und wieder mit dem Kopf zu nicken. Dann war die Blase zerplatzt, ganz plötzlich.

Sie befahl ihrem Körper erneut, sich zu bücken, doch er gehorchte nicht. Auch wenn sie den einst so geliebten Mann nun aus tiefster Seele verabscheute, war es vielleicht doch nicht recht, alles von sich zu weisen? Sie hatten schließlich auch viele gute Jahre miteinander gehabt. War sie ihm etwas schuldig? Diese plötzlich auftauchenden Gedanken entsetzten sie, und die Fassungslosigkeit brachte sie dazu, einen unbeholfenen Schritt vom Tisch zurückzutreten, beinahe wäre sie sogar gestrauchelt. Sie musste noch einmal mit klarem Verstand über alles nachdenken. Zwei Herzen schlugen in ihrer Brust, und in den vergangenen Monaten hatte sie es geschafft, den Rhythmus des einen vollkommen zu unterdrücken. Was sie mit eigenen Augen gesehen hatte, gab Grund genug, glaubwürdig zu sein, also hatte sie alle Argumente in sich zum Verstummen gebracht, die dafür sprachen, dass der Mann, mit dem sie Jahre glücklich gelebt hatte, ein guter Mensch war. Ihr Beruf hatte sie sensibel gemacht für das, was sich hinter der Maske des Alltags verbarg, und in Gesprächen mit Zeugen waren immer wieder Situationen aufgetreten, in denen dem Angeklagten nahestehende Personen beteuerten, von nichts etwas bemerkt zu haben, ja sogar Zweifel äußerten, dass eine Anklage Hand und Fuß hatte – sogar dann noch, wenn man die Person in flagranti erwischt hatte! Und sie war eine von denen.

Doch das Hadern war den belegbaren Tatsachen gewichen, und dass er es abgestritten hatte, war wohl normal, denn wer würde schon freiwillig der eigenen Ehefrau ins Gesicht sagen, dass er ein perverser Verbrecher war? Noch viel weniger, wenn man eigentlich das Gesetz vertrat und besonderen Wert darauf legte, als integer angesehen zu werden.

Wäre sie doch nur nicht ans Telefon gegangen! Jetzt wurde von ihr erwartet zu handeln, und ganz bestimmt hatte Maria es nicht in Erwägung gezogen, dass sie bereit war, Stelios sterben zu lassen. Maria wusste Bescheid, und Kostoula wusste, wie sich der emotionale Mix anfühlte, doch in ihrer ehrenvollen auf Filotimo getrimmten Art hatte die ehemalige rechte Hand ihres Ex-Mannes darauf gebaut, dass sie alles tat, um den Sterbenden zu retten, und nicht die Weisung erteilen würde, den Stecker zu ziehen. Letztendlich hatte sie sich nicht vollkommen getäuscht, denn die Maschinen pumpten noch immer Sauerstoff in den geschundenen Leib, und sie stand hier, um ihren Kopf aus der Schlinge zu ziehen, damit sie auch morgen noch im Spiegel ihr eigenes Antlitz ohne Abscheu betrachten konnte.

Mit dem Fuß schubste sie den Kuli etwas zu sich heran, ergriff ihn dann und setzte ihre Unterschrift schwungvoll auf die Dokumente. Nun war sie vollkommen frei, und Stelios war Gottes Hand anvertraut. Sollte der doch über ihn richten!

74. Kapitel

Zacharis Zentakis stöhnte auf. Er saß bereits zu lange über seine Tastatur gebeugt und auf den flackernden Bildschirm starrend da. Draußen war es dunkel geworden, und er spürte die bleierne Müdigkeit, die sich in ihm breitmachte. Seine Freundin hatte ihm ein Foto geschickt von den köstlichen Speisen, die sie mit Blick auf das vom Sonnenuntergang rötlich gefärbte Meer verspeisen würde. An seinen Platz am Tisch hatte sie einen Teller stellen lassen, auf den sie ganz offensichtlich mit der Olivencreme, die zum Brot gereicht wurde, ein Herz gemalt hatte. Sie war nicht oft so rührselig, umso mehr machte es ihm zu schaffen, dass er sie dort allein zurückgelassen hatte, um sich hier mit einer Sache zu befassen, die ihn so sehr aufwühlte.

Ausgerechnet in einer solchen Situation waren Hyeronimos und Penelope keine Minute hier gewesen, und der persönliche Austausch und der damit verbundene Rückhalt fehlten ihm. Er hatte die von Matze König gegebenen Tipps umgesetzt und war sich sicher, dass ihn nur noch wenige Klicks von dem Inhalt des Speichermediums trennten. Obwohl er nichts finden wollte, was den furchtbaren Verdacht gegen Stelios Mentakis bestätigen würde, so hoffte er eben doch auch, die ganze Zeit und Mühe nicht umsonst investiert zu haben und am Ende nur jede Menge unverfänglicher Familienfotos zu finden.

Es war dunkel – was machten Galavakis und die Pathologin noch dort oben in den Bergen? Sie mussten doch längst auf dem Rückweg sein und sich darum kümmern, die Spuren zu sichten, Beweisstücke zu bewerten und das, was auch immer mit den komplexen Geräten, die sein Chef dort hatte hinaufkarren lassen, gefunden werden sollte, fallrelevant einzuordnen.

Er wusste, dass er nicht komplett allein auf der Etage war. Maria geisterte im wahrsten Sinne des Wortes weiterhin über den Flur, und auch Spectros eilte immer wieder mit knallenden Schuhen über den fleckigen Boden, doch sie ließen ihn nun in Ruhe tüfteln. Sie hatte ihn mit ihrem messerscharfen Blick so lange durchbohrt, bis er sie mit stolpernden Worten und all seinem Mut aufgefordert hatte, ihn nicht weiter aufzuhalten.

Sie hatte ihn entgeistert angeschaut: »Zachari, ich trage die Verantwortung für all das, was du hier tust – und auch für die beiden anderen Superhelden. Das ist kein lustiges Spiel, mit dem ich meine Freizeit verbringe, weil mir zu Hause so langweilig ist!«

Er hatte genickt und seine Anforderung herausgestoßen, ganz egal, wie verheddert und unverständlich sein Gestammel sich anhörte: »'ch weiß d's. Ab'r so kann 'ch keine Erg'bnisse bring'n. Du musst g'hen 'nd mir vertrau'n!«

Als sie sich erhoben hatte und hinausgegangen war, hatte er für einen kurzen Augenblick gefürchtet, nun vollkommen blockiert zu sein: Er hatte sich gegen Maria zur Wehr gesetzt. Doch sollte er etwa darauf stolz sein oder sich lieber vor sich selbst und seiner Anmaßung fürchten? Es entsprach ganz und gar nicht seiner Art, sich so zu verhalten, und kam ihm daher wie Rebellion vor. Er riss sich zusammen, sammelte seine ganze Konzentration für einige letzte Eingaben. Die Stimmung im Raum war angefüllt mit knisternder Spannung, als er die Zeichenfolge eintippte und den Finger kurz über der Entertaste schweben ließ.

Dann vollzog sich die Magie, die der Hacker angekündigt hatte. Zacharis konnte das Symbol eines geöffneten Schlosses sehen, und mit einem weiteren Klick mit dem Mauszeiger war es möglich, auf die Dateien, die dort abgelegt waren, zuzugreifen. Er atmete tief durch und überlegte, ob er Hyeronimos kontaktieren sollte oder gar musste, damit er dem, was ihn dort vielleicht erwartete, nicht allein gegenüberstand. Oder sollte er lieber Maria informieren? Unschlüssig verharrte er und wünschte sich, die bleierne Sorge, die ihn umfing, einfach beiseitewischen zu können. Noch immer war er nicht bereit, etwas zu akzeptieren, das Mentakis diskreditierte, doch wenn sich die Beweise in seiner Hand befanden, dann würde er sich in Kürze damit auseinandersetzen müssen und gegebenenfalls seine Welt in Trümmern wiederfinden. Er wollte sich diese Blöße nicht vor Maria geben, aber auch nicht vollkommen verstört in das Telefon brabbeln, das ihm aktuell den Kontakt zu Hyeronimos und Penelope herstellen würde. Also nahm er beherzt die Maus in die Hand, fuhr mit dem Zeiger über die erste Datei und klickte sie an.

Eine Vorschau an Bildern und Dokumenten wurde ihm angezeigt. Selbst die Miniaturbilder ließen ihm das Blut in den Adern gefrieren. Er stemmte sich mit beiden Händen gegen den Schreibtisch und schob seinen Stuhl so ruckartig zurück, dass dieser beinahe mit ihm darauf umgekippt wäre. Übelkeit stieg in ihm auf, und der saure Magensaft kratzte in seinem Hals. Er hatte Angst, sich hier im Büro übergeben zu müssen, beugte sich geistesgegenwärtig zur Seite, riss den Papierkorb hoch und spuckte bitteren gelblichen Gallensaft hinein. Seine Mundhöhle zog sich vor Ekel zusammen, und er spie noch mehrfach dünnflüssige Spucke auf den Müll. Es konnte nicht sein. Es durfte nicht sein. Bei all dem hier konnte es sich nur um ein Komplott handeln, denn das würde sich Stelios Mentakis, der Stelios, den er zu kennen glaubte, niemals anschauen, um sich daran zu ergötzen. Niemals! Noch immer war er von der Unschuld des Mannes, zu dem er seit so vielen Jahren aufsah, überzeugt.

Er musste gehen und sich den furchtbaren Geschmack aus dem Mund spülen, und er musste seine Vorgesetzten informieren. Zuerst Galavakis, denn Maria – das war ihm klar – würde bei der Sichtung des Materials vollkommen durchdrehen. Wobei sie ja schon einen Einblick bekommen haben musste, denn woher sollte sie sonst ihr Wissen haben?

Er stellte den stinkenden Eimer ab, erhob sich rasch und band die Mülltüte zu, um den Brechreiz, der sein Gaumenzäpfchen noch immer kitzelte, nicht weiter zu befeuern. Klares Wasser würde ihm helfen, sich besser zu fühlen. Nein! Er musste sich korrigieren: Nichts würde ihm helfen, sich besser zu fühlen. Es würde nur den widerwärtigen Geschmack aus seinem Mundraum vertreiben, mehr nicht. Er musste den Computer schützen und durfte auch den Stick nicht stecken lassen, wenn er sich von seinem Platz entfernte. Sein Blick fiel erneut auf die Bildergalerie. *Galerie* – das klang so freundlich und einladend. Das Grauen griff mit kalten Klauen nach seinem Herzen. Er war kein Mann, der sich je als Vater sah, und seine Freundin hatte auch kein allzu großes Bedürfnis, Mutter zu werden, aber es ging dabei nicht darum, dass er Kinder nicht leiden konnte. Er wusste nur zu gut, dass er mit seinem Gestottere und der bleichen Gestalt für jede Form von Gespött prädestiniert war, und darunter sollte kein Nachwuchs leiden müssen. Sie rannten beide auch nicht umher und starrten verzückt in anderer Leute Kinderwagen. Doch was er auf den Bildern wahrnahm, überstieg das, was er ertragen konnte. Er hatte schon viel Brutales gesehen – schließlich war er bei der Mordkommission, und da gehörte es zum Alltag, grausig zugerichtete Tote zu sehen. Allerdings schienen die Wesen hier nicht tot zu sein, und das änderte einiges. Zudem stellte sich wohl eine Art Beschützermodus bei ihm und vielen anderen Menschen ein, wenn sie sahen, dass Kindern Unrecht angetan wurde.

Unrecht!

Diese Formulierung, die in seinem Kopf Gestalt angenommen hatte, war die Untertreibung des Jahrhunderts.

Er unterdrückte den erneut aufwallenden Würgereiz und wollte den Ordner gerade schließen, als ihm bewusst wurde, dass er entweder den Schutz aufheben oder das Passwort erneuern musste. Rasch machte er sich an die Arbeit und achtete dabei darauf, nicht versehentlich wieder auf eines der Fotos zu schauen. Er wählte eine sichere Verschlüsselung und notierte den Code in einem eigens dafür vorgesehenen Tool. Dann warf er den Stick ordnungsgemäß aus und steckte ihn mit spitzen Fingern in seine Hosentasche. Eigentlich wollte er ihn nicht an seinem Körper tragen – als würde das Böse darin dann auf ihn überspringen können –, doch er durfte ihn nicht eine Sekunde unbeaufsichtigt lassen.

Langsam schlurfte er in Richtung Toilette und erschrak beinahe zu Tode, als sein Handy durch den totenstillen Flur zu schrillen begann. Der Ton schallte von den kahlen Wänden. Er hatte für einen Augenblick vollkommen die Orientierung im Hier und Jetzt verloren und zog es mit zittrigen Fingern hervor, wollte es zum Schweigen bringen, sah aber erleichtert Penelopes Nummer. Er hätte es nicht ertragen, jetzt mit seiner Freundin zu sprechen und so zu tun, als wäre alles in Ordnung, denn hiervon konnte er ihr nichts erzählen. All das durfte den kleinen Kreis an Mitwissenden vorerst nicht verlassen. Jeder im Land würde Stelios' Kopf fordern, und sie wären höchstwahrscheinlich nicht dazu in der Lage, sein Überleben zu sichern, denn wer würde sich schon zum Schutz für so jemanden vor das Krankenbett stellen. Niemand! Oder das dazu abgestellte Personal würde die Augen verschließen, wenn der Henker kam. Das alles geschah nicht wirklich, er träumte nur einen bösen Traum und würde gleich erwachen, schweißgebadet zwar, aber seine tastende Hand würde seine Freundin erreichen, und das würde ihn wie immer vollkommen erden.

»Zachari? Zaaachaaariiii«, hörte er plötzlich die Stimme der Pathologin rufen und erinnerte sich an das Telefon.

»'ch bi...b'n hier«, nuschelte er in den Apparat und musste sich leicht an der Wand abstützen.

»Wir haben vielleicht was gefunden, also Hyeronimos und die Expertin. Christo und ich haben unseren Beitrag in Form von Gerätetransport und klugen Sprüchen geleistet. Nein, mal im Ernst, es kann sein, dass Stelios einen Hinweis zu den Tätern in das Blut gemalt hat.« Sie klang aufgeregt, aber auf andere Art, als er gerade aufgewühlt war: Sie schien eher angespornt, während er vollkommen desillusioniert war. »Zachari, ist alles in Ordnung mit dir?«

»N...nein«, stöhnte er und sah sich um. Hier konnte er ihr nichts berichten, auch wenn es spät war und um diese Zeit fast alle Mitarbeitenden zu Hause waren.

»Was ist passiert? O mein Gott, du hast etwas gefunden. Du hast es geschafft, den USB-Stick zu knacken, und hast etwas gefunden.« Ihre Stimme war nun langsamer geworden, als hätte die

Erkenntnis Zeit gebraucht, um in sie hineinzusickern. »Du hast etwas Schlimmes gefunden. Nicht wahr?«

»Schl'mm, P'nel'pe. S'hr schl…schlimm!« Er konzentrierte sich nun hochgradig und formulierte seinen Wunsch: »Ihr m'sst herk'mm'n. Sof'rt!«

75. Kapitel

Er war weggefahren. Das machte er nicht sehr häufig nach einem Tag wie diesem. Er saß dann lieber in seinem Büro, starrte durch die bodentiefen Fenster auf die Berge und trank irgendeinen horrend teuren Alkohol in kleinen Schlucken. Früher hatte sie gern mit ihm an jenem Platz gesessen. Sie hatten sich in stiller Übereinkunft dort niedergelassen und dem überwältigenden Naturschauspiel, wie die untergehende Sonne die Bergspitzen in unterschiedlichste Farbwelten tauchte, zugeschaut. Es hatte keine Worte gebraucht, denn sie hatten einander schweigend verstanden. Nicht seine Ehefrau war es gewesen, die solche Momente mit ihm vollends genießen konnte, sondern sie, seine Schwester.

Hatte sie einfach nicht sehen wollen, dass er ein Monster war, oder waren sie einander zu ähnlich, dass sie es nicht hatte erkennen können? Manchmal war sie versucht gewesen, sich selbst zu schlagen, für ihre Blauäugigkeit, doch dann hatte sie sich jedes Mal eingestehen müssen, dass es ihr egal war, ob er mordete, unterdrückte, manipulierte und grausam quälte.

Sie hatte es sich schon damals angewöhnt, als er seine Karriere als Handlanger des *Papas* begonnen hatte. Sie hatte ihn gedeckt, der Tante Lügen erzählt über seinen Verbleib und nicht selten heimlich das Blut aus diversen Kleidungsstücken geschrubbt. Einmal hatte sie ihn gefragt, woher es kam. Nachdem er sich ein wenig geziert hatte, hatte er stolz berichtet, wie er Leuten wehtat, um ihnen zu verdeutlichen, dass sie eine Grenze überschritten hatten. Dass sie das Vertrauen des obersten Mafioso missbraucht hatten, weil heimlich ein paar Gramm Stoff abgezweigt worden waren oder sie sich an den Mädchen, die als Prostituierte anschaffen gingen, selbst vergriffen hatten.

Egal, wie man ihre Welt betitelte oder gar beurteilte: Es handelte sich nicht um einen gesetzlosen Raum! Es galten eben nur andere Regeln und Vorgaben. Ihr Bruder war also quasi eine Zeit lang Gesetzeshüter gewesen, doch nur so lange, wie er bereit gewesen war zu dienen – und das hatte sich rasch für ihn abgenutzt. Er war kein Lakai, sondern ein Anführer. Die Revolution hatte sie mit ihm vorbereitet und maßgebliche Strippen gezogen, denn es war nie infrage gestellt worden, dass sie neben ihm – als seine Kaiserin – über das Reich herrschen würde.

Ihre Rolle hatte ihr gefallen, und niemals war etwas von ihr gefordert worden, das die sittlichen Grenzen einer so mächtigen Frau überschritt.

Als sie Mutter geworden war, hatte sich ihr Blick auf die Welt ein wenig verändert, denn sie hatte für ihren Sohn den Thron gewollt und sich nicht etwa von einem der Kinder ihres Bruders aufs Altenteil schicken lassen wollen. Der Junge hatte die nötigen genetischen Voraussetzungen gehabt, und den Rest konnte man lernen. Er hätte Michalis' rechte Hand sein können, bis er ihn ersetzen konnte und sich mit jeder Struktur des florierenden Unternehmens im Schlaf auskannte. Er war schon als Säugling so viel klüger gewesen als jedes andere Kind. Doch ihr Bruder hatte sich angemaßt, seine Regeln geltend zu machen, und so getan, als hätte sie, Filomena, nichts zu sagen.

Wo er wohl hingefahren war? Es musste wichtig sein, und gewiss bedeutete es auch etwas. Sie würde es herausfinden, denn auch sie hatte ihre Augen und Ohren überall auf der Insel. Das war etwas, was sie beide perfektioniert hatten. Sie kannten an jeder wichtigen Schaltstelle Menschen, und viele von ihnen hatten sie auf die eine oder andere Weise sogar in der Hand. So hatten sie auch davon erfahren, dass manche europäischen Regierungen darüber nachdachten, Cannabis zu legalisieren. Dem waren sie sofort entgegengetreten, denn sie machten Unmengen an Geld mit dem Zeug, und egal, wie verwerflich das für viele war, sie konnte dadurch so viel Gutes tun. Natürlich verdienten sie auch mit synthetischen Produkten, Sexarbeit, Pornografie und Menschenhandel hohe Summen. So war das eben, wenn man sich darauf einließ, mit menschlichen Bedürfnissen Geschäfte zu machen. Letztlich waren sie nur Dienstleister für das, was andere forderten. Wenn sie es nicht lieferten, würden es andere Gruppierungen übernehmen, und dort draußen gab es jede Menge übler Anwärter auf den Chefposten. Daher war es für sie umso unverständlicher, dass er so massiv einen Keil zwischen sie beide getrieben hatte und sogar gewillt war, ihren Tod ins Auge zu fassen.

Was blieb ihr also anderes übrig, als sich um ihre Zukunft zu kümmern und entsprechend vorzusorgen? Egal, wie sehr sie all das anstrengte und wie leer ihr Leben geworden war, sie würde sich nicht einfach von ihm über die Balkonbrüstung schubsen lassen. Er hatte sicher vergessen, wie sich der geifernde Hass einer Frau anfühlte. Je mehr sie darüber nachgegrübelt hatte, desto klarer war ihr geworden, dass er sich an der Mutter gerächt hatte, denn ihre Abscheu für ihre noch lebenden Kinder hatte seine Seele zerbrochen.

Männer waren viel zerbrechlicher als Frauen. Ja, auch ihre Seele hatte gelitten, und die letzten Monate hatte sie ganz unten auf dem dunklen Grund der ihrigen verharrt, doch nun würde sie wie der Phoenix aus der Asche aufsteigen. Sie schüttelte die kalte Hand vehement ab, die bei diesen Gedanken nach ihrem Herzen griff. Sie musste konzentriert bleiben, um das, was sie begonnen hatte, weiterzuführen. Vielleicht würde sie eine Zeit brauchen, um sich wieder im Spiegel betrachten zu können, doch am Ende war es auch eine Frage der Ehre – und die war sie ihrem Sohn schuldig.

Sie griff zum Telefon und tippte eine Nummer ein. Kurze Zeit später wusste sie, wo sich Michalis befand und warum er weggefahren war: Dimitris Stefanakis war in Anogia aufgetaucht, und das war eine wirklich spannende Entwicklung, denn auch sie hatte den Verdacht gehegt, dass sich ein Maulwurf in ihren Reihen befunden hatte. Und das Auftauchen des Ministers, so schnell, nachdem Michalis kurzen Prozess mit einem der Männer gemacht hatte, sprach für diese Vermutung. Warum sonst sollte er am Abend in ihrem Gebiet auftauchen? Essen gab es überall auf der Insel. Man musste nicht nach Anogia kommen, um sich ein Stück Fleisch zwischen die Zähne zu schieben – oder hatte der Mann etwa andere Bedürfnisse, die ihn hertrieben? Nein! Das würde der schlaue Politiker nicht tun, denn sich für eine Art der Lust – egal welche – in die Hände von Michalis zu geben, wäre nicht einfach nur dumm, sondern der fatalste Fehler, den man machen konnte. Sie kannte die Liste der Kunden – es waren zu neunzig Prozent Männer mit Einfluss. Und wer einmal darauf gelandet war, kam niemals mehr herunter. Ihr Bruder führte Buch, und diese Notizen waren nicht einmal mit Gold aufzuwiegen. Sie war so weit, ihren Anspruch auf das Imperium geltend zu machen, auch wenn es bedeutete, das letzte bisschen ihrer Seele aufzugeben. Es war nicht mehr viel, und das Graben in ihrem eigenen Dreck hatte ihr mehr als deutlich gemacht, dass mit ihrem Kind auch der Funken Gutes, der noch in ihr geglommen hatte, verloren gegangen war.

Rohe Wut flammte in ihr auf, denn sie war wie Michalis. Sie waren aus demselben Leib gekrochen und aus demselben Material geschmiedet. Und ihnen beiden hatte der Verlust von etwas ihre Menschlichkeit genommen. Sie war bereit, diesen Verlust hinzunehmen.

Abkopplung von der Umwelt

76. Kapitel

Er versank in der Dunkelheit. Er hatte keine Angst, sondern fühlte sich geborgen in der lichtlosen Abgeschiedenheit. Er hatte sich so lange versteckt, hatte sich so sehr anstrengen müssen, um zu verbergen, was ihn beschäftigte, und niemals wirklich Ruhe vor all den Gedanken gefunden, die ihn immerzu begleiteten. Hinwegzugleiten war daher etwas, was wie ein Kokon wirkte, der ihn schützend umgab. Kein lautes Leben, kein ewiges Schauspiel – er war, wer er war und ... Sein Kopf verlor den Faden. War es überhaupt eine Geistestätigkeit gewesen, oder träumte er gar? Ein Erinnerungsfetzen glitt vorbei ... Da war der Schmerz gewesen, und sein Blut war aus ihm herausgeflossen. Er hatte plötzlich verstanden, warum es »Lebenssaft« genannt wurde, denn mit der roten Flüssigkeit war auch das Leben aus ihm herausgequollen. Er hatte nichts mehr sagen wollen, und doch hatte seine Hand eine Botschaft hinterlassen. Irgendjemand würde sie verstehen. Er spürte, dass es Menschen im Licht gab, die versuchen würden, seine Rätsel zu lösen, dann verlor er den Gedanken wieder, rutschte tiefer in das Vergessen – in jenen Zustand, in dem man nicht mehr wusste, wer man war, welche Fehler man begangen hatte, worauf man stolz sein konnte und wofür man sich schämen musste.

Sein Körper wurde so leicht, dass er auch ihn vergaß und sich vollkommen dem Schweben hingab. Genauer betrachtet war es auch keine Hingabe. Es passierte, und er hatte keine andere Möglichkeit, als es zuzulassen. Da war keine Kraft mehr, sich zu wehren oder es aufzuhalten. Nun war seine Seele wohl endgültig verloren, es konnte aber auch sein, dass sie frei war, denn sie musste sich nicht mehr verbiegen. War das der Tod? Dann war es wohl an der Zeit, ihn willkommen zu heißen, sein Kopf wurde vollkommen leer. Da war keine Furcht. Jetzt spürte er keinen Schmerz mehr, war federleicht, trotz der tiefen Dunkelheit, die ihn einsog, aber was, wenn er kommen würde? Es gab so viel Schmerz auf dieser Welt, und man konnte sich daran auch ergötzen, doch er wusste nicht, ob dies auch möglich war, wenn es sich um den eigenen handelte.

Wieder wurde es zähflüssig um ihn herum, und er wehrte sich nicht, die Bilder flogen an ihm vorbei. Manche Szenen und Gesichter glaubte er zu kennen, andere wiederum waren ihm so fremd, dass er keine Verbindungen herstellen konnte.

Reue, durchfuhr ein Wort die vielen Bilder. Vielleicht verband man sich im Tod mit all denen, die auch Schmerz und Leid erlitten hatten – alle Seelen im unendlichen Dunkel der Qual, für immer verschmolzen. Es war keine schöne Vorstellung, so viel war ihm bewusst, denn da war nichts mehr, und die lichtlose Masse verschlang ihn nun vollkommen. Wieder und wieder.

77. Kapitel

Sie waren spät vom Tatort zurückgekommen, und Hyeronimos hatte noch einmal mit Helena gesprochen, um ihre genauere Betrachtung zu erfahren. Sie hatte ihn jedoch um ein wenig Zeit gebeten, damit es nicht nur Mutmaßungen blieben, sondern fundierte Ergebnisse aus den unterschiedlichen Bildern herausgefiltert werden konnten. Es war ihm recht gewesen, auch wenn er nicht damit gerechnet hatte, Schlaf und Ruhe zu finden, so hatte er sich trotzdem nach der stillen Ordnung seiner vier Wände gesehnt. Er konnte auch erkennen, dass Penelope am Ende war, obgleich sie sich munter gab. Ihr Telefonat mit Zacharis hatte sie schweigsam gemacht, und er hatte gespürt, dass sie nicht vor Christos reden wollte. Sie waren ein kurzes Stück gegangen, während die Piloten und Sanitäter mithilfe der restlichen Polizisten, die ihre Arbeit dann auch beendet hatten, die teuren bildgebenden Geräte transportgerecht verzurrten. Er hatte den sie überflutenden Schock gespürt, und die fahle, erschütternde Energie hatte sich bereit gemacht, auf ihn überzuspringen. Er hatte gewusst, dass dies alles in eine bestimmte Richtung ging. Sie würden nicht mehr mit derselben Aufmerksamkeit ermitteln, hielten sie Stelios erst wirklich für fähig, ein brutaler Pädophiler zu sein.

Penelope war im Anschluss in den Hubschrauber gestiegen, Christos und er hatten ihre Autos vorsichtig den holprigen Weg hinuntergesteuert. Er hatte erst auf dieser Fahrt seine Gedanken wieder unter Kontrolle bekommen, und der kurze Funkspruch der Kollegen, die die Absperrung bewachten, hatte ihn vollends in die Realität zurückgebracht: Er hatte sich der Presse zu stellen.

Besonnen hatte er dann alle zu geduldigem Abwarten aufgefordert. Die Polizei ermittle an unterschiedlichsten Stellen, und der Apparat laufe auf Hochtouren. Alleingänge von Menschen, auch wenn deren Motivation war zu helfen, was mit Hochachtung zu bewerten war, würden zu Unruhen und Verzögerungen führen.

Er hatte sich extrem viel Mühe gegeben, vage zu bleiben und doch strukturiert zu wirken. Christos hatte sich – o Wunder! – vollkommen im Hintergrund gehalten.

Dann waren sie in Richtung Heraklion davongefahren, und niemand hatte sie mehr behelligt. Er hatte Maria und Elonidas informiert, sich über Stelios' Zustand erkundigt und Zacharis nach Hause geschickt. Sie waren alle vollkommen durch den Wind und mussten etwas Abstand bekommen.

Seine Nacht war wie erwartet unruhig gewesen. Ein Telefonat mit Kassia am frühen Morgen hatte dafür gesorgt, dass er sein mentales Durcheinander so weit sortiert hatte, dass er kurz nach Sonnenaufgang eine schnelle Runde schwimmen gegangen war – am Vorabend hatte er einfach keine Energie mehr dafür aufgebracht.

Das Meer hatte nicht nur seinen müden, gestressten Körper erfrischt, sondern wie immer auch seinen Geist. Mit zügigen, kraftvollen Bewegungen hatte er das Wasser durchpflügt, war mehrfach untergetaucht und hatte den Druck akzeptiert, der dabei entstand – eine gute Übung für den Alltag. Dann war er von Ammoudara kommend noch rasch zu Emmanouil gefahren und hatte sich für den Tag mit süßen Leckereien eingedeckt. Auch für die Teilnehmenden an der Morgenbesprechung hatte er Kuchen dabei, sie würden alle eine Portion Zucker benötigen, dessen war er sich vollkommen sicher.

Selbstverständlich belagerten die Pressefuzzis wieder den Haupteingang, und er überlegte kurz, ob er sich dem entziehen sollte, doch er würde die Herausforderung annehmen. Das Meer und Kassia hatten ihm alles mitgegeben, was er dafür brauchte. Er konnte sich nicht immer verstecken, und auch wenn er nichts Neues zu berichten hatte, so musste der Welt dort draußen doch vermittelt werden, dass sie nicht untätig herumsaßen, aber auch nicht hyperaktiv überreagierten. Denn das war aus seiner Sicht ebenso gefährlich, wie teilnahmslos abzuwarten.

Er parkte auf seinem üblichen Platz, griff sich die Tüten, und damit war auch das Risiko gebannt, dass seine Hand beständig versuchen würde, das Haar zu glätten. Die mit Mikrofonen und Kameras bewaffneten Geier entdeckten ihn und kamen wie eine Schar gieriger Heuschrecken auf ihn zugestürmt. Die Sonnenbrille verdeckte seine Augen, und er sagte mit ernster Miene »Kein Kommentar!« und »Bitte warten sie die offizielle Pressekonferenz ab!«.

Dann hatte er die Treppen erklommen und den sicheren Hafen im Inneren des Gebäudes erreicht. Er wollte mit niemandem über den Stand der Dinge reden, spürte aber die Blicke seiner Kollegen und Kolleginnen auf sich. Kurz blieb er stehen und sagte: »Wir werden nachher eine Info an Sie alle herausgeben, bitte geben Sie uns bis dahin noch etwas Zeit.«

Er hörte hier und da ein kurzes Murren, war aber trotzdem stolz auf sich, die Situation ruhig gehandhabt zu haben, auch wenn er mittlerweile wieder eine Art sonderbares Vibrieren in seinem Körper spürte. Sollte wirklich alles gegen Stelios sprechen, und sein Chef hatte ihnen gegenüber jahrelang eine perfekte Maske getragen? Sich als Retter von Recht und Ordnung aufgespielt, während er selbst als grausamer Verbrecher agierte? War es dann nicht sogar wahrscheinlich, dass ihn jemand aus genau diesen Gründen abgeschlachtet – er unterbrach den Gedanken sofort und korrigierte sich –, niedergeschossen hatte und diese Tat eine Art gerechter Strafe war?

Er wollte nicht so denken und stürmte die Treppe hinauf, dann durch den Flur in sein Büro, ohne nach links und rechts zu schauen. Er schloss die Tür so rasch hinter sich, dass sie hallend ins Schloss knallte. Er lehnte sich von innen dagegen, versuchte Beruhigung in seiner Ordnung und den Fotografien vom Meer zu finden, doch sein Atem war kurz und gepresst, und sein Herz galoppierte wild in seiner Brust. Er musste sich wieder entkrampfen und durfte nicht zulassen, dass die raschen Atemzüge ihn hyperventilieren ließen und immer mehr in seinen Tunnel der Starre drängen konnten. Jetzt war nicht der richtige Zeitpunkt auszuflippen. Er musste etwas tun, doch seine Muskeln wollten ihm nicht mehr gehorchen.

Maki, mein Liebster. Du bist stark, und meine Liebe begleitet dich immerzu, hörte er plötzlich Kassias Stimme in seinem Kopf. *Du atmest, Hyeronimo, also lebst du,* mischte sich Penelopes kräftige Stimme darunter, und vor seinem inneren Auge tauchten die beiden so unterschiedlichen Frauen auf, die sein Leben so sehr geprägt hatten. Auch die dunklen, wachen Augen seiner Yaya sah er, wie sie ihn mit Liebe und Wärme betrachteten.

»Ich atme, also lebe ich.« Er stieß die Worte seines Mantras aus, wie wenn man nach einem Rettungsring greift, kurz bevor man das Bewusstsein zu verlieren und unterzugehen droht. Das Wunder geschah: Er tauchte auf, bevor er vollkommen ohne Macht war, und straffte sich. Langsam bewegte er einen Muskel nach dem anderen und nahm wahr, wie sehr sich seine Finger um die Henkel der Tüten verkrampft hatten.

Kaum dass er wieder einigermaßen Herr seiner Sinne war, klopfte es an die Tür, und er hörte erneut Penelopes Stimme – diesmal aber wirklich und nicht nur in seinem Kopf.

»Ist alles in Ordnung, Hyeronimo?«, wollte sie wissen, als hätte sie einen siebten Sinn für ihn und seine Befindlichkeiten.

»Komm rein!«, stieß er noch etwas kurzatmig mit rauer Stimme aus und trat einen staksigen Schritt von der Tür weg.

Sie öffnete die Tür vorsichtig, und ihr Kopf erschien. »Ah, ich habe also richtig vermutet, du brauchst mich und meinen sonderbaren Sinn für Humor gerade sehr.« Sie betrat das Büro und blieb unweit von ihm stehen, als wäre er ein scheues Tier, das man durch eine unbedachte Bewegung verjagen konnte.

Er versuchte, seine Finger von den Taschen zu lösen, ohne diese fallen zu lassen. Er wusste ja schließlich, was sich darin befand. Eine Panikattacke zu bekommen war nicht gleichzusetzen mit Verblödung oder Wahnsinn, man war eben nur wie eingefroren und hatte keine Kontrolle mehr über sein rasendes Herz. Er konnte ihren Blick spüren und wusste, dass sie darüber nachdachte, wie sie ihm helfen konnte, ohne ihn irgendwie zu entmündigen. Sie war eine kluge Frau und hatte sich über alle Stadien des Zustands schlaugemacht. Sie war in diesem Moment der totalen Unruhe eine Art Rettungsanker für ihn. Oft hatte Kassia ihm schon aus dem dunklen Strudel herausgeholfen, denn auch sie war mit ihm verbunden. Anders als Penelope – keine Frage –, aber beide Frauen spielten eine wichtige Rolle in seinem Leben. Eigentlich waren es vorwiegend Frauen, mit denen er tiefgreifendere Beziehungen pflegte, denn auch seine Yaya hatte ihn maßgeblich geprägt. Auch seine Freundschaft mit dem lauten Gastwirt Giannis aus Chania war anders geartet als die mit Penelope.

Sein Leben hatte sich so sehr verändert, seitdem er hier lebte und arbeitete. Er gab sich fast wie ein normaler Mensch, hatte Freunde, eine Geliebte, einen Beruf, der ihn herausforderte und ausfüllte. Das war mehr, als er je vom Leben erwartet hatte.

Penelope streckte ihre Hand aus. *»Emmanouil!* Das ist wunderbar, denn ich spüre schon den Unterzucker.« Sie machte einen weiteren Schritt auf ihn zu, und er streckte den Arm aus, sodass sie die Tüte übernehmen konnte. Sein Atem ging mittlerweile etwas regelmäßiger, und er hatte sich wieder im Griff. »Es geht mir gut. Wirklich.« Er suchte ihren Blick, sodass sie auch an seinen Augen ablesen konnte, dass er die herausfordernde Situation überwunden hatte.

Sie drehte sich zu seinem Schreibtisch um, fragte schnell: »Darf ich?«, und legte, nachdem er nickend bestätigt hatte, vorsichtig einige der süßen Köstlichkeiten dort ab. Dann griff sie zu, biss kräftig in ein Schoko-Nuss-Törtchen mit Biskuitboden und stöhnte wohlig auf.

Er bewegte sich langsam, wie um zu testen, ob ihm auch alle Körperteile gehorchten, auf den Tisch zu und nahm sich eine Lemontarte. Die winzigen Spitzen, mit denen der lecker cremige Kuchen verziert war, waren vom Karamellisieren leicht gebräunt, und das Innere bestach durch Fluffigkeit und eine feine Abstimmung der Säure und Süße. Er spürte den Geschmack auf der Zunge, und ein wohliger Schauer durchflutete ihn. Er war wieder vollkommen im Hier und Jetzt, denn so ging Genuss: Man war vollkommen da, und die Sinne reagierten mit vielen Facetten.

Wenn es nur immer so einfach wäre, dieser allumfassenden Angstwelle zu entfliehen: Mund auf, Köstlichkeit hinein – alles wieder gut! Leider war er am Dreizehnten nicht dazu in der Lage, sich dadurch zu retten. Er hatte wirklich alles ausprobiert und dann eben akzeptiert, dass er anders war. Doch er tat niemandem etwas zuleide. Schlagartig kehrten die Gedanken zu seinem Chef zurück. Er machte den Mund leer und sagte dann: »Das ist alles zu viel. Ich sehe die erdrückende Beweislast, mein Verstand brüllt aus vollem Hals: ›Schuldig!‹, und mein Herz hämmert ›So ist er nicht!!‹ dagegen. Ich bin hin- und hergerissen und möchte mich am liebsten wie früher unter der Bettdecke verkriechen, in der Hoffnung, wenn ich wieder hervorkomme, hat sich alles in Wohlgefallen aufgelöst.«

»Wir befinden uns alle im selben Stadium dieser Verwirrung, Hyeronimo«, bestätigte Penelope mit schokoladenverschmiertem

Mund, und der Kontrast zu ihrem sorgenvollen Blick hätte nicht größer sein können.

»Wir sollten zur Besprechung gehen«, sagte er, ohne sich zu bewegen, dann hob er die Hand zum Mund und biss erneut ein Stück von seinem Törtchen ab, während die Pathologin ihres bereits komplett verspeist hatte.

Sie nickte, bewegte sich aber ebenfalls keinen Zentimeter: »Ja, das sollten wir wohl. Die warten da nämlich auch auf uns …«

Er gab einen tiefen Seufzer von sich, dann klingelte sein Handy auffordernd, und er musste sich rühren, knurrte »Ja« in den Apparat und lauschte, während seine Sinne in Alarmbereitschaft gerieten. Er hörte zu, kommentierte einiges mit »Hm« und »Ja«, dann fragte er: »Und das ist gestern Abend passiert?« Wieder konzentrierte er sich auf den raschen Redefluss am anderen Ende, dann sagte er: »Danke für die Informationen, ich melde mich noch einmal.«

»Was war das denn?« Penelope schaute ihn neugierig an.

»Das war eine besorgte Bürgerin, die mal eben – selbstverständlich unter dem Siegel der Verschwiegenheit – erzählt hat, dass Kostoula, Stelios' Ex-Frau, gestern Abend bei einem Notar war, um die Vorsorgevollmacht für ungültig erklären zu lassen, da sie nicht für den Mann verantwortlich sein will. Ob sie etwas weiß?«, wandte er sich nun an seine einfühlsame Freundin.

»Auf jeden Fall muss etwas vorgefallen sein, was dazu geführt hat, dass sie sich so sehr voneinander entfernt haben. Sie scheint ihn zu hassen, denn hier geht es um sein Überleben. Sich da so massiv aus der Verantwortung zu stehlen spricht eine besondere Sprache.« Penelope klang empört.

»Das geht mir auch durch den Kopf. Er hat sich nie besonders dazu geäußert, aber natürlich habe ich am Rande mitbekommen, dass diese Scheidung nicht einvernehmlich verlaufen ist.« Er schüttelte den Kopf und war ein wenig froh, niemals in eine solche Situation zu kommen, denn Kassia war vergeben, und er dachte nicht im Traum daran, sein Herz einer anderen Frau zu schenken, was wohl eine Voraussetzung für die Ehe sein sollte.

»Wie kommt die *besorgte Bürgerin* an deine Handynummer?«

»Keine Ahnung. Ich habe vollkommen vergessen, deshalb nachzufragen. Ich bin wohl noch ein wenig verwirrt«, gab er offen zu, denn er hatte nicht vor, seine Freundin über seinen Zustand und seine Gefühlswelt zu belügen.

»Na ja, ist ja auch nicht so wichtig«, bestätigte sie zugewandt, »relevant ist, was wir nun mit dieser Information anfangen. Ob Maria es schon weiß? Wenden wir uns jetzt alle von ihm ab und verurteilen ihn vollkommen? Oder halten wir uns an den Wahlspruch: Im Zweifel für den Angeklagten?« Dann sagte sie noch leise: »Haben wir ... noch Zweifel, Hyeronimo?«

»Ich habe so lange Zweifel, bis ich schwarz auf weiß die Schuld bestätigt sehe!« Er legte Nachdruck in seine Stimme und hatte ein wenig das Gefühl, sich selbst damit überzeugen zu wollen.

»Wann genau ist das erreicht?«, wollte sie nun wissen. »Ist das, was wir schon haben, nicht Beweis genug?« Sie hob eine Hand und begann mit einer erschreckenden Aufzählung: »Er verschwindet von heute auf morgen in die Einöde, Maria und Elonidas finden eindeutige Dateien und Hinweise auf seinem Computer, er wird angeschossen ... eigentlich erschossen«, unterbrach sie sich selbst, »denn dass er noch lebt, ist ein wirkliches Wunder. Ein hochverschlüsselter Datenträger wird bei ihm gefunden, auf dem sich ebenfalls belastendes Material befindet. Seine Ex lässt ihn lieber krepieren, als sich mit ihm zu befassen ... Was brauchen wir noch?«

»Was wäre, wenn«, startete er ihr gemeinsames Spiel, denn alles, was sie sagte, wirkte so schlüssig, dass es ihm schon wieder konstruiert vorkam, »er wollte, dass die Sachen gefunden werden? Wieso lässt man so was auf seinem Arbeitsgerät? Das ist doch schon vollkommen dumm, wenn man ein normaler Mitarbeiter ist – und hier handelt es sich um einen Polizisten höchsten Ranges. Das ist doch ...« Er suchte händeringend nach einem passenden Begriff.

»Gestört, bescheuert, idiotisch, geisteskrank«, sprang ihm Penelope unterstützend bei.

»Irgendwie alles«, bestätigte er. »Und so ist Stelios nicht. Ich ... also das wäre mir doch aufgefallen, wenn er vollkommen verrückt wäre und ...« Seine Stimme stockte. »... ein perverser Kinderschänder und ... Mitwisser von Morden.«

Sie wiegte den Kopf unschlüssig hin und her. »Lass uns an den Mann glauben, den wir kennen. Den integren und einfühlsamen Stelios Mentakis, der die Geschicke seiner Mitarbeitenden weise lenkt und für Recht und Ordnung steht. Wenn wir das schaffen, dann gehen wir anders an die Sache heran, als wenn wir ihm die grausamsten Taten der Welt zutrauen.«

»Das war ein leidenschaftliches Statement, meine Liebe! Ich schließe mich dem an, und das kommunizieren wir auch in der Besprechung.« Er schaute rasch auf seine Uhr. »Da müssen wir jetzt nämlich hin.« Er griff nach den Tüten, während Penelope die Reste ihrer kleinen Zuckerparty wegräumte und seinen Schreibtisch makellos hinterließ.

78. Kapitel

Eleni hatte sich nach der durchgemachten Nacht mit Serenity kurz zum Ausruhen hingelegt – sie waren in das Zimmer der jungen Frau gegangen und hatten noch ewig geredet. Es war ihr leichtgefallen, der hübschen Sängerin ihre Sorgen mitzuteilen, aber es war auch herrlich unbeschwert gewesen, mit ihr zu kichern. Sie konnte sich nicht erinnern, wann sie das jemals getan hatte: mit einem anderen Mädchen giggelnd über Kleinigkeiten zu lachen. Nur kurz war es um Elenis Ideale gegangen, die Chance, diese auch über eine einflussreiche Frau wie Oprah zu verstärken und damit ihre Karriere mir nichts, dir nichts in ungeahnte Höhen zu pushen. Sie war kein großer Freund von Alkohol oder anderen Drogen, aber als Serenity eine Flasche Champagner geöffnet hatte, hatte sie bereitwillig ein Glas mitgetrunken und gespürt, wie die prickelnd aufsteigenden Bläschen des Getränkes ihre Laune anhoben. Fast hatte sie die Geschehnisse auf Kreta vergessen, doch dann war alles irgendwie aus ihr herausgebrochen, und sie hatte sich Serenity anvertraut, die sich als hervorragende Zuhörerin entpuppt hatte. Sie war, die langen, schlanken Beine untergeschlagen, auf einem weichen Sitzsack gesessen, hinter ihr war die Stadt erwacht. So waren die Stunden wie im Flug vergangen, und Eleni war einerseits hellwach und anderseits vollkommen todmüde in ihr Zimmer geeilt, um noch ein wenig zu schlafen, bevor sie sich auf das Interview vorbereiten musste.

Nun hämmerte es an ihre Tür, und sie fuhr erschrocken hoch, musste sich erst orientieren, um überhaupt zu verstehen, wo sie sich befand. Der ungewohnte Alkohol und der ganze Stress hatten sie in einen unruhigen Schlaf fallen lassen. Sie fühlte sich nun eher platt als ausgeruht.

»Mach die Tür auf, Eleni!« Ihr Manager prügelte auf das Holz ein, und sie fragte sich, ob er den Verstand verloren hatte, so auf dem Hotelflur herumzuzetern. Sie schaute an sich hinunter, stellte fest, dass sie nach wie vor die Sportbekleidung trug, zog ihr Haargummi fest und öffnete ihm die Tür.

»Was soll das!?«, herrschte er sie an und drängte sich ungebeten in ihr Zimmer.

»Was soll *was?!*«, fauchte sie genervt zurück. Was spielte er sich so auf? Etwa weil sie den Trainer hatte stehen lassen? Echt jetzt? So wichtig und unersetzbar war der Typ nun auch wieder nicht.

Er hob fuchtelnd das Handy in die Luft, und sie konnte nun mit etwas Abstand sehen, dass sein Kopf rot war vor Aufregung. So hatte sie ihn noch nie erlebt. Er trieb sie zwar an und war oft so empathisch wie eine Scheibe Toast, aber er war ja auf ihrer Seite, denn nur, wenn sie erfolgreich war, war er es auch. »Was hast du dieser publicitygeilen Tussi alles erzählt? Spinnst du total, Eleni? Hast du in all den Monaten nichts gelernt über das Haifischbecken, in dem wir alle schwimmen und zu überleben versuchen?«

Sie spürte, wie ihr ein eisiger Schauer über den Rücken lief, ohne dass sie so recht wusste, was geschehen war. Wen meinte er mit *Tussi?* Etwa … Serenity? Das nette Mädchen, mit dem sie so viel Spaß gehabt hatte?

»Ich weiß nicht, wovon du redest«, begehrte sie auf, denn sie hatte keine Lust, sich wie eine Dreijährige herunterputzen zu lassen, »du könntest mal runterkommen und ganz normal mit mir reden, anstatt mich hier anzubrüllen und abzukanzeln!«

Er hob erneut das Handy, drückte es ihr in die Hand und schwieg.

Sie schaute auf das Display, und ihr wurde augenblicklich schlecht, denn irgendwie hatte jemand ein Foto von ihr und Penelope ausgegraben. Sie erkannte, dass es in Berlin aufgenommen worden war, als sie sich am Flughafen voneinander verabschiedet hatten. Man konnte deutlich erkennen, dass sie ein Liebespaar waren. Schlimmer jedoch war der reißerische Titel:

> Alternde Chefin der Pathologie und Oprahs neuer Liebling ermitteln gemeinsam im Fall rund um den Polizeichef auf Kreta.
> *Kreta ist eine Mittelmeerinsel – beliebt bei vielen US-Bürgern! Doch nun scheint diese Insel nicht mehr sicher zu sein. Sollte die Regierung ein Reiseverbot aussprechen?*

Nachdem sie es gelesen hatte, erschien ihr der Untertitel noch schlimmer als die fette erste Zeile. Das Herz rutschte ihr in die Hose. Sie kannte das Internet – das würde sich rasend schnell verbreiten und dann in ihrer Heimat landen und das Augenmerk von ihr auf Penelope, Hyeronimos und Stelios lenken. Es würde dafür sorgen, dass sich Penelope rechtfertigen musste, dass sie mit Repressalien würde rechnen müssen. Also all das, wovor sie sich gefürchtet hatte, würde nun quasi ohne jede Vorwarnung über sie hereinbrechen. Sie musste das aufhalten, das musste weg. Sie versuchte, zu atmen und sich zu konzentrieren, dann fiel ihr der Mann wieder ein, der stumm neben dem hellgrauen Sofa stand und sie anschaute, als hätte sie soeben den Dritten Weltkrieg initiiert.

»Wie konntest du nur so dumm sein? Ich habe dir so oft gesagt, dass du aufpassen musst. Dein Tag ist nicht umsonst so strukturiert, dass du nicht allein in solche Situationen kommen kannst.« Er hörte sich nun resigniert an.

»Du musst das wegmachen«, rief sie, und ihre Stimme überschlug sich dabei panisch. Sie fühlte sich nun tatsächlich wie ein kleines Mädchen. Sie war überfordert, und das, was da auf sie und vor allem ihre geliebte Penelope zurollte, war furchtbar.

»Dagegen können wir nichts machen. Du kannst nur hoffen, dass Oprah sich dadurch nicht erschüttern lässt, sondern sieht, dass deine Statements auch etwas mit dir persönlich zu tun haben. Und dann musst du dort einen megaguten Auftritt hinlegen, dann schadet es dir nicht allzu sehr, sondern pusht deine Karriere nur noch.« Er war ganz in seinem Element, denn das war seine Aufgabe als ihr Manager: Er musste für sie das Beste erreichen. Penelope interessierte ihn nicht, und die anderen, die er noch nicht einmal kannte, bedeuteten gar nichts für ihn. Aber für sie schon!

»Du verstehst das nicht«, begehrte sie auf. »Das wird furchtbar für Penelope. Das darf Kreta nicht erreichen. Wie lange ist das schon online? Was können wir tun, um es löschen zu lassen? Das ist kein Spaß, sondern eine echte Polizeisache. Das darf man doch nicht einfach so veröffentlichen – oder?« Die Fragen sprudelten nur so aus ihr heraus, und ihr wurde flau im Magen, denn sie begriff schon beim Sprechen, dass sie vollkommen blauäugig jemandem vertraut hatte, der sie ausgenutzt hatte. Sie traute sich gar nicht weiterzulesen, denn sie fürchtete die Demütigung zu sehr. Doch was war Demütigung schon gegen das, was ihre Freundin auf Kreta erwarten würde? Sie überflog die Zeilen und scrollte ein wenig nach unten. Serenity lächelte liebenswert in die Kamera und sah ungeheuer hübsch, grundanständig und glaubwürdig aus. Sie war ein typisches American Girl und hatte laut dem Schreiberling eine der besten Stimmen des Landes. Und sie hatte jetzt eine Schlagzeile! Noch dazu eine, in der sie als hilfsbereite Mitbürgerin rüberkam, an deren Schulter sich die verängstigte griechische Lesbe vertrauensvoll ausgeweint hatte. Es war ein wirkliches Armageddon. Eleni war so geschockt, dass sie sich am liebsten in ihr Bett verkrochen hätte, um mit der Decke über dem Kopf abzuwarten, dass sich das alles nur als böser Traum entpuppte.

»Ich kann das nicht tun«, flüsterte sie nun matt durch den emotionalen Aufruhr in ihrem Körper.

Er legte ihr die Hand auf die Schulter, als wollte er sie packen und schütteln. »Du hast es verbockt, jetzt biegst du es auch wieder gerade. Ist das klar? Jeder in diesem Business hat schon mal Fehler gemacht. Du willst die Welt beeinflussen und etwas verändern? Dann kannst du nicht bei der ersten Schwierigkeit davonrennen! Wie glaubwürdig soll das bitte sein?« Er schaute sie mit festem Blick an.

»Ich wusste ... also ... mir war nicht klar, dass ... dass jemand, der so nett erscheint ... dass ...« Sie suchte händeringend nach einer Erklärung und musste feststellen, dass ihr schon während des Sprechens auffiel, wie dumm und naiv sich das alles anhörte. Ja, das war sie: Ein Mädchen aus einer kleinen Stadt, auf einer Insel irgendwo im Mittelmeer, auf der die Zeit ein wenig stehen geblieben war. »Was hat sie davon, mich so ... also ... Bringt sie das echt voran, mich bloßzustellen?«, wollte sie nun – noch immer fassungslos – von ihm wissen.

»Nur keine Publicity ist schlechte Publicity.« Er zuckte mit den Schultern.

»Soll das etwa auch gut für mich sein? Weil man über mich und meine Beziehung ... meine Heimat herzieht?« Sie wusste nicht mehr, wo ihr der Kopf stand, und gleichzeitig war ihr vollkommen bewusst, dass sie reagieren musste. Sie musste Penelope warnen, musste mit Hyeronimos sprechen und dann herausfinden, wie sie das alles wieder ins rechte Licht rücken konnte. Vielleicht hatte er recht, und Oprah war die einzige Lösung, genügend Aufmerksamkeit zu bekommen, um alles, was Serenity ausgeplaudert und die Presse dann genüsslich ausgeschlachtet hatte, wieder hinzubiegen. Auch wenn sie im Augenblick keine Ahnung hatte, wie das gehen sollte.

»Man redet über dich, die Einschaltquoten bei Oprah werden hochschnellen, und ich gehe jede Wette ein, dass das Mädchen der Meinung ist, dir was Gutes getan zu haben, und wieder an deine Tür klopfen wird. Während du hier herumstehst und fassungslos stammelst, habe ich mir schon eine Strategie überlegt, wie wir das zu unseren Gunsten wenden können.«

Er schaute sie triumphierend an, und etwas Hoffnung keimte in ihr auf, gleichzeitig blieb aber auch die Furcht. »Wie sollte das gehen?« Sie war sich nicht sicher, ob sie es hören wollte, denn eines hatte sie in den vergangenen Minuten begriffen: Angriff würde die beste Verteidigung sein, und sie wusste nicht, ob sie dazu wirklich bereit war.

»Wir bieten an, Penelope online dazuzuholen, und ihr klärt eure Beziehung offiziell, und sie gibt ein kurzes Statement zu dem angeschossenen Polizisten ab«, legte er seinen Plan offen.

»Sie ist so viel älter als ich und lebt und arbeitet in einer kirchlich geprägten, homophoben Welt. Genau davor hat sie immer Angst gehabt, und jetzt habe ich sie in die Situation gebracht, die sie fürchtet. Ich sitze hier in meinem schicken Zimmer mit Aussicht, und ihr beschmiert man das Auto mit sexistischen Parolen …« Elenis Stimme drohte zu versagen.

»Was schlägst du stattdessen vor?«, fuhr er sie nun entnervt an. »Willst du alles hinwerfen und weglaufen wie ein dummes Kind? Das ändert nichts daran, dass du es ganz allein verbockt hast. An deiner Stelle würde ich das Beste daraus machen und den Schaden so gering wie möglich halten.«

Resigniert senkte sie den Blick und nickte. »Ich mache es, aber ich muss erst auf Kreta anrufen.«

»In Ordnung«, sagte er und setzte sich.

War das wirklich sein Ernst? Wollte er zuhören, wie sie den Gang nach Canossa antrat und den wichtigsten Menschen in ihrem Leben von ihrem Fehler berichtete? Denn sie musste auch ihre Eltern und ihren Bruder informieren.

»Heißt das, du bleibst und beaufsichtigst mich?« Ihr wurde gleichzeitig heiß und kalt bei dieser Vorstellung.

»Genau das heißt es!«

Gern hätte sie jetzt geweint, doch sie würde sich diese Blöße nicht geben. Tapfer griff sie nach ihrem Handy, das noch auf dem Tischchen neben ihrem Bett am Ladekabel steckte, und tippte auf Penelopes Kontakt. Zitternd lauschte sie den Ruftönen.

79. Kapitel

Dimitris Stefanakis hatte eine unruhige Nacht verbracht. Sein Gespräch mit Serpantakis war sonderbar gewesen. Er hatte zwar mit einer Kontaktaufnahme gerechnet, doch nicht wirklich mit dem *Boss* selbst. Es war ihm vollkommen klar gewesen, dass das einer Drohung gleichkam. So weit war Michalis vorher nie gegangen. Sie waren Feinde – keine Frage –, denn sie standen auf gegenüberliegenden Seiten. Auch wenn politische Arbeit beileibe nicht bedeutete, dass man immer nur legale Dinge tat, doch der Mafia vorzustehen war etwas komplett anderes.

Er hatte von Totenschädeln und jeder Menge Blut geträumt, und zwischendurch war immer wieder sein Sohn Konstantinos aufgetaucht und wie ein blasser Geist durch das bedrohliche Szenario geschwebt. Auch der EYP-Agent Costas Xylouris war mit leerem Blick und erhobener Faust Teil dieses Films in seinem Kopf gewesen. Er hatte über dem auf dem Boden liegenden Stelios Mentakis gestanden und mit einem Messer versucht, auf diesen einzustechen. Dimitris war mehrfach aufgewacht und hatte sich stöhnend den Schweiß von der Stirn gewischt. Er war doch sonst kein Angsthase. Das hatte ihn das Leben gelehrt: Man durfte niemals zulassen, dass die Angst überhandnahm, denn dann war man blockiert, konnte nicht mehr zielgerichtet denken und handeln und machte sich mehr als angreifbar. Auf dem politischen Parkett war der Boden so glatt gebohnert, dass nur ein winziger Fehltritt dazu führen konnte, dass man schlitternd zu Fall kam und dabei sogar noch einiges mitriss. Er hatte mehrere Tassen Kaffee gebraucht, um richtig wach zu werden, und ein paar Telefonate geführt, denn er war sich nun sicher, dass der verdeckt arbeitende Ermittler tot war. Er hatte eine klare Vorstellung, wie damit umzugehen war, doch die Behörde, die einen Mann verloren hatte, wollte gern Amok laufen, jeden Stein dort oben umdrehen und »die ganze Scheiße einfach explodieren lassen« – so der Originalton des EYP-Leiters auf der Insel.

Dimitris war anderer Ansicht und hatte wirklich extrem viel Energie benötigt, um seine Position klarzumachen und den anderen an die Kette zu legen. Es würde nichts bringen – nur Tote und Verletzte –, wenn sie nach Zoniana aufbrachen und dort erneut mit Waffengewalt ihr Recht durchsetzen wollten. Die griechischen Gesetze galten zwar überall, doch sie hatten zu oft erlebt, was geschah, wenn sie sich darauf beriefen. Er sah Michalis Serpantakis vor seinem inneren Auge Befehle erteilen – mit einem brutalen Lächeln im Gesicht, einem teuren Whisky in der Hand und auf einem ebenso teuren Sessel sitzend –, die Hüter von Recht und Ordnung einfach abzuknallen wie krankes Vieh. Er hatte dem Mann am Vorabend ins Gesicht geschaut und wie immer nichts mehr von dem unsicheren Jungen von früher entdecken können, zudem hatte er die immerwährende Gefahr, die von dem *Boss* ausging, regelrecht gerochen. Es war wie ein Pheromon gewesen: Nachdem der Geruch ins Gehirn eingedrungen war, hatte er dort ein ungutes Gefühl hinterlassen. So funktionierte das Regiment von Serpantakis: Er säte Angst und Schrecken und beherrschte damit sein eigenes Universum vollkommen. Dimitris hatte nach jenem unbehaglichen Empfinden, das sich mit der für ihn bestätigten Vermutung über den Tod des Vertrauensmannes eingestellt hatte, zudem herauszuhören geglaubt, dass auch Stelios Mentakis' Verletzung kein Zufall war. Wobei der Polizist wohl ebenfalls hätte tot sein sollen. Er hatte keine Ahnung, was schiefgegangen war. Doch ganz sicher war das nicht Teil des Plans gewesen.

Er konnte sich nicht auf seine Intuition verlassen, das war auch klar. Es war nur ein Gefühl, und dieses beruhte vielleicht auf dem diabolisch erscheinenden Gesicht im Halbdunkel des Abends und den teils kryptischen Aussagen, die Michalis immer wieder in seine Sätze eingeflochten hatte. Sie würden Serpantakis nichts nachweisen können, so viel wusste er. Den toten Ermittler würden sie nicht finden, und damit hatten sie auch hier nichts in der Hand. Gewiss hatte der gerissene, eiskalte Mafioso auch nicht selbst die Waffe auf Mentakis gerichtet – sollte er wirklich etwas mit dem Anschlag auf ihn zu tun haben. Dimitris war innerlich davon überzeugt, dass ein Mann wie Serpantakis alles tun würde, um zu verdeutlichen, *wer* der König der Insel war. Und seine Schergen starben lieber, als ihren *Boss* zu verpfeifen. Denn was mit Verrätern und deren Familien geschah, wollte niemand erleben. Die Brutalität und der Erfindungsreichtum eines Verbrechers wie Michalis waren wie ein schauriges Flüstern, das sich mit dem Wind in alle Welt verbreitete. Beinahe war Dimitris sogar dazu bereit, ihm Respekt zu zollen, aber auch nur beinahe. Michalis war ein begnadeter Strippenzieher. Seine Verbindungen reichten in so viele Regierungen und Familien mit Einfluss, dass er gewiss einigen Ländern auf dieser Welt großen Schaden zufügen konnte – einschließlich seinem Vaterland.

Er rieb sich mit beiden Händen durchs Gesicht, als könnte ihn diese Geste aus dem bösen Traum aufwachen lassen, in dem er sich noch immer zu befinden schien. Mentakis kam ihm in den Sinn – ganz bestimmt hätte man ihn sofort informiert, sollte dieser die Nacht nicht überlebt haben. Wie es wohl war, wenn das Leben an einem seidenen Faden hing? Ob man dann wirklich sein Dasein an sich vorüberziehen sah? Wie fühlte es sich an, mit allen Entscheidungen und deren Konsequenzen konfrontiert zu werden? Bereute man Dinge, oder akzeptierte man, dass nun nichts mehr zu ändern war?

Er selbst hatte viele Fehler gemacht. Nicht zuletzt warf er sich das in Bezug auf seinen jüngeren Sohn vor und auch auf seine Ex-Frau. Er hatte es verbockt. Gott, was war nur mit ihm los? Legte er gerade eine Art innere Lebensbeichte ab, weil er damit rechnete, demnächst im selben Loch zu landen wie der verdeckte Ermittler? War das wirklich so absurd, wie er sich einzureden versuchte, wenn er seinen Status in den Vordergrund rückte, anstatt sich einfach nur als ganz normalen Menschen zu sehen? Das war er doch! Gut, er würde niemals den Preis für den besten Vater oder Ehemann gewinnen, aber zumindest war er kein Perverser.

Erneut rieb er sich Gesicht und Augen, dann den Kopf und spürte, dass sich die Müdigkeit nicht vertreiben ließ, denn sie bestand aus mehr als einer Nacht mit schlechten Träumen. Seit dem Frühsommer kroch die Schlaflosigkeit in seine Glieder und machte ihn manchmal sogar regelrecht mürbe.

Er würde nicht selbst Hand anlegen müssen, wenn er sich entschied, Michalis aus dem Weg zu räumen. Er hatte seinen eigenen begabten Attentäter, doch die Frage war, wer dem *Boss* nachfolgen würde und was das dann für die Insel bedeutete. Serpantakis kannte er und konnte ihn einigermaßen einschätzen. Es gab keinen Nachfolger in der Familie, denn seine Kinder aus zweiter Ehe waren noch zu klein. Also würde sich jemand aus seiner Führungsriege aufschwingen, und dieser Kerl konnte dann jede Menge Unheil anrichten, um zu zeigen, wie hart er war. Oder die Albaner würden sich das Regiment endgültig krallen, denn das versuchten sie schon sehr lange – bisher ohne Erfolg, aber wenn sich das Machtgefüge so massiv veränderte, war alles möglich.

Er seufzte auf, denn seine Schwarzseherei nervte ihn zusehends. Er musste mit wachen Sinnen an all das herangehen und auch mit der Polizei in engem Kontakt bleiben, denn er war sich nicht sicher, ob sie ihn von sich aus über alle Details informiert halten würden. Maria Chrisaki hatte nichts für ihn übrig, und Elonidas Spectros würde ihr nicht in den Rücken fallen, so viel war klar. Er beschloss, sich ab jetzt vor allem mit Galavakis kurzzuschließen, denn der Ermittler war eben irgendwie ... besonders.

80. Kapitel

Anna-Maria drehte sich um, als ihre Söhne mit vom Schlaf geröteten Wangen und verwuschelten Haaren in die Küche gestakst kamen. Manchmal erschienen sie ihr wie ungelenke Eselfohlen mit ihren schlaksigen Körpern, und doch wirkten sie bald wie Männer und entwuchsen den Kinderschuhen. Kimons Adamsapfel lugte aus seinem langen Hals hervor, als hätte er eine Despola verschluckt.

Das Gespräch mit der Tante gestern hatte sie traurig gemacht, denn sie hatte nach dem Flirt tatsächlich ein innerliches Hoch verspürt und gehofft, es würde noch anhalten und sie ein wenig glücklich machen. War es wirklich so vermessen, mehr zu wollen als das, was ihr geblieben war? Auch wenn sie die Jungs liebte, so war es doch ungeheuer anstrengend, sie ohne Vater großzuziehen und zusehen zu müssen, wie sie auch ohne dessen lebendiges Vorbild auf dessen Pfad wandelten. Sie hatte noch am Vorabend mit dem Lehrer telefoniert, der nur meinte, sie solle sich die beiden selbst vorknöpfen, denn er habe aufgegeben, ihnen einzubläuen, dass sie nicht zur Schule kämen, um *ihm* einen Gefallen zu tun. Sie hatte sich vorgenommen, es heute zur Sprache zu bringen, doch jetzt wollte sie erst einmal in Ruhe frühstücken und nicht erneut eine Strafpredigt halten, deren Inhalt sich immer wiederholte.

Sie legte Kimon die Hand leicht auf die Schulter. »Hast du gut geschlafen, mein Großer?«

Er nickte, und sie konnte sehen, dass er gleichzeitig mit den Schultern zuckte, was das Nicken irgendwie auszuhebeln schien. Gavril kam zu ihr und umarmte sie unaufgefordert, und erneut überkam sie dasselbe Gefühl wie gestern, denn in den vergangenen Wochen war es bei ihren Söhnen aus der Mode gekommen, mit ihr zu schmusen oder Nähe zuzulassen. Sie wollten unbedingt cool sein, und eine Mutter, die sie mit Fürsorge und körperlicher Liebe überschüttete, passte da wohl nicht ins Bild, auch wenn sie es nur zu Hause hinter geschlossenen Türen tat. Sie tätschelte ihm beinahe unbeholfen den Rücken. Er roch nach Schweiß und Hormonen, so kam es ihr zumindest vor, dabei war er doch noch ein halbes Kind.

Kimon schubste seinen Bruder ein wenig an, und der Jüngere löste sich von ihr. Fragend hob sie die Augenbraue an. »Darf er seine Mutter nicht umarmen? Ich habe doch nur euch beide!« Sie hatte nicht gewollt, dass es so vorwurfsvoll klang, doch in der vergangenen Nacht hatte sie sich mehr als einmal nach einer richtigen Berührung gesehnt. Sie löste sich von Gavril, denn es erschien ihr unangemessen, ihren sexuellen Bedürfnissen nachzuspüren, während sie den Körper eines Heranwachsenden im Arm hielt. Ihre Gedanken waren zu Giorgos geglitten, dem Mann aus dem Bus. Ob er wohl ein guter Liebhaber war? Ob sie ihn jemals wiedersehen würde? Sie wünschte es sich insgeheim sehr, aber solche Zufälle gab es wohl eher nicht. Sie hatte nicht so viel Glück in ihrem Leben.

»Setzt euch.« Sie scheuchte die beiden an den Tisch, auf den sie schon zwei große Omeletts, Joghurt, Honig, Nüsse, Ziegenmilch, Brot, Butter und Marmelade gestellt hatte.

»Ich habe nicht so großen Appetit.« Gavril setzte sich zwar, schob aber seinen Teller gleich mit einer nervösen Bewegung von sich. Kimon setzte sich ebenfalls und begann, sich Essen auf den Teller zu laden, als hätte er die letzten Tage nichts in den Magen bekommen.

»Autsch«, stieß der Jüngere plötzlich aus und griff dann doch zum Besteck, um sich von den Speisen zu nehmen.

»Was tut dir weh?«, fragte sie.

Gavril senkte kurz den Blick, bevor er antwortete: »Nichts, Mama. Ich habe nur mein Bein ungeschickt hingestellt.«

Sie hatte es ja eigentlich nicht thematisieren wollen, aber nun rutschte es ihr doch heraus: »Oder hast du vielleicht Bauchweh, weil ihr mich gestern angelogen habt?«

Er hob langsam den Kopf, und sie sah, wie er seinem Bruder einen Blick zuwarf, dann sagte er: »Wie kommst du darauf, dass wir lügen, Mama?«

»Ich habe mit eurem Lehrer telefoniert, denn dass ihr beiden freiwillig putzt, ist so unnormal wie eine Ziege, die plötzlich ein Auto steuert!«

»Du beschwerst dich immer, dass wir nicht genug mit anpacken, wenn wir die Tante besuchen, und wenn wir uns das dann zu Herzen nehmen, ist es auch nicht richtig. Immer machen wir alles falsch!« Kimons Stimme kippte leicht über, was ihn sichtlich ärgerte. Doch der Stimmbruch war eben noch nicht ganz geschafft, und manchmal klang er nicht wie der Mann, der er sein wollte, sondern wie das Kind, das er in ihren Augen noch war.

»Unterm Strich spielt das keine Rolle«, erklärte sie ruhig, »ich weiß, dass es nicht leicht für euch ist, ohne euren Vater aufzuwachsen …«

»Fang nicht wieder damit an«, begehrte der Ältere nun abwehrend auf.

»Ich bin eure Mutter, und ich darf mit euch reden. Zuzuhören gebietet der Respekt seiner Mutter gegenüber, und zu lügen gehört sicher nicht dazu!« Sie wurde nun lauter und nachdrücklicher: »Ihr habt gestern nach der Pause gefehlt, weil Gavril sich verletzt hat. Wieso weiß ich nichts davon, Jungs? Was ist schon wieder passiert?« Tatsächlich war ihr jüngerer Sohn wie ein Magnet, der Verletzungen anzog. Er fiel aufs Knie, und anstatt wie andere Kinder mit einer Schramme davonzukommen, konnte man bis auf den Knochen schauen. Oder er fuhr auf dem Rad durchs Dorf, was sie ihm nur schweren Herzens erlaubt hatte, und blieb mit dem Lenker an einer Hausecke hängen, schlug auf dem Boden auf und brach sich einen Zeh.

»Es war nicht so schlimm, Mama«, wehrte er ab. »Ich bin nur auf der Treppe im Schulhaus umgeknickt. Es hat wehgetan. Kimon hat mich nach Hause gebracht, Eis aufgelegt und dann die Schmerzsalbe draufgeschmiert. Ich wusste, dass nichts gebrochen ist. Ehrlich, das spüre ich, aber es war trotzdem schmerzhaft.«

»Wir wollten dich nicht aufregen, und nach dem Kühlen, und der Salbe konnte er wieder richtig gut auftreten, aber es hat lange gedauert, und dann war es zu spät für die Schule. Wir sind in den Bus gestiegen und zu dir gekommen.« Kimon schloss seine umfangreiche Erklärung ein wenig atemlos ab.

»Warum bist du gestolpert? Und warum habt ihr mir das nicht sofort erzählt? Warum muss ich mich erst wundern und in der Schule anrufen, um nachzuhören, weshalb ihr euch so sonderbar benehmt? Ihr verschweigt mir doch etwas!« Sie fühlte, wie sich Angst und Erleichterung in ihr mischten. Sie hatten sich einen Tag der verhassten Schule erspart, so viel war klar, und sie glaubte ihnen, dass Gavril sich wehgetan hatte, aber sie merkte auch, dass es nicht die ganze Wahrheit war. Der Junge hatte während des Essens, beim Einkaufen und auch beim Putzen kein einziges Mal über Schmerzen geklagt oder gar gehumpelt.

»Wer von euch beiden hat eine Arbeit geschrieben oder sie geschwänzt?« Der Lehrer hatte nichts rausgelassen, und sie hatte das Gefühl, dass er ihr zeigen wollte, dass ihre Söhne keine Kinder waren, auf die man sich verlassen konnte – und dass sie als Mutter versagte. Daher hatte er sich auch so selbstherrlich aufgespielt und ihr gönnerhaft aufgetragen, doch bei den beiden nachzufragen, was vorgefallen sei. Obwohl er selbstverständlich wusste, dass sich Gavril immer folgenschwer verletzte, hatte er gestern wohl nicht geglaubt, was man ihm auftischte. Doch um sich im Nachhinein nicht verantwortlich fühlen zu müssen, hatte er sie gehen lassen.

»Ich will die ganze Geschichte hören, Gavril«, wandte sie sich nun an das vermeintliche Opfer und setzte sich so hin, dass sie den Blickkontakt zwischen den Brüdern unterbrach. Sie war zwar sehr froh, dass die zwei sich vertrugen, aber sie waren eben auch eine gut abgestimmte Einheit, wenn es darum ging, ihr etwas vorzumachen oder etwas zu verbergen.

Gavril räusperte sich. »Also, ich wollte mich nicht streiten, echt, Mama, aber du kennst Manos. Er ist wirklich ein Blödmann, und er hat gesagt, meine Hose sehe schäbig aus. Da wollte ich ihm eine reinhauen und bin auf der Treppe gestolpert. Er hat gelacht und mich Versager genannt. Dann kam Kimon und hat mir geholfen …«

»Was hast du gemacht, Kimon?«, wandte sie sich nun an den Älteren, der protestierend die Schultern hob.

»Ich wollte den Deppen die Treppe runterschubsen, weil er so voller Hohn war, aber dann habe ich mich nur um meinen Bruder gekümmert, weil ich keinen Ärger haben wollte.« Kimons Stimme transportierte Wut und gleichzeitig auch etwas Empfindliches. Manos war tatsächlich ein fürchterlicher Kerl, einer von denen, die andere gern drangsalierten.

Sie seufzte und hatte das Gefühl, den beiden unrecht zu tun. Sie war vielleicht eine einfache Frau, doch sie war nicht dumm. Sie wusste genau, wie alles vonstattenging. Ihr Mann hatte sie nicht belogen, wie die gegebenen Strukturen hier oben waren, denn es war ihm wichtig gewesen, dass sie genau Bescheid wusste und auch alle Gefahren kannte. Niemand sollte sie mit irgendwas kalt erwischen können.

Sie war ihm für diese Offenheit und Weitsicht immer dankbar gewesen, aber all das Wissen brachte sie auch nicht weiter. Es war schon gut, genügend Geld zu haben, um zwei Heranwachsende zu füttern, denn die beiden vertilgten Unmengen an Lebensmitteln und konnten nicht auf Fleisch verzichten. Zudem konnte sie ihnen ordentliche Bekleidung kaufen, auch wenn es Jungs in der Schule gab, die irgendwelche Marken trugen und meinten, auf andere herabsehen zu können, die sich nicht so kleideten. Es gab immer Dummköpfe, die sich über Äußerlichkeiten definierten und das nutzten, um andere schlecht dastehen zu lassen oder gar zu unterdrücken.

Vielleicht hatten sich Kimon und Gavril auch deshalb so schnell *einfangen* lassen, um sich teure Turnschuhe, Skateboards oder Fahrräder kaufen zu können und dann mit den Gruppen mitzuhalten, die sich um Kerle wie Manos bildeten. Sie hatte versucht, es zu verhindern, denn je mehr sich die beiden in die Machenschaften verstricken ließen, umso unwahrscheinlicher wurde der Traum, den sie für die Jungen hatte.

»Es war gut, dass du dich um ihn gekümmert hast!« Sie legte Kimon kurz die Hand auf die Schulter und erwartete, dass er sie abschütteln würde.

Doch er bedeckte mit seiner Hand die ihre und sagte: »Wir sind eine Familie, und in der Familie tut man alles füreinander.«

Sie wusste nicht, ob sie gerührt sein sollte oder ob ihr die Aussage Angst machen musste. Sie schob ihm den Teller mit dem Omelett hin. »Jetzt esst, bevor es kalt ist, und sollte Gavril sich erneut wehtun und ich bin nicht zu Hause, dann erwarte ich von euch, dass ihr mich sofort anruft. Ich will euch nicht überprüfen müssen und ständig mit dem Gefühl leben, dass ihr mich nur noch an der Nase herumführt. Ist das klar?« Sie legte so viel Strenge wie möglich in ihre Stimme.

»Ja, Mama«, antworteten die zwei wie aus einem Mund und begannen dann, ihre Eierspeise in sich hineinzuschaufeln.

81. Kapitel

Penelope lauschte den Berichten der einzelnen Abteilungen. Es gab noch keine Hinweise aus der Bevölkerung, die sinnvoll erschienen, und auch der Nachrichtendienst und die DEE, die Abteilung für kriminologische Ermittlungen, hatten keine heiße Spur vorzuweisen.

Maria tippte schon volle fünf Minuten aggressiv mit ihrem knallroten Nagel auf die Tischplatte und sah nicht so aus, als würde sie sich rasch beruhigen. Wenn Hyeronimos ihr nachher unter sechs bis acht Augen berichten würde, was Stelios' Ex-Frau ganz offensichtlich getan hatte, und Zacharis sein Material auf den Tisch legen würde, war die Explosion vorprogrammiert. Darauf freute sie sich keineswegs. Alle waren dermaßen angespannt, dass man die Energie im Raum nicht filtern konnte und sie ungehindert auf jeden übersprang, der nur ein bisschen Empathie besaß. Sie würde gewiss noch Kopfschmerzen bekommen von alldem hier. Kein Wunder also, dass Hyeronimos kurz davor gewesen war, in eine Panikattacke zu geraten. Es schien ihm aber in gewisser Weise auch geholfen zu haben, sich kurz in der allumfassenden Angst zu verlieren, denn im Augenblick war er derjenige, der Ruhe und Gelassenheit ausstrahlte. Gerade verteilte er den Kuchen, um die Gemüter ein wenig zu beruhigen.

»Die Expertin für Hämatologie Helena Makri hat meine Vermutung bestätigt, dass Stelios etwas in das Blut geschrieben hat«, erklärte er und setzte sich wieder. »Wir haben mit drei unterschiedlichen bildgebenden Verfahren eine große Anzahl an Bildern gemacht, und sie hat diese geprüft und fachlich interpretiert.« Er erhob sich erneut und zog einige Blätter aus der Mappe vor ihm, heftete diese an die Wand, nahm einen der Marker, die auf der Ablage neben dem Board lagen, und malte eine Zwei, einen Kreis und einen Pfeil, dann einen Querstrich und einen Längsstrich auf. »Das ist nach eingehender Prüfung herausgekommen.« Penelope sah, dass er Blickkontakt mit Maria und Elonidas aufnahm, bevor er fortfuhr zu sprechen. »Ich bin gespannt auf eure Interpretationen. Legt los, ich notiere Stichpunkte zu jeder Idee, und vielleicht kommen wir so der Bedeutung näher.«

Sie kannte ihren Freund gut genug, um zu wissen, dass er sich bereits eingehend Gedanken gemacht und Helena höchstwahrscheinlich auch schon mitgerätselt hatte. Ganz kurz spürte sie so etwas wie Eifersucht aufflammen, dass sie nicht die erste Person gewesen war, mit der er darüber sinniert hatte, doch dann packte sie sich innerlich am Schlafittchen, schüttelte sich einmal und konzentrierte sich auf die Zeichenfolge. Es war albern, so zu empfinden, und ihr wacher und intelligenter Geist machte ihr dies schnell klar. Hier ging es um die Aufklärung eines Attentats und nicht darum, wen Hyeronimos zum Nachdenken heranzog.

»Aus meiner Sicht gehören Kreis und Pfeil zusammen«, kombinierte sie blitzschnell.

Kaum dass sie ausgesprochen hatte, malte er das Zeichen für *männlich* an die Tafel: einen Kreis mit einem nach rechts oben zeigenden Pfeil. Der schwedische Naturforscher Carl von Linné hatte die Symbolik im 18. Jahrhundert eingeführt, und während das weibliche Zeichen den Handspiegel der Liebesgöttin Venus darstellte, stand das männliche Zeichen für Pfeil und Bogen des Kriegsgottes Mars.

»Dann könnte es *zwei Männer* bedeuten«, warf der überraschend handzahme Christos verstehend ein.

Hyeronimos notierte es.

Maria hörte auf, das nervtötende Geräusch mit ihrem Nagel zu produzieren. »Zwei Männer – könnten damit die Täter gemeint sein?«

»Ich finde, wir sollten uns nicht so schnell in so etwas versteigen, denn es kann alles bedeuten.« Spectros reagierte wie gewohnt zurückhaltend, und Hyeronimos schrieb ein Fragezeichen auf die Tafel.

»Was soll es denn sonst bedeuten als zwei männliche Täter? Stelios liegt im Sterben und schreibt etwas mit letzter Kraft in sein Blut. Das ist doch bedeutungsschwer.« Penelope machte deutlich, was sie herauslas.

»Oder er wollte, dass zwei Männer zusammen ermitteln oder zusammenarbeiten. Die zwei könnten Christos und ich sein.« Hyeronimos schaute seinen Kollegen an, und sie sah, dass er dabei nicht wertete, sondern vollkommen neutral blieb. Christos nickte, und sie spürte erneut, wie sehr ihn sein schlechtes Gewissen plagen musste.

»Es könnte aber auch bedeuten, dass der Grund für den Schuss auf ihn etwas mit zwei Männern zu tun hat«, meldete sich Maria erneut zu Wort, »denn Dimitris Stefanakis ist gestern unangemeldet hier aufgetaucht. Und aus sicherer Quelle weiß ich, dass er gestern Abend mit Michalis Serpantakis in Anogia zu Abend gegessen hat!«

Alle Augen richteten sich auf sie, und Penelope erschien die Idee nicht abwegig, vor allem im Zusammenhang mit den Hintergrundinformationen, die ein Großteil aller im Raum anwesenden Personen hatte. Mussten sie Christos auch reinen Wein einschenken, oder war er nach wie vor ein Risikofaktor und würde sich sofort gegen sie alle wenden? Sie wusste, wie wichtig ihm seine Familie, die Kinder und Enkelkinder waren. Das Unrecht an Kindern würde er nicht hinter verschlossenen Türen diskutieren oder diesbezügliche Verbrechen gar in aller Stille ermitteln lassen. Sie rechnete vielmehr damit, dass er sie alle verurteilen würde und das an die große Glocke hängte.

»Also die Mafia und politische Verbindungen.« Hyeronimos drehte sich wieder zur Tafel und schrieb die Begriffe auf.

»'nd die Str'che?«, fragte Zacharis zögernd.

Er war noch fahler als sonst. Seine Haut hatte sogar eine leicht grünliche Färbung, wenn sie ihn genau betrachtete. Das Haar lag wie immer tadellos in der sonderbaren Rolle auf dem Kopf, und seine Kleidung war porentief rein und duftete frisch. Sie konnte es riechen, da er neben ihr saß. Doch er wirkte trotzdem nicht wie gewohnt adrett, sondern eher so, als wäre er ein Alien, das den Morphsuit von Zacharis Zentakis trug.

»Minus eins?« Sprang sie ihm helfend bei.

Er zuckte mit den Schultern »Also n'r *ein* Mann?«

»Und wenn es ein Pluszeichen werden sollte«, beteiligte sich Hyeronimos an der Denksportaufgabe.

»Dann hat ihn die Schwäche vollends übermannt, und er konnte es nicht zu Ende führen«, Maria vollendete die Idee leise, und ihnen allen wurde erneut bewusst, dass Stelios nach wie vor mit dem Tod rang.

»Ob der oder die Täter wohl wussten, dass er eine so besondere Blutgruppe hat?« Penelope wies auf einen nicht zu vernachlässigenden Faktor hin. »Man hätte ihm doch auch in den Kopf schießen können – aus nächster Nähe. Denn nachdem er auf dem Boden lag, wäre das einfach gewesen, und man hätte sicher sein können, dass er tot ist. Doch stattdessen blutet er angeschossen langsam aus. Wenn man stirbt und dem Tod immer näherkommt, gibt es fünf verschiedene Phasen: Man hofft auf einen Irrtum, fragt sich nach dem Warum, wünscht sich einen Aufschub, trauert um alle vergebenen Chancen, dann koppelt man sich von der Umwelt ab, und zu guter Letzt holte einen Gevatter Tod dann in sein Reich.« Hyeronimos hatte die Phasen des Sterbens ebenfalls notiert, jedoch hatte er sie ganz an den linken Rand des Boards geschrieben. Alle schwiegen irgendwie betroffen, als würden sie in sich hineinhorchen und auf den Widerhall, den ihre Worte erzeugt hatten, hören.

Sie wollte gerade ansetzen, das Ganze etwas weniger pathetisch, sondern mehr wissenschaftlich zu erläutern, als es klopfte, sich die Tür im Klopfen bereits öffnete, ein Mitarbeiter aus Spectros' Team auf diesen zustürmte und ihm auffordernd ein Handy hinhielt. Gleichzeitig begann ihres fordernd zu klingeln, und auch das von Hyeronimos summte dringlich. Was war denn plötzlich hier los?

»Meine Mutter«, formte Hyeronimos' Mund fast tonlos. Seit dem leichten Herzinfarkt seines Vaters im vergangenen Jahr hatte er immer Angst vor unerwarteten Anrufen aus Deutschland.

»Eleni«, meldete sie sich flüsternd und sorgte sich ebenfalls. Plötzlich spürte sie die Blicke auf sich: Spectros schaute sie vollkommen entgeistert an, Maria eher resigniert. Sie begann, sich unwohl zu fühlen, denn irgendetwas stimmte hier nicht.

Sie sah Christos ebenfalls zum Handy greifen, so als erwartete er, dass auch bei ihm etwas ankam. Er tippte auf sein Display, und sein Gesicht wurde etwas blasser.

»Ich bin sofort wieder da«, sagten Hyeronimos und sie wie aus einem Mund, und während sie den Raum verließen, nahmen sie die Telefonate jeweils mit einem aufgeregten »Ja« an. Sie hatte sich eigentlich vorgenommen, Eleni auf später zu verweisen, denn an sich wusste die junge Frau ja, dass sie mitten in der Ermittlungsarbeit waren und dass sie daher am Vormittag nicht entspannt mit einem Frappé auf ihrem Balkon saß und Zeit für Gespräche hatte. Doch als sie die belegte Stimme ihrer Freundin hörte, wurde ihr sofort bewusst, dass es um etwas Ernstes gehen musste.

»Was um Gottes willen ist los?« Sie spürte, dass ihr irgendwie mulmig wurde, ohne dass sie es so recht erklären konnte. Hatte das junge Mädchen etwa einen Unfall in Amerika gehabt? Sie bündelte ihre Sinne, denn immer wieder rauschte die Frage durch ihren Kopf, was gerade eben im Besprechungsraum vor sich gegangen war.

»Es tut mir so leid, Penelope. Ich wollte das nicht. Ich ... also ... ich wusste nicht ... Ich dachte ...«

»Eleni! Was ist passiert? Du machst mir Angst mit diesem Gestammel!« Penelope lief es mittlerweile tatsächlich eiskalt über den Rücken.

Dann stand Hyeronimos auf einmal neben ihr und legte ihr ganz sanft die Hand auf die Schulter. Das machte ihr deutlich, dass das, was sie nun hören würde, wirklich so richtig mies war. Denn anscheinend wusste er es bereits, warum sonst sollte er – der normalerweise Berührungen selbst mit ihr, seiner besten Freundin, vermied – sie liebevoll stützen?

82. Kapitel

Christos hatte es natürlich gewusst, denn Penelope hatte nie gelogen oder sich unnatürlich verstellt. Gleichzeitig hatte sie sich aber auch kein Schild um den Hals gehängt, auf dem sie auf ihre Lebensweise aufmerksam machte. Er war gottesfürchtig, glaubte an die Familie und damit auch an die von Gott gegebene Form, wie eine Familie zu sein hatte: Mann und Frau. Doch er lehnte die Pathologin deshalb nicht ab. Sie war gut in dem, was sie tat, war höchst engagiert und hatte mit ihrer Arbeit sehr oft dazu beigetragen, dass Recht gesprochen werden konnte.

Doch nun war es raus. Sie war eine Lesbe und führte eine Beziehung mit einer jungen Frau, die streng genommen ihre Tochter sein könnte. Wahrscheinlich hatten Hyeronimos und sie die Influencerin – das Wort klang schon in seinem Kopf wie eine üble Krankheit – deshalb regelmäßig in die Arbeit polizeilicher Ermittlungen eingebunden, was er persönlich für unpassend erachtet hatte. Schlimm war jedoch nicht nur, dass das nun öffentlich bekannt war, sondern dass sie offenbar nach wie vor dienstinterne Dinge beim Bettgeflüster preisgab, denn nur so waren die reißerischen Schlagzeilen zu erklären. Er selbst trieb sich ja nicht in diesem Internet herum, aber seine Frau Koula war auf Facebook aktiv, und seine Kinder kannten sich natürlich auch gut aus. Daher war so ziemlich gleichzeitig mit dem Aufruhr im Besprechungsraum einiges auf seinem Handy gelandet, und er wusste bereits Bescheid, bevor seine beiden »Chefs« es kommunizierten.

Es war ihm überheblich vorgekommen, wie sein Kollege und die Pathologin sich gestern ihm gegenüber benommen hatten. Warum kehrten die Menschen eigentlich nicht zuerst vor ihrer eigenen Haustür? Bevor er es verhindern konnte, tauchte ein weiterer Gedanke in ihm auf: Einen Mord nicht zu verhindern, selbst böse Gedanken zu hegen ist verwerflicher, als anders leben zu wollen.

Er schüttelte sich unbehaglich, denn er wollte nicht zulassen, dass diese Gedanken ihn wieder vollkommen beherrschten. Doch er war ja kein Hellseher und hatte nicht ahnen können, dass Stelios im Sterben lag. Gewiss hatte er ihn nicht umbringen wollen. Mit dem Abstand der Nacht – in der er beachtlich gut geschlafen hatte, obwohl seine Hand noch ein wenig geschmerzt hatte – sah er die Situation nun in einem anderen Licht. Er hatte Mentakis dazu bringen wollen, einzusehen, dass er die bessere Wahl für den Chefposten war! Stelios sollte ihn mit sofortiger Wirkung auf seinen Stuhl berufen. Ja, das war es gewesen. Er hätte das sicher auch mit Nachdruck verfolgt, aber ganz bestimmt nicht mit Waffengewalt durchgesetzt. Gott verurteilte das Töten aus Habgier.

Jetzt saßen sie hier, hatten kaum etwas Hilfreiches, was die Ermittlungsarbeit voranbrachte, und ein weiteres Desaster rollte auf sie zu. Er wusste nicht genau, was er Penelope wünschte. Natürlich wollte er nicht, dass man ihre Fähigkeiten als Pathologin anzweifelte, nur weil sie gotteslästerlichen Beziehungen frönte, denn dann würden auch Fälle, die ihn betrafen, infrage gestellt. Es hatte nichts mit ihrem Fachwissen zu tun, das war ihm vollkommen klar, und gleichzeitig wusste er, dass die Presse es genau in dieser Richtung ausschlachten würde. Es gab auch genügend Kollegen, die ab sofort nicht mit anzüglichen Bemerkungen sparen würden. Seine Art war dies nicht, denn dieses sexbezogene Denken entsprach nicht im Geringsten seiner Persönlichkeit.

»Da draußen wird wohl gerade nichts anderes kommuniziert als das, was wir hier drin nun alle wissen«, brach er das geschockte Schweigen und konnte nicht verhindern, dass ein süffisanter Unterton in seiner Stimme mitschwang. Alle, die hier vor ihm saßen, waren nicht nur erschüttert, sondern einfach auch zu feige, um das Offensichtliche auszusprechen. Hier sah man wieder einmal deutlich seine Führungsfähigkeiten. Höchstwahrscheinlich hatten sie es alle gewusst und damit zugelassen, dass der Polizeiapparat verunglimpft werden konnte. Vielleicht verbarg sich hier die Chance für ihn, das Rad doch noch zu seinen Gunsten drehen zu können. »Was gedenkt ihr nun zu tun? Das macht uns und unsere gesamte Arbeit angreifbar. Ich war ja immer dagegen, dieses Kind Polizeiarbeit verrichten zu lassen!« Er lehnte sich abwartend in seinem Stuhl zurück.

Maria fuhr hoch wie von der Tarantel gestochen, beugte sich mit beiden Händen flach auf den Tisch gestützt nach vorn und grollte: »Ist das dein Problem, Christo? Gehst du jetzt als Nestbeschmutzer vor die Tür und zeigst mit deinem heiligen Finger auf Penelope? Vielleicht finden diese Arschlöcher von der Regenbogenpresse auch in deinem Leben etwas, wofür du dich schämst, was du aber weder ändern kannst noch willst, und wenn sich dann alle Augen verurteilend auf dich richten, sollen wir dann ebenfalls auf dich zeigen und die Nase rümpfen? Dich fallen lassen und suspendieren, weil du deinen Chef in seiner Auszeit aufsuchen und bedrohen wolltest!«

Ihr Blick nagelte ihn förmlich an den Stuhl, und er fühlte sich unbehaglich, doch gleichzeitig konnte er sich diesen Angriff nicht gefallen lassen. »Das ist etwas vollkommen anderes, und wenn du behauptest, ich hätte ihn bedrohen wollen, dann entspricht das nicht der Wahrheit, Maria.«

Sie blieb stehen, und aus ihren Augen flogen Pfeile, während sie knurrend befahl: »Wir urteilen hier nicht über unsere Leute und deren Privatleben. Was dieses Mädchen getan hat, ist falsch – keine Frage. Aber ich bin mir vollkommen sicher, dass Penelope ihr keine geheimen Informationen gegeben hat, und das, was die Presse da kolportiert, ist mittlerweile öffentlich zugängliches Wissen. Wir bleiben also ruhig und hören sie vorurteilsfrei an. Wir haben in einem wichtigen Fall zu ermitteln, und zwar alle gemeinsam als Team. *Das* ist unsere Priorität. Ist das klar?!«

Er überlegte kurz, ob er sich auf diesen Disput einlassen sollte, doch dann erschein es ihm klüger, sich einfach nur in seinem Stuhl zurückzulehnen und sie anzuschauen. Er würde sich nicht so einfach niederstarren lassen und klein beigeben. Er wusste, was falsch lief, und natürlich tat es allen weh, wenn er den Finger in die Wunde legte.

Die Tür öffnete sich, und Galavakis kam herein, er sah nicht bestürzt aus oder gar panisch. Penelope trat kurze Zeit nach ihm in den Raum, und auch sie ging aufrecht. Was stimmte nur mit diesen Leuten nicht? Sie sollte sich besser schuldig fühlen und das auch durch ihre Körpersprache zum Ausdruck bringen, doch nichts dergleichen war zu sehen. Während Hyeronimos sich setzte, blieb Penelope hinter ihrem Stuhl stehen und schaute in die Runde. Er veränderte nichts an seiner Haltung. Gestern noch hatte sie ihm gegenüber so getan, als wäre sie erhaben über Fehlleistungen. Heute standen die Dinge jedoch vollkommen anders. Er war gespannt, wie sie sich herausreden würde.

»Es tut mir leid«, sagte sie schlicht, »ich habe keine ermittlungsrelevanten Informationen preisgegeben. Ich habe nur berichtet, was zu diesem Zeitpunkt zu wissen war, denn während ich mit Eleni telefonierte, rief mich der verletzte Stelios an. Daher habe ich sie kurz in Kenntnis gesetzt, wie es um ihn steht, denn auch sie kennt und schätzt ihn sehr. Der Zusammenhang, den die Presse zwischen meinem Privatleben, meiner Profession und der Sicherheit auf unserer Insel für Touristen zieht, entspricht nicht den Tatsachen. Ich habe bereits meine Anwältin informiert und eine entsprechende Klarstellung eingefordert.«

Sie setzte sich, und er hob die Hände und klatschte langsam Beifall. Ein gelungener Auftritt.

Elonidas Spectros warf ihm einen kurzen Blick zu, hob die Hand und sagte mit nie zuvor gehörtem schneidendem Ton: »Es reicht, Christo. Das ist illoyal, und das ist dir hoffentlich bewusst.«

Christos spürte, wie ihm die Röte ins Gesicht zog, und er senkte seine Hände rasch wieder. Natürlich stellten sich alle hinter Penelope. Es ging ihm ja gar nicht darum, sie auszugrenzen, aber warum verstand niemand, dass sich durch ihr Verhalten Risiken ergaben, und zwar solche, die sich, wie gerade bemerkbar, auf sie alle auswirkten.

Gestern hatte sich seine Wut gelegt gehabt, war der Gesamtsituation zum Opfer gefallen, und er hatte sich demütig gefühlt, sogar ein wenig dankbar, dass ihn die beiden integriert hatten. Doch heute flammte sie wieder auf und kroch rotschlierig in ihm hoch. Er spürte Hyeronimos' Blick auf sich, prüfend, als könnte dieser sehen, dass sich etwas veränderte, aber das war Blödsinn. Christos schüttelte den Gedanken unwirsch ab und konzentrierte sich auf das, was sich in dieser lächerlichen Runde abspielte.

Maria richtete sich auf. »Wir erwarten, dass sich das alles nicht auf die Ermittlungen auswirkt, und dein Privatleben privat bleibt, Penelope. Darum muss sich Eleni ebenfalls kümmern, und soweit ich weiß, hat sie ein Management. Dessen Aufgabe ist es, den Schaden zu minimieren. Sie ist griechische Bürgerin, und ich ...« Sie warf Elonidas einen raschen Blick zu, bevor sie fortfuhr. »... *wir* gehen davon aus, dass sie ihre Bürgerpflicht erfüllen und vor allem unsere Insel schützen wird. Aber auch Stelios und zu guter Letzt dich!«

Die Pathologin nickte, und er fühlte sich nach dieser Ansage irgendwie herabgesetzt, als wäre das alles ein kleiner Spaß, den man mit einem Fingerstreich wegwischen konnte.

»Das ist doch kein Kinderkram«, begehrte er auf, »warum tut ihr alle so, als wäre es ein Jux, und gleichzeitig rastet ihr aus, wenn ich mal einen Satz rauslasse, den irgendwer falsch interpretieren kann.« Er erhob sich, und die Wut brannte nun wieder lichterloh in seinem Inneren. »Das hier ...« Er machte eine umfassende Bewegung. »... das ist alles falsch. Ihr behandelt mich, als wäre ich eine Witzfigur, kreidet mir alles an, was ihr finden könnt, und jetzt haben wir ein Attentat auf den bisherigen Chef dieser Abteilung und negative Aufmerksamkeit der Öffentlichkeit, die ein schlechtes Licht auf uns alle wirft. Dabei geht es nicht um das ... andersartige Sexualleben irgendeiner« – er hatte sich gerade noch selbst in den Griff bekommen, bevor ihm *abartige* herausgerutscht war – »wirklich wichtigen Einflussgröße in Sachen Polizeiarbeit, sondern auch darum, dass man glauben kann, dass wir nicht integer sind und beim Händchenhalten Geheimnisse ausplaudern!«

»Es reicht, Christo.« Hyeronimos' sagte diese Worte mit Eiseskälte in der Stimme, sodass es ihm tatsächlich kurz die Sprache verschlug.

»Ja, es reicht«, gab er zu, drehte sich schwungvoll um, warf dabei seinen Stuhl knallend auf den Boden und rauschte aus dem Raum. Er würde sich diesen Mist hier nicht mehr antun.

Als er in seinem Büro die rettende Tür hinter sich geschlossen hatte, die ihn vor diesem Wahnsinn zu schützen schien, fiel sein Auge auf den glatten Kieselstein, den seine Enkelkinder für ihn mit dem Mati bemalt hatten. *Damit du immer beschützt bist, Papous,* hatten sie gesagt und sich lächelnd an ihn gedrückt. Seine Familie war das, was wirklich im Leben zählte, egal, wie gern er seine Karriere mit der Leitung dieses Ressorts abgeschlossen hätte, nur auf sie kam es an und dass es ihnen gut ging. Die Kinder waren schon immer das Licht in seinem Leben gewesen, noch lange vor Gott und seiner Frau. Er berührte den Stein, strich vorsichtig über die lebendigen Farben und spürte, wie sich sein Blutdruck langsam wieder senkte.

Dann tauchte vor seinem inneren Auge ein anderes Mati auf einem Stein auf, und er dachte an den fremden Wanderer in seinem Auto. Irgendetwas war komisch an ihm gewesen. Er konnte es nicht genau in Worte fassen, denn er war zu sehr mit sich und mit seinen eigenen Gefühlen beschäftigt gewesen. Noch immer belastete es ihn, nicht gleich hinauf zu der Hütte gefahren zu sein, denn dann hätte er jetzt als Held dagestanden und nicht als der Idiot, dem es nicht gefiel, dass man die Polizeiarbeit nun mit gotteslästerlicher Homosexualität in Verbindung brachte.

Christos hatte dieser andere Mann geheißen. Er wusste nicht, warum, aber er hatte das Gefühl, mit diesem Wanderer reden zu müssen. Jedoch hatte er keinen Anhaltspunkt, wo er ihn finden konnte, und es gab keinen Grund, ihn offiziell suchen zu lassen. Es sei denn ... Ein Gedanke kam ihm in den Sinn ... Was die anderen konnten, durfte er doch gewiss auch tun. Gleiches Recht für alle! Er wusste, dass er sich damit ganz bewusst von seinem Team abkoppelte, aber es war ihm egal. Er hatte eine Personenbeschreibung, Ort und Zeitraum – damit ließ sich bestimmt einiges anfangen. Er griff beherzt zu seinem Handy.

83. Kapitel

Michalis Serpantakis saß in seinem großzügigen Esszimmer und nahm sein zweites Frühstück ein. Er stand immer sehr früh auf, das war nicht nur seinem Alter geschuldet und keine präsenile Bettflucht. Morgens konnte er produktiv sein, und vor allem nutzte er regelmäßig die stille Frische, um seine Lunge und damit auch seinen Körper mit Sauerstoff vollzupumpen. Frau und Kinder sah er um diese Zeit selten. Sie hatte immer wieder darauf gedrängt, die Kleinen in den Kindergarten geben zu dürfen. Manchmal fragte er sich, ob sie wirklich so dumm war oder nur so tat. Doch er hatte den Grund ihres Ansinnens verstanden. Es ging um soziale Interaktion. Also hatte er sich vor zwei Jahren mit Filomena zusammengesetzt – ein sonderbares Gefühl durchfuhr ihn bei dem Gedanken an das produktive Gespräch –, und sie hatten einen Kindergarten mit Vorschule für ihre *Angestellten* gegründet. Die Betreuung war erstklassig, und die Kinder fühlten sich wohl dort, lernten früh rechnen, das Alphabet und sogar Englisch. Das Projekt war besonders, und sie hatten es zudem gut für sich ausgeschlachtet. Filomena war perfekt, wenn es um die strategische Ausrichtung von Wohltätigkeit ging. Zusammen waren sie perfekt. *Verdammt!*

Er wischte den Gedanken beiseite, denn seine Schwester Filo, mit der er den frühen Fall und den darauf folgenden Aufstieg gemeinsam bestritten hatte, gab es so für ihn nicht mehr. Sie begriff nicht, dass er recht hatte und nicht anders hatte handeln können, und überschüttete ihn seither mit Missachtung, Häme und Hass.

Er winkte dem Hausmädchen zu, und sie kam mit gesenktem Blick zu ihm, goss ihm einen frischen Kaffee ein und fragte leise: »Darf die Köchin Ihr Omelett zubereiten?« Die Frau, die sie in der Küche beschäftigten, war eine Künstlerin und konnte aus Eiern und etwas Gemüse einen echten Gaumenschmaus zaubern. Am Wochenende aß er gern eine Eierspeise, unter der Woche vermied er es, damit sein Cholesterinspiegel nicht unnötig in die Höhe schoss. Er hatte schließlich vor, noch lange zu leben. Die junge Frau, die er geheiratet hatte, bedeutete ihm nicht sonderlich viel, doch die Kinder wollte er aufwachsen sehen.

Kurze Zeit später stand der Teller mit dem duftenden Pfannengericht vor ihm. Sie hatte ihm noch einen frisch gepressten Orangensaft gereicht und war dann leise verschwunden. Er beugte sich zu seiner Tasche hinab, zog ein ledergebundenes Notizbuch heraus, legte seinen goldenen Kugelschreiber dazu und sinnierte einen Augenblick genussvoll kauend über den Vorabend in Anogia. Dimitris Stefanakis war keineswegs dumm und einfach mal so dort aufgetaucht, das war jedem klar. Doch hatte der Minister wirklich geglaubt, Informationen von ihm zu erhalten? Hatte er damit gerechnet, ihn bei seiner Eitelkeit zu packen? Frei nach dem Motto: *Du hast einen gewieften verdeckten Ermittler enttarnt und auf Nimmerwiedersehen verschwinden lassen, darauf musst du doch stolz sein, und bestimmt musst du dich auch in irgendeiner Form damit brüsten ...*

Es hatte ihm Spaß gemacht, dem Mann vollkommen unzusammenhängende lose Fäden wie köstlich lockende Brocken hinzuwerfen, aber tatsächlich hatte dieser nicht so hastig zugeschnappt wie erhofft. Sie waren eben auf Augenhöhe und einander ebenbürtig. Er hatte kein Problem, sich das einzugestehen, denn dann machte das Katz-und-Maus-Spiel nur noch mehr Spaß. Auch wenn sie aus dem harten V-Mann nichts Relevantes herausbekommen hatten. Mittlerweile bekamen diese Kerle kaum noch Hintergrundinformationen, denn dann konnten sie auch nichts ausplaudern, wenn man ihnen Dornen unter die Fingernägel trieb. Früher hatten sie Stecknadeln genommen, doch die Dornen giftiger Disteln waren um vieles effektiver, denn wenn sich der kleine Einstich entzündete, war das nervendurchzogene Fleisch noch empfindsamer.

Er schlug das Buch auf und suchte Stefanakis' Register heraus, um alles zu notieren, was er herausgefunden hatte und was Dimitris zusätzlich angreifbar machen konnte. Vor einer halben Ewigkeit waren sie so etwas wie Kumpels gewesen, obwohl Michalis Freundschaften in diesem Alter tunlichst vermieden hatte, denn er hatte nicht über oberflächlichen Mist und Mädchen reden wollen, während er sich auf seinen Aufstieg an die Macht vorbereitete. Er hatte damals einige Male geglaubt, Interesse an seinem Weg in Dimitris' Augen aufblitzen zu sehen, und auch an Filomena. Doch dann hatte dieser einen anderen Pfad genommen: den vermeintlich rechtschaffeneren! Sie wussten beide zu genau, dass dies eine Illusion war. Politik war ein dreckiges Geschäft, und er war sich heute mehr denn je sicher, dass Stefanakis einen sehr geschickten Mörder deckte, den Michalis haben wollte. Vielleicht gab es einen Verhandlungsspielraum basierend auf diesem Wollen und dem, was der Minister brauchte. Doch es würde nur nach seinen Regeln zu einem *Geschäft* kommen. Er ließ sich nichts von Dimitris diktieren.

Er blätterte durch die Seiten und ließ seinen Finger über einzelne Zeilen gleiten, es gab nichts, was er offiziell gegen ihn in der Hand hatte – also so offiziell wie sein Buch nun eben mal war –, nichts, womit er den Baum so fällen konnte, dass er fiel, ohne alles um sich herum mit sich in einen tiefen, dunklen Abgrund zu reißen. Eigentlich mochte er ebenbürtige Gegner zu sehr, um sie einfach so auslöschen zu lassen, doch der Minister und der Nachrichtendienst hatten eine deutliche Grenze überschritten, als sie den verdeckten Ermittler bei ihm eingeschleust hatten. Eine solche Aktion bedurfte einer genauen Planung und einer akribischen Vorbereitung der Person. Zudem musste der Mann wissen, dass er jederzeit mit dem Tod zu rechnen hatte. Das alles heckte man nicht von heute auf morgen aus, unter Umständen dauerte es Monate, wenn nicht sogar Jahre. Doch auch er hatte Pläne und war ein hervorragender Stratege.

Noch war es nicht so weit, die Informationen zu lancieren, die gewaltige Erschütterungen über die Insel bringen würden. Die dadurch entstehende Instabilität würde ihm nur Vorteile bringen. Er hatte alles genau berechnet, so, wie er es immer tat. Er hatte sich stets von dem befreit, was ihn hindern konnte, seine Flügel auszubreiten und zu fliegen. Seine Kindheit hatte ihn verängstigt, doch auch hier hatte er dafür gesorgt, dass er die Angst in Vorwärtsenergie umwandeln und damit seinen Aufstieg langsam, aber stetig vorantreiben konnte. Kaum jemand war so lange an der Spitze einer so mächtigen Organisation geblieben wie er. Liebevoll strich er über die eng beschriebenen Seiten, denn das *Buch* – mittlerweile waren es mehr als zwei Dutzend – war einer der magischen Schlüssel zum Erfolg.

Er nahm einen Schluck Kaffee und genoss den auserlesenen Geschmack. Oben hörte er seine Kinder fröhlich quietschen, und ein Lächeln stahl sich auf seine Lippen. Er würde nachher mit ihnen im Pool planschen und gegen Abend die ersten maßgebenden Spielzüge in Angriff nehmen.

Eine Nachricht plingte auf seinem Handy auf, er zog es neugierig zu sich heran und überflog die Worte. Natürlich hatte er gewusst, dass die aufmüpfige Pathologin eine Lesbe war, doch er hatte die Information nicht benutzt, denn noch hatte er sie nicht demontieren wollen. Es war zwar Teil des großen Plans, doch nun war ihm ihre dumme kleine Geliebte dazwischengegrätscht. Er musste darüber nachdenken, wie diese Neuigkeit seine Pläne beeinflusste und ob es ihm eher in die Karten spielte oder schadete.

Bedächtig schnitt er ein Stück des Omeletts ab, schob es in den Mund und kaute es konzentriert. Auch viele kleine Erschütterungen brachten Risse mit sich, und wenn dann eine massivere erfolgte, war der Zusammenbruch umso umfassender. Er schob das Handy zufrieden weg und vertiefte sich nun voll und ganz in sein Frühstück. Alles verlief trotzdem nach Plan: Siga-siga!

84. Kapitel

Die Runde hatte sich verkleinert, denn Christos war aus dem Raum gerauscht wie ein eingeschnappter Diktator, dem die Gefolgschaft abhandengekommen war. Hyeronimos wusste noch immer nicht, wie er mit dem Verhalten des Kollegen umgehen sollte. Gestern noch war er ganz klein mit Hut gewesen, hatte demütig geholfen, Spuren zu finden, und heute hatte er sich wieder auf sein hohes Ross geschwungen und von dort mit Verachtung auf die anderen herabgeblickt. Dass er ihn verabscheute, war für Hyeronimos mittlerweile in Ordnung, doch wie Christos mit Penelope umgesprungen war, glich einem Affront! Es gab keinen Grund für seinen Zweifel an ihr. Nur weil seine Kirche ihm einflüsterte, dass es ausschließlich eine Art zu lieben gab, hieß das nicht, dass dem tatsächlich so war.

Er hätte gern irgendetwas an die Wand geworfen und all den Emotionen in sich freien Lauf gelassen, doch er wusste, dass er die Nerven bewahren musste. Penelope trug eine professionelle Maske, doch darunter tobten Panik und Verzweiflung. Er hatte es draußen im Flur gesehen, bevor sie sich auf eine Umgangsart mit dem Geschehen geeinigt hatten. Es würde Stelios nicht helfen, wenn sie nun durchdrehten und die gesamten Ermittlungen sich dadurch verlangsamten. Seine Haltung dazu war vielmehr, die entstandene Aufmerksamkeit zu nutzen: Verwirrung brachte Menschen regelmäßig dazu, Fehler zu machen.

»Es ist passiert«, sagte er und schaute erst Maria, dann Elonidas, Zacharis und zum Schluss Penelope in die Augen. »Es liegt nun an uns, entweder gelassen weiterzuermitteln oder wie eine aufgescheuchte Herde Ziegen blökend umherzurennen. Wir können die Aufmerksamkeit nutzen, die die Presse jetzt auf Eleni legen wird. Penelope möchtest du das kurz erläutern«, gab er das Wort an sie weiter.

Sie räusperte sich, und er hatte Sorge, dass ihre Stimme ihr kolossales Bedrohungsgefühl verraten würde, doch sie war unglaublich beherrscht, als sie erklärte: »Eleni wird heute Abend – also Ortszeit dort – in der Online-Talkshow der weltweit bekannten Journalistin Oprah Winfrey als Talkgast teilnehmen. Ursprünglich ging es um ihre Karriere, ihre Kollektion, ihren Blog und ihre Position zu Gleichstellungsthemen. Doch nun wird auch ihr Privatleben zur Sprache kommen. Ihr Manager ist davon überzeugt, dass Angriff die beste Verteidigung ist. Eleni soll aus der Art, wie die Presse hier mal wieder lüstern durch ein Schlüsselloch blickt und Kontexte zusammenpackt, die nicht zusammengehören, ein Statement machen, das nichts mit Verteidigung zu tun hat. Kein ›Ja, aber …‹ soll darin vorkommen, keine Rechtfertigung. Sie soll herausstellen, dass die aufstrebende Sängerin aus ihrer Sicht – und vor allem systembedingt – keine andere Wahl hatte, als mit Schmutz um sich zu werfen, um die Aufmerksamkeit der Öffentlichkeit zu bekommen. Es gehe hier offensichtlich nicht um Talent, sondern um Skandale und Sensationsgier. So würden Karrieren geschmiedet, und das muss aufhören. Diese Ausführung wird Elenis Persönlichkeit ins rechte Licht rücken und ihr jede Menge Sympathien einbringen.«

»Eleni soll die gesamte Misere also nutzen, um auf Missstände aufmerksam zu machen, und damit den Fokus auf das lenken, was für alle *Personen von öffentlichem Interesse* eine Herausforderung ist. Wenn wir Glück haben, bringt uns die negative Beachtung sogar noch sachdienliche Hinweise«, ergänzte Hyeronimos.

»Und wenn wir Pech haben, fokussieren sich alle nur auf mein Liebesleben, diskutieren, ob es sich dabei um eine Krankheit handelt, die gewiss auch meine Arbeit beeinträchtigt, stehen mit einem Mikrofon und Kameras vor der Tür meiner Eltern, dem Institut, hier und wo immer ich mich bewege. Ich darf einen Spießrutenlauf ableisten, und ihr alle werdet mit in diesen Strudel gezogen«, fiel ihm Penelope freudlos ins Wort.

»Ich stehe hinter dir, Pen, und das weißt du«, sagte er ruhig, »und ich bin mir sicher, dass das für alle hier im Raum gilt und noch viele andere in diesem Gebäude und deinem Arbeitsumfeld.«

Maria nickte leicht. »Es wird nicht einfach für dich, damit umzugehen, aber wir leben nicht mehr im Mittelalter, egal, wie verkrustet unser System auch sein mag. Wenn das Sexualleben so massiv Einfluss auf die Arbeit nähme, dann dürften die meisten Männer gar keinen verantwortungsvollen Job mehr machen!« Sie schaute provokativ in die Runde, und niemand widersprach ihr – auch wenn ihre Aussage ebenso sexistisch und diskriminierend war wie das, was sich gerade um Penelope auftürmte.

Hyeronimos kannte ihre Gedanken, denn erst vor Kurzem hatten sie über all ihre Befürchtungen gesprochen, was geschehen konnte, wenn ihre Beziehung zu Eleni bekannt wurde. Zudem waren sie vor nicht allzu langer Zeit mit dem Umgang mit Homosexualität auf der Insel im Rahmen eines Mordfalles konfrontiert gewesen. Doch jetzt war es zu spät, Prophylaxe zu betreiben, nun galt es, nicht in vollkommene Panik zu verfallen, denn sie hatten schon mehr als genug Herausforderungen, mit denen sie kämpfen mussten. »Auch wenn uns das gerade alles immens aufwühlt, so müssen wir doch auf das schauen, was uns gegenwärtig grundsätzlich beschäftigt und belastet.« Er senkte seine Stimme und warf einen kurzen Blick zur Tür. »Christos haben wir nichts darüber berichtet, und so, wie er eben reagiert hat, halte ich es auch nicht für ratsam, dies zu tun!«

Spectros schloss kurz die Augen und rieb sich nervös über den Nacken. »Grundsätzlich entspricht es nicht der Vorgehensweise, einen Ermittler auszuklammern, doch in diesem speziellen Fall stimme ich dafür, besagte Informationen in diesem Kreis hier zu behalten. Ich traue ihm aktuell nicht. Maria?«

Sie nickte, sagte aber nichts. Hyeronimos konnte ihr ansehen, dass die Belastung sie niederzudrücken schien, und höchstwahrscheinlich verfluchte sie gerade den Tag, an dem Stelios ihr den Job gegeben und sie Ja dazu gesagt hatte. Dass Zacharis und Penelope der Entscheidung zustimmten, stand für ihn außer Frage, und beide nickten wie erwartet, ohne zu zögern. Damit war klar, dass alles, was mit dem Verdacht, der auf Stelios lastete, zu tun hatte, nur von den hier anwesenden Personen betrachtet, bearbeitet und bewertet wurde.

»Zacharis ist es gelungen, den USB-Stick, der bei Stelios gefunden wurde, zu knacken. Er hatte Unterstützung aus Frankreich dabei – was ich für einen sehr cleveren Schachzug halte.« Er wandte sich ganz bewusst an seinen Mitarbeiter und spürte für einen Augenblick das süße Gefühl, die Fäden der Ermittlungen in der Hand zu halten. Er hatte sich immer fachlich für fähig gehalten, die Abteilung zu leiten, Verantwortung zu übernehmen und sich zu beweisen. Gleichzeitig war ihm stets bewusst gewesen, dass seine Angststörung und seine Ticks ihm dabei fortwährend im Weg stehen würden, doch nun bot sich ihm die Gelegenheit, einen kühlen Kopf zu bewahren, während alle anderen am Rad drehten. Er hatte seinen Ausfall bereits hinter sich gebracht und war bereit, jede Information aufzunehmen und dafür Sorge zu tragen, dass sie ihren Platz in dem unübersichtlichen Puzzle fand. Maria wusste schon grob über den USB-Stick, die Arbeit daran und die Funde Bescheid, doch nun galt es, auch Spectros ins Boot zu holen. »Zachari, möchtest du berichten?«

Der bleiche Mann schaute ihn bittend an, und Hyeronimos verstand, dass ihn das alles zu sehr mitnahm und er kaum dazu in der Lage sein würde, einen verständlichen Satz herauszubringen. Sie nickten einander kurz zu – ein einvernehmliches Nicken, das auf gegenseitigem Verständnis und Respekt beruhte – dann ergriff Hyeronimos das Wort: »Der Stick war professionell verschlüsselt, und es ist Zacharis gelungen, die Kennung zu entschlüsseln.« Er schaute zu Spectros, der sich in seinem Stuhl aufrichtete und etwas pikiert dreinzublicken schien. »Aus unserer Sicht konnten wir niemanden aus deiner Abteilung da mit hineinziehen, Elonida, denn das Material war zu sensibel.«

Hyeronimos erwartete, dass sein Vorgesetzter ihn rügte oder etwas tat, um seine Position zu verdeutlichen, doch der Mann ließ sich einfach wortlos wieder in seinen Stuhl sinken.

»Und es war wirklich eine gute Entscheidung, denn das Material ist ... es ist das Grauenvollste, was ich je gesehen habe, und ich habe mir nicht viel davon angeschaut.« Er musste sich kurz sammeln, denn das, was Zacharis ihm zur Verfügung gestellt hatte, hatte vollkommen ausgereicht, um ihm zu verdeutlichen, dass Menschen wirklich die furchtbarsten Lebewesen auf diesem Planeten und dazu in der Lage waren, nicht nur Tiere auf das Schlimmste zu foltern, sondern auch ihrer eigenen Spezies Dinge anzutun, die unbeschreiblich und unvorstellbar waren. Spätestens nach diesen Informationen hatten sich seine Zweifel an Stelios' Schuld so lauthals gemeldet, dass er sie nicht mehr hatte unterdrücken können. Ja, er hatte nagende Bedenken an der Integrität des Mannes, den er bisher so bewundert hatte, in sich gespürt. Allerdings war das alles so unaussprechlich grausam, dass es einer vollkommen kranken Psyche bedurfte, sich daran zu ergötzen und das Leid dieser hilflosen Wesen als sexuelle Anregung zu nutzen. Eine solch hochgradig kranke Persönlichkeit hätte er hundert Kilometer gegen den Wind gerochen und auch die Aura einer derart gestörten Person hätte auffällig gewirkt. Davon war er vollkommen überzeugt.

»Ich habe schon viele Straftaten gesehen, die für mich das Maß des Vorstellbaren gesprengt haben, doch die von Stelios auf dem Stick verwahrten Bilder und Videos sind von anderer Güte. Sie zerschmettern das Vorstellungsvermögen von Zacharis, mir und Penelope und würden es auch bei euch tun. Wenn ihr darauf besteht, könnt ihr das Material sichten, ich rate jedoch wirklich davon ab.«

»Wie sollen wir es dann zielführend nutzen? Wir können nur aufgrund dieser Erklärung keine Aufklärung betreiben. Wir müssen herausfinden ...« Elonidas Spectros räusperte sich lange. »... wer die Kinder sind, wo sie festgehalten werden, wer für all das verantwortlich ist und wie das mit Stelios in Verbindung steht!«

Hyeronimos nickte verstehend. »Könnte es sein, dass all diese Hinweise und eventuellen Beweise für seine Schuld bewusst *platziert* worden sind?«

»Der Stick in der Hütte ist sicher kein Problem, aber die Dateien auf seinem Rechner hier – das wage ich wirklich zu bezweifeln! Natürlich gibt es begnadete Hacker, die überall Zugriff bekommen können, gleichzeitig ist unser System wirklich gut geschützt. Meine Leute machen da einen sehr guten Job.« Spectros klang stolz, ohne überheblich zu wirken.

»W'r m'ss'n ihn fr...frag'n«, begehrte Zacharis nun auf, dem anzusehen war, dass er nach wie vor für Stelios in den Ring steigen würde.

»So furchtbar das auch alles ist, wir wissen nicht, ob er es überleben wird, Zachari.« Marias dunkle Stimme bröselte wie spitze Gesteinsbrocken durch den Raum. »Momentan sollten wir eher damit rechnen, dass er es nicht schafft. Wir haben aus dem Krankenhaus vor allem deshalb Informationen, weil wir die Bewachung angeordnet haben und weil er eine Person von Interesse ist. Sonst dürften sie nichts herausgeben. Und nach dem, was

Kostoula gemacht hat, ist nun niemand da, mit dem ein Arzt offiziell reden darf. Es ist zum Kotzen. Alles ist zum Kotzen!«

»Ab'r«, begehrte Zentakis auf, und Maria brachte ihn mit einer erhobenen Hand zum Schweigen.

»Da gibt es kein *Aber,* Zachari. Ich verstehe dich, aber du musst auch mich verstehen.«

»Lasst uns an einem Strang ziehen, anstatt zu streiten«, warf Penelope ruhig ein, während ihre Hände die Armlehnen so umklammerten, dass ihre Fingerknöchel weiß hervortraten.

Sie tat ihm so unendlich leid, doch sie hatte recht.

»Was wäre, wenn«, griff Hyeronimos ihre Anregung auf und startete ihr gemeinsames Spiel, alle Möglichkeiten, die einem in den Sinn kamen, einfach so ungefiltert auszusprechen. »Was wäre, wenn er ganz im Gegenteil an etwas dran war, um solch einen Ring auffliegen zu lassen, und den Stick quasi einerseits beschützt und andererseits für uns platziert hat? Zudem hat er uns ja eine Nachricht hinterlassen, und die haben wir noch nicht komplett durchschaut.«

»Wäre es dann nicht sonderbar, dass er die Dateien einfach so auf seinem Rechner hiergelassen hat«, wollte Elonidas rational denkend wissen.

»Oder es war eine Art zusätzlicher Absicherung, also sie sollten dort sein, damit wir sie finden«, ergänzte Hyeronimos.

»Ohne Kommentar, Hinweis oder Sonstiges? Dass das nach hinten losgeht, sieht man wohl sehr deutlich«, sagte Maria beachtlich abgeklärt. »Er kennt die Polizeiarbeit besser als wir alle hier und sollte daher in beiden Fällen gewusst haben, dass die Dateien gefunden werden können. Fall eins: Er ist an etwas dran, was gewaltige Erschütterungen mit sich bringen wird, oder Fall zwei: Er ist ein krankes Arschloch ...«

»Musste er damit rechnen, dass er halb tot an Schläuchen hängt und es nicht aufklären kann?«, fiel Penelope Maria kopfschüttelnd ins Wort.

»Na ja, das ist sicher ein Argument, aber wenn er so mit dem Feuer gespielt hat, dann musste er auch das einplanen.«

»Er muss einplanen, dass ihn jemand anschießt? Polizeiarbeit ist gefährlich, keine Frage, aber wenn das unsere innere Haltung bei allem ist, dann weiß ich nicht, wie wir unsere Arbeit vernünftig verrichten sollen, denn wenn ich jede Minute meines Lebens in Angst verbringen muss ...« Hyeronimos hatte keine Ahnung, wie er diesen Satz sinnvoll beenden sollte. Wer konnte unter solchen Bedingungen den Job überhaupt noch machen? Das war doch verrückt, so zu denken.

»Ich bin selbstverständlich davon überzeugt, dass die Arbeit als Polizist gefährlicher ist, als wenn man Bäcker ist«, begann Maria erklärend, »aber ich sitze bewusst auf dem Stuhl, der mit Büroarbeit verbunden ist, denn ich möchte nicht auf der Straße ermitteln. Das empfinde ich tatsächlich als gefährlich, und ich bewundere jede Person, die das tut.«

»In Ordnung.« Hyeronimos wollte vorankommen und sich nicht in diesen Nebenschauplätzen verlieren. »Habt ihr irgendwie herausfinden können, wie die Dateien auf dem Computer gelandet sind? Oder du, Zachari, kannst du sehen, wie sie auf den Stick gespielt wurden, gibt es da Kennungen, IP-Nummern oder was auch immer?«

»'ch hab n'ch nicht ge...geschaut, d's war all's zu belast'nd für mich.«

»Dann wäre das ja ein wichtiger nächster Schritt. Was ist mit der Computerdatei?«

Elonidas Spectros übernahm das Wort: »Ich habe begonnen, die Metadaten aller Bilder zu überprüfen. Bei den meisten war jedoch jemand am Werk, der sich damit auskennt, und die Daten wurden so manipuliert, dass ich nichts wirklich Aussagekräftiges finden konnte. Wenn man Glück hat, dann sind sie nicht richtig überschrieben, und man kann ein Thumbnail von bearbeiteten Bildern vor deren Bearbeitung finden oder den Ort, an dem die Aufnahme gemacht wurde. Ich bin noch dran, und mir geht es ähnlich wie Zacharis.« Er nickte dem Mann verstehend zu. »Ich brauche relativ schnell lange Pausen mit anderen Tätigkeiten, damit ich nicht handlungsunfähig werde.«

»Können wir dabei irgendwie helfen?«, wollte Penelope wissen.

Er hatte Bedenken, dass sie sich alle damit übernehmen würden, denn ein Team, das unter Schock stand, verpasste unter Umständen wichtige Veränderungen im Ermittlungsgeschehen, das ja nicht nur daraus bestand, die Kinderpornografie auszumerzen. Sie mussten schließlich auch herausfinden, wer die finstere Entschlossenheit besessen hatte, auf Mentakis zu schießen.

85. Kapitel

Ignatios wollte sich unsichtbar machen. Er hatte mit Tausenden Umwegen seine kleine Wohnung erreicht und erst hinter der verschlossenen Tür zum ersten Mal wieder frei atmen können. Um sein Herz und seine Lunge hatte sich eine Art Klammer gebildet, je mehr ihm bewusst geworden war, dass er sich schuldig gemacht hatte. Seine Fingerspitzen hatten zeitweise so sehr gezittert, dass er unfähig gewesen war, die Schließen seines Rucksacks zu öffnen. Er hatte sich sein Leben hier eingerichtet – ruhig und so bequem, wie es für jemanden mit seiner Vorgeschichte eben möglich war, und nun würde sich alles ändern. Egal, welche Entscheidung er in jenem Augenblick getroffen hätte, sie wäre für ihn nicht gut ausgegangen. Er wäre niemals der Held gewesen in diesem Spiel, sondern immer nur der Verlierer. Vielleicht war das sein vorbestimmtes Schicksal? Er war verdammt dazu, für Dinge geradezustehen, für die er nicht verantwortlich war. Und wo er wirklich Dreck am Stecken gehabt hatte, war er davongekommen. Wie konnte das Leben nur so verdreht sein? Seine Motivation war keine schlechte gewesen, denn seinen Frieden mit einer Sache machen zu wollen, war doch kein Fehler. Aber die Moiren hatten das ganz offensichtlich nicht für ihn vorgesehen. In seiner Geschichte gab es kein glückliches Ende.

Er hatte sich in seine Wohnung geschlichen und war nun so leise und unauffällig wie möglich. Niemand sollte ihn bemerken. Sie sollten denken, er sei noch fort, doch bereits am Montag erwartete ihn sein Chef zurück auf den Feldern. Sollte er einfach nicht mehr hingehen? Der Mann war an sich in Ordnung, konnte aber rabiat werden, wenn man ihn enttäuschte. Ganz bestimmt würde er dann hier vor der Tür stehen, lauthals dagegenhämmern und nach ihm brüllen.

Er hatte kein Vertrauen in das System, nur deshalb hatte er den Sterbenden in seinem Blut zurückgelassen. Das System war nicht für Vorbestrafte gemacht, es ließ die dicken Fische immer davonkommen, und die kleinen wurden verfüttert. Er würde versuchen, sich bedeckt zu halten. Mentakis konnte das nicht überleben, und dann war er wieder sicher.

In seinem Kühlschrank gab es noch genug zu essen, und sein Appetit war aktuell auch eher mäßig bis gar nicht vorhanden. Er wollte von der Welt dort draußen nichts wissen und hoffte, dass sie ihn dann ebenso in Ruhe lassen würde. Vielleicht hatte Stelios ihn gar nicht erkannt, denn es lagen so viele Jahre zwischen seiner Verhaftung und heute, zudem hatte er sich verändert. Die Zeit hatte ihn ausgezehrt, und wenn man sich im Todeskampf befand, spielte einem die Fantasie gewiss auch jede Menge Streiche.

Er lag auf seinem Bett und starrte die gekalkte Decke an, vielleicht sollte er doch einfach von einer Klippe fallen oder hinausschwimmen und nicht mehr zurückkehren. Die Alternative bestand noch immer, gleichzeitig wäre das als Schuldeingeständnis zu werten. Doch war er tot, konnte es ihm ja egal sein, ob man ihn des Mordes an dem Polizisten bezichtigte oder nicht.

Sein Kopf begann zu schmerzen unter dem Druck all der kreisenden Gedanken. Er musste fort. Die Wohnung verlassen, den Ort und am besten auch gleich die Insel. Er könnte versuchen, im Hafen von Ierapetra auf ein Schiff nach Ägypten oder wo auch immer hin zu kommen. Doch um auf eine Fähre zu gelangen, bei der er sein Ziel noch irgendwie selbst bestimmen konnte, müsste er nach Irakleio kommen, und diese rund neunzig Kilometer würde er erneut nur zu Fuß und mit dem Bus zurücklegen können. Es war also aussichtslos für ihn, denn nahm er öffentliche Verkehrsmittel, dann konnte er sich gleich ein Schild um den Hals hängen mit allen notwendigen Informationen zu seiner Person.

Er würde einfach liegen bleiben. Von dem einst so harten Kerl, der er gewesen war, war nichts mehr übrig. Er wollte sich in Embryohaltung zusammenrollen und nach einem langen Schlaf erwachen, um dann festzustellen, dass alles nur ein dummer Traum gewesen war.

Ausweglos! Alles war ohne einen Hoffnungsschimmer. Sein Leben steuerte wie ein Schiff ohne Kapitän wild trudelnd auf jedes nur mögliche Riff zu. Es gab nur zwei Möglichkeiten für ihn: den Freitod oder verschwinden, ohne eine Spur zu hinterlassen. Er musste nur klären, wie wichtig ihm sein Leben war. Das war alles!

86. Kapitel

Dimitris hatte das Telefon zwischen Kinn und Schulter eingeklemmt und versuchte, einen Espresso in kleinen Schlucken zu trinken, während er dem Amerikaner zuhörte, der sich nun bei ihm darüber beschwerte, dass plötzlich überall Polizisten umherliefen und jeden in Augenschein nahmen, der ihnen irgendwie verdächtig erschien.

»Wie bereits gestern besprochen, General, hat das nichts mit Ihren Streitkräften zu tun, und ich kann Ihnen versichern, dass wir auch aktuell keine Spuren verfolgen, die anwesende Soldaten betreffen. Damit verrate ich keine Geheimnisse.« Er unterdrückte ein lautes Aufseufzen und wollte so gern fluchen wie ein Eiswürfelfahrer. Das »Malaka« knautschte sich schon unter seiner Zunge zusammen, aber es war ihm vollkommen klar, dass es absolut kontraproduktiv wäre, also unterdrückte er es geflissentlich. Diplomatisches Gelaber war gefordert, und plötzlich hatte er das Gefühl, als würde jemand den Stecker bei ihm ziehen, denn er bemerkte, dass er sich von einer Sekunde zur nächsten vollkommen ausgelaugt vorkam. Am liebsten hätte er das Telefonat ohne Kommentar beendet und sich einfach nur zu Mentakis ans Bett gesetzt.

Der Gedanke wurde rasch so übermächtig, dass er den anderen abzuwürgen begann. »Ich wiederhole mich: Wir sind bemüht, unsere Gäste wie solche zu behandeln, wenn diese sich wie solche benehmen. Daher meine Bitte, Ihre Leute zur Zurückhaltung aufzufordern, hier noch einmal mit Nachdruck: Weg von den Nutten, weg von den Dealern!« Er machte sich für den Sturm der bigotten Entrüstung bereit, der ganz sicher auf diese klaren Worte aufbrausen würde. Doch zu seinem Erstaunen grummelte der amerikanische Befehlshaber nur unverständlich vor sich hin und beendete das Gespräch von sich aus binnen Sekunden.

Erstaunt zog Dimitris das Telefon von der Schulter und sagte zu sich selbst: »So geht das also. Nur kein Blatt vor den Mund nehmen, dann flitzt er in seine Hütte. Gut, gut!«

Er stellte die leere Tasse ab, nahm seine Tasche und bestellte seinen Fahrer, um das zu tun, was er gestern schon hätte machen sollen. Er hatte sich davor gedrückt, Stelios zu besuchen.

Er stieg in den Wagen mit den dunklen Scheiben und befahl dem Mann, zum Hintereingang des Krankenhauses zu fahren, den er nicht zum ersten Mal benutzte. Das Attentat war noch zu frisch, sodass die Presse nicht vor den Türen der Klinik lauerte, um von irgendjemandem ein Statement zu bekommen. Er würde ihnen da ganz besonders recht kommen, denn vom Minister erwartete man natürlich glaubwürdige Aussagen und tief gehendes Wissen über jeden Aspekt des Attentates und Mentakis' Zustand.

Die Stadt war voll, und überall drängten sich leicht bekleidete Urlaubende durch die Straßen. Es war gut, dass die Menschen Kreta liebten und Geld auf die Insel brachten. Die Saison lief noch in vollen Zügen. Nachdenklich blickte er aus dem Fenster. Natürlich hatte auch er Urlaube hier verbracht, hatte Frau und Kinder ins Auto gepackt, um auf der Südseite im flachen Wasser mit ihnen zu spielen, aber viel zu selten. Die Karriere war eben immer vorgegangen, und irgendwann war sie sein einziges Zugtier gewesen. Der Erfolg hatte ihm ja auch stets recht gegeben, und noch war – wenn er es genau betrachtete – sein Höhenflug nicht zu Ende. Er hatte den Weg nach oben geplant, und bis vorgestern war er auch noch felsenfest davon überzeugt gewesen, ohne Probleme an der Spitze der Leiter zu landen. Binnen weniger Minuten konnte sich alles vollkommen ändern, und aus dem kristallklaren Blick wurde ein getrübter. Es war wie mit dem Meer auf der Nordseite: Eben noch glich es einer Badewanne, dann frischte der Wind auf, und die Wellen schlugen schaumig bis an die Promenade. Wandel schien das einzig Beständige im Leben zu sein.

Er fuhr sich durchs Haar und wollte die grüblerische Stimmung verscheuchen, doch sie blieb wie ein Schatten an ihm haften. Rasch nahm er das Handy und wählte die Nummer von Hyeronimos Galavakis, die er seit dem Frühsommer unter seinen Kontakten abgespeichert hatte. Es dauerte lange, bis sein Ruf angenommen wurde, und er spürte den Ärger darüber in sich aufwallen. Er war durchlässig geworden, und jedes flüchtige Gefühl setzte sich wie ein Geschwür in seinem Körper fest, schob tentakelartige Fangarme in seine Eingeweide, und er war für Sekundenbruchteile beinahe handlungsunfähig. Seinen Ärger hatte er bisher immer als Antrieb empfunden, er hatte ihm geholfen, Hindernisse aus dem Weg zu räumen und seine Ziele zu erreichen. Doch jetzt funktionierte das anscheinend nicht mehr. Er wollte irgendwo dagegenschlagen und kanalisieren, was in ihm brodelte. Der Fahrer kannte ihn und auch seine Impulsivität, daher wäre es kein Problem, auf die Polster einzuprügeln, doch es fehlte ihm trotz allen Zorns die Energie dazu.

»Ja!!«, rief der Ermittler, und Dimitris konnte hören, wie genervt Galavakis über die Störung war. Hatte der Mann denn seine

Nummer nicht ebenfalls abgespeichert und konnte sehen, wer ihn da anrief?

»Stefanakis hier«, sagte er und konnte das Brodeln seiner Entrüstung nicht kontrollieren, vielleicht wollte er es auch nicht kleiner machen, als es war, oder gar unterdrücken und eine Show der Gelassenheit abziehen. »Wir müssen miteinander reden.«

»Warum bin ich schon wieder Ihr Ansprechpartner, *Herr Minister?«* Galavakis betonte seine Profession auf eine besondere Art. »Sind nicht vielmehr meine Vorgesetzten die Personen, mit denen Sie in Kontakt stehen sollten?«

»Ich bin so frei, selbst zu wählen!« Dimitris ließ keinen Zweifel an seiner Motivation und legte Nachdruck in seine Aussage. Es war kein freundlich gemeinter Satz, sondern machte deutlich, dass er tatsächlich tun konnte, was er für richtig hielt, ohne sich dafür rechtfertigen zu müssen.

»Was *darf* ich also für Sie tun?«

Das hörte sich so ironisch an, dass er selbstverständlich sofort verstand, dass Galavakis sich zwar fügen, aber ihm nicht zu Diensten sein würde. Er musste es vielleicht doch ein wenig anders angehen. Wut war kein guter Berater, das war ihm durchaus bewusst.

»Herr Galavaki, ich umgehe hier keine Hierarchien. Das ist nicht mein Grundgedanke, denn ich schätze sowohl Frau Chrisaki als auch Herrn Spectros sehr. Ich weiß nur, dass Sie besonders beharrlich, präzise und moralisch gefestigt vorgehen. Nicht, dass ich dies Ihren Vorgesetzten absprechen möchte, doch ich vertraue Ihnen auf eine besondere Art und Weise.« Ob sich der Kommissar so bei der Ehre packen ließ? Einen Versuch war es wert.

»Ich bin kein Freund von Spielchen, und ich habe bereits von Kindesbeinen an gelernt, dass Menschen, die mir Honig um den Mund schmieren, vor allem ihren eigenen Vorteil im Blick haben!«

Stefanakis war kurz geplättet. Er hatte den Ermittler als Mann der klaren Worte kennengelernt und auch regelmäßig dessen Schwierigkeiten mit diplomatisch gefälligem Auftreten wahrgenommen, aber das war ja wirklich mal eine Aussage mit Bämm-Faktor. Sollte er ihn in die Schranken weisen? Insubordination ankreiden? Oder ihm lieber etwas lange Leine lassen? Schließlich hatte er etwas zu verlieren und brauchte jede mögliche Unterstützung. Also sollte Galavakis ruhig sein, wie er war, es war auch mal ganz angenehm, nicht nur von Speichelleckern umgeben zu sein. Schon Maria Chrisaki hatte ihm mit ihrem Verhalten imponiert, auch wenn er dies vor ihr niemals zugeben würde.

»Wir sind inmitten einer Besprechung, und ich habe wirklich keine Zeit für Grundsatzdiskussionen. Also bitte Tacheles, Herr Minister: Was soll ich für Sie tun?«

Galavakis hörte sich interessanterweise trotz seiner massiven Wortwahl nun irgendwie neutral an. Das war wirklich spannend. Dimitris begann, Gefallen an dem Gespräch zu finden, und es löste ihn aus seinem emotionalen Chaos heraus, sich diesem verbalen Schlagabtausch zu widmen.

»Wie gesagt: Wir müssen reden! Und zwar nur Sie und ich. Unter vier Augen und mit so vielen Rauschgeneratoren um uns herum wie nur möglich. Oder wir schwimmen gemeinsam hinaus und unterhalten uns dabei.« Er spürte, wie ihm der Gedanke zu gefallen begann. Er hatte das Schwimmen früher geliebt und in den letzten Jahren viel zu wenig Zeit dafür gehabt oder einfach auch zu viele Ausreden gefunden. »Ja, das halte ich für die bessere Idee. Wir unterhalten uns im Meer. Wann und wo, Galavaki?«

Zu seinem Erstaunen antwortete der Kommissar, ohne lange zu zögern: »Wir treffen uns in zwei Stunden an der Fodele-Beach-Tankstelle, wenn Sie in Richtung Rethymno fahren.«

Dimitris wollte sarkastisch anmerken, ob sie in Benzin schwimmen würden, doch Galavakis hatte bereits aufgelegt. Der Mann hatte echt Mumm.

Er würde pünktlich dort sein und war gespannt, wo sie schwimmen würden und was das Gespräch brachte. Doch nun wollte er erst sein Vorhaben in die Tat umsetzen und sich zu Stelios Mentakis setzen.

Sie erreichten das Krankenhaus, und er fragte sich, ob es wirklich so klug war, den Verletzten in einem öffentlichen Krankenhaus unterzubringen. Gut, Dr. Demostaki verfügte hier über genügend Einfluss, und doch wäre eine der privaten Kliniken nicht nur besser ausgestattet, sondern auch sicherer gewesen. Gleichzeitig verstand er das Zeichen, das man damit gesetzt hatte: Er ist einer von uns! Das förderte die Solidarität, und die Menschen waren eher bereit, sich mit diesem Verbrechen zu beschäftigen. Wobei es wirklich eine Herausforderung sein würde, Zeugen für das Verbrechen zu finden, denn Stelios hatte sich ja mit Absicht in die absolute Abgeschiedenheit zurückgezogen. Dort stolperte niemand mal eben herum und dann auch noch just in jenem Augenblick, in dem ein Verbrechen verübt wurde. Er war ratlos, wie sie den Mörder dingfest machen sollten, denn eins war auch vollkommen klar: Jemand musste seinen Kopf dafür hinhalten, denn ansonsten würde das den kompletten Polizeiapparat lächerlich machen.

Er schlüpfte aus dem Wagen, gab sich weder auffällig noch bewusst unauffällig, was oft wesentlich mehr Aufmerksamkeit auf sich zog, als vollkommen normal zu agieren, und ging unbehelligt durch die Tür zur krankenhauseigenen Wäscherei. Sein Fahrer war so nah an die Tür gefahren, dass ihn das Auto vor Blicken schützte und er die wenigen Meter wirklich unbehelligt zurücklegen konnte. Mann und Fahrzeug würden sich nun entfernen, um nicht unnötig das Augenmerk der Presse auf sich zu lenken.

Er hörte seine hallenden Schritte auf dem hässlichen Linoleum. Der Flur war menschenleer. Es roch nach feuchter Wäsche, und er hatte plötzlich das Gefühl, beobachtet zu werden. Er beschleunigte seine Schritte, nur wenige Meter trennten ihn von der Tür, die ihn in das Treppenhaus und damit in die belebteren Regionen der Klinik brachte. Schweiß sammelte sich in seinem Nacken über dem Hemdkragen. War er jetzt etwa paranoid, oder war es einfach vollkommen bescheuert, ohne Personenschutz hier herumzuschleichen?

Eine Tür fiel quietschend ins Schloss, und Dimitris beherrschte sich, um nicht loszurennen. Er glaubte, jemanden hinter sich atmen zu hören, jedoch ohne andere Geräusche zu produzieren. Killer konnten das. Sie konnten schleichen wie Raubkatzen.

Jetzt rannte er doch los, warf alle Contenance über Bord, stieß die Zwischentür auf und hörte gerade noch das »Pling!« einer Aufzugtür, bevor er das Treppenhaus erreichte.

Hör auf auszurasten, schalt er sich innerlich selbst, riss aber mit zitternden Fingern sein Handy aus der Tasche und tippte – während er schwer atmend je zwei Stufen auf einmal nahm – auf die Nummer seines Fahrers und ging auf FaceTime.

»Jemand ist hinter mir«, schnauzte er den Mann begrüßungslos an und war sich der Panik in seiner Stimme bewusst. Reagierte er über und hörte Flöhe husten?

Der andere riss sich die Sonnenbrille aus dem Gesicht, starrte über die Schulter seines Chefs und kniff die Augen zusammen.

Nur noch eine Etage, dann war er im Foyer.

»Eine Frau, Chef«, schepperte die Stimme des Befragten leicht gelangweilt durch den kargen Gebäudeteil, als wären Frauen per se ungefährliche Wesen.

Er blieb dabei, zwei Stufen auf einmal zu nehmen, seine Lunge begann zu brennen, denn er war vollkommen untrainiert. Zu viel leckeres Essen und Wein sorgten nicht gerade für eine gute Kondition. Dann glaubte er, ein metallisches Klacken zu hören, als würde gerade eine Waffe entsichert. Er war noch nicht bereit zu sterben!

87. Kapitel

Penelope flocht sich ihre Haare zum gefühlt zweihundertsten Mal zu einem dicken Zopf und löste die Strähnen dann gleich wieder. Sie versuchte, sich auf das zu konzentrieren, was sie zu tun hatte.

Es war wichtig, einen kühlen Kopf zu bewahren, doch das war leichter gesagt als getan, denn in ihr brannte ihr Emotionsherd glühend. Ihre Gedanken sprangen wild hin und her, spielten alle nur möglichen Szenarien durch und versauten es ihr damit, den Fokus auf die Arbeit zu legen. Sie mussten etwas finden, was die Urheber der Videos und Bilder verriet. Schon ein winziger Schnipsel konnte ausreichen.

Sie hatte erst vor Kurzem auf Facebook gesehen, dass jemand an dem Stück einer Sofaarmlehne erkannt hatte, wo sich eine andere Person befand. Sie bezweifelte zwar, dass es ihnen anhand vorhandener Möbelstücke gelingen würde, etwas oder gar jemand zu identifizieren, aber unterm Strich wusste man doch nie, was zielführend war, wenn man Ermittlungen begann.

Zacharis hatte mit angespannter Miene und einer Haut, die so blassgrau war, dass sie befürchtet hatte, er könne gleich ohnmächtig werden, stockend berichtet, was er bisher gesichtet hatte. Unsägliche Grausamkeiten waren nach Art, Geschlecht und Alter sortiert. Je mehr sie darüber erfahren hatte, umso weniger konnte sie das alles mit Stelios in Verbindung bringen. Vielleicht hatte man das wirklich bei ihm *platziert,* um nicht nur sein Leben zu nehmen, sondern auch seinen Ruf und damit auch den seiner Abteilung nachhaltig zu zerstören. Wer sollte Leuten vertrauen, die von so jemandem unterstützt worden waren? Niemand! Ihre Karriere war also von dieser Seite wahrscheinlich sogar noch mehr bedroht als durch ... Eleni. Es tat weh, daran zu denken, und sie verscheuchte das Unbehagen schnell wieder. Es war nicht der richtige Zeitpunkt, in das gefräßige dunkle Loch all ihrer jemals formulierten oder nur gedachten Sorgen zu fallen und sich davon absorbieren zu lassen. Doch das Gehirn war wirklich ein außerordentlich sonderbares Ding, immer wieder reagierte das Emotionszentrum und sorgte dafür, dass man nicht mehr rational und logisch abwägend denken konnte, sondern sich am liebsten verstecken oder gleich davonrennen wollte. Als Kind hatte sie sich gern die Augen zugehalten und war sich ganz sicher gewesen, dass, wenn sie niemanden sehen konnte, auch niemand sie sah. Jetzt war ihr danach, genau das zu tun, damit das Unheil sie nicht fand.

Konnte sie nicht einfach noch mal gestern am Morgen aufwachen, und alles wäre so wie immer? Ein normaler Tag in ihrem Leben mit langweiligem Papierkram und ein paar Leichen auf dem Tisch?

Wie sehr sie es sich auch wünschte, das hier war kein böser Traum. Es war bittere Realität. Sie zupfte die verhedderten Haare auseinander und stellte fest, dass alle Blicke auf ihr ruhten. »Was?«, fragte sie alarmiert. War sie so sehr mit sich selbst beschäftigt gewesen, dass sie etwas Wichtiges verpasst hatte?

»Wir brauchen dich hier«, sagte Hyeronimos ernst, sie wollte *Bin ich doch!* erwidern, ließ es dann aber, denn ganz offensichtlich war sie es nicht. »Entschuldigt«, antwortete sie stattdessen schuldbewusst, senkte kurz den Blick, atmete tief durch und schaute ihrem Freund dann bewusst in die meerblauen Augen. »Was muss ich tun?« Sie nahm ihr Haargummi, zog es über den Handrücken ans Gelenk und ließ es dort einmal kräftig schnalzen. Das würde sie auf Spur bringen.

»Es tut mir schrecklich leid.« Marias Stimme versagte, und das verunsicherte Penelope so sehr, dass sie hoch aufgerichtet auf das wartete, was nun kam. »Du musst ... mit Zacharis zusammen ... Wir ...« Die toughe Maria mit den Haaren auf den Zähnen, die keine Auseinandersetzung scheute und so bissig sein konnte, dass es schmerzte, versuchte kläglich scheiternd, eine Aufgabe zu formulieren.

Penelope fiel es wie Schuppen von den Augen, was man von ihr erwartete: *Sie* war Expertin für Tote! Sollte sie die Bildquellen danach bewerten, welche Kinder bereits gestorben waren? O Gott! Das war so furchtbar, dass sie nun wirklich aus dem Stuhl aufsprang, bereit, den Raum zu verlassen.

Hyeronimos kam auf sie zu, legte ihr federleicht die Hand auf den Arm und sagte: »Es tut mir leid, Pen.« Die Berührung war besonders, denn es war, als würde eine starke Kraft von ihm ausgehend auf sie überspringen. Sie wünschte, über seine Fähigkeit zu verfügen und die Auren aller Menschen im Raum sehen zu können. Konnte hier jemand noch strahlen, oder waren sie alle von einem Grauschleier überlagert? Er hatte ihr einmal davon erzählt, wie es sich auf die Auren auswirkte, wenn Katastrophen geschahen. Er hatte von einem Erdbeben und dem Angriff eines Amokläufers berichtet, den er noch während seiner Athener Zeit als Uniformierter erlebt hatte. In dem Augenblick, in dem sich Panik wie eine Welle vorwärtsbewegte und Menschen einfach überrollte, trübte sich die ursprüngliche Aurafarbe ein. Er konnte trotzdem noch die Grundfarbe erkennen und damit die Ausrichtung der Persönlichkeit einschätzen, aber es war merklich schwerer, die Leute angemessen zu erreichen. Während er sonst ja auf Ausprägungen wie Durchsetzung und Einfluss, Stabilität und Ordnung, Harmonie und Geborgenheit, Inspiration und Leichtigkeit eingehen konnte, sorgte die Macht der Angst dafür, dass es schwer bis aussichtslos war, die Menschen bei ihren Bedürfnissen zu packen und alles zu deeskalieren.

»Ich weiß nicht, ob ich das kann«, flüsterte sie vollkommen erschrocken.

»Ich muss leider weg und mit dem Minister schwimmen gehen«, erklärte er, und sie fragte sich erneut, wie es möglich war, dass sie so weggetreten war, dass ihr diese Informationen fehlten – und wie er es schaffte, so diszipliniert und kontrolliert zu sein, nachdem er erst vor wenigen Stunden beinahe von der Panik übermannt worden wäre.

»Ich will auch mit dem Minister schwimmen gehen«, stieß sie hervor und wusste, dass es sich albern anhörte. Sie wollte keine zu Tode gequälten, vergewaltigten Säuglinge, Kleinkinder und Kinder identifizieren, wollte sich keine Splattervideos ansehen müssen und die Schreie bestehend aus Schmerz, unendlicher Verlorenheit und Höllenangst hören müssen. Sie wollte weit fort sein, an einem Ort ohne Grauen.

»'s g'ht auch o...ohne d'ch, aber es dauert h'lt läng'r«, warf Zacharis resigniert ein, und seine Tonlage und Körperhaltung gaben den Ausschlag.

Sie konnte sich dem hier nicht entziehen. Das war etwas, was ihr ihre Ehre gebot. Sie musste helfen, den Ring endgültig auszuhebeln und Leben zu retten. Das war ihre Aufgabe. »In Ordnung, Zachari«, sagte sie, so laut es ging, »aber wir brauchen einen Psychologen, der uns betreut. Ohne ist es unmöglich. Ich sehe doch, wie sehr es dich jetzt schon mitnimmt!«

Elonidas griff sofort zum Telefon und bellte den harschen Befehl hinein, den Polizeipsychologen herzubringen. »Es ist mir vollkommen egal, welche wichtigen Termine er hat. Wirklich!«

»Stopp«, riefen Hyeronimos und sie wie aus einem Mund. Es durfte niemand aus dem Polizeiapparat sein. Das Thema war zu sensibel, denn noch immer war das gesamte Material bei Stelios gefunden worden. Wem konnten sie überhaupt trauen? Selbst wenn klar war, dass ein Psychologe zum Schweigen verpflichtet war, so war das, was sie verlangen und erwarten würden, eine große Nummer.

»Warten Sie, machen Sie nichts«, schnauzte Spectros in den Hörer. Sie schüttelten nun alle vehement den Kopf, und Penelope machte eine Handbewegung, als würde sie ihren Mund mit einem Schlüssel verschließen. Der Interimschef beendete das Gespräch so schnell und unwirsch, wie er es begonnen hatte: »Es ist doch vollkommen egal, wen wir da herholen, wir müssen die Person quasi einsperren und ihr den Kontakt zur Außenwelt untersagen, das ist mit einem von uns einfacher als mit einer externen Person.« Man konnte deutlich hören, wie genervt er war und dass der Druck der Gesamtsituation auch den sonst so gelassenen Cyber-Ermittler mürbe machte. Sie kannte ihn nur oberflächlich, denn außer bei dem Fall im Frühsommer hatte sie noch nicht so viel mit ihm persönlich zu tun gehabt. Er war ein gut aussehender Mann mit kurz geschorenem Haar und glatt rasierten, ausdrucksstarken Zügen. Die Anspannung zeichnete jedoch nun tiefe Falten in seine Stirn und Mundwinkel, was ihn verkniffen und gefährlich wirken ließ. Wie sie wohl selbst gerade wirkte? Ob sie so zerknautscht aussah, wie sie sich fühlte?

Sie schaute erst Maria an und war sich sicher, dass die Sorgenschwere in deren Gesicht sie sprachlos bleiben ließ, doch dann erklärte diese mit ihrer vollkommen normal klingenden rauen Stimme: »Ich denke wie Spectros. Aber es ist Samstag, und wir holen ihn wahrscheinlich von einem persönlich wichtigen Termin, richtig?« Sie wartete, bis ihr Kollege reagierte und bestätigend nickte, bevor sie fortfuhr: »Er wird also nicht sonderlich erfreut sein über seine neue Wochenendbeschäftigung …«

»Da muss er wohl durch.« Penelope hatte wenig Mitleid mit dem Seelenklempner. »Denn ich weiß, wer die wirklich schlimme Drecksarbeit erledigt. Das sind in erster Linie Zacharis und ich – und dann wir alle. Er muss uns nur auffangen, gucken, dass wir keinen Schaden erleiden und unseren Seelen Trost spenden.« Mit einmal Mal war es so still im Raum, dass man eine Stecknadel hätte fallen hören können, denn allen schien ihr Statement wieder ins Bewusstsein gerufen zu haben, worum es bei diesen Recherchen wirklich ging: Kinder, die man missbrauchte, quälte, tötete und dann wie Müll entsorgte. Ihre Entschlossenheit fiel schnell in sich zusammen, und sie wusste, dass sie das, was sie nun tun musste, nie mehr in ihrem Leben vergessen würde.

»In Deutschland hat die Polizei bei einem Fall in Nordrhein-Westfalen Unmengen an Datenmaterial eines international agierenden Kinderpornografie-Rings sichergestellt. Fünfzehn Terabyte, um genau zu sein. Wenn ein Mensch Tag und Nacht nichts anderes macht und pro Sekunde je ein Bild anschaut, dann würde es neun Monate dauern, ein Terabyte zu sichten. Die Polizei hatte also Privatleute mit hinzugezogen, um das Material durchzusehen. Am Ende habe sie in den USA sogar ein Kind retten können, dessen eigener Vater es missbraucht und dabei Videomaterial erstellt hatte. Aber was wollte ich jetzt eigentlich sagen?« Hyeronimos schaute halb fragend, halb entschuldigend in die Runde, bevor er weitersprach: »Ach so, es ging um die Unterstützung von außen, die wir leider nicht in Anspruch nehmen können, auch bei der psychologischen Betreuung nicht. Ich stimme also ebenfalls für den Polizeipsychologen.«

Penelope wusste, dass Hyeronimos seine Probleme mit dem Mann hatte. Nach dem Selbstmord und Mord in einer Höhle in den Bergen, dessen Zeuge er geworden war, hatte er gezwungenermaßen einige Sitzungen besuchen müssen.

Ein albtraumhafter Tag stand ihnen allen bevor.

88. Kapitel

Christos hatte sich kurzerhand an den Zeichner gewandt, mit dem sein Schwiegersohn befreundet war. Der Mann saß in den belebten Fußgängerzonen und malte Menschen. Er war gut darin. Also hatte er ihm seinen Mitfahrer beschrieben, denn es kam ihm mittlerweile sonderbar vor, dass der Schäfer ihn da in einem Busch sitzend aufgespürt hatte – und auch, wie schnell er plötzlich wieder ausgestiegen war. Nun gut, er hätte ihn ja auch schwerlich mit an den Tatort schleifen können, insofern wäre ein zeitiges Aussteigen sowieso nötig gewesen, aber mittlerweile wirkte es immer mehr wie eine Flucht auf ihn.

Die Idee war in ihm gereift, als er sich über all das aufgeregt hatte, was die kleine Geliebte Eleni an Mist produziert hatte. Alle hatten das Mädchen immer so in den Himmel gelobt. Er musste zwar zugestehen, dass sie maßgeblich geholfen hatte, sachdienliche Informationen zur Ergreifung des Täters zu bekommen, aber dieser Rummel, der um sie gemacht wurde … Sie hatte ein paar T-Shirts verkauft, schrieb provokative Artikel, und die verrückte Welt der sozialen Medien machten einen Superstar aus ihr. Sie war nur ein dummes Kind, mehr nicht – und das sah man nun ganz deutlich. Doch eine große Gemeinschaft zu nutzen, bot eventuell eine Möglichkeit, den Mann zu finden und ihm ein wenig auf den Zahn zu fühlen. Christos hatte keine Ahnung, was dabei herauskommen sollte, doch schaden konnte es auch auf gar keinen Fall, und hier hatte er einen absoluten Vorteil, denn nur er wusste von dem anderen Christos. Er würde das Bild verteilen lassen, vielleicht von seinen Kindern und seiner Frau. Es sah dem Wanderer mit dem Rucksack außerordentlich ähnlich.

Er hatte sich noch nie mit den Mechanismen dieser modernen Plattformen beschäftigt und wusste daher nicht hundertprozentig, wie sie funktionierten, aber Dinge verbreiteten sich dort eben, und so würde es auch mit dem Bild gehen. Wahrscheinlich wäre es klüger, sich rückzuversichern und seine Vorgesetzten über das, was er plante, zu informieren, doch dann hätte er sehr deutlich machen müssen, wie lange er bereits in den Bergen nahe dem Tatort umhergekurvt war. Wahrscheinlich würde Maria nicht eher lockerlassen, bis sie herausgefunden hatte, was ihn dort hingetrieben hatte.

Gestern noch war er sich durch die Geschehnisse geläutert vorgekommen, hatte all seinen Groll hinter sich gelassen, das Zwiegespräch mit Gott gesucht und um Vergebung für all seine schlechten Gedanken gebetet. Am Abend hatte Koula die Wunde erneut gesäubert und ein weiteres Mal mit Diptam bestrichen, und er war davon überzeugt gewesen, nun wieder zu jener Persönlichkeit zu werden, die er einmal gewesen war. Er war kein böser Mensch, er war nur frustriert – eigentlich seit dem Tag, an dem Hyeronimos sein Büro bezogen und man ihm selbst, Christos, damit quasi den Handteller ins Gesicht gestreckt hatte. Das Attentat auf Stelios hatte seine Seele und seine tief sitzende Herzensangst erreicht. Dass er ihn hätte retten können, war eine Last auf seinen Schultern, die ihn in die Knie hatte gehen lassen. Er wollte nicht mehr ständig mit geballten Fäusten in der Tasche umherlaufen, er wollte Gott nicht dauernd um Vergebung bitten müssen für seinen Zorn, denn Erbitterung, Feindseligkeit und Aufgewühltsein trugen nicht dazu bei, ein ehrerbietiges Mitglied der Gemeinde zu sein. Vielmehr hatte er diese Anspannung auch nach Hause getragen, und selbst seine geduldige Frau hatte ihn regelmäßig gebeten, sich zu beruhigen, vor allem im Hinblick auf seine eigene Gesundheit. Noch heute früh war er stolz auf sich gewesen und auf die Gelassenheit, die er in sich spürte. Er wollte einfach nur seinen Beitrag dazu leisten, dieses Verbrechen so rasch wie möglich aufzuklären. Doch dann war wieder deutlich geworden, dass er in einem Irrenhaus arbeitete, in dem alle tun durften, was sie wollten und Regeln Empfehlungen zu gleichen schienen. Jetzt würde er es genauso halten. Er würde sich einfach am Rande dessen, was gestattet war, entlanghangeln, und wenn sein Vorhaben von Erfolg gekrönt war, dann hob auch niemand den Finger und machte ihm Vorwürfe, er habe den Dienstweg nicht eingehalten.

Noch immer hatte er keine klare Vorstellung, was der Mann mit dem Rucksack ihm berichten sollte, denn schließlich war er viele Kilometer vom Tatort entfernt gewesen. Doch er konnte keinesfalls hier herumsitzen und nichts tun, ebenso wenig konnte er im Besprechungsraum zu Kreuze kriechen. Auch nach Hause zu gehen war keine Option. Also machte er sich daran, einen Text zu schreiben, denn nur mit der Zeichnung war es ja nicht getan. Sollte er den Mann direkt bitten, sich bei ihm zu melden, oder darauf bauen, dass andere Menschen Hinweise gaben? Wie war das überhaupt am sinnvollsten? Er musste sich wirklich erst schlaumachen, wie das alles funktionierte.

Also rief er über die Google-Suche hilfreiches Grundwissen auf, um sich einzulesen. Er wollte aktiv sein und keine Dummheit machen. Alles musste zu seinem Vorteil gereichen. Galavakis war zwar an dem Fall dran, doch der aktuelle Ermittlungsstand war mager. Was halfen ins Blut gemalte Zeichen? Und mit dem Abstand des heutigen Tages betrachtet: Warum hatte man ihm sofort genehmigt, ein Heidengeld auszugeben, um den Schmierereien auf den Grund zu gehen? Was, wenn es nur eine zuckende Hand gewesen war und nicht mehr?

Er schüttelte den Kopf, denn er spürte, dass er erneut dabei war, sich zu verrennen. Kurz wollte er die Stopp-Taste drücken und sich selbst am liebsten irgendwie auf null stellen, doch der Teil seiner Persönlichkeit, der nun wieder das Ruder übernahm, war mächtig. Er ließ es geschehen, denn sich zu wehren kostete Kraft, die er aktuell nicht hatte. Er konzentrierte sich auf die Einträge im Internet und erkannte nach kurzer Zeit, dass man private Nachrichten schreiben konnte. War es wirklich eine gute Idee, Koula so etwas zuzumuten? Er wusste nur zu gut, wie viele Irre sich ihnen im Normalfall auf Suchmeldungen mitteilten.

Er lehnte sich in seinem Stuhl zurück, und die Unzufriedenheit kribbelte in seinem Körper. Wenn er sich nun selbst anmeldete, musste er das mit einem Spitznamen machen, und seine Lieben brauchte er trotzdem, denn ein Profil ohne »Freunde« machte keinen guten Eindruck. Sollte er die Idee besser verwerfen? Auch wenn er das Getue um Eleni verurteilte, so begann er nun – wider Willen – zu verstehen, warum man sie eingesetzt und warum es funktioniert hatte. Es war alles wie verhext, jede seiner Ideen scheiterte am Ende an Hyeronimos. Kurz kam ihm der Gedanke, dass dies ungerecht war, doch er verscheuchte ihn mit einer unwirschen Handbewegung und begann sich anzumelden. Irgendwie würde er sein Vorhaben schon erfolgreich umsetzen.

89. Kapitel

Filomena hatte versucht, sich zu beruhigen, und mehr schlecht als recht geschlafen. Wieder eine Nacht, die die Falten etwas tiefer in ihr Gesicht gegraben hatte. Es war schwer, das Altern zu akzeptieren, den Hals im Spiegel zu betrachten, der immer runzliger wurde, und zu wissen, dass sich dieser Prozess nicht rückgängig machen oder gar aufhalten ließ.

Sie seufzte. Ihr Frühstück war einfach gewesen, und darauf legte sie großen Wert. Sie zeigte damit auch gern, dass sie zwar einerseits sehr genau wusste, wie Genuss ging, dass aber eben auch ein Stück Gerstenbrot mit Tomaten und Olivenöl und ein Joghurt mit etwas Honig darauf Köstlichkeiten waren. Ihren ungesüßten Kaffee trank sie von Mai bis Mitte Oktober grundsätzlich nur kalt und mit einem kleinen Schluck Milch darin. Damit startete sie seit vielen Jahren gut in den Tag.

Sie hatte davon geträumt, wie ihr Bruder ein Seil knüpfte und es hinter sich herzog, während er einen unendlich langen dunklen Gang entlangschlich. Es gab kein Ende, er kam nirgendwo an, doch das bedrohlich wirkende Tau mit Schlinge am Anfang sprach seine ganz eigene Sprache. Danach war sie schweißgebadet hochgefahren, hatte sich vergewissert, dass ihre Türen verschlossen waren und man sie nicht so einfach in ihrem Schlafgemach überraschen konnte. Sein Besuch auf ihrem Balkon hatte ihr vollkommen ausgereicht. Sie hatte ihm nichts vorgemacht, denn sie hatte sich tatsächlich für alle Fälle abgesichert. Sie hatte vor allem auch dafür gesorgt, dass die Papiere bei jemandem hinterlegt waren, den er nicht kannte, sodass er gar nicht erst danach zu suchen brauchte. Geschah ihr etwas Sonderbares oder Unerwartetes, würde sich die Hölle unter ihm öffnen und ihn verschlingen. Das war das eine, doch nun war sie schon viele Schritte weiter, und während sie zukunftsorientiert Pläne schmiedete, machte sie sich auch Gedanken über die Menschen, mit denen sie zu tun haben wollte. Das war nicht ganz so leicht, denn ihr war vollkommen bewusst, dass es in jedem Spiel mehrere Bauern, Türme, Springer und Läufer gab, jedoch nur eine Dame und nur einen König. Man brauchte jede Figur auf dem Feld, also wollte alles wohlüberlegt sein. Es gab so viele Varianten kluger Schachzüge, daher waren Weitsicht und vorausschauendes Denken Eigenschaften, ohne die man nicht siegen konnte. Einerseits brauchte man alle, und andererseits musste man bereit sein, jeden zu opfern. Sie wusste, dass sie das alles konnte. Sie war weder dumm noch leichtgläubig und hatte immer als gute Zuhörerin und Beobachterin geglänzt. Zwischentöne und Ungesagtes konnte sie vernehmen, denn auf dem politischen Parkett, auf dem sie sich mit schlafwandlerischer Sicherheit bewegte, ging es immer nur darum, alle Sinne scharf zu stellen. Bei Charity-Veranstaltungen und offiziellen Anlässen lächelten alle permanent, prosteten sich zu, nannten sich *Freund* oder *Cousin,* taten zugewandt und suchten doch nur nach der Schwachstelle eines jeden. Ihr brachte hier auf keinen Fall jemand so schnell ein hölzernes Pferd in den Hof – auch nicht ihr Bruder!

Ob er sie je als gleichberechtigt angesehen hatte, oder war auch sie nur ein Mittel zum Zweck für ihn gewesen? Degradiert zum schmückenden Beiwerk, nachdem sie seine rettende Stütze gewesen war.

Sie war schon wieder dabei, sich im Rad ihrer Gedanken zu verlieren und damit verbunden auch in unterschiedlichsten Gefühlen. Sie wollte sich nicht erneut verirren, auf Abwege gelangen und dann ihr Ziel aus den Augen verlieren. Sie schüttelte sich heftig, als könnte sie dadurch alles loswerden, was sie behinderte. Sie griff zu ihrem Lieblingsstift. Achilleas hatte ihn ihr einst zum Geburtstag geschenkt, seine Augen hatten vor Stolz geglänzt, denn er hatte sogar für eine Gravur gesorgt: *Für meine geliebte Mama.* Sanft strich sie über die Buchstaben und setzte den Stift an, um ihre Liste fortzuführen: Wem konnte sie trauen, und wo war Vorsicht geboten?

Ihr Handy begann zu läuten, und der Klingelton verdeutlichte ihr, dass es sich um eine fremde Person handelte, denn die Menschen in ihrem Telefonbuch hatten eine eigene Melodie. Kurz war sie versucht, das Gespräch nicht anzunehmen, doch man konnte ja nie wissen.

»Bitte!«, sagte sie und wusste, dass es nicht wie ein freundliches Ersuchen, sondern wie eine Aufforderung klang.

»Kommissar Galavakis von der Mordkommission«, tönte die tragende Stimme des Ermittlers in ihr Ohr. »Guten Tag, Frau Serpantaki!«

Sie lauschte, doch mehr kam nicht. Sie hatte den Mann im Frühsommer ganz kurz kennengelernt, doch die Person, mit der sie tatsächlich häufiger in Kontakt gewesen war, war die Pathologin Dr. Penelope Demostaki gewesen. Was *er* wohl von ihr wollte? Natürlich hatte sie eine Ahnung, denn der mit dem Tode ringende – warum sagte man eigentlich nicht: um sein Leben ringende? – Stelios Mentakis sorgte auf jeden Fall für Gesprächsstoff.

»Was wünschen Sie?«, wollte sie wissen und machte klar, dass er ein Bittsteller war, der seine Bitte äußern könne, ohne mit Erfüllung rechnen zu dürfen. Ein Wunsch implizierte, dass er sich in einer unterlegenen Position befand.

»Ich möchte mich mit Ihnen über die aktuelle Situation unterhalten.« Galavakis blieb kryptisch, denn auch er beherrschte dieses Spiel, das war ihr vollkommen bewusst.

»Das klingt interessant. Welche aktuelle Situation meinen Sie denn? Die rasch hintereinander folgenden Erdbeben, die unsere Insel erschüttern?« Sie wählte die Metapher ganz bewusst, denn das Attentat auf den Chef der Mordkommission rüttelte heftig an dem Gefüge auf der Insel: Risse und Spalten entstanden. Es drohte Einsturzgefahr, und dabei konnten nicht nur Menschen ums Leben kommen, sondern auch ungewollte Themen ans Tageslicht geraten. Die Leute begannen, ihre eigenen Theorien zu spinnen, die Presse zog vage Schlüsse und malte Verschwörungsbilder. Natürlich wurden hierbei auch höchst kühne Sätze verfasst, aus denen man deutlich herauslesen konnte, dass Mentakis vielleicht das Opfer der Organisierten Kriminalität geworden war, die ihn sicher schon sehr lange auf der Abschussliste geführt und nun die Gunst der Stunde genutzt hatte. Das beunruhigte die kleinen Leute da draußen, und die Spekulationen im Kafenion und in den Küchen befeuerten das Ganze. Als ihr das Hausmädchen die Zeitung auf ihren Schreibtisch gelegt hatte, hatte sie die Schlagzeile nur rasch überflogen. Denn sie war schließlich für die guten Taten verantwortlich und wusch ihre Hände bei allem anderen in Unschuld. Daher war sie jetzt wirklich interessiert zu hören, warum der Polizist ausgerechnet ihre Nummer gewählt hatte, die nicht einfach so in einem Telefonverzeichnis zu finden war. Gut, die Pathologin hatte sie, daher war es kein Hexenwerk gewesen, sie zu erreichen, doch sein Ansprechpartner sollte doch eher Michalis sein ...

»So könnte man es auch nennen«, ging er auf sie ein, »denn ein Attentat auf einen Polizisten kommt einem starken Beben gleich. Sicher haben Sie gelesen, welche Schlüsse gezogen werden.«

Eine E-Mail tauchte auf ihrem Bildschirm auf, und interessiert öffnete sie den Hinweis und überflog rasch den Text. »Meinen Sie die Schlüsse, dass Ihre Kollegin interne Informationen mit ihrer im Internet bekannten Geliebten austauscht?« Sie wusste, wie herablassend sich das anhörte, doch er musste begreifen, dass sie nicht weniger gefährlich war als ihr Bruder.

»Sie meinen die Frau, die *Ihnen* vor ein paar Monaten geholfen hat?«, konterte er sekundenschnell.

Sie musste schlucken. Penelope Demostaki hatte sie unterstützt, aber es war sicher nicht uneigennützig gewesen. »Das Ross, auf dem Sie sitzen, Herr Kommissar, ist verdammt hoch! Ihren Ermittlungserfolg verdanken Sie immerhin einer ganz besonderen Quelle.« Sie würde sich nicht dazu hinreißen lassen, am Telefon mehr preiszugeben.

»Wir müssen wohl alle beide auf den Boden der Tatsachen herabsteigen«, kam er ihr einen Schritt entgegen, ohne sich kleinzumachen.

Er war gut! Filomena schwieg abwartend. Er wollte etwas von ihr, nicht sie von ihm.

»Ich möchte mich mit Ihnen unter vier Augen unterhalten«, ließ er die Katze aus dem Sack.

»Ich gehe davon aus, dass Sie sich ebenfalls mit meinem Bruder austauschen werden.«

»Ja«, antwortete er schlicht, und sie wartete auf das Aber. Es kam, doch er formulierte es anders als erwartet: »Wenn ich eine Bitte äußern darf, dann würde ich Sie gern so diskret wie möglich treffen.«

»Ist das eine Einladung zu einem Rendezvous?«, witzelte sie kühl.

»Das ist vielmehr eine Art Schutz Ihrer Privatsphäre, denn ein Besuch in Ihrem Haus bleibt keinesfalls unbemerkt. Insofern beinhaltet ein Treffen mit mir ein Risiko und bedarf der klugen Vorbereitung. Darf ich mit Ihrer Kooperation rechnen?«

Seine Stimme klang vertrauenerweckend, und seine Formulierung war so höflich, dass sie sich beinahe genötigt fühlte zuzustimmen. »Was genau versprechen Sie sich davon, Herr Galavaki?«

»Dinge, die unsere Insel angehen, die die Sicherheit betreffen und Ängste schüren, sollten mit wachem Verstand bewertet werden. Ich weiß, dass Sie sehr viel für die Menschen hier tun, gleichzeitig könnten Probleme ein falsches Licht auf Sie werfen, und die, die Ihnen bisher zugetan waren, könnten sich gegen Sie richten.«

Da schwang ein wissender Unterton mit, und sie wurde hellhörig. Wo führte das Ganze hin? Barg es eventuell eine Chance für sie, und sie sollte zugreifen, um einen weiteren Vorsprung zu erlangen, oder würde es sich ganz zum Gegenteil entwickeln. Sie war geneigt, dem Treffen zuzustimmen, wollte aber vorsichtig bleiben. Er war ein cleverer Ermittler, und sie würde ihm nicht auf den Leim gehen, auch wenn sie davon ausging, dass er wusste, mit wem er es zu tun hatte, und ihre wache Intelligenz sehr gut einschätzen konnte. »Ich werde das Für und Wider abwägen und mich dann bei Ihnen melden.« Mehr Zugeständnisse würde sie jetzt gerade nicht machen.

»Ich rufe Sie in zwei Stunden wieder an!«

Auch er machte keine großen Kompromisse. Sie bemerkte, dass sie tatsächlich Respekt für ihn empfand – was aber nicht damit gleichzusetzen war, dass sie ihm zu Diensten sein würde. Sie war gespannt und selbstverständlich gern kooperativ im Umgang mit den Ordnungshütern, denn ihre Rolle verlangte dies, doch es würde anders laufen, als der Mann es sich vorstellte. »Es kann durchaus sein, dass ich drei Stunden brauche, denn schließlich sitze ich ja nicht hier und warte auf einen Anruf der Polizei. Ich habe anderes zu tun.« Sie war gespannt auf seine Reaktion.

»Das verstehe ich sehr gut. Da jedoch auch mein Tag sehr eng getaktet ist, werde ich in diesem Fall versuchen, mich zuerst mit Ihrem Bruder zu treffen.«

Galavakis war durchtrieben. Er gab sich wohlerzogen und wertschätzend, doch am Ende war er ein Hai, der über eine weite Strecke hinweg Blut roch. Sie wollte nicht zu schnell zurückrudern, hatte jedoch während des Telefonats für sich festgestellt, dass ihr das Gespräch mit dem Kommissar Vorteile bringen konnte. Sie wollte nicht, dass Michalis ihr etwas voraushatte. Sie musste geschickt reagieren, damit es nicht so aussah, als würde sie vor dieser Drohung einknicken. »Vielleicht wäre es von Anfang an besser gewesen, Sie hätten mir Ihre freien Zeitfenster genannt, denn dann wäre eine Überprüfung meiner Termine für mich erheblich einfacher gewesen.« Sie gab ihrer Stimme einen indignierten Klang.

»Entschuldigen Sie mein Versäumnis«, räumte er bereitwillig ein. »Bitte melden Sie sich, wenn Sie Genaueres wissen, denn mein nächster Gesprächspartner wartet nun bereits auf mich.«

»Siga-siga, Herr Kommissar«, sie war Meisterin in diesem Spiel, »ich schaue gerade parallel meinen Kalender an und kann Sie am Nachmittag ab ... mmhhh ... ab sagen wir vier Uhr treffen. Nein warten Sie, ich muss ja noch die Fahrtzeit hinzurechnen: halb fünf!« Sie erfragte die Zeit nicht, sondern legte sie fest und machte damit deutlich, dass sie die Zügel weiterhin in der Hand hielt und er nicht über sie bestimmte.

Eine Pause entstand, und die Stille war so umfassend, dass sie glaubte, er habe einfach aufgelegt.

»Wir treffen uns an der Tankstelle vor dem Fodele Beach, von Irakleio kommend. Vielleicht haben Sie einen unauffälligen Wagen in Ihrem Fuhrpark. Dort sind wir gewiss ungestört und bleiben ungesehen.«

Sie bestätigte und wollte das Gespräch gerade beenden, als er noch eine letzte Frage stellte.

»Trachten Sie beide Dimitris Stefanakis nach dem Leben?«

90. Kapitel

Maria hatte sich nach dem Anruf des Ministers ins Auto geschwungen und war zum Krankenhaus gefahren. Er hatte sich bedroht gefühlt. Unverständlich für sie, dass ein Mann mit seinem Status in einer insgesamt so unsicheren Situation wie der aktuellen einfach so allein durch irgendwelche Kellerflure schlich. Die Frau im Treppenhaus hatte sich als Schwesternschülerin herausgestellt, die in einer kleinen Aluschale einige Instrumente getragen hatte, die beim Hinaufsteigen klackernd gegeneinandergerollt waren. Das hatte sich für Stefanakis wie das Entsichern einer Waffe angehört – bestimmt weil er in innerem Aufruhr war, denn dann spielte einem das Gehirn gern mal einen Streich und interpretierte Dinge falsch.

Sie wollte sich vergewissern, dass wirklich alles in Ordnung war, glaubte aber auch nicht daran, dass dort ein Häscher auf ihn wartete. Natürlich war es nicht absurd, dass er dort auftauchte, denn Politiker ließen sich immer gern bei ihren selbstlosen Taten ablichten, aber er hatte bewusst die Publicity gescheut und Mikrofone und Kameras gemieden. Sie würde sich nicht reinschleichen, sondern den offiziellen Eingang benutzen. Zum wiederholten Male ärgerte sie sich, dass niemand dafür gesorgt hatte, den schwer verletzten Mann in einer Privatklinik unterzubringen, denn dort hätte man ihn viel besser beschützen können. Hier im öffentlichen Bereich hatten sie natürlich auch Bewacher postiert, vor allem, weil Elonidas Spectros und sie sich sofort einig gewesen waren, dass der Mörder es vielleicht erneut versuchen würde, da Mentakis noch lebte und damit natürlich – sollte er je wieder erwachen und bei Sinnen sein – als Zeuge zur Überführung des Täters beitragen konnte. Sie hatte die Männer persönlich ausgewählt, die hier Wache standen, um so wenig Angriffsfläche wie möglich zu bieten.

Sie passierte die Schranke und nickte der Frau freundlich zu, die diese für sie öffnete, parkte das Auto im Schatten und machte sich auf den Weg. Die Presse lungerte um den Eingang herum unter Bäumen und Büschen. Maria hob den Kopf, drückte mit ihrem ganzen Körper gefährliche Entschlossenheit aus und bereitete sich auf den Ansturm vor.

»Wie geht es ihm? Was können Sie uns über seinen Zustand sagen? Lebt Mentakis überhaupt noch? Unsere Zuschauer wollen wissen, wie es ihrem Lieblingspolizisten geht? Haben Sie schon Verdächtige verhaftet? Wie weit sind Sie mit den Ermittlungen? Wie wirkt sich ihr Privatleben auf die Arbeit von Dr. Demostaki aus? Wird sie strafversetzt? Wie viele Geheimnisse hat sie noch in der Horizontalen ausgeplaudert? Warum lassen Sie die Öffentlichkeit so im Dunklen? Was verheimlichen Sie den Bürgern dieser Insel noch alles? Woher wusste der Mörder, wo Mentakis sich versteckt?«

Maria hob gebieterisch die Hand. Vor allem der letzten Aussage musste sie widersprechen, um einem Gerücht vorzubeugen. Ihre blutroten Nägel glänzten in der Sonne wie ein Mahnmal. Die Meute witterte Beute, und jede Menge Mikrofone streckten sich ihr entgegen.

»Stelios Mentakis ist schwer verletzt. Er wird hier von den hervorragenden Ärzten und Schwestern bestens versorgt. Bitte nehmen Sie zur Kenntnis, dass es sich bei der Berghütte um einen Rückzugsort handelt und nicht um ein Versteck! Diese Wortwahl ist mehr als irreführend. Ich werde bewusst darauf achten, wie Sie meine Aussagen wiedergeben, und sollte mich jemand falsch zitieren oder gar interpretieren, werde ich dies entsprechend ahnden.« Sie holte tief Luft, und ihre dunkle, kratzige Stimme hallte über den Vorplatz. »Unser Ziel ist es, ein Verbrechen aufzuklären, und nicht, Fake News zu verbreiten. Das gilt auch für Schlagzeilen, die ein hochgeschätztes Mitglied unseres Teams betreffen.« Sie kannte den Mann, der es nun wagte, den Abstand zu ihr zu verringern, als könnte er dadurch tatsächliche Nähe zwischen ihnen herstellen, um sie dann dazu zu bewegen, ihm etwas Geheimes anzuvertrauen.

Er hielt ihr das Mikrofon hin und fragte mit ernstem Gesicht: »Wie weit ist Galavakis mit den Ermittlungen? Wir wissen doch alle, wie schnell Spuren kalt werden?«

»Ist das nun eine Frage oder eine Feststellung?«, konterte sie und hielt seinen Blick fest. Sie wusste, dass diese Leute jede Menge Unheil anrichten konnten, doch sie stand mit beiden Beinen im Leben und würde sich von so einem Bürschchen nicht verunsichern oder gar einschüchtern lassen.

»Eine Antwort auf die Frage, wie weit Galavakis aktuell ist und ob es schon konkrete Verdächtige gibt, reicht mir schon.«

»Wir haben den Tatort wie vorgeschrieben gesichert, und alle Spuren werden nun akribisch geprüft. Selbstverständlich gehen wir auch Hinweisen nach, die wir erhalten, und unsere Leute arbeiten auf Hochtouren, sodass wir Ihnen allen bei der für heute Abend angesetzten Pressekonferenz mehr mitteilen können.« Sie wandte sich ab, sagte über die Schulter abschließend »Danke« und ging dann durch die Glastür in die Klinik.

Kurze Zeit später betrat sie die Intensivstation, begrüßte den wachhabenden Polizisten mit einem stummen, respektvollen Kopfnicken, er tat es ihr gleich, drehte dann jedoch den Kopf und wies mit seinem Blick auf den Minister, der an Stelios' Bett saß und wie ein gebrochener Mann wirkte. Für einen kurzen Augenblick war sie unsicher, ob sie die Szene stören sollte, doch dann schritt sie langsam auf das Bett zu. Stelios sah grauenvoll aus. Er wirkte wie eine wächserne Puppe, deren Gesicht durch Klebestreifen und Schläuche beinahe unkenntlich gemacht war. Sein Brustkorb hob und senkte sich im Takt der Maschine, die aktuell für ihn atmete.

Dimitris Stefanakis bemerkte sie erst, als sie direkt an das Krankenbett trat. Sein Blick war ins Leere gerichtet, und es machte den Eindruck, als wäre er in ein stummes Zwiegespräch mit dem komatösen Patienten vertieft. Er schaute sie an, und sie konnte Trauer und Entsetzen im Gesicht des sonst so kalt wirkenden Mannes sehen.

»Deshalb wollte ich eigentlich nicht herkommen. Er sieht so aus, als wäre er bereits tot, und nichts scheint dazu in der Lage, ihn zurückzuholen.«

Sie nickte nur, denn sie wusste nichts zu sagen. Er hatte recht. Sie wollte ihm noch einen Moment lassen, doch gleichzeitig wartete im Präsidium genug Arbeit auf sie, daher konnte sie keine allzu große Rücksicht auf derlei Befindlichkeiten nehmen.

Stefanakis hob langsam den Arm und legte seine Finger mit einer beruhigend wirkenden Geste auf eine freies Stück Haut an Stelios' rechter Hand, deren Rest mit einer Kanüle und Pflastern gespickt war. Maria war vollkommen baff, dass der sonst so abgebrühte Typ so einfühlsam agierte. Sie wirkte auch oft wie ein Elefant im Porzellanladen, denn sie nahm kein Blatt vor den Mund, behandelte jeden Menschen gleich und scheute sich nicht zu provozieren, denn nur so war sie als Frau in diesem Beruf vorangekommen: Sie hatte nie Schwäche zeigen dürfen! Hier an Stelios' Bett fühlte sie sich aber so. Ihre Knie waren weich, und sie wollte gern um ihn weinen. Betrauern, was passiert und was sie bereit war, über ihn zu denken.

Stefanakis stand auf, schüttelte sich kurz und warf einen Blick auf die Uhr, denn er war ja mit Hyeronimos zum Schwimmen verabredet. Sie fand die Idee sehr spannend, denn bisher hatte sie noch nie davon gehört, dass man im Rahmen einer polizeilichen Ermittlung gemeinsam baden ging.

Maria beugte sich zu Stelios hinab und flüsterte: »Du musst aufwachen. Bitte!« Dann wandte sie sich um und verließ den Raum, während Dimitris ihr langsam folgte.

Sie schaute sich suchend um. Wo gab es nur eine Möglichkeit, in Ruhe zu reden? Ob sie es wagen konnte, den Materialraum aufzusuchen, in den sie gestern mit Penelope verschwunden war. Für einen Augenblick kam es ihr komisch vor, sich heimlich mit dem Mann irgendwo hineinzuzwängen, doch aus dem heutigen Blickwinkel betrachtet war ihre Aktion mit Penelope gestern genauso heikel gewesen. Alles hatte durch Elenis Dummheit an Leichtigkeit verloren. Sie gab dieser Beziehung keinerlei Zukunft mehr, denn für die Pathologin ging es nun um mehr als nur ihr Privatleben. Es war schlimm, keine Frage, aber es würde sich eben auch auf ihre Reputation auswirken.

Konzentriere dich! Sie schalt sich selbst, durfte jetzt nicht sauer werden und dann den Minister aggressiv angehen, das war kontraproduktiv. »Hier entlang«, sagte sie und kontrollierte ihre Stimme. Er war nun neben ihr und stellte spannenderweise keine Fragen. Links kamen die Toiletten, und einem spontanen Impuls folgend zog sie ihn in das behindertengerechte WC, verschloss die Tür hinter sich und verscheuchte alle bescheuerten Gedanken zu diesem Szenario aus ihrem Kopf.

»Sie wissen schon, dass das hier sehr bizarr wirkt, Frau Chrisaki.« Stefanakis zog eine Augenbraue so hoch, dass sie beinahe den Haaransatz erreichte, um seiner Missbilligung Ausdruck zu verleihen.

»Das ist mir klar, denn ich bin nicht dämlich«, erwiderte sie bissig, lenkte dann aber ein, »doch die Wände haben auf den Fluren Ohren.«

»Und wir besprechen jetzt mit einer Toilettenschüssel im Rücken und Uringestank in der Nase relevante vertrauliche Themen … in Ordnung. Ich habe wirklich schon viel erlebt, aber mit Ihnen und Ihrem Team erweitert sich mein Erfahrungshorizont offensichtlich um einiges …«

»Warum sollte Ihnen jetzt gerade jemand nach dem Leben trachten und vor allem, wer?« Natürlich hatten sie sich Gedanken darüber gemacht, nachdem der erschrockene Minister sie alarmiert hatte, und schnell hatten alle Wege zu einem Namen geführt: dem *Boss*.

»Ich habe mir viele Feinde gemacht in meinem Leben. Ich treffe Entscheidungen, die nicht jedem zupasskommen, und damit stehe ich auf jeden Fall auf jeder Menge Abschusslisten.«

»Sie könnten auch nichts sagen, denn das, was Sie da gerade formulieren, ist so gut wie nichts!« Maria verschränkte die Arme vor dem Körper, hob ihren Kopf und zog die Mundwinkel nach unten. Es war ihr wirklich egal, was dieser Mann von ihr dachte. Sie würde auch nicht heulen, wenn er sie von ihrem Stuhl schubste. Alles andere war wesentlich mehr Tränen wert als ein Politiker mit Allüren und einem Machtproblem.

Verdutzt hielt er inne, dann durchzog ein kurzes Lächeln sein Gesicht. »Ich glaube, niemand außer Galavakis und Ihnen spricht so mit mir, und irgendwie finde ich das erfrischend, mal nicht von Speichelleckern umgeben zu sein. Ich werde mit Galavakis reden, offen und ehrlich. Hier sei nur so viel gesagt: Wenn wir zu fest an einem Stück Dreck ziehen, wird eine Wagenladung mit übelstem Müll über uns ausgekippt. Sie wissen, was das bedeutet.« Sein Handy klingelte, und er nahm das Gespräch sofort an, griff an ihr vorbei, entriegelte die Tür und sagte zu der anrufenden Person: »Wir reden, wenn ich im Wagen sitze.« Er beendete das Telefonat, schaute sich zu ihr um und sagte: »Ich muss weg.« Seine eiligen Schritte hallten auf dem Boden, dann drehte er sich erneut kurz um und sagte: »Danke!«

Maria war verblüfft, aber sie hatte auch nicht erwartetet, nun ganz plötzlich zu seiner besten Freundin und Vertrauten zu mutieren.

Langsam ging auch sie den Flur entlang, sah, dass Dimitris bereits von seinem Fahrer am Treppenabgang erwartet wurde, und beide Männer verschwanden abwärts. Sie nahm den Weg, den sie gekommen war, verwies die neugierig Fragenden auf die Pressekonferenz und fuhr zurück zum Präsidium. Sie war sich sicher, dass es Michalis Serpantakis war, den der Minister fürchtete, denn ansonsten wäre es höchstwahrscheinlich kein Problem gewesen, einen Namen zu nennen.

Im Angesicht des Todes

91. Kapitel

Zacharis hatte den USB-Stick in einen Rechner gesteckt, der nicht mit dem Netzwerk verbunden war, während sich Elonidas Spectros mit seinem Computer beschäftigt hatte, um alle Spuren, die das Speichermedium und die bereits aufgerufenen Dateien sowie seine Programmierparameter hinterlassen hatten, zu entfernen. Der Polizeipsychologe – der, wie bereits vermutet, stinksauer angetrabt war – saß in Stelios' ehemaligem Büro, in dem sonst Maria residierte. Sie hatte hier ein Deckchen hingelegt und dort eine Vase platziert. Das alles gab dem Büro einen freundlichen Anstrich, und obwohl viele darüber hinter vorgehaltener Hand gelästert und gelächelt hatten, tat es gerade in diesem Augenblick gut, in einem einladenden Ambiente seine Psyche sozusagen auf den Tisch zu kotzen.

Zacharis wunderte sich über seine Gedanken und wie bereitwillig er seinen Denkmodus anpassen konnte, denn hatte er bis vor Kurzem noch so negativ belegte Worte gemieden, sprudelten sie jetzt geradezu hervor. Er hoffte, dass das nicht so bleiben würde, denn es gefiel ihm nicht, und er war sich sicher, dass auch seine Freundin damit nicht einverstanden sein würde. Sie genoss trotz allem die letzten Augenblicke am Strand und versicherte ihm, dass er irgendwann wieder Licht in allem Dunkel erblicken würde. Doch sie hatte keine Ahnung, was er alles sah. Das würde ihn nie mehr verlassen. Es brannte sich in sein Gehirn ein, und selbst wenn er die Augen schloss, die Hände an die Schläfen presste und sich innerlich anbrüllte, gingen sie nicht weg.

Der Psychologe schaute ihn an, sagte nichts und wartete, bis er dazu in der Lage war, Laute auszustoßen, die einer einigermaßen verständlichen Sprache glichen. »Sie werden die Bilder nicht los. Ich verspreche Ihnen nicht, dass ich Sie mit einem Zauberstab und einem lockeren Spruch von dem, was Ihnen gerade widerfährt, befreien kann. Doch alles, was Sie rauslassen – egal, was es ist –, verliert an Macht. Also weinen Sie, schreien Sie, greifen Sie in die Kiste und werfen etwas an die Wand!« Er wies mit der Hand auf eine prall gefüllte Kiste, in der Zacharis unterschiedliche Gegenstände sehen konnte.

Alle machten den Eindruck, aus einem Material zu sein, das nicht versehentlich eine Scheibe durchschlagen konnte. Werfen erschien ihm eine großartige Idee, und während er willkürlich eine Figur herauszog, die wie ein Panda aussah, und sie mit Schwung gegen die Wand neben dem großen dunkelbraunen Regal feuerte, entrang sich ein bitteres Stöhnen seiner Brust, das beinahe einem Knurren glich. Er hatte nicht gewusst, dass er zu solchen Tönen fähig war. Auch wenn der Mann im feinen Anzug auf dem Sofa unwillig hier angekommen war, so machte er seinen Job absolut professionell. Zacharis fühlte sich irgendwie aufgehoben – durch die Möglichkeiten, die er ihm gab, und die Ruhe, die er ausstrahlte. Er wollte seine Gedanken in Worte fassen und verfluchte erneut seine Sprachbehinderung.

»'ch ha…hab ein Pr'blem. D's weiß ich, ab'r bin 'ch jetzt noch mehr k'putt? Für im…imm'r?«

»Ich weiß, dass wir an vielem arbeiten können und dadurch, dass wir wirklich sofort ansetzen, sind die Chancen gut, einen Modus zu finden, in dem Sie lernen, das zu verarbeiten, was sie gerade erleben. Aber wie schon gesagt: Es werden Spuren bleiben.« Der Psychologe beugte sich vor und schaute ihn prüfend an. »Sie wissen, dass Sie die Aufgabe ablehnen dürfen.«

Zacharis nickte. Er wusste es, doch er würde es nicht tun. Sein Beschützerinstinkt war hellwach und wollte nicht nur Stelios reinwaschen, sondern auch Kinder retten. »W'll 'ch nur 'n Held s…sein?«, fragte er verwirrt über seine Motivation.

Der Psychologe wiegte den Kopf nachdenklich hin und her. »Wäre das denn schlimm? Ein Held sein zu wollen, hat einen positiven Ansatz in der Grundhaltung, denn es bedeutet zuerst einmal, helfen zu wollen. Wollen Sie helfen?«

Zacharis nickte, nahm eine pinkfarbene Tropfenform aus der Kiste und knallte sie mit aller Wucht, zu der er fähig war, an die Wand. Wieder das Knurren, diesmal lauter und wie ein Schlachtruf, doch auch gemischt mit einem schluchzenden Unterton. Hinter seinen Augen brannten Tränen. Die Tränen so vieler Jahre, in denen er Unrecht nicht beweint hatte, doch jetzt war nicht der richtige Zeitpunkt. Oder vielleicht doch?

Er starrte die Wand an, dann spürte er den Mann hinter sich. Seine Hand hielt ihm ein Taschentuch hin. Er nahm es und hörte die Stimme des Betreuers: »Es ist in Ordnung, Zachari.«

Er vergaß die Zeit und alles um sich herum, während er weinte, dann irgendwann hatte wohl alles Wasser seinen Körper verlassen. Er rechnete damit, geschwächt zu sein, doch das Gegenteil stellte sich ein. Er hatte das Gefühl, Kraft gewonnen zu haben, weil er die Schwäche zugelassen hatte.

Erneut streckte sich ihm die Hand des Psychologen entgegen, und diesmal reichte er ihm ein Glas mit duftendem lauwarmem Tee. Genau so wie Zacharis ihn mochte. Er nahm einen tiefen Schluck, straffte sich und sagte fast vollkommen klar: »Danke, das h...hat mir sehr geh...olfen.«

Sie wechselten einen Blick, und der Psychologe sagte: »Ich bin hier, solange Sie mich brauchen. Bitte kommen Sie sofort, wenn Sie spüren, dass Sie etwas benötigen. Egal, was es sein mag. In Ordnung?«

Zacharis nickte, wechselte das Glas in die linke Hand und streckte dem Mann die rechte hin, die dieser ergriff und bestätigend drückte, dann verließ er den Raum. Er konnte nun weitermachen.

Als er das Einsatzzimmer betrat, schlug ihm der saure Geruch von Panik und Entsetzen entgegen. Elonidas hatte neben Penelope Platz genommen. Die Pathologin war grün im Gesicht, er hatte eine solche Hautfarbe noch nie bei einem Menschen gesehen. Er öffnete das Fenster, um Luft hereinzulassen, und bemerkte erst jetzt Maria, die an die Wand gelehnt dastand, sich die Ohren zuhielt und sehr leise etwas vor sich hinmurmelte.

»Er ist g…ut«, artikulierte er klar und spürte, wie sechs Augen ihn erstaunt anblickten. Er ging zu Penelope, tippte ihr leicht auf die Schulter und sagte: »G…geh zu ihm.«

Sie drehte sich um, und ihre Augen waren rot gerändert, Elonidas sah nicht besser aus. Sie würden heute alle noch sehr oft Dinge an die Wand werfen und weinen.

Maria verließ mit Penelope den Raum, und er nahm die Maus in die Hand.

92. Kapitel

Hyeronimos parkte am Ende des staubigen Platzes hinter der Tankstelle im Schatten eines Baumes. Es war Samstag, daher waren tatsächlich einige wenige Menschen zu sehen, doch an den Autos erkannte er, dass es Touristen waren, da die Aufkleber der Mietwagenfirmen darauf prangten. Niemand war ihm gefolgt, denn er hatte einen Schlenker durch Agia Pelagia gemacht, war kurz bei Titika gewesen und hatte rasch einen Kaffee getrunken, während sie ihm einige Löffel ihrer besonderen Halva gereicht hatte. Sie bereitete das klassische Rezept nicht als schnittfeste Masse zu, sondern als eine Art Brei, den sie in erster Linie mit Wasser kochte und mit Honig süßte. Dazu gab es immer geröstete, gehackte Wal- und Haselnüsse. Einige Löffel sättigten bereits gut, machten den Magen aber auch nicht zu voll, schließlich wollte er mit dem Minister schwimmen gehen. Das hatte er seiner Yaya jedoch nicht gesagt; er war diskret, was seine Arbeit anging.

»Du wirkst blass und angespannt, mein Junge.« Sie hatte ihm die Wange getätschelt, wie es nur eine Großmutter tun durfte.

»Ich hoffe, er schafft es.« Mehr hatte er zum Thema Stelios nicht sagen wollen. Sie hatte es begriffen und war nicht tiefer in ihn gedrungen.

»Ich bin hier, Maki. Wann immer du deine Yaya brauchst, ist sie da, Junge.« Ihre Stimme hatte ihn mit ihrer Liebe umfangen, und er hatte sich für einen ganz kurzen Augenblick wohl und sicher gefühlt. Doch dann war alles wieder mit geballter Macht auf ihn eingestürzt. Er hatte sie gedrückt und war durch das Dorf hindurch- und wieder auf die Nationalstraße aufgefahren. Kein Auto war weit und breit zu sehen gewesen. Nun hoffte er, dass auch der Minister allein und nicht mit einem Tross an Reportern hier auftauchen würde.

Ein Wagen bog ein und fuhr langsam auf den holprigen Platz. Die verdunkelten Scheiben zeigten ihm an, wer da kam. Augenscheinlich folgte ihm niemand, doch sie würden in die kleine Bucht laufen, dann konnte sein Begleiter den Zugang dorthin bewachen. Er blieb sitzen, bis das Auto neben ihm parkte und die Scheibe heruntergelassen wurde.

»Und nun?«, fragte ihn Stefanakis.

Hyeronimos erklärte ihm den Plan, und sie machten sich auf den kurzen Weg zum Wasser. »Sie müssen beim Reingehen vorsichtig sein, denn die Felsen sind teils sehr hoch und man kann sich schwimmend die Knie hart anstoßen. Erst ab der Formation dort«, er wies auf einige Klippen, »wird es ungefährlich.«

Der Minister stakste neben ihm ins Wasser und brauchte eine gefühlte Ewigkeit für jeden Schritt, doch dann hatten sie es geschafft und schwammen nebeneinander hinaus.

»Erfrischend und erholsam«, sagte Stefanakis, und seine Gesichtszüge spiegelten tatsächlich Entspannung wider, »aber wir sind ja nicht hier, um einen netten Nachmittag zu erleben.«

»Herr Minister«, ging Hyeronimos auf ihn ein, »vor wem haben Sie solche Angst, und was geht hier vor?«

»Gleich in die Vollen, Galavaki. Das ist irgendwie schon beeindruckend, das habe ich ihrer Maria eben auch gesagt, gleichzeitig möchte ich verdeutlichen, dass Sie nicht vergessen sollten, mit wem Sie reden.«

»Das entgeht mir keineswegs, doch ich kann jetzt keine politisch adäquaten Seiltänze aufführen. Dazu habe ich keine Zeit.«

Kein Lüftchen wehte, und das Meer war spiegelglatt, sodass er seinen Körper einfach treiben lassen konnte. Stefanakis musste ihm hier im Wasser die Wahrheit sagen. Niemand hörte sie, keine Zeugen waren dabei, und er würde im Nachgang alles locker abstreiten können – keine Frage. Doch der Ermittler in ihm wollte deutliche Antworten.

Dimitris schwamm sicher, und seine Züge waren kräftig, aber das hier war kein Wettbewerb. Hyeronimos schlug einfach zwei Fliegen mit einer Klappe: Er lud sich in seinem geliebten Meer auf und war gleichzeitig in vollkommener Ungestörtheit mit einer wichtigen Person unterwegs. Er brauchte keinen Rauschgenerator hier draußen. Zudem waren sie hier auf eine gewisse Weise nackt und brauchten sich nicht zu verstellen. Ich habe noch nie probiert, einen Dreizehnten im Wasser zu verbringen, schoss es ihm durch den Kopf, denn er hatte grundsätzlich die abgeschiedene Dunkelheit eines Raumes bevorzugt, in dem er sich sicher fühlte. Er schob den Gedanken beiseite. Jetzt konnte er das nicht weiterspinnen. Er wandte sich erneut an den Minister: »Ja?«

»Wenn wir einfach weiter geradeaus schwimmen würden, kämen wir irgendwann nach Thera. Ich war noch nicht dort. Meine Frau wollte immer eine Kreuzfahrt durch die Ägäis mit mir machen, aber ich hatte nie Zeit, und dann war unsere Ehe zu kaputt, um noch etwas so Romantisches zu tun. Nun schwimme ich hier mit Ihnen, und Sie wollen meine Sorgen und Ängste hören. Ich habe eine Reihe von Fehlern begangen, Herr Kommissar. Ich habe meine Familie vernachlässigt und meinem jüngsten Sohn nie gesagt, dass ich ihn liebe. Also lebe ich nun allein, ich gehe auf Empfänge, schüttle die Hände der Schönen und Reichen, aber ich habe auf dem Weg dorthin viel verloren. Es wurde mir nicht genommen – noch nicht einmal das kann ich zu meiner Verteidigung vorbringen. Ich habe es vielmehr geopfert, um möglichst weit zu kommen.«

Hyeronimos ließ ihn reden, denn er wusste, dass der magische Zauber des Meeres dabei war zu wirken. Alle Poren des Körpers schienen sich zu öffnen. Sie schwammen mittlerweile mit sanften

Zügen parallel zur Bucht, um nicht zu weit hinauszuschwimmen. Auch hier musste man hinter der Boje mit verrückten Touristen in kleinen Booten rechnen, die einen zur Not, ohne es zu bemerken, über den Haufen bretterten, also blieb man besser im geschützten Bereich.

»Ich wollte einmal etwas tun, was wirklich gut ist, also am Ende des Tages. Dass der Weg bis dahin gefährlich und voller Fallstricke ist, war klar, und dass ich Verbündete brauche, auch.«

Hyeronimos verkniff sich die Frage, wann er zu dem Punkt kommen würde, an dem es darum ging, wen er fürchtete.

»Wissen Sie, Galavaki, ich kann den EYP auch nicht leiden, und Xylouris war ein Schwein, aber wir sind auf diese Kerle vom Nachrichtendienst angewiesen, und auch die DEE brauchen wir wirklich. Kriminologische Ermittlungen sind in unserem Geflecht heutzutage unumgänglich, denn die Organisierte Kriminalität beherrscht unsere Welt. Und eigentlich gibt es kaum jemanden, der nicht von dem betroffen ist, was von einflussreichen Leuten dieser Kategorie beschlossen wird. Ich bin kein Engel – beileibe nicht. Wenn Sie meine Ex-Frau fragen, bin ich ein dämlicher Arsch, aber ich bin auch kein mieses Schwein!« Er schwamm schweigend weiter, drehte sich auf den Rücken und paddelte mit geschlossenen Augen.

Hyeronimos hatte rund neunzig Minuten für das Gespräch geplant und warf einen Blick auf seinen Chronometer. Erst dreißig waren vergangen. Er konnte ihn also weitererzählen lassen, denn es war, als wäre ein Knoten bei Dimitris Stefanakis geplatzt. Er konnte plötzlich nicht mehr aufhören, sich zu offenbaren.

»Im Namen des Geldes, der Macht und damit verbunden auch der Sexualität wird alles getan. Jeder Krieg auf diesem Planeten, jede Gemeinheit, jedes Verbrechen hat seine Ursache in einem dieser drei Aspekte oder allen dreien. Wissen Sie, dass ich gestern Abend in Anogia war und dass er nur wenige Minuten später an meinen Tisch geschlendert kam?«

Hyeronimos wusste es. Die Information war nicht in den Bergen geblieben. Er bejahte es und fragte: »Waren Sie mit ihm verabredet?« Er musste nicht nachhaken, um wen es ging.

»Nein, aber ich wusste, dass er Kontakt aufnimmt, wenn ich mich dort allein an einen Tisch setze. Er ist der Teufel, Galavaki. Er ist das personifizierte Böse, und es ist meine Aufgabe, ihm das Handwerk zu legen. Ich hätte ihn dort abknallen oder erwürgen können, aber dann wäre ich nun auch tot. Man hätte mich meiner Ex-Frau und meinem Sohn Nicholas in feinen Scheiben zugeschickt, vielleicht sogar auch Konstantinos in der privaten Einrichtung. Daher leben wir beide noch …«

»Um was genau geht es, Herr Minister?« Hyeronimos wägte rasch ab und setzte dann alles auf eine Karte. »Kinderpornografie?«

Der Mann neben ihm stockte, schluckte vor Schreck Wasser und schwieg. Vom Fodele Beach klangen Musik und Menschenlachen herüber. So war es immer: Furchtbares Leid und Leichtigkeit wohnten Tür an Tür.

Stefanakis räusperte sich vernehmlich und redete dann weiter, als hätte er keine Frage vernommen. »Wir hatten einen verdeckten Ermittler bei ihm eingeschleust. Der hat sich nicht mehr gemeldet. Er ist tot, vorher wurde er sicher gefoltert. Wir haben es bereits vermutet, doch nun bin ich sicher. Aber die Leute, die wir einsetzen, verfügen mittlerweile nicht mehr über tiefgreifende Informationen, die die gesamte Aktion betreffen. Serpantakis tappt also über das, was wir wissen, im Dunklen, und er kann sich auch nicht sicher sein, wer alles die Finger im Spiel hat. Dass ich involviert bin, ist ihm klar.«

»Und dass Stelios Mentakis ebenfalls beteiligt war, hat der *Boss* irgendwie herausbekommen.« Hyeronimos fragte nicht, sondern stellte fest. »Nur der ist nicht so glimpflich davongekommen wie Sie bisher.«

Der Minister schwieg, und mehr brauchte er nicht als Antwort. Doch war damit wirklich alles geklärt? Warum hasste Stelios' Ex-Frau diesen so sehr, dass sie nicht nur keinen Kontakt mehr zu ihm wollte, sondern ihn sogar sterben lassen würde? Das sprach doch nicht für den Polizisten. Musste er auch sie befragen und versuchen, das Ungesagte herauszukitzeln, um die Wahrheit zu erfahren? »Warum er?«

Stefanakis wendete, und sie schwammen nun wieder in die Richtung, aus der sie gekommen waren. Es war ein Tag wie aus dem Bilderbuch: Die Sonne strahlte vom Himmel herab und ließ das glasklare Wasser stellenweise türkis schimmern. Man konnte viele Meter in die Tiefe blicken. Die Felsen hoben sich in ihren unterschiedlichen Färbungen von dem buschigen grünen Bewuchs ab und waren teils schroff, teils sanft geschwungen. Wie für ein Fotoshooting platziert, stand eine schwarze langhaarige Ziege obenauf und hob laut meckernd ihren Kopf gen Himmel. Pures, wundervolles Kreta-Lebensgefühl – nur leider passte das Gesprächsthema nicht dazu. Denn obwohl das Wasser wohltemperiert war, spürte Hyeronimos eine Kühle auf seinem Körper, die unangenehm war und ihm immer wieder Gänsehaut verpasste. Es war keine Idylle am Nachmittag, die zwei Freunde genossen. Es war vielmehr die Offenlegung einer Aktion, die von allen Beteiligten verlangte, in die dunkelsten Abgründe zu steigen und schlimmstenfalls dort unten auch sich selbst zu begegnen.

»Stelios Mentakis ist absolut integer«, war alles, was Stefanakis darauf antwortete.

»Und lebensmüde?« Hyeronimos konnte sich den Sarkasmus nicht verkneifen.

»Vielleicht sind wir alle müde, mit dem zu leben, was geschieht, und wir wissen es und schauen weg.«

Hyeronimos wunderte sich insgeheim über die Mutlosigkeit, die er aus der Stimme des anderen heraushörte, aber auch darüber, dass dieser nicht interessiert zu sein schien, woher der Kommissar seine Informationen hatte. »Wollten Sie alle Helden sein, und dann ging schief, was nur schiefgehen konnte?«

»Bei einer solchen Sache gibt es keine Helden – das wissen Sie auch, Galavaki. Wer sich mit perversen, psychisch degenerierten einflussreichen Menschen anlegt, kommt nicht als Held aus der

Geschichte raus. Man kann froh sein, wenn man ohne Loch in der Stirn dasteht, aber wie man sieht, reicht auch ein Loch in der Brust ...«

»Ich brauche Namen«, forderte Hyeronimos und tauchte spontan unter, um sich selbst im Druck des Wassers zu spüren. Er sah den schwimmenden Mann von unten und wäre gern in der Stille geblieben, die ihn hier umgab, doch er war kein Feigling. Er tauchte auf, wischte sich das Wasser aus dem Gesicht und wartete.

»Welche Namen? Von denen, die in den Ring verwickelt sind, oder von denen, die auf unserer Seite kämpfen? Beides führt dazu, Sie angreifbar zu machen, das ist Ihnen hoffentlich klar.« Stefanakis klang resigniert.

»Ja«, antwortete Hyeronimos schlicht.

»Michalis Serpantakis und gewiss auch seine Schwester Filomena.« Dann fielen einige Namen aus der Politik, und Hyeronimos spürte die Erleichterung in sich, dass Kassias Mann nicht dabei war. Industrielle, Schauspieler und weitere einflussreiche Leute, die sich im Licht der Öffentlichkeit sonnten und so taten, als wären sie die Retter des Planeten. Es war eine erschreckende Sammlung, und für einen Augenblick kam er sich vollkommen hilflos und überfordert vor. Auf der Seite der *weißen Ritter* waren: Stefanakis, Stelios Mentakis, Prokopios Kaptakis vom DEE und Stavros Giannakis vom Nachrichtendienst sowie Vasilis Volakakis – ein IT-Experte, der sich hervorragend mit Verschlüsselungen auskannte, und der tote verdeckte Ermittler, dessen Namen der Minister nicht nennen wollte.

»Sie haben mich bisher nicht gefragt, woher ich davon weiß«, sagte Hyeronimos nun.

»Es kann ja nur etwas mit Stelios zu tun haben«, erwiderte Dimitris. »Hat ihn jemand von Ihren Leuten abgeknallt?«

»Alles ist möglich«, räumte Hyeronimos zögernd ein, »aber eigentlich wissen nur Penelope, Maria, Zacharis, Elonidas und ich davon – und von uns war es garantiert niemand.«

»Sie sagen *eigentlich* ... Warum die Einschränkung?«

»Weil ich keine Ahnung habe, ob nicht vielleicht doch jemand davon wusste, bevor Maria und Elonidas die Dateien gefunden haben, und nachdem ich am eigenen Leib gespürt habe, was dieses Wissen mit mir macht, schließe ich gar nichts mehr aus!«

»Aber Ihren inneren Kreis schon?« Der neben ihm Schwimmende wandte ihm den Kopf zu, und er konnte den prüfenden Blick spüren.

»Für den lege ich meine Hand ins Feuer.« Er sagte das nicht nur so, sondern meinte es auch.

93. Kapitel

»Okay, Papa, ich helfe dir«, hatte seine Tochter gesagt und die Zeichnung ohne große Diskussion auf ihrem Instagramkanal gepostet. Warum genau dort, hatte er nicht verstanden, aber sie hatte dort wohl mehr Möglichkeiten, und ihr Profilname hatte nichts mit ihrem richtigen Namen zu tun. Er hoffte, sie tat nichts Ungehöriges dort. Sie hatte versprochen, jeden Hinweis zu kopieren und ihm sofort zuzusenden, ohne selbst aktiv zu werden. Das war alles sehr verwirrend, trotzdem ging es ihm besser, nachdem er etwas in die Wege geleitet hatte und somit nicht mehr unnütz herumsaß.

Auf dem Flur war es so still wie in einem Sarg. Christos hatte nicht nachgeschaut, wo denn alle waren und was sie taten, und man ließ ihn auch in Ruhe, was ihm verdeutlichte, wie verzichtbar er im Moment war. Die letzten Wochen und Monate hatten genau diesen schalen Geschmack auf seiner Zunge hinterlassen, doch er würde sich nicht unterkriegen lassen und in der Versenkung verschwinden. Auch wenn ihm noch immer nicht klar war, was er tun würde, wenn er den Mann gefunden hatte, so geisterte die Schlagzeile doch schon in seinem Kopf herum, dass er – Christos Papadakis – den Fall ideenreich und auf moderne Art gelöst hatte.

Sein Handy plingte, und seine Tochter fragte: *Ist das normal, Papa, dass Leute »Der ist tot« schreiben und »Sie könnten mit dem Geist reden« oder »Das ist ein Schauspieler, der inkognito zu Recherchen auf der Insel ist«?*

Er tippte auf ihren Namen und rief sie an: »Welchen Teil von ›Ignoriere die Inhalte und schick mir einfach alles!‹ hast du nicht verstanden, Litsa?«

»Mensch, Papa, um das zu kopieren, muss ich es anschauen, und ich frage das nicht, weil ich mich dadurch belästigt fühle oder so, sondern weil es so grotesk ist«, erklärte sie ihm, als wäre er ein wenig zurückgeblieben.

»Ich will nicht, dass du da mit reingezogen wirst.« Er wusste, dass das dumm war und, ja, auch zu spät, denn sie steckte bereits mittendrin, doch er wollte auch klarmachen, dass es seine Sache war und nicht ihre.

»Hast du eventuell vergessen, mir was zu sagen?«, wollte sie spitzfindig wissen. »So was wie ›Hey, Litsi, das, was wir da machen, ist irgendwie eine nicht ganz legale Sache‹?«

»Ich ermittle, und das ist vollkommen legal«, empörte er sich.

»Ist ja schon gut, Papa. Reg dich nicht wieder so auf, sonst rastet Mama gleich wieder aus, weil dein Blutdruck zu hoch ist!«

Er wusste, dass Koula sich Sorgen um ihn machte, doch er hatte nicht gewusst, dass sie diese auch mit den Kindern teilte. Eigentlich hätte es ihm klar sein müssen, denn sie waren eine große Familie, und ihre Kinder und Enkelkinder waren regelmäßig zu Besuch bei ihnen. »Mhgrh«, grummelte er vor sich hin und wusste nicht, was er dazu sonst sagen sollte.

»Ich schicke dir das Zeug weiter – auch das Bekloppte. Du kannst mir nicht verbieten, es zu lesen. Ich bin keine zwölf mehr, sondern eine erwachsene Frau. Ich werde nichts davon persönlich nehmen, denn es hat ja mit mir nichts zu tun, und ich lösche es, sowie du mir sagst, es soll weg«, machte sie klar. Dann begann im Hintergrund ein Kind ohrenbetäubend laut zu brüllen, und sie sagte: »Ich muss …«, und legte auf.

Es hieß also, weiterhin abwarten. Er nippte an dem Kaffee. Dazu biss er in ein Stück Portokalopita. Den saftigen mit Orangensaft übergossenen Rührkuchen hatte Koula gestern erst gebacken und ihm in einer Dose einige Stück mitgegeben. Er brauchte sein Büro nicht zu verlassen und musste so auch niemandem da draußen begegnen, um sich irgendwie für irgendwas zu rechtfertigen oder sich blöd anschauen zu lassen, weil er hier herumhockte, anstatt jeden Stein auf der Insel nach dem Attentäter umzudrehen.

Er zog eine Zeitschrift aus seiner Schublade und begann, ein Kreuzworträtsel zu lösen. Seine Lieben hatten ihm diese Aufgabe ans Herz gelegt – im wahrsten Sinne des Wortes –, um sich zu beruhigen. Tatsächlich funktionierte es auch immer mal wieder. Jetzt beschäftigte er sich jedoch damit, um die Zeit totzuschlagen. Er hatte bereits jede Menge Buchstaben eingefügt, als sein Handy endlich wieder das Pling-Geräusch einer eingehenden Nachricht von sich gab.

Es geht rund, kommentierte Litsa, und dann kamen jede Menge Nachrichten.

Er war ein geübter Ermittler, egal, was in ihm vorging und wie er sich aktuell fühlte: Er machte seine Arbeit sehr gut. Er überflog die Meldungen und siebte wie selbstverständlich einen Großteil sofort aus, denn er würde sich nicht mit Geisterbeschwörern oder sonstigen Irren befassen. Zwei Nachrichten blieben übrig, und bei einer hatte der Verfasser sogar seine Telefonnummer dazugeschrieben. Das war doch schon mal ein guter Ansatzpunkt. Bei der anderen würde Litsa erst nachfragen müssen. Er entschloss sich, zuerst die Nummer anzurufen und zu sehen, was geschah, wenn klar wurde, dass er die Polizei war und nicht etwa ein Kumpel, der einen lange nicht gesehenen Schulkameraden zu finden versuchte.

Er wählte die Nummer und lauschte auf das lang gezogene »Piiiiiep« des Ruftons. Er wollte schon auflegen, als sich eine atemlose Stimme mit einem schroffen »Ja!« meldete.

»Christos Papadakis hier«, sagte er ohne weiteren Zusatz, »Sie haben geschrieben, Sie kennen den Wanderer?«

»Er arbeitet auf meinen Feldern.« Der Mann stellte sich nicht vor. »Also eigentlich auf denen meines Vaters. Meine Schwester hat den Post gesehen. Wir kennen Ignatios alle. Er arbeitet schon eine Zeit lang hier. Aber wieso suchen Sie nach ihm?«

Christos überlegte rasch, ob er preisgeben sollte, wer er war, denn er suchte ja eigentlich nach seinem Namensvetter, nicht nach einem Ignatios, aber Feldarbeiter passte, das hatte der Mann ihm ja erzählt. »Er ist gestern ein paar Kilometer mit mir mitgefahren und hat was in meinem Auto verloren.« Rasch dachte er nach und schob »Sein Komboloi!« hinterher. »Es sieht alt aus, es bedeutet ihm bestimmt etwas – vielleicht ein Erbstück oder so.« Schnell hielt er den Mund, bevor er irgendwie ins Plappern kommen würde und sich dadurch unglaubwürdig machte.

»Ja, das kommt hin. Er hat gestern und heute seine beiden freien Tage genommen und ist unterwegs«, erklärte der Mann.

»Wo leben Sie?«, wollte Christos nun wissen, denn er war noch nicht überzeugt, dass er sich auf der richtigen Spur befand.

»Zwischen Kopanes und Myrtos, also ganz in der Nähe von Ierapetra, wir bauen hier Gemüse und Kräuter an. Ignatios ist ein fleißiger Mitarbeiter. Unter uns gesagt rennt der dürre Kerl zu viel, aber das muss ja jeder selbst wissen«, plauderte der andere nun munter drauflos.

»Wohnt er in Myrtos?«, fragte Christos spontan. »Ich meine, der Ort ist in unserer Unterhaltung gefallen.«

»Er hat da eine kleine Wohnung, ja. Soll ich ihm Bescheid sagen, dass du ihn suchst, dann kann er dich anrufen.«

Christos erschrak kurz und sagte dann geistesgegenwärtig: »Das ist nicht nötig, ich bin nachher sowieso im *Searocco* mit Freunden verabredet, dann passt das.« Er erinnerte sich spontan an den Namen des Restaurants, in dem sie letztes Jahr einen fröhlichen Abend mit Freunden und Familie verbracht hatten. Koula war begeistert gewesen von dem Blick auf das türkisblaue Wasser. Sie hatten an einer langen Tafel unter den Bäumen an der Promenade gesessen und die leckeren Speisen genossen.

»Ein guter Laden. Hat auch Gemüse von uns.« Sein Gesprächspartner klang stolz.

»Dann werde ich das Essen noch mal mehr genießen. Danke, dass du dich gemeldet hast.« Christos beendete das Telefonat und war froh und auch ein wenig überrascht, so einfach und schnell an Informationen gekommen zu sein. *Der dürre Kerl,* hatte der Landwirt gesagt. Das passte zu dem Mann mit dem Rucksack. Doch warum hatte der Wanderer gesagt, sein Name sei Christos? Vielleicht war es nur jemand, der ähnlich aussah. Viele hart arbeitende Männer waren dürr, hatten braune, faltige Haut und fehlende Zähne. Es war vollkommen verrückt, sich aufgrund einer so vagen Vermutung auf den Weg in den Süden zu machen. Es waren rund einhundert Kilometer und neunzig Minuten Fahrtzeit. Was, wenn er währenddessen eine Information bekommen würde und Christos am anderen Ende der Insel wohnte? Es würde mehr als dreieinhalb Stunden dauern, vom Süden so weit nach Westen zu fahren.

Es war wie beim Glücksspiel. Man setzte alles auf eine Karte, und hatte man Pech, verlor man eben. Wobei … Was hatte er schon zu verlieren? Er konnte doch nur gewinnen, auch wenn es unter Umständen etwas mehr Zeit benötigte als gedacht.

Er packte seine Sachen in seine speckige braune Aktentasche, versicherte sich, dass die Thermoskanne mit Kaffee, die er sich immer von zu Hause mitbrachte, gut verschlossen war, warf noch einen prüfenden Blick auf seinen Schreibtisch und ging zielstrebig los. Er würde einfach hinausmarschieren und einen Scheiß darauf geben, was die anderen taten oder erwarteten. Auge um Auge, Zahn um Zahn. So wollten sie es doch.

Kurz darauf saß er in seinem Auto, die Presse hatte er geflissentlich ignoriert, und fuhr auf die Nationalstraße.

94. Kapitel

Sie hatten das Ufer wieder erreicht und waren schweigend aus dem Wasser geglitten. Der Abschnitt der Bucht lud nicht zum Verweilen ein, da es nur rötliche Erde, Steine und angespülten Müll dort gab. Hyeronimos würde die Tage mit einem Sack wiederkommen und das Zeug einsammeln und entsorgen. Er entschuldigte sich stumm bei dem Ozean für das, was Menschenhand ihm antat. Auch auf dem staubigen Weg zum Auto hatten sie einander nicht mehr so viel zu sagen.

Es war alles gesprochen, und Dimitris Stefanakis hatte wieder seine glatte, verschlossene Miene aufgesetzt. Hyeronimos musste nachdenken, bevor sein nächstes Gespräch anstand, und er musste mit Kostoula Banaki sprechen, musste herausfinden, warum sie sich so von Stelios distanzierte und ob die weiße Rüstung des Ritters sich vielleicht im Laufe der Zeit doch mit Fehl und Tadel beschmutzt hatte.

»Es gibt leider keine Dusche hier«, sagte er unvermittelt, denn ihm fiel ein, dass auch er mit Salz auf der Haut in seine Kleidung schlüpfen musste, obwohl er eine Sprühflasche mit Wasser im Auto hatte, mit der er zumindest die groben Spuren beseitigen konnte.

»Das werde ich todsicher überleben«, reagierte Stefanakis mit feinem Spott.

Der Parkplatz war noch immer leer, und auch der Strand der größeren Bucht lag einsam da. Wie gern hätte er sich jetzt dort auf sein Handtuch gelegt und versucht, alles auszublenden, um einfach nur die Sonne auf seiner Haut zu spüren.

Sie verabschiedeten sich mit einem festen Handschlag.

»Halten Sie mich auf dem Laufenden, Galavaki«, sagte der Minister, und Hyeronimos hörte heraus, dass es keine Bitte, sondern ein Befehl war.

Er hob verstehend die Hand, denn keinesfalls würde er in Badehose salutieren, er war doch kein Affe mit Trommel!

Kurze Zeit später nippte er an dem Kaffee, den er sich in der Tankstelle geholt hatte. Er klemmte sich das Telefon zwischen Ohr und Schulter, während er sich Notizen in sein Heft machte, um nichts von dem, was besprochen worden war, zu vergessen. Dieses Ritual half ihm immer, alles noch einmal zu reflektieren und sich in Ruhe mit dem Erlebten zu beschäftigen. Er hatte kurz mit Penelope gesprochen, die ihm erklärte, dass sie an einer anderen Vorgehensweise tüftelten und über kurz oder lang Verstärkung mit ins Boot holen mussten. Sie wirkte erleichtert nach seinem Bericht, dass Stelios höchstwahrscheinlich als Ermittler Informationen gesammelt und zusammengeführt hatte, um sie in polizeilicher Obhut zu verwahren, aber es war kein Jubel in ihrer Stimme zu vernehmen. Auch wenn es unfassbar egoistisch war, so wollte er doch nicht mit ihr oder den anderen tauschen, die sich mit dem Material auseinandersetzen mussten. Er hatte es bisher weit von sich geschoben, über die Konsequenzen nachzudenken. Würden Penelope, Zacharis, Maria und Elonidas danach noch die Alten sein?

Auch jetzt wollte er sich noch nicht damit beschäftigen, denn die Reaktion seiner Freundin hatte ihm klargemacht, dass die Belastung unmenschlich war. Er musste sich konzentrieren.

Maria hatte ihm Kostoulas Nummer gegeben, und nach mehreren erfolglosen Versuchen hörte er jetzt zumindest einen Rufton. Wie viel konnte er preisgeben, um herauszufinden, was sie wusste? Es war ein Drahtseilakt, doch er musste sich nun eben im Balancieren beweisen.

»Ja bitte«, sagte eine angespannt klingende Frauenstimme.

Er stellte sich vor und bat sie, ihm zuzuhören. Sie stimmte nur widerwillig zu. »Ich war gerade mit Minister Stefanakis im Vier-Augen-Gespräch«, erklärte er, »und wir haben über sehr viele wichtige Aspekte gesprochen, die für die aktuelle Situation verantwortlich sind. Sie haben die Vorsorgevollmacht aufgelöst. Ich sage das nicht als Vorwurf, sondern lediglich als Feststellung, und doch resultieren meine Fragen auch daraus.« Er machte eine kurze Pause, holte tief Luft, und als sie nicht protestierte oder gar auflegte, fuhr er fort: »Was hat zu diesem vollkommenen Bruch mit Stelios geführt? Was haben Sie herausgefunden?«

Er wollte ihr eine Brücke bauen, doch sie schnaubte nur unwillig: »Das geht Sie nichts an.«

»Vielleicht doch, denn manches ist gegebenenfalls anders, als es auf den ersten Blick scheint.«

»Sie sind also nicht nur Kommissar, sondern auch Beziehungsexperte. Gut zu wissen«, blieb sie sarkastisch.

»Ich meine das sehr ernst, denn es geht hier um etwas extrem Belastendes mit weitreichenden Konsequenzen, und damit meine ich nicht Stelios' Verletzung, sondern höchstwahrscheinlich das, was dazu geführt hat, dass er da blutleer an der Beatmungsmaschine liegt.«

»Ich lasse mir kein schlechtes Gewissen von Ihnen machen, Herr Galavaki! Damit ist dieses Gespräch zu Ende.«

»Bitte warten Sie«, rief er und setzte alles auf eine Karte, »er ist unschuldig!«

»Was soll das?« Sie war nun wirklich aufgebracht.

Er wusste, dass es besser wäre, wenn er sie vor sich hatte. Sah er ihre Aura, konnte er besser auf sie eingehen und sie dadurch eher dazu bringen, ihm zu vertrauen und sich ihm zu öffnen. »Wo sind Sie denn gerade?«, fragte er übergangslos.

Sie antwortete tatsächlich: »Maria hat mich aus meinem wohlverdienten Erholungsurlaub geholt, und ich bin zu Hause, fahre aber bald wieder weg.«

»Milia?« Er erinnerte sich, dass seine Chefin den Ort in den Bergen im Westen erwähnt hatte. Penelope schwor ebenfalls auf die Ruhe und das Essen dort. Vielleicht sollten sie einfach eine Auszeit nehmen und sich eben dahin zurückziehen, wenn das hier vorbei war. Wahrscheinlich würde es nie vorbei sein, aber wenn sie ... Er begann, sich in seinen eigenen Gedanken zu verheddern, und besann sich auf seine eigentliche Aufgabe. »Ich bin in der Nähe von Fodele Beach und habe ab ungefähr halb sechs Zeit. Es gibt hier eine kleine Taverne, die wunderbar liegt und einfaches, gutes Essen hat. Vielleicht können wir dort kurz persönlich reden auf Ihrem Weg nach Milia.«

»Ich will nicht zu spät hinauffahren«, zögerte sie, »die Straße ist unbefestigt.«

»Ich halte Sie nicht lange auf. Auf ein Getränk und ein paar Dolmadakia …« Er ließ den Satz unbeendet ausklingen und schwieg. Sie war gewitzt und kannte sich als Anwältin mit den Tricks der Polizei aus, und er wollte sie nicht unnötig bedrängen und damit seine Chancen gegen null gehen lassen.

»Eine Viertelstunde. Mehr nicht. In dieser Zeit muss alles gefragt und gesagt sein.«

»Die Taverne heißt *Opou Vastaxi.* Ich bin um halb sechs dort und warte auf Sie«, sagte er und war froh, dass er etwas in den Magen bekommen würde, denn auch wenn er keinen richtigen Appetit hatte, so war es wichtig für ihn zu essen, um klar denken zu können.

»Ja«, bestätigte sie und beendete das Gespräch.

Er kannte sie nicht gut und war verblüfft. Sie war ihm als Anwältin vor Gericht noch nicht begegnet, und auf Veranstaltungen, die sie an Stelios' Seite mitgemacht hatte, war sie ihm fremd geblieben, was sicher an ihm und nicht an ihr gelegen hatte.

Er nahm einen weiteren Schluck Kaffee und schickte eine Nachricht an Penelope, damit sie den Rest des Teams informieren konnte. Er würde diesen Inselabschnitt wohl nicht so schnell verlassen, aber es gab wirklich schlimmere Orte zum Arbeiten. Die See glitzerte magisch und strahlte mit dem Himmelblau um die Wette. Es war einfach unglaublich schön und so erschreckend, in welchem Kontrast das zu dem stand, was er mit den Menschen hier besprach.

Er schaute auf die Uhr und erwartete Filomena Serpantaki jeden Augenblick. Er musste sich mental sortieren. Als er ihr das letzte Mal begegnet war, hatte sie eine so farblos graue Aura besessen, dass er sich keinen Reim auf sie hatte machen können. Er war aber auch kein Dummkopf und ließ sich nicht von ihrer wohlüberlegten Rolle im Spiel des Lebens blenden. Er wusste, dass es eine Show war, die sie meisterlich beherrschte. Was er nicht wusste, war, ob sie genauso kaltblütig und menschenverachtend war wie ihr Bruder. Er vermutete es, auch wenn sie die Ereignisse im Frühsommer erschüttert hatten. Ja, es würde bei ihrem Gespräch ganz offensichtlich um sehr viele Erschütterungen gehen.

Ein weißer Toyota bog in die Tankstelle ein und fuhr dann langsam auf den Parkplatz. Er erkannte ihr markantes Gesicht und fühlte sich kurz unbehaglich. Diese Familie hatte so viele Menschen auf dem Gewissen – wenn sie ihm eine Pistole auf die Brust setzte und abdrückte, würde er hier recht unbemerkt sein Leben lassen, und sie würde davonkommen.

Er schüttelte sich rasch, denn es war kontraproduktiv, so zu denken. Mit einem Angstgefühl im Nacken war es wohl kaum möglich, vernünftige Fragen zu formulieren.

Das Auto parkte direkt neben ihm, sie ließ die Scheibe herunter und fragte: »Gehen wir zu mir oder zu Ihnen?«

Ihre Aura schimmerte in einem satten Rot mit leichten orangegelben Einsprenkelungen. Sie war ganz offensichtlich eine dominante Macherin mit einem ausgeprägten Hang zur Kontrolle. Es ging ihr nicht um andere Menschen bei dem, was sie tat. Es ging ihr um Macht, Einfluss und Kontrolle, aber da waren auch der Wille nach Autonomie und Selbstbestimmung und ein Hauch Abenteuerlust gepaart mit Neugierde. Gewiss war sie unter anderem deshalb hier. Er ging auf Nummer sicher und sagte: »Wenn Sie mich so fragen, dann zu mir!«

Für einen Moment hatte er das Gefühl, sie erwartete besondere Manieren von ihm und er müsste aussteigen, um ihr den Schlag zu öffnen, wie ein Chauffeur es tat. Doch ganz bestimmt würde er das nicht machen. Sie war eine Gewaltverbrecherin im Zorro-Gewand – mehr nicht. Und er sah ihr wahres Wesen. Wieder einmal empfand er große Dankbarkeit für diese Gabe.

95. Kapitel

Michalis Serpantakis legte das Telefon auf seinen Schreibtisch, bewusst vorsichtig – nicht weil ein Ersatz zu viel kostete, sondern weil er in diesem Jahr auf diese Art schon drei dieser sensiblen Mistdinger kaputt gemacht hatte und es jedes Mal Zeit in Anspruch nahm, ein neues Gerät auf den aktuellen Stand zu bringen. Die entspannte Stimmung des Tages hatte sich nach dem Gespräch sofort verflüchtigt. Er drehte sich mit dem Stuhl herum und schaute auf den Berg, der im Sonnenlicht wie aus graubraunem Sand geformt wirkte. Unterschiedliche wellenförmige Linien durchzogen sein Blickfeld und flüsterten ihm die Unendlichkeit zu: Sie waren dort – stabil und unverrückbar. So wie er. Auch er hatte seinen festen Platz, und ein Beben konnte vielleicht an der ein oder anderen Stelle für das Abrutschen einiger Steine sorgen, doch der Berg an sich blieb unbewegt. Er musste klug handeln, denn alles, was er nun tat, würde sich massiv auf die Zukunft auswirken.

Er hatte unerschütterliche Stärke gezeigt und wusste, dass viele der Kreaturen, die ihm dienten, ihn seitdem nicht nur fürchteten, sondern ihn hinter vorgehaltener Hand schuldig sprachen. Einer Mutter die Möglichkeit zu verwehren, auf angemessene Art Abschied von ihrem Kind zu nehmen, war in den Augen der Gläubigen eine Freveltat. Es war ihm egal, was sie dachten, denn er wollte von niemandem als Gutmensch eingestuft werden, er wollte ihre Furcht und ihre Ehrerbietung. Sie sollten tun, wofür er bezahlte – mehr nicht. Michalis hatte überall Leute sitzen, die ihm etwas schuldeten oder auf seiner Gehaltsliste standen, dem war es nun auch zu verdanken, dass er von der sichergestellten Pistole und seinen Spuren darauf erfahren hatte.

Was zum Henker geht da vor sich?, hatte er brüllen wollen, sich dann aber rasch wieder gefangen und einen kurzen Dank für die Information von sich gegeben. Die Waffe war selbstverständlich nicht registriert, aber das spielte keine Rolle, denn sie war da! Sie befand sich in den Händen der Polizei, und da gehörte sie keinesfalls hin, wobei es nun zu spät war, etwas daran zu ändern. Er musste sich eine Erklärung dafür überlegen, warum an dem Zufluchtsort des Leiters der Mordkommission eine Pistole gefunden worden war, auf der sich *seine* Fingerabdrücke befanden. Unterm Strich musste jedem klar sein, dass es sich hierbei um eine platzierte Waffe handelte, denn Michalis Serpantakis wäre wohl kaum so dumm, auf Stelios Mentakis zu schießen, ihn dabei nicht umzubringen und dann das Tatwerkzeug um die Ecke in ein Loch zu werfen. Doch sie war dort gewesen, und das ließ nur einen Schluss zu: Jemand wollte ihm an den Kragen! Er musste jetzt einen kühlen Kopf bewahren, unnachgiebige Stärke zeigen und verdeutlichen, dass er weder Verrat noch Subversion jemals dulden oder ungeahndet lassen würde. Er hatte beileibe schon genug damit zu tun, die Albaner in Schach zu halten, die mit ihren Organisationen überall in Europa die Macht zu übernehmen begannen. Niemand kapierte, dass er ein Retter war, denn seine Methoden waren zwar auch ohne Erbarmen, aber er war im Vergleich zu diesen Typen ein mildtätiger Gutmensch. Steckten diese Gruppierungen etwa dahinter? War es vielleicht keine Palastrevolution, sondern eine geplante Machtübernahme?

»Ruhig Blut«, sagte er durch zusammengebissene Zähne zu sich selbst. Er hatte es sich über die Jahre hinweg regelrecht antrainiert, in Grenzsituationen kaltblütig zu agieren, also regulierte er seine Aufregung nach unten. Er hatte Schlimmeres erlebt und gemeistert. Gleichzeitig musste er abwägen, welche Aktion einerseits am situativ wirksamsten und andererseits am nachhaltigsten sein würde. Selbstverständlich musste er auch herausfinden, wer da so massiv an seinem Thron rüttelte.

Als Erstes würde er dafür sorgen müssen, dass sich der Mantel des Schweigens über alles legte. Das war eigentlich eine grundsätzliche Regel in seinem Unternehmen – doch Vorsicht war besser als Nachsicht. Er plante all seine »Geschäfte« mit großer Umsicht und genauestens kalkuliert, umso mehr musste er die

Schwachstelle finden, die für das aktuelle Desaster verantwortlich war. Und dazu musste er sich diejenigen zur Brust nehmen, die den Auftrag versaut hatten. Bisher hatte er Nachsicht walten lassen, auch weil das entstandene Durcheinander nun nicht in unüberlegte Sanktionen ausarten durfte. Kurz knirschte er mit den Zähnen und befürchtete, alles würde ihm entgleiten, doch er hatte es letztlich immer geschafft, die Zügel wieder in die Hand zu nehmen und sein Schicksal selbst zu gestalten. So war er schließlich zum mächtigsten Mann der Insel und vielleicht sogar weit über die Grenzen Kretas hinaus geworden.

Kurz spürte er Filomenas Hand in seiner, denn sie war es gewesen, die ihm in den dunkelsten Zeiten seines Lebens Halt gegeben hatte, doch dann schüttelte er das Gefühl ab. Seine Schwester war nicht mehr dieselbe Person. Ob sie mit seinen Feinden gemeinsame Sache machte? Er schob den Gedanken von sich, denn die Albaner würden auch sie bedenkenlos *entfernen,* und das wusste sie, denn sie hatten sich nicht nur einmal mit den Strukturen dieses Abschaums auseinandergesetzt.

Er fokussierte seinen Blick auf das Gebirge und kniff die Augen ein wenig zusammen, das half ihm, rein rational zu agieren. Der Plan reifte rasch in seinem Kopf, und er musste am Ende nur noch fein justieren. So war es immer, wenn er im Verteidigungsmodus war, denn er hatte gelernt, die Angst auszuschalten und nur zielgerichteten Ärger zuzulassen, was ihm jede Menge Vorwärtsenergie verlieh. Gab es ein Vertrauensproblem in seinen Reihen? Er musste es in Erwägung ziehen und die nächsten Schritte genau abwägen. Vielleicht musste er mal wieder selbst Hand anlegen, um zu verdeutlichen, dass man ihn nicht verarschen oder betrügen konnte. Er war der *Boss* und kein billiger Erfüllungsgehilfe, den man nach Gutdünken an die Kette legte und durch die Gegend zerren konnte.

Er richtete sich in seinem sündhaft teuren Schreibtischstuhl auf und wusste, dass das Lächeln, das sich nun auf seinem Gesicht abzeichnete, viele das Fürchten lehrte. Der Plan war klar und so bildhaft, dass er jeden Schritt sehen konnte: Jemand musste sterben. Er wusste noch nicht, ob er alle töten würde oder vielleicht nur eine oder zwei Personen. Vielleicht gab es Schlimmeres als den Tod und Bedrohlicheres. Dinge, die unheilvoller waren, als zu sterben.

Er stemmte sich voller Energie aus dem Sitzmöbel, bereit, in seinen Krieg zu ziehen. Sie würden die Soldaten erwarten, doch er – der König selbst – würde die Waffe führen und so allen beweisen, dass er beileibe kein zahnloser alter Tiger war, sondern ein gefährliches, agiles Raubtier.

96. Kapitel

»Hyeronimos geht nicht ans Telefon.«

Penelope zog verwundert die Augenbrauen hoch, als sie das eingehende Gespräch entgegennahm und von einer harschen Frauenstimme angeschnauzt wurde. »Bitte was?«, fragte sie verdutzt und schaute auf das Display, um herauszufinden, ob sie die Nummer kannte. Festland, Athen stellte sie rasch fest und kombinierte schnell: »Ah, Helena, Sie sind das, richtig?«

»Genau die. Warum ignoriert er mich? Habe ich meine Schuldigkeit getan, und das war's dann?« Sie war ganz offensichtlich echt sauer.

Penelope warf einen müden Blick auf die Uhr. Sie hatte keine Kraft, sich mit irgendjemandem auseinanderzusetzen. Der Tod lauerte in jeder Ritze, und das Grauen durchzog all ihre Zellen. Sie musste sich beständig daran erinnern zu atmen und darauf achten, den Würgereiz zu unterdrücken, der sich zu einem permanenten Begleiter entwickelt hatte. Sie hatte stumm auf dem Stuhl beim Psychologen gesessen, unfähig, ihren Gefühlen Ausdruck zu verleihen, denn ihr hatten einfach die Worte gefehlt. Es gab keine Worte für das, was sie empfand. Ihr Inneres schrie wie am Spieß, weinte Sturzbäche an Tränen und prügelte mit stahlharten Fäusten auf alles ein, was zur Verfügung stand. Doch sie war nicht dazu in der Lage, es herauszulassen, denn sie befürchtete, dann nie mehr damit aufhören zu können.

Nun stand sie auf dem Flur, noch nicht bereit, wieder in den Raum zurückzukehren, der ihr alles abverlangte, was sie an Selbstbeherrschung aufbringen konnte. Die Expertin mit ihren persönlichen Befindlichkeiten erwischte sie wirklich auf dem falschen Fuß. »Ich bin nicht sein Kindermädchen und auch nicht Ihre Beziehungsexpertin, aber haben Sie mal darüber nachgedacht, dass er in einem Mordfall ermittelt und vielleicht keine Zeit hat zu telefonieren – also nur so als Idee!«, blaffte sie.

»Na, vielleicht sind Sie nicht seine Aufpasserin, aber, wie mir scheint, seine sehr engagierte Verteidigerin«, antwortete Dr. Helena Makri wortgewandt.

»Ich habe keine Zeit für verbalen Schlagabtausch und Spielchen«, machte Penelope ihren Zustand klar, versuchte sich dann aber etwas kooperativer zu geben, denn schließlich half ihnen die Kollegin ja. »Es tut mir leid, ich bin müde und sehr angespannt. Haben Sie noch etwas für uns? Hyeronimos ist gerade bei einer wichtigen Zeugenbefragung.«

Die Frau murmelte etwas Unverständliches vor sich hin, räusperte sich dann und sagte: »Ich habe mir das alles noch mal genau angeschaut und bin mittlerweile wirklich sicher, dass wir es hier mit einer Zwei, dem Zeichen für Mann und dann einem Plus und einem Strich zu tun haben.« Sie zählte das alles so auf, als hätte sie es nicht nur glasklar gesehen, sondern auch bereits eine Erklärung parat.

Penelopes Gehirn war nur mit mäßiger Geschwindigkeit dazu in der Lage, die Einzelteile zu einem Ganzen zusammenzufügen, der Horrortrip, auf dem sie sich ganz offensichtlich befand, schien es zu verkleben.

»Hallo? Sind Sie noch dran?«, rief Helena.

»Ja, ja … Ah, ich verstehe: zwei Männer plus entweder einen weiteren Mann oder eine weitere Person! Aber wenn da drei Leute beteiligt waren, wieso lebt er noch? Wieso haben sie es zu dritt nicht geschafft, ihn umzubringen?«

»Gute Frage, Frau Doktor.« Helenas Stimme hörte sich nur minimal süffisant an. »Aber wenn es von Anfang an drei waren, warum hat er dann nicht gleich drei geschrieben? Es waren wohl erst zwei, und dann kam eine weitere Person hinzu. Ich mutmaße, ein weiterer Mann, denn er hat noch nicht einmal versucht, eine zusätzliche Botschaft anzufügen.«

»Also suchen wir nach zwei bis drei Männern, denn es könnte ja auch sein, dass einer noch einmal zurückgekommen ist oder so«, kombinierte Penelope nun wacher.

»So könnte es auch sein«, gab die Frau ihr recht.

»Wollte er ihm beim Sterben zuschauen, nein, das passt nicht, denn dann hätte er ihn bestimmt nicht telefonieren lassen. Das löst zwar das Rätsel der Zeichen und gibt der Polizei Anhaltspunkte, nach mehr als einem Täter zu suchen, aber das war's dann auch. Mist!«

»Das Rätsel müssen die Mordermittler schon selbst lösen, das ist nicht meine und eigentlich auch nicht Ihre Aufgabe als Pathologin. Tut mir übrigens leid mit Ihrer ... Freundin ...«

Penelope glaubte so etwas wie Erleichterung in der Stimme zu hören. Ja, bravo, sie war wirklich nicht Hyeronimos' heimliche Geliebte. Hatte Helena doch noch Gefühle für ihn ... auf diese verdrehte Weise, die Hyeronimos ihr erklärt hatte?

»Danke, Dr. Makri«, erwiderte sie kühl, denn sie würde sich nicht mit der Ex ihres besten Freundes über ihr eigenes kompliziertes Liebesleben unterhalten.

»Nun fühlen Sie sich mal nicht gleich auf den Schlips getreten. Wer mit Galavakis zu tun hat, darf nicht zu sensibel sein«, warf die Frau auf dem Festland ein.

»Ich habe damit zu tun herauszufinden, wer für das Attentat auf den Leiter der Mordkommission verantwortlich ist, da ist jede Menge Beweismaterial zu prüfen. Ich will nicht unhöflich sein und bin Ihnen wirklich dankbar, dass Sie uns helfen, doch jetzt muss ich weitermachen.« Penelope hatte Sorge, dass sie gleich ausflippen würde, denn Helena gelang es geschickt und subtil, irgendwelche Triggerknöpfe in ihr zu drücken. Sie wollte die Frau nicht stellvertretend für all das, was ihr gerade widerfuhr, anbrüllen, also musste sie das Gespräch schnellstmöglich beenden. »Ich informiere Hyeronimos, sowie er mit der Befragung fertig ist, über diese Erkenntnisse.«

»Bleiben Sie entspannt, Dr. Demostaki. Ich bin schon ein großes Mädchen«, wiegelte Helena ab und klang dabei nicht ganz so erwachsen, wie sie es wohl vorgehabt hatte.

Sie verabschiedeten sich knapp und vor allem getragen von dem Respekt zwischen Kolleginnen, aber sie würden keine Freundinnen werden, so viel war klar. Penelope lehnte sich gegen die Wand, sodass ihre Stirn den kühlen Putz berührte. Alles in ihr wehrte sich dagegen, weiter den Blick auf die Bilder und Filme zu richten. Sie glaubte nicht daran, jemanden retten zu können, denn die Macher waren schlau, und sie hatte bisher keine Aussicht durch ein Fenster auf ein Panorama oder eine Häuserzeile oder irgendetwas erhaschen können. Elonidas versuchte, gemeinsam mit Zacharis die Metadaten zu entschlüsseln, aber bisher war es ihnen nicht gelungen, etwas Nützliches herauszufinden. Sie hingegen war sich sicher, dass kaum eines der Kinder überlebt hatte oder überleben würde. Starben sie nicht dort, würden sie bestimmt durch Drogen ums Leben kommen. Aus dieser Welt ließen sie auf jeden Fall niemanden entfliehen, der ein Risiko sein konnte.

Sie schlug die Stirn gegen die Wand, musste etwas spüren, um sich bewusst zu werden, dass sie das alles gerade wirklich erlebte. Ihr eigenes Schicksal war so lächerlich. Sie machte sich in die Hose, weil es eventuell passieren konnte, dass irgendwelche Arschlöcher ihr gegenüber obszön werden würden. Lauter Konjunktive … Es änderte nichts daran, dass sie unfassbar sauer auf Eleni war, aber diese Wut wurde vollkommen überschattet von dem Ekel, Zorn und dem unendlichen Grauen, das sie empfand, wenn sie an das dachte, was diese Kreaturen Kindern antaten, um sich aufzugeilen. Sie wollte jemanden anspucken oder ihm die Augen auskratzen oder … Dann öffnete sich eine Tür, und sie spürte einen festen Griff auf ihrer Schulter.

»Penelope!« Zacharis' Stimme war wie ein Anker, der sie davon abhielt, in dem wilden Strudel ihrer Gefühle hinauszutreiben und unterzugehen. Er führte sie zurück zum Psychologen, drückte ihr ein sonderbar weiches Einhorn in die eine und einen gelockten Hund in die andere Hand. »Die musst du werf'n und schrei'n«, sagte er beinahe liebevoll und ging hinaus.

Sie holte aus, feuerte die Viecher an die Wand und brüllte, dass die Fensterscheiben klirrten. Doch die Tränen sperrte sie weiterhin hinter ihren Augenlidern ein, denn sie durfte jetzt nicht vollkommen zusammenbrechen.

97. Kapitel

Anna-Maria hatte die Wäsche abgehängt und hielt Ausschau nach ihren Söhnen. Bestimmt hingen sie mit einer Traube weiterer Jungs auf dem Dorfplatz herum. Sie mochte das nicht, doch sie konnte die beiden auch nicht einsperren. Dort trafen sich die Heranwachsenden. Aber auch die jungen Erwachsenen, die stolz in dicken Pick-ups herumkurvten, tauchten auf und hielten große Reden. Sie wusste, dass vor allem Kimon anfällig für diese Angeber war, und seufzte. Der Ältere hatte natürlich auch jede Menge Einfluss auf seinen Bruder.

Sie bereitete sich rasch einen Frappé zu, setzte sich nach draußen und genoss den warmen Spätnachmittag. Sie nahm ihr Handy und scrollte ein bisschen auf Facebook herum, kommentierte ein paar Posts von Bekannten und schaute sich einige alberne Videos an. Dann wechselte sie zu Instagram, startete mit der Story einer TV-Moderatorin, die ihr neuestes Kleid zeigte, und ließ dann die Storys durchlaufen. Sie schaute sich auch die Werbung an, die dazwischen eingeblendet wurde, und spürte manchmal so etwas wie Sehnsucht. Auch sie wollte sich gern mal in einen schicken Fummel hüllen, sich tolle falsche Wimpern binnen Sekunden ankleben, ihre Nägel in Farbe dippen und einen Concealer benutzen, der ihre Haut schimmern ließ ... Aber sie war Mutter zweier Söhne, die einem die Haare vom Kopf fraßen, und alleinerziehend. Da blieb keine Zeit für Schickimicki. Noch dazu wäre es besonders lustig, so aufgebrezelt in einem flatternden Gewand durch den Ort zu rauschen. Sie stellte sich die Gesichter der Leute vor und auch die von Schamesröte überzogenen ihrer Söhne.

Sie nahm einen Schluck Kaffee und musste plötzlich so husten, dass sie sich kaum noch in den Griff bekam. Sie hatte sich vor lauter Schreck verschluckt und versuchte hektisch den Reiz in den Griff zu bekommen und gleichzeitig irgendwie auf dem Handy zu der Story zurückzukommen, die sie so aus dem Gleichgewicht gebracht hatte: Sie hatte das Gesicht von Giorgos gesehen. Sie war sich ganz sicher, dass die gelungene Zeichnung ihren Flirt aus dem Bus zeigte.

Gott, wie ging das nur? Sie versuchte, sich zu erinnern, während sie noch immer hustete: Man musste irgendwie links auf den Bildschirm tippen. Sie versuchte es so vorsichtig, wie es eben ging, wenn man durchgeschüttelt wurde, weil der Körper den Kaffee aus der Luftröhre bekommen wollte, wo dieser definitiv nicht hingehörte! Kurze Zeit später hatte sie es geschafft und hielt das Bild auf dem Display mit einem Finger fest. Ja, das war er. Warum tauchte sein Bild hier auf?

Sie tippte leicht auf die Story und bekam den Link zum Originalpost angezeigt. Jemand suchte ihn, hatte ihn gestern an der Straße aufgegabelt, an der der Bus entlangfuhr. Was für ein unglaublicher Zufall. Sie würde ihn also vielleicht doch wiedersehen. Konnte es sein, dass das Leben es gut mit ihr meinte und sie nicht bis ins hohe Alter als Witwe vor sich hin gammeln musste?

Sie spürte die Aufregung in sich aufwallen, machte einen Screenshot von dem Bild und sendete sich den Post selbst als Nachricht zu. Sollte sie der Person schreiben, die ihn suchte, oder war das zu aufdringlich? Sie war unsicher, obwohl doch nichts Schlimmes dabei war, nach jemandem zu fragen, den man sympathisch fand. Es war außergewöhnlich, hier jemanden zu treffen, den man nicht kannte oder mit dem man nicht am Ende sogar verwandt war. Sie musste die Chance ergreifen, so viel war klar. Mutig tippte sie eine Nachricht ein und bat darum – falls die suchende Person den Gesuchten finden würde, einen Kontakt zwischen ihnen herzustellen. Was sollte schon passieren, wenn sie ihre Nummer weitergab? Die war kein Geheimnis und sie niemand Wichtiges. Also hinterließ sie ihre Nummer mit der Bitte, sie an den netten Giorgos, der an der Melkstelle ausgestiegen war, weiterzuleiten.

Sie spürte ein aufgeregtes Kribbeln in sich und verlor sich wieder in denselben Träumereien wie gestern. Sie war eine Frau in den besten Jahren. Sie hatte – so wie es hier üblich war – früh geheiratet und war gerade erst dreiunddreißig Jahre jung. Andere in ihrem Alter waren schon Großmutter, aber sie hatte bis dahin noch einige Jahre Zeit, denn ihre Söhne waren noch zu jung, um Väter zu werden. Bei Frauen war das anders, da stellte niemand das Alter infrage, wenn sie mit sechzehn ein Kind gebaren. Die Natur machte es möglich, schwanger zu werden, also war es normal. Sie wusste, dass sie älter aussah, als sie war, denn die schweren Zeiten nach dem Tod ihres Mannes hatten Falten in ihr Gesicht gegraben, aber sie war trotzdem ansehnlich. Zudem hatte sie ein Haus und war fleißig. Sie war eine gute Partie. Ein Mann wie Giorgos konnte sich glücklich schätzen, sie zu bekommen, vor allem, wenn er so knochig war, denn sie konnte ihn bekochen und dafür sorgen, dass er etwas mehr Fleisch auf die Rippen bekam.

Was machte sie nur gerade? Plante sie eine Zukunft mit einem Mann, der wenige Minuten im Bus mit ihr verbracht hatte? War sie vollkommen verrückt geworden? Sie hielt sich die Hände ins Gesicht und stellte fest, dass ihre Wangen heiß waren. Sie drückte auf *Senden,* und alles andere würde sie dem Schicksal überlassen, denn das hatte ja schließlich dafür gesorgt, dass sie einander begegnet waren und dass sie ihn unglaublicherweise durch eine Fügung des Schicksals im Internet wiedergesehen hatte. Solche Zufälle gab es doch nicht, wenn sie nicht eine tiefere Bedeutung hatten? Alles würde gut werden.

Sie nahm noch einen Schluck Kaffee, lehnte sich im Stuhl zurück und summte eine romantische Melodie. Bald kamen die Jungs zum Abendessen zurück, bis dahin würde sie sich ganz entspannt ihren Tagträumen hingeben und auch ein bisschen Erotik darin zulassen.

98. Kapitel

Sie hatte sich tatsächlich auf den Beifahrersitz seines Autos gesetzt. Er hatte eigentlich damit gerechnet, dass sie ihm doch noch widersprechen würde und er bei ihr einsteigen musste. Doch, o Wunder, sie blickten durch seine Scheibe auf das Meer und die immer weiter nach Westen wandernde Sonne. Sie war exquisit gekleidet und trug Trauer, das war ihm klar. Ihr Schmuck war dezent, aber man sah ihm seinen Wert an, und ihr Gesicht war entweder nicht oder so gut geschminkt, dass es vollkommen natürlich aussah. Ihr dunkles Haar hatte sie mit einer perlenverzierten Spange am Kopf festgesteckt, und die strenge Frisur betonte ihre klaren Züge. Sie war Ende sechzig und strahlte eine damenhafte Eleganz aus. Gleichzeitig hatte er das Gefühl, dass mit ihrem Eintreten in sein Auto die Temperatur darin um einige Grad gefallen war.

Sie hatte sich ihm ohne großes Geplänkel zugewandt und gesagt. »Ich trachte übrigens niemandem nach dem Leben und wüsste auch nicht, was ich speziell gegen Minister Stefanakis haben sollte. Er ist ein charmanter Gesprächspartner.«

Hyeronimos hatte gerade keinerlei Interesse an irgendwelchen Winkelzügen und brachte dies deutlich zum Ausdruck: »Lassen

Sie uns mit offenen Karten spielen, Frau Serpantaki.« Er hatte zwar nicht vor, sie darüber in Kenntnis zu setzen, dass er einen Rauschgenerator im Auto hatte, aber das, was er mit ihr bereden wollte, durfte außerhalb des Wagens niemand mitbekommen, und das war sowohl in seinem als auch ihrem Interesse. »Unser Gespräch hat so nie stattgefunden, und weder Sie noch ich werden uns irgendwo in einem rechtlich relevanten Umfeld je darauf beziehen können, daher sollten wir miteinander reden, ohne ein Blatt vor den Mund zu nehmen.«

Er sah ein kurzes, respektvolles Zucken in ihrem Gesicht, und dann nickte sie bestätigend. »In Ordnung, Herr Galavaki.«

»Wie würden Sie die aktuelle Stimmung bei Ihnen da oben beschreiben?«

»Es ist unaufgeregt und ruhig in den Dörfern. Die Touristen kommen und gehen, und die Einheimischen halten die Bälle flach. Warum fragen Sie danach?«

»Das Attentat auf einen hochrangigen Polizisten sorgt also nicht für Spekulationen oder gar Unruhen?«, hakte er nach.

Sie zuckte mit den Schultern: »Eher nein. Warum auch? Es ist passiert, und man kann nichts daran ändern. Es ist nicht deren Sache.«

»Wessen Sache ist es denn?«, erkundigte er sich interessiert.

»Ihre. Die Ihrer Dienststelle, Ihrer Kollegen und die Ihres Chefs. Wer mit dem Feuer spielt, kommt irgendwann darin um …!«

»Was meinen Sie damit? Was hat Stelios getan, was es rechtfertigt, ihn verblutend liegen und langsam krepieren zu lassen?«

»Ach, Hyeronimo«, wandte sie sich nun mit weicher Stimme an ihn.

Sie konnte die Klaviatur der Manipulation wirklich meisterlich spielen, denn ihn plötzlich beim Vornamen zu nennen, suggerierte eine Vertrautheit zwischen ihnen, die es nicht gab.

»Warum sitzen wir hier auf einem Parkplatz, der so auffällig unauffällig ist, und treffen uns heimlich? Sie wissen etwas und glauben, ich hänge da mit drin, oder glauben, mein Bruder sei darin verwickelt, und erhoffen sich von mir Informationen, die Sie gegen meine Familie nutzen können.«

Es war und blieb ein Eiertanz, den er so nicht weiter fortführen wollte. »Betreibt Ihr Bruder Menschenhandel? Verkauft er pornografisches Material mit Minderjährigen? Ist Mentakis einer seiner Kunden, oder ist er Michalis auf die Schliche gekommen? Hat Ihr Bruder den Tod von Stelios Mentakis angeordnet?«

Ihr Mund klappte nach unten, und dieses Staunen wirkte so echt, dass er sich sicher war, sie mit seiner Direktheit überrumpelt zu haben.

»Haben Sie nicht mehr alle Tassen im Schrank«, rief sie aufgebracht, »denken Sie wirklich, ich antworte auf solche Unterstellungen?«

Er blieb bei der Wahrheit und sagte schlicht: »Ja.« Dann schwieg er abwartend. Schweigen machte Menschen mürbe und trieb sie oft dazu, mehr preiszugeben, als sie wollten.

Sie senkte den Blick auf ihre perfekt manikürten Fingernägel. Wenn man nicht wusste, wer sie war, konnte man sie wirklich für eine Grande Dame halten. Niemand würde ihr aufgrund ihrer Erscheinung zutrauen, dass sie Seite an Seite mit ihrem Bruder die Führungsriege der Mafia darstellte.

»Michalis ist ein harter Mann«, sagte sie leise, und er glaubte, Ehrlichkeit, in ihrer Stimme zu hören, in der trotz ihrer artikulierten Aussprache der Singsang des Dialekts zu hören war, der oft dafür sorgte, dass sich »gia« wie »tschija« anhörte. »Früher war er anders. Früher waren wir beide anders. Heute hat man viel mehr Feinde, ganz egal, was man tut, und man muss höllisch aufpassen, denn wenn andere ans Ruder kommen, Herr Kommissar, dann sieht auch Ihr Job plötzlich ganz anders aus ...«

»Was wollen Sie damit sagen? Dass wir Ihnen beiden dankbar sein müssen? Und das beantwortet auch nicht meine Frage.« Während er mit Stefanakis schwimmen gewesen war, hatte er selbstverständlich weder seine Haare geglättet noch auf Ordnung geachtet, denn er hatte mit seinen Händen das Wasser geteilt, und Körper und Geist waren beschäftigt gewesen. Jetzt spürte er das Bedürfnis, etwas zu sortieren oder eben die Frisur zu betasten. Doch er konzentrierte sich stattdessen auf die Fragen, die noch gestellt werden mussten, und legte beide Hände bewusst auf seine Oberschenkel.

»Dankbarkeit ist ein großes Wort. Vielleicht geht es vielmehr um Ihren Blickwinkel auf alles. Sie wissen, wie Marktwirtschaft funktioniert, Herr Kommissar?«

Er war kurz versucht, sarkastisch zu antworten, denn seitdem er diese Art zu kontern von Penelope gelernt hatte, mochte er sie. Doch wahrscheinlich würde dies nur zu einem unnötigen Schlagabtausch führen. Er musste ihr vorsichtig auf die Zehen treten und nicht wie ein Dorftrampel draufspringen, also nickte er nur bestätigend, und sie fuhr fort: »Man sagt, das Angebot bestimme die Nachfrage, doch es ist auch die Nachfrage, die das Angebot bestimmt. Wenn Sie einen Imbiss betreiben und jeden Tag fünfzig Leute nach einem Burger mit Brötchen fragen, Sie aber nur welche ohne anbieten und die Kaufwilligen dann woandershin gehen, dann denken Sie vielleicht darüber nach, ein paar Brötchen auf Lager zu haben, um auch diesen nicht ganz unerheblichen Umsatz mitzunehmen.«

»Verstehe ich das richtig, dass Sie gerade illegale Gewalttaten mit Hamburgern vergleichen?«

»Ich vergleiche gar nichts. Ich erkläre nur, dass irgendwer das Geschäft machen wird, wenn die Nachfrage für ein Produkt in hohem Maße vorhanden ist.«

»Heißt die Antwort auf meine Fragen also im Klartext Ja?«

Nun sagte sie nichts mehr, und ihr Schweigen war mehr als aussagekräftig.

»Und Mentakis? Was wissen Sie über seine Rolle?«

»Wenn mein Bruder sich durch etwas gestört fühlt oder gar bedroht, dann trifft er seine ganz persönlichen Entscheidungen, Hyeronimo. Er fragt mich nicht um Erlaubnis, und er weiß, wie man *überzeugt* …«

Ihre Antwort ließ alles offen. Da war viel Raum für Spekulationen.

»Wenn man anfängt, ein Feld zu bestellen, jeden Tag auf den Knien sitzt, die Hände tief in die Erde gegraben, und die Ernte ist im Anschluss sehr gut, dann kann man sich irgendwann ein größeres Feld kaufen. Je mehr man anbaut, umso weniger schafft man das allein. Man braucht Mitarbeiter, und dann ist man irgendwann an einem Punkt, an dem man ein Experte geworden ist, der jedes Bedürfnis kennt. Man macht dann aber selbst nichts mehr auf dem Feld …«

»Man macht sich die Hände also nicht mehr schmutzig?«, fasste er die Metapher in Worte.

»Man muss die Arbeiten erklären, aufteilen und beaufsichtigen, da kann man nicht mehr acht Stunden täglich in der Erde buddeln«, erklärte sie strikt.

»Ihr Bruder hat also Mentakis' Mord beauftragt!«

»Ich habe nichts dergleichen gesagt, doch Sie erinnern sich daran, wie ich Dr. Demostaki kennengelernt habe.«

»Ja, ich erinnere mich.« Er wusste noch genau, wie verstört Filomena gewesen war. Wollte sie ihrem Bruder nun alles heimzahlen, oder hatte Serpantakis wirklich den Auftrag erteilt, den Polizisten zu erschießen. Er verstand nicht genau, warum. »Macht er so klar, wer die Regeln auf der Insel vorgibt, und setzt für alle ein deutliches Zeichen, dass niemand vor ihm sicher ist? Hat er deshalb auch gestern Abend Dimitris Stefanakis beim Essen abgepasst?«

Sie legte den Kopf leicht schräg, schaute ihn an und sagte: »Wie ich bereits erwähnte, Herr Kommissar, Michalis ist ein harter Mann!« Sie legte ihre Hand auf den Türgriff: »Und nun fahre ich wieder nach Hause, denn wir haben uns aus meiner Sicht lange genug unterhalten. Ich sage nicht Auf Wiedersehen, denn ich verzichte sehr gern darauf!« Sie öffnete die Tür und schwang ihre Beine aus dem Wagen.

Er ließ sie gehen. Bevor sie die Tür jedoch zuschlug, rief er: »Er ist hart, aber ist er auch kein Dummkopf?«

»Er ist schlau, clever und gebildet.« Sie drehte sich demonstrativ um und ging zu ihrem Auto. Doch er war noch nicht fertig, denn kurz bevor sie gekommen war, hatte er eine wichtige Information aus der Kriminaltechnik erhalten. Er wendete sein Auto, fuhr neben das ihre und sagte durch die offene Scheibe: »Warum sollte ein Täter, den er selbst beauftragt hat, die Tatwaffe am Tatort zurücklassen?«

Sie schien nicht verwundert. »So viele Menschen sind ihm sehr zu Dank verpflichtet und …«

»… und würden die Schuld jederzeit auf sich nehmen? Und eine Waffe mit registrierten Fingerabdrücken würde direkt zum Täter führen – wie eine Visitenkarte!« Sie nickte so leicht, dass er es beinahe nicht gesehen hätte, aber er war noch immer nicht am Ende. »Das verstehe ich alles sehr gut. Was ich jedoch nicht verstehe, ist, wieso auf einer solchen Waffe dann seine eigenen Fingerabdrücke zu finden sind. Das ist doch unlogisch. Oder wie sehen Sie das?«

Ihr Gesicht verwandelte sich plötzlich in eine undurchdringliche Maske, und sie ließ ihre Scheibe hoch, während Sie vehement sagte: »Nun ist es wirklich genug!« Dann fuhr sie davon, und er hielt sie nicht mehr auf.

Er zückte sein Heft, fügte alle Einzelheiten dieses aufschlussreichen Dialogs ein, und es ergab sich ein interessantes Bild, auch wenn ihn zwischendurch der Gedanke heimgesucht hatte, dass Christos vielleicht doch … Nein! Egal, wie irre Papadakis war, das würde er nicht tun. Er war ein echter Ordnungshüter. Nichtsdestotrotz – was, wenn man ihm gezielt bestimmte Informationen zur Verfügung stellen würde? Was würde das in einem so gottesfürchtigen Menschen auslösen? Konnte er dann vielleicht doch zum Werkzeug des Bösen werden? Die verlängerte Hand des Teufels, die ihn glauben machte, er handle in Gottes Namen? Nein. Das war nicht möglich. Das wäre Wahnsinn, denn ein Mörder blieb ein Mörder, egal, wen er tötete. Das Gesetz machte keinen Unterschied: Fuhr man mit einer illegalen Waffe in der Tasche irgendwohin, um jemanden zu richten, dann war man ein Mörder – egal, wie verabscheuenswert das Opfer auch war.

99. Kapitel

Christos erreichte Myrtos nach rund fünfundachtzig Minuten. Er hatte die Zeit im Auto genutzt, um sich darüber klar zu werden, was er den Mann fragen wollte. Litsa hatte ihm noch zwei weitere Hinweise geschickt und die Nachricht einer Frau, die ihn auch zu suchen schien, jedoch nannte sie den Mann Giorgos, aber Ort und Zeit passten bei ihrer kurzen Beschreibung zu dem Mann, den er hier am Meer aufsuchen wollte. Hatte er mal wieder den richtigen Riecher gehabt, und der Kerl hatte Dreck am Stecken? Denn sollte es die richtige Person sein, so hatte er momentan drei Namen: Christos, Giorgos und Ignatios. Das sprach doch gegen den Typen. Vielleicht war er aber auch einfach nur ein Drogenlieferant und hatte sich deshalb mit unterschiedlichen Namen vorgestellt. Das war nicht etwa absurd, sondern absolut im Rahmen des Möglichen.

Er passierte einige weiter auseinanderstehende Häuser und kam in den Ortskern des Dorfes vor den Toren von Ierapetra. Wenn sein Mitfahrer von gestern doch nichts zu verbergen hatte, wieso hatte er dann nicht klargestellt, dass er nicht aus Agia Galini kam. Je mehr Einzelheiten der Begegnung ihm wieder einfielen, umso sicherer war er, dass er es mit jemandem zu tun hatte, der nicht per Zufall in seinem Auto gelandet war, sondern weil Gott es so gefügt hatte. Einige Männer saßen vor dem Kafenion und schwenkten gelassen ihre Komboloi. Sollte jemand misstrauisch fragen, so würde er diese Geschichte beibehalten, denn ein Komboloi war etwas wirklich Persönliches.

Er stellte den Wagen am Straßenrand ab und schlenderte zu den Sitzenden. »Ich bin Christos, und ich suche Ignatios.«

Sechs Augenpaare schauten ihn an, mehr neugierig als ablehnend. »Ignatios?«

»Ja, den Helfer auf den Feldern«, er nannte den Namen des Eigentümers und man nickte ihm wissend zu.

»Der wohnt in der zweiten Straße rechts nach dem Mini Market. Gegenüber vom *Villa Mare.* Links gegenüber in dem Haus im Erdgeschoss«, erklärten sie ihm abwechselnd. »Aber warum suchst du ihn? Er lebt wie ein Einsiedler und bekommt nie Besuch. Bist du ein Verwandter?«

Christos verneinte ordnungsgemäß und erzählte erneut die Komboloi-Geschichte, die ehrliche Freude auf die Gesichter der Alten zeichnete. Er bedankte sich, stieg ins Auto und fuhr die kurze Strecke bis zu dem beschriebenen Haus. Er spürte die Aufregung in seinen Gliedern. Gleich würde er an die Tür klopfen, und bestimmt war der Gesuchte nicht gerade begeistert und würde ihm vielleicht ebendiese Tür vor der Nase zuknallen. Er musste damit rechnen, und gleichzeitig wollte er sich weder durch solche Gedanken demotivieren oder verunsichern lassen. Er hatte seine Dienstausrüstung dabei – Marke, Waffe und Handschellen – und war bereit, ihn in Irakleio ins Präsidium zu bringen, um stolz zu präsentieren, dass er ermittlungsrelevante Untersuchungen durchführen konnte, ohne am Rockzipfel von irgendwem zu hängen.

Er parkte in einem guten Abstand. Sollte er also einen *Gefangenen* mitnehmen, musste er keinen weiten Weg zurücklegen, aber vom Haus aus war das Fahrzeug erst einmal nicht zu sehen. Er stieg aus, zog seine leichte Blousonjacke über sein kariertes Hemd, schob sich die Handschellen an die dafür vorgesehene Stelle an seinem Gürtel, sodass er diese sofort greifbar hatte, die Jacke sie aber verbarg, und war unschlüssig, ob er wirklich bewaffnet gehen sollte. Wenn er es mit einem der typischen Kleinkriminellen zu tun hatte, dann hatte dieser auf jeden Fall eine Pistole, zudem hatte der dürre Mann einen drahtigen Eindruck auf ihn gemacht, und er wollte es nicht riskieren, dass ihm dieser davonrannte. Also griff er auch nach dem Holster und streifte es über. Er hatte sich oft genug über Galavakis echauffiert, der sich unbewaffnet in die gefährlichsten Situationen stürzte. Er würde dieses Risiko nicht eingehen.

Er bewegte seine rechte Hand, denn sie durfte ihm den Dienst im Notfall nicht versagen. Er hatte sie schmerzbedingt den ganzen Tag in einer Art Schonhaltung fixiert und musste sie nun ein wenig lockern. Er hatte sich bei dieser Fahrt für sein eigenes Auto entschieden. Auch das war nicht ganz in Ordnung, doch es funktionierte wenigstens alles, und nötige Reparaturen fielen keinen Sparmaßnahmen zum Opfer, zudem konnte er es mit einem Klick auf den Schlüssel öffnen und musste es nicht aufschließen, wie es teilweise bei den Zivilfahrzeugen, die sie im Dienst nutzten, noch der Fall war.

Er ging die wenigen Schritte zu dem Haus, sah, dass es im Erdgeschoss nur eine Tür gab, straffte sich und klopfte entschlossen an. Nichts geschah. Er hatte verschiedene Szenarien in seinem Kopf durchgespielt, doch dass der Mann gar nicht zu Hause war, hatte dabei keinen Platz gehabt. Er klopfte erneut, denn so schnell würde er nicht aufgeben. Nichts geschah. Er ballte seine Hände zu Fäusten, und wieder einmal überrannte ihn die Wut, ohne dass er etwas dagegen machen konnte. Er hatte sich bereits als Held gesehen, hatte sich jede Menge von diesem Besuch versprochen, und nun sollte er die lange Strecke einfach unverrichteter Dinge wieder zurückfahren?

Er pochte mit der Faust gegen das Türblatt und fürchtete für einen Moment, dass er bereit sein würde, auch ein Loch hineinzuschlagen. Doch dann hörte er Geräusche im Inneren und versuchte, sich zu beherrschen. Zorn würde ihn nur Fehler machen lassen. Er schickte ein Stoßgebet gen Himmel und bat Gott, dieses Gefühl von ihm zu nehmen.

Und siehe da, der Herr half ihm, sich zu beherrschen. Die Tür öffnete sich, und er sah in das Gesicht seines Mitfahrers, der so erstaunt und gleichzeitig verängstigt dreinblickte, dass er erstarrt zu sein schien.

Doch dann kam Leben in ihn, und er wollte die Tür wieder zuschlagen, aber Christos hatte bereits den Fuß so platziert, dass dies unmöglich war. Er nutzte den Augenblick und sagte mit sengendem Blick: »Lass mich rein, Christo. Oder soll ich Giorgo zu dir sagen, aber vielleicht nenne ich dich auch besser Ignatio. Was ist dir am liebsten?«

Alle Gegenwehr löste sich auf, als hätte er einen Zauberspruch gesagt, und vor ihm stand ein Mensch, der zutiefst desillusioniert und resigniert war.

»Willst du mich verhaften, Papadaki?«, sagte er nun zu Christos' Verblüffung.

»Hätte ich einen Grund, das zu tun?«

Ignatios reagierte nicht. Er stand einfach dort und bewegte sich nicht. Christos wollte nicht zu siegessicher sein, denn er hatte es mehr als einmal erlebt, dass Leute so reagierten, und wollte man sie dann zu fassen bekommen, schlugen sie plötzlich Haken wie ein Hase. Er hatte gute Reflexe, aber er war definitiv zu alt, um hinter einem gut trainierten Läufer herzurennen. »Vielleicht setzen wir uns einfach und unterhalten uns ein wenig, und du erklärst mir, was du gestern wirklich dort oben im Rouvas-Wald gemacht hast. Ich weiß, dass du im Bus gesessen und dann an der Melkstelle bei den Schäfern ausgestiegen bist«, fügte er die Geschichten aufs Geratewohl zusammen.

Zu seinem Erstaunen nickte Ignatios bestätigend, trat einen kleinen Schritt zurück und ließ ihn eintreten. Sie setzten sich nicht, denn Christos fühlte sich in der winzigen Wohnung stehend wohler. Es war zwar, als würden sich zwei Westernhelden gegenüberstehen, alternde wohlgemerkt, aber er war neugierig und gespannt. Gleichzeitig riet ihm sein Instinkt zur Vorsicht. Auch wenn Ignatios kilometerweit vom Tatort entfernt gewesen war, so hatte er etwas zu verbergen. Was, wenn er hier dem Täter gegenüberstand, der kaltblütig auf Stelios geschossen und ihn dann röchelnd zurückgelassen hatte? Jemanden abzuknallen war das eine, ihn langsam sterben zu lassen das andere. Das sprach für eine besondere Kaltblütigkeit. Die Waffe hing beruhigend schwer im Holster. Er ließ niemals ein Training aus. Er konnte sie binnen Sekunden ziehen und traf sein Ziel immer. Ignatios war ganz offensichtlich unbewaffnet. Sollte er der Täter sein, hatte er die Pistole ja auch dort oben zurückgelassen, aber man durfte sich als Polizist nie zu sicher fühlen. Das hatte schon viele Kollegen Kopf und Kragen gekostet.

»Was hast du dort gemacht, und nun komm mir nicht mit *Wanderung* und *Pflanzen*. Du hast mir einen falschen Namen genannt, warum solltest du das tun, wenn du ein reines Gewissen hast?«

Christos war vollkommen perplex, als sein Gegenüber reagierte, als hätte er nur auf diese Frage gewartet. Alle Gegenwehr sank in sich zusammen, und er begann, mit monotoner Stimme, ausdruckslosem Gesicht und schlaff herabhängenden Armen seine Lebensgeschichte zu erzählen.

Er hatte einen verurteilten Kriminellen vor sich stehen, der wie beinahe jeder Mörder alle Schuld von sich wies. Doch es war nicht so, dass er vorgab, ein Engel zu sein. Er machte deutlich, dass er ein Verbrecher gewesen sei, nur der Tod der Frau, für den er verurteilt worden war, gehe eben nicht auf sein Konto. Man hatte ihn aus dem Weg haben wollen, und ihn für viele Jahre im Gefängnis unterzubringen, war genau das Richtige gewesen.

So, wie Ignatios dort stand, wirkte nichts einstudiert oder aufgesetzt. Er hatte versucht, seinen Frieden zu finden, sich auf die einfachen Dinge des Lebens konzentriert und nun nur noch die Absolution des Mannes gesucht, der damals gegen ihn ermittelt hatte.

»Ich habe nichts Böses im Sinn gehabt, als jemand im Dorf erzählte, dass Mentakis sich in der Hütte seines Großvaters eingerichtet hatte, in der mein Bekannter früher einmal zu einem Jagdausflug gewesen war. Ich habe einfach aus Neugierde gefragt, wo das denn ist, und er hat es bereitwillig beschrieben. Das war schon vor sechs Wochen oder so. Es erschien mir wie ein Fingerzeig des Schicksals. Also habe ich darüber nachgedacht, Mentakis dort aufzusuchen und ihm mit dem Abstand vieler Jahre erneut meine Geschichte zu erzählen. Es ging mir nicht um Rache. Er hat damals sauber ermittelt, er war in Ordnung, hat mich nicht verurteilen wollen, nur um eine gute Quote zu bekommen. Alle Beweise haben gegen mich gesprochen. So war das eben. Wenn man jemanden aus dem Weg haben will, ist es kein Hexenwerk, ihm etwas anzuhängen, und ich war einer von den Bösen. Das war ich. Aber ich hatte meinen Frieden gefunden.«

»Du *hattest?«*, fragte Christos hellhörig, dem die Geschichte zwar außergewöhnlich, aber doch irgendwie schlüssig erschien.

»Ja, ich hatte. Doch das ist nun vorbei, denn in meinem Kern bin ich wohl noch immer derselbe skrupellose Mistkerl wie früher. Ich rette meinen dürren Hintern und opfere dafür das Leben anderer.«

»Was meinst du damit?«, hakte Christos nach.

»Ich habe nicht abgedrückt, aber das hätte kaum einen Unterschied gemacht.«

»Vielleicht sollten wir dieses Gespräch besser auf dem Präsidium zu Ende führen.«

»Ich gehe nicht noch einmal unschuldig ins Gefängnis, nur weil jemand einen Sündenbock braucht.« Ignatios hob bei diesen Worten kurz den Kopf, und Christos sah für einen Moment die Entschlossenheit in dessen Augen aufblitzen. Er musste achtsam sein. Menschen, die in die Enge getrieben wurden, reagierten sehr selten rational nachvollziehbar. »Willst du nicht einfach weitererzählen, damit ich verstehen kann, was geschehen ist.«

»Warum kannst du mich nicht einfach in Ruhe lassen, Christo?«

»Hätte ich dich gefunden, wenn das Schicksal diese Ruhe für dich vorgesehen hätte?«

Ignatios senkte wieder den Kopf, und Christos hörte die Geschichte, die den Mann, ob er es wollte oder nicht, mit Schuld belastete.

Er selbst hatte sich schon übel gefühlt, weil er in der Nähe des Tatorts gewesen war und Stelios durch die simple Entscheidung hinaufzufahren hätte retten können, aber Ignatios hatte seinen Chef am Boden liegen sehen und beobachtet, wie das Blut aus ihm geflossen war. Es musste ganz kurz nach dem Überfall gewesen sein, denn Ignatios konnte sich nicht daran erinnern, ein Handy wahrgenommen zu haben. Doch das, was er stattdessen gesehen hatte, war viel elementarer. Er war durch seine unterlassene Hilfeleistung eine Art Täter, aber er war vor allem ein Zeuge. Christos konnte sich gerade noch abbremsen, nicht lauthals *Ja!* zu schreien, denn er würde nun maßgeblich dazu beitragen, den Fall zu lösen.

»Da waren Menschen im Wald. Ich habe sie wegrennen sehen. Es waren mindestens zwei Männer.«

Diese Beobachtung deckte sich mit dem, was die Blutexpertin, die Hyeronimos angeschleppt hatte, aus der geronnenen Flüssigkeit herausgelesen hatte: eine Zwei und den Kreis mit Pfeil nach oben.

»Kannst du sie beschreiben?«, fragte er atemlos, doch Ignatios schüttelte den Kopf. Wollte er nicht, oder konnte er nicht?

»Ich war zu sehr damit beschäftigt, unentdeckt zu bleiben. Ich wollte sie nicht sehen, um genau so etwas wie das hier zu verhindern. Verstehst du jetzt, dass mein Frieden für immer dahin ist und das hier für mich nicht gut ausgehen wird?«

»Wir werden sie einsperren, und du wirst trotz allem glimpflich davonkommen …«

»Ja klar, und dann kehre ich hier in meine Wohnung zurück, und alle tun so, als wäre nichts geschehen.« Ignatios lachte ein trockenes, völlig humorloses Lachen.

Er hatte recht. Nichts würde mehr sein wie vorher, und ganz bestimmt war das keine Zufallstat gewesen, sondern ein geplanter Mord. Man hatte Mentakis langsam krepieren lassen wollen. Niemand hätte ihn so schnell in der Einsamkeit gefunden, es kam einem Wunder gleich, dass er noch am Leben war.

»Mafia«, formte er fast tonlos mit seinen Lippen, und Ignatios zuckte hoffnungslos mit den Schultern.

»Du kommst ins Zeugenschutzprogramm«, versprach er einfach drauflos, denn er wollte die Aussage des Mannes um jeden Preis haben. Die Abteilung für Organisierte Kriminalität würde da schon Lösungen bereit haben.

»Ich habe nichts gesehen, was hilft«, wehrte Ignatios ab, und ehe Christos sichs versah, kam Leben in den Mann. Er machte einen Satz auf ihn zu, schubste ihn beiseite und war zur Tür hinaus, bevor er sich wieder aufgerappelt hatte.

Christos beeilte sich, ihm hinterherzukommen, und sah, wie er zwischen den Häusern verschwand.

So ein verdammter Mist!

100. Kapitel

Dimitris war nach seinem Schwimmausflug erst einmal zum Duschen gefahren. Er konnte das Salz auf seiner Haut doch nicht so gut ertragen. Es juckte, und er musste sich kratzen. Das wirkte bei Besprechungen eher wie Unsicherheit, also musste es weg, denn er würde sich noch mit seinem Mitstreiter beim Nachrichtendienst treffen. Stavros Giannakis war kein Sympathieträger, aber darauf kam es auch nicht an. Er hatte ihn darüber in Kenntnis gesetzt, dass auf der Waffe, die auf dem Grundstück von Mentakis gefunden worden war, die Fingerabdrücke von Michalis Serpantakis prangten. Das war so falsch, dass jeder genau wusste, dass hier etwas nicht stimmte. Niemals würde der *Boss* einen solchen Fehler begehen. Niemals. Jemand spielte hier mit gezinkten Karten, und Michalis so zu reizen, konnte nur mies enden.

Er hatte die Information für sich behalten und sie nicht mit Galavakis geteilt, konnte sich aber auch nicht sicher sein, ob dieser sie nicht ebenfalls schon besaß und nicht offengelegt hatte. Sie spielten alle ihre Spielchen. Er würde mit Giannakis nach Spuren suchen, vielleicht handelte es sich um einen Schachzug einer Organisation, die so die feindliche Übernahme plante, oder Serpantakis hatte jemanden aus seinem inneren Kreis gegen sich aufgebracht. Was daraus resultierte, war eine Art Palastrevolution. Egal, was auch immer die Ursache dafür war – sie mussten es herausfinden, um ihre nächsten Schritte zu planen.

Natürlich war Michalis ein brutaler, eiskalter Killer, aber sie kannten ihn eben auch und wussten, wer ihr Gegner war. Er war zu allem fähig und doch auf gewisse Weise einschätzbar, und mit Filomena an seiner Seite wurde viel für die Insel und die Bewohner getan. Mafiöse Strukturen aus anderen Regionen würden sich komplett anders gestalten, so viel war klar. Daher war es nie ihr Ziel gewesen, den *Boss* auszuschalten. Sie wollten ihm nur bei dem einen Riegel vorschieben, bei dem es einerseits um absolute Menschenverachtung ging und sich andererseits die kranken Tentakel überallhin erstreckten.

Er selbst war gewiss kein unbeschriebenes Blatt, und auch an seinen Händen klebte am Ende jede Menge Blut, doch es gab Grenzen, und diese waren mehr als überschritten, wenn es um Kinder ging. Sollte dieser Mafiaboss doch Drogen verkaufen, billige Tagelöhner von A nach B schleusen, Waffen und Hochwertressourcen verhökern wie andere Süßigkeiten – es war alles illegal und machte ihn reicher und andere ärmer. Oder das Geschäft basierte darauf, dass andere ärmer waren und mehr wollten: mehr Geld, mehr Einfluss, mehr Macht. Doch das, was sie in ihrer geheimen Einsatztruppe gefunden hatten, überschritt jede Grenze, und das musste aufhören.

Er war kein Idiot und sich auch vollkommen bewusst darüber, dass das Geschäft von jemand anders übernommen werden würde, doch sie wollten es von ihrer Insel entfernen, dieses Übel ausmerzen und so viele wie möglich dabei stürzen. Auch das hatte mehr als einen Beweggrund. Dimitris war ehrlich zu sich selbst, und er war es auch zu Stelios gewesen: Rollten hochrangige Köpfe, mussten diese Lücken gefüllt werden, und er konnte die Leiter vielleicht noch ein wenig hinaufsteigen. Er würde nie Präsident werden, das wollte er auch nicht, denn dieser Job wurde in den *tzakia* – also unter den reichen und mächtigen Familien – hin- und hergeschoben. Da war er außen vor. Aber das Ministerium für internationale Beziehungen war ein undankbares Amt, und er spekulierte schon lange auf das Innenministerium, um dann auch den EYP unter sich zu haben. Er hatte das Gefühl, dass Hyeronimos Galavakis die Tragweite des Falles verstand, auch wenn sie keine weiteren Worte darüber verloren hatten. Am Ende des Tages wollte er Michalis Serpantakis nicht hinter Gittern sehen. Er sollte nur ganz klein mit Hut sein und sich nicht weiterhin einbilden, er sei der Alleinherrscher hier.

Dimitris wünschte sich, dass es bald Nacht war und er sich zurückziehen konnte. Morgen würde er Konstantinos besuchen, und solange er auf der Insel war, wollte er auch ein paar Stunden mit Nicholas und seinen Enkelkindern verbringen.

Sowie er an die Kleinen dachte, zog sich sein Herz schmerzhaft zusammen und erinnerte ihn an die Aufgabe, die vor ihm lag und die er mit großem Geschick in die richtige Richtung lenken musste, denn es durfte kein falsch geleiteter Aktionismus entstehen. Vielleicht hätte er doch offener mit Galavakis reden sollen und auch Maria Chrisaki und Elonidas Spectros einweihen müssen. Sie mussten an einem Strang ziehen und sich gezielt über jeden Schritt abstimmen. Seit dem Treffen mit Michalis gestern Abend fühlte er sich verwundbar und fragte sich, ob der Mann verstand, wie wichtig sie beide für das Gleichgewicht waren und dass er sich und auch seiner Organisation keinen Gefallen damit tun würde, wenn er ihn aus dem Weg räumte.

Der getötete verdeckte Ermittler hatte die Balance gestört und Serpantakis' Aufmerksamkeit auf Dimitris gelenkt. Doch auch hier kapierte der *Boss* anscheinend nicht, worum es *wirklich* ging. Vielleicht passierte das, wenn man niemanden mehr hatte, mit dem man sich auf Augenhöhe austauschen konnte, und nur von Bücklingen und Speichelleckern umgeben war.

Nun gut. Er musste aufhören, sich mit seinen Gedanken im Kreis zu drehen. Das brachte ihn nicht voran.

Er sah frisch und passabel aus, Stavros Giannakis hatte bestimmt einiges zu berichten. Schließlich hatte der Nachrichtendienst seine Ohren überall, außerdem war der EYP-Mitarbeiter auch die aktuell einzige Person, die mit dem IT-Experten Vasilis Volakakis in Kontakt war. Vielleicht gab es Neuigkeiten oder gar einen weiteren Durchbruch zu vermelden. Sie hatten sich zum Essen verabredet und würden damit Einigkeit der Ressorts nach außen transportieren und im Anschluss die Details im abhörsicheren Besprechungsraum im EYP erörtern.

Es war Samstagabend, und er musste etwas Vernünftiges in den Magen bekommen. Sie hatten sich für das *Prima Plora* in Rethymno entschieden, auch wenn es ein Stück zu fahren war. Er hatte vorgeschlagen, nur ein Auto zu benutzen, doch Giannakis kam wohl von einer Besprechung mit dem Oberhaupt einer ebenfalls einflussreichen Familie nahe Melidoni und war damit quasi schon auf halbem Weg in die Stadt.

Das Restaurant lag am Stadtrand, direkt am Meer und bot einen wundervollen Blick auf das Fortezza und das Wasser. Das Essen war köstlich, die Gerichte eine Mischung aus Moderne und Tradition. Sein Magen knurrte fordernd, und er nahm sein Tablet zur Hand, um sich etwas abzulenken.

Er tippte den FaceTime-Button und hoffte auf ein kurzes Gespräch mit seinen Enkelkindern. Seine Schwiegertochter nahm den Anruf an, und er alberte ein wenig mit den beiden Kleinen herum, die sich wie junge Katzen balgten. Er versprach seinen Besuch für den kommenden Tag, und sein Sohn erklärte ihm kurz, wann sie von ihrem geplanten sonntäglichen Ausflug zurück sein würden. »Es sei denn, du willst mit uns kommen, Papa«, sagte der erfolgreiche Arzt etwas wehmütig, doch er musste seinen Sohn wie schon so oft enttäuschen. »Ich komme lieber in Ruhe zu euch nach Hause. Wie du dir sicher vorstellen kannst, ist es gerade anstrengend bei mir.«

Aber war es das nicht immer? Doch Nicholas war verständnisvoller als seine Mutter, Dimitris' Ex-Frau. Er hatte selbst einen verantwortungsvollen Beruf und wusste nur zu gut, dass das eben oft im Vordergrund stand. »Ich sage dir Bescheid, Papa.«

Sie verabschiedeten sich, und Dimitris empfand die danach im Wagen stehende Stille als beinahe ohrenbetäubend.

Er beschloss, ein wenig zu ruhen. Das Schwimmen hatte ihn müde gemacht, und das Gedankenkarussell raubte ihm ebenfalls jede Menge Energie. Mehr als einmal hatte er in den vergangenen Jahren ihren Plan verflucht, doch nach einem unglaublich zähen Start hatte das Projekt dann begonnen, Fahrt aufzunehmen. Er hatte in Athen sitzend sicher am wenigsten riskiert. Stelios hatte am Ende nicht nur seine Ehe, sondern, wenn alles schiefging, auch noch sein Leben geopfert. Der V-Mann war tot. Dies war kein besonders guter Schnitt für eine Ermittlung dieser Art, das musste er schweren Herzens zugeben. Doch bisher hatte er noch nirgendwo Rechenschaft für die Quote ablegen müssen, und jeder von ihnen war freiwillig im Boot.

Ein riesiger Pick-up mit verdunkelten Scheiben und Monsterrädern schoss an ihnen vorbei und kam so nah, dass ihm für einen Moment der Atem stockte, und er versucht war, in Deckung zu gehen. Doch das Auto raste weiter und überholte jede Menge weiterer Wagen vor ihnen auf dieselbe Weise. Er atmete aus, denn er hatte spontan die Luft angehalten. Er hatte Angst. Das musste er sich ehrlicherweise eingestehen. Was für ein riesiger Haufen stinkenden Drecks!

101. Kapitel

Das Gespräch mit der Frau, die Vorbild und Idol für so viele Menschen rund um den Globus war, war gut gelaufen, und trotz der emotionalen Taubheit, die Eleni umgab, war sie sich sicher, gut gewirkt und *die Spur Zerbrochenheit gepaart mit unbeugsamer innerer Stärke* – das war das Briefing gewesen, mit dem sie in das Gespräch gegangen war – gut rübergebracht zu haben. Im Anschluss hatte ihr Manager sie in ihr Zimmer gebracht, sie ernst angeschaut und gesagt: »Das ist gerade noch mal gut gegangen – also für dich! Aber was auf deiner Insel los ist, kann ich nicht sagen. Ich hoffe, ich kann mich darauf verlassen, dass du dich ab jetzt an die Vereinbarungen hältst und Alleingänge unterlässt.«

Dann war er gegangen und hatte sie wie ein gescholtenes Kind zurückgelassen.

Der Alkohol der letzten Nacht tauchte wieder in ihrem Verstand auf. Sie hatte sich leicht und fröhlich gefühlt, und nichts war kompliziert gewesen. Vielleicht würde ihr ein Glas Wein oder so helfen einzuschlafen. Sie tippte erneut Penelopes Nummer, ihr Handy zeigte ihr den sechzehnten Versuch an, sie zu erreichen, doch auch diesmal landete sie nur auf der Mailbox. Wütend stampfte sie auf und ging zur Minibar, riss die Tür auf und beugte sich zu den Flaschen hinab. Obwohl auf der Getränkeliste diverse Spirituosen aufgeführt waren, befanden sich nur Säfte und Limonaden in dem kleinen Kühlschrank. Was sollte der Mist? Sie griff zum Telefon, wählte die Nummer des Zimmerservice und bestellte sich ein Clubsandwich mit Pommes und eine Flasche Prosecco.

Eine kurze Pause entstand, und sie hatte das Gefühl, jemand hielte die Sprechmuschel zu, während etwas geredet wurde, was sie eben deshalb nicht verstehen konnte. Dann meldete sich die leicht peinlich berührte Stimme des Mannes am anderen Ende zurück: »Es tut mir sehr leid, Miss Pentulaki, aber wir wurden angewiesen, keinen Alkohol an Sie auszuhändigen.« Er holte hörbar Luft und fuhr fort: »Das war toll bei Oprah. Wir mögen die Show alle sehr.«

Eleni wollte ihn anschreien und sich beschweren, dass man sie wie ein Kind behandelte, doch sein Lob nahm ihr allen Wind aus den Segeln, und sie beließ die Bestellung bei dem Essen. So war es also, wenn man sich selbst in eine Ecke ohne Ausweg manövriert hatte.

Sie sank auf das Sofa und überlegte, was ihr Manager wohl machen würde, wenn sie nun einfach das Zimmer und das Hotel verließ, um sich unten in den Straßen in die erstbeste Bar zu setzen. Sie lauschte in sich hinein – erstaunt über so viel Gegenwehr. Das hier war doch ihr Traum, und den wollte sie einfach wegwerfen für etwas hirnlosen Spaß. Wo waren ihre Ziele geblieben? Wollte sie sich stattdessen in die Reihe der Stars und Sternchen, die sich vor allem über ihre Skandale zu definieren schienen, einordnen. Was war nur mit ihr los? Es war nicht gut, allein zu sein. Niemand war da, der sie hielt, wenn sie traurig war, oder Zweifel an all dem hier hatte, und nun hatte sie dem Menschen, den sie am meisten brauchte, Schmerz zugefügt. Gleichzeitig war es aber auch nicht in Ordnung, dass Penelope sie nun vollkommen ignorierte. Es musste doch etwas geben, was sie tun konnte. Sie hatte der Pathologin geschadet und auch das Vertrauen von Hyeronimos erneut auf die Probe gestellt. Vielleicht sollte sie versuchen, mit ihm zu reden. Er war anders und reagierte weniger emotional. Na ja, kein Wunder, es ging ja auch nicht um *seine* Reputation, *sein* Leben, *seine* Zukunft.

Erneut tippte sie Penelopes Nummer … Wieder die Mailbox. Frustriert warf sie das Handy auf den Tisch, griff zur Fernbedienung und versuchte, sich abzulenken, indem sie eine alberne alte Sitcom anschaute, in der eine auffällige Nanny den Haushalt eines erfolgreichen verwitweten Produzenten auf den Kopf stellte. Bis das Sandwich gebracht wurde, hatte sie sogar zweimal gelacht, denn der Butler und die Nanny führten wirklich witzige Dialoge. Sie öffnete die Tür und sah erstaunt, dass ihr Manager das Tablett balancierte, auf dem sich zwei Teller befanden. »Ich dachte, allein zu essen, ist nicht so toll, also essen wir gemeinsam, und das mit dem Alk – sei mir nicht böse – ist keine gute Idee, und das weißt du auch …«

Sie nickte verdattert und machte ihm Platz. Er hatte recht: Es war angenehmer, in Gesellschaft zu essen, und sich zu betrinken, machte das Geschehene nicht wett und sorgte wahrscheinlich nur für den nächsten Eklat. Penelope wollte nicht mit ihr reden, und Hyeronimos konnte sie auch später noch anrufen, denn wenn es bei ihr Nacht war, startete der Kommissar auf Kreta in den Tag.

Es kam ihr so vor, als wäre eine halbe Ewigkeit vergangen, seitdem sie mit Penelope während deren Morgenkaffee telefoniert hatte und quasi Zeugin von dem geworden war, was dem armen Stelios Mentakis zugestoßen war. Wie hatte sie nur vergessen können, dass der Mann schwer verletzt war und vielleicht sterben würde?

Eine kalte Hand griff nach ihrer Kehle, und sie hätte am liebsten das Sandwich in den Müll geworfen, doch stattdessen setzte sie sich auf das Sofa, nahm die Fernbedienung in die Hand, um die Sendung lauter zu schalten, und biss in das Sandwich. Sie musste unbedingt etwas finden, um wiedergutzumachen, was geschehen war. Sie wollte Penelope nicht verlieren, und sie musste die Entscheidung treffen, ob sie diesen ganzen Modelkram in ihrem Leben haben wollte oder sich besser nur auf die inhaltliche Komponente fokussieren sollte, denn das war doch die eigentliche Botschaft und nicht wohltrainiert in eine Kamera zu lächeln.

»Jetzt nicht, Eleni«, sagte der Mann neben ihr auf dem Sofa, als könnte er ihre Gedanken lesen, »für heute hatten wir doch wirklich genug Aufregung.« Er legte ihr kurz die Hand auf den Oberschenkel, und sie fühlte sich unbehaglich. Auch wenn er sie managte und auf sie achtgab, so war es am Ende doch sie, die ihn bezahlte, und nicht umgekehrt.

»Ich möchte doch lieber allein sein«, sagte sie und wies auf die Tür. Würde er ihr dumm kommen oder sich als ein ganz typischer Vertreter seiner Rasse entpuppen und versuchen, ihre Verwirrung auszunutzen. Oder würde er sich auf seine professionelle Rolle besinnen? Sie machte sich auf alles gefasst und spürte, wie sich die gesamte Frustration in ihrem Körper zusammenballte und sie nur darauf zu warten schien, ihm eine reinhauen zu können.

Doch er blieb der professionelle Typ, der es wohl wirklich nur gut mit ihr meinte. Er packte sein Tablett, lachte noch über eine Szene in der Sitcom, schaute sie dann mitleidig an und sagte: »Wenn du mich brauchst, ruf mich an.« Die Tür war beinahe schon hinter ihm ins Schloss gefallen, als er sich noch einmal umdrehte und mit ernster Miene sagte: »Egal, was du nun entscheidest, mach nicht alles kaputt, was du dir aufgebaut hast. Deine Botschaften sind gut und wichtig ...«

Dann war er weg, und sie griff erneut zum Handy. »Bitte«, flehte sie flüsternd, »bitte, geh dran!«

102. Kapitel

Da war die dumpfe Dunkelheit, in die sich ein winziger Lichtkeil zwängte. Ein hageres Gesicht mit weit aufgerissenen dunklen Augen. War das Angst oder nur Erstaunen? Oder Hilflosigkeit? Vielleicht auch eine Mischung aus allem.

Das Gesicht löste sich auf wie sich verflüchtigender Rauch und machte dem Schmerz Platz. Das Schlucken schien schier unmöglich zu sein, alles tat weh. Alles tat weh? Warum nur?

Schmerz. Da war plötzlich Schmerz, der die komplette Taubheit zu durchdringen schien und sich ausbreitete wie ein Feuer im Wind. War der Schmerz gut oder schlecht? Bilder flimmerten vorbei, waren nicht greifbar. Flüchtig, grotesk verzerrte Glieder, offene Münder, die Schreie formten, und immer wieder Augen. Überall waren Augen. Sie verfolgten ihn. Auch wenn er zu wissen glaubte, dass sie nicht ihn meinten, so füllten sie die Dunkelheit, und überall bewegten sich Pupillen umgeben vom Weiß der Sklera. Vielleicht klagten sie ihn doch an, denn da lag etwas in ihnen, dem man sich nicht entziehen konnte. Was sollte er tun?

Er wollte sich bewegen, wollte alles, was möglich war, versprechen, damit sie ihn nicht mehr verfolgten, doch nichts geschah. Er war körperlos, doch wie war es dann möglich, Schmerzen zu spüren? Jemand musste ihm helfen, jemand musste die Augen verscheuchen und die Pein vertreiben. Er wollte rufen, doch was, wenn das die Augen nur noch intensiver nach ihm schauen lassen würde? War da überhaupt jemand, den er auf sich aufmerksam machen konnte? Gesichter erschienen hinter den Augen und verflüchtigten sich wieder. Er hörte nichts. Es war still wie in einem Grab, doch die Stille war nicht um ihn herum, sie schien in ihm zu sein.

Der Schmerz stach zu wie ein spitzer Dolch, und alles in ihm und an ihm schien in Flammen zu stehen. Wie war das möglich, in vollkommener Dunkelheit und Stille, ohne atmen zu können? Existent zu sein und erfüllt von diesen spürbaren Qualen trotzdem wesenlos im Nichts zu trudeln? War das die letzte Station? Verweilte man hier und büßte für alle Taten?

Der Keil des gleißenden Lichts trat wieder ein und schob die Düsternis beiseite, und mit dem Licht kamen die Stimmen, kamen die Geräusche. Sie fielen über ihn her wie Plagegeister, packten ihn und zerrten an ihm wie hungrige Mäuler an einem Bissen Fleisch. Die Stücke, die sie herausrissen, hinterließen weitere Stellen, an denen das Leiden sich einnistete. Er wollte schreien und um Gnade flehen, denn daran erinnerte er sich: Schreie – wimmernde Stimmen, die um Gnade flehten. Doch sie wurde niemals wirklich gewährt, sie war nur ein Aufschub. Doch auch ein Aufschub war ihm recht. Seine raue Kehle war stumm. Der Lärm kam näher und schlug auf ihn ein, piepend, brüllend und unnachgiebig.

»Stelio! Stelio! STELIO!« Jemand skandierte diesen Namen, der einen Widerhall in ihm erzeugte.

War er das? Stelio? Er wollte sich die Ohren zuhalten, doch er hatte keine Hände. Erinnerungsfetzen kamen wie Blätter im Wind angeflogen, und er versuchte, sie zu erhaschen, ohne zugreifen zu können.

»Stelio! Können Sie die Augen öffnen? Er zeigt Reflexe. Er ist wach. Stelio!«

Immer wieder wurde er gerufen.

Er wollte dem Ruf Folge leisten, wusste aber nicht, wie er etwas öffnen sollte, was nicht da war. Plötzlich löste sich das Dunkel auf, und er schwebte nicht mehr körperlos umher. Er lag und spürte es auch irgendwie, und dann gelang es ihm, ein Gesicht zu sehen: Ein Mann blickte auf ihn hinab.

103. Kapitel

Hyeronimos hatte seine Notizen auf dem Schoß liegen, während er seinen Blick über den Horizont schweifen ließ. War er einfach zu fokussiert darauf, tatverdächtige Personen nur in einem kleinen Kreis ausfindig zu machen? Stelios war schon so lange Polizist und hatte sich gewiss jede Menge Feinde gemacht, auch wenn er immer integer gewesen war und es keine Skandale gegeben hatte, in die er verwickelt gewesen war – zumindest keine, die ans Tageslicht gekommen waren. Konnte es nicht möglich sein, dass sich jemand die Situation zunutze gemacht hatte: Eine einsame Hütte, weit und breit keine anderen Menschen ... Gleichzeitig musste er sich dann aber auch die Frage stellen, wer alles davon gewusst hatte. Nun gut, Kreta war ein großes Dorf, und es wurde viel geredet. Stelios hatte sich irgendwie versorgen müssen, denn Jagen und Sammeln machten höchstwahrscheinlich nicht auf Dauer satt. Wenn er hin und wieder im nächsten Dorf aufgetaucht war, um seine Vorräte aufzufüllen, dann sprach es sich rum, dass der Chef der Mordkommission einsam in den Bergen hauste – und von einem Dorf trug sich die Botschaft mit jedem Kontakt zu Bewohnern aus der Umgebung weiter. Damit hatte sich die Frage bereits beantwortet, wer alles davon wissen konnte, dass Mentakis in der Familienhütte zur Ruhe zu kommen versuchte: alle interessierten Einwohner der Insel! Doch nicht alle rund 630.000 Menschen hatten ein Interesse daran, ihn tot oder am Boden zu sehen, und nur wenige wussten von seinem ganz persönlichen Problem, im Notfall keine rettende Blutspende erhalten zu können. Er war damit nicht hausieren gegangen und hatte sich kein Schild um den Hals gehängt, auf dem in dicken Lettern *Ich habe goldenes Blut* prangte.

Vielleicht war ein Häftling, den Stelios hinter Gitter gebracht hatte, vor nicht allzu langer Zeit entlassen worden, und dieser hatte die Chance beim Schopfe gepackt, um sich zu rächen. Es war nicht vollkommen unmöglich, denn eine lange Gefängnisstrafe sorgte bei manchen Menschen für ausreichend Groll.

Ein leichter Wind kam durch sein geöffnetes Fenster und trug die salzige Luft des Meeres zu ihm. Er nahm einen tiefen Atemzug. Nicht mehr lange, dann ging die Sonne unter, färbte das Meer rötlich lila und hinterließ den Eindruck, als würde sie darin versinken. Stelios Ex-Frau kam in wenigen Minuten, und er war noch nicht so weit zu erfragen, was sie wusste und ob vielleicht sie ... Nein, das war absurd. Doch war es wirklich so abwegig? Vielleicht hatte die clevere Anwältin nur auf den richtigen Augenblick gewartet.

Er rief alle seine Gedanken zurück, denn es gab die Tatwaffe, auf der sich die Fingerabdrücke von Michalis Serpantakis befanden. Wer hatte die Möglichkeit, an ein solches Stück zu kommen – doch nur jemand aus dessen engem Umfeld. Wäre Filomena dazu in der Lage, sich an ihrem Bruder auf diese Art zu rächen? Ihn vollkommen vernichten zu wollen, indem sie ihm das Attentat auf Stelios anzuhängen versuchte? Ihr Gesicht hatte weder Erschrecken noch Überraschung gezeigt, nur eiserne Beherrschung. War das schon Beweis genug? Niemand war so naiv zu glauben, dass sich der *Boss* dort oben in der Hütte selbst die Finger schmutzig gemacht und dann die Waffe als Wegweiser zu sich quasi neben dem Sterbenden liegen gelassen hatte. Wenn man jedoch in einem anderen Zusammenhang Zugriff auf ein solches Beweisstück bekommen hatte ... Wie würde der Mann also reagieren, wenn er von der platzierten Pistole – die ganz eindeutig die Tatwaffe war – erfuhr. Eventuell wusste er es schon. Hyeronimos war sich vollkommen sicher, dass Serpantakis überall jemanden hatte, dem er einen Gefallen tat und der ihm dann im Gegenzug einen schuldete oder den er schlicht für Informationen bezahlte. Wem konnte man also trauen, sollte man mehr über die Abdrücke wissen wollen, ohne dass der *Boss* sofort dieselben Informationen zur Verfügung hatte?

Da kam eigentlich nur Penelope infrage, denn durch ihre forensische Qualifikation konnte sie vorhandene Fakten prüfen und bewerten. Doch allein die Tatsache, dass sie die Waffe anforderte, würde schon das Rampenlicht auf sie richten. Er musste mit ihr sprechen, bevor Kostoula da war. Ein schneller Blick auf die Uhr zeigte ihm, dass Kostoula sicher in Kürze auftauchen würde. Sie hatte ihm klar verdeutlicht, dass sie ihm nur wenig Zeit zur Verfügung stellen würde, die er klug nutzen musste.

Rasch tippte er auf Penelopes Kontakt.

»Hyeronimo, ist alles in Ordnung bei dir?«

Sie hörte sich an, als hätte sie eine verstopfte Nase. Ob sie geweint hatte? Sollte er als guter Freund danach fragen oder sich aktuell auf seine Rolle als distanzierter Ermittler konzentrieren? Erstaunt stellte er fest, dass das gar nicht so leicht war, das passende Verhalten auszuwählen, wenn man sich einmal auf das Beziehungsglatteis begeben hatte. Er räusperte sich und sagte: »Ich versuche gerade, meine Gedanken über all das zu sortieren, was ich bisher weiß, und ich habe da einige Knoten im Kopf.«

Geistesgegenwärtig griff er nach dem Rauschgenerator und schaltete ihn ein. Seit dem Frühsommer war er wirklich paranoid, was das anging, auch wenn man ihm hoch und heilig versichert hatte, er müsse sich keine Gedanken darüber machen, dass es gängige Praxis des EYP sei, Polizisten abzuhören.

»Wie kann ich helfen?«, fragte sie.

»Kommst du irgendwie ungehindert an die Tatwaffe? Du hast mir mal von einer Versuchsreihe in den USA erzählt, bei der es um die Feststellung gegangen war, wie alt Fingerabdrücke sind.«

»Serpantakis' Abdrücke darauf sind lächerlich, und das wissen wir alle, aber juristisch betrachtet ist es die Pistole, mit der der Schuss abgegeben wurde, und er hat sie in seinen Händen gehalten … Ergo, er ist der Täter«, stellte sie trocken fest.

»Als würde er es zulassen, dass wir in sein schickes Büro spazieren und ihn dann mit silbernem Armschmuck an den Handgelenken dort hinausführen.«

»Sehr unwahrscheinlich«, bestätigte sie.

»Mich würde interessieren, ob die Abdrücke alt sind und ob man eventuell sogar sagen kann, wie alt. Auch wenn es ein langer Zeitraum nicht wirklich leichter macht, einzugrenzen, wer ihn hier gern ans Messer liefern möchte.«

»Es hat was mit den Lipidwerten und dem Triglycerid-Abbau zu tun. Fette in den Abdrücken verändern sich im Laufe der Zeit. Man kann das mit einem Massenspektrometer bestimmen, allerdings müsste ich mich da noch tiefer einlesen. Aber inwieweit hilft das für die Aufklärung der Tat?«

Ihre Frage war durchaus berechtigt.

»Wenn sie sehr alt sind, besteht die Möglichkeit, dass jemand schon lange geplant hat, Serpantakis an den Karren zu fahren, und Stelios ist nur ein Bauernopfer. Dann hat es vielleicht überhaupt nichts mit dem zu tun, was wir bei ihm gefunden haben …« Er wusste, dass sich das alles nach einer weit hergeholten Theorie anhörte, aber es war eben nicht vollkommen unmöglich.

»Ich bin wirklich für jede Ablenkung dankbar, denn das hier halten wir alle nicht mehr lange durch. Ich befürchte, wir schlagen für heute Nacht irgendwo alle gemeinsam ein Camp auf, denn mit alldem in unserem Kopf …« Sie schluckte, und ein trockenes Schluchzen entfloh ihrer Kehle.

Er kam sich wieder egoistisch vor: Er saß hier in seinem Auto am Meer, schwamm, würde gleich etwas essen, hatte seine geliebte Großmutter gesehen und führte nur ein paar Gespräche, während die Menschen, die ihm ganz offensichtlich am nächsten standen, unvorstellbarem Grauen ausgeliefert waren. »Es tut mir so leid, Pen«, sagte er, »ich habe nur eine dumpfe Vorstellung von dem, was ihr gerade durchmacht, aber ich brauche dich. Du bist die Beste, und was ich in deinen Händen weiß, ist nicht weit davon entfernt, enttarnt zu werden.«

»Ich sortiere mich, Hyeronimo. Das ist kompliziert, auch weil ich gerade bewusst versuche, mein Privatleben außen vor zu halten. Eleni hat mich schon mehr als ein Dutzend Mal zu erreichen versucht. Ich … Dafür habe ich gerade keine Kraft, das muss warten. Verstehst du?«

»Ich verstehe dich sehr gut. Soll ich mal mit ihr reden? Du hast mir bei Kassia geholfen, obwohl du sie nicht kanntest. Ich kenne Eleni.«

»Bitte«, sagte sie, und er konnte die Erleichterung in ihrer Stimme hören, »bitte, ruf sie an. Sag ihr, dass ich Zeit brauche, nicht nur wegen des Falls, sondern auch, um mit mir selbst klarzukommen. Machst du das für mich?«

»Selbstverständlich. Ich kümmere mich sofort nach meinem Gespräch mit Kostoula darum. Kannst du dir die Waffe besorgen und herauszufinden versuchen, ob die Abdrücke älter als ein paar Tage sind – und falls möglich, einen Zeitraum bestimmen, um *wie viel* älter? Ich muss auch noch ganz kurz mit Maria sprechen. Wir konzentrieren uns vielleicht zu sehr auf die Dateien.« Er sah einen Wagen in den Weg zum Restaurant einbiegen und beeilte sich, ebenfalls rasch dort zu sein. »Sie ist da. Mist! Maria soll anordnen, dass überprüft wird, ob in den letzten Monaten – bis zu einem Jahr – jemand freigekommen ist, den Stelios überführt hat. Am besten wäre es, Zacharis macht das. Da ist es in guten Händen, und ihr könnt wirklich alle eine Pause brauchen. Ich muss los. Wir halten uns auf dem Laufenden.« Er wollte gerade auflegen, als ein Tumult in Penelopes Hintergrund entstand. »Warte kurz, Hyeronimo, Maria hat einen Anruf aus dem Krankenhaus bekommen. Stelios hat die Augen aufgemacht, und sein Blick folgt dem Licht. Das ist ein gutes Zeichen. Aber er wird noch immer beatmet, sie wollen noch etwas warten.«

»Ich wünsche mir von ganzem Herzen, dass er überlebt und dass wir aufklären können, was wirklich passiert ist. Bis später!« Er beendete das Gespräch, schob das Heft ins Handschuhfach, das er sorgfältig verschloss, und stieg aus.

Kostoula verließ ihren Wagen zeitgleich mit ihm. Ihr Gesicht war blass und wirkte wie versteinert. Sie war eine schöne Frau, daran bestand kein Zweifel. Er versuchte, ihre Aura zu erspähen, und nahm erstaunt das schillernde Grün wahr, das einem hochkarätigen Smaragd glich. Wie Lichteinschlüsse in einem Edelstein gab es Farbsprenkel darin, die einem Regenbogen ähnlich waren, auch wenn das satte Grün die Oberhand behielt. Wie hatte sie, obwohl ihre Aura die Geschichte einer Person erzählte, der Fürsorge, Nähe, Mitgefühl, Partnerschaft und Verbindung zu spüren so wichtig war, die Vollmacht auflösen und Stelios so einem ungewissen Schicksal überlassen können? Aus seiner Sicht gab es mittlerweile nur eine Erklärung dafür: Sie wusste von den Dateien und hatte Grund zu der Annahme, dass der Mann, den sie einst geliebt hatte, ein kranker Perverser war. Warum sie ihn nicht hatte auffliegen lassen, war eine interessante Frage und fachte seine Neugierde an. Doch nun musste er seine Annahmen vorerst auf Eis legen, um auch wirklich die richtigen Fragen zu stellen.

Er ging zu ihr hin, und sie nickten einander zu wie Boxer, die ihren Gegner vor einem Kampf abschätzen.

Er wies mit der Hand auf einen kleinen Tisch unter Bäumen mit direktem Blick auf das Meer. Sie setzten sich, und eine junge Frau kam mit zwei Speisekarten unter dem Arm zu ihnen. Kostoula winkte ab und sagte: »Ich trinke nur ein Wässerchen.«

Er war erstaunt, die Verkleinerungsform aus ihrem Mund zu hören, auch wenn das völlig normal bei Bestellungen war, doch es passte nicht zu der kühlen, beherrschten Fassade.

Er zog die Karte an sich heran und entschied sich rasch für die gegrillte frische Dorade, und zur Vorspeise wählte er die bereits im Telefonat angekündigten Dolmadakia. Er bestellte sich ein alkoholfreies Bier und Wasser. Er hatte Durst und brauchte etwas Kühles, Erfrischendes, und gleichzeitig mussten seine Sinne wachsam bleiben.

»Sie lassen es sich gut gehen bei Ihren Ermittlungen, Herr Kommissar«, bemerkte sie spitz.

Er ging nicht darauf ein. Er musste sich für seine Mahlzeit nicht rechtfertigen, denn Essen hielt Leib und Seele zusammen, aber gleichzeitig hatte er sich erst vor wenigen Minuten für den Rahmen, in dem er heute seine Befragungen durchführte, selbst schon kurz verurteilt. Er brauchte ihr Urteil folglich nicht. »Sie haben wenig Zeit«, startete er in die Befragung, »lassen Sie uns daher gleich loslegen, ich möchte Ihre Geduld nicht über Gebühr strapazieren. Warum hassen Sie Stelios so?« Er hatte sich unterschiedliche Gedanken zu dem Einstieg in das Gespräch gemacht, hatte erst langsam vorfühlen wollen, damit sie nicht einfach aufspringen und gehen würde, denn sie war ja freiwillig hier und nicht, weil er sie vorgeladen hatte. Doch nun riet ihm sein Instinkt, mit der Tür ins Haus zu fallen. Auch wenn sich rote Lichter in ihrer Aura befanden, so war ihre Persönlichkeit auf Harmonie und Geborgenheit ausgerichtet. Hass passte nicht dazu. Hass war rot wie die Glut eines alles verzehrenden Feuers.

Ein Ruck ging durch ihren Körper, und er konnte sehen, dass sie hart schluckte. Er platzierte den Rauschgenerator auf dem Tisch, das Teil wirkte wie ein Bluetooth-Lautsprecher, und sie schaute ihn an, als hätte er den Verstand verloren. »Damit unser Gespräch auch wirklich unter uns bleibt«, erklärte er und machte eine Bewegung mit der Hand, als wollte er Rauch wegwedeln.

»Hass ist nicht das richtige Wort. Es ist eine Mischung aus Verachtung, Abscheu, Ekel, Enttäuschung und Wut. Aber ... wenn ich mir gerade selbst so zuhöre, dann wäre Hass einfacher.« Ihre Stimme blieb klirrend kalt bei dieser Aufzählung.

»Ich möchte Sie bitten, mir zu erzählen, was Sie wissen. Ungeschönt und ehrlich, denn nur dann habe ich eine Chance, das alles einzusortieren«, bat er ruhig.

»Sie wollen wissen, warum ich ihn nicht *retten* möchte ...« – bei »retten« hob sie die Hände und setzte das Wort in Anführungszeichen –, »und das ist ganz einfach: Für mich ist Stelios Mentakis bereits gestorben!«

Er schwieg und schaute sie nur an. Es war an ihr, mehr zu erzählen, und es musste freiwillig passieren.

104. Kapitel

Maria spürte den starken Drang in sich, einfach nach Hause zu gehen. In einer Stunde war die Pressekonferenz angesetzt, und sie hatten nichts, was sie nach draußen kommunizieren konnten. Alles, womit sie sich aktuell beschäftigten, war für niemandes Ohren bestimmt. Sie konnten nicht über das Material reden, das sie bei einem hochrangigen Polizisten gefunden hatten. Sie hatten nur vage Vermutungen, was in der Hütte geschehen war. Dass auf der ganz in der Nähe gefundenen Tatwaffe die Fingerabdrücke von Michalis Serpantakis erkennungsdienstlich sichergestellt worden waren, durften sie schon dreimal nicht sagen, denn dann würde Krieg ausbrechen zwischen Polizei und Mafia. Es gab also so ziemlich gar nichts. Vielleicht konnten sie die Theorie der Blut-Expertin etwas ausschlachten, dass es um mindestens zwei Männer ging, und sie hoffte, dass Zacharis tatsächlich noch ein paar Namen ausgraben konnte, die eventuell genug Potenzial beinhalteten, um diesen Weg als richtungsweisend zu kommunizieren: Sie suchten an allen Ecken und Enden nach dem oder den Tätern. Je mehr sie darüber nachdachte, umso mehr wurde ihr bewusst, wie lächerlich das klang. Ihr wurde auch klar, dass sie aktuell zu viel Energie darauf verwendeten, in dem Material Hinweise auf den illustren Täterkreis zu bekommen, um den es nach Dimitris Stefanakis' Aussage Hyeronimos gegenüber ging. Es war unbedingt notwendig, dem Einhalt zu gebieten und diese perversen Arschlöcher richtig auffliegen zu lassen, doch in Bezug auf das Attentat auf Stelios brachte sie das gerade nicht weiter, und dazu erwartete die Presse Informationen von ihnen. Doch ihnen fehlten sachdienliche Hinweise. Auch aus der Bevölkerung war nichts gekommen, was sie voranbrachte.

Sie stapfte über den Flur und spürte, dass es nicht der richtige Zeitpunkt war, Christos mit Aufgaben zu betrauen, denn sie war einfach nur geladen. Würde sie nun in sein Büro gehen und er auch nur mit einer Wimper zucken, war es vorprogrammiert, dass sie ausflippte. Diese Genugtuung wollte sie ihm nicht geben.

Sie musste sich beruhigen und vor der Presse die genau richtige Kombination aus Gelassenheit, Empörung und Aktionismus zeigen, die die Abteilung zu einer absolut vertrauenswürdigen Truppe machte. Waren sie nicht einmal dazu in der Lage, eine Tat gegen einen der ihren aufzuklären? Was für ein Scheißjob. Sie wusste nicht mehr, warum sie so scharf auf das bisschen Anerkennung gewesen war, das ihr die Position gab. Der Eiertanz, den sie heute Abend aufführen musste, war es jedenfalls nicht wert. Sie hatte sich mit Spectros kurz abgestimmt, und gemeinsam waren sie zu dem Schluss gekommen, dass der Suchzeitraum der Entlassungen achtzehn bis vierundzwanzig Monate zurückliegen dürfte, denn schließlich musste man ja nach dem Gefängnis draußen auch erst einmal wieder Fuß fassen.

Es war kaum zu glauben, dass sich das ganze Leben innerhalb weniger Stunden so massiv verändern konnte. Sie hatte jedes Mal milde gelächelt, wenn Menschen über einschneidende Ereignisse dieser Art berichteten, und im Stillen gedacht, dass diese sich doch etwas »anstellten« und wohl gehörig übertrieben. Doch nun wusste sie, wie es war, wenn man vollkommen aus seiner Umlaufbahn katapultiert wurde und nie mehr an den Zeitpunkt kurz vor dem Geschehen zurückkehren konnte. Sie hatte bereits ernsthaft darüber nachgedacht, sich krankzumelden oder mehr als ein oder zwei Gläschen Tsikoudia zu trinken. Ersteres war ihr dann feige erschienen und Zweiteres nicht zielführend. Zudem hatten Spectros und sie den Job zusammen angenommen, und ihn nun mit diesem Dreck allein zu lassen, würde einfach ein falsches Zeichen setzen und hinter vorgehaltener Hand dazu führen, dass man lästernd verdeutlichte, dass Frauen in verantwortungsvollen Positionen eben fehl am Platz waren. Sie hatten Zacharis abgeordnet, um nach den Entlassungen zu suchen, und Penelope war auf dem Weg in ihr Institut. Elonidas hatte sich nur schwer davon überzeugen lassen, eine Pause einzulegen, doch auch er war vollkommen am Ende, obwohl er als Spezialist für Cyberkriminalität wohl schon so einiges gesehen hatte. Sie hatte ihn zum Psychologen gescheucht, damit auch er vor der Presse eine gute Nummer abgab. Sie brauchte Ruhe und wusste aktuell nicht, wo sie diese finden konnte. Ihr Büro war okkupiert, die Verhörräume hatten Augen und Ohren, und auf der Toilette zu sitzen kam ihr albern vor.

Wie von selbst steuerten ihre Schritte auf das kleine Büro von Zacharis zu. Sie hatte ihn immer sonderbar gefunden, aber auch nicht sonderbarer als den Rest von ihnen. Er war keine Schönheit – doch sie suchte ja auch niemandem zum Heiraten. Sein Sprachfehler machte ihn zu einem stilleren Mitmenschen, und das war genau das, was sie gerade benötigte, und vielleicht war es auch besser, nicht auf sich gestellt zu sein.

Er hob den Kopf, und sie konnte in seinem Blick sehen, dass er aufgewühlt war. »Ich setze mich einfach nur hier hin, Zachari. Ist das in Ordnung für dich?« Sie zeigte auf den Stuhl, auf dem sie vor nicht allzu langer Zeit gesessen hatte, während er mithilfe des deutschen Hackers auf diesen widerlichen USB-Stick zugegriffen hatte. Sie hatten sich in ein unlösbares Dilemma gebracht, denn was auch immer sie nun taten, es würde unglaublich viel Schmutz aufwühlen und dafür sorgen, dass weitere Menschen starben. Penelope war sich zumindest bei zwei Kindern sicher gewesen, dass diese nicht überlebt hatten, was man ihnen antat. Zu mehr war sie nicht bereit gewesen ohne validere Daten. Maria fragte sich, was sie sich eigentlich davon versprachen, das Material durchzuschauen – gingen sie wirklich davon aus, Hinweise zu finden, die sie zu den Unterschlupfen der Verbrecher führten oder gar zu den Kindern? War es nicht viel eher so, dass heute dezentralisiert gearbeitet wurde, da das Internet alles möglich machte? Wahrscheinlich hielt man die armen Wesen einzeln gefangen?

Ein stechender Schmerz durchfuhr ihren Schädel, denn jeder Gedanke in diese Richtung tat einfach nur unendlich weh. Auch sie war Mutter und Großmutter. Wie mussten sich Eltern fühlen, deren Kind verschwunden und einem solchen Schicksal unterworfen war. Wären sie die Helden, wenn sie einige Kinder retten konnten, oder würde man sie mit faulem Obst bewerfen, weil sie honorige Saubermänner als Schweine enttarnten und sie bestenfalls ins Gefängnis brachten – falls sie nicht blitzschnell die Kurve kratzten, sowie bekannt wurde, dass die Polizei über entsprechendes Material verfügte. Vielleicht war es auch jetzt schon so ... Sie traute den wenigen Menschen, mit denen sie das Geheimnis teilte, wirklich, doch nun gab es noch den Psychologen, der EYP und der DEE waren ebenfalls involviert – einfach zu viele Stellen, an denen etwas gegen Geld oder andere Währungen weitergegeben werden konnte. Sie war vollkommen desillusioniert und konnte sich auch nicht mehr vorstellen, jemals wieder an das grundsätzlich Gute in den Menschen zu glauben. Sie war vorher nicht blauäugig durchs Leben gedüst, hatte gewusst, dass es Böses gab, aber es war etwas anderes, wenn es einem ins Gesicht sprang und man glaubte, einem Gewaltverbrecher jahrelang bedingungslos vertraut zu haben. Das machte etwas mit einem. Man begann, an sich und der Fähigkeit zu zweifeln, Menschen und Situationen richtig einschätzen zu können.

Sie würde einfach hier sitzen bleiben und nie mehr aufstehen. Das war ein guter Plan.

»D' Liste 'st nicht s...so lang«, sagte Zacharis plötzlich in die Stille.

»Was bedeutet das?«, fragte sie müde, denn auch das schien alles nur mehr zu verkomplizieren, als zu vereinfachen.

»'ch hab vier Einträge g'fund'n.« Er klickte auf die Maus, und der Drucker begann, Papier auszuspucken.

Sie stand sorgenschwer auf, um sich die Ergebnisse anzuschauen. Sie spürte seinen Blick auf sich.

»Setz d'ch, Maria. 'ch m...mach das.« Er packte die Ausdrucke und kam zu ihr.

Gemeinsam studierten sie die Entlassungen der letzten zwei Jahre. Da Stelios in den vergangenen Jahren nicht mehr aktiv im Ermittlungsgeschehen gewesen war, lagen die Verurteilungen Jahre zurück und bezogen sich vor allem auf verurteilte Mörder, die zumeist ihre Zeit von fünfzehn bis längstens zwanzig Jahren abgesessen hatten, je nach Schwere des Tatbestandes und eventueller Vorstrafen. Sie ließ ihren Finger über die Zeilen gleiten.

»Filippakis Nikos ist vor zwei Jahren entlassen worden und sechs Monate später verstorben. Richtig?« Zacharis nickte bestätigend, und sie redete weiter: »Gagaoudakis Thanos kam vor zwei Monaten frei, hat achtzehn Jahre gesessen, weil er zwei Frauen verschleppt, sie vergewaltigt und gequält hat, um sie dann mit ungefähr zweihundert Messerstichen zu töten. Das war wirklich ein erschütternder Fall. Ich erinnere mich noch sehr gut daran, der ist also wieder auf freiem Fuß.« Sie schüttelte verständnislos den Kopf.

»Er wohnt zwischen Chania und Kissamos«, fügte Zacharis an, »das ist recht weit.«

»Iliakis Aristidis hat damals in der Sfakia an einem Samstagnachmittag auf der Hochzeit seines Nachbarn die achtzehnjährige Braut, ihre Mutter und zwei ihrer Brautjungfern erschossen. Eine Familienfehde. Schlimm ... hatte ich komplett vergessen.« Sie schüttelte den Kopf über sich selbst, doch dann kamen die Bilder hoch: eine junge Frau, deren weißes Kleid blutdurchtränkt gewesen war. »Er hat die Insel verlassen? Sehe ich das richtig?«

»H'lb und halb«, erklärte Zacharis, »'r hat eine Arbeit auf ein'm Kreuzfahrtsch'ff und ist M...monate unt'rwegs. Von Mai b...bis Oktob'r.«

»Er fällt also raus. Woher weißt du das so genau?«

Er deutete auf eine Zeile weiter unten, und sie konnte lesen, dass die Gesellschaft Schiffe betrieb, die die europäischen Gewässer immer wieder verließen, und der Mann benötigte daher regelmäßig Visa.

»Mavrakakis Ignatios wurde vor etwas mehr als anderthalb Jahren entlassen. Er hat seine Freundin halb tot geprügelt, ihr die Arme und Beine gebrochen und sie dann in einem Koffer auf den Müll entsorgt, in dem sie erstickt ist. Stelios hat mir mal von diesem Fall erzählt. Der Mörder war ein kleines Mafialicht und hat jede Tat gestanden, aber den Mord an der Frau immer abgestritten, doch alle Indizien haben zu ihm geführt. Es war ...« Sie stockte kurz. »... es war ein reiner Indizienprozess, deshalb haben wir auch drüber gesprochen. Für Stelios war das nicht leicht, denn eine Indizienlage ist zwar eindeutig, wenn es zu einer Verurteilung führt, aber man spürt wohl trotzdem Zweifel.«

Zacharis nickte. »E...er wohnt bei Ierap'tra ... ist F'eldarbeit'r.«

»Wir können nicht überall selbst hinfahren, das kostet uns zu viel Zeit. Ich werde die Kollegen in Lassithi und Chania um Amtshilfe bitten, die sollen jemanden vor Ort für eine Alibiüberprüfung hinschicken.«

»'ch üb'rprüfe das, aber du musst es a...anordn'n.« Zacharis hatte mit dieser Aufgabe auf etwas zugreifen können, was ihm Sicherheit verlieh, und das konnte man auch hören, denn das Verschlucken von Vokalen war stark abgemildert.

»Das klingt nach einem Plan. Kannst du das jetzt gleich machen, bitte«, sie warf einen Blick auf die Uhr, »denn dann haben wir noch etwas vorzuweisen für die Konferenz.« Er saß schon wieder an seinem Platz und tippte konzentriert auf Tastatur und Maus. Kurze Zeit später hatte er die am nächsten zu den Wohnorten liegenden Polizeiposten herausgesucht.

Die Ansprechpartner in den Präfekturen kannte Maria selbstverständlich. Sie zückte ihr Handy und tätigte die nötigen Anrufe, um zu jedem der entlassenen Männer einen Streifenwagen mit zwei uniformierten Kollegen zu schicken. Von Ierapetra nach Myrtos war es ein Katzensprung, und auch von Chania aus war es nach Loutraki nicht weit, wo Thanos Gagaoudakis wohnte. Erst einmal ging es darum, ein prüfendes Gespräch zu führen und das Alibi der beiden Männer für den Tatzeitpunkt zu prüfen. Da es von keinem der beiden Orte ein Katzensprung in den Rouvas-Wald war, ging es nicht nur um ein Stündchen, sondern einen Zeitraum von mehreren Stunden. Sie spürte ein klein wenig Erleichterung darüber, den Pressevertretern etwas bieten zu können. »Ich muss Elonidas informieren, halte mich bitte auf dem Laufenden, falls du etwas erfährst.« Sie erhob sich und strich sich die Bluse glatt. Sie war noch immer müde, daran hatte sich nichts geändert, aber sie fühlte sich nicht mehr so komplett hilflos wie vorhin. »Danke, Zachari«, sagte sie und schenkte ihm ein Lächeln.

Kurz lächelte er zurück.

Verwundert nahm sie zur Kenntnis, dass die gesamte aktuelle Entwicklung Einfluss auf die Beziehung zu den Menschen in ihrem Arbeitsumfeld hatte. Zacharis hatte sie immer gefürchtet. Er hatte es nicht sagen brauchen, sie hatte es in seinem Gesicht und seiner Körperhaltung gesehen, doch in diesem Augenblick hier begegneten sie einander auf Augenhöhe.

»Maria«, rief er, als sie die Tür gerade schließen wollte, und hielt sein Handy hoch, »Hyer'nimos!«

Sie drehte sich auf dem Absatz um, und er streckte ihr das Smartphone hin, auf dem sich eine Nachricht des Ermittlers befand.

Kostoula wusste es, hat Sachen auf seinem Handy gefunden und Stelios damit konfrontiert. Er hat nicht reagiert! Keine Erklärung etc. Für sie ist er schuldig und bereits tot! Brauchen unbedingt sein privates Handy. Wo ist das?

Sie schaute Zacharis fragend an, doch dieser zuckte mit den Schultern: »Wenn dann bei d'r Kr'minaltechn'k, od'r?«

Niemand hatte sich bisher dazu gemeldet. Sie mussten es unbedingt haben, denn wenn sich darauf ebenfalls verräterisches Material befand, war das in zweierlei Hinsicht furchtbar: Einmal weil Kostoula vielleicht recht hatte, und zum Zweiten wären derartige Hinweise in den falschen Händen eine Bedrohung für ihr aktuelles Wirken, denn schließlich wollten sie dafür sorgen, den Ring so großräumig wie möglich auszuhebeln. »Wir brauchen es, Zachari. Finde es!«

Alles war wieder dahin, und sie wünschte, Hyeronimos hätte sie nicht zurückgerufen.

105. Kapitel

»Verdammt!«, fluchte Christos und rannte durch die Gassen von Myrtos hinter dem fliehenden Ignatios her. Er war chancenlos gegen den geübten Läufer, das war ihm nach kurzer Zeit klar geworden, aber er konnte nicht aufgeben. Er hielt sich die Hand in die Seite, atmete hektisch und versuchte, den dürren Kerl zu erspähen, der zusätzlich zu seinem trainierten Körper auch noch einen Heimvorteil hatte. Er konnte sich irgendwo verstecken, und Christos würde ihn vergeblich suchen.

Er war so nah dran gewesen, einen Durchbruch zu erringen. Alles passte zusammen: die falschen Vornamen und nun die Flucht. Anstatt einfach die Fragen zu beantworten, kreierte Ignatios ein Szenario, das ihn schuldig erscheinen ließ. Er musste ihn unbedingt erwischen. Niemand tauchte auf, den er befragen konnte, die Straßen waren wie leer gefegt. Als würden sich die Einwohner mit Absicht verborgen halten, um einen der Ihren zu schützen.

Er spürte sein Herz in der Brust pochen. Es raste und stach, während er Luft zu bekommen versuchte. Er durfte jetzt nicht schlappmachen. Er bog um eine Ecke und sah, dass ein schmaler Pfad in Richtung Meer führte. Sein Instinkt riet ihm, diesen Weg einzuschlagen, und er rannte durch die abendliche Wärme. Schweißtropfen bildeten sich auf seiner Stirn. Er musste ihn finden und dann nach Ierapetra in den Polizeiposten schleppen, denn ihm wurde überdeutlich, dass es nur weitere Probleme produzieren würde, mit dem Mann in seinem Auto bis nach Irakleio zu fahren. Er war so sehr darauf fokussiert gewesen, einen Vorsprung zu haben, etwas in Erfahrung zu bringen, was eventuell sogar den Durchbruch brachte, dass er nicht über den Tellerrand hinausgeblickt hatte. Er hatte schlicht nicht daran gedacht, sich Gedanken darüber zu machen, wie er vorgehen würde, sollte Ignatios tatsächlich Dreck am Stecken haben. Er hatte in den letzten Monaten zu wenig trainiert. Der Zorn hatte seine komplette Energie gefressen, und er spürte, dass seine Kondition wirklich am Boden war und schnelles Rennen ihn zu rasch an seine ganz persönliche Grenze bringen würde. Also schaltete er auf ein gleichmäßiges Traben um, um Kraft zu sparen. Erst wenn er den Flüchtenden wieder irgendwo erblickte, würde er Gas geben.

Das holprige Sträßchen endete an einer Art Trampelpfad, der parallel zur Küste lief. Er musste rasch entscheiden, welche Richtung er einschlagen sollte, da glaubte er, vom Dorf weg einen Schatten zu sehen. Also lief er nach rechts und mahnte sich mehrfach zur Vorsicht, um nicht auf dem holprigen Untergrund auszugleiten. Die Fallhöhe und die felsige Kante würden sonst dafür Sorge tragen, dass seine Familie ihn in einer Holzkiste zurückbekäme. Wahnsinn. Das hier war vollkommener Wahnsinn!

Er musste sich eingestehen, dass sein Alleingang nur von der Ferne betrachtet eine gute Idee gewesen war. Doch noch war er nicht bereit, aufzugeben und seine Fehlentscheidung breitzutreten. Er könnte auch einfach zurückfahren und dann in seinem Büro sitzend so tun, als hätte ihm jemand die Information über den Mann anonym zugetragen. Litsa musste den Beitrag unbedingt sofort löschen, dann konnte ihm doch niemand etwas vorwerfen. Gut, der neue Plan war löchrig, denn stellte man den Fliehenden, würde er von Christos' Besuch berichten, aber aktuell war er eben dabei wegzurennen und würde höchstwahrscheinlich nicht in seine Wohnung zurückkehren, um dort auf das offizielle Kommando zu warten. Bis dahin würde Christos schon eine Erklärung einfallen. Er zückte im Laufen sein Handy, stolperte unbeholfen über einen Stein und wäre beinahe samt Telefon gestürzt.

Er musste vorsichtig sein. Hatte er überhaupt eine Chance, den Mann noch zu finden und einzuholen?

Rasch tippte er auf Litsas Bild und hatte seine leicht genervt klingende Tochter auch sofort am Apparat. »Es ist Badezeit, Papa. Ich kann jetzt nicht reden.«

»Bitte, mach den Beitrag weg. Jetzt sofort. Das geht doch auch, wenn die Kinder in der Wanne sind«, japste er aufgeregt.

»Was, um Himmels willen, machst du da, Papa?«

»Ich laufe. Es ist nichts Schlimmes. Bitte lösche den Beitrag. Ich denke, das alles war eine Schnapsidee, und ich komme gerade wieder zur Besinnung.« Ihm ging nun endgültig die Puste aus, und er beschloss, sein Tempo erneut zu verlangsamen.

»In Ordnung …« Er hörte die Kinder im Hintergrund planschen und quietschen, seine Tochter sagte nichts, und er wollte das Telefon schon vom Ohr nehmen und auflegen. Dann sagte sie: »Erledigt. Ist weg. Von allen Nachrichten an mich habe ich Screenshots gemacht. Die schicke ich dir noch. Aber nicht jetzt. Bitte mach keinen Unsinn, Papa. Wir sorgen uns um dich. Ich muss jetzt auflegen.«

Er wollte sich noch bedanken, doch sie hatte die Verbindung bereits unterbrochen. Sollte er schon aufgeben und umkehren? Doch welchen Sinn hatte das hier dann alles gehabt? Es war eine heiße Spur, so viel war klar. Einem Impuls folgend begann er zu rufen: »Ignatio! Bitte lauf doch nicht weiter davon. Ich will wirklich nur mit dir reden.« Fast hätte er *Ich bin nicht offiziell hier* hinzugefügt, konnte sich aber gerade noch bremsen. Wenn der Mann doch ein kaltblütiger Mörder war, würde ihn das vielleicht auf die Idee bringen, Christos einfach über die Klippen zu schubsen.

106. Kapitel

Bald kam die Nacht, und spätestens um halb neun würde es stockfinster sein. Michalis hatte überlegt, wie die beste Vorgehensweise war. Sollte er alle auslöschen lassen oder nur diejenigen, die ihn ganz offensichtlich verraten hatten? Ihm war klar geworden, dass er herausfinden musste, wie es hatte passieren können, dass sein gut geplantes Vorhaben dermaßen unterminiert wurde. Er musste wissen, wer die Fäden in der Hand hielt. Er prüfte jeden in seinem Umfeld und seinen Diensten genau und vergab wichtige Aufträge nur, wenn er davon überzeugt war, es mit wahren Vasallen zu tun zu haben. Wo war ihm der Fehler unterlaufen? An welcher Stelle hatte er nicht deutlich genug klargemacht, dass man mit dem Leben dafür bezahlte, wenn man sich gegen seinen Dienstherrn wendete? Die Leute in den Dörfern kannten ihn. Sie wussten, dass er Leben geben und nehmen konnte. Vielleicht war es an der Zeit, wieder einmal zu verdeutlichen, was passierte, wenn man diesen Schwur brach: Erst würde er herausbekommen, wer ihm an den Karren fahren wollte, und dann würde er alle auslöschen und ihnen mit einer Kugel zwischen den Augen klarmachen, dass es sich um eine Hinrichtung handelte. Es gab keinen Mittelweg. Entweder man war für oder gegen ihn. Entschied man sich für Zweiteres, hatte man sein Todesurteil bereits unterschrieben – doch nur wenige waren so dumm. Nur die Unerfahrenen oder die Gierigen machten solche elementaren Fehler.

Er musste herausfinden, wer mehr geboten hatte als er, und vor allem, was mehr wog als sein Gebot! Er war ein großzügiger Arbeitgeber, und seine Sozialleistungen mussten von niemandem bestimmt werden, denn er legte sie persönlich fest, und sie waren geradezu fürstlich. Warum vergaßen die Menschen so schnell, wenn es ihnen gut ging? Warum musste man sie wie Kinder behandeln und ihnen immer wieder die bestehenden Regeln und Grenzen verdeutlichen? Doch er durfte sich nicht von Zorn und maßloser Enttäuschung beherrschen lassen. Er musste einen klaren und kühlen Kopf bewahren, denn nachdem er Gewissheit erlangt hatte, wer sein Schattengegner war, musste er auch dafür sorgen, diesen Kreis auszumerzen. Die Albaner waren schon zu lange erfolglos hinter ihm her ... Hatten sie nun vielleicht den Ansatzpunkt gefunden, seine Leute als Waffe gegen ihn selbst zu richten? Es war oft nur eine Frage des Preises: genügend Geld und Freiheit. So manche träumten davon, die Welt zu erkunden, und glaubten, gehen zu können, wohin sie wollten, wenn nur das Geld ausreichte. Doch man befreite sich nicht so einfach aus einer *Familie* und noch weniger, wenn man die Seiten gewechselt hatte.

Bald kam die Nacht, und alle wähnten sich in ihren Betten in Sicherheit ... Dann würde er zuschlagen und dafür sorgen, dass ein Albtraum zur schmerzhaften Realität wurde. Ein bisschen Folter, eine Portion Tod, und nach kurzer Zeit würde jede Wahrheit ans Licht kommen. Er würde erfahren, was auch immer er wollte. Viele gingen davon aus, dass Bestrafung etwas war, was ihm Freude bereitete, aber so war es nicht. Er wusste nur, wie wichtig es war, keine Schwäche zu zeigen und die Zügel stets in der Hand zu halten. Anscheinend hatte er in diesem Punkt irgendwie versagt, und das musste er ausmerzen.

In diesem Augenblick traute er so gut wie niemandem, doch er würde gewiss nicht durch die Nacht fahren und in ein Haus eindringen, um die Familie herauszujagen. Die Gefahr, in eine gut ausgebaute Falle zu tappen, war einfach zu groß.

Er marschierte in seinem Büro hin und her, um einen Plan zu schmieden und die Leute auszuwählen, deren Loyalität er sich wirklich sicher war. Niemand durfte ihm ungestraft so in den Rücken fallen, und vielleicht sollte er seine Schwester bei dieser Aktion zusehen lassen, sodass sie kapierte, dass *er* der Herrscher über dieses Reich war und auch sie nur durch seine Gnade ihren Platz darin hatte. Ja, sie sollte ruhig in der ersten Reihe sitzen bei diesem Schauspiel und ihm dann den Applaus spenden, der ihm gebührte.

Er drückte auf den Knopf seiner Gegensprechanlage und befahl seinem Sekretär, augenblicklich hier zu erscheinen, denn der Mann stand ihm 24/7 zur Verfügung. Man bedrohte Michalis Serpantakis nicht ungestraft. Niemals!

107. Kapitel

Kostoula war nicht viel länger als die angekündigten fünfzehn Minuten geblieben. Ein Fund auf Stelios' Handy hatte sie seinerzeit bis hinein in ihr tiefstes Sein erschüttert, und er hatte nichts getan, um ihre Meinung zu ändern, war nur wie erstarrt dagestanden und hatte den Kopf gesenkt gehalten – und dabei war es geblieben. Also war sie überzeugt gewesen, dass sie sich vollkommen in ihm getäuscht hatte. Hyeronimos hatte erst nicht verstanden, warum die Anwältin ihn nicht angezeigt hatte, doch sie hatte damit argumentiert, dass sie vor lauter Schreck keine Screenshots oder sonstige Nachweise angefertigt hatte und so Wort gegen Wort gestanden hätte. Das hätte am Ende auch ihre Karriere als Juristin zerstört. Sie schien nicht nur Stelios für dieses Dilemma zu hassen, sondern auch sich selbst nicht verziehen zu haben und sich nach wie vor für ihre Feigheit zu verabscheuen. Wenn er Dimitris Stefanakis Glauben schenken durfte, waren sie schon sehr lange dabei, Informationen zu sammeln und Hintergründe hieb- und stichfest zu belegen. Dass ein Ja zu dieser Taskforce auch beinhaltete, privat vor die Hunde zu gehen, war ein gewaltiger Schritt, und Hyeronimos war noch immer nicht vollkommen überzeugt, dass die beteiligten Männer uneigennützig gehandelt hatten. Stefanakis war in seinen Augen zu allem fähig, der Nachrichtendienst war dazu in der Lage, jeden Mitarbeiter vollkommen zu verformen, und mit Stavros Giannakis hatte er bisher nur am Rande zu tun gehabt und konnte ihn daher nicht so recht einschätzen. Prokopios Kaptakis von der DEE hatte sich bisher als kooperativ und integer gezeigt, doch man konnte ja niemandem in den Kopf schauen. Den IT-Experten kannte er nicht. So viele Aspekte also, die wirklich nicht greifbar waren. Es blieb ein undurchdringlicher Dschungel, in dem hinter jedem Busch eine Gefahr lauern konnte.

Er hatte seinen Fisch mit Genuss gegessen. Er war langsam gebraten worden und sehr saftig gewesen, mit einer gut gewürzten krossen Haut. Dazu waren frittierte Kartoffeln und ein grüner Salat gereicht worden. Zum Nachtisch hatte er einen Obstteller bekommen und einen kleinen Schluck Tsikoudia getrunken. Nachdenklich hatte er auf das Meer geschaut und sich gewünscht, hier sitzen bleiben zu können, bis die Sonne unterging, und einfach alles andere auszublenden. Schon gestern hatte er mit Penelope den Plan geschmiedet, Stelios' privates Handy an sich zu bringen, doch dann hatten sie es aus den Augen verloren, und nun schwebte das Ding wie eine Art Damoklesschwert über ihnen. Durfte man überhaupt im Rahmen der Ermittlungen ohne ausdrückliche Genehmigung auf private Dinge eines Opfers polizeilich zugreifen? Er war sich ziemlich sicher, dass das nicht möglich war, und gleichzeitig wollte er das Gerät in Sicherheit wissen. Es ging ihm gar nicht mehr darum, etwas in Erfahrung zu bringen, sondern nur darum, dass niemand sonst etwas herausbekam.

Er legte Geld auf den Rechnungszettel und winkte der jungen Frau grüßend zu, als er mit dem Telefon am Ohr zu seinem Wagen marschierte. Spectros musste das Smartphone sicher ins Präsidium überführen lassen. Schnell hatte er seinem Chef das Warum erläutert, und dieser hatte die Notwendigkeit sofort verstanden. »Was haben die Recherchen zu den Entlassungen ergeben?«, wollte er noch wissen, und Elonidas berichtete ihm, was Zacharis herausgefunden und Maria angeordnet hatte. In der Leitung klopfte es. »Ist das bei mir oder bei dir, Elonida?« Hyeronimos nahm das Handy vom Ohr und überprüfte sein Display. »Ist bei mir, ich lege jetzt auf.« Er atmete tief durch. »Ja«, rief er dann angespannt und vernahm erstaunt die Stimme von Elias Rumalakis, einem Kapetan aus Lassithi, mit dem er schon mehrfach zusammengearbeitet hatte.

»Hyeronimo, es tut mir so leid. Stelios ist einer von den Guten. Es ist wirklich furchtbar, wenn es einen von uns erwischt. Aber sag mal, wieso fordert ihr uns an, macht aber trotzdem euer eigenes Ding?«

Rumalakis klang leicht angesäuert, und Hyeronimos wusste nicht genau, wie er reagieren sollte, um nicht komplett ahnungslos dazustehen. »Maria Chrisaki hat in Ierapetra um Amtshilfe gebeten. Das ist doch die richtige Vorgehensweise?«

»Jaja, schon richtig, aber was sollen wir denn noch machen, wenn einer deiner Kollegen hier schon Leute durch die Gegend scheucht?«

»Entschuldige, Elia, aber ich bin bereits den gesamten Nachmittag in Befragungen und muss ganz ehrlich gestehen, dass ich keine Ahnung habe, wovon du sprichst.« Er hasste es, überrumpelt zu werden, wusste aber, dass Rumalakis ihm gegenüber grundsätzlich wohlwollend eingestellt war.

»Christos Papadakis rennt durch Myrtos und versucht, einen Mann namens Ignatios Mavrakakis dingfest zu machen. Diesen ehemaligen Häftling sollten wir für euch aufsuchen und befragen und eine Alibiüberprüfung vornehmen. Jetzt hat der Polizeiposten in Ierapetra schon drei Anrufe bekommen, dass da was los ist, und jemand hat das Kennzeichen des Wagens mitgeschickt. Eine Streife ist mittlerweile unterwegs. Pfeift den Mann zurück, Hyeronimo. Solche Übergriffe sehen wir nicht gern, und das geht uns allen so!«

»Selbstverständlich, Elia«, beeilte er sich zu sagen, denn das Letzte, was sie gerade noch brauchen konnten, waren aufgebrachte Kollegen. Christos mal wieder! Was dachte sich dieser verkorkste Typ eigentlich, und wieso war er schon auf der Südseite unterwegs? Das bedeutete, dass er schon vor weit mehr als neunzig Minuten vor Ort gewesen sein musste. Was lief hier falsch? »Ich werde mich sofort darum kümmern, ich kann aktuell nichts dazu sagen, was verlässliche Informationen beinhaltet, kläre das aber gleich und setze dich dann umgehend in Kenntnis.«

Elias bestätigte und sagte abschließend: »Ich verlasse mich auf dich, Hyeronimo, wir haben bisher immer kooperativ und vertrauensvoll zusammengearbeitet!«

Dieser verdammte Christos! Er hatte seinen Groll gegen den Mann wirklich im Griff gehabt, doch nun wallte dieser wieder auf, und er wählte dessen Nummer, ohne weiter darüber nachzudenken. Nichts geschah. Er machte einen Alleingang – aus welchen Gründen auch immer –, wusste etwas, was er nicht mit ihnen teilte, brachte die Kollegen gegen sie auf und ignorierte ihn nun auch noch. Maria und Elonidas konnte er so kurz vor der Pressekonferenz nur in Kenntnis setzen, aber keine Aktionen von ihnen erwarten. Er wählte erneut Spectros' Nummer, erklärte ihm rasch den Sachverhalt und konnte ihn mit den Zähnen knirschen hören. Es war besser, die beiden wussten Bescheid, als dass die Presse einen Wissensvorsprung hatte und sie gegen die Wand rennen ließ.

Als Nächstes rief er seinen Assistenten an. »Ch'f?«, nuschelte Zacharis, und es war Begrüßung und Frage zugleich.

»Zachari, was weiß Christos, und wieso verfolgt er bereits in Myrtos einen der entlassenen Häftlinge?«

»N'chts. E...er weiß n'chts. H'b ihn seit Stund'n nicht g'seh'n. Das 'st M...mist!«

»O ja, das ist sogar ein verdammter Mist, denn Lassithi beschwert sich nun bei mir, dass wir sie übergangen haben und Marias Amtshilfeersuchen ein Alibi ist, um unsere nicht autorisierte Aktion im Nachhinein zu legalisieren. Denkt dieser Mann überhaupt etwas, oder ist er vollkommen verblödet und verblendet!« Er war sauer, und die falsche Person bekam den Ärger gerade ab. »Entschuldige, Zachari, du kannst nichts dafür. Christos geht nicht ans Telefon, wenn ich ihn anrufe, doch er muss sich sofort zurücknehmen und mit den Kollegen vor Ort kooperieren, das kann nicht bis nach der Pressekonferenz warten. Und kannst du bitte versuchen, mir die Nummer von dem Häftling zu besorgen. Vielleicht kann ich das irgendwie deeskalieren.«

»Kümm're mich s...sofort d'rum, Ch'f.«

»Danke, Zachari! Bitte ruf mich an, sobald du etwas weißt.« Hyeronimos beendete das Telefonat. Sehnsüchtig schaute er auf den Tisch am Meer, doch es war nichts mehr übrig von der Gelassenheit, die er eben noch gespürt hatte. Er wollte Christos am Schlafittchen packen und kräftig durchschütteln, vielleicht würden dann die paar Gehirnzellen, die er bei diesem vermutete, wieder an ihren angestammten Platz zurückkehren und ihn zur Vernunft bringen. Er versuchte erneut, den Kollegen an den Apparat zu bekommen, doch auch diesmal verhallte sein Ruf unbeantwortet.

Er wählte Rumalakis' Nummer. »Es tut mir leid, Elia, wir können uns aktuell alle den Alleingang von Papadakis nicht erklären. Ich will das nicht runterspielen, und ich will es mir mit dir nicht verscherzen, daher bitte ich dich, mir zu glauben, dass wir alles tun werden, das hinzubiegen.«

»Ich habe keinen Grund, an dir zu zweifeln, Hyeronimo, und wünsche mir, dass das so bleibt.«

Sie verabredeten, in Kontakt zu bleiben, um das Dilemma zu lösen. Er musste sich kurz sortieren, um nun seine nächsten Schritte zu planen, dazu notierte er die wichtigsten Eckpunkte seines Gesprächs mit Kostoula und beschrieb ihre besondere Aura deutlich.

Er erinnerte sich an sein Versprechen Penelope gegenüber und lenkte sein Auto auf die Nationalstraße Richtung Irakleio, während er Elenis Kontakt aufrief. Er atmete tief durch, um sich für die Emotionalität zu wappnen, die ihm sicher entgegenschlagen würde. Eleni war schon immer jemand gewesen, der aus seinem Herzen keine Mördergrube machte. Bevor er jedoch auf das grüne Telefon tippen konnte, ging eine Nachricht von Zacharis ein. Hyeronimos konnte seine Hand nicht bändigen, und sie fuhr mehrfach hektisch durch sein Haar, bevor er dazu in der Lage war, die Nachricht zu öffnen.

Hab die Nummer, Chef. Cosmote war überraschend kooperativ ...

Wenn man das so las, konnte man es beinahe für sarkastisch halten, doch Zacharis war nicht so spitzzüngig. Dann folgten eine Mobilnummer und eine kurze Fallbeschreibung. Hyeronimos fuhr in eine kleine Parkbucht, denn für dieses Gespräch musste er voll konzentriert und Herr seiner Sinne sein. Hoffentlich war der Mann bereit, mit ihm zu reden. Rasch las er sich den Text durch, tippte dann auf die Ziffernfolge und lauschte mit angehaltenem

Atem dem Rufton. Nichts geschah, und er wollte schon entnervt aufgeben, als sich eine resignierte Männerstimme meldete: »Ich kenne Ihre Nummer nicht. Bitte lassen Sie mich in Ruhe!«

Hyeronimos setzte alles auf eine Karte, denn er wusste, dass er nur diesen einen Versuch hatte: »Es tut mir leid, dass mein hirnloser Kollege Jagd auf Sie macht. Nichts davon ist ordnungsgemäß. Ich biete Ihnen nicht nur meine Hilfe an, sondern werde auch Ihre Wünsche respektieren, Ihre Aussage aufzunehmen. Hier ist Hyeronimos Galavakis.«

»Ich komme nicht davon, nicht wahr? Und niemand wird mir glauben, so wie beim letzten Mal. Ich gehe nicht mehr ins Gefängnis für etwas, das ich nicht getan habe.« Verzweiflung mischte sich nun in die Stimme, und Hyeronimos spürte, dass es schwer werden würde, den Mann an einen Tisch mit der Polizei zu bekommen. »Da ich bisher keine Ahnung habe, was geschehen ist, kann ich dazu nichts sagen. Wollen Sie mir kurz schildern, wieso Sie glauben, für etwas verurteilt zu werden, was sie nicht getan haben?«

»Ich habe ihn da liegen sehen und ihn nicht gerettet. Das macht mich schuldig, aber ich habe nicht geschossen. Ich wollte ihm nie etwas Böses, ich ... ich wollte nur, dass er mir glaubt, dass ich kein Mörder bin. Das war alles. Nur deshalb war ich dort. Für meinen Frieden. Aber jetzt ... jetzt kann ich diesen wohl nur finden, wenn ich tot bin. Ich habe die Mörder gesehen, aber das wird mir niemand glauben. Zwei junge Männer sind durch den Wald gehuscht ... in Jeans und dunklen Kapuzenpullis. Aber das reicht nicht. Für mich reicht es nie.«

Das Gespräch machte plötzlich den Eindruck, als spräche der Mann aus weiter Ferne mit ihm. Dann konnte er einen Schrei hören, dumpf und entsetzlich, und während er zu begreifen versuchte, was dort gerade geschah, hörte er seinen Kollegen Christos ein lautes und schrilles »Neiiiiiiiiin!« schreien. Der Atem stockte ihm, und er wusste mit plötzlicher Gewissheit, dass Ignatios nicht mehr lebte. »So eine verdammte Scheiße!«, brüllte er, das Telefon noch immer mit der Nummer von Ignatios Mavrakakis verbunden. Er hörte Christos weiter verzweifelt »Nein, nein, nein!« skandieren. Er tat recht daran, untröstlich zu sein, denn so, wie die Sachlage gerade war, trug er die Verantwortung für das, was in Myrtos geschehen war.

Hyeronimos legte auf. Er glaubte dem Mann, der seine letzten Worte genutzt hatte, um klarzustellen, was geschehen war. Keine Ahnung, wie Christos auf ihn gestoßen war, das spielte nun auch keine Rolle mehr, aber Ignatios war bei Stelios in der Berghütte gewesen, und nun ergab auch die Analyse von Helena einen Sinn: Es waren zwei Männer gewesen und noch ein weiterer. Die zwei waren die Täter, und der *weitere* Mann war Ignatios gewesen. Hätte er doch nur die Chance gehabt, ihm das alles zu erklären. Obwohl er sich mit Christos abgefunden hatte, hoffte er nun, dass ihn das hier den Job kostete.

108. Kapitel

»Sie müssen mir zuhören!« Filomena hatte den Anruf nach kurzer Überlegung getätigt. »Sie müssen sich alle in Sicherheit bringen. Er wird Sie umbringen, wahrscheinlich alle. Er weiß Bescheid, und die Fragen, die er stellen wird, werden wehtun. Also müssen Sie raus aus Ihrem Haus, und zwar so schnell wie möglich. Packen Sie nichts, gehen Sie los. So unauffällig wie möglich. Fragt Sie jemand, so machen Sie einen Abendspaziergang. Sie sagen niemandem, wo Sie hingehen. Verstanden?«

»Wer sind Sie, und was wollen Sie von mir … von uns?«

Die Stimme am anderen Ende klang erschrocken und aufgebracht zugleich. Das war gut. Das gab Energie und ließ die Leute nicht in hilfloser Starre verharren. »Ich meine es gut mit Ihnen, wirklich gut!« Filomena befand diesen Hinweis für ausreichend genug, und es schien tatsächlich zu klappen.

»Aber wo sollen wir hin, wo *er* uns nicht finden kann? Diesen Ort gibt es hier nicht. Ich habe kein Auto, und zu Fuß zu fliehen ist Irrsinn.«

Ah, nun schien der Groschen gefallen zu sein. »Ich sage Ihnen, wo Sie sich verstecken können, bis ich da bin und Sie hole. Er wird nicht zuschlagen, bevor es dunkel wird, und bei mir sind Sie sicher.«

»Ich wusste, dass etwas passiert ist. Ich habe es gespürt. Die ganze Zeit schon, aber können wir Ihnen wirklich trauen ... Sie ... Sie sind seine Schwester, nicht wahr? Sie wollen uns nicht warnen, sondern herauslocken!«

Es war ein hektischer Sprachfluss, der die Angst transportierte, eine falsche Entscheidung zu treffen. Und um die Informationen zu verarbeiten, waren noch jede Menge Erklärungen nötig, aber die Zeit drängte.

»Es kann eine Chance für uns sein, doch gleichzeitig muss ich achtsam sein, denn es kann sich auch um eine Falle handeln. Wie kann ich uns auf einen so brüchigen Untergrund locken lassen, ohne diesen genau zu prüfen? Ich bin nicht dumm – falls Sie das glauben sollten –, nur weil uns Welten trennen.« Die Stimme der Frau überschlug sich beinahe.

»Das glaube ich keinesfalls, und ich weiß nicht, wie ich Ihnen versichern kann, dass ich es ernst meine. Ich kann Ihnen nur sagen, dass *er* dafür verantwortlich ist, dass ich meinem Sohn nicht die offizielle Ehre erweisen kann, die jedem Toten bei uns gebührt. Das werde ich *ihm* nie verzeihen.« Sie stoppte ihre Erklärungen. Das musste reichen, und sie musste ebenso Vertrauen haben, dass alles, was sie nun versuchte und sagte, nicht gleich bei ihrem Bruder landete, denn Menschen in Ausnahmesituationen taten alles, um sich zu retten. Filomena wusste, dass sie verantwortlich für das war, was geschehen würde: Sie hatte den Plan geschmiedet und in all ihrem flammenden Zorn vergessen, dass sie nicht selbst den Abzug drücken musste, damit Blut von Kindern an ihren Händen klebte. Sie wusste nicht, wieso, und konnte sich auch nicht erklären, warum. Vielleicht war es ihre nicht enden wollende Trauer über den Verlust von Achilleas, denn sie spürte den ehrlichen Impuls in sich, der Familie zu helfen und noch mehr: Da war eine innere Stimme, die ihr sagte, dass sie eine ergebene Verbündete brauchen konnte, denn sollte sie recht haben, dann hatte sie eine gestandene Frau am Apparat und eine, die sich auskannte. Sollte sie ihr jetzt schon gestehen, dass sie es gewesen war, die dafür gesorgt hatte, dass die Täter eine Waffe mit den Fingerabdrücken ihres Bruders dort oben hinterlassen hatten? Nein, es war noch zu früh. Erst mussten diese Leute in Sicherheit sein. Erfuhr Michalis davon, dass ein Waffenaustausch stattgefunden hatte und die Platzierung mit einer genauen Anweisung und einem fetten Batzen Geld erfolgt war, dann waren sie alle tot, und damit war niemandem geholfen. Denn am Ende musste er es sein, der nicht mehr existierte.

»Bitte ... von Mutter zu Mutter! Glauben Sie mir, Anna-Maria! Fliehen Sie, und bringen Sie Ihre Söhne in Sicherheit. Sie müssen jetzt stark und hart sein. Jetzt!« Dann beschrieb sie der Frau einen Unterschlupf und versprach, kurz nachdem die Sonne untergegangen war, dort zu sein. Es blieb nicht mehr viel Zeit, und bis es vollkommen dunkel war, musste sie die Familie in ihr Haus geschleust haben, ohne dass es jemand mitbekam. Das war die am wenigsten komplizierte Aufgabe, denn niemand überprüfte sie beim Kommen und Gehen, es sei denn, Michalis hatte zwischenzeitlich etwas anderes angeordnet.

»Haben wir eine andere Chance, als Ihnen zu vertrauen? Ich glaube nicht. Ich ... o mein Gott ... jetzt verstehe ich ...«

Ob die Frau wirklich schon begriff, was passiert war? Was Michalis getan hatte? Filomena wollte ihre Hände nur zu gern in Unschuld waschen, und unterm Strich war sie nicht für die Tat verantwortlich, nur für die Konsequenzen, die nun daraus resultierten. Die Täter wussten nicht, dass sie, Filomena Serpantakis, für die letzten Änderungen vor Ort verantwortlich war. Warum ging sie also nun dieses Risiko ein? Es wäre einfacher, selbst dafür zu sorgen, dass alle drei starben. Die Frau hatte vollkommen recht, ihr zu misstrauen. Noch konnte sie die Situation so drehen … Alles war möglich.

»Wir müssen hier weg. Wir … ich … Danke, Filomena!« Das Gespräch endete abrupt.

Sollte sie es wagen, erst nach Hause zu fahren, um zu überprüfen, wie der Stand der Dinge dort war? Er glaubte, alles zu wissen und alle Menschen wie Marionetten an Fäden zu führen. Doch er hatte sich geirrt. Sie hatte ihre Fäden eigenhändig durchschnitten. Der Kleinwagen bot nur bedingt Platz für zwei schlaksige Jugendliche und die Frau. Sie hatte einige Decken im Auto, damit konnten sie die Jungs auf der Rückbank verbergen, und die Mutter musste in den Kofferraum schlüpfen. Es war kein besonders ausgeklügelter Plan, doch er würde funktionieren. Und hatte sie Michalis erst entthront, würde sie die drei aus dem Versteck hinter ihrer Garage hervorholen. Die einzige Schwachstelle war Mentakis selbst, denn sollte er überleben, würde er die Angreifer gewiss beschreiben können. Das barg ein Risiko. Aber die Chancen standen schlecht. Das hatte Michalis schon gut kalkuliert. Die außergewöhnliche Blutgruppe des Mannes machte eine Rettung so gut wie unmöglich.

Die Frage, die sich für sie jedoch noch nicht abschließend beantwortet hatte, war, warum er den Major der Mordkommission auf dem Kieker hatte. Es gab Dinge, die nicht bis zu ihr durchdrangen, denn er hatte die meisten seiner Schergen gut im Griff. Manchmal übersah er Menschen nur einfach, hielt sie für so unbedeutend, dass er keine Gefahr in ihnen sah. Das Hausmädchen, das den Plan zufällig mit angehört hatte, war ihr zutiefst verbunden, denn was Michalis nicht wusste, war, dass Achilleas der jungen Frau ernsthaft zugetan gewesen war. Sein Onkel hätte das niemals geduldet, denn für ihn kamen nur strategische Verbindungen infrage. Sein Neffe hätte eine von ihm ausgewählte Frau heiraten müssen, um Fusionen zu ermöglichen und Einflussbereiche zu sichern. Sie jedoch hatte für ihr Kind nur eine liebevolle Beziehung im Sinn gehabt. Lange hatte sie einen Teil ihres Kummers in den Augen des Mädchens gesehen, und dann hatte sich ihr die Chance geboten, Michalis büßen zu lassen. Lag er erst geschlagen am Boden, würde sie ihn vielleicht von wilden Hunden fressen lassen und den Rest den Katzen gönnen.

War sie doch wie er? So voller Kälte und Rachsucht. Trugen sie den Wahnsinn der Mutter beide in sich, und am Ende konnte nur einer von ihnen überleben? Sie wischte die Gedanken beiseite. Sie musste jetzt den Plan durchziehen und drei Menschen verstecken.

109. Kapitel

Penelope hatte die Fingerabdrücke auf der Waffe untersucht, nachdem sie sich noch einmal in die Studie eingelesen hatte. Sie waren auf jeden Fall älter als achtundvierzig Stunden. So viel war klar. Sie konnte nicht genauer definieren, wie alt, doch so, wie sie Hyeronimos verstanden hatte, kam es darauf nicht an, sondern nur darauf, dass Michalis die Waffe nicht gehalten und den Schuss auf Stelios selbst abgegeben hatte.

Giorgia stand in der Tür zum Labor und beobachtete sie wie eine besorgte Mutter. Die Sektionsassistentin kannte sie einfach zu gut und bemerkte, dass ihr der Fall an die Nieren ging. Sie hielt so viel Abstand wie nötig, um zu signalisieren, dass sie da war, ohne ihr jedoch auf die Pelle zu rücken. Das war gut so, und Penelope konnte sich zum ersten Mal seit dem gestrigen Morgen ein winziges bisschen entspannen. Hier war sie in ihrem Element. Hier gab es ihre Geräte und Werkzeuge, den Geruch von Reinigungsmitteln und Bleiche und die stummen Toten, deren Sprache sie so gut verstand. Wahrscheinlich viel besser als die der Lebenden. Sie schickte die Ergebnisse an Hyeronimos und wartete auf seine Rückmeldung, auch bezüglich seines Telefonats mit Eleni. Eigentlich wusste sie im Moment gar nicht mehr, ob sie das alles überhaupt hören wollte. Die Aufgabe war erledigt, und sie überlegte, ob sie wieder zurück ins Präsidium fahren oder sich einfach hier verkriechen sollte. Auf jeden Fall würde sie einige Etagen höher steigen, um nach Stelios zu schauen. Vielleicht hatten sie ihm alle furchtbar unrecht getan.

Ihr Telefon klingelte mit dem Ton, den sie Hyeronimos zugeordnet hatte.

»Hyeronimo«, sagte sie und bemerkte selbst, wie viel Hoffnung darin mitschwang. Was erwartete sie nur? Dass alles ein böser Traum war? Dass es die Schlagzeilen nicht gab? Dass niemand auf der Insel sie je zu Gesicht bekommen würde? Sie hatte sich wie eine Diebin durch den Hintereingang geschlichen und streng darauf geachtet, niemandem über den Weg zu laufen. Denn brachte jetzt jemand einen anzüglichen Spruch in ihrer Gegenwart, konnte sie für nichts garantieren. »Ob ich wohl mildernde Umstände bekomme«, stieß sie zusammenhanglos aus.

»Es tut mir leid, Pen, wenn ich gerade auf nichts Persönliches eingehen kann, aber was sich hier alles zusammenbraut, ist mehr als schlimm!« Er hatte etwas Erschüttertes in der Stimme.

»Was ist passiert?«, wollte sie alarmiert wissen.

Er schilderte ihr Ignatios' Sprung von der Klippe, den er mit angehört hatte, beschrieb Christos' Rolle mit unverhohlener Wut und die gesamte Entwicklung mit Fassungslosigkeit.

»Das ist ja furchtbar, Hyeronimo. Was hast du jetzt vor?«

»Ganz ehrlich? Ich weiß es nicht. Vielleicht müssen wir einfach darauf hoffen, dass Stelios wieder aufwacht und uns Hinweise geben kann, die Täter zu identifizieren. Zwei Männer mit Jeans und Pulli ... diese Personenbeschreibung bringt uns nicht voran. Zudem warten wir noch auf die Bergung des Körpers am Meer. Die Stelle war gut gewählt, man kommt nicht so leicht dran. Die Klippe ist dort steil abfallend und endet in einer Ansammlung aus scharfkantigen Gesteinsbrocken. Die Chance, dass er das überlebt hat, ist gering.«

»Lass uns bitte noch mal alles zusammentragen, was wir haben. Wo bist du eigentlich?«

»Auf der Nationalstraße. Ich fahre gerade über die Paleokastro-Brücke.«

»Wollen wir uns in deinem Büro treffen und alles detailliert visualisieren und betrachten?«, fragte sie und fühlte sich so, als befände sie sich in einer Art Paralleluniversum zu ihrem normalen Leben. Alles schien irgendwie anders, und doch machten sie nur ihren Job.

»Wir haben gute Chancen, unbehelligt ins Präsidium zu kommen, solange die PK läuft«, sagte er.

»Ach stimmt ... die Pressekonferenz. Wenn ich gleich losspurte, schaffe ich es auch noch währenddessen, und vor allem habe ich dadurch vielleicht auch das Glück, dass mir hier niemand auflauert, aber eigentlich wollte ich noch zu Stelios ...«

»Gibt es Neuigkeiten von ihm?«

Sie verneinte. Seit der Information bezüglich seiner Augenreflexe hatte es keine weiteren Meldungen mehr gegeben.

»Dann schauen wir vielleicht später gemeinsam nach ihm?«, schlug er vor.

»Ja, falls sie uns dann noch reinlassen. Ansonsten morgen früh. Sollte sich sein Zustand verändern, bekommen wir es auf jeden Fall mit.« Sie fühlte sich hin- und hergerissen, aber für den Mann dort oben im Bett konnte sie gerade wirklich nichts tun. Stelios war Polizist und verstand auf jeden Fall, dass man einen Täter leichter fand, solange die Spuren noch heiß waren.

»Dann treffen wir uns in meinem Büro. Ich bitte Zacharis dazu, und wir arbeiten in gewohnter Konstellation mit allem Material, das wir bisher haben. In Ordnung?«

»Ich raffe meinen Kram und trabe los«, versuchte sie einen lockeren Ton.

»Ich weiß nicht, ob alles wieder gut wird, Penelope, aber ich verspreche dir, dass ich für dich da bin.«

Seine Worte trieben ihr die Tränen in die Augen, doch sie war nicht bereit, diese zuzulassen, denn ihre Angst, einfach hier auf der Stelle zusammenzubrechen, war zu groß. Sie wäre nicht mehr dazu in der Lage aufzustehen, das wusste sie. Mit dem Zeige- und dem Mittelfinger der linken Hand drückte sie sich auf die geschlossenen Augenlider, um sich unter Kontrolle zu halten. »Ich … es … Ich bin unterwegs.«

»Eigentlich muss ich noch mit Serpantakis reden«, sagte er geschäftsmäßig in die nun entstandene Stille, »am besten versuche ich, ihn ans Telefon zu bekommen. Ich habe ja noch ein paar Kilometer zu fahren.«

»Denkst du, er redet mit dir?«

»Wir werden sehen. Bis gleich, Pen! Oder soll ich dich besser abholen? Es wird bald dunkel.« Er hörte sich nun wieder besorgt an.

»Giorgia geht mit mir hinten raus. Keine Sorge, Hyeronimo. Wir sehen uns gleich in deinem Büro.« Sie legte auf und warf einen Blick über ihre Schulter.

Ihre Assistentin räumte im Kühlbereich irgendetwas auf, was höchstwahrscheinlich bereits in vollkommener Ordnung war, denn sie war pedantisch und hyperkorrekt, spürte aber den Zustand ihrer Chefin genau. Sie würde nur mit ihr gemeinsam aus dem Institutsgebäude gehen und Penelope auf keinen Fall allein hier zurücklassen, das war offensichtlich. »Gut, gut«, flüsterte Penelope sich selbst zu, »ich bekomme das hin. Ich bin gut so, wie ich bin. Das Team braucht mich. Später kann ich zusammenbrechen. Später …« Sie packte ihre Sachen, rief den Mitarbeiter der Kriminaltechnik an, der es sich im Flur bequem gemacht hatte, um die Waffe wieder mitzunehmen, sowie sie ihre Untersuchungen abgeschlossen hatte. Es gab einiges, was die Beamten dort oben rund um die Hütte eingesammelt hatten, wurde der Radius aber zu weit, konnte man sich auch vollkommen verrennen. DNA an einer leeren Wasserflasche zu sichern, die man einen halben Kilometer entfernt aus dem Gebüsch zog, sorgte im Regelfall nur für Arbeit und nicht für Ergebnisse. Zwei Männer in Kapuzenpullis waren durch den Wald geeilt, um vom Tatort zu fliehen. Vielleicht spuckte man da ein Kaugummi aus, aber mehr doch auch nicht.

»Wollen wir«, sagte sie auffordernd in Giorgias Richtung.

Die Tür öffnete sich, und während Giorgia sich aus ihrem Kittel schälte und die Lichter ausmachte, übergab Penelope ordnungsgemäß die Waffe, unterschrieb die nötigen Papiere und verabschiedete sich höflich von dem müde dreinblickenden Mann. Er ging in Richtung Haupteingang davon, während sie durch den Flur zur Wäscherei marschierten. Sie musste sich auf ihren Verstand konzentrieren und alles andere ausblenden. So, wie sie es gewohnt war, wenn sie einen Leichnam sezierte. Dann war sie Teil des Organismus, betrachtete den Körper genau und verließ die Welt der Organe, Hautlappen und Knochen geistig nicht, bis alles erledigt war. Bestimmt würde es Menschen geben, die das als »Autopilot« bezeichneten, aber so war es nicht. Natürlich beinhaltete die pathologische Arbeit eine gewisse Routine, und doch war jeder Fall, jeder Mensch einzigartig, und es war immer wieder aufs Neue faszinierend, was der Körper alles verriet. Kurze Zeit später saß sie im Auto und lenkte den Wagen um die Klinik herum auf die Straße. Die konzentrierte Zusammenarbeit mit Hyeronimos und Zacharis würde ihr guttun, und für alles andere würde irgendwann die Zeit kommen. Außerdem saß der Psychologe nach wie vor im Chefbüro und war für sie alle da.

110. Kapitel

»Nimm deinen Hund an die Leine, Dimitri!«

»Sonst noch was?« Dimitris Stefanakis hatte das Telefonat entgegengenommen, nachdem er seinem Gesprächspartner am Tisch das Display gezeigt hatte. Der EYP-Agent hatte bedeutungsschwer genickt. Das Lokal war voll – teilweise Einheimische, aber auch viele Ausländer. Sie hatten einen Tisch am Meer unten, der ein klein wenig abseits platziert war, sodass sie in Ruhe reden konnten. Er telefonierte ohne die Sorge, dass man am Nachbartisch jedes Wort mithörte. Er hatte keine Ahnung, wovon Michalis Serpantakis sprach, war aber nicht gewillt, mit etwas anderem als Stärke in das Gespräch einzusteigen. Der *Boss* klang einerseits eiskalt und gleichzeitig auch aufgebracht.

»Ich bin seit gestern Abend nicht schwer senil geworden oder verdummt und habe dir bereits dort erläutert, dass ich das Zünglein an der Waage darstelle.«

»Mich verlässt das Gefühl nicht, dass du mir drohst, Michali. Ist das so? Muss ich das so verstehen?«

»Nicht senil, Dimitri! Nicht dumm!«

»Das ist mir bewusst, und gleichzeitig weiß ich nicht, was du von mir willst, denn ich war noch nie für Haustiere zu haben, und gerade Hunde sind mir zu haarig«, bemerkte er zweideutig. Er sah, wie Stavros Giannakis die Augenbrauen erstaunt hochzog, während er an seinem Weinglas nippte.

»Galavakis soll sich mit jemand anders beschäftigen und lieber herausfinden, wer so hirnrissig ist, mir etwas auf eine so kranke Art in die Schuhe schieben zu wollen. Oder glaubt ihr tatsächlich, dass ich in die Hütte marschiere, auf Mentakis schieße, mich nicht versichere, dass er auch wirklich tot ist, dann herausschlendere und drei Meter weiter die Waffe so irre gut verstecke, dass selbst ein Dreijähriger sie binnen weniger Minuten findet? Glaubt das jemand von euch?« Aus Serpantakis' Stimme troff nun die Ironie.

»Was genau hat Kommissar Galavakis getan, was ich nun nach deiner Meinung unterbinden soll, Michali?«, wollte er wissen.

»Er stiehlt mir meine Zeit mit Unterstellungen und Schuldzuweisungen – wohlgemerkt unhaltbaren Schuldzuweisungen, denn hätte er etwas gegen mich in der Hand, was nicht so lächerlich ist wie die Pistole, dann hättet ihr mich schon verhaftet. Nicht wahr, Dimitri?!«

»Wenn du dir nichts zuschulden hast kommen lassen, Michali, dann musst du doch deine Energie nicht dafür verschwenden, dich aufzuregen, mich anzurufen und dich auch noch zu rechtfertigen.« Dimitris wusste, dass der Grat schmal war, auf dem er balancierte, und nach seiner Panikattacke am Nachmittag wollte er sich eigentlich nicht zu weit aus dem Fenster lehnen. Gleichzeitig hatte er es auch satt, wie Serpantakis seine Herrscherfantasien auszuleben versuchte. Zerschlugen sie erst den unfassbar lukrativen Geschäftszweig, den er auf den Pfeilern der Pädophilie aufgebaut hatte, dann konnten sie ihn vielleicht sogar ein wenig an die Kandare nehmen, denn er würde nicht nur immense finanzielle Verluste einfahren, sondern auch einflussreiche Freunde verlieren. Die fanden sich nämlich hinter Gittern wieder, und dort verfuhr man mit Kinderschändern nicht zimperlich.

»Pfeif ihn zurück, Dimitri«, schnaubte Serpantakis, »es ist besser für jeden von uns, denn wir alle sind gern da, wo wir uns befinden ...«

»Gestern Abend waren wir uns einig, dass es wichtig ist, die Tat aufzuklären, und heute verlangst du, dass die Ermittler einen Bogen um dich machen und dir noch nicht einmal Fragen stellen dürfen, obwohl es Beweise gegen dich gibt. Wie sollen die entkräftet werden, wenn du nicht kooperativ bist?«

»Wann haben Sie die Pistole zuletzt in Ihrem Besitz gehabt?«, äffte Serpantakis nun ganz offensichtlich Kommissar Galavakis nach. *»Haben Sie die Waffe jemandem gegeben? Ist Ihnen bewusst, dass eine nicht registrierte Waffe illegal ist ...?* Du meinst also, ich sollte auf solche Fragen antworten, Dimitri?!?«

»Wo ist das Problem? Du weißt so gut wie ich, dass niemand dich für eine illegale Pistole vor den Richtertisch zerren wird.«

»Ihr wollt mich wütend machen«, verlor Serpantakis nun beinahe die Beherrschung, und Dimitris war erstaunt über die mangelnde Kontrolle seines Gegenübers. Die platzierte Waffe hatte ihn offensichtlich ganz schön aus der Spur geworfen.

»Michali«, sagte er so neutral wie möglich, denn ein explodierender *Boss* war etwas, was sie jetzt ungefähr so dringend benötigten wie eine entzündete Zahnwurzel. »Sag mir, was du zu sagen hast, und ich leite es weiter. Galavakis macht nur seine Arbeit, und das weißt du auch.«

»Bleibt am Meer, Dimitri. Bleibt einfach am Meer! Die Berge sind mein Gebiet!«

Beinahe hätte er *Wie putzig!* gesagt, verkniff sich den Kommentar aber sofort. Sie sollten die Ermittlungen also im wahrsten Sinne des Wortes ad acta legen und Serpantakis alles Weitere überlassen. Ganz offensichtlich würden Köpfe rollen, und die Polizei sollte fernbleiben und die Hoheit über die Berge beim *Boss* belassen. So war es oft gelaufen, auch nachdem man im letzten Jahrzehnt so viele Polizisten ausgetauscht hatte, die gemeinsame Sache mit der Mafia gemacht oder aus Angst weggeschaut hatten. Michalis wollte nicht verstehen, dass es auch für ihn Grenzen gab, die das Gesetz regelte. Giannakis lauschte weiter interessiert, verspeiste dabei aber auch mit verzücktem Blick den köstlichen geräucherten Aal auf einer duftenden Brioche mit himmlisch heller Soße. Dimitris liebte die Kombination und hätte Michalis gern abgewürgt, um das Gericht auch noch warm zu genießen. Doch nun einfach zu essen und dem Gesprächsgegner – denn er war kein Partner – kauend zu antworten, würde sicher zu einem Schießbefehl führen, egal, auf wen. Er wollte zwar zeigen, dass er sich nicht so leicht in die Ecke drängen ließ, musste aber auch nicht mehr als unbedingt notwendig provozieren, also grunzte er nur: »Mmh.«

»Wir haben uns also verstanden«, knurrte Serpantakis, und es war mehr Aussage als Frage.

»Ich habe sehr gut verstanden, was du willst, Michali. Vielleicht beantwortest du die Fragen einfach mir, und ich übermittle Galavakis die Antworten und verschaffe dir die gewünschte Distanz zu ihm«, formulierte er diplomatisch, ohne feste Zusagen zu machen.

»Keine Ahnung, Keine Ahnung und Was weiß ich«, warf ihm Serpantakis verächtlich nichtssagende Phrasen hin.

»In Ordnung, ich leite das so weiter. Einen guten Abend noch, Michali.« Er hatte keine Lust mehr auf dieses unsinnige Gespräch, das nur dazu diente, sie alle auf ihren Platz in der letzten Reihe zu verweisen.

»Du weißt, dass wir uns bald wieder hören und sehen«, verabschiedete sich der *Boss*, und ein gefährlicher Unterton schwang mit.

Dimitris beendete das Telefonat, nahm einen Schluck Wein, schnitt ein Stück des weichen Brotes ab, stippte es in die Soße, schob Aal darauf und steckte sich den Bissen seufzend in den Mund.

»Vielleicht müssen wir ihn auch auffliegen lassen«, sagte Giannakis leichthin, »denn langsam wird er echt lästig.«

»Ich weiß nicht, ob das aktuell wirklich die beste Lösung ist. Ihn kennen wir, und wenn er nicht total durchdreht, haben wir auch eine ungefähre Vorstellung von dem, was er tut.«

»Wir werden eine Lösung finden«, bestätigte der Agent prostend.

111. Kapitel

Anna-Maria war sofort aufgesprungen, um Kimon und Gavril zu suchen, die sie am Dorfplatz vermutete. So war das also, wenn man kopflos war. So fühlte es sich an, wenn die Welt erneut zusammenbrach, nachdem man sie in mühevoller Kleinarbeit bereits einmal wiederaufgebaut hatte.

Ihr Mutterherz hatte wieder die Führung übernommen und das Herz der frisch erwachten Frau in den Hintergrund gedrängt. Nur deshalb hatte sie all die Warnzeichen nicht richtig gedeutet, weil sie sich in romantischen Dummheiten verloren hatte. Sie standen bereits mit einem Fuß im Grab. Das war ihr klar, und auch wenn alles in ihr sich dagegen wehrte, zu akzeptieren, dass ihre Söhne etwas Furchtbares getan hatten, so wusste sie doch, wie die Arbeit für den *Boss* funktionierte. Er hatte die Jungs mit kleinen Jobs angefüttert. Nichts Schlimmes oder wirklich Illegales. Dann hatten sie begonnen, verantwortungsvollere Aufgaben auszuführen und sich stark und erwachsen gefühlt, denn schließlich vertraute Michalis Serpantakis ihnen. Das war in ihrer Welt hier oben eine absolute Auszeichnung, und all die Kinder, die nach mehr strebten, fanden bei ihm, was sie suchten, denn er verstand es meisterlich, sie an sich zu binden. Dann kam die ultimative Probe, und für ihre Söhne war sie mehr als das Verprügeln eines Dummkopfes gewesen oder für ein paar Knochenbrüche bei einem säumigen Schuldner zu sorgen. Er hatte sie mit einer geladenen Waffe in den Wald geschickt, um einen Polizisten zu erschießen. Er hatte Kinder mit einem Mord beauftragt!

O mein Gott! O mein Gott! Sie spürte, dass sie kurz davor war durchzudrehen und biss sich so fest in die geballte Faust, dass Blut austrat. Sie hatte sich ihre kleine Tasche geschnappt, alle Ausweise hineingeworfen und sich für jeden eine Jacke über den Arm gehängt. Sie warf einen Blick in ihr Zuhause. Es würde ein Abschied für immer sein, und es war furchtbar, nichts mitnehmen zu können. Rasch rannte sie noch einmal zurück, zerrte das Familienbild aus dem kleinen Rahmen, der auf der Kommode am Esstisch stand, und stopfte es ebenfalls in die Tasche. Und wieder war es Serpantakis, der ihr Leben kaputtmachte, auch wenn er im vergangenen Jahrzehnt für das finanzielle Auskommen ihrer Familie gesorgt hatte. Er hatte den Kindern den Vater geraubt, und nun wollte er ihnen allen den Garaus machen.

Sie ließ die Tür ins Schloss fallen – wie immer – und ging gemessenen Schrittes die Straße entlang, während sie versuchte, Kimon ans Handy zu bekommen.

»Mamaaa«, hörte sie ihn gedehnt sagen und hätte vor Erleichterung beinahe geweint.

»Wo seid ihr?«, wollte sie wissen.

»Mit ein paar Leuten am Brunnen. Aber wir kommen bald heim.«

»Wartet dort. Es ist wichtig, und keine Diskussion, Kimon. Nur dass das jetzt schon klar ist.« Sie hörte ihre schneidende Stimme, und auch ihr Sohn schien den Ernst der Lage zu begreifen, denn er fragte nichts und begann auch keine Diskussion, sondern sagte nur: »Ja, Mama.«

Kurze Zeit später kam sie zu dem Platz, an dem der Brunnen unter einem kleinen gemauerten Pavillon stand. Eine Gruppe Jugendlicher lungerte rund um das Becken. Gavril sah sie heraneilen, schubste seinen Bruder an, und sie kamen mit langen, schlaksigen Schritten auf sie zu.

»Wir gehen da entlang«, gab sie den Weg vor, als die beiden sie erreicht hatten.

Sie drückte jedem seine Jacke in die Hand und sah die Gesichter ihrer Kinder. Sie liebte die beiden so sehr, dass ihr alles wehtat. Ihre oberste Priorität war der Schutz ihrer Söhne. Sie würde nicht eher anhalten, bis sie die von Filomena beschriebene kleine Höhle hinter einer schmalen Felsspalte erreicht hatten.

Während sie durch das Dorf schritten, sagte sie immer wieder leise: »Wir rennen nicht, wir gehen, und ihr grinst nicht, sondern benehmt euch so, wie sich Jungs benehmen, die mit ihrer Mutter eine Runde gehen müssen. Das hier ist kein Spiel!«

»Warum sagst du uns nicht, was los ist?« Gavrils Stimme klang hoch und angsterfüllt.

»Nicht jetzt.« Sie lächelte freundlich, während sie die Worte ausstieß. Was, wenn Filomena sie in eine Falle lockte? Sollten sie besser die Richtung wechseln und sich woanders verstecken oder gar zu Hause bleiben? Vor Michalis waren sie nirgendwo sicher, so viel war klar, und wenn er die beiden Kinder tot sehen wollte, dann würden sie sterben. Und sie selbst würde bei dem Versuch umkommen, das Leben ihrer Söhne zu schützen. Aussichtslos. Sie waren verloren, und es blieben nur zwei Möglichkeiten: Sie konnte Filomena vertrauen oder die Polizei rufen, in der Hoffnung, dass sie ihnen half. Doch ihre Söhne hatten auf einen von denen geschossen, und es war nicht irgendwer gewesen, daher war wohl nur eine Option möglich, und sie musste hoffen, dass ihre Entscheidung die richtige war und die *Wohltäterin* Wort halten würde.

Sie erreichten das Ende der Dorfstraße und bogen auf einen staubig-steinigen Weg ab, der nach wenigen Hundert Metern in unwegsamem Gelände endete. Ein schmaler Pfad führte von dort aus in die Spalte, die etwas zu eng war, um den Namen Schlucht zu verdienen, aber breit genug, um sich hindurchzuquetschen. Die Andarten hatten sie früher genutzt, und es gab viele kleine Höhlen, die bis tief in den Berg reichten. Sie mussten bis fast zum Ende laufen und sich dann verstecken. Filomena würde von der anderen Seite kommen und sie retten. Sie wollte fest daran glauben, dass es für sie alle eine Rettung gab, auch wenn sie keine Vorstellung davon hatte, wie man sich vor dem *Boss* und seinen Leuten verstecken sollte.

»Mama, wohin gehen wir?«, fragte Gavril nun langsam panisch.

»Halt endlich die Klappe, du Idiot!«, herrschte sein Bruder ihn an, und der Jüngere begann tatsächlich vor Schreck zu weinen. Er war ein Kind. Sie waren beide noch Kinder. Warum hatte sie nur zugelassen, dass sie in die Fänge der Mafia geraten waren? Warum war sie nicht nach dem Tod ihres Mannes einfach mit den Jungs weggegangen. Warum? So viele Warums und keine Antwort. Serpantakis war schuld an alldem, nicht ihre Söhne. Ihre Söhne waren Kinder, und Kinder machte man nicht zu Mördern.

»Irgendwas ist schiefgelaufen, und er will uns nun alle tot sehen, aber es gibt jemanden, der uns helfen will und mich gewarnt hat. Wir laufen zu einem vereinbarten Versteck, und dann beten wir und sehen weiter.« Sie versuchte, das Ganze so emotionslos wie möglich zu transportieren, und nahm Gavril an die Hand, um ihn hinter sich herzuzerren. Kimon folgte ihnen mit weit aufgerissenen Augen und schreckverzerrter Miene. *Bitte, Gott, rette meine Kinder,* betete sie im Stillen und schritt weiter voran.

112. Kapitel

Er erreichte das Präsidium beinahe gleichzeitig mit Penelope und hatte mittlerweile gefühlt Fusseln am Mund von den vielen Telefonaten. Er war müde und gleichzeitig hellwach, es war ein sonderbarer Zustand. Sein Gespräch mit Michalis Serpantakis war erfolglos verlaufen, dafür hatte ihm Minister Stefanakis kurze Zeit später ein Update über seinen Kontakt mit dem Mann gegeben.

Er hatte kaum aufgelegt, um durchzuatmen, als sein Handy erneut klingelte und eine unbekannte Nummer anzeigte. Zu seinem vollkommenen Erstaunen rief ihn Christos Tochter Litsa an und erzählte ihm eine unglaubliche Geschichte – unter dem Siegel der Verschwiegenheit natürlich, denn sie ließ ihren Vater nicht besonders gut dastehen. Nach seinem unsäglichen Alleingang in Myrtos erklärte das zwar, wie es dazu gekommen war, machte aber auch nichts besser. »Bitte, Herr Galavaki, ich weiß, dass mein Vater kompliziert ist, aber er ist ein guter Mann, und er wollte gewiss nicht, dass jemand zu Schaden kommt. Ich möchte nicht, dass er noch mehr durcheinanderbringt, und ich möchte, dass er nach Hause kommt, denn meine Mutter weint sich die Augen vor Sorge aus dem Kopf. Das habe ich Ihnen aber nie erzählt!«

Dann hatte sie ihm die Nachricht einer Frau vorgelesen, die den Ex-Häftling Ignatios gestern in den Rouvas-Bergen im Bus getroffen hatte. Zumindest ging Litsa davon aus, dass es sich um denselben Mann handelte, auch wenn die Schreiberin ihn Giorgos nannte. Er hatte sich bedankt, versucht, sie zu beruhigen, und es sogar geschafft, einen wertungsfreien Satz über Christos zu sagen. Dann hatte sie aufgelegt und ihm den Screenshot der Nachricht geschickt. Für ihn war Social Media ein Buch mit sieben Siegeln, und in dem Augenblick der Überforderung mit der Gesamtsituation hatte er dann doch Elenis Nummer gewählt. Einerseits, weil er es Penelope versprochen hatte, und andererseits wollte er den Instagram-Kram an sie übergeben, ohne so recht zu wissen, warum, denn eigentlich war es unwichtig, ob sich eine Frau für den Mann interessierte, weil sie ihn nett fand.

Die junge Frau war am Boden zerstört, und er konnte ihr nur schwer klarmachen, dass Penelope gerade Zeit brauchte, um das alles zu verarbeiten. Zeit, die sie definitiv im Augenblick nicht hatte. Eleni musste also Geduld haben.

»Soll ich nach Hause kommen, Hyeronimo? Glaubst du, dass das etwas hilft?«, hatte sie mit zitternder Stimme wissen wollen.

»Ich glaube, dass das falscher Aktionismus wäre, Eleni. Lass ihr einfach etwas Zeit, sich zu sortieren, und dann wird sie sich melden. Sie liebt dich, und das weißt du auch.«

Sie hatte geseufzt, und das Geräusch hatte sein Herz erreicht. Sie tat ihm leid, aber seine Loyalität galt in erster Linie Penelope. »Du kannst etwas für mich, also für uns tun ... Ich habe keine Ahnung, was dabei rauskommt und warum es mich beschäftigt, aber kannst du herausfinden, wer die Frau ist?« Er hatte ihr einen kurzen Abriss der Situation gegeben und dann das Bild geschickt, das ihm Litsa kurz vorher hatte zukommen lassen.

Eleni hatte sich wie eine Ertrinkende auf die Aufgabe gestürzt und ihm versprochen, sich darum zu kümmern.

Danach hatte er einen Moment auf dem Parkplatz verharrt, den Kopf an die Rückenlehne gepresst und auf seinen Händen sitzend. Er spürte das Salz leicht juckend auf seiner Haut und erinnerte sich an den Badeausflug mit dem Minister, dann schwang er sich just in dem Moment aus dem Wagen, als Penelope ihren Mini auf den Parkplatz steuerte. Sie schauten sich verstehend an und gingen auf das Gebäude zu. Wie erhofft waren alle Neugierigen *im* Haus und nicht davor.

»Ich habe mit Eleni gesprochen. Sie schämt sich furchtbar, liebt dich und wartet, bis du dich meldest. Ich hoffe, das hilft dir ein wenig.«

Penelope nickte leicht, und ein trauriger Schatten huschte über ihr Gesicht. Dann betraten sie das Gebäude, schlichen sich die

Treppe hinauf und standen wenige Minuten später in seinem Büro.

Zacharis stieß mit einem Papierstapel bewaffnet zu ihnen. Sie begannen, mit den Informationen, die ihnen zur Verfügung standen, eine Timeline und eine Art Fall-Landkarte zu erstellen. Für das pornografische Material wählten sie Kürzel, die Unwissende nicht würden zuordnen können. Zacharis konnte zudem mitteilen, dass Spectros die Übernahme des Privathandys von Stelios angeordnet hatte und das wohl recht unproblematisch vonstattengegangen war.

»Ach ja, Mist! Das hatte ich ja holen wollen.« Penelope schlug sich entnervt mit der flachen Hand auf die Stirn.

»Es war einfach zu viel los«, beruhigte er sie, denn er wollte nicht, dass sie sich dafür verantwortlich fühlte.

Sie diskutierten die Informationen von Dimitris Stefanakis, sprachen über die gemeinsame Aktion gegen den brutalen Pädophilen-Ring, über die Scheidung, Stelios' Bitte nach Beurlaubung, den regelmäßigen Kontakt mit Penelope und fügten dann die Ergebnisse der Ermittlungen hinzu: die Entdeckung der Dateien auf dem Computer, das Attentat, die Spuren im Blut, den Waffenfund, den USB-Stick und was sich darauf befand, die Aussage von Ignatios Mavrakakis über zwei Täter, die sich mit der Analyse von Helena deckte, die Informationen aus den Gesprächen mit Filomena Serpantaki und Stelios' Ex-Frau Kostoula. Zuletzt ging es noch um die nichtssagenden Aussagen von Michails Serpantakis und Christos' unseligen Alleingang, der wohl zum Tod des Zeugen geführt hatte. Nur den Screenshot von Litsa und Elenis aktuelle Rolle behielt er noch für sich. Es war irgendwie wichtig und irgendwie auch nicht. Dann traten sie einen Schritt zurück und betrachteten ihr Werk schweigend.

Es klopfte an die Tür, und Maria sagte mit erschöpfter, leiser Stimme: »Hyeronimo?«

Zacharis öffnete, und die beiden Interimschefs standen im Flur, fahl und blass wirkten sie und zutiefst erschöpft von ihrer Aufgabe. Hyeronimos wäre lieber mit Penelope und Zacharis allein geblieben, doch er wusste, dass das nicht fair war. Also winkte er die beiden herein: »Wir haben die Pressekonferenz nicht gesehen. Entschuldigt! Wir wollten uns hierauf konzentrieren.« Er deutete auf die prall gefüllte Wand.

»Christos ist aktuell suspendiert«, sagte Spectros in die Stille, und dann schwiegen alle wieder. Es war wirklich kaum zu fassen, wie viele Dinge in so kurzer Zeit geschehen konnten und wie diese einander maßgeblich beeinflussten.

»Führt uns das alles irgendwohin?«, fragte Penelope.

»Was das Attentat auf Stelios angeht, sehe ich im Augenblick noch zu viele lose Fäden«, antwortete er. »Mein Bauchgefühl sagt mir, dass das alles mit der Mafia zu tun hat, aber die Waffe spricht eine sonderbare Sprache. Wenn der *Boss* ein Zeichen setzen, also mal wieder ein Exempel statuieren wollte, dann ist eine Pistole mit seinen Fingerabdrücken drauf nicht möglich. Also will ihm das jemand unterjubeln, aber so plump, dass es irgendwie sinnfrei ist. Eine Provokation … um ihn zu *was* zu bringen?«

»Ein'r unb'dachten H…handl'ng?«, warf Zacharis fragend ein.

»Und dann?« Penelope klang so ratlos, wie er sich fühlte.

»Ich weiß es nicht. Wenn er unbedacht agiert, macht er Fehler, wenn er Fehler macht, ist er angreifbar. Aber was ist das Ziel? Ihn zu entmachten? Dann haben wir es mit einem Mafiakampf zu tun und sollten den Fall schleunigst nach Athen abgeben, doch dann wird vielleicht jede Menge Dreck über Stelios ausgekippt, und das reißt uns alle zusammen in den Abgrund. Ich mag meinen Job und möchte nicht in der Saison irgendwo bedienen müssen …« Hyeronimos hob die Arme zu einer abwehrenden Geste.

»Realistischer Job für dich.« Penelope grinste tatsächlich ein wenig. »Das wollen wir alle nicht. Wir übersehen vielleicht etwas. Lasst uns alles noch mal durchgehen.«

Sie schauten sich erneut an, was ihnen zur Verfügung stand, und er sagte ausgelaugt: »Es bleibt alles undurchschaubar. Wir müssen weitermachen und die Lücken mit Informationen füllen, vielleicht …« Er hielt inne. »Was, wenn jemand einem Konsumenten dieser unsäglichen Daten etwas gesteckt hat – einem einflussreichen Konsumenten ... Und der will nun Serpantakis als Quelle aus dem Weg schaffen? Wir haben alle schon von seinen legendären Informationsbüchern gehört, nur ohne Michalis sind diese wertlos.«

»Aber warum dann nicht einfach den *Boss* abknallen?« Marias Stimme hatte etwas an Kraft zurückgewonnen.

»Und seine gesamte Anhängerschaft gegen sich aufbringen? Das hier ist doch wesentlich subtiler und ganz egal, ob wir wissen, dass sie platziert ist: Er steht als Täter da, und wenn es bekannt wird, auch für jeden unserer Kollegen auf der Insel. Vielleicht landet er nicht für die nächsten fünfzehn Jahre im Knast, aber sich auf der Insel frei zu bewegen, könnte außerordentlich gefährlich werden«, spann Hyeronimos den Faden weiter. Dann plingte sein Handy, und er sah eine Nachricht von Eleni auf seinem Display:

Die Frau heißt Anna-Maria. Sie hat zwei Söhne, Teenager: Kimon und Gavril. Alle drei haben zu Fuß das Dorf in Richtung Berge verlassen, ganz kurz, bevor es dunkel wurde. Ist doch komisch, oder? Nachtwanderung?

Dazu schickte sie ihm den Ort: *Vorizia.*

Er textete *Danke!* zurück und blickte gedankenverloren auf sein Handy. Dann beschloss er, mit offenen Karten zu spielen, und fügte die Informationen der Wand hinzu, ohne zu wissen, wie sie dazupassten.

113. Kapitel

Filomena hatte sich entschieden, das Auto zu wechseln, und war kurz nach Hause gefahren. Äußerlich ganz entspannt hatte sie auf ihrer Terrasse einen Drink genommen, um den Anschein der Normalität zu wahren, und hatte sich dann zurückgezogen, den Jeep aus der Garage geholt, sich das Haar mit einer lässigen Geste mit der Sonnenbrille aus dem Gesicht geschoben – denn schließlich war es so gut wie dunkel. Dann war sie losgefahren. Ihren Bruder hatte sie nirgendwo entdecken können.

Sie hatte den Treffpunkt mit Anna-Maria genau vereinbart und würde ihr Versprechen halten, die Familie in Sicherheit zu bringen, aber es war ein ganz schönes Stück Strecke bis dorthin. Jedoch hatte alles im Leben seinen Preis, und für ihre Unterstützung würde sie die Loyalität der Frau einfordern. Die Söhne mussten erst einmal fort von hier und vielleicht auf ein Internat im Ausland gehen, bis Gras über die Sache gewachsen war.

Sie lenkte das große Auto umsichtig durch die engen Straßen und hätte beinahe die Abzweigung verpasst. Im letzten Augenblick bremste sie und bog ab, dabei übersah sie fast eine Ziege, und der Jeep polterte über die Steine und dornige Gewächse, die schabend am Lack kratzten. Erschrocken atmete sie aus und war froh, das Auto wieder unter Kontrolle zu haben. Sie erreichte den vereinbarten Treffpunkt und machte ein Lichtzeichen.

Kurze Zeit später hasteten drei Schatten durch die Dunkelheit auf sie zu, und sie schaltete die Scheinwerfer ab, stieg aus und öffnete die hintere Tür und den Kofferraum, damit sich alle verstecken konnten. Die Familie erreichte den Jeep, und sie wies die Jungen an, sich auf dem Rücksitz unter den Decken zu verkriechen. Dann entstand eine Dynamik, mit der anscheinend weder sie noch die Mutter gerechnet hatten. Der Größere sah ihr Gesicht und rief entsetzt: »Sie!«, stolperte einige Schritte zurück, packte seinen Bruder an der Jacke und plärrte: »Das ist eine Falle, Gavril, lauf! Mama, wie konntest du nur? Das ist die Schwester von Se…« Dann drehten sich die Jungen um und rannten flink wie die Hasen in die Dunkelheit, während Anna-Maria wie eine Irre zu lachen begann und den Satz »Es ist ein Fehler, ich wusste es!« immer wieder wiederholte.

Die Situation entglitt Filomena, und während sie versuchte, die Frau in ihren Wagen zu bugsieren und mit den Worten »Wir finden sie, und alles wird gut« zu beruhigen, fiel der erste Schuss hallend durch die Nacht.

114. Kapitel

Sein Handy plingte erneut.

Es fallen Schüsse in der Umgegend um Vorizia. Da ruft gewiss niemand die Polizei. Aber vielleicht bedeutet es ja doch was?

Eleni, die ja ganz offensichtlich in Amerika war, wusste trotzdem, was sich in der Pampa vor einem Bergdorf abzuspielen schien? Er erklärte den anderen kurz, warum er abgelenkt war.

»Wir brauchen fast eine Stunde bis dort hinauf. Haben wir irgendjemanden in der Nähe? Ruft irgendeinen Posten an, der eine Streife dorthin schickt, aber sie sollen vorsichtig sein.«

Sie sprangen alle auf und wurden geschäftig. Spectros griff zum Telefon. Penelope packte ihre Tasche und sagte: »Ich fahre mit dir.«

Zacharis sagte: »'ch schau, was ich ü…üb'r die Frau und die Söhne f…f'nde.«

Maria hob kurz die Hände. »Wenn ich was tun kann, sagt es.«

Hyeronimos nickte. »Vielleicht schickst du Penelope eine Sprachnachricht mit der Kurzzusammenfassung der PK.«

»Gute Idee. Mache ich!«

Er packte seine Sachen und lief mit Penelope auf den Fersen in Richtung Ausgang. Was auch immer all das bedeutete, es fühlte sich unheilvoll an. Schüsse in den Bergen konnten an sich alle möglichen Gründe haben, denn der dortige Volkssport war es, auf Straßenschilder oder Blechdosen zu ballern. Doch es war dunkel, und das bot nicht den richtigen Rahmen für Schießübungen dieser Art. Er stoppte abrupt, und seine Freundin rannte fast ungebremst in ihn hinein.

»Aua, Hyeronimo!«

»Sorry!« Er rieb sich die Nieren, in die er bei dem Zusammenprall einen Stoß bekommen hatte. »Aber ich sollte wohl meine Waffe mitnehmen.« Entschuldigend hob er die Schultern und sprintete zurück, um die Pistole dem dafür vorgesehenen gesicherten Fach zu entnehmen. Er schnappte sich das Holster, legte es um und schob die Pistole hinein. Zudem zog er zwei schusssichere Westen vom Haken, auf denen in großen weißen Lettern »Polizei« stand.

Wieder bei Penelope angekommen, reichte er ihr eine und sagte: »Anziehen!«

Sie schlüpfte sofort hinein, und dann sprinteten sie wieder los. Mit etwas Glück lungerte draußen kaum jemand herum, da alle gerade dabei waren, ihre Version der Pressekonferenz zu verbreiten.

Sie erreichten unbehelligt seinen Wagen. Er zog die Weste über, richtete das Holster so aus, dass er bequem sitzen konnte, und deponierte die Waffe an dem dafür vorgesehenen Platz im Handschuhfach.

Dann gab er Gas.

Das Schweigen zwischen ihnen war einvernehmlich und entspannt. Sie mussten nicht reden, um sich zu verstehen, und es war gut, dass sie bemerkte, dass ihm die Ohren gerade qualmten. Die Straßen waren leer, und sie kamen rasch voran. Er blieb trotzdem vorsichtig. So eine Kollision wie gestern Vormittag, dieses Gefühl brauchte er so schnell nicht noch mal.

Ihr Handydisplay leuchtete im Dunkel das Wagens auf. Sie hob es an und sagte: »Maria.« Gemeinsam lauschten sie der Zusammenfassung, die nicht viel Neues brachte. Die Pressekonferenz war ohne große Schlammschlacht und Blutgier verlaufen, anscheinend besaßen die Sensationsvampire doch so etwas wie Anstand, wenn es um einen Polizisten ging. Natürlich war Christos' »Einsatz« in Myrtos zur Sprache gekommen, doch Spectros hatte das Ganze wohl in seiner gelassenen Art kommentiert und interne Untersuchungen angekündigt. Jemand hatte versucht, eine Frage bezüglich der Verwicklung der Organisierten Kriminalität in das Attentat auf Stelios zu platzieren, und auch hier hatte Spectros das Wort ergriffen und Ermittlungen in alle Richtungen als möglich erachtet.

»Das lief ja ganz gut«, kommentierte sie das Gehörte, und er nickte brummend.

Er musste seine Gedanken sortieren, denn in seinem Kopf entstand ein Szenario, das zwei fast erwachsene Jungen in Jeans und Kapuzenpullis entwarf. Eine Mutter, die mit den Kindern in die Berge ging, nachts – vielleicht, um sich zu verstecken –, und dann Schüsse. Versteckten sie sich, weil jemand nach ihnen suchte? Wer war dieser Jemand? Ein Scherge Serpantakis'? Michalis selbst würde wohl kaum durch die Nacht rennen und auf Kinder schießen. Gerieten sie dort oben in ein gefährliches Kreuzfeuer?

»Sollte dort nachher noch immer geschossen werden, dann bleibst du hier im Wagen und legst dich hinter die Sitze auf den Boden. Ist das klar?« Sie war unbewaffnet, und er musste darauf achten, sie keinem unnötigen Risiko auszusetzen. Sie antwortete nicht. »Penelope«, sagte er auffordernd.

»Ich habe dich gehört, Hyeronimo. Ich verkrieche mich also.«

»Du bist unbewaffnet, und das nennt sich Sicherheit und nicht Feigheit. Haben wir uns da verstanden, Frau Doktor?«

Sie grummelte etwas, was er als »Ja klar« entschlüsselte, und sie schwiegen wieder.

Erneut leuchtete der Bildschirm eines Handys auf, diesmal war es seines. »Kannst du bitte lesen, was Zacharis schreibt«, bat er.

»Die Frau ist aus Vorizia, die Söhne Kimon und Gavril sind sechzehn und vierzehn ... Halbwaisen. Der Vater ist bei einem Rollerunfall ums Leben gekommen. Wie macht Zacharis das eigentlich immer so schnell? Die Frau bekommt wohl seit dem Tod einen monatlichen Betrag auf ihr Konto, die Steuernummer gehört zum Umfeld von Serpantakis. Irgendeines seiner Unternehmen demnach.«

»Mafia also.« Er nickte resigniert. Er hatte ganz offensichtlich mit der falschen Person aus dem Hause Serpantakis ein Gespräch unter vier Augen geführt. Er hätte doch mit Michalis anfangen und ihn in seiner Villa aufsuchen sollen.

»Zwei junge Männer in Jeans und Kapuzenpullis. Heuert er jetzt bereits Kinder für Morde an? Echt?«, raunte Penelope.

Offensichtlich zog sie dieselben Rückschlüsse wie er. »Der Gedanke kam mir auch, aber es erklärt noch nicht, wieso auf der Waffe *seine* Fingerabdrücke sind.« Er schlug genervt mit der Hand auf das Lenkrad.

115. Kapitel

Er saß im Fond des Wagens. Niemals würde er die Waffe persönlich in die Hand nehmen und schießen, wenn er sich selbst damit in Gefahr brachte. Er erkannte das Auto seiner Schwester und wusste nun, dass *sie* die Verräterin war. Sie wollte ihn ans Messer liefern. Ja, aber was wollte sie genau? Ihn im Gefängnis sehen? Als könnte er nicht auch von dort aus alle Strippen ziehen und weiterhin an seinem geliebten Whiskey nippen. Er würde seine mädchenhafte Gattin als *Wohltäterin* aufbauen, wenn Filomena hier draußen im Kugelhagel der durchdrehenden Attentäter eines Polizisten ums Leben kam, während sie versuchte, ihre Rolle in dieser Scharade zu vertuschen. Sie war seine Schwester, doch er hatte kein Problem damit, sich seiner Familie zu entledigen, wenn sie sich nicht als nützlich oder sogar als schädlich erwies. Niemand würde hier mit dem Leben davonkommen, der etwas anderes zu berichten hatte. Die beiden, die mit ihm hier waren, waren ihm so sehr verpflichtet, dass er sogar über ihre Ausscheidungen herrschen konnte. Seine Schwester, die Mutter und die beiden dummen Buben, die ihm – wissentlich oder auch nicht – in den Rücken gefallen waren, anstatt zu tun, wofür er sie ausgewählt hatte … Er würde mit ihrem Blut den Boden düngen und sich als den Retter der Gerechten präsentieren. So einfach war das.

Was hatte sich Filomena nur dabei gedacht? Nichts wahrscheinlich. Seitdem sie wochenlang ungewaschen, im Bademantel und mit Fellstiefeln bei sommerlichen Temperaturen umhergekrochen war, hatte ihr Verstand merklich gelitten. Er hatte es die ganze Zeit gespürt. Er hätte sie doch vom Balkon werfen sollen, aber sie hier durch einen *Querschläger* sterben zu lassen war viel intelligenter. Er sah die Lichter der Mündungsfeuer durch die Nacht peitschen und fragte sich, warum seine ausgebildeten Schützen nicht dazu in der Lage waren, zwei Kinder zu erwischen. Er arbeitete offenbar nur mit Dilettanten. Es dauerte alles viel zu lang.

Sein Telefon begann zu klingeln. »Ja!«, herrschte er hinein.

»Die Polizei ist im Anmarsch. Uniformiert und zusätzlich ein Wagen aus Irakleio.«

Er spürte die heiße Wut in sich aufwallen. Konnte er noch nicht einmal seine eigenen Kämpfe in Ruhe ausfechten? Was bildeten sich plötzlich alle ein, in sein Hoheitsgebiet einzugreifen. Er ließ die Scheibe herunter und brüllte geifernd: »Schießt endlich richtig. Wir müssen hier weg, und niemand darf überleben.«

Dann fiel ein weiterer Schuss, dem ein gellender Schrei folgte.

Ein Treffer! Endlich!

116. Kapitel

»Unsere Leute sind nur zu zweit, Kommissar Galavaki, und es wird geschossen. Das Risiko ist definitiv zu groß, um im Dunkeln einzugreifen. Wir warten auf Verstärkung.«

Hyeronimos wollte erneut auf sein Lenkrad einschlagen; die Verstärkung war er. Mit mehr Leuten war aktuell nicht zu rechnen, und bis ein Hubschrauber angefordert und genehmigt war, wäre Mitternacht bereits überschritten. »Behalten Sie die Lage im Blick, und alarmieren Sie Ihren Posten«, sagte er voller Hoffnung, wusste aber, dass der Löwenanteil des Postens bereits dort in der Streife saß und niemand sonst kommen würde, nachdem klar war, dass da wirklich scharf geschossen wurde und Menschen das Ziel waren.

»Jawoll, Kapetan«, erscholl es aus dem Lautsprecher.

Ihm war klar, dass sich nach den Erfahrungen, die der Polizeiapparat der Insel mit Schießereien mit der Mafia gemacht hatte, vor allem Zurückhaltung zeigen würde anstatt mutiges Voranpreschen. Penelope und er hatten noch einen kurvenreichen Streckenabschnitt vor sich, und es war fraglich, ob sie den Ort des Geschehens zeitig genug erreichten. »Wichtig wäre es, herauszufinden, mit wie vielen Gegnern wir es zu tun haben«, fügte er noch an, doch die Dunkelheit bot den mordlustigen Schergen Schutz, und wenn das Schicksal vielleicht ein klein wenig Mitleid aufbrachte, galt selbiges auch für die Opfer.

Wieder kam ein zackiges »Jawoll«, was Hyeronimos eher Glauben machte, dass die Männer das Auto nicht verlassen würden.

Er unterbrach den Kontakt und verlangte seinem Wagen alles ab.

»Schießen die da gerade echt auf Kinder? Müssen wir davon ausgehen?«, fragte Penelope mit Fassungslosigkeit in der Stimme.

»Ich weiß es nicht«, antwortete er wahrheitsgemäß, »bisher mutmaßen wir uns das alles ja nur zusammen. Die Puzzleteile passen, aber ob sich wirklich das von uns gedachte Gesamtbild ergibt, wissen wir erst, wenn wir da sind. Und noch mal: Du bleibst in Deckung. Ich will nicht dafür verantwortlich sein, dass dir etwas zustößt. Das meine ich sehr ernst!«

»Ich weiß, Hyeronimo, und gleichzeitig ist es viel verlangt, dass ich mich verkriechen soll, und du begibst dich in Lebensgefahr.«

»Das verstehe ich gut, und mich treibt auch keine Todessehnsucht an – das kann ich dir versprechen –, aber diese Typen müssen begreifen, dass das Maß irgendwann voll ist. Ich weiß, dass Leute wie Michalis Serpantakis davon ausgehen, in einem rechtsfreien Raum zu leben, also was allgemeingültiges Recht angeht, und das macht mich mittlerweile echt sauer.«

»Er ist ein abgrundtief böser Mensch. Bitte vergiss das nicht«, sagte Penelope leise, »er hält die Waffe nicht selbst, er richtet die Kamera nicht aus, er quält nicht selbst – aber er macht das alles möglich. Es ist ihm egal, weil das Geld, das in seine Taschen fließt, und die Macht, die er spürt, die einzigen Dinge sind, die ihn interessieren. Wie viele Menschen er wohl schon auf dem Gewissen hat?«

»Zu viele«, stellte er verbittert fest und hoffte, heute Abend noch jemanden retten zu können, doch die Zeit war einfach zu knapp.

»Wir kommen zu spät, oder?« Sie fragte leise, und er konnte die Hoffnungslosigkeit hören, die die letzten Stunden in ihr ausgelöst hatten.

»Es ist nicht mehr weit«, sagte er, auch wenn er wusste, dass ihre Aussage nicht nur die akute Situation betraf. Sie kamen für so vieles zu spät. Er begriff, dass Stelios, der Minister und die anderen Behörden belastungsfähiges Material hatten zusammenstellen wollen, damit auch wirklich Köpfe rollen konnten. Und doch waren in den Jahren der Recherche so viele gestorben oder für immer zerbrochen. Wie hatten sie das nur durchgestanden? Er und auch die vier anderen um ihn herum zerbrachen schon innerhalb von achtundvierzig Stunden an dem Wissen. Das alles hier war unfassbar, und doch war er genau deshalb Polizist geworden: Er wollte das Böse besiegen und die Welt zu einem besseren Ort machen. Doch würde sie besser, wenn es Serpantakis nicht mehr gab? Er war nicht so naiv zu glauben, dass diejenigen, die bereits in den Startlöchern standen und mit den Hufen scharrten, gute Taten im Sinn hatten. Für ihn war dieses Abwägen jedoch zu politisch, und er konnte nicht die Augen verschließen und mit munterer Stimme sagen: *Serpantakis ist das kleinere Übel, also lassen wir ihn schalten und walten, wie er will.* Nein, so ging das nicht, so konnte man doch nicht für Recht und Ordnung sorgen. Doch die Welt hatte es sich angewöhnt, furchtbare Dinge zuzulassen, und er war ein winziges Licht, das es nicht schaffen würde, diese tiefe Dunkelheit zu vertreiben.

Heute Abend hatte er aber die Chance, etwas zu tun. War er dazu bereit, den Schritt zu gehen und seine Waffe auf den *Boss* zu richten und abzudrücken, auch wenn die Erschütterung, die er damit auslöste, ungeahnte Konsequenzen für alle hier auf der Insel und wahrscheinlich noch in einem viel größeren Radius haben würde? Er musste ehrlich zu sich selbst sein: Er wusste es nicht. Noch nicht.

117. Kapitel

Anna-Maria schrie. Sie konnte nicht aufhören zu schreien und begriff nicht, dass ihr Körper dazu in der Lage war, solche Töne zu produzieren. Die Angst war so allumfassend, dass sie in ihr gefangen war. Sie wollte hinter ihren Söhnen herrennen, wollte sich schützend vor sie werfen, doch sie saß hilflos im Auto und konnte sich nicht rühren. Nur schreien, als lebten Lunge, Stimmbänder und Mund ein eigenes Leben, losgelöst von ihr.

»Sie müssen aufhören zu schreien«, herrschte die Frau neben ihr sie zum wiederholten Male an, »ich kann sonst nicht denken, und das hilft keinem von uns!«

Doch Anna-Maria wusste nicht, wie das gehen sollte. Es war zu viel für sie, all das zu verarbeiten, was die letzten Stunden mit sich gebracht hatten. Sie hatte bis zu dem Augenblick hervorragend funktioniert, in dem Kimon die Flucht ergriffen hatte und Gavril seinem Bruder wie immer blindlings gefolgt war. Das waren ihre Kinder. Ihr Fleisch und Blut. Oder war es in erster Linie das Erbgut ihres Mannes? Hatten sie es in sich, kriminell zu sein? Sie selbst hatte so viele Jahre das schmutzige Geld genommen, einfach so und ohne Reue. Sie hatte den Jungen ein gutes Leben ermöglichen wollen, und da hatte der regelmäßige Geldeingang eine willkommene Sicherheit geboten. Blutgeld! Und damit hatte er ihre Söhne wahrscheinlich als seinen Besitz angesehen, denn er hatte sie bezahlt. Gekauft! Gehörte sie ihm auch, weil sie das Geld schweigend angenommen hatte und es ihr so viel besser gegangen war als vielen anderen? Was, wenn Kimon recht hatte und das alles hier eine geschickt eingefädelte Falle war? Wenn Filomena ihrem Bruder sein Eigentum in die Hände trieb wie Vieh, das man zur Schlachtbank führte?

Sollte sie aus dem Wagen steigen und sich ergeben? Die Hände heben und verdeutlichen, dass ihre Buben und sie keine Gefahr waren? Sie hörte den schrillen, lang gezogenen Schrei und konnte nicht differenzieren, ob es ihrer war oder ob jemand anders schrie. *Das bist nicht du,* signalisierte ein Instinkt in ihr, der stärker zu sein schien als die lähmende Panik. Sie umfasste den Türgriff, bereit, sich aus dem Auto zu stürzen und alles abzuschütteln, was sie an den Sitz zu nageln schien. Sie rüttelte an dem Griff, doch nichts geschah. Raus … Sie wollte, nein, sie *musste* raus!

»Du kannst nichts tun«, durchdrang Filomenas Stimme schneidend ihr kopfloses Handeln. »Wenn du jetzt dort hinausrennst, werdet ihr alle sterben. Die Jungen haben eine Chance, ein Versteck zu finden, und bei Tagesanbruch sehen wir eine Lösung, sie in Sicherheit zu bringen.«

Anna-Maria hörte die Worte und registrierte auch die vertrauliche Ansprache. Etwas in ihr wollte glauben, dass die Frau es ernst meinte, und gleichzeitig war der Trieb in ihr so groß, dem Schrei zu folgen, denn ihr Mutterherz spürte, dass etwas Furchtbares geschehen war.

»Ich … muss … zu … meinen Söhnen«, stieß sie gepresst aus und bekam ihre Stimme langsam wieder unter Kontrolle. Es gab in solchen Autos gewiss einen Knopf, mit dem man die Türen entriegeln konnte. Ganz egal, was Filomena auch sagte, sie musste dort hinaus und ihre Kinder beschützen.

Deine Kinder sind Mörder, skandierte es in ihrem Kopf, *Mörder, Mörder, Mörder …* Sie wollte hinaus. Sie war verantwortlich für Kimon und Gavril.

»Mein Bruder hat deine Kinder angestiftet zu morden, und nun braucht er sie nicht mehr und macht Jagd auf sie.«

Die Worte der *Wohltäterin* tropften wie Gift in ihren Geist, und ihre Angst schien sich in unbändigen Zorn zu verwandeln, der wie rot glühender Sirup in ihren Körper floss. Sie spürte plötzlich nichts mehr außer dem Bedürfnis, sich gegen den Mann zu stellen, der bereit war, einen Sechzehnjährigen und einen Vierzehnjährigen zu töten. »Dein Bruder ... muss sterben!« Die Worte purzelten aus ihr heraus, und es war ihr mit einem Mal vollkommen egal, ob Filomena sie an der Nase herumführte oder nicht. Dann kam ihr der Schrei wieder in den Sinn, und mit dem sich verflüchtigenden Nebel der Furcht in ihrem Kopf wurde ihr überdeutlich klar, dass es Gavrils Stimme gewesen war, in der so viel Furcht und Schmerz gelegen hatte. Je klarer sie wieder denken konnte, umso deutlicher wurde ihr, dass dort draußen bereits etwas Furchtbares geschehen war. Das hier war ihr Zuhause. Hier war sie geboren und aufgewachsen. Sie kannte sich aus, und zwar besser als die von Zoniana angereisten Henker.

»Ist er hier? Hast du uns verraten?« Es war ihr egal, welche Konsequenzen ihre Fragen bringen würden, sie musste nur wissen, woran sie mit der Frau und ihrem Bruder war.

»Ich glaube, dass er hier ist, aber ich bin ebenso in Gefahr wie ihr drei. Er ist auch mein Feind!«

»Lass mich raus zu meinen Kindern!«

Zu Anna-Marias großem Erstaunen drückte Filomena den Entriegelungsknopf.

»Hast du eine Waffe im Wagen?«, fragte sie, denn sie war eine treffsichere Schützin. Zwar hatte sie lange nicht mehr geübt, aber früher war sie dazu in der Lage gewesen, einer Fliege ein Auge auszuschießen. Sie erwartete ein »Nein« von der vornehmen Frau und nahm erstaunt zur Kenntnis, wie diese sich bückte, eine kleine Box unter dem Sitz hervorzog und sie ihr auf den Schoß legte. Anna-Maria öffnete den Verschluss und sah einen kleinen Trommelrevolver darin liegen. Eine jämmerliche Mädchenwaffe – aber eine Waffe. Sie ließ die Trommel aufschnappen und überprüfte die Munition. »Du bist schutzlos«, wandte sie sich an Filomena.

»Sollte mich einer von denen bedrohen, fahre ich ihn über den Haufen«, sagte diese so bestimmt und so eisig, dass Anna-Maria ihr, ohne zu zögern, glaubte. Sie wollte die Tür öffnen, um aus dem Wagen zu schlüpfen, als Filomena »Warte!« rief, auf einen Schalter drückte und ihr dann bestätigend zunickte.

Die Zeit schien sich ins Unendliche zu dehnen, als sie durch einen schmalen Spalt in der Tür hinausschlüpfte. Der Innenraum blieb dunkel, Gott sei Dank hatte die Wohltäterin mitgedacht. Anna-Maria versuchte, sich zu orientieren, und der auffrischende Wind trug derweil einen leisen Ton herbei. Ihr Herz begann zu stocken, denn sie erkannte das Wehklagen ihres Kindes. Es war, als würden sich all ihre Sinne darauf scharf stellen, und nichts anderes mehr spielte eine Rolle. Hatte sie eben noch Michalis Serpantakis töten wollen, wollte sie jetzt nur noch zu ihrem Kind. Sie huschte um das Auto herum und verschwand hinter einigen schützenden Felsbrocken.

Wo waren die Männer mit den Waffen, deren Mündungsfeuer sie gesehen hatte? Sie musste versuchen, so leise wie möglich dem Wimmern zu folgen. War Gavril getroffen? Nein, sie durfte nicht darüber nachdenken, denn wenn sie den Gedanken zuließ, wurden ihre Hände und Füße von einer klirrenden Kälte ergriffen, die ihr das Vorwärtskommen erschwerte. Sie musste sich zusammenreißen. Das war sie ihren Söhnen schuldig, denn sie hatte es versäumt, sie zu beschützen, und das wäre ihre Aufgabe gewesen. Viel wichtiger als Kleidung oder Bildung.

Im Schutz der Steine bewegte sie sich auf die Spalte zu, die durch den Berg führte und sowohl Rettung als auch Hinterhalt sein konnte. Der Mond tauchte hinter dem Berg auf und beleuchtete die Szene wie in einem grausamen Film. Nun konnte nicht nur sie alles erkennen, sondern auch der Feind. Während sie vorsichtig jeden Schritt prüfte, sah sie hinter einer am Ende des Weges liegenden Felskuppe das Blech eines weiteren Autos aufblitzen. War er das? War er dort und schaute zu, wie sie alle in Panik gerieten? Wartete er wie eine Spinne in ihrem Netz hockend, dass ihm die fette Beute nicht entkam? Sie wollte ihm an den Kragen, ihm eine Kugel in das feiste Gesicht jagen, doch sie musste sich entscheiden, und an erster Stelle standen ihre Kinder. Sie musste, sie würde sie finden.

Warum hatte Kimon ihr nicht vertraut? Sie wusste es: Sie hatte sein Vertrauen wohl schon lange verloren und es einfach nicht bemerkt. Zudem hatte sie selbst gezögert, Filomena zu vertrauen, und das hatte dazu beigetragen, dass ihr die Situation vollkommen entglitten war.

Sie kam dem Wimmern näher, doch dann verstummte es urplötzlich, und die darauf folgende Stille war grauenvoll.

118. Kapitel

Er versuchte zu atmen, doch es ging nicht. Seine Kehle war wie zugeschnürt und schmerzte, als hätte man ihm einen Stock hineingerammt und damit versucht, seine Lunge aus dem Körper zu zerren. Sein Körper? Wo war sein Körper? Warum spürte er ihn nicht? Er hatte das Gefühl, nur aus dem Bedürfnis, atmen zu wollen, zu existieren.

Dann kamen die Geräusche – wie auf einen Schlag waren sie da. Brüllten, heulten, umtosten ihn piepend. Stimmen kamen auf ihn zu.

»Er versucht zu atmen, nehmt ihn von der Intubation. Schnell. Stelio?«

Er schlug die Augen auf. Stelio – ja, das war er. Gleißendes Licht traf auf seine Pupillen und machte ihn für einen Augenblick beinahe blind, dann sah er die Gesichter. Sie waren ihm fremd, und doch kannten sie seinen Namen. Behandschuhte Hände zerrten an dem Stock in seinem Hals, und er musste husten und spucken, dann sog er reflexartig Luft ein und hatte das Gefühl, den explodierenden Schmerz nicht ertragen zu können. Alles schien rau und wund zu sein. Jemand fasste seine Hand und hob sie hoch. Er konnte sie sehen, und mit dem Sehen kam das Gefühl.

Wieder helles Licht, diesmal leuchtete jemand mit etwas, und er sah ein Lächeln in dem Gesicht der bekittelten Person. War das der Himmel? Oder die Hölle? Er spürte Schmerz, so sollte das im versprochenen Paradies nicht sein.

Wie ein Pfeil traf eine Erkenntnis mitten in sein Gehirn, und Bilder blitzten auf: Die Mündung, in die er geblickt hatte, ein Schuss, Schmerz, Blut, wegsickerndes Leben, goldener Lebenssaft, der Stick, die Gesichter, der Stick! Wo war der Stick? Er war wichtig. Er war so wichtig. Er hatte ihn verborgen, weil er wichtig war, doch warum? Sein Gehirn begann alarmiert *WICHTIG* zu brüllen, und er tastete mit der Hand umher, um ihn zu finden. Doch da war nichts. Eine Panikwelle schlug über ihm zusammen. Warum wusste er nicht, wo der Stick war, warum wusste er gar nichts? Er versuchte, Luft durch die kaputte Kehle zu bekommen, japsend, zischend.

»Stelio, Sie müssen sich beruhigen, Sie müssen einfach nur atmen.«

Einfach nur atmen. Nichts daran war einfach, sein Hals war zu eng, zu empfindlich, und ihm wurde übel bei dem Versuch, Luft zu inhalieren.

»Er kollabiert! Rea-Wagen. Wir müssen ihn wieder intubieren, wenn er nicht regelmäßig atmen kann. Stelio, Sie müssen atmen. Atmen Sie, Mann!«

»Stopp!« Das war eine andere Stimme. »Keine weitere Reanimation vorerst. Leichte Herzmassage. Er kommt schon wieder. Gebt ihm einen Moment!«

Eine Hand strich über seinen Kopf und dann über seine Wangen und seinen Hals entlang. Die Berührung war warm und gut. Nun strich die Hand den Hals hinauf nach oben zum Mund, und er folgte der Berührung. Es war wie ein Takt, und plötzlich spürte er, dass er atmete.

»Er atmet. Willkommen zurück, Stelio! Sie haben uns einen ganz schönen Schrecken eingejagt.«

Sein Blickfeld weitete sich, und wieder konnte er Menschen um sich herum sehen. Ein Mann beugte sich über ihn und bewegte die Lippen. Er war es also, der gerade mit ihm sprach. Stelios wollte antworten. Er wollte Fragen stellen und auch Antworten bekommen, doch er wusste nicht, wie er seinen Gedanken Ausdruck verleihen sollte. Er wollte wissen, wo der Stick war, und konzentrierte sich, sammelte all seine Kraft für dieses Wort.

»Ssssskkk.«

Wieder beugte sich der Mann über ihn. »Alles zu seiner Zeit. Ruhen Sie sich noch aus, Sie sind sehr schwach.« Dann rief dieselbe Stimme: »Ich will seine Vitalwerte alle dreißig Minuten haben. Fahrt die Schmerzmittel zwei Milligramm runter, damit er versteht, wo und wer er ist.«

Dann entfernten sich die Stimmen, und er versuchte weiter, den Fingern auf seinem Hals zu folgen, die er noch immer zu spüren glaubte, obwohl der Mann weg war. Er brauchte den Stick, zumindest das wusste er glasklar. Seine Hand glitt weiter suchend umher, dann schlossen sich seine Augenlider flatternd, und er glitt in einen trüben Schlaf.

119. Kapitel

Sie erreichten die hügelige Landschaft um Vorizia und folgten den Anweisungen der Streife, die in sicherer Entfernung Position bezogen hatte. Zwei bewaffnete Männer waren unterwegs, hatten schon ein paarmal geschossen, und zwei andere waren vor ihnen davongerannt. Am Rande der schmalen Schlucht stand ein Jeep, und am anderen Ende des Weges, hinter einem Felsvorsprung verborgen, ein dunkler SUV. Beide Autos gehörten zum Fuhrpark von Serpantakis. Was ging hier nur vor?

Hyeronimos stellte das Auto außer Sichtweite ab, rückte die schusssichere Weste zurecht, holte die Waffe und sicherte sie im Holster. Ein zweites Magazin verschwand in der dafür vorgesehenen Tasche. Er kündigte den Uniformierten sein Kommen an und bereitete sie darauf vor, ihm zu folgen.

Kurze Zeit später schlichen sie zu dritt im Schatten von Felsen und Bäumen auf den Ort des Geschehens zu. Wieder fiel hallend ein Schuss, peitschte durch die Nacht, und man konnte ihn gegen einen Felsen prallen hören. Querschläger waren hier vollkommen normal. Eine Frauenstimme durchschnitt die Stille, und ihm blieb kurz das Herz stehen, denn er befürchtete, Penelope habe doch den Wagen verlassen und spiele nun die Heldin. Doch die Stimme war so voller Hass und gleichzeitig Panik, dass er sofort bemerkte, dass sie nicht seiner Freundin gehörte.

»Stirbt mein Sohn hier, sterbt ihr alle!«

Anna-Maria also, die Mutter. War einer der Söhne verletzt? Sie mussten etwas tun, konnten nicht unbeteiligt hier herumstehen und zusehen, wie vielleicht ein Kind zu Tode kam. Er wusste, dass es vollkommener Wahnsinn war, was er hier tat, doch die Not gab ihm Kraft: »Hier spricht die Polizei. Das Gebiet ist weiträumig umstellt. Geben Sie auf, und kommen Sie alle mit erhobenen Händen auf die Mitte des Pfades.«

Er hörte ein irres Frauenlachen. Es hallte von den Bergen wider und schien sich darin zu fangen. »Wer soll darauf reinfallen, Michali? Komm als Erster raus, dann folgen dir alle anderen.«

»Ich brauche hier Hilfe. Es ist Gavril, mein Junge, er blutet. Ich brauche Hilfe. Hilfe! Mein Junge, mein Kind …«

Die eben noch so hasserfüllte Stimme transportierte jetzt nur noch Angst, und Hyeronimos drückte die spezielle Notruffunktion seines Handys nach Gefühl. Er wollte es nicht aus der Tasche nehmen und durch den Lichtschein zu einem gut sichtbaren Ziel werden.

Dann ging alles plötzlich ganz schnell. Ein Mann kam aus der Deckung, die Waffe im Anschlag, und versuchte, die panische Mutter zu töten. Für einen kurzen Moment stand er so, dass Hyeronimos auf ihn hätte schießen können, doch die Distanz war einfach zu weit, und er wollte nicht danebenzielen. Dann blitzte etwas im Mondlicht silbern auf, und der darauf folgende Knall ließ den Bewaffneten straucheln. Dann fiel er wie ein gefällter Baum um.

»Ich brauche Hilfe.«

»Hilfe kommt«, rief Hyeronimos nun, »ich bin Kommissar Galavaki, und Sie können mir vertrauen.« Er winkte den Uniformierten zu, sich langsam vorwärtszubewegen.

Ein Schütze war noch übrig, die Frau war bewaffnet und wenn sie nicht mit einem Auto der Serpantakis durch die Gegend fuhr, dann befand sich noch mindestens eine weitere Person hier. Es würde ewig dauern, bis ein Krankenwagen auftauchte, und sollte der Junge schwer verletzt sein, würde er das womöglich nicht überleben. Sie waren auf dem Vormarsch, und obwohl er umsichtige Vorsicht walten ließ, spürte er doch, wie ihm kalte Schauer über den Rücken rannen.

Dann wurde der SUV plötzlich angelassen und raste ohne Licht davon. Wer flüchtete da vom Tatort? Der Jeep startete ebenfalls, wendete schlitternd und raste dem SUV hinterher.

Kurz bevor das Licht dieses Wagens die Nacht in weißblaue Helligkeit tauchte, erhaschte er einen Blick auf das erbitterte Gesicht von Filomena Serpantaki. Er warf sich rasch auf den Boden, um nun doch sein Handy aus der Tasche zu zerren. Wieder tippte er den Notruf und rief alle in Alarmbereitschaft, die binnen kurzer Zeit die Strecke von Vorizia nach Zoniana abdecken konnten. Er machte klar, dass es äußerst gefährlich werden konnte, einen der Wagen zu stoppen, doch sie mussten es versuchen. Dann rückten sie weiter vor. Ein zweiter Killer hatte wohl verstanden, dass er auf verlorenem Posten war, und trat mit hoch erhobenen Händen zwischen Felsbrocken hervor. Hyeronimos sorgte dafür, dass die Kollegen ihn entwaffneten und mit Handschellen sicherten, während er sich der verzweifelten Mutter näherte. Auch sie musste die Waffe hergeben, sonst konnte er nichts für sie tun. Er konnte sie sehen, wie sie sich über den Körper ihres Sohnes beugte, ihn streichelte, während sie in der anderen Hand den Revolver hielt wie eine kampfbereite Amazone.

Hatte sie das hier genauso überrascht wie sie alle – oder hatte sie gewusst, was ihre Söhne zu erledigen hatten und es für die Familie, *die große Familie,* geduldet? Er war nun nahe genug dran, um in normalem Tonfall mit ihr zu reden.

»Bitte, Anna-Maria, legen Sie die Waffe weg. Ich habe Hilfe angefordert. Lebt Ihr Junge noch? Dr. Demostaki ist in meinem Auto, und sie kann Erste Hilfe leisten. Doch Sie müssen die Waffe weglegen.«

Mit Schwung warf sie die Pistole beiseite.

Er griff nach seinem Handy. »Pen, du musst herkommen. Einer der Jungen ist angeschossen. Bring das Erste-Hilfe-Set mit.« Dann wandte er sich wieder an die verzweifelte Mutter. »Wo befindet sich Ihr zweiter Sohn, Anna-Maria? Ich komme jetzt näher, bitte erschrecken Sie sich nicht.« Langsam bewegte er sich auf die beiden Menschen am Boden zu. Er konnte den großen Blutfleck im Mondlicht schimmern sehen und bekam ein flaues Gefühl. Das sah nicht gut aus.

Die Frau hob den Kopf, als er näher kam, und in ihrem Gesicht spiegelte sich so massive Trauer, dass er hart schlucken musste, um es ertragen zu können. Sie wusste, dass der Junge sterben würde und kein Arzt der Welt ihn mehr würde retten können.

Er hörte Schritte auf sie zukommen, wandte sich kurz um und sah Penelope mit der Tasche in der Hand auf sie zurennen. Die Mutter bewegte sich nur wenig: Flüsternd streichelte sie das Gesicht des Kindes, das bleich im Mondlicht vom Boden hervorstach. Der andere Junge konnte nicht weit sein. Sie würden ihn finden, doch jetzt ging es um *das* Kind hier. Ein Kind, das auf Stelios geschossen hatte, um ihn zu töten. Er rief es sich kurz ins Bewusstsein, doch das blutleere Gesicht ließ ihn nur Mitleid spüren. Die Aura der Mutter war überdeckt vom dumpfen Grau der Trauer und Angst. Das Kind hatte keine Aura mehr, und er wusste plötzlich mit Gewissheit, dass der Junge tot war.

Das Leben geht weiter

120. Kapitel

Sie waren nach Chania gefahren, um Abstand von den Geschehnissen zu bekommen, und das gelang mit gutem Essen immer ein wenig leichter. Der Fall hatte sich zu einem sonderbaren Konstrukt entwickelt. Der vierzehnjährige Gavril war an der Schussverletzung noch an Ort und Stelle gestorben. Anna-Maria würde sich höchstwahrscheinlich nicht vor Gericht verantworten müssen. Sie hatte in Notwehr gehandelt, um ein Kind vor skrupellosen Mördern zu schützen. Der Schütze, den sie gestellt hatten, hatte alle Schuld auf sich genommen und jede Verantwortung des Hauses Serpantakis weit von sich gewiesen. Michalis hatte man leider dazu nicht befragen können, denn sein Wagen war an einer unübersichtlichen Stelle von der Straße gestürzt, und er hatte den Unfall nicht überlebt. Hyeronimos vermutete, dass Filomena daran nicht ganz unschuldig war, doch die *Wohltäterin* wusch ihre Hände selbstverständlich in Unschuld, und das gesamte Volk stand hinter ihr, inklusive einer Horde hervorragender Anwälte und Anwältinnen. Den älteren Jungen hatten sie beim Durchkämmen der Höhlen gefasst, er hatte vollkommen unter Schock gestanden und sich ohne Gegenwehr festnehmen lassen. Er würde sich für das Attentat auf Stelios verantworten und seine Strafe in einer Einrichtung für straffällige Jugendliche auf dem Festland absitzen müssen.

Die Frage, wer nach Serpantakis' Tod die Mafiaführung übernehmen würde, hatte sich nicht gestellt. Seine Schwester hatte den Thron erklommen, ohne sich auch nur einmal umzublicken.

Die von Dimitris Stefanakis gegründete Taskforce, die in Bezug auf die belastenden Videos auf dem Stick ermittelte, bestand noch immer und sammelte Material, doch Stelios hatte sich daraus zurückgezogen. Hyeronimos war froh, dass weder er noch Penelope sich weiter das furchtbare Material ansehen mussten. Zacharis ging regelmäßig zum Polizeipsychologen und wurde langsam wieder der Alte – obwohl sie sich sicherlich nie vollkommen von dem erholen würden, was sie gesehen hatten. Stelios war zwar aus dem Krankenhaus entlassen worden, aber es würde noch Monate dauern, bis er sich von der schweren Verletzung regeneriert hatte. Er war sich auch nicht sicher, ob er überhaupt in den Polizeidienst zurückkehren würde. Von Penelope wusste er, dass Kostoula hin und wieder nach ihm sah und vielleicht in ferner Zukunft die Chance bestand, dass die beiden sich vergeben konnten.

Christos hatte ein Verfahren an der Backe und konnte sich eine Beförderung zum Major bis zur Rente abschminken. Hyeronimos wusste nicht, was er dazu sagen sollte, und auch seine Gefühle waren ambivalent.

Er hob das Glas an den Mund und nahm genießerisch einen Schluck Evanthis. Giannis hatte immer eine Flasche für ihn kalt gestellt. Penelope prostete ihm zu. Sie tranken und ließen ihren Blick über den venezianischen Hafen gleiten ... hinaus aufs Meer.

»Musst du wirklich weg?« Er kannte ihre Antwort, doch es fühlte sich falsch an.

»Es ist nicht für immer, Hyeronimo.« Sie schaute ihn an und nahm ein Stück Wurst von einem der vielen Teller in der Mitte des Tisches.

»Nur für ewig«, fügte er melancholisch hinzu und biss in eines der kross frittierten Käsebällchen.

»Ich brauche Abstand von der Insel, und ich denke, die Insel braucht Abstand von mir.«

Es hatte einige übergriffige Zwischenfälle gegeben, bei denen ein Foto von ihr rumgegangen war, auf das man den nackten Busen eines jungen Mädchens gephotoshopt hatte, die Presse hatte ihre Eltern belagert, und Penelopes Mutter hatte einige unschöne Aussagen über ihre Tochter, *die Leichenschänderin,* von sich gegeben. Alles in allem war es keine gute Zeit für die Pathologin gewesen. Die Überprüfung der kinderpornografischen Dateien hatte zu Albträumen geführt, die ihr den Schlaf geraubt hatten. Das hatte sie Fehler machen lassen, und sie hatte bei einer Obduktion etwas übersehen, was dann im Vieraugenprinzip erst aufgefallen war. Es war nicht schlimm gewesen, und der Kollege hatte Nachsicht gezeigt, doch sie selbst konnte es nicht so gelassen betrachten.

»Hier kommt die köstliche gebratene Leber für meine Lieblingsgäste.« Giannis jonglierte einen dampfenden Teller auf sie zu. Die Saison war zu Ende, und die Straßen der Stadt waren wie leer gefegt. »Ah, und ich hatte noch die einzigartigen Marathos Pites meiner Mutter in der Truhe, sie hat so viele davon gemacht.« Er stellte noch einen weiteren Teller dazu, und Hyeronimos freute sich auf den klaren Anisgeschmack der Teigtaschen, für die nur das Kraut des Fenchels verwendet wurde, nicht die Knolle.

»Ich verstehe dich, Penelope, aber bitte komm wieder. Ich weiß nicht, ob ich mit dem Kerl arbeiten kann, der auf deinem Stuhl hocken wird.«

»Zumindest bleiben dir ja Maria, Elonidas und Zacharis als Konstante erhalten.« Sie lächelte ihn wehmütig an. »Ich komme wieder, Hyeronimo, denn du wirst mir sehr fehlen.«

Er nickte leicht und fragte nicht, welche Rolle Eleni bei den Plänen der Freundin spielte. Er schob sich ein Stück Leber in den Mund und stöhnte wohlig auf.

Alles änderte sich, so viel war klar, doch er blieb hier und würde dafür sorgen, dass das Unrecht nicht überhandnahm. Und er würde versuchen, Dimitris Stefanakis bei seinem Feldzug gegen die Mafia so gut wie möglich zu unterstützen. Doch das behielt er erst einmal für sich.

»Lass uns den Abend genießen und nicht dauernd Trübsal blasen«, sagte sie und hob erneut das Glas. Er tat es ihr gleich und lächelte, denn *jetzt war jetzt,* und wie Titika immer sagte, war es wichtig, genau dieses Jetzt zu leben, weil man nie wusste, was dann kam.

121. Kapitel

Filomena drehte sich um. Sie hatte den Ausblick auf den Berg genossen und sich in Michalis' Büro eingerichtet. Sie hatte es nach einigen Versuchen geschafft, den Tresor knacken zu lassen, und war noch dabei, die Bücher zu studieren.

Die Tür öffnete sich.

»Komm nur rein, Anna-Maria«, sagte sie zu ihrer rechten Hand. Sie waren die Zukunft der Berge und des Unternehmens Serpantaki! Gemeinsam würden sie die Geschicke der Insel lenken, niemals vergessen, was ihren Söhnen geschehen war und einen Scheiß auf das Andenken von Michalis geben.

Am Ende des Tages ging es nur um Macht, und sie waren mächtige Frauen – und Frauen, mit denen man sich nicht anlegen sollte, denn der Verlust eines Kindes konnte eine Mutter entweder brechen oder stahlhart werden lassen. Sie hatten entschieden, dass sie ihr Geld und alles, was nötig war, nicht mehr auf Kosten von Kindern und Frauen verdienen würden. Diesen zwar sehr lukrativen Teil des Unternehmens verabscheuten sie von ganzem Herzen, doch es gab genügend andere Wege, Profit zu machen, und das würden einige Männer schon bald zu spüren bekommen …

Ende

Kretische Rezepte für vier Personen

Gebratene Leber mit Rosmarin

Zutaten

- 250 g Rinderleber
- 70–100 g Mehl
- Olivenöl (Menge variiert je nach Pfannengröße)
- 2–4 Rosmarinzweige
- Salz, Pfeffer
- Frisches Brot nach Wunsch

Zubereitung

1. Die Leber putzen, von Sehnen befreien, in Stücke schneiden (2 x 3 Zentimeter), mit Küchenkrepp abtupfen, dann in Mehl wälzen.
2. Olivenöl erhitzen (die Leberstücke sollen leicht darin schwimmen können). Die Rosmarinzweige hineingeben und darauf achten, dass sie nicht verbrennen, dann die Leberstücke hinzufügen (nur so viele, dass die Stücke einfach gewendet werden können) und regelmäßig wenden – dabei bitte nicht mit einer Gabel hineinstechen – bis sie von allen Seiten gut gebräunt sind.
3. Nach 3 bis 4 Minuten ein Stück herausnehmen und aufschneiden – die Leber sollte außen kross und innen noch ganz leicht rosafarben sein. Alle Stücke aus der Pfanne nehmen, in eine Schüssel geben und die Prozedur so lange wiederholen, bis alle Stücke gebraten sind. Je nach Geschmack den Rosmarinzweig erneuern.

4. Die Leber salzen und pfeffern und mit frischem Brot servieren, sodass man das Öl auftunken kann.

Marathos Pites

Für den Teig

- 700 g Mehl
- 125 ml Olivenöl
- 50 ml Raki
- 1 TL Salz
- Saft einer halben Zitrone
- 250 ml warmes Wasser
- Etwas zusätzliches Mehl

Für die Füllung

- 2 Bund Fenchelgrün (nicht die Knolle, sondern das Fenchelkraut) oder Chorta/Dill etc.
- 3 Handvoll Spinat (150 g)
- 1 Zwiebel
- Olivenöl zum Braten
- Salz, Pfeffer
- Olivenöl zum Ausbacken der Pites

Zubereitung des Teigs

1. Das Mehl in eine Schüssel sieben, mit der Faust in die Mitte eine Kuhle drücken, das Olivenöl und den Raki hineingeben, gut durchmischen, dann Salz, Zitrone und warmes Wasser hinzufügen.
2. Alles gut verkneten, dann den Teig aus der Schüssel nehmen und auf einer glatten Fläche einige Minuten mit den Handflächen zu einer homogenen Masse verkneten.

3. Etwas Mehl in eine Schüssel geben, den Teig hineinlegen, mit Folie abdecken und 45 bis 60 Minuten im Kühlschrank ruhen lassen.

Zubereitung der Füllung

1. Währenddessen das Gemüse schälen/putzen/waschen und das Wasser gut abschütteln oder mit einem Küchentuch abtrocknen.
2. Gemüse klein hacken.
3. Die Zwiebel in kleine Würfel schneiden, in Olivenöl anschwitzen, bis sie glasig sind, dann das restliche Gemüse hinzufügen. Bei mittlerer Hitze anbraten und so lange köcheln lassen, bis die Feuchtigkeit verkocht ist.
4. Das Ganze im Anschluss abtropfen und abkühlen lassen. Je weniger Feuchtigkeit das Gemüse noch in sich trägt, umso besser gelingen die Pites.

Herstellung der Pites

1. Den Teig aus dem Kühlschrank nehmen, Stücke abstechen und Kugeln mit 8 bis 10 Zentimeter Durchmesser formen (je nachdem, ob es kleinere Teigtaschen werden sollen oder eine runde Pita). Mit dem Wellholz auf einer bemehlten Fläche ausrollen.
2. Für eine Pita: Im Anschluss die Füllung auf einer größeren Teigplatte verteilen, dann mit einer weiteren Platte bedecken und mit einer Gabel rundherum gut andrücken, um die Füllung einzuschließen.
3. Für mehrere Teigtaschen: Kleinere Kugeln formen, nur die Hälfte der Teigplatte mit etwas Füllung belegen, die unbelegte Seite über die belegte klappen und wieder mit der Gabel festdrücken, sodass ein Muster am Rand entsteht.

4. Damit die Köstlichkeit richtig gut gelingt, alles einfrieren und dann nach Bedarf in Olivenöl bei mittlerer Hitze braten, bis die Taschen/Pites Farbe annehmen.
5. Auf saugfähigem Papier abtropfen lassen – fertig ist das klassisch-kretische Gericht!

Titikas Chalvas

Zutaten

- 1 Tasse Olivenöl
- 2 Tassen Hartweizengrieß
- 3 Tassen Zucker
- 4 Tassen Wasser
- 1 Zimtstange

Normalerweise wird Chalvas klassisch nach dem 1:2:3:4-Prinzip hergestellt: Für Titikas Chalvas wird jedoch die Wassermenge erhöht, bis eine cremig-sämige Masse entsteht (es können also 5 oder 6 Tassen sein. Die Flüssigkeit einfach vorsichtig zum fast fertigen Produkt hinzugeben und einrühren, bis die gewünschte Konsistenz entstanden ist). Titika ersetzt zudem 1 Tasse Zucker durch Honig.

Zubereitung

1. Zucker und Wasser mit der Zimtstange in einem Topf aufkochen und dann etwa 10 bis 15 Minuten köcheln lassen, bis ein leicht dickflüssiger Sirup entsteht.
2. Die Zimtstange heraus- und den Topf vom Herd nehmen.
3. In einem weiteren Topf das Öl stark erhitzen, den Grieß einrühren und unter andauerndem Rühren für etwa 8 Minuten anrösten. Nun den Sirup in den Grieß rühren, bis sich die Masse vermischt. Dann ist der Zeitpunkt gekommen, noch etwas Wasser hinzuzufügen, bis ein Brei entsteht.

4. Verfährt man nach dem ursprünglichen 1:2:3:4-Prinzip, die Masse in eine Kastenform oder eine Gugelhupfform geben, erkalten lassen und dann stürzen.

Zutaten für die Dekoration

- 2 EL Imkerhonig
- 1 EL Butter
- ½ Tasse gestiftelte Mandeln und gehackte Walnüsse
- Gemahlener Zimt

Zubereitung

1. Den Honig und die Butter in einer Pfanne erhitzen. Gestiftelte Mandeln und gehackte Walnüsse darin karamellisieren lassen.
2. Zum Anrichten auf die Tellermitte eine Schöpfkelle mit Chalvas-Brei geben, karamellisierte Nüsse und Mandeln darum herumstreuen und mit etwas gemahlenem Zimt ausdekorieren.

Guten Appetit – Kali orexi!

Zusatzmaterial

Der von Hyeronimos zitierte Fall in Deutschland zum Thema Datenmenge im Rahmen von Ermittlungen gegen einen internationalen Kinderpornografie-Ring wurde 2018 in einem Artikel der Westdeutschen Zeitung beschrieben: https://www.wz.de/nrw/kinderpornos-polizei-hat-2018-in-nrw-tausende-terabyte-daten-sichergestellt_aid-37948061. Ich habe ihn am 15.10.22 gelesen.

Auf Kreta ist es allgemein bekannt, dass im sogenannten Teufelsdreieck rund um die Dörfer Zoniana und Livadia der Drogenanbau und der Handel mit illegalen Substanzen und Waffen betrieben wird. Daher residiert die Mafia auch in den Bergdörfern und rund um sie. Ich habe nicht nur mit einem Polizisten auf Kreta Gespräche über die Strukturen mafiöser Organisationen geführt, sondern auch mit einem Experten bei der Kripo in Deutschland.

Dies hat mir einerseits geholfen, zu verstehen, wie die Organisierte Kriminalität (OK) funktioniert, und andererseits hat mich schockiert, wie weitreichend die Verstrickungen gehen.

Das sogenannte Papa-Prinzip, das ich in dieser Geschichte beschreibe, ist bei der Mafia allgemein üblich. In Italien zum Beispiel gelten Zehnjährige bereits als Männer und müssen ihre Loyalität durch die Bewältigung verschiedener Aufgaben unter Beweis stellen. Auch auf Kreta werden Kinder zu Beginn für leichte Jobs rekrutiert und übernehmen z. B. Kuriertätigkeiten, dann werden die Anforderungen komplexer, und die ultimative Feuerprobe kann durchaus ein Tötungsdelikt sein.

Griechenland hat eine starke Tradition von politischen Dynastien. Diese Tradition wird oft als »tzakia« bezeichnet, was »Feuerstellen« bedeutet und ein reiches, mächtiges Familienkonstrukt impliziert.

Seit dem Ende des Zweiten Weltkriegs gibt es vor allem drei solcher politischer »Clans«: die Familien Papandreou, Karamanlis und Mitsotakis, die das politische Parkett beherrschen.

Die jüngste »tzakia« stellt den derzeitigen Premierminister: Seit den Neunzigerjahren hat die kretische Dynastie der Mitsotakis Premierminister, Bürgermeister von Athen und mehrere Minister- und Abgeordnetenposten gestellt – und das sind nur die offensichtlichen politischen Positionen.

Aus dieser Menge konsolidierter Privilegien resultiert eine mächtige Gruppierung. Einflussreiche Verheiratungen wie die, die der *Boss* mit seiner Tochter aus erster Ehe erreicht hat, sind vollkommen real, und so reicht der lange Arm der Organisierten Kriminalität überallhin. Zudem kann man sich nie mehr aus den Fängen der Mafia befreien, wenn man sich einmal in deren Fäden verstrickt hat: Also Finger weg von illegalen Substanzen, Prostitution oder gar nicht registrierten Waffen ...

Die Mafia gibt es auf der ganzen Welt – sie treibt auch in Deutschland ihr Unwesen, daher ist es nicht außergewöhnlich, überall auf ihre Strukturen zu treffen.

Danksagung

Danke an meine Lieben zu Hause und meine Freunde und Freundinnen auf der Insel: Familie Christodoulakis, also Stelios, Ria, Giannis und vor allem Litsa! *Danke,* dass ihr mich regelmäßig aus meinem selbst gewählten Exil holt und mir fröhliche Abende mit tollen Gesprächen und leckerem Essen verschafft – oder auch ausgeprägte Shoppingtouren in Heraklion ;-).

Mein *Dank* gilt auch der Familie, in deren Haus sich meine schöne Wohnung mit Meerblick befindet: Andreas, seiner Frau Ionela und der Tochter Annamaria. Sie haben mich aufgenommen wie ein Familienmitglied, versorgen mich mit Obst und Gemüse aus eigenem Anbau und frischen Eiern. Doch am wichtigsten ist, dass sie mich *sein* lassen. Wenn ich mich tagelang abschotte, ist das völlig okay, und die Ruhe, die ich dort habe, lässt meine Gedanken fliegen.

Der wunderbare *SchorschGuide* hat sein Wissen zur kretischen Fauna und Flora hinzugesteuert, um Christos' Verletzung an der Distel zu untermauern: Danke, Schorsch!

Danke an meine Freundin Georgia. Sie hilft mir, wo immer es nötig ist, stellt wichtige Kontakte her und unterstützt mich auch beim Auffinden traditioneller Rezepte.

Und *danke* an meine Freundinnen für aufbauende Worte in selbstkritischen Augenblicken: Evee (Anke) Heuser, Kirsten Lutz und Tanja Lange, die auch diesen Band als zusätzliche Korrekturschleife gelesen hat.

Danke an meinen Mann Marcus, der sich meine kreativen Gedanken anhören muss, wenn ich mal wieder in eine Geschichte eingetaucht bin, und mir als Erstleser immer den Rücken stärkt, um weiterzumachen.

Mein ganz besonderer *Dank* gilt meiner Lektorin Julia Feldbaum: Danke, Julia, für dein offenes Auge auf den Fluss der Geschichte. Du bist einfach klasse, es ist eine Freude, mit dir zusammenzuarbeiten.

Zu guter Letzt: *Danke,* Eliane! Dies ist der letzte Band, den du als meine Lektorin begleitet hast. Caroline Dau fordert und fördert mich nun – und auch ihr gilt mein *Dank* für die produktive Zusammenarbeit.

Und nun, liebe Leserinnen und Leser, empfehlt meine Geschichten weiter, schließt meine Charaktere in eure Herzen und lest (so noch nicht geschehen) auch Band 1, 2, 3 und 4 – ich freue mich darauf, weitere Geschichten rund um Hyeronimos für euch zu ersinnen! *Danke!!!*

Noch ein Satz zum Abschluss: Keine meiner Geschichten wäre ohne das Meer möglich. Immer wenn ich eine Inspiration brauche oder sich ein Knoten lösen muss, gehe ich schwimmen – und schwupps kommen kreative Ideen. Ich schwimme zu jeder Jahreszeit und bin extrem dankbar für diese Möglichkeit.

Das Lied vom Tod: Habgier und verletzte Gefühle

Coveränderungen vorbehalten

Nikola Vertidi
Gefährliches Kreta
Kommissar Galavakis ermittelt

Piper Taschenbuch, 544 Seiten
ISBN 978-3-492-50489-8

Die Saison ist zu Ende und die Insel versinkt im Winterschlaf, bis ein grausiger Fund die Kreter aufschreckt: Der beliebte Sänger Callistus Ariakis wird tot im Hafenbecken von Chania angeschwemmt. Kommissar Galavakis wird gebeten, den Fall in der Nachbarpräfektur aufzuklären. Kurze Zeit später erschüttern zwei weitere entsetzliche Funde Heraklion und fordern den skurrilen Ermittler. Ein schmähliches Ringen um Geld und verletzte Gefühle nimmt seinen Lauf ...

PIPER

Leseproben, E-Books und mehr unter www.piper.de

Schatten der Vergangenheit über der Insel

Nikola Vertidi

Bedrohliches Kreta

Kommissar Galavakis ermittelt

Piper Taschenbuch, 496 Seiten
ISBN 978-3-492-50600-7

Kommissar Hyeronimos Galavakis gerät in die Mühlen von Geheimdiensten, Mafia und zu vielen persönlichen Befindlichkeiten. Was hat es mit dem unautorisierten Helikopterflug vor der Ostküste Kretas auf sich und wer sind die beiden Toten? Wie hängen die Schicksale dreier Frauen damit zusammen und welche Rolle spielt das Pärchen, das auf eigene Faust recherchiert? Hyeronimos und die Pathologin Penelope ermitteln in einem Fall, der ein wenig an James Bond erinnert und doch vollkommen real ist …

Leseproben, E-Books und mehr unter www.piper.de